ARABSKI SYN

TANYA VALKO

ARABSKI SYN

Prószyński i S-ka

Projekt okładki
Ewa Wójcik

Zdjęcie na okładce
© Laila Jihad

Redaktor prowadzący
Anna Derengowska

Redakcja
Anna Płaskoń-Sokołowska

Korekta
Maciej Korbasiński
Grażyna Nawrocka

Łamanie
Alicja Rudnik

ISBN 978-83-8123-246-3

Warszawa 2018

Wydawca
Prószyński Media Sp. z o.o.
02-697 Warszawa, ul. Gintrowskiego 28
www.proszynski.pl

Druk i oprawa
Drukarnia POZKAL Spółka z o.o.
88-100 Inowrocław, ul. Cegielna 10-12

Nie będziecie przelewać krwi! Nie będziecie się wzajemnie wypędzać z waszych domostw! Potem wy potwierdziliście to i zaświadczyliście. Wy jednak zabijaliście się wzajemnie; wypędziliście część z was z własnych domostw, spiskując przeciwko nim w grzechu i wrogości. (...) Otóż wypędzanie ich było wam zakazane. (...) A zapłatą dla tych spośród was, którzy to czynią, będzie hańba w życiu tego świata, a w Dniu Zmartwychwstania będą skierowani ku najstraszniejszej karze[1].

[1] Koran, sura II, wers 84–85, PIW, 1986, tłum. J. Bielawski.

Przedmowa

Drodzy Czytelnicy,

Oddaję w Wasze ręce powieść *Arabski syn*, która powstała w bólach i cierpieniach i niewiele brakowało, żeby w ogóle jej nie było. Czytelnik zapewne nie zastanawia się, jak kształtują się losy autora, który tworzy dla niego swoje dzieło, a jedynie myśli o bohaterach, z którymi się zżył, zaprzyjaźnił, za którymi tęskni. Jednakże pisarz, który dzięki swej wyobraźni tworzy świat przedstawiony, ma też prywatne życie, radości i troski, które przeważnie odsuwa na dalszy plan. Jednak często odbija się ono na jego twórczości, a swoje uczucia, przeżycia, to, czego doświadcza, zostaje zawarte w jego książkach, w losach bohaterów, ich uczuciach, myślach i poczynaniach.

Jak zatem powstawał *Arabski syn*? Pierwsza część powieści – jak zawsze spontanicznie i z ogromną łatwością, bowiem losy bohaterów wciąż są w mojej wyobraźni i moim sercu i wszystkie ich czyny i działania były przeze mnie głęboko przemyślane i zaplanowane z dużym wyprzedzeniem. Nie mogłam się wręcz doczekać, aż zasiądę przed komputerem i przeleję tę nową historię na wirtualny papier. Dlatego też nastrój książki na początku jest optymistyczny, a nasza dobrze wszystkim fanom znana bohaterka Darin Salimi vel[1] Daria Nowicka vel Darina O'Sullivan ślepo zakochana w dżihadyście miała w sobie nadzieję i wiarę na lepsze jutro, a dotknięta syndromem sztokholmskim i szczęśliwego niewolnika liczyła, że jej życie jeszcze będzie szczęśliwe i ułoży się w wymarzony przez nią sposób z całkiem innym już *dżihadim*[2] Johnem, aktualnie farbowanym Irlandczykiem Seanem O'Sullivanem. Daria próbuje poukładać swoje życie, w którym następuje wiele zmian. Czy każdy może rozpocząć wszystko od nowa? Czy może dostać drugą szansę? Bez konsekwencji za czyny w dawnym życiu, bez kary za popełnione zbrodnie? Czy można dobrze się czuć, będąc wilkiem w skórze potulnej owieczki? Czy *dżihadi* John, czyli Jasem Alzani, nie tęskni za dawną bezkarnością, za byciem panem życia i śmierci? Czy zbrodniarz może być dobrym mężem i ojcem? Te pytania nurtowały mnie od dawna i spróbowałam na nie znaleźć odpowiedź.

W następnych rozdziałach odeszłam od zmagań Darii i przeniosłam fabułę do miejsca, które jest gehenną dla tysięcy ofiar współczesnej wojny – wojny na Bliskim Wschodzie, z której sprytni oprawcy chcą się bezkarnie

[1] Vel (łacina) – lub, albo, raczej; często stosowane pomiędzy nazwiskami, co oznacza, że dana osoba znana była pod dwoma nazwiskami lub przezwiskami.

[2] *Dżihadi* (arabski) – przymiotnik od słowa *dżihad* – zwolennik dżihadu, dżihadysta.

wywinąć, a ofiary zawsze pozostaną ofiarami i będą wiodły swój nieszczęsny los. W książce pokażę gehennę obozów dla uchodźców na Bliskim Wschodzie, bowiem temat ten już od dłuższego czasu badałam. Przestudiowałam tony raportów o takich miejscach, obejrzałam setki zdjęć, aż poczułam się tak, jakbym sama się tam znalazła. Nie byłam już w szpitalu, pod kroplówką, przykuta do łóżka i skazana na niewiedzę, opieszałość i eksperymenty indonezyjskich medyków – ale właśnie tam: w Zaatari w Jordanii. Na Bliskim Wschodzie. Nawet śniłam o tym miejscu, znajdując pocieszenie pośród moich bohaterów. Towarzyszyła mi Marysia-Miriam Salimi, która otarła się o to miejsce i popadła w podobne tarapaty jak jej matka za młodu.

Tak bardzo chciałam pokazać moim czytelnikom dalszy ciąg losów Darii, Marysi, Doroty oraz ich mężów, że nie zważając na mocne leki i odmawiające posłuszeństwa serce, kończyłam *Arabskiego syna* specjalnie dla Was – co poniekąd uratowało mi życie i postawiło na nogi. Przed komputerem, z głową zajętą problemami innych – moich wymyślonych, ale tak realnych postaci – nie myślałam o chorobie, o niemocy, która mnie dotknęła, ale o gorszych nieszczęściach, które zdarzają się innym.

Arabski syn ukazuje niezwykłe losy bohaterów orientalnej sagi, ale też ich duchowe zmagania, pragnienia i nadzieje, słabości i wewnętrzną siłę, która pcha ich do przodu i daje szansę przetrwania.

Podczas lektury czytelnik przekona się, jak straszny jest los niewinnych, słabych kobiet i dzieci podczas konfliktu zbrojnego, ale też po zakończeniu wojny, kiedy nikt się o nich nie troszczy, nikt się nie upomni o sprawiedliwość. Bezbronne ofiary zawsze najbardziej mnie poruszały.

Wojna, obozy dla uchodźców, bezdomność, zagubienie i rozpacz – to główne tematy, z którymi czytelnik zetknie się w mojej najnowszej powieści *Arabski syn*. Warto do niej sięgnąć, żeby poznać geopolityczną sytuację w świecie, związaną z zarzewiem wojny na Bliskim Wschodzie. Żeby przekonać się, jak tragiczny los przyszło niektórym wieść. W porównaniu z nim nasze problemy okażą się drobnymi kłopotami, które prędzej czy później, łatwiej lub trudniej, ale da się rozwiązać. Czego wszystkim Państwu życzę.

Prolog

Doktor Amir Ibrahimi denerwuje się przez cały lot z Dubaju do Damaszku, wręcz nie może usiedzieć w fotelu. Gdy tylko samolot ląduje w stolicy Syrii, wstaje i przepycha się do wyjścia. Nie musi się martwić o główny bagaż – ten mógłby wymagać długiego oczekiwania, zanim pojawiłby się na taśmie – bo ma ze sobą tylko walizkę na laptop i małą podręczną torbę samolotową na kółkach, która spokojnie mieści się w luku nad głowami pasażerów.

Po szybkiej odprawie paszportowej żwawo maszeruje w stronę rozsuwanych drzwi. Uważnie się rozgląda, jednak jego rozbiegany wzrok nie znajduje w oczekującym tłumie znajomych twarzy. *Jak to możliwe?*, zastanawia się. *Przecież ci ludzie zjeździli pół Europy, Bliski Wschód i Azję, żeby znaleźć i odzyskać Darię, a teraz, kiedy daję im na tacy terrorystę, który ją porwał, i zniewoloną krewniaczkę, oni się nie pojawiają?! To niemożliwe! To nie jest zachowanie w stylu Hamida Binladena!* Amir jeszcze bardziej się dziwi, kiedy wspomina słowa antagonisty *dżihadiego* Johna: „Do zobaczenia zatem w Damaszku". Tak powiedział, a potem jeszcze dzwonił, żeby zapytać o numer lotu i dokładny czas przybycia doktora. *Musiało im się coś stać!*, w jego głowie pojawia się jedyne logiczne wytłumaczenie. *Coś stanęło im na drodze, bo Miriam Salimi, siostra Darii, ani Hamid Binladen, wojujący ze światowym terroryzmem, nie zrezygnowaliby dobrowolnie z możliwości złapania poszukiwanego mordercy i ciemiężyciela oraz odbicia jego ofiary. Może nie żyją?!*

Mężczyzna szybko rusza do taksówki, lecz uporczywa myśl wciąż wraca: *Kto teraz pomoże mi wyciągnąć moją ukochaną córeczkę Sarę z kalifatu? Kto mi pomoże, jeśli nie Binladen?*

SYJAMSKI BRAT

Nowa tożsamość

Terrorysta aktywnie działający na rzecz kalifatu, znany zarówno pod imieniem *dżihadi* John, jak i Jasem Alzani, postanawia zaryzykować dwukrotnie. Raz samotnie przemierza nad wyraz niebezpieczną trasę z Rakki, stolicy pseudo-Państwa Islamskiego, do stolicy Syrii – Damaszku, by odzyskać bardzo ważne i wartościowe rzeczy, które tam zostawił, okraść tak zwane Państwo Islamskie na grube setki tysięcy dolarów i odmienić swój los przez zmianę zewnętrznego wyglądu. Drugi raz igra ze śmiercią jeszcze bardziej ryzykownie – drogę pokonuje ze swą brzemienną żoną, Darin, po którą wraca do Rakki, nie bacząc na ogromne zagrożenie. To niesamowite, ale dwa razy udaje mu się uniknąć nalotów i wojsk, walczących ze sobą już niemal na każdym skrawku ogarniętej bratobójczą wojną Syrii. Nie natyka się też na dżihadystów – swoich kolesi, którzy od razu oskarżyliby go o dezercję i zamordowali bez mrugnięcia powieką – ani na rebeliantów, którzy za sprawą zewnętrznego dofinansowania i uzbrojenia zrujnowali ten kraj na równi z islamskimi terrorystami, przez ponad sześć lat prowadząc wyniszczającą walkę. Jasema i Darii nikt nie zatrzymuje, nikt nie staje im na drodze do szerokiego świata, w którym zamierzają się ukryć, stając się zwykłymi obywatelami.

– Co ty wymyśliłeś? Jestem zmęczona i już nie czuję krzyża. Dokąd jedziemy? Co się dzieje? – zniecierpliwiona Daria zarzuca męża pytaniami.

Jasem cieszy się, że kobieta przespała prawie całą drogę, bo zapewne umarłaby ze strachu, widząc złowróżbne pustkowia, które mijali.

– Zatrzymamy się tu na chwilkę. Potem jeszcze tylko ze dwie godzinki i będziemy w Damaszku – oświadcza mężczyzna, zerkając na bladą i spoconą żonę. – Chcesz się napić?

– Chcę się dowiedzieć, co jest grane. Chcę poznać plan! – denerwuje się Daria. – Czy znów zamierzasz gdzieś mnie wywieźć i zostawić, żeby komuś w końcu się udało mnie zabić? Skoro już jesteśmy razem – ja zaczekałam na ciebie, a ty po mnie wróciłeś – to musimy wspólnie decydować o naszej przyszłości.

– Okej, kochanie. – Czułość w głosie męża wywołuje u kobiety niedowierzanie, ale i drżenie serca. – Doceniam, że pozostałaś mi wierna i nie odeszłaś. Powiem ci, że nawet nie sądziłem…

– Przez ciebie, przez to, że mnie zostawiłeś, musiałam zabić rzezimieszków, którzy chcieli mnie wykorzystać. – Daria nie pozwala mu dokończyć. Wracają wspomnienia zakrwawionych trucheł mężczyzn, którzy napadli ją w domu w Rakce, i robi się jej niedobrze.

– Jesteś dzielna, moja droga. Jesteś stuprocentową arabską żoną. – Mąż poklepuje ją po ręce.

Arabska żona to według ciebie bezwzględna chadra[1]*?*, zastanawia się Daria, ale milczy, pomna gwałtownego, niezrównoważonego i wrednego charakteru męża. Nie zapomniała, że Jasem – w kalifacie i poza nim – bez zastanowienia i z wielką przyjemnością zabijał niewinnych ludzi. *Awansowałam, nie ma co!*, ironizuje, choć w zasadzie cieszą ją pochwała męża, jego ciepły głos i czułe gesty.

Powoli zjeżdżają z głównego traktu i kierują się w stronę widocznej na horyzoncie palmy i małego zagajnika. To tam Jasem przeszedł ostatnio transformację – z dżihadysty stał się zwykłym, biednym arabskim rolnikiem. Takie metamorfozy przychodzą bardzo łatwo, co w przeszłości już wielokrotnie udowodnił.

– Zorganizowałem pewnego przekupnego doktorka, który ogłaszał się na naszych kalifackich portalach – opowiada, gdy już pomaga Darii zmienić fundamentalistyczną czarną abaję[2] i nikab[3] w tym samym kolorze na kolorową tunikę i barwny hidżab[4]. – Ładnie ci w niebieskim – stwierdza jakby nigdy nic, a to przecież on zmuszał ją do czarnego stroju, skrzętnie zakrywającego każdy skrawek jej skóry.

[1] Chadra – miejski slang; wredna, podła kobieta.

[2] *Abaja* (arabski) – wierzchnie okrycie tradycyjne w krajach muzułmańskich; szeroki, luźny płaszcz noszony przez kobiety i mężczyzn.

[3] *Nikab* (arabski) – tradycyjna muzułmańska zasłona zakrywająca twarz kobiety i odsłaniająca jedynie oczy, czasem kawałek czoła; używany głównie w Arabii Saudyjskiej i Jemenie oraz tak zwanym Państwie Islamskim.

[4] *Hidżab* (arabski) – noszona przez muzułmańskie kobiety kwadratowa chusta, zakrywająca włosy, uszy i szyję, ale nie ramiona i twarz, może być kolorowa.

– Co to za doktor? – pyta kobieta. – Od czego? Odbierze poród?

– Nie, nie! – Jasem szczerze się śmieje. – Do tego czasu będziemy już daleko stąd. Urodzisz naszego syna w klinice na światowym poziomie. Obiecuję.

– No więc do czego go potrzebujemy?

– Ten szarlatan zmieni tylko trochę nasze buźki, by mój kolega mógł nam wyrobić nowe paszporty na całkiem świeże, niewinne nazwisko. Spadamy stąd, kochana. – W końcu mąż ujawnia swój chytry plan.

Więc tak to wygląda? W ten sposób znikają z powierzchni ziemi zbrodniarze? Przenosząc się gdzie indziej z całkiem nową tożsamością? Mój Boże! Czy ja naprawdę chcę w tym uczestniczyć? Ale czy mam inne wyjście?, nadal uczciwa kobieta wciąż się zadręcza, choć i ona dopuściła się w swoim młodym życiu niejednego ciężkiego przestępstwa. Jej czyny jednak w czasach wojny mogłyby zostać usprawiedliwione i wytłumaczone jako obrona własna. *To fałsz, zakłamanie i kryminał! Gdzie kara za grzechy dla takich bandytów jak mój ślubny?*

– I co ty na to? – Jasem przerywa jej rozmyślania.

– Świetnie, po prostu znakomicie. – Daria uśmiecha się, choć twarz ma spiętą i białą jak papier.

Nie uciekłam z okupowanej przez dżihadystów Rakki, bo się nie dało, nie odeszłam od niego, kiedy dostałam taką propozycję i był po temu idealny czas, bo nie chciałam, więc teraz nie będę sobie zawracała głowy wyrzutami sumienia, stwierdza ostatecznie. Od razu czuje się tak, jakby kamień spadł jej z serca. *Razem z nim siedzę w tym gównie po same uszy*, kpi z siebie. *Skoro nikt nie był w stanie mnie wyciągnąć, sama tym bardziej się nie wygrzebię. Ale nie mam zamiaru utonąć. Dlatego będę się trzymać z moim kochanym bandziorem i niech się dzieje wola boska. Sza Allah*[1]*!* Jak typowa muzułmanka poddaje się swemu losowi bez dalszych dywagacji. Postanawia zapomnieć o tym, co było, i z ufnością wkroczyć w nowe życie. A nuż się uda? A nuż będzie ono lepsze, takie, o jakim zawsze marzyła? Kto wie?

– To nasza dzielnica! – Daria aż wytrzeszcza oczy. Gwałtownie łapie oddech, bo serce chce rozsadzić jej młodą pierś. – Nasze mieszkanie jest niedaleko stąd! – wykrzykuje łamiącym się głosem.

– Tak, dzięki znakomitej lokalizacji apartamentu w ekskluzywnej dzielnicy znalazłem ten gabinet już wieki temu. – Jasem jest szczęśliwy, że żona darzy takim sentymentem ich pierwsze wspólne lokum, bo dotąd sądził, że go nienawidziła. – To tu zrobiłem sobie drobny zabieg plastyczny. Miałem taką charakterystyczną myszkę na powiece, pamiętasz? No i śladu po niej nie ma. Dobry ten doktorek.

Daria, pół Polka, pół Libijka, choćby chciała, nie potrafi tak łatwo zapomnieć krzywd. Po ojcu ma arabską – mściwą krew, a po pobycie w Rakce jej wrodzone orientalne cechy jeszcze bardziej się wyostrzyły i zdominowały charakter. Wszystko doskonale pamięta: to, jak ją zniewolono w przepięknym damasceńskim apartamencie, jak mąż, którego na

[1] *Sza'a Allah* (arabski) – Allah tak chce; Jak Bóg da.

początku znajomości uważała za Brytyjczyka, notorycznie ją gwałcił i bił. Nie może zapomnieć psychicznych tortur, którym ją poddawał. *Czemu od niego nie uciekłam? Tam, w Rakce?*, znów pyta samą siebie, bo na widok miejsca psychicznych i fizycznych tortur gorzkie wspomnienia zalewają jej serce i ranią duszę. Kobieta widzi jak żywą twarz ukochanej teściowej, pięknej byłej śpiewaczki Muniry, i miły uśmiech jej męża, Ibrahima. Oboje już nie żyją – zginęli z rąk Jasema. Pozbawił ich życia w okrutny, tragiczny sposób: Munira została ukamienowana w Rakce, a Ibrahim – otruty arszenikiem jeszcze tu, w Damaszku. A ileż było innych ofiar na wspólnej drodze Darii i Jasema? Ilu ludzi zabił podczas ich związku? Tego na pewno nie będzie w stanie zliczyć. *Może by tak jednak od niego uciec?!*, wykrzykuje w duchu, po raz ostatni rzucając okiem na zamknięte na głucho okna swojego dawnego mieszkania. *Muszę to zrobić! Jak nie tu, to w normalnym świecie, tam, dokąd jedziemy. Koniec z syndromem sztokholmskim*[1]*! Wyleczyłam się… Mam nadzieję.*

– Witam serdecznie. *As-salamu alejkum*[2]. – Wchodzą do małej luksusowej kliniki i wewnętrzne zmagania kobiety

[1] Syndrom sztokholmski – stan psychiczny, który pojawia się u ofiar porwania lub u zakładników, wyrażający się odczuwaniem sympatii i solidarności z porywaczami. Może osiągnąć taki stopień, że osoby więzione pomagają swoim prześladowcom w osiągnięciu ich celów lub w ucieczce przed policją. Syndrom ten jest skutkiem reakcji na silny stres oraz rezultatem próby zdobycia sympatii swoich prześladowców i wywołania u nich współczucia. Często ofiara dołącza do oprawcy i działa wspólnie z nim.

[2] *As-salamu alejkum* – Dzień dobry, witaj (dosł. Pokój z tobą).

przerywa miły głos. Mężczyzna, oczywiście, mówi do nich po arabsku: – Cieszę się, że dotarliście bezpiecznie.

– *Wa alejkum as-salam*[1] – automatycznie odpowiada Jasem. Na jego twarzy widać ogromne napięcie, podkreślone przez pulsującą żyłę na skroni. – Mam nadzieję, że szybko załatwimy, co trzeba – od razu ponagla doktora. Chciałby już mieć to wszystko za sobą, zdaje sobie bowiem sprawę, że przez jakiś czas będzie ubezwłasnowolniony i zależny od tego mało wiarygodnego człowieka. Ma świadomość, że jeśli sprzedaje on swoje usługi dżihadystom, równie dobrze komuś innemu może sprzedać skórę swych nowych klientów. Jasem nie ma pojęcia, jak blisko jest prawdy, ale jedynie ogromne szczęście ratuje go przed pojmaniem przez Hamida Binladena.

Daria zna tego człowieka, o czym jej mąż oczywiście nie wie. Kobieta czuje się tak, jakby zobaczyła zjawę – kogoś, kogo znała w poprzednim wcieleniu, w poprzednim życiu. To było tak bardzo dawno temu… Widzi siebie jako nastolatkę, a obok matkę – Dorotę – od zawsze zwaną Blondi, poczciwego ojczyma, Łukasza, krnąbrną Marysię z mężem Hamidem Binladenem, w którym sama platonicznie się podkochiwała, oraz najbliższych przyjaciół rodziny: doktora Amira, Palestyńczyka z polskim obywatelstwem, często bardziej polskiego niż niejeden rodak znad Wisły, jego drobniutką żonę Kingę, kobietę o wyjątkowo ciętym języku i niesamowitym poczuciu humoru, oraz Sarę, ich śliczną córkę, zawsze bujającą w obłokach.

[1] *Wa alejkum as-salam* – Z tobą (także) pokój; odpowiedź na powitanie.

Doktor Amir Ibrahimi i Daria Nowicka patrzą sobie głęboko w oczy. *Jak to możliwe, że upadł tak nisko?*, zastanawia się pacjentka. *Człowiek, który w życiu nie chodził do meczetu, a jego ulubione danie to golonka i kieliszek wyborowej, został dżihadystą? Może to przez niego Sara tak się skonwertowała na fundamentalistyczny islam? Może dlatego przyjechała do kalifatu, który ją upaja i jest dla jej chorej duszy rajem na ziemi?*

– Jak szybciutko, to szybciutko. Wszystko zrobimy ekspresem. – Rozmyślania Darii przerywa miły głos lekarza, w którym jednak słyszy fałszywą nutę. – Powinno mi to zająć nie więcej niż godzinkę, maksymalnie dwie.

– Jeślibym się nie wybudził z narkozy, dostał krwotoku albo, nie daj Bóg, odwiedziłby nas tu jakiś nieoczekiwany gość, wiedz, że lada moment przybędzie moja obstawa. – Jasem niespokojnie spogląda na zegarek; denerwuje się, że w obecnych czasach nawet starzy kumple mogą zawieść. Potem szeptem zwraca się do żony: – Jeśli nikt nie dotrze przed zakończeniem zabiegu, wybierz numer jeden. – Wręcza jej swój telefon komórkowy. – Mój kompan, który obiecał, że zagwarantuje nam transport i dach nad głową, tylko czeka na sygnał.

– Gdzie pan się wybiera? – Lekarz jednak go słyszy i marszczy surowo brwi. – To poważna operacja przeprowadzana w pełnej narkozie.

– To już nie pana sprawa – burczy Jasem.

– Żartuje pan, człowieku! Pacjent musi być hospitalizowany przez minimum dobę. Dopiero dzień po zabiegu wyciąga się dreny.

– Gadanie! Nie pierwsze rurki w moim ciele i nie ostatnie. Sam potrafię sobie takie coś wyrwać.

– Albo zostaje pan w klinice, albo nie podejmuję się operacji. – Obrażony Amir nadyma wydatne wargi.

– Zrobię to, co muszę zrobić, i nikt nie będzie mną dyrygował. A ty, doktorku, przekażesz mojej żonie, która jest pielęgniarką, antybiotyk, płyny fizjologiczne i jakieś sole mineralne, paracetamol i środki przeciwbólowe w kroplówce, bandaże i inne dezynfekujące chujstwa, by mogła mnie opatrywać. Tyle w temacie! – Jasem wyciąga zza pasa małego zgrabnego glocka, chwilę macha nim przed brzuchem Amira, a następnie oddaje go Darii. Kobieta trzyma broń z dużą wprawą.

– Pani nie wykonujemy nic poważnego, tak? – Skonfundowany lekarz ledwo oddycha z przerażenia. Postanawia dłużej nie dyskutować z groźnym rzezimieszkiem, ale chce się upewnić, czego się od niego wymaga.

– Chyba sam wiesz najlepiej, czy kobiecie w ciąży można aplikować środki usypiające. – Dżihadysta z pogardą lustruje chytrego Araba. Jest bardziej pewny siebie, gdy widzi, że Daria stoi za nim murem i niczego mu nie odmawia. *Będzie dobrze*, pociesza się. *Wiedziałem, że to jest kobieta mojego życia*. – Do zobaczenia za chwilkę, kochanie. Żebyś tylko mnie poznała – żartuje, po czym oddala się do sąsiadującej z gabinetem sali operacyjnej.

– Co ty tu jeszcze robisz? – Amir wraca po ponad trzech godzinach.

Daria siedzi na wygodnej sofie, z nogami wyciągniętymi na sąsiednim fotelu. Ma lekko opuchniętą twarz, gdzieniegdzie spod skóry przebijają sińce, ale jej ogólny wygląd bardzo się zmienił, i to na korzyść. Jak się okazuje, medycyna estetyczna i dobra wizażystka mogą zdziałać cuda. Permanentny makijaż skorygował kształt jej oczu z migdałowego na okrągły, a botoks wstrzyknięty w usta sprawił, że stały się one większe i bardziej namiętne. Odrobina kwasu hialuronowego zaokrągliła jej policzki, czyniąc twarz bardziej pucołowatą. Włosy modnie ostrzyżono, a potem położono na nie farbę w odcieniu blond. Pod wpływem tych kilku nieinwazyjnych zabiegów Daria wygląda teraz jak typowa Europejka lub Amerykanka.

– Co ty tu robisz? – powtarza lekarz teatralnym szeptem, tym razem po polsku, patrząc spod oka na siedzącego w pobliżu opryszka z kałasznikowem na kolanach.

– A niby gdzie mam być, co? – Daria rozkłada ręce.

– Zanim przyszedł ten ochroniarz, mogłaś spokojnie stąd wyjść. To ekskluzywna dzielnica, a na dodatek blisko centrum. Złapałabyś taksówkę i pojechała prosto na komisariat.

– Zgłupiałeś, wujku? – dogryza mężczyźnie, którego kiedyś rzeczywiście tak nazywała. – A gdzie mój *mahram*[1]? Sama po zmroku mam się plątać po mieście? Tutaj mentalność ludzi została już całkiem spaczona. Nie wiadomo, kogo należy się bać bardziej: ortodoksów czy fundamentalistów, ale jedni i drudzy niezbyt dobrze traktują

[1] *Mahram* (arabski) – męski opiekun muzułmańskich kobiet; ojciec, brat, kuzyn, dziadek.

kobiety. To nie jest ta sama Syria, co kiedyś. To siedlisko fanatyków, zdrajców i morderców.

– Bzdurzysz. – Doktor pochyla się nad nią, udając, że sprawdza efekty zabiegów. – Trzeba było iść na milicję – upiera się przy swoim.

– Żeby mnie aresztowali? Za brak opiekuna, brak dokumentów, brak pieniędzy, brak kontaktów, brak… wszystkiego – podsumowuje wściekła Daria, ściągając na nich uwagę poplecznika *dżihadiego* Johna. – W tutejszym więzieniu, jako kobieta brzemienna, mogłabym liczyć jedynie na czyjąś łaskawość, ewentualnie na troszkę lepsze traktowanie, i czekać na przybycie rodziny, z którą dziwnym trafem przez ostatnie parę lat nie miałam żadnego kontaktu.

– Miriam tu była… I Hamid…

– Co? Gdzie? – Daria nagle pręży się jak struna.

– W Syrii, w Rakce.

– To akurat żadna nowość. Siedziałam na dupie i czekałam na nich jak głupia, tracąc jedną możliwość ucieczki za drugą. – Kłamie jak z nut, bo przecież odrzucała każdą pomocną dłoń, ale nie ma zamiaru się do tego przyznawać. – Tak że niech wujek da już spokój, okej?

– Wiedziałaś o tym? I nie zrobiłaś nic, żeby się z nimi spotkać?

– Doktorku, Rakka to nie przelewki. Myślisz, że mogłam sobie po prostu pójść na kawę lub spotkać się, z kim chcę i gdzie chcę? Tam kobieta nie może samotnie nawet wyjść po zakupy czy udać się do lekarza, bo w najlepszym razie grożą jej baty. Nie mów mi więc, czego nie zrobiłam i co zawaliłam.

– Mieli przyjechać do Damaszku, ale coś im stanęło na przeszkodzie... – Słowa więzną Amirowi w gardle.

– Co ty gadasz? – Darię aż przechodzi dreszcz. – Są w okolicy? Zjawią się niedługo? – Przed jej oczami pojawiają się mroczki. Ciężko opada na oparcie i patrzy przed siebie niewidzącym wzrokiem.

– Nie... Nie dotarli, ale... Wiesz... Bywa, że... – Lekarz zaczyna kręcić. – Odnajdą cię bez względu na trudności. Na pewno na siebie traficie. – Próbuje uspokoić młodą kobietę, niebezpiecznie pobladłą, która drżącymi dłońmi swoim zwyczajem co chwilę zakłada włosy za ucho.

Daria w tym momencie zastanawia się gorączkowo nad tym, kto pierwszy padnie trupem – Jasem czy Hamid – gdy staną ze sobą twarzą w twarz. Która z sióstr zostanie wdową?

– A czy moja Sara nadal jest w kalifacie? – Amir w końcu pyta o to, co cały czas go nurtuje. – Widziałaś ją? Jak się ma?

– Ma się świetnie – odpowiada głucho kobieta, której życie zrujnował przeklęty dżihadysta i która już zawsze będzie nieszczęśliwa, w którą stronę by poszła i cokolwiek zrobiła. Co gorsza, będzie stanowiła zagrożenie dla otoczenia i swej rodziny, gdyż ma stałą asystę – *mahrama*, jednego z największych zbrodniarzy współczesnych czasów. – Sara ma się świetnie – powtarza jak automat. – Jest żoną największego szaleńca w kalifacie. Dobrali się jak w korcu maku. Oboje uwielbiają mordować i tępić niewinnych ludzi. Nie mają skrupułów nawet wobec dzieci! – Wybucha histerycznym śmiechem i podnosi głos: – Dobrze ją wychowałeś, wujaszku!

Nagle zrywa się i strzela Amira w twarz.

– *Chalas*[1]! – Ochroniarz już nie wytrzymuje. Ucina nerwowe pogaduszki kobiety i mężczyzny. – *Jekfi*[2]! Idziemy do samochodu! – rozkazuje, machając karabinem maszynowym w stronę ciężarnej.

– A Jasem? Zostawiamy go tutaj? Wbrew rozkazom? – Daria już niczego się nie boi, a na pewno nie tego zawszonego szmaciarza, więc kpi z niego w żywe oczy.

– To niech się zbiera. Nikt nie będzie tu dupił godzinami. – Po opryskliwej wypowiedzi i lekceważącym sposobie bycia mężczyzny widać, że czasy chwały tak zwanego Państwa Islamskiego, państwa terroru i zbrodni, chylą się ku upadkowi. Jeszcze nie tak dawno byłoby nie do pomyślenia, że szeregowy dżihadysta nie ma za grosz szacunku dla takiej ikony kalifatu jak *dżihadi* John vel Jasem Alzani. Żeby zostawiał go na pastwę losu! Obecnie, sam czując zagrożenie, zupełnie nie przejmuje się swoim byłym przywódcą.

Jasem postanowił, że zaraz po zabiegu przeniesie się do swojego starego przyjaciela, fałszerza dokumentów, który ma mieszkanie, a zarazem pracownię, niedaleko cytadeli w biednej arabskiej dzielnicy Damaszku. Tam planuje zaczekać, aż zagoją się pooperacyjne rany i będzie mógł wykonać zdjęcie do nowego irlandzkiego paszportu. Nie zorientował się jednak wcześniej, jakie mogą być następstwa narkozy

1 *Chalas* (arabski) – Dość!
2 *Jekfi* (arabski) – Wystarczy!

i komplikacje po inwazyjnym zabiegu chirurgicznym. Transformacja rysów twarzy Jasema obejmowała piłowanie kości policzkowych, przemodelowanie kształtu brody i podbródka, zmniejszenie uszu i przesunięcie przegrody nosowej wraz z usunięciem charakterystycznego garbka. Doktor zajął się również linią brzegową włosów i zlikwidował pogłębiające się zakola, więc obszar działań skalpela, pilnika i igieł był bardzo szeroki. W normalnych warunkach – i przy zwykłym pacjencie – każdy lekarz rekomendowałby przynajmniej tygodniowy pobyt w szpitalu.

Po wybudzeniu z całkowitego znieczulenia Jasem dostaje gwałtownych torsji. Wcześniej bowiem nie przejmował się tym, że przez sześć godzin przed zabiegiem nie wolno pić, jeść ani palić papierosów – nie poinformował też o tym lekarza, gdy ten przeprowadzał wywiad. Dlatego teraz oddaje zawartość swych trzewi w strasznych boleściach. Wydaje mu się, że za chwilę jego czaszka eksploduje i rozsypie się na tysiące kawałeczków. Wyje przy tym z bólu jak zarzynany zwierz. Spanikowany lekarz, widząc wściekły wzrok opryszków z prywatnej ochrony pacjenta, szybko wstrzykuje Jasemowi mocny środek przeciwbólowy. Po chwili ten się uspokaja, a jego ciało wiotczeje. Za pomocą noszy lekarzowi, pielęgniarce i umięśnionym chłopakom udaje się wrzucić chorego na pakę pikapa, wyłożoną cienkimi materacami i śmierdzącymi, brudnymi kocami.

– Przy takiej opiece zdechnie lada dzień – szepcze Amir do Darii. – Uciekaj, dziewczyno. Dokądkolwiek... Uciekaj.

Samochód przecina ciemną noc. Podskakuje na wybojach i dziurach w drodze, której nie remontowano przez długie sześć lat wojny. Na ulicy, która kiedyś biegła przez cudowne stare miasto, marne światło daje tylko jedna latarnia. Auto krąży pomiędzy starożytnymi bramami Bab as-Salam i Bab Tuma, zagłębiając się w ciasne uliczki, gdzie maleńkie domki stykają się z antycznymi rzymskimi murami; zabudowane balkony zwisają z nich jak gniazda jaskółek. *Kiedy byłam tu z rodzicami jako nastolatka, tak mnie ciekawiło, jak tam się żyje*, Daria spoziera na zaniedbane budynki pokryte grzybem i pleśnią, naznaczone śladami po kulach i odłamkach. *Stara medina*[1] *wydawała mi się magicznym miejscem, jakby czas się cofnął do epoki kalifatów. Tak bardzo chciałam wejść do dawnego haremu i z ażurowej alkowy obserwować świat niczym księżniczka czy nałożnica emira, kalifa lub sułtana.* Wciąż z niedowierzaniem obserwuje teren, choć wie, że zapewne spełnią się jej naiwne marzenia. Auto w końcu się zatrzymuje, wynajęci do ochrony mężczyźni krzyczą jeden przez drugiego:

– Dawaj go! Pomóż, do cholery!

Niecierpliwią się, bo wiedzą, że gdyby pojawiła się tu milicja lub gwardia, wszyscy dostaliby kulkę w łeb. W Damaszku przynależność do Państwa Islamskiego czy kalifatu osądza się bardzo surowo i za taką działalność wymierza się najwyższy wymiar kary – bez sądu i bez czyjegokolwiek sprzeciwu. Nawet obrońcy praw człowieka nabierają w tej kwestii wody w usta.

[1] *Medina* (arabski) – miasto.

– Kobieto! Pomóż! Otwieraj te drzwi! – Taszczą nieprzytomnego pacjenta na kocu, który trzymają za rogi.

Na schodach Daria widzi Syryjczyka. Mężczyzna ewidentnie jest wściekły, bo raz za razem zaciska szczęki. *Czyżby to był ten dobry kompan Jasema? Nasz gospodarz?*, zastanawia się. *Nie wygląda na zbyt oddanego człowieka.*

– *Saida*[1], na górę! – Mężczyzna pogania ją gestem.

W uchylonych drzwiach na pierwszym piętrze czeka już kobieta w arabskiej, długiej do ziemi domowej sukni i hidżabie na głowie.

– *Ahlan wa sahlan*[2] – wita się Daria.

Gospodyni nie odpowiada, tylko spuszcza głowę i prowadzi ją do maleńkiego pokoju z balkonem, który tak fascynował młodą pół-Polkę.

– *Szukran dżazilan*[3] – próbuje jeszcze raz się zaprzyjaźnić i wyciąga rękę, ale postać znika w głębi mieszkania jak cień.

Pomieszczenie jest urządzone mniej niż skromnie i zrujnowane do granic możliwości. Ściany, brudne, z licznymi zaciekami i wykwitającym spod nich grzybem, zaszpachlowano gliną; drewno na stropach ze starości zrobiło się prawie czarne. Przestrzeń między legarami wypełniono gipsem, który po latach nieodnawiania sypie się lokatorom na głowę. Z dziur przeświecają słoma i pakuły – kiedyś służące za impregnat, dziś stały się jedynie domem dla pająków, roztoczy i groźnych pleśni. *Oby jak najszybciej się stąd wynieść*, zaklina w duchu Daria. *Oby udało się przeżyć*

1 *Saida* (arabski) – pani.
2 *Ahlan wa sahlan* (arabski) – Witam, cześć.
3 *Szukran dżazilan* (arabski) – Bardzo dziękuję.

tę zarazę. Mój ty Boże! Oczy kobiety wypełniają się łzami. *Znowu jest gorzej niż uprzednio. Może jednak trzeba było zostać w luksusowych warunkach w Rakce i czekać na wyzwolenie? Może Jasem jakoś by się z tego wywinął?* Zagryza wargi, bo sama widzi brak logiki w tych dywagacjach. Wie przecież, że jej męża nikt by nie oszczędził, tak jak on nie oszczędzał bezbronnych ludzi, których mordował – skrycie i publicznie, nagrywając to nawet i rozpowszechniając później przez YouTube. *Może uda mi się stąd wyrwać? Powiem, że idę na zakupy… Może dołączę do jakiejś zagranicznej wycieczki idącej do cytadeli i znajdę pomoc?*, fantazjuje spanikowana kobieta. *Ale przecież trwa wojna, żadni turyści nie przyjadą teraz zwiedzać Damaszku. Kto pchałby się w miejsce narażone na zamachy terrorystyczne, do miasta z tysiącami bezdomnych błąkających się po ulicach, którzy mogą być zarówno poszkodowanymi syryjskimi obywatelami, jak i zbrodniarzami w typie Jasema. Znowu jestem w matni.*

Daria siada na poduchach we wgłębieniu balkonu, zabudowanego gliniano-drewnianym ażurem. *Muszę się uzbroić w cierpliwość. Tyle już wytrzymałam, że zdzierżę jeszcze chwilkę.* Patrzy smętnie przez niewielki lufcik w zabezpieczeniu, które bynajmniej nie miało chronić prywatności kobiet, ale odizolować je od zewnętrznego świata – uczynić więźniarkami, jak teraz Darin, ukochaną arabską żonę znanego dżihadysty.

Niedaleko domu, w którym od paru dni rezyduje para zbiegów, znajduje się cytadela Salah ad-Dina, zbudowana przez turkmeńskiego dowódcę Atsiza bin Uvaka po zdobyciu Damaszku w 1076 roku. Fortyfikacja przez jakiś czas pełniła funkcję rezydencji Saladyna, przywódcy Saracenów, a potem zajmowały ją koszary wojskowe. To prawdziwy kolos – dwieście metrów długości i sto pięćdziesiąt szerokości – jednak nie widać jej z daleka, bo jest zasłonięta przez zabudowania bazarów.

Daria marzy już tylko o ucieczce. Stało się to dla niej obsesją. Jest coraz mniej stabilna psychicznie i sama już nie wie, czego chce. Pozostać ze swoim mężem czy uciec od niego gdzie pieprz rośnie. Aktualnie z uporem i zaciętością rozpatruje wszelkie sposoby rejterady. Mogłaby się dostać na teren popularnych zabytków i zmieszać z tłumem lub w desperacji skontaktować z wojskowymi. Cytadela nadal stanowi najlepszy punkt fortyfikacyjny miasta i dlatego zawsze stacjonują tam jakieś brygady mundurowych.

Stan Jasema się nie poprawia – mężczyzna cierpi straszliwie, a jego twarz przypomina przerażającą maskę z mrożącego krew w żyłach horroru. Daria ma niewielkie doświadczenie w opatrywaniu ran czy zapobieganiu zakażeniom. Przywykła wprawdzie do widoku okaleczeń i obrażeń, lecz to, co się stało z obliczem jej męża, przekracza wszelkie wyobrażenie.

– Wyciągnij mi te pieprzone dreny… – Jasem błaga ją słabo. – Ten łapiduch mówił, że już na drugi dzień trzeba je usunąć, a one wrastają w moje pokiereszowane ciało od trzech dób. Chcesz mnie zabić, kobieto? Znajdź jakiś przyjemniejszy sposób.

– Mogę ci je wyszarpać w każdej chwili, tyle że całą gębę masz zapuchniętą. Pod skórą, we wszystkich dołkach i nierównościach, zbiera się płyn owodniowy. – Daria tłumaczy mu jak dziecku, a on nawet nie może na nią groźnie spojrzeć, bo oczy ma zupełnie zatopione w obrzękach.

Jasemowi serce bije jak młotem i czuje się fatalnie. Operacja go osłabiła, lecz to nie cierpienie fizyczne doskwiera mu najbardziej, bo jest młodym, silnym mężczyzną, ale psychiczne. Nie może znieść tego, że jest niesprawny i całkowicie ubezwłasnowolniony, zdany na łaskę i niełaskę dawnego kolegi oraz swej żony. Ufa jednak Darin – skoro tyle razem przeszli i go nie porzuciła, to znaczy, że i teraz go nie zdradzi.

– Musisz sprowadzić doktorka – sugeruje w końcu. – Nie ma wyjścia. Już nawet nie chodzi o ten pieprzony ból, który rozsadza mi łeb, ale o to, że mnie zainfekował. Ja gniję! Czujesz ten smród? – Daria kiwa głową, a gdy orientuje się, że mąż nie jest w stanie tego zauważyć, delikatnie gładzi go po zimnej, spoconej dłoni. – Powiedz mi, co tak czadzi? – dopytuje Jasem. – Lubię wiedzieć, na czym stoję. Przecież zdobyłaś szlify felczerskie w takich osławionych miejscach jak kalifackie kobiece więzienie czy harem, więc z gniciem i śmiercią jesteś za pan brat – ironizuje, wracając do niechlubnej przeszłości, którą sam zgotował ukochanej żonie.

– Wdało się zakażenie i wraz z płynem przez dreny zaczyna wyciekać ropa z krwią – chłodno informuje domorosła medyczka. – Antybiotyk nie pomaga, choć jest dożylny i mocny. Tak naprawdę powinien być stosowany tylko w stacjonarnej hospitalizacji. Odkażać ran od zewnątrz nie ma sensu; wszystkie szwy dobrze się goją, są suche, a nici, którymi zaszył cię lekarz, rozpuszczą się same. Cały stan zapalny jest w środku. Może ten ból idzie od kości?

– Optymistyczne prognozy... – Jasem usiłuje się uśmiechnąć, ale tylko wykrzywia nienaturalnie twarz. Wygląda przy tym jak wynaturzona poczwara. – Idź do Maulida, naszego gospodarza, i zmuś go, żeby bezpiecznie przywiózł tu lekarza.

– Co znaczy „bezpiecznie"?

– Tak, by łapiduch nie narobił hałasu i nie poznał miejsca naszego pobytu, bo obawiam się, że mógłby na nas donieść.

– Chcesz go zabić po wizycie?

– Niekoniecznie. Może się nam jeszcze przydać. – Na jaw wychodzi cała logika mordercy. Nie zastanawia się nad tym, że pozbawienie kogoś życia jest grzechem śmiertelnym nie tylko dla chrześcijan, ale też dla muzułmanów. Decyduje o czyimś istnieniu, używając pokrętnych kryteriów i wysuwając na pierwszy plan przydatność delikwenta dla własnych interesów.

– Może pojechałabym z nimi, by dopilnować transportu? – nieśmiało proponuje Daria.

– Świetny pomysł! – Jasem odruchowo chce pokiwać głową, lecz sparaliżowany bólem, bezwiednie opada na poduszki. – Weź broń, dobrze? I wracaj szybko, kochanie. – Wyciąga do żony drżącą rękę, a ona ściska ją pocieszająco.

Daria zastanawia się, co zrobić. Jasem jest przykuty do łóżka – nikt jej nie pilnuje i w każdej chwili może wyjść z mieszkania. Teraz na dokładkę zgodził się, by pojechała po lekarza. Mogłaby z nim uciec! Może by jej pomógł? Dałby kontakt do kogoś? Amir nie jest jednak dla Darii wiarygodny, a w Damaszku nie ma polskiej ambasady, do której mogłaby się udać po ratunek. Daria nikogo tu nie zna. Marysia i Hamid nie dotarli… Kiedy sama jest wreszcie gotowa, by zrejterować, oni hulają sobie po świecie. W ogóle się o nich nie martwi – przeciwnie: czuje rozgoryczenie i żal. Nie bierze pod uwagę tego, że coś im się stało. Myśli, że nic złego nie może spotkać Binladena, który jest kuty na cztery kopyta, a poza tym ma kasy jak lodu. Niesprawiedliwie osądza, że bliskim widać nie zależy na niej tak bardzo, skoro nie dali z siebie wszystkiego, by przyjść jej z odsieczą. Dlatego postanawia się trzymać pierwotnego planu i zostać ze swoim mężem – przynajmniej do czasu, aż dotrą do jakiegoś bezpiecznego miejsca, skąd ucieczka będzie realna i nie zakończy się fiaskiem. Kobieta, która wcześniej nie była w stanie porzucić swego prześladowcy, bo uzależniła się od niego jak ofiara od kata, teraz przegląda na oczy – obecnie jasno widzi, że Jasem zmienił się tylko pozornie, i powoli jej serce przestaje drżeć na dźwięk jego czułych słówek. Gdyby mąż się zorientował, że chce go zostawić, tym razem na pewno by jej nie darował. Zabiłby ją, mimo że nosi w sobie jego dziecko. Przecież to psychopatyczny sadysta i morderca. Teraz bardzo ją kocha, ale za chwilę może równie mocno znienawidzić.

– Sama to załatwię – zwraca się do męskiej asysty, gdy są już w drodze. Ochroniarze chowają broń, by jakiś mijający ich przechodzień bądź inny kierowca jej nie zobaczył. – Zrobię to bez zbędnego szumu, po cichu. Może da mi jakieś rady albo mocniejsze lekarstwa i nie trzeba będzie zabierać go ze sobą. Prawdopodobnie to typowe objawy i nie należy panikować, a jedynie poczekać – stara się przekonać oprawców, którzy od jej męża dostali inne dyrektywy.

– Kobieto, sam chciałbym już to mieć z głowy – wyznaje Maulid. – Ja, żona i dzieci też musimy stąd zwiewać. Jedyne, co nas trzyma na miejscu, to obietnica, którą złożyłem Jasemowi. Blokujecie nas! – Fałszerz wybucha gniewem, grunt pod nogami pali się mu bowiem prawie tak samo jak Jasemowi.

Daria jest pełna pogardy do mężczyzny – wie już, że nie jest on poczciwym Arabem, który wyciągnie pomocną dłoń do swego druha w potrzebie, tak jak kiedyś bywało wśród przedstawicieli ich nacji, ale przekupnym sprzedawczykiem, który po spreparowaniu lewych paszportów dostanie do ręki pięćdziesiąt tysięcy dolarów. Na dobry start w Europie mu wystarczy i dzięki temu nie będzie musiał gnieździć się jak bydło w obozach dla uchodźców na Bliskim Wschodzie. Nikt tu nikomu grzeczności nie robi – to oczywiste.

– Idź, ale jeżeli koleś zacznie ściemniać lub cię zwodzić, nie obejdzie się bez interwencji – decyduje Syryjczyk.

Daria z duszą na ramieniu wysiada z auta i kieruje się do kliniki. *Jak tu spokojnie, jak przyjemnie*, zachwyca się. W tej bogatej dzielnicy w ogóle nie czuć atmosfery wojny, która rujnuje ten biedny kraj od wielu lat. Chyba ostatnim dżihadystą, który tu działa, jest doktor Amir; Daria nie ma wątpliwości, że dołączył on do fundamentalistów. Któż inny wychowałby córkę na szaloną zbrodniarkę, z oddaniem realizującą chore idee w kalifacie? Któż inny osobiście pomagałby przywódcom po upadku Państwa Islamskiego? Tylko aktywny działacz!

– Czy jest doktor Amir? – pyta Daria w recepcji, a gdy dziewczyna siedząca za ladą spoziera na nią wilkiem spod ściągniętych brwi, dodaje: – Muszę się z nim pilnie zobaczyć. Nie zajmę mu wiele czasu. – Uśmiecha się i ma nadzieję, że znów nie poleje się krew. Jej serce jednak krzyczy.

– Doktor jest zajęty. – Młoda Syryjka zna tych pacjentów i nie chce mieć z nimi nic wspólnego. Z pogardą i lekceważeniem nadyma usta.

– Albo ja się z nim zobaczę, albo ktoś inny, dużo mniej przyjemny… – Daria kładzie torebkę na ladzie i zasłaniając ją swoim ciałem, wysuwa z niej lufę glocka. – Przyprowadź go tu na-tych-miast – cedzi słowa teatralnym szeptem.

Recepcjonistka szarzeje na twarzy i wytrzeszcza oczy; prawdopodobnie pierwszy raz w życiu widzi wymierzoną w siebie broń.

– Jest w sali zabiegowej…

– To go stamtąd wywołaj. I to już!

– Tak, pani… – Młoda dusi się, gdyż ze strachu zapomniała oddychać, i czuje, że za chwilę się posika. – Ja… – Musi się złapać lady, bo kolana jej miękną.

– Ty pójdziesz po Amira, a ja zaczekam w jego gabinecie. – Daria widzi, że musi wziąć sprawy w swoje ręce, bo Syryjka nie jest w stanie logicznie rozumować. – No, zmykaj! Powiedz mu, że znajoma z Saudi czeka. – Chowa broń do torebki i popycha dziewczynę.

Nie mijają dwie minuty, a drzwi gwałtownie się otwierają i do gabinetu wpada podenerwowany lekarz.

– Czego mi straszysz personel?! Co za maniery! Tyś się do nich nadała, a nie moja biedna zniewolona córka Sara.

– Pewnie, pewnie! Gadaj zdrów! – Daria z dezaprobatą lustruje Palestyńczyka i po arabsku pogardliwie cyka językiem o podniebienie. Amir nie potrafi ukryć strachu, trzęsie się jak osika, a jego twarz zrasza pot. – Coś zrobił Jasemowi? – Dziewczyna od razu przechodzi do ataku. – Zamiast zmienić wygląd, facet zaraz się przeprowadzi na tamten świat! Zakaziłeś go, ty draniu!

– Nie rozumiem…

– Czego nie rozumiesz?! On gnije! Śmierdzi trupem! Za chwilę z twarzy zaczną mu wyłazić larwy.

– Widocznie zainfekowaliście rany.

– Gówno prawda! Szwy się zagoiły, całe zakażenie jest w środku.

– Mówiłem, że musi zostać u mnie przynajmniej dobę. Po tym zabiegu nie powinno się przyjmować pionowej pozycji.

– Co ty gadasz, facet?! – krzyczy Daria. *Chyba zaraz go odstrzelę! Taki kit mi będzie wciskał!*

– Jeśli tak się znasz na medycynie i przebiegu rekonwalescencji, dam ci sterydy, którymi będziesz mu ostrzykiwała twarz, najpierw dwa, a potem raz dziennie. – Amir zauważa w oczach niegdyś potulnej dziewczyny złość i bezwzględność i stwierdza, że nie ma co igrać z ogniem, bo niechybnie straci życie. Na Binladenów pewnie już się nie doczeka, więc ten drań *dżihadi* John znów się wymknie. Lecz jeśli zabiją i jego, to kto wyciągnie Sarę z kalifatu? W końcu Hamid nie jest jedyny, a za forsę zawsze się kogoś znajdzie. Oczywiście pod warunkiem, że będzie to ogromna forsa. – Dam ci też maseczki nasączone antybiotykiem i specjalnym balsamem przeciwbólowym i antyseptycznym. Najpierw je schłodź w lodówce, a potem nakładaj mu na twarz. Mają ściśle przylegać do skóry. Do trzech dni wszystko minie – kończy instruktaż, fałszywie się uśmiechając.

– Dobrze, dziękuję. – Daria zbiera się do wyjścia z marsową miną. – A powiesz mi, czemu nie dałeś tego wszystkiego zaraz po zabiegu?

– Skąd mogłem wiedzieć, że będą komplikacje?

– A co z drenami? – indaguje felczerka, stojąc już w progu.

– Jeśli są wysięki, potrzymaj je jeszcze ze dwa dni. Kto mu założy nowe w razie czego? Ty? – Lekarz kpiarsko celuje w nią palcem.

Ty, pseudodoktorku!, Daria jest wściekła, bo wie, że zabieg kosztował Jasema grube tysiące dolarów, a został wykonany wyjątkowo nieprofesjonalnie. *Trzeba cię było jednak zabrać na przejażdżkę. Taką w jedną stronę…*

Młoda kobieta zna wartości i zasady, jakimi powinien się kierować uczciwy człowiek, lecz jej natura została spaczona podczas wspólnego życia z potworem. Od początku tragicznej miłosnej przygody Jasem systematycznie manipulował i niszczył kobietę. Wtedy, gdy jeszcze była niczego nieświadoma i cieszyła się uczuciem, jak i później – gdy usiłowała się przeciwstawić arabskiemu mężowi. Zhardziała dopiero w więzieniu i haremie, które zaprawiły ją w walce o przetrwanie. Wspólne życie z Jasemem w kalifacie też spaczyło jej osobowość, bo z jednej strony czuła się jak więzień, a z drugiej chciała być ze swoim katem. Nie mogła się od niego uwolnić – ani psychicznie, ani fizycznie, bo mężczyzna raz ją krzywdził i był śmiertelnie niebezpieczny, a raz dawał miłość i spełnienie, szczęście i pełną akceptację. Zabójstwa, których się dopuściła, za każdym razem ratując własne życie, też wyryły głęboki ślad w jej psychice. Kiedy już ma się na rękach krew – nieważne, ludzi winnych czy niewinnych – postrzeganie świata staje się zupełnie inne, a dusza, choćby kiedyś najczystsza, zostaje nieodwracalnie zbrukana.

Jasem pod wpływem nowej terapii zdrowieje w okamgnieniu, dosłownie jakby zadziałały jakieś czary.

– Mam wrażenie, że to była wina lekarza – stwierdza po trzech kolejnych dniach, obserwując w lustrze swą nową twarz. Nadal jest trochę zapuchnięta, ale wygląda już normalnie. – Ten konował chciał nas opóźnić i przehandlować naszą skórę. Jak myślisz? – zwraca się do żony, a ona tylko kiwa głową. Wcale nie jest jej żal medyka, którego los jest teraz w rękach dżihadystów.

– To cholerny hochsztapler i oszust – potwierdza. – A do tego wredny facet.

– Ale sprytny. Już się rozmył we mgle.

– Jak to?

– Maulid złożył mu wizytę, ale oprócz recepcjonistki, posikanej ze strachu, nikogo nie zastał w klinice. Musiałaś ją nieźle nastraszyć, bo ponoć powtarzała jak katarynka, że madam Darin dostała wszystko, czego zażądała. – Mężczyzna śmieje się, ale zaraz wykrzywia się z bólu, wszelkie mimiczne grymasy jeszcze mu bowiem nie służą.

– Cóż, byłam trochę zdesperowana i zdenerwowana. – Daria bierze męża za rękę, pomaga mu się położyć na starej, śmierdzącej sofie i nakłada schłodzoną maseczkę na jego twarz. – Już niedługo będziemy mogli stąd wyjechać, prawda? – indaguje.

– Tak, koniecznie. Zwłaszcza że Maulid się na nas wypiął. Skończony tchórz! Żaden z niego przyjaciel! – denerwuje się Jasem. – Jak było dobrze, kiedy miałem władzę i pieniądze, to trzymał się mnie jak rzep psiej dupy, a gdy człowiekowi trochę się powinęła noga, to wycyckał z grubej kasy i zwiał. Jutro o piątej po południu my też ruszamy.

– Samolotem? – delikatnie sonduje Daria, bo pamięta gwałtowne reakcje męża, kiedy naciskała, by czegoś się dowiedzieć.

Jednakże w ciągu ostatnich tygodni, pod wpływem fizycznej słabości i cierpienia, mężczyzna tak bardzo się zmienił, że pół-Polka powoli zapomina o złym, zabójczo niebezpiecznym Jasemie z kalifatu i zaczyna się delektować życiem u boku człowieka, którego wieki temu pokochała i dla którego poświęciła niewinność, spokój i rodzinę. Teraz ma przy sobie już nie opętanego fundamentalistę, ale całkiem miłego, zwykłego faceta, za jakiego miała swojego Johna jeszcze w Rijadzie.

– Kochanie, trasa nie będzie łatwa, ale mam nadzieję, że jeszcze wykrzeszesz z siebie siły, aby ją znieść. – Troskliwy partner wtajemnicza żonę w plan, delikatnie gładząc jej zaokrąglony brzuszek. – Z Damaszku do Bejrutu pojedziemy samochodem, ale to ledwie sto piętnaście kilometrów, które w większości można pokonać całkiem niezłą autostradą. Zajmie nam to dwie godziny, może z małym haczykiem.

– Będziemy się przeprawiać przez lądową granicę? – Daria jest przerażona. – Z tymi tysiącami uchodźców?

– Nie żartuj sobie! My komfortowo, a oni z buta. – Mąż obcesowo nakreśla różnicę między uczciwymi biedakami a prominentnymi byłymi dżihadystami. – Nie chcę ryzykować lotu z Damaszku państwowymi liniami Syrian Air, gdzie wszyscy pasażerowie są dokładnie sprawdzani i prześwietlani do podszewki. Tam mogłoby być naprawdę gorąco. – Wymownie spogląda Darii w oczy. – Chociaż upłynął już miesiąc od zabiegu, sińce i opuchliznę nadal widać, a zdjęcie w paszporcie jest mocno podretuszowane.

– Masz rację. Na lotniskach przeważnie są lepsi specjaliści niż na innych przejściach granicznych. Ale skąd my weźmiemy samochód, kiedy twój kolega nas zostawił? Co za świnia! – Daria, jak urodzona Arabka, wyrzuca ręce w górę i chwyta się za głowę. – Niech mu Allah wypłaci za taką niegodziwość!

– Nic się nie bój. Chodź, połóż się tu przy mnie. – Jasem poklepuje brudną tapicerkę kanapy i w powietrze unosi się kurz. – Nadal mam dużo znajomych na całym świecie. Nie zginiemy, kochanie.

Ciężarna kładzie się przy swoim mężczyźnie. Sama już nie wie, czy ma z nim być na dobre i na złe, czy samotnie uciekać w nieznane, zdana na poniewierkę. Nie chce być też ciągle jak rozdarta sosna, ciągle między młotem a kowadłem. Wie, że musi w końcu podjąć jedną, słuszną decyzję i przestać się zadręczać. Chwilowo uspokojona, po raz pierwszy od dłuższego czasu wsłuchuje się w swoje ciało. Czuje przelewające się w brzuchu bąbelki i pierwsze ruchy dziecka. Zadowolona, bierze dłoń Jasema i przykłada do brzucha. *Wszystko się ułoży. Wreszcie będziemy żyć jak dobra, zwyczajna, nudna rodzina*, ostatecznie sobie obiecuje.

Jasem podczas pierwszej wyprawy z Rakki do Damaszku zamówił u fałszerza Maulida dwa irlandzkie paszporty – dla żony i dla siebie, czyli państwa O'Sullivan. Od teraz Daria miała nosić imię Aoife[1]. W języku celtyckim oznacza ono niewiastę piękną, promienną i radosną, mitologia irlandzka zaś wymienia ją jako największą wojowniczkę na świecie. Dla siebie pół-Syryjczyk wybrał imię Sean – odpowiednik imienia John, o wymownym znaczeniu

[1] Aoife (irlandzki) – wym. Iifa.

„Bóg jest łaskawy". Daria jednak zbuntowała się wobec imienia, którego nikt, kto zobaczy je na papierze, nie będzie w stanie poprawnie wymówić. Jeśli John ma nosić imię będące irlandzkim odpowiednikiem dotychczasowego, ona postanowiła być irlandzką Darią. Stwierdziła, że Darina brzmi pięknie i jest bardzo bliskie arabskiej wersji, którą szczerze pokochała.

Daria i Jasem – z nowymi paszportami i w nowej skórze, w której nikt nie rozpoznałby dawnego arabskiego męża i arabskiej żony z kalifatu – luksusowym fordem escalator, prowadzonym przez szofera, ciemną nocą przejeżdżają przez syryjską granicę i bez najmniejszych komplikacji wjeżdżają do Libanu. Nikt ich nie zatrzymuje, nikt nie indaguje, zwłaszcza gdy celnicy widzą, że to małżeństwo, a kobieta jest w ciąży. Uciekinierzy muszą tylko się pilnować, żeby nie pisnąć ani słówka po arabsku. Przywykli już do tego języka, a teraz znów będą musieli się przestawić na angielskie miauczenie. Już od jakiegoś czasu słuchali audycji radiowych i oglądali programy telewizyjne, żeby zniwelować swój brytyjski akcent i nauczyć się irlandzkiego. Opanowali też parę słów w gaelickim, żeby być jeszcze bardziej przekonywający.

– Ależ to wspaniałe miasto! – Darii z zachwytu aż zapiera dech. – Nie sądziłam, że to taka nowoczesna metropolia. Myślałam, że jest całkiem zrujnowane przez wojnę, która toczyła się tu chyba z piętnaście lat.

– Kochana, kiedyś Bejrut nazywano perłą Bliskiego Wschodu! – uświadamia ją mąż. – Potem, tak jak mówisz, popadł w ruinę, ale teraz znów jest na dobrej drodze, by stać się światowym centrum, nieustępującym Dubajowi czy Abu Zabi, które są znane z tego, że ociekają bogactwem.

– I te wspaniałe wieżowce, tyle neonów i reklam. Och! – Kobieta przykleja policzek do szyby, chcąc zobaczyć szczyty wysokich na kilkadziesiąt kondygnacji budynków.

– Eklektyzm i dynamika: to dwa hasła, którymi najkrócej można opisać to miasto. – Jasem dawno nie widział żony tak szczęśliwej i sprawia mu to ogromną przyjemność. – Nowoczesność przenika się tu ze śladami historii, bogactwo z biedą, klasycystyczne wille z arabskimi bazarami, a skąpe bluzki, odsłaniające kobiece brzuchy, z czarnymi nikabami, zza których widać jedynie piękne oczy Libanek.

– Boże, gołe kobiece brzuchy! – Pół-Polka pokazuje palcem na młode kobiety, uczennice liceum czy studentki, wychodzące właśnie z nowoczesnego pubu w towarzystwie mężczyzn. – Gołe brzuchy! – Wybucha histerycznym śmiechem. *A za kosmyk włosów wychodzący spod kwefu*[1] *w Rakce można było stracić życie*, przebiega jej przez myśl. Wspomnienie to jednak rozpływa się zaraz pod wpływem emocji i natłoku wrażeń.

– I ty mi pokazujesz takie rozpustnice? – Jasem, który ma teraz pociągłą twarz, krótki prosty nos i małe uszy, kręconą grzywkę nad grubymi ryżymi brwiami i seksowny dołeczek w brodzie, śmieje się serdecznie. A przecież tkwiący w tej nowej skórze grubo ciosany dżihadysta jeszcze niedawno uważał podobne dziewczyny za bezbożnice i niewierne; sam skazywał je na śmierć, niejednokrotnie osobiście wykonując

[1] *Kwef* (francuski *coiffe* oznacza czepek, nakrycie głowy) – zasłona na twarz noszona przez muzułmanki.

wyrok. – Dobra z ciebie żona. – Przytula do siebie Darię. – Sama widzisz, że meczety sąsiadują tu z klubami nocnymi i sklepami z wyszukaną bielizną. Muzułmanie mieszają się na ulicy z arabskimi chrześcijanami, maronitami. To jest miasto, które przyjmuje pod swoje skrzydła każdego, rozbrzmiewając wieloma językami i wprost się nurzając w wielokulturowości. I wciąż pędzi do przodu.

– Idealne miejsce dla uchodźców – stwierdza nagle Daria, zmieniając i temat, i atmosferę. – Każdy może się tu dobrze czuć.

– Na całym szerokim świecie zawsze najlepiej się czują bogaci, a uciekinierzy przeważnie do takich nie należą – podsumowuje Jasem przez zaciśnięte zęby. Na jego skroni zaczyna pulsować żyła – znak, że jest podenerwowany. – Czy naprawdę musimy cały czas rozmawiać o tych zawszonych banitach? Każda rozmowa się do tego sprowadza.

– Masz rację. Nie wiem, czemu tak mi to chodzi po głowie – usprawiedliwia się Daria, choć złe humory męża ani nie doprowadzają jej już do szewskiej pasji, ani nie powodują panicznego strachu. Zmiana wyglądu, ubioru i miejsca pobytu wpływa zbawiennie na psychikę człowieka i jego zachowanie. – Bogactwo w tej części miasta odczuwa się na każdym kroku. Czy to rolls-royce? – Skupia uwagę na wielkim samochodzie, który ma na wyciągnięcie ręki.

– Tak, tak... – Jasem się uspokoił, jednak wyraz jego oczu stał się nieobecny. Nawet mówi głosem monotonnym i wypranym z emocji. – Eleganckie limuzyny płyną szerokimi ulicami, wystrojone kobiety odwiedzają markowe sklepy, a mężczyźni w garniturach z salonów sławnych projektantów nie odrywają od ucha najnowszych modeli smartfonów. Rozentuzjazmowani studenci Uniwersytetu Amerykańskiego w Bejrucie oblegają bary z szybkimi przekąskami, jednego dnia wybierając ofertę McDonalda, drugiego – tradycyjny falafel[1]. Ulice kipią od ruchu i od życia. – Zamyka oczy z tajemniczym, kpiarskim wyrazem twarzy. Daria nie wie, co ma o tym myśleć. – Tak to brzmiało w jakiejś tam reklamie. – Mężczyzna wybucha śmiechem, pokazując nowe, bieluteńkie i równe zęby.

– Wybierzemy się kiedyś do McDolca? – pyta Daria z udawanym błaganiem w głosie. – Już chyba nie pamiętam tego smaku. Za to pamiętam doskonale, że uwielbiałam cheeseburgery.

– Oczywiście. Spędzimy w Bejrucie parę dni, może nawet z tydzień – obiecuje mąż, lecz żona wie, że nie może bezgranicznie mu wierzyć, bo ich los nadal spoczywa tylko w jego rękach i on sam podejmuje decyzje, o których Daria nie ma zielonego pojęcia. Kobieta jednak obiecuje sobie, że to się skończy. Kiedy gdzieś osiądą, gdy urodzi dziecko i stanie się bardziej samodzielna, w końcu będzie miała coś do powiedzenia.

Stolica Libanu pnie się do nieba – z każdym miesiącem o kolejne piętra. Pas wzdłuż morza to ciąg podświetlanych nocą drapaczy chmur, pełnych szkła i stali, ze szpalerem palm i egzotycznych roślin na dachach oraz balkonach.

[1] Falafel (arabski) – smażone kulki/kotleciki z mielonego bobu lub ciecierzycy z przyprawami.

Pomiędzy nimi majaczą sylwetki budynków, które dopiero powstają. Pozostało już niewiele kolonialnych starych kamienic, jak i tych o specyficznym arabskim charakterze – z płaskim dachem, na którym rozwiesza się pranie czy przesiaduje w upalne noce; teraz stanowią one perełki wśród bezdusznych olbrzymów.

Państwo O'Sullivan zatrzymują się w pięknym dwupoziomowym apartamencie z widokiem na Morze Śródziemne. Wynajmują go za pośrednictwem Airbnb – firmy turystycznej działającej on-line, przez którą każdy, bez niepotrzebnej inwigilacji, może wynająć mieszkanie, pokój, apartament czy dom na całym świecie. Wystarczy mieć aktywną kartę kredytową w jednym z sieciowych komercyjnych banków. Mieszkanie jest ogromne i bardzo komfortowe, w typie loftu, znajduje się bowiem na dwóch ostatnich kondygnacjach wieżowca. Ma nawet wspaniały ogród na dachu.

– Och, co za miejsce! – Daria jest podekscytowana i pomimo późnej godziny biega po pomieszczeniach jak skowronek. – A jaki widok z okna sypialni! Niesamowite! Coś cudownego!

– Chodź za mną. – Jasem, znów pogodny i zadowolony, bierze żonę za rękę i prowadzi stromymi, metalowymi, krętymi schodami na górny poziom. – Oto twój zagajnik – oznajmia z chytrą minką.

– *Wallahi*[1]! – wyrywa się zarabizowanej pół-Polce, ale zaraz zakrywa usta dłonią, bo przecież teraz ma udawać Irlandkę. – Jaka obłędna panorama!

[1] *Wallahi* (arabski) – Na Boga! Na Allaha!

– To międzynarodowy port, gdzie zawijają liczne statki i kontenerowce. – Jasem wskazuje na zatokę widoczną z tej wysokości jak na dłoni. – Tamten wysoki budynek w oddali to Uniwersytet Amerykański, a na nabrzeżu kilometrami ciągnie się bulwar, na którym wieczorami tętni życie miasta. Po zmierzchu wylewa się na niego rzeka ludzi, niektórzy przynoszą rozkładane krzesełka i nargile, a inni siadają gdzie popadnie.

– Pójdziemy tam?

– Pójdziemy.

– A czy nie moglibyśmy się tu osiedlić? – otwarcie pyta kobieta, która zakochała się w tym mieście od pierwszego wejrzenia. – Proszę...

– Ja też bym chciał, zwłaszcza że dość dobrze znam to miejsce, ale ktoś mnie tu może rozpoznać, zresztą ciebie również. Zbyt wielu uchodźców, kochanie. Dlatego tak denerwuje mnie dyskusja na ten temat, a jeszcze bardziej użalanie się nad nimi. Są jak wezbrana rzeka, wszystko na swej drodze niszczą, wdeptują w ziemię, a jak odchodzą, pozostawiają tylko śmieci i gnój. Obecnie stanowią oni dwie trzecie mieszkańców tego małego kraju. Zobaczysz: prędzej czy później rozpęta się tu prawdziwa zawierucha.

– Tak myślisz? – Daria smutno spoziera na cudowną krainę, która choć emanuje rozmachem, tchnie też spokojem, i nie potrafi uwierzyć, że to miejsce mogłoby przypominać Syrię – zrujnowaną i potępioną, przeklętą przez samego Boga.

– My mamy gdzieś spokojnie osiąść. Możemy wieść żywot normalnych zjadaczy chleba, nie narażając się na rozpoznanie. Nasza śmierć nikomu nic nie da, nic nie przyniesie, a dla nas będzie niechlubnym zakończeniem wspaniałego, acz krótkiego życia.

– Wspaniałego… – powtarza szeptem Daria, bo w tym momencie jej myśli krążą wokół zupełnie innych wspomnień.

Widzi pojedyncze sceny z młodości, ale jest tak, jakby nikogo z jej bliskich przy niej nie było. Później przed jej oczami przewija się podróż u boku wybranka przez Europę i Egipt aż do Damaszku, Palmiry i Rakki. Znowu widzi zabytki, luksusowe hotele, ekskluzywne sklepy, błękitne lub rozgwieżdżone niebo i pustynię, meczety, tłum skandujący: *Allahu akbar*[1]. A wszystkie te obrazy przywołują wspomnienie męża, który jest niewyobrażalnie silny i bezkarny, który pragnie mieć władzę nad ludzkim życiem i śmiercią, który bawi się w Pana Boga.

Pierwsze dwa dni małżonkowie spędzają, regenerując siły. Praktycznie nie opuszczają apartamentu i nie spotykają się z nikim – Jasem za to godzinami debatuje przez telefon z działaczami pseudo-Państwa Islamskiego, którzy jeszcze pozostali przy życiu i są na wolności. Często oboje przesiadują na wielkim tarasie, rozkoszując się morską

[1] *Allahu akbar!* (arabski) – Allah jest największy! Bóg jest wielki!; zwrot ten stanowi *takbir* – muzułmańskie wyznanie wiary; często powtarzany w wielu codziennych sytuacjach, a przez dżihadystów i fundamentalistów używany jest jako okrzyk przy wszystkich niegodnych zbrodniczych czynach.

bryzą, która przynosi ukojenie ich skołatanym nerwom. Mężczyzna jednak nie jest w stanie uspokoić myśli. Zastanawia się, czy dobrze postąpił, uciekając z Rakki, i czy nie jest zwykłym tchórzem i dezerterem. Jego ścisły umysł podpowiada mu jednak, że był na przegranej pozycji i nie mógł już czekać na cud, a poza tym ratował nie tylko własną skórę, ale też życie swej ukochanej żony i syna.

Zmiana pod wpływem tragicznych doświadczeń, fizycznej słabości i bólu jest jednak tylko pozorna, bo na dnie serca dżihadysty niczym drzazga wciąż tkwi chora idea, która coraz mocniej się tli pod wpływem układania planu na przyszłość. Inteligentny mężczyzna zdaje sobie sprawę, że obecna batalia została przegrana, lecz jutro należy do idealistów, a on uważa się za jednego z nich. Następnym razem inaczej to rozegrają, inaczej zaplanują, zrobią to z głową i w białych rękawiczkach, a nie brutalnie jak zbrodniarze. Teraz ciężko jest kogokolwiek przekonać do czegoś siłą. Czasy średniowiecza, w których działał prorok Muhammad, minęły bezpowrotnie i stosowane wówczas metody, jak widać, nie są już skuteczne. Dlatego koncepcja idealnego muzułmańskiego państwa musi ewoluować, dopasować się do współczesności. Jasem ma zamiar tego dokonać. *Znajdą się mądrzy muzułmanie, którzy podążą za mną nie z mieczem, ale z gałązką oliwną w dłoni. A wtedy weźmiemy wszystkie te krnąbrne baranki za gardło.*

W cudownym i spokojnym miejscu, jakim dla Darii jest Bejrut, brzemienna Daria powoli acz skutecznie odcina się od tragicznych wspomnień, wymazuje je z pamięci, tak jakby piekło, przez które przeszła, w ogóle nie istniało. Gehenna powraca do niej jedynie w snach, ale też coraz rzadziej. Nowy paszport, nowa twarz i nowy dom sprawiają, że czuje się tak, jakby rozpoczęła nowe życie i jakby tamtego makabrycznego w ogóle nie było. Małżeńska egzystencja jawi się jej tylko w różowych barwach. Myślami sięga do wspaniałej przedślubnej podróży oraz samej uroczystości zaślubin w Hurghadzie, pobyt w Damaszku i zniewolenie przez męża sadystę wymazuje z pamięci. Odcina się od Palmiry, nie chce pamiętać, dlaczego poroniła swoje pierwsze dziecko, nie wspomina więzienia i pobytu w haremie. Wybiórczo widzi obrazy, które są dobre, a złe świadomie koloryzuje. Zapomina też o swojej rodzinie – matce Dorocie, kochanym ojczymie Łukaszu, Marysi, uwielbianej siostrze, jej dzieciach, które tak hołubiła, oraz mężu, przystojnym i dobrym Hamidzie Binladenie. Nie ma już dla nich miejsca ani w jej pamięci, ani w sercu. Ponownie uzależnia się od swojego ukochanego, który z każdą chwilą przywiązuje ją do siebie coraz bardziej.

– Masz ochotę wyjść na miasto? – pyta Jasem pewnego popołudnia, kiedy piją na tarasie zieloną herbatę z miętą. – Nadal masz apetyt na zwiedzanie?

– Oczywiście! – Daria aż się rwie na zewnątrz, bo po paru dniach lenistwa czuje się w apartamencie jak ptak w złotej klatce. – Tyle tu wspaniałości! Pragnę zobaczyć choć część z nich.

– W takim razie zbierajmy się. Ale musisz się przebrać, bo trochę dziwnie będzie wyglądała blond Irlandka

w tradycyjnej arabskiej sukni. – Mężczyzna śmieje się i mruga figlarnie, a Daria przez ułamek sekundy widzi siebie jako kobietę szczelnie okrytą czarną materią. Ale że nie ma już Darin i nie ma jej w kalifackiej stolicy, to i tamta uciemiężona Arabka rozmywa się w jej pamięci.
– Musimy się porządnie obkupić, bo naprawdę nie mamy co na grzbiet włożyć – decyduje Jasem.

– Z miłą chęcią. Chociaż ja nie będę teraz szaleć z zakupami, bo za chwilę wszystko i tak będzie za małe, a później znów za duże.

– Może nie poprzestaniemy na jednym potomku, to ciążowe łaszki ci się przydadzą. – Mężczyzna przyciąga swoją wybrankę i czule szepcze jej do ucha: – Poza tym przyszłe mamy też powinny chodzić w markowych ciuchach, zwłaszcza europejskie mamy, żony facetów z grubymi portfelami pracujących w korporacji.

– Chyba że tak. – Daria chichocze uszczęśliwiona i rozbawiona tą perspektywą.

– Czy wiesz, że niemal od początku istnienia Bejrut był handlową i kulturalną perłą? – Już w taksówce Jasem wprowadza żonę w historię stolicy Libanu. – Dlatego każdy, kto ma ochotę na szalone zakupy, znajdzie tu coś dla siebie. Najważniejsza pod tym względem jest dzielnica Hamra – tam znajdziemy mnóstwo sklepów, zarówno markowych butików, jak i dużych galerii. Jest tam też nowoczesna wersja tradycyjnych suków[1], przykrytych dachami i chłodzonych lodowatym powietrzem płynącym

[1] *Suk, suq* (arabski) – arabski targ, market z różnorodnymi towarami.

z licznych klimatyzatorów, ze wszystkim, czego dusza zapragnie.

– Uwielbiam suki! Nawet bardziej niż modne centra handlowe – mówi Daria, oszołomiona widokami za oknem.

– Ale nie myśl, że Hamra to tylko zakupy – kontynuuje bywalec metropolii. – Dzielnica przyciąga studentów, artystów i pisarzy. Spotykają się w knajpkach, rozsianych po kameralnych uliczkach, i dyskutują nad filiżanką espresso. Są tam też staruszkowie, jak wycięci ze starej arabskiej ryciny, którzy przez większość dnia cierpliwie niżą modlitewne paciorki *tasbih*[1]. Później sprzedają je za niewielkie pieniądze wiernym, zmierzającym kilka razy dziennie do meczetu. Całkiem sympatycznie, nie uważasz? Niesamowity wręcz pluralizm to cecha charakterystyczna nie tylko Bejrutu, ale całego tego kraju.

– Uwielbiam zróżnicowanie i wielokulturowość – wzdycha Daria. – Nienawidzę za to nijakości i narzucania konwencji, rutyny i wzoru, który muszą naśladować, czy chcą tego czy nie – wypowiada swoje zdanie, świadczące o tym, jak straszliwie była ona ujarzmiona przez ostatnie lata.

– Niech pan jedzie przez centrum. – Jasem zwraca się do kierowcy, który wyczynia cuda na zatłoczonej ulicy, i kontynuuje opowieść niczym wprawiony przewodnik: – Za śródmieście stolicy uchodzi Stare Miasto, nieduży kwartał wypełniony kremowobeżowymi budynkami. Stare jest w zasadzie tylko z nazwy, bo po zniszczeniach wojny

[1] *Tasbih* (arabski) – muzułmański różaniec z 33 koralikami, niejednokrotnie wykonany z kamieni półszlachetnych lub szlachetnych.

domowej niewiele z niego pozostało. Dzielnicę odbudowano w latach dziewięćdziesiątych zeszłego stulecia, nawiązując w nowym projekcie do planów z przełomu dziewiętnastego i dwudziestego wieku. Musisz wiedzieć, że to wtedy Bejrut przeżywał swój największy rozkwit, nazywano go nawet Paryżem Bliskiego Wschodu.

– W życiu bym się nie domyśliła, że to najstarsza część miasta – mówi Daria z dezaprobatą.

– Kochanie, pod tymi chodnikami i asfaltem kryją się ślady zabudowań sprzed czterech tysięcy lat!

– Niesamowite... Można to jakoś zwiedzić?

– W twoim stanie raczej nie nadajesz się do lochów – podśmiewa się Jasem. – Nie dziwię ci się, że jesteś rozczarowana, bo te schludne budynki, stojące przy rozbiegających się promieniście od placu L'Etoile uliczkach, sprawiają trochę sztuczne wrażenie. W ciągu dnia, oprócz turystów, nie ma tu niemal nikogo. Ale za to wieczorem wszystko ożywa. Prominenci stolicy i bogaci turyści przychodzą wypić kawę w renomowanych kafeteriach czy zjeść byle jakie francuskie żarcie w szpanerskich restauracjach.

– To może od razu pojedźmy na tę Hamrę? – sugeruje Daria.

– Oczywiście tak zrobimy. Ale chciałem, żebyś najpierw rzuciła na to okiem z taksówki. Będziesz mogła zaszpanować, że tu byłaś. To takie tutejsze Pola Elizejskie. Będąc w Bejrucie, nie można tego nie zobaczyć.

Po wariackiej jeździe przez zatłoczone centrum małżonkowie docierają do nadmorskiej dzielnicy. Gdy przejeżdżają obok hotelu widmo, Daria wykręca aż głowę, chcąc zobaczyć zniszczony gmach.

– Cóż to takiego? Pożar strawił budynek? Czemu go nie odremontowali, skoro budują tu na potęgę?

– To taki symbol, pamiątka dawnych czasów.

– Dawnych czasów? Nie rozumiem.

– Najbardziej spektakularny przykład straszliwej przeszłości to właśnie ten wypalony do cna kilkunastopiętrowy dawny hotel Holiday Inn, przez miejscowych nazywany teraz Holiday Out. Jak widzisz, otaczają go nieco niższe, ale równie ponure domy o fasadach pooranych kulami i pociskami.

– Oczywiście wiem, że była tu kiedyś wojna, bo uczyłam się o tym w szkole, ale o co poszło tak naprawdę?

– Wojna domowa nękała ten kraj przez piętnaście lat, a do tego doszły konflikty z sąsiadami. Cholerny Izrael nękał Liban bombardowaniami i żeby nikt o tym nie zapomniał, zachowuje się takie milczące, smutne pomniki tego żydowskiego ludobójstwa.

Kierowca, który oczywiście podsłuchuje ich rozmowę, bo całkiem nieźle zna angielski, zerka we wstecznym lusterku na swojego europejskiego pasażera, zdziwiony głęboką nienawiścią w jego głosie, bo takie uczucia do Żydów żywią raczej Arabowie, a nie nadziani biali turyści.

– Cóż, teraz rozumiem, czemu jest tu tyle wojska i ochrony. Na początku mnie to zaniepokoiło.

– Moja spostrzegawcza, mądra dziewczynka. – Jasem obejmuje żonę i przyciąga do siebie, by ją pocałować, a Darię przechodzi dreszcz rozkoszy, zarówno ze względu na to zachowanie, jak i na pochlebstwo w ustach męża. – Uzbrojeni mundurowi na ulicach to wspomnienie trudnych czasów, ale i zwykła codzienność Bejrutu. Miasto żyje pod ich czujną obserwacją i perfekcyjną ochroną dwadzieścia cztery godziny na dobę siedem dni w tygodniu. Dlatego nie ma co panikować, gdy się zobaczy opancerzony pojazd lub umocnione workami z piachem stanowisko wartownicze na skrzyżowaniu. Tutaj tak jest od kilkudziesięciu lat i chyba nigdy się nie zmieni. Musisz sobie zdawać z tego sprawę, moja droga, że patrol może nas wylegitymować, a nawet poprosić o okazanie zawartości torby czy plecaka. – Patrzy na nią porozumiewawczo, kiwając przy tym głową.

– Masz nasze paszporty?! – Daria nagle prostuje się jak struna, nie chciałaby bowiem wylądować w arabskim więzieniu, nawet w Libanie. Przez chwilę żałuje, że dała się namówić na wyjście z luksusowego apartamentu. Może i była tam vipowskim więźniem, ale czuła się bardzo bezpiecznie. Teraz z przerażenia ledwo łapie oddech, a serce łomocze jej jak młotem.

– Spokojnie, bez nerwów – mówi Jasem. – Oczywiście, że mam. Ja o niczym nie zapominam. A poza tym taka kontrola to nic strasznego, jedynie standardowa procedura, która u nikogo tu nie wzbudza protestów. Libańczycy nauczyli się być ostrożni, a i my jesteśmy przewidujący. – Kładzie nacisk na ostatnie słowa, pokrzepiająco poklepując żonę po kolanie. – Nie można się bać własnego cienia, bo tak się nie da żyć. Należy po prostu być rozważnym.

– Tak, tak, ma pan rację. – Kierowca już nie wytrzymuje i musi dorzucić swoje trzy grosze. – My, Libańczycy, musimy być ostrożni. Szczególnie teraz, gdy te kalifackie psy zalewają nasz kraj.

– Przepraszam? – Jasem aż się nachyla, bo jest w szoku, słysząc takie słowa z ust zwykłego szofera.

– Tak, tak, mój zachodni przyjacielu. Zalewają nas syryjska hołota, biedota i wszelki prymityw, a na dokładkę przeciskają się między nimi dżihadyści mordercy i najgorsze islamskie świnie. Zaczyna się robić jeszcze gorzej niż w czasach wojny i izraelskich ataków. Wtedy przynajmniej wiedzieliśmy, kto jest wrogiem, a teraz otaczają nas albo idioci żebracy, albo chytre farbowane lisy. Kto rozpozna tych ostatnich, kto wyśledzi i zdemaskuje? Nikt! – Podnosi głos i w typowo arabski sposób chwyta się za głowę, puszczając przy tym kierownicę.

Jasem nic nie mówi, bo właśnie dojeżdżają do Hamry. Wyskakują z taksówki libańskiego patrioty jak z ukropu.

– Cóż, moja piękna, chyba nieźli z nas blagierzy! Gnojek nawet nie pomyślał, że wrzuca jak świni do koryta komuś, kto jeszcze dwa miesiące temu za takie słowa posiekałby go maczetą w miejscu publicznym przy wiwatach tysięcznego tłumu. Ha! Świat należy do nas! Nikt nigdy nas nie zdemaskuje. – Jasem jest bardzo szczęśliwy, uważa bowiem, że Daria jest jego najzagorzalszą, stuprocentową poplecznicżką. Przy niej może być w stu procentach sobą. Nie zdaje sobie sprawy, że kobieta, na własne życzenie, zapadła na specyficzny rodzaj amnezji i że absolutnie

nie powinien jej przypominać tego, o czym ona nie chce pamiętać. Bo kiedy sobie przypomni…

Mężczyzna czule, lecz zdecydowanie obejmuje żonę i wprowadza ją w tradycyjne, a jednocześnie nowoczesne klimaty Hamry. Idą szeroką ulicą, po obu stronach usianą sklepami i galeriami. Sieciówki wszystkich znanych marek mieszają się z butikami lokalnych sław. Co rusz natykają się na banki, bankomaty i kantory, by żadnemu klientowi nie zabrakło gotówki na zakupy. Są tu wystawy sztuki użytkowej i artystycznej, w tym znana galeria Zamaan, gdzie można kupić obrazy, historyczne fotografie i antyki. Hamra nikomu nie pozwala się nudzić – można odwiedzić liczne kina, muzea, salony SPA z masażami i refleksologią, a przede wszystkim setki knajpek, małych, średnich i wielkich restauracji, umiejscowionych pod arkadami, w kamienicach lub na chodniku; kafeterii oraz cukierni też jest bez liku. Jasem jak po sznurku prowadzi żonę przez tłum. W pewnej chwili skręca w boczną uliczkę i oczom Darii ukazuje się cudowny zaułek. Ratanowe stoliki, krzesła i sofy ustawiono na środku wąskiego deptaku wyłożonego kostką brukową, gdzie w restauracji Marusz biesiadują głównie Arabowie, bo niewtajemniczonemu turyście ciężko byłoby tu trafić.

– Jesteś głodna? – Oczy mężczyzny błyszczą z radości. – Kuchnia libańska to najlepsza z wszystkich kuchni arabskich. Zobaczysz, jak zaczniesz jeść, nie będziesz chciała skończyć. Bogactwo przekąsek *mezze* może przyprawić człowieka o zawrót głowy. Poza tym robią tu genialny humus, solidnie podlany oliwą, *kibbe*, czyli nadziewane jagnięciną kulki bądź paszteciki z ziaren pszenicy, smażone w tłuszczu. Mają też najlepsze na świecie granaty wprost ociekające sokiem, nieskończony wybór owoców morza i ryb, no i *muhummarę*, czyli pesto z orzechów włoskich, oliwy i papryczek chili. A do tego aromatyczne oliwki, kiszone cytryny, sery... Ech, lista przysmaków nie ma końca, a przecież czekają na nas jeszcze dania główne, takie jak jagnięcina, koźlina, zupy i lepkie od miodu desery.

– Uwielbiam *bahlawę*[1]! – Daria przerywa mężowi, gdy zajmują najbliższy wolny stolik, a usłużny kelner przeciera blat niezbyt czystą ścierką. – Mogę ją jeść bez końca! – Śmieje się, trochę zagubiona, ale niezwykle szczęśliwa, bo takiego wyluzowanego Jasema już dawno nie widziała. – Muszę tylko mieć hektolitry wody do przepijania tego ulepku.

– A może chcesz się napić czerwonego wina zrodzonego na libańskiej ziemi? Też jest wyborne.

– Wolałabym nie ryzykować...

– Oczywiście. Nic nie szkodzi, nadrobisz czymś innym. – Mąż delikatnie gładzi kobietę po włosach, publicznie okazując jej czułość, co nigdy dotąd mu się nie zdarzało. – I uważaj: *manakisz*[2] potrafi uzależnić. Placki uginające się pod palcami, pachnące drożdżami i sypniętymi hojną ręką dodatkami, takimi jak sezam, szpinak, siekana cielęcina, pomidory, ser czy oliwki, są dostępne niemal na każdym rogu, przez cały dzień i większość wieczoru. Zobacz, nie trzeba nawet zamawiać, a jedzenie ląduje na

[1] *Bahlawa* – orientalne ciastka z orzeszkami pistacjowymi lub ziemnymi zalane roztopionym masłem i miodem.

[2] *Manakisz* – płaskie pieczywo wypiekane w opalanych drewnem pękatych piecach.

stole! – Mężczyzna cieszy się jak dziecko, gdy dwaj kelnerzy bez pytania stawiają przed nimi *mezze* i parujące nadziewane chlebki. – *Szukran dżazilan, ja achi*[1] – niby-Irlandczyk mówi do kelnera, choć przecież ustalili, że nie będą używać arabskiego, a Libańczyk patrzy na Jasema powłóczystym spojrzeniem pełnym uwielbienia.

– Pedał? – szepcze Daria do ucha męża i chichra się, rozbawiona, po czym bierze gorącą przystawkę, parząc przy tym palce. – Zajebiście pyszne! – oświadcza z pełnymi ustami. – O ja nie mogę! Niebo w gębie!

– Ogromnie się cieszę, że smakuje. – Garson aż się zgina wpół. – Obficie, świeżo, różnorodnie – oto główne przykazania kulinarne Libanu, których strzeże się tu z równą zaciętością jak granic państwa.

– To świetnie! – Kobieta grzecznościowo potakuje, ale chciałaby, żeby młody przystojniak zmienił już obiekt zainteresowania.

– Bejrut wprawdzie przyjął międzynarodowe sieci pełne nijakiego jedzenia, wychodząc z założenia, że nowoczesna metropolia nie może niczego odmawiać swoim mieszkańcom, jednak równocześnie pozostał wierny potrawom od wieków goszczącym na tutejszych stołach. – Libańczyk bardzo elokwentnie wyraża swoje zdanie, po czym zostawia gości samych.

– Dobrze, że jednak nie poszliśmy do McDonalda. Ten facet chyba poderżnąłby mi gardło, jakby się dowiedział, że lubię burgery.

[1] *Ja achi* (arabski) – Mój bracie.

Słowa Darii, choć wypowiedziane półgłosem, docierają jednak do czujnych uszu kelnera.

– Trzeba być zupełnym ignorantem, żeby w mekce światowej kuchni jeść papierowe ohydne bułki – dość bezczelnie komentuje gust cudzoziemki.

Przez najbliższe dwie godziny para Irlandczyków o jasnej karnacji i jasnych włosach pałaszuje z uwielbieniem arabskie dania. Obsługa lokalu patrzy na nich ze zdziwieniem, bo jeszcze żadnemu białemu ich jedzenie aż tak nie smakowało. I jedynie młody przystojny kelner wie, czemu tak się dzieje.

Wyjście na miasto ucieszyło i podekscytowało Darię, ale też zmęczyło – i to bardziej psychicznie niż fizycznie. Kobieta czuje się jak rozdarty bezpaństwowiec, człowiek pozbawiony swego miejsca na ziemi, w dodatku złe wspomnienia co rusz usiłują wyjść z cienia. Z litością i żalem patrzy na kobiety okryte czarną materią – choć na ulicach Bejrutu nie ma ich wielu – niemal fizycznie czując ciężar kwefu i zaduch panujący pod welonem. Ma dreszcze na widok licznego wojska i gwardii narodowej. Boi się, że w każdej chwili wojacy, ubrani w panterki, kamizelki kuloodporne i hełmy, skierują broń w tłum i zaczną strzelać do niewinnych cywilów. Każdy mundurowy wzbudza w niej panikę, a co dopiero uzbrojony. Nie wie, że dzięki tym wojskowym udało się złapać i rozbroić młodego dżihadystę z Syrii, terrorystę samobójcę, który chciał się wysadzić niedaleko restauracji, w której pałaszowała *mezze*. To właśnie dzięki poświęceniu ludzi pracujących w brygadach antyterrorystycznych tego małego, acz cudownego kraju nie ogarnęła ponownie zawierucha wojenna, która mogłaby go doprowadzić do stanu ruiny, jak Syrię czy Irak. Po pierwszej eskapadzie Daria wymiguje się od dalszych wyjść – woli przesiadywać na swoim bezpiecznym tarasie, gdzie nikt i nic jej nie zagraża. Jasem zamawia dla niej jedzenie z dostawą, więc brzemienna kobieta spędza czas na arabską modłę – śpiąc do południa, leniuchując, oglądając seriale i objadając się do nieprzytomności. Już po tygodniu efekty takiego trybu życia stają się widoczne, ale Daria nie jest teraz zainteresowana ani dbaniem o figurę, ani odkrywaniem świata, ani tym bardziej podjęciem próby ucieczki od *dżihadiego* Johna. Stała się klasyczną arabską zołzą[1], która oczekuje dziecka, w związku z czym wszystko jej wolno, a każdy jej kaprys ma być spełniony.

Znudzona leży na ratanowej sofie i z perspektywy dachu obserwuje miasto. Jej wzrok przeczesuje dalekie tereny, przesuwa się po statkach i jachtach pływających lub cumujących na morzu, później skupia się na pracach w porcie, a następnie lustruje wysokie budynki dookoła. Tak daleko, a z drugiej strony blisko, bo po sąsiedzku z dzielnicą Hamra znajduje się Uniwersytet Amerykański. Powstały w latach pięćdziesiątych zeszłego stulecia, w rankingu arabskich wyższych uczelni zajmuje obecnie wysoką – piętnastą pozycję, a na świecie jest jednym z pierwszych siedmiuset. Darii przemyka przez głowę, że mogła tam,

[1] *Zołdża (zołza)* (arabski) – żona.

a nie w Anglii, studiować, ale, o dziwo, nie pamięta już o tym, że jej rodzice, Dorota i Łukasz, nie zgodzili się na ten wybór ze względu na niebezpieczną sytuację na Bliskim Wschodzie. W najbardziej tragicznym scenariuszu nie przewidzieli, że ich córka wyląduje w jeszcze gorszym miejscu. Kobieta siada bliżej balustrady i spogląda w dół, na ulice, które otaczają ich apartamentowiec, rzuca też okiem na sąsiednie, niejednokrotnie stare budynki. Jeden z nich, może ośmio- lub nawet dziesięciopiętrowy, również ma na dachu miejsce do wypoczynku, jednak tam mały ogródek jest wyposażony w plastikowe zdezelowane krzesła i stół bez jednej nogi, podparty na cegłówkach. Na środku znajduje się nadbudówka z blachy falistej z małym okienkiem z boku i starym dudniącym klimatyzatorem. Daria od dnia przyjazdu regularnie obserwuje to miejsce, w którym panuje specyficzna atmosfera. Niejednokrotnie aż przechyla się przez balustradę, żeby podpatrzyć życie sąsiadów, którzy nie są tak bogaci jak ona i Jasem, przeciwnie – żyją na pograniczu nędzy i ubóstwa. Ze swoich obserwacji wnioskuje, że musi to być kamienica albo komunalna, albo własnościowa ze strasznym właścicielem krwiopijcą. Przez cały długi dzień nie uświadczy się tam żadnego mężczyzny – na dachu kręcą się tylko dwie kobiety, pracowite jak mróweczki, okryte czarną abają i nikabem, oraz trzy na oko dziesięcioletnie dziewczynki, które pomimo młodego wieku już noszą galabije[1] i zakrywają włosy

[1] *Galabija/dżalabija* (arabski) – męski lub damski strój w postaci długiej sukni/płaszcza, z rozcięciem pod szyją bądź zapinany z przodu na guziki.

starymi, postrzępionymi hidżabami. Otacza je gromadka rozwrzeszczanych młodszych dzieci – widać nie chodzą do szkoły ani do przedszkola, tylko koczują na dachu, bawiąc się tym, co im wpadnie w ręce. Pewnie dlatego wszystkie sprzęty są zniszczone, a w wysokim na półtora metra murze widnieją wybite lub wydłubane dziury.

Pewnego dnia Daria, pogrążona w letargu nad herbatą i słodkimi ciasteczkami, słyszy przeraźliwy kobiecy krzyk, a potem jazgot arabskiej mowy. Odgłosy dochodzą z sąsiedniego budynku. Z ukrycia z zaciekawieniem obserwuje scenę rozgrywającą się parę pięter poniżej. Dźwięk niesie się do góry, więc słyszy każde słowo.

– Co pan chce z nami zrobić?! – wrzeszczy jedna z zakwefionych kobiet. – Jak pan może?! Jak pan śmie?!

– Jak to jak ja śmiem? – Elegancki mężczyzna w garniturze wyrzuca ręce do góry i chwyta się za łysiejącą spoconą głowę. – Użyczyłem wam lokum, a wy zachowujecie się jak wściekłe psy! Jak świnie!

– Co?! Świnie?! Pan nam ubliża! Niech pana Allah ukarze! – Kobieta pluje na prawo i lewo, choć ślina nie może się przedostać przez welon, a po chwili zaczyna się okładać po twarzy otwartymi dłońmi.

– Zobacz, coście zrobili z tym miejscem. Istny chlew! Tutaj był ogród, oaza spokoju dla wszystkich mieszkańców kamienicy! – Właściciel nieruchomości rozgląda się z wściekłością. – Każdy miał prawo z niego korzystać, a teraz aż strach tu przyjść. Nie stracę lokatorów tylko dlatego, że mam miękkie serce.

– Ty chytrusie!

– Jak śmiesz mnie obrażać po tym, jak dałem wam schronienie i przygarnąłem z ulicy?

– Nie robisz tego za darmo, ty pijawko! Allah wszystko widzi i jeszcze cię osądzi! – Baba nie odpuszcza; zamiast się kajać, wciąż atakuje Libańczyka.

– Te marne sto dolarów, które mieliście mi płacić co miesiąc, a zalegacie już za pół roku, nie starczyłoby nawet na zakup stołu z krzesłami i wyremontowanie szkód. Jak wyście żyli w tej waszej Syrii? W lepiankach? Przeklęta hołota!

– Tak to jest na tym przeklętym świecie, że brat bratu nie pomoże. Człowiek musi szukać wsparcia u obcych, u niewiernych...

– Jakich niewiernych, durna babo? Jak możesz tak mówić o ludziach, którzy wierzą, tyle że w innego Boga? Pojedziesz do nich po prośbie z takim nastawieniem? To grzech! Twierdzisz, że oni są gorsi? To wiedz, że nie wszyscy muszą być wyznawcami islamu i wcale nie jest powiedziane, że tylko muzułmanie są dobrzy. Pokazuje to choćby historia twojego kraju. Dobrze, że ci łatwowierni, humanitarni naiwniacy z Zachodu, którzy mają na celu dobro człowieka, poszanowanie jego praw i godności oraz oszczędzenie mu cierpień, nie wiedzą, iż spora część przygarniętych przez nich islamskich uchodźców tak właśnie o nich myśli. Tragedia! – Twarz mężczyzny wyraża już nie tyle złość, ile niewyobrażalny smutek i wstyd.

– Ty widać też niewierny – podsumowuje wściekła Syryjka. – Może jakiś chrześcijanin? Bogu dzięki, z takimi to u nas już zrobili porządek! – W zaciętości nie kontroluje tego, co mówi, a tym samym wydaje na siebie wyrok, bo właściciel kamienicy nie ma już żadnych skrupułów, by wyrzucić familię na bruk. Gdyby jej słowa trafiły do uszu brygad antyterrorystycznych, wszyscy mogliby mieć kłopoty – cała fundamentalistyczna rodzinka niechybnie trafiłaby do więzienia, a dzieci do sierocińca.

– Jutro rano macie się wyprowadzić – oznajmia Libańczyk na koniec. – Jeśli nie, wzywam policję. Przeniosą was do obozu dla uchodźców w Zahle, w dolinie Bekaa. Na tym odludziu już nic nie będziecie w stanie zdewastować. Ani nikomu zaszkodzić

Daria ma pustkę w głowie. Nie żal jej ani kamienicznika, ani tułaczki. Może tylko przyznać rację Jasemowi – Bejrut i cały Liban to nie miejsce dla nich. Za dużo tu uchodźców, zbyt niebezpiecznie, za blisko do największego zarzewia niepokoju na świecie. Za blisko do Syrii.

– No, kochana! – Wczesnym wieczorem Jasem, obładowany zakupami, wchodzi do apartamentu. Z rozanieloną miną całuje żonę w czoło, a potem szuka jej ust, by namiętnie się w nie wpić. – Wszystko układa się po naszej myśli.

– To znaczy? Opowiadaj!

– To znaczy, że twój mąż jest najlepszym organizatorem na tym ziemskim padole – oznajmia z dumą, rozpakowując smakołyki i układając je na posrebrzanej tacy.

– A do tego niesamowicie skromnym człowiekiem. – Darii żwawiej bije serce. – Powiesz w końcu, co się dzieje?

– Spadamy stąd, moja piękna.

– Katar?

– Katar. A psik!

– Kiedy? – Kobieta wzdycha, bo mimo wszystko kolejna zmiana napawa ją lękiem.

– Jak najszybciej. Ten kelner, którego podejrzewałaś o homoseksualizm, to mój stary kolega, łącznik. – Jasem zeznaje jak na przesłuchaniu, bo ufa żonie i nie ma przed nią tajemnic. – Skontaktował mnie z niedobitkami naszego Państwa Islamskiego, ale tymi z górnej półki, mądrymi starymi wygami, którzy nigdy się nie ujawnili i nie odkryli prawdziwego oblicza. – Z podziwem kiwa głową. – A oni od ręki załatwili sprawę i spiknęli mnie z kim trzeba.

– Jak to „załatwili"? – Daria nic z tego nie rozumie. Nigdy nie była dobra w kombinowaniu i snuciu intryg, gdyż całe życie podążała prostą, uczciwą drogą.

– Znowu mam moje elektroniczne zabawki. – Jasem wyciąga z obszernej skórzanej teczki nowy notebook z logowaniem na kartę i linie papilarne, jakieś przystawki, kable, stację dokującą i inne elektroniczne gadżety tajemniczego zastosowania. – Mamy też parę dobrych wiz w paszportach, więc nie dość, że jesteśmy Irolami, to jeszcze irolskimi obieżyświatami.

– A co będziemy robić w Katarze? – z duszą na ramieniu docieka młoda żona, bo podświadomie się boi, że jej mąż przejdzie do podziemia i będzie kontynuował terrorystyczną działalność.

Ten jednak obejmuje ją, podnosi i kręci w powietrzu, po czym stawia z powrotem na podłogę.

– Jak to co? Ty urodzisz mi syna i będziesz się zajmować jego wychowaniem. – Daria zagryza dolną wargę i opuszcza wzrok, nie jest to bowiem scenariusz, jaki sobie wymarzyła. – Oczywiście wszystko to przy pomocy niani, jednej lub dwóch, gosposi, ogrodnika i kierowcy. – Dojrzały mężczyzna podskakuje jak nastoletni łobuziak, klaszcze i klepie swoją wybrankę po pupie. – Aleś miała minę!

– Wiesz…

– Wiem. – Znowu poważnieje, a jego twarz przybiera uroczysty wyraz. – Powiedziałem ci coś kiedyś, pamiętasz?

– Co takiego?

– Nie wchodzi się dwa razy do tej samej rzeki. – Szaleniec i morderca bezbronnych cytuje Heraklita z Efezu, czym po raz kolejny szokuje żonę. Daria stwierdza, że życiowe doświadczenia wypaczyły tego mądrego mężczyznę, ale on nigdy nie zrozumie, jak straszliwie zbłądził, oddając się działalności terrorystycznej i aktywności w kalifacie. Nie ma w nim za grosz skruchy.

– Do tej samej rzeki można wejść tyle razy, ile się ma ochotę, tyle że woda w niej będzie już całkiem inna. – Patrzy mu głęboko w oczy, na co on uśmiecha się, tak jakby dostał od losu wszystkie najlepsze karty i miał jeszcze asa w rękawie.

– *Panta rhei*[1] – kwituje Jasem, po czym chwyta za tacę, pod pachę bierze butelkę czerwonego libańskiego

[1] *Panta rhei* (grecki) – wszystko płynie, przemija, zmienia się.

wina i zmierza na ich ulubiony taras. – Czas na uroczystą wieczerzę. A przy okazji zapoznam cię z planem na najbliższe dni.

Daria szybko rzuca okiem na dach sąsiedniej kamienicy, ale nie ma na nim już żywego ducha. Kamień spada jej z serca, gdy zyskuje pewność, że nic nie zakłóci im błogiego odpoczynku. Ani przez chwilę nie przejmuje się nieszczęsną syryjską rodziną.

– W agencji turystycznej Imad Travel załatwiłem nam podróż do Turcji – zaczyna mąż, po brzegi uzupełniając kryształ winem; Darii dolewa tylko parę kropli do kieliszka z gazowaną wodą.

– Turcja? A nie Katar? – Kobieta truchleje, bo to wcale nie dalej, a wręcz bliżej, Syrii.

– Powolutku, nie bądź w gorącej wodzie kąpana. Najpierw wysłuchaj, bez przerywania, a potem będziesz się martwić, dobrze? – sugeruje mężczyzna. – Wprawdzie to biuro podróży i moglibyśmy w ramach oszczędności skorzystać z busa, który zawiózłby nas z Bejrutu do Trypolisu w północnej części Libanu, ale zapłaciłem za opcję dla VIP-ów. Pojedziemy sobie wygodnie dużym amerykańskim dodge'em RAM z napędem na cztery koła. Trasę powinniśmy pokonać w niespełna godzinę. – Robi przerwę i wychyla duszkiem kielich wina, po czym krzywi się jak dziecko, ociera usta wierzchem dłoni i kontynuuje: – Prom Azzurra z Trypolisu do Tasucu w Turcji odpływa o dwudziestej pierwszej. Osiągnięcie celu zajmuje mu średnio dziesięć godzin, więc będziemy mieli dość czasu na kolację, odpoczynek i sen w luksusowej kajucie pierwszej klasy.

– Fajnie! – Twarz Darii promienieje na wspomnienie ich wspaniałej podróży z Rijadu przez Dubaj i Europę do Kairu, którą odbyli na początku znajomości. Zatrzymywali się w pięciogwiazdkowych hotelach, jadali w najlepszych restauracjach, a nawet podróżowali prywatnym odrzutowcem. – Ale czy Turcja to na pewno dobry pomysł? To stamtąd suną do Europy tysiące uchodźców.

– To prawda, ale nie z tego portu. Tasucu jest dla turystów i normalnych ludzi, a dla motłochu i uciekinierów – przystań w miejscowości Marsin. Stamtąd, tak jak mówisz, do Europy odchodzą nawet cztery rejsy dziennie. Na zapakowanych do granic możliwości promach ciśnie się człowiek na człowieku, dlatego przy najmniejszym sztormie toną zarówno statki, jak i ludzie. Ale nasza droga nie wiedzie tamtędy. My znów popłyniemy sobie w komfortowych warunkach z Tasucu do Kyrenii na Cyprze. To tylko dwie godziny. U kolejnego, tym razem cypryjskiego agenta turystycznego wykupiłem trzydniową wycieczkę z hotelem i zwiedzaniem. Niestety, tylko dla pozorów. Kiedyś jeszcze na pewno tam pojedziemy na normalne wakacje i zatrzymamy się dłużej, ale teraz od razu popędzimy samochodem do Larnaki, stolicy Cypru, by złapać najbliższy lot do Dohy. Jedynie cztery godzinki i będziemy w domu. W naszym nowym, zupełnie innym domu. – Mężczyzna czule ściska dłonie żony.

– Cieszę się, Jasemie. Bardzo się cieszę. – Daria ma łzy w oczach. Naiwnie wierzy, że czeka ją szczęśliwy los. I dziękuje Bogu, że choć bywało różnie, nie porzuciła swojego idealnego męża.

Wyrodna matka

Znakomity informatyk, który ma wszystkie niezbędne papiery potwierdzające jego błyskotliwą karierę w bankowości, kontroli, audycie, administracji sieci, a przede wszystkim w IT, dostaje ofertę pracy w ogromnej międzynarodowej korporacji w Dosze, stolicy Kataru. Przeszedł rekrutację, kiedy jeszcze był w Libanie – przez LinkedIn – a ostateczną rozmowę przez Skype'a. Qatar General Electric & Water Corporation, zwana w skrócie KAHRAMAA, to renomowana i ogromnie ważna dla pustynnego kraju organizacja rządowa, której celem jest zrównoważona dystrybucja oraz transfer energii elektrycznej i wody na terenie całego Kataru. Korporacja zatrudnia zróżnicowaną, wielokulturową grupę wysoko wykwalifikowanych pracowników, liczącą ponad trzy tysiące osób i reprezentującą ponad trzydzieści trzy narodowości. Firma kładzie nacisk na potencjał intelektualny, dlatego zachęca do przyjazdu najlepszych specjalistów z całego świata – gwarantuje im pracę w idealnych warunkach i materialne korzyści na najwyższym poziomie. Dzięki temu przyciąga, rozwija i zatrzymuje u siebie na długie lata oddanych przedstawicieli wszystkich narodowości, którzy pracują na jej sukces w sektorach usług inżynieryjnych, administracyjnych, technicznych i wsparcia.

– Musisz pojechać ze mną do biura! Zobaczysz, jak rozwijają się kraje arabskie! W niczym nie są gorsze od Zachodu czy Ameryki, ba, są nawet lepsze! – Jasem jest zachwycony nowym miejscem i nową pracą i koniecznie chce się podzielić swoimi wrażeniami z żoną, która ostatnio popadła w jakiś dziwny marazm, bardzo utyła i praktycznie nie wstaje już z łóżka.

– Niby w czym lepsze? – pyta Daria znudzonym głosem.

– W tym, że mają niewyczerpane źródełko pieniędzy w postaci czarnego złota.

– Zawsze myślałam, że złoto jest żółte, białe lub czerwone. Ale czarne?

Jasem spogląda na swoją połowicę i zastanawia się, czy kpi z jego zapału, czy też pod wpływem swojego stanu całkiem zgłupiała. Słyszał, że wody płodowe mogą zatruć ciężarną, ale nie pamięta szczegółów.

– Musisz jak najszybciej pójść do lekarza – decyduje. – Nie wiadomo, jak twój organizm daje sobie radę z ciążą. Poza tym trzeba w końcu zrobić analizy krwi, USG i inne pierdoły, których do pory nie przeprowadzałaś.

– Daj spokój! Kobiety całe wieki nie ganiały po lekarzach i jakoś sobie radziły. Były po prostu z brzuchem lub bez brzucha i tyle.

– Co za prymitywna gadka! Nie żyjemy przecież w średniowieczu!

Czyżby? Powiedz to kobietom w kalifacie, myśli Daria, ale nie kontynuuje dyskusji, bo nagle ogarnia ją przemożna senność i bezwiednie wpada w ramiona Morfeusza.

Jasem przez chwilę patrzy ze smutkiem na swoją żonę. W końcu wzdycha, przykrywa ją pledem i opuszcza automatyczne żaluzje w wielkim na całą ścianę oknie, za którym roztacza się przepiękny widok na Zatokę Perską. Zrezygnowany, przechodzi do salonu, dużego na co najmniej trzydzieści metrów kwadratowych, i dalej – na taras. Jest tu jacuzzi, są leżaki, krzesła i stół, osłonięte przed słońcem kolorowymi parasolami, miniaturowe palmy, oleandry i liczne kaktusy, a także kolorowe orientalne kwiaty – hibiskus, fiołki, przycięte bugenwille i jaśmin, który wieczorami odurza swoim zapachem. Mężczyzna rzuca okiem na budynek korporacji KAHRAMAA, który znajduje się niedaleko hotelu. Odległość do nowej pracy codziennie pokonuje dwunastominutowym spacerkiem. Gmach jest imponujący, a wieżowiec zakończony kilkunastometrową piką. Nie na darmo Dohę nazywa się Małym Dubajem – miasto goni bliskowschodnią metropolię w błyskawicznym tempie. *Pomimo luksusów tego hotelu musimy jak najszybciej się przenieść do jakiegoś domu z kuchnią i ogrodem. Moja Darin musi mieć jakieś stałe miejsce. Może wtedy poczuje się lepiej*, postanawia Jasem, w zamyśleniu masując podbródek. Z jego twarzy zniknęły wszelkie ślady po operacji, ból też już mu nie dokucza. Byłby całkiem szczęśliwy, gdyby jego żona była w dobrej formie. Martwi się i o nią, i o dziecko, bo przecież jest od niej całkowicie zależne. Jeśli Daria jest słaba, dziecko też – jeśli jest chora, dziecku grozi śmiertelne niebezpieczeństwo. Jasem postanawia od razu przejść do czynu, jak zawsze działać szybko i realizować pomysły natychmiast. Siada zatem przy biurku, stylizowanym na kolonialne, włącza komputer i zaczyna poszukiwania. Po chwili znajduje międzynarodowy nowoczesny szpital. Al-Khor General Hospital jest preferowany przez ekspatriantów. Ten nowy, kameralny obiekt, otwarty w dwa tysiące piątym roku, ma niespełna sto dwadzieścia łóżek i aparaturę najnowszej generacji przywiezioną prosto z Ameryki. Na jego plus przemawia też fakt, że trzydzieści procent personelu medycznego to obcokrajowcy – lekarze, pielęgniarki, technicy, a nawet dietetycy i rehabilitanci. Na podstronie „położnictwo" Jasem odkrywa, że są tam oddziały, o jakich w życiu nie słyszał. Nie może się nadziwić, że w kraju arabskim funkcjonuje wydział do spraw planowania ciąży, a także są przeprowadzane badania DNA. Do tej pory to wszystko mało go obchodziło, zresztą w Państwie Islamskim i kalifacie takie tematy były całkowicie zakazane, bo totalnie grzeszne. Nie ma mowy o żadnym planowaniu rodziny! *Haram*[1]*!* Nie wolno! Kobieta została stworzona po to, by

[1] *Haram* (arabski) – zakazane, grzeszne.

rodzić dzieci, jest genetycznie zaprogramowana do zachodzenia w ciążę i wychowania potomstwa, a o testach genetycznych w średniowiecznym prawie szariatu[1] nikt nawet nie wspominał. Dla wszystkich ograniczonych umysłowo ortodoksyjnych muzułmańskich samców jest jasne, że jeśli niewiasta nie zachodzi w ciążę, to wyłącznie jej wina. Jeśli urodzi chore dziecko, to też jej wina. I nie ma ona prawa odmówić seksu mężczyźnie czy unikać stanu błogosławionego, choćby miało ją to kosztować zdrowie lub nawet życie.

Kiedy Daria, skrzywiona mentalnie przez złe doświadczenia, wyjawia mężowi swoje stanowisko, ten niby się oburza, ale sam ma zakodowaną taką samą postawę – anachroniczną i barbarzyńską. Jednakże jeśli ma się zmienić i grać zupełnie innego człowieka, a transformacja zewnętrzna kosztowała go nie tylko górę pieniędzy, ale przede wszystkim nieziemski ból i zdrowie, to będzie musiał przynajmniej udawać, że zgadza się z zasadami przeniesionymi na czysty arabski grunt ze zgnitego Zachodu. Z drugiej strony jest zadowolony,

[1] *Szariat* (arabski) – dosł. droga prowadząca do wodopoju; prawo kierujące życiem wyznawców sunnickiej, jak i szyickiej odmiany islamu. Islam nie uznaje rozdziału życia świeckiego i religijnego i dlatego reguluje zarówno zwyczaje religijne, organizację władzy religijnej, jak i codzienne życie muzułmanina. Szariat opiera się na założeniu, że prawo musi dostarczać wszystkiego, co potrzebne dla duchowego i fizycznego rozwoju jednostki. Wszystkie czyny muzułmanina są podzielone na pięć kategorii – konieczne, chwalebne, dozwolone, naganne oraz zakazane. Podstawą określenia czynów koniecznych jest pięć filarów islamu.

że w tym centrum medycznym oprócz zwykłej pediatrii jest oddział neonatologii, bo o zdrowie swojego syna postanawia dbać z należytą starannością. Od razu rezerwuje żonie wizytę u australijskiej pani ginekolog, która ma bardzo dobre opinie wśród cudzoziemek.

– Kochanie, wstawaj! Dość tego leżenia! – Jasem wpada do apartamentu w Sheratonie i zastaje żonę w łóżku.

– A niby co miałabym tu robić? – pyta Daria.

– Znalazłbym tysiąc rzeczy, chociażby spacer po hotelowych ogrodach czy herbata w kawiarni z widokiem na morze. Mogłabyś też zjeść lunch, przecież w hotelu jest aż dziewięć restauracji! Serwują potrawy zarówno arabskie, jak europejskie czy azjatyckie, a do tego mogą przygotować danie, jakie tylko ci się zamarzy.

– Mam jeszcze więcej jeść?! Już i tak wyglądam jak zapasiona świnia! A całe to ekskluzywne żarcie można równie dobrze zamówić do pokoju. Room service, kojarzysz? – ironizuje Daria.

– Nie narzekaj na wagę, tylko się rusz. Całe dnie spędzasz w pościeli! – Jasem ma już dość dąsów rozpieszczonej kobiety. *Gdzie się podziała moja Darin z Rakki, twarda i przebojowa babka, albo irlandzka Darina z Bejrutu, ciesząca się wszystkim i ciekawa świata?* – A ponieważ nie podoba ci się tu, bo jest nudno i niekomfortowo... – stwierdza złośliwie, rozglądając się po luksusowym wnętrzu – zmienimy lokum.

– Co?! Znowu przeprowadzka? – krzywi się Daria. – Kolejny hotel, kolejne nowe otoczenie... Mam tego dość! Jestem w cholernej ciąży i czuję się naprawdę do dupy! Postaraj się mnie zrozumieć!

– Widzę, że dzieje się z tobą coś złego. A ponieważ sama nie umówiłaś się do lekarza, zrobiłem to za ciebie.

– Odwykłam od korzystania z internetu i posługiwania się telefonem – skarży się kobieta i nie jest to zaczepka czy złośliwość, ale szczera prawda.

– Gdybyś tylko chciała i poprosiła, w recepcji wszystko załatwiliby za ciebie. Daliby ci nawet samochód, bo jesteśmy dla nich klientami VIP. Nie każdy mieszka tu w tak zajebiście drogim apartamencie przez dwa tygodnie. Zresztą nieważne, przenosimy się do rezydencji na osiedlu Beverly Hills. Mam nadzieję, że ci się spodoba.

Daria już nie odpowiada; posapując, zwleka się z łóżka, wkłada coś na siebie i podąża za mężem. Obsługa hotelowa spakuje ich rzeczy i prześle na miejsce stałego zamieszkania, więc w tej chwili nic już ich nie obchodzi.

Służbową toyotą prado, którą Jasem dostał od firmy wraz z przypisanym do niej kierowcą, jadą przez zatłoczone miasto, ale z nabrzeża do ich nowego domu to niespełna pół godziny. Kiedy wjeżdżają na osiedle, Daria stwierdza, że widok do złudzenia przypomina tego typu miejsca w Rijadzie. Mieszkała tam wystarczająco długo z rodzicami, a potem z Marysią, żeby doskonale pamiętać klimat i atmosferę takiego kondominium, dlatego teraz czuje ukłucie w sercu. Wielkość, rozmach i standard tego miejsca ją zachwycają. Rzeczywiście jest na najwyższym poziomie – zapewne mieszkają tu tylko cudzoziemcy z ogromną pensją, pracownicy najlepszych katarskich firm. Brama wjazdowa, zwieńczona wysokim łukiem, na którym złotymi literami napisano nazwę „Beverly Hills", jest typowa – ze szlabanem i liczną ochroną. Za nią ciągną się asfaltowe alejki, a po obu ich stronach stoją piętrowe domy w szeregowej zabudowie, w odcieniu piasku, z ozdobnymi wiatrołapami i ażurowymi kominami, tak charakterystycznymi dla Bliskiego Wschodu. Dawniej miały one zapewniać naturalną cyrkulację powietrza w beduińskich domach, a dziś po prostu nawiązują do starego stylu, by dodać klimatu i uroku miejscu.

– Oto klucze do naszego nowego domu i do naszego nowego życia. – Jasem jest tak wzruszony, że aż błyszczą mu oczy.

Daria ma wrażenie, że śni. *To nie może być prawda… To jakaś tragiczna farsa, jakieś piekło za życia! Na pewno zaraz się obudzę i wszystko zniknie, a ja będę cierpieć jeszcze bardziej…* Po jej twarzy zaczynają płynąć gorące łzy.

– Otworzysz drzwi, kochanie, czy ja mam to zrobić? – Mąż kładzie rękę na plecach żony i czuje, że ta, pod sukienką wilgotną od potu, cała drży.

– Ty jesteś panem tego domu, więc czyń honory. – Daria usiłuje się pozbierać, bierze parę szybkich oddechów, rozmazuje łzy po policzkach, a nos, jak małe dziecko, wyciera palcami.

– Kocham cię i zawsze kochałem – wyznaje Jasem, delikatnie ujmując ją pod brodę i unosząc jej twarz ku swojej. – Wiesz o tym, prawda? – Składa na jej spierzchniętych ustach namiętny pocałunek i Darii nie potrzeba już nic więcej. *Zawsze o tym wiedziałam i dlatego nadal z tobą jestem, mój ty najdroższy, szalony kochanku.*

– Oczywiście… Ja też – szepcze i zaraz dodaje: – Wszystko będzie dobrze, prawda?

– A czy w takim miejscu można być nieszczęśliwym? – zadaje retoryczne pytanie i wprowadza swoją połowicę do ich pierwszego prawdziwego domu w cywilizowanym świecie.

W środku jest tak zimno, że małżonkowie aż tracą dech. Prędko podążają do drzwi tarasowych, aby je otworzyć i w naturalny sposób ogrzać lokal. Ich oczom ukazuje się nieduży, ale piękny i zadbany ogród, w którym oprócz typowych dla regionu palm i oleandrów, obsianych białym i różowym kwieciem, oraz bugenwilli pnących się po murze ogradzającym posiadłość, rosną klomby z różami – chińskimi, damasceńskimi i czerwonymi różami pustyni. Oczywiście są też krzewy z uwielbianym w tym rejonie jaśminem, w rogu rośnie wielkie bonsai, a na tarasie stoją donice z krwistoczerwonymi hibiskusami.

– Chcesz usiąść i odpocząć? – Jasem podsuwa żonie wygodne ratanowe krzesło, jedno z sześciu stojących przy stole ze szklanym blatem.

– Coś ty! Tak źle to jeszcze ze mną nie jest, choć naprawdę w tej temperaturze można się ugotować i lepiej wróćmy do klimatyzowanych wnętrz. – Na twarz Darii wraca radość i ten sam co zawsze szczery i pogodny wyraz. – Muszę zobaczyć caluteńką posesję! Czeka mnie kawał niezłej roboty, jeśli mam nas tu porządnie urządzić.

– Wszystko jest do twojej dyspozycji. Zostawiam ci samochód z kierowcą, pieniądze i gosposię. Urządź nas według swojego gustu i potrzeb. Całkowicie zdaję się na ciebie.

– Szkoda, że czasu nie mamy zbyt wiele. – Przyszła mama pokazuje na swój duży brzuch.

– Zdążysz.

Troskliwy mąż pomaga jej wejść po krętych schodach na pierwsze piętro, gdzie znajduje się niewielki jak na warunki arabskie, bo jedynie dwudziestometrowy pokój telewizyjny, sypialnia z łazienką i garderobą oraz dwa pokoje gościnne, każdy z własnym punktem sanitarnym.

– Ciągnie po nogach od tego lastrika – zauważa Daria. – Można się reumatyzmu nabawić.

– Myślę, że to jest marmur, ale masz rację. Mało przytulny. Do tego można się na nim poślizgnąć i połamać nogi – potwierdza zabawnym tonem mężczyzna, patrząc na żonę tak ciepło i namiętnie jak chyba nigdy dotąd.

Małżonkowie wybuchają głośnym śmiechem i dopiero to rozładowuje napięcie ostatnich dni, w których Jasem mierzył się z nowymi, całkiem zwykłymi obowiązkami w pracy, a Daria próbowała się oswoić z odzyskaną, choć niemal już zapomnianą swobodą. On poczuł się jak ryba w wodzie, ale ona była jeszcze bardziej zagubiona i przerażona niż podczas niewoli w kalifacie. Kobieta nie poradzi sobie sama ani z syndromem sztokholmskim, ani z syndromem szczęśliwego niewolnika[1], a powinna się leczyć. Pierwszego stanu nie zaakceptowała, a o drugim – i o tym, że na niego cierpi – nie ma pojęcia.

– Aż kolki dostałam! – Teraz trzyma się za duży ciążowy brzuch i ciężko opada na wygodną sofę w pokoju telewizyjnym. – A ten ekran to nie za mały? – kontynuuje wygłupy.

– Myślę, że powinniśmy zażądać takiego na całą ścianę. Ale żeby dobrze widzieć, musielibyśmy oglądać filmy z ulicy.

– Dobra, niech już zostanie te sześćdziesiąt cali. Jakoś będzie trzeba to przeżyć.

– Muszę lecieć do pracy, ale na drugą umówiłem dostawców, żebyś nie musiała się trudzić i jeździć po mieście – mówi Jasem, troskliwy aż do przesady. – Chodzi o najpilniejsze sprawy, takie jak ten zimny marmur… – Zawiesza głos.

– Chyba nie będziemy go zamieniać na lastriko albo drewno? – Daria trochę się niepokoi, bo przecież marmur jest bardzo ekskluzywny i elegancki.

– Na lodowate posadzki rzuca się dywany, moja pani. I dlatego pierwszy pojawi się facet właśnie z tej branży. Wybieraj persy, afgany, kaszkaje, kobierce z Hefizu czy Isfahanu. Mogą być jedwabne, wełniane lub mieszane. Jakie

[1] Syndrom szczęśliwego niewolnika – głębokie zadowolenie, a nawet szczęście wynikające z faktu ograniczenia wolności i swobody. Poza miejscem zniewolenia, np. domem, pokojem czy więzieniem, osoba cierpiąca na ten syndrom jest zagubiona, boi się i nie potrafi normalnie funkcjonować.

tylko ci się spodobają. A do pokoju dziecinnego trzeba by wziąć jakąś zwyczajną, ale dobrą gatunkowo wykładzinę.

Daria słucha tego niezwykłego człowieka, który do zakupu banalnych kilimów potrafi się przygotować tak samo perfekcyjnie jak do bombardowania pozycji wroga przy użyciu samolotu bezzałogowego, i nie może wyjść z podziwu. Intelektem i zdolnościami Jasem bije ją o głowę, elokwencją również, dlatego kobieta wciąż nie wie, czemu związał się właśnie z nią – zwykłą, szarą gąską, niewyróżniającą się pod żadnym względem. Nie docenia siebie i nie wierzy w swój potencjał, ale *dżihadi* John, gdy tylko ją poznał, dostrzegł w niej energię duchową i niespożytą siłę fizyczną, a także upór i determinację. Jej ogromna wola przetrwania wiąże się z bezwzględnością, choć z drugiej strony Daria ma w sobie wielkie pokłady pozytywnych emocji. Potrafi dążyć do celu i rozwiązywać pojawiające się na jej drodze problemy – wszystkie poza jednym: nie umie się wyrwać ze szponów swojego wybranka. Nie chce pamiętać o okrutnych czynach człowieka, którego osobowość została rozszczepiona na dwie całkowicie różne postaci: dobrego Irlandczyka – Seana O'Sullivana, i złego dżihadystę Jasema Alzaniego. Podłe oblicze obecnie skryło się bardzo głęboko pod pozorami szarmanckiego, czułego i kochającego męża. Daria tonie w dobrobycie, puchach, jedwabiach i perskich dywanach, oszołomiona troskliwością i serdecznością swojego najdroższego. I nie ma zamiaru zmieniać swojego życia ani pamiętać o tym, co było.

– Pani od dawna na naszym osiedlu? – zagaduje jedna z kobiet wylegujących się nad basenem.

– Niemożliwe. Zauważyłabym – podchodzi inna, ciekawska blondyna.

– Takiego dużego brzuszka nie sposób nie zauważyć – nieco złośliwie stwierdza śniada, wysoka i niewyobrażalnie zgrabna sportsmenka w stroju fitness.

Daria patrzy ze zdumieniem na tę ostatnią, bo ich osiedle jest przeznaczone tylko dla cudzoziemców, i to przeważnie białej rasy, a już na pewno nie mają tu wstępu Arabowie czy Afrykanie.

– Ja i mój mąż wczoraj odebraliśmy klucze – oświadcza z dumą, wyciągając rękę na powitanie.

Ciekawa jestem, jak mi pójdzie blaga, którą mam im sprzedać, myśli, serdecznie się uśmiechając i usiłując zapamiętać imiona nowych sąsiadek o pustych błękitnych oczach.

– To znaczy, że jesteś na etapie urządzania domu?

– I to w tak zaawansowanej ciąży?!

– Kobieto! Jak ty sobie dasz radę?

– Masz już załatwiony szpital?

Nowe kumpelki jedna przez drugą zarzucają ją pytaniami.

– Dam radę. – Daria stara się być miła, choć odwykła od wścibskich koleżaneczek, wciskających nos w cudze sprawy. – W zasadzie wczoraj po południu załatwiłam już prawie wszystko.

Po jej słowach znów spada na nią lawina okrzyków:

– Co? Niemożliwe! Te wille to istna ruina!

– A do tego fatalnie wyposażone.

– Tam wszystko jest do wymiany!

– Mnie się podoba. – Przyszła mama dochodzi do wniosku, że jej rozmówczynie to rozwydrzone i zblazowane babska, których mężowie harują w tym parszywym klimacie od rana do nocy po to, by one mogły się wylegiwać nad basenem i trwonić pieniądze. – A żeby było mi łatwiej, mąż zamówił do domu dostawców mebli, dywanów, wykładzin, pościeli i zasłon oraz pracowników kilku sklepów z lokalnymi i antycznymi wyrobami, więc część kupiłam od ręki, a resztę dostarczą do dwóch dni. – Chce im utrzeć nosa, bo niczego tak nie pragnie jak tego, by zostawiły ją w spokoju.

– A gdzie pracuje twój stary?

– W korporacji KAHRAMAA.

– No, chyba że tak. Mój jest tylko lekarzem. – Jedna z sąsiadek ściska wargi i spuszcza wzrok, wyraźnie zdegustowana.

– Mój robi w ministerstwie. Byle jaki doradca, to i pieniądze gówniane.

– Alan pracuje na uniwersytecie. Gdyby nie dobre układy, zapewne mieszkalibyśmy w jakimś apartamentowcu.

– Ale to nadal niezła praca na Bliskim Wschodzie i całkiem dobra płaca, no nie? – Daria nie potrafi ich zrozumieć.

– Pewnie, że lepsza niż u nas, w Europie, szczególnie w Anglii czy Irlandii, które zostały zalane przez tłumy tych niedouczonych, niskopłatnych pastuchów z Polski. Ale i tak nic nadzwyczajnego.

Młoda nie ma zamiaru odkrywać przed nikim kart, ale zabolała ją ta uwaga. *Macie wysoko wykwalifikowaną kadrę z Polski, w której wykształcenie wasze kraje nie włożyły ani centa. I jeszcze was boli, że pracują dla was jak wyrobnicy za połowę pensji tych waszych prymitywów.* Denerwuje się, bo sama doskonale pamięta swoją sytuację – to, jak była wyzyskiwana przez Wyspiarzy, gdy studiowała w Wielkiej Brytanii i usiłowała sama się utrzymać. *Co za bezczelność!*

Bez słowa kładzie się na leżaku i przymyka oczy, kończąc tym samym rozmowę i znajomość.

Daria udaje się do najlepszego szpitala w Dosze – Al-Khor General Hospital, jej mąż ma bowiem platynową polisę ubezpieczeniową dla siebie i swojej rodziny. Kobieta przez całą ciążę nie przeprowadzała żadnych badań i teraz bardzo się boi, gdyż do rozwiązania pozostały jej tylko dwa miesiące. Ma złe przeczucie, dręczą ją koszmary, a ruchy płodu wydają się jej nietypowe. Nie odczuwa klasycznego kopania, a kiedy małe ma czkawkę, ona czuje ją podwójnie, jakby echem odbijała się od ścian jej brzucha. Dziecko coraz bardziej ją rozpiera, jakby brakowało mu miejsca, naciska na przeponę, co powoduje duszności, szczególnie w nocy, oraz ugniata żołądek. Młoda mama je coraz mniej, a i tak po każdym posiłku wymiotuje. Jej stan pogorszył się drastycznie, kiedy opuścili Bejrut. Tam była jeszcze całkiem żwawa i sprawna – w Katarze podupadła na zdrowiu. Czasem ma wrażenie, że nosi pod sercem nie dziecko, ale kosmitę.

Czarne myśli i nocne mary wycieńczają ją i wpędzają w postępującą depresję.

– Witam panią. – Miła lekarka w średnim wieku uśmiecha się do niej szeroko. – Jestem Anna Griffin i również mam irlandzkie korzenie. – Przedstawia się, co od razu niepokoi Darię. – Stanowię jednak już drugie pokolenie urodzone w Australii, więc mam niewiele wspólnego z krajem moich przodków.

– W Australii chyba ładniej? I pogoda lepsza. – Ciężarna stara się zachowywać naturalnie i zaprzyjaźnić z panią ginekolog, bo orientuje się, że takie panują tu zwyczaje i stawia się na bliskość lekarza i pacjenta.

– Zdecydowanie. Chociaż mieszkam na Bliskim Wschodzie już prawie dwadzieścia lat i lepiej znam tutejsze klimaty. No ale widzę już całkiem duży brzuszek! – Lekarka przechodzi do meritum. – Rozumiem, że rozwiązanie już niedługo?

– Hm... Chyba za dwa miesiące.

– Ma pani ze sobą wcześniejsze badania? – Ginekolożka nagle poważnieje. – Kto panią prowadził?

– Mieszkałam w Libanie, ale podczas przeprowadzki parę pudeł się zagubiło. Niestety... Wie pani doktor, jak jest...

– Ach, te firmy spedycyjne! – Australijka nie żywi żadnych podejrzeń. – Szczególnie w krajach arabskich są dopiero w powijakach.

– Właśnie. Czasami to takie frustrujące.

Podczas badania USG ginekolożka posępnieje. Z marsową miną patrzy na monitor, a potem na pacjentkę, która jednak ucieka wzrokiem.

– Czy robiła pani wcześniej badanie ultrasonograficzne? – indaguje oschle. – Co powiedział lekarz?

– Nie robiłam. Nie chcemy znać płci dziecka…

– Co za bzdury pani opowiada! – wykrzykuje, nie panując nad sobą, ginekolożka. – To badanie informujące o stanie zdrowia dziecka, jego rozwoju i sytuacji prenatalnej! Co za idiota panią prowadził! – *Jakaż irlandzka kretynka!*, podsumowuje doktor Griffin pacjentkę w duchu. *Gdzie tacy ludzie jeszcze się chowają?*

– Coś jest nie tak? – pyta Daria z duszą na ramieniu.

– To ciąża bliźniacza… – Lekarka zagryza wargę.

– Fajnie! – Daria autentycznie się cieszy. – W sumie tak przypuszczałam.

– Tyle że to bliźnięta syjamskie – kończy Australijka z kwaśną miną, a Daria nie ma ochoty już dalej drążyć i niczego nie chce się dowiedzieć.

Poród odbywa się przez cesarskie cięcie w siódmym miesiącu ciąży. Chłopcy nie mają już miejsca i sytuacja jest groźna zarówno dla nich, jak i dla ich matki.

– Może pani wstać i udać się na oddział neonatologii – oznajmia lekarka po dwudziestu czterech godzinach. – Nie należy ciągle leżeć, bo tak pani zostanie – usiłuje żartować, by popchnąć młodą pacjentkę do działania.

– Nie widzę potrzeby, żeby chodzić na jakiś oddział, o którym nie mam zielonego pojęcia. Po co ja tam? – burczy nerwowo położnica, bo aktualnie jest w takim stanie, że chciałaby wszystkich zamordować i na koniec zburzyć cały świat. Nienawidzi wszystkich, a już szczególnie swojego męża Jasema Alzaniego i Bogu ducha winnej lekarki Anny Griffin.

Nie ma nawet ochoty zobaczyć swoich synów, którzy zaraz po przyjściu na świat zostali podłączeni do aparatury kontrolującej ich funkcje życiowe. Pomimo że są wcześniakami, to zdrowi i silni chłopcy, jednak ciągle płaczą wniebogłosy, jakby usiłowali się przekrzyczeć. Słychać ich nie tylko na całym oddziale, ale i na zewnątrz zamkniętych drzwi pediatrii.

– Neonatolodzy zajmują się schorzeniami i wadami genetycznymi, ale również rozwojem noworodków – tłumaczy lekarka. – Ma pani bardzo fajnych chłopców – pociesza pacjentkę, bo choć uważa ją za głupią gęś, żałuje młodej nieszczęśniczki. – Nawet gdyby zrobiła pani wszystkie badania prenatalne, nic by to nie zmieniło. Płody tak się ukształtowały i koniec kropka.

– Takie moje szczęście. – Daria zaciska zęby, żeby nie wyć z rozpaczy.

– Może ich pani karmić piersią. Naturalny pokarm jest najlepszy…

– Niby jak? – wybucha, siadając na łóżku. – Mam wejść do inkubatora? Mam im użyczyć moich dwóch cycków naraz? Pieprzę to!

– Rozumiem pani rozgoryczenie, ale chyba nie zaszkodzi na nich popatrzeć, powitać ich na tym świecie. – Doktor Anna widzi, że położnica ma problem z zaakceptowaniem sytuacji. A ponieważ wie, że będzie tylko gorzej, sugeruje: – W szpitalu mamy też oddział zajmujący się zdrowiem psychicznym…

– Czyli jestem wariatką?! – Daria znów się unosi. – Wsadzicie mnie do psychiatryka, nałożycie kaftan i zafundujecie elektrowstrząsy, bo urodziłam potwora? A właściwie dwa potwory! Nie, dwa potwory w jednym! – Śmieje się histerycznie aż do łez.

– Moja droga – lekarka usiłuje pogładzić pacjentkę po ramieniu, lecz ta odskakuje jak oparzona – nie od razu musisz iść do psychiatry. Są jeszcze psycholog, terapeuta… Oni też mogą być pomocni.

– Gówno prawda! – Rozpacz zalewa serce Darii. – Nie akceptuję tego… czegoś i nigdy nie zaakceptuję. Nikt mnie nie przekona, że mam pokochać poczwarę.

– Niech pani na nich choć spojrzy. To nic takiego. Przez szybę, na odległość. Może pani negować swą obecną sytuację, ale to nie zmienia faktu, że te maleństwa to pani dzieci. I są słodcy, naprawdę…

Doktor Anna nie mówi już nic więcej. Opuszcza luksusowy pokój irlandzkiej matki, pozostawiając ją sam na sam z tragicznymi myślami.

Daria opada na poduszki. Cieszy się, że ma pojedynczą salę z prywatną łazienką, małym salonikiem i wygodami na miarę bliskowschodnich luksusowych szpitali. Łóżko jest automatyczne, a żeby nie odstraszało metalowymi ramami, umieszczono je w drewnianej ramie. Obok, zamiast typowego szpitalnego stolika na kółkach, stoi mahoniowa szafka nocna z wysuwanym blatem, przy którym można jeść posiłek na leżąco. Na ścianie wisi co najmniej pięćdziesięciocalowa plazma, a na półce poniżej – odtwarzacz płyt DVD, CD i Blu-ray oraz stacja dokująca do iPada i konsola do gier. W kącie znajduje się stanowisko z komputerem stacjonarnym, drukarką i skanerem, jakby młode mamy miały tu swoje biuro. W standardowym wyposażeniu były też łóżeczko i przewijak, ale szybko je usunięto, nie chcąc drażnić zrozpaczonej kobiety. Apartament jest połączony z pokojem dla niańki lub służby, którą wygodne, bogate Katarki, Saudyjki lub Emiratki niejednokrotnie zabierają z sobą nawet w takie miejsce. Wszystko to do złudzenia przypomina Darii szpital Hammadi w Rijadzie, w którym rodziła jej siostra. Jakże wtedy zazdrościła Marysi – zabójczo przystojnego męża, dziecka, tego komfortu… A teraz sama znalazła się w podobnych warunkach, choć nie chce nawet myśleć o mężu i połączonych ciałami dzieciach. Wciąż wspomina swojego ślicznego syneczka, którego urodziła w Rakce – samodzielnie, bez żadnej fachowej pomocy – po tym jak została pobita przez męża, gdy sprzeciwiła się zmasakrowaniu ciała swej ukochanej, ukamienowanej teściowej Muniry. Chłopczyk był maleńki, bo urodził się w szóstym miesiącu ciąży, ale piękny, proporcjonalnie zbudowany i silny jak na wcześniaka. Zabrakło mu jednak oddechu, jak i inkubatora, w którym mógłby przeżyć. Daria wciąż pamięta jego kruchutkie, delikatne ciałko, które tuliła w ramionach, a potem musiała oddać wyschniętej syryjskiej ziemi. Mogła mieć słodkiego bobaska, który teraz byłby prawie dwuletnim rozrabiaką. Mówiłby już, podbiegał do mamy i zarzucał jej na szyję pulchne ramionka…

– Nie! Nie! Nie! – Daria wali pięściami w puchową kołdrę i krzyczy jakimś obcym, szalonym głosem, który odbija się od ścian pokoju. – Niczym sobie nie zasłużyłam na taką dolę! Co takiego zrobiłam, że ciągle dostaję po dupie?! Kogo skrzywdziłam? – Cichnie, bo nie chce zaalarmować obsługi szpitala, która na pewno zaczęłaby ją faszerować środkami uspokajającymi. – Jeden pochopny, nieprzemyślany krok i całe życie zmarnowane…

Nawet nie zdaje sobie sprawy, że strumienie łez zalewają jej policzki. Podnosi bezwiednie dłonie do twarzy i trze oczy jak mała dziewczynka. Po chwili z jej gardła wydobywa się szloch, który nasila się z każdą chwilą. Jej zmęczone, sflaczałe ciało drży w nerwowych konwulsjach i pokrywa się zimnym potem. Niespełniona, zawiedziona i skrzywdzona matka zwija się w kłębek i obejmuje pusty teraz zapadnięty brzuch ramionami. Nie odczuwa szczególnie wielkiego bólu w zaszytym podbrzuszu – o wiele większa jest boleść jej duszy. Nie ma już tamtej Darii – mniej lub bardziej szczęśliwej, beztroskiej, przebojowej, wierzącej w swoje siły i szczęście, tej, która zawsze potrafiła zdopingować siebie i innych, która wierzyła w dobry los. Teraz Darin Salimi, Daria Nowicka, Darin Alzani czy Darina O'Sullivan jest strzępkiem człowieka – znów dobija ją zła przeszłość, a i w przyszłość patrzy bez najmniejszej nadziei i deka optymizmu. *Jestem przeklęta*, stwierdza, biorąc przerywany szlochem oddech. *Jestem tak samo przeklęta jak wszystkie kobiety z rodu Salimich, jak moje ciotki – Malika, Miriam, Chadidża i Samira, moja mama Dorota i siostra Marysia. Ja jednak zajmuję pierwsze miejsce w tym rankingu. Już lepiej by mi było haniebnie zginąć w kalifacie w Rakce. Teraz pogrążę się w jeszcze większych ciemnościach, bo nie ma nikogo, kto zechciałby mnie wesprzeć. Nikogo o czystych rękach i dobrym sercu. Mój mąż może jedynie pociągnąć mnie za sobą na samo dno.*

Ostatecznie Daria postanawia pójść na oddział neonatologii i przed powrotem do domu rzucić okiem na swoje dzieci. Robi to wyłącznie z egoistycznych pobudek, bo zżera ją niepewność – w snach widzi braci syjamskich w formie niewyobrażalnie obrzydliwego, zwyrodniałego potwora. Tymczasem, tak jak mówiła lekarka, malcy nie są upiornymi maszkarami i nie ma powodu, by się ich bać. Jeden z chłopców jest ślicznym, typowo arabskim dzieckiem – ma bujne czarne loki, brwi jak namalowane ołówkiem, orli nos i oczka czarne jak węgielki. Do złudzenia przypomina Ahmeda, ojca Darii, i dlatego w duchu młoda matka tak go nazywa, choć oficjalnie chłopcy muszą mieć imiona europejskie, zgodne z ich obecną tożsamością. Drugi maluszek jest ryżym, ale uroczym brzydalem – mógłby być zarówno Brytyjczykiem czy Irlandczykiem, jak i Syryjczykiem, dlatego matka nazywa go mianem Abdula, przysłowiowego arabskiego głupka i niedojdy.

W kolejnych dniach zagląda do swoich synów parokrotnie. Doktor Griffin się nie myliła – jakaś niewytłumaczalna siła ciągnie młodą matkę do syjamskich braci. Zauważa, że chłopcy diametralnie różnią się pod względem nie tylko wyglądu, ale i charakteru. Ahmed ma zacięty wyraz twarzy i twarde spojrzenie, przez co wygląda jak drapieżny ptak. Abdul ciągle dostaje po głowie od swojego brata, lecz nie wyciąga piąstek, by mu oddać, a jedynie uchyla się, w miarę możliwości, i płacze w głos lub cicho pochlipuje. Kiedy są wyspani i wypoczęci, trwa między nimi zażarta walka – ładny chłopczyk wykorzystuje przemoc fizyczną, a mniejszy bobas – psychiczną, gdyż tak długo wrzeszczy do ucha brata, że ten w końcu zaczyna mu wtórować. Zrośnięci brzuchami, bracia są skazani na swoją bliskość, na patrzenie na siebie, wspólne oddechy i znoszenie swoich humorów. Przy skrajnie różnych osobowościach nie potrafią się dopasować, nie mogą zgodnie ułożyć, tak aby każdemu było w miarę wygodnie, lecz ciągle zmagają się ze sobą i płaczą od rana do nocy i w nocy. Wygląda to jak potyczka na śmierć i życie, na przetrzymanie i wykończenie przeciwnika.

– Zdaję sobie z tego sprawę, że to wszystko moja wina. – Zdruzgotany Jasem siedzi przy łóżku żony i nie ma odwagi spojrzeć jej w oczy. – Kara za grzechy. – Wygląda tak, jakby zaraz miał się rozpłakać, i zasłania twarz dłońmi. – Może uda się ich rozdzielić? – Pełny nadziei, w końcu podnosi wzrok na ukochaną. – Ponoć ta wada nie jest najgorsza. Jakby mieli wspólne serce, byłoby gorzej. – Daria nie rozumie słów pociechy, które wypływają z jego ust, bo obecnie niechęć i żal do męża są silniejsze od jej uzależnienia od niego i niegdysiejszej wielkiej miłości. – Jednakże operacja w najbliższym czasie nie jest możliwa. Lekarze muszą poczekać, aż stan zdrowia naszych synków się ustabilizuje. – Jasem patrzy na żonę przymilnie, ale jej nie wzruszają jego czerwone i zapuchnięte oczy.

– Czy ty nie rozumiesz, że nie chcę mieć nic wspólnego z tymi potworami? – cedzi przez zęby, bo straszliwie pragnie ugodzić podłego, choć teraz załamanego mężczyznę. – Nic a nic! Gówno mnie obchodzi, co ty tutaj wygadujesz!

– Jak to? – Jasem baranieje. – To twoi synkowie! – Jest całkiem zagubiony i bezradny. Aż trudno uwierzyć, że to ten sam *dżihadi* John, który jeszcze niedawno mordował syryjskie dzieci jak kurczaki, maczetą obcinał ludziom głowy, ukamienował własną matkę i spalił żywcem jordańskiego pilota.

– Mój syn, pierworodny, został zabity przez swojego ojca. To był mój prawdziwy syn. A ta kupa wrzeszczącego gówna, te zroślaki, to twoja scheda!

– Darin, możesz odejść w każdej chwili… – oświadcza mąż z powagą i bezgranicznym smutkiem, stwierdza bowiem, że nie ma już jego łagodnej, cudownej, wymarzonej arabskiej żony. Teraz Daria ma w sobie złość i nienawiść całego świata, tę, którą ukryła głęboko w swoim sercu, uśpiła, by uwolnić ją w dramatycznej sytuacji.

Jeszcze przed wyjściem ze szpitala Daria prosi swoją ginekolożkę, by przepisała jej hormony celem pozbycia się pokarmu w piersiach. Lekarka już niczemu się nie dziwi i nie neguje decyzji pacjentki, uważając, że każdy ma wolną wolę. Zaleca młodej kobiecie, by na początku całkowicie odciągała pokarm, następnie sprawdzała, czy nie powstały zrosty i guzki, a później mocno ściskała piersi elastycznym bandażem przez dwadzieścia cztery godziny na dobę co najmniej przez dwa tygodnie. Doradza też, żeby raczej unikała kontaktu z dziećmi, by nie pobudzać gruczołów do naturalnej produkcji mleka. Z tym ostatnim Daria nie ma najmniejszych kłopotów, bo całkiem się odcięła od swoich dzieci. Boli ją z tego powodu serce, bo robi to wbrew naturze i biologicznej miłości, która w niej się tli, ale taką podjęła decyzję i postanawia się tego trzymać.

Po dwóch tygodniach chłopcy zostają przywiezieni do domu, jednak nie zajmują pokoju, który pierwotnie był dla nich przeznaczony. Wszystkie dziecięce akcesoria przeniesiono z sypialni tuż koło pokoju rodziców na piętrze na parter, blisko pomieszczeń dla służby. Są tu wprawdzie piękne mebelki, nowoczesne urządzenia i kolorowe zabawki, pokój jest też duży, jasny i przestronny, ale na tyle oddalony od rodziców, żeby ciągłe krzyki i zawodzenia nie zakłócały ich spokoju. Jasem zatrudnia filipińską opiekunkę oraz hinduską wykwalifikowaną pielęgniarkę, a dodatkowo służącą i kucharkę do prowadzenia domu, obecnie bowiem Daria nie poczuwa się do roli matki czy nawet pani domu. Praktycznie nie zagląda do pokoju chłopców, udając, że zupełnie jej nie interesują. Nie może jednak wyprzeć się tego, że to ich dzieci – synowie Darii i Johna, Darin i Jasema, Dariny i Seana, nieszczęsnej, przeklętej pary o wielu imionach i wielu twarzach. Chłopcy są ich odbitką.

Poznane nad basenem kobiety nie lgną do Darii i na co dzień ich kontakt ogranicza się do grzecznościowego „cześć". Możliwe, że zazdroszczą jej pozycji męża, a może po prostu nie chcą dopytywać. Jeszcze przed chwilą Daria miała ciążowy brzuch po samą brodę – a teraz nie ma ani brzucha, ani noworodka. Niewykluczone też, że plotka o narodzinach syjamskich bliźniąt już się rozeszła po osiedlu i nikt nie chce oglądać poczwarek, a tym bardziej się nimi zachwycać. Daria cieszy się, że ma święty spokój, bo od samego początku nie polubiła tych plotkarek, ale powoli zaczyna jej doskwierać przerażająca samotność.

Któregoś dnia, gdy nad basenem smaruje się olejkiem i układa na plastikowym leżaku, słyszy nad głową:

– Cześć. Jak się masz?

Podnosi wzrok i widzi śniadą dziewczynę, którą zapamiętała z pierwszego spotkania nad basenem.

– Nieźle – odpowiada ostrożnie, patrząc w łagodne, czarne jak węgle oczy. – Do przodu – stwierdza enigmatycznie.

– Nie ćwiczysz?

– Co masz na myśli?

– Fitness, aerobik, maszyny, rower, cokolwiek – śmieje się Afrykanka.

– Nie. A chyba powinnam.

Daria pozbyła się już pokarmu i czuje się o wiele lżejsza, jednak gołym okiem widać, że jej sylwetka uległa deformacji. Młoda kobieta nie chce, by tak zostało, ale też jeszcze nie zdecydowała, co z tym zrobi. Obecnie trwa w zawieszeniu, letargu, z pustką w głowie i sercu, bez żadnych planów, nawet na najbliższą przyszłość. Winę za swoje skapcanienie zrzuca oczywiście na karb ciąży, nie pamiętając o swoim obżarstwie, braku ruchu i lenistwie.

– Możesz do mnie dołączyć. Razem rzucimy się w wir aktywności fizycznej – zaprasza życzliwa sąsiadka. – To pomaga na psyche – dodaje, a Daria orientuje się, że wszyscy wkoło już wiedzą o jej tragedii. – Jestem Farida Abdul. Trochę z Mozambiku, a trochę z Maroka – żartuje. – Wiele lat mieszkałam w Stanach z moim starym, zanim zadecydował o przyjeździe do tego piekiełka. On też robi u tych krwiopijców w KAHRAMAA.

– Darina. W części Irlandka, w części Arabka – przedstawia się Daria, bo bardzo chce, przynajmniej częściowo, zdradzić swe prawdziwe korzenie. – Mieszkałam to tu, to tam. W Anglii, Arabii Saudyjskiej... Na Bliskim Wschodzie jestem od lat.

– No to super! Już jesteśmy kumpelkami. Możemy sobie nawet trochę pogadać po arabsku. *Ahlan wa sahlan, ja sadiqa*[1]. – Farida, która ma ponad metr osiemdziesiąt wzrostu, z czego większość stanowią obłędnie długie, zgrabne nogi, radośnie poklepuje Darię po plecach. – Ja jestem na marginesie tutejszego towarzystwa, bo mam czarną skórę; ty – z wiadomych przyczyn. Te kurwy, jak tylko słyszą o czyimś nieszczęściu, od razu chowają głowę w piasek.

1 *Ahlan wa sahlan, ja sadiqa* (arabski) – Cześć, witaj, przyjaciółko.

– Nie mów, że jesteś czarna, bo cię oskarżą o rasizm. Teraz nawet w knajpie nie można zamówić czarnej kawy, bo to politycznie niepoprawne. No prawie przestępstwo! Dawnego szatana należy nazywać americaną. – Darii Farida spodobała się od samego początku, bo zauważyła jej inność i wyobcowanie, a teraz czuje, że to jej ostatnia deska ratunku, szansa na wyrwanie się z marazmu i matni.

– No więc kiedy do mnie dołączysz? – naciska kobieta. – Jutro?

– Chodzisz na zajęcia na naszym kampusie? Widziałam ten fitness, ale jest trochę dziadowski.

– Tutaj tylko się dorzynam. Mam kartę członkowską w hotelu Sheraton. Tam mają klub na wysokim poziomie, a poza tym jak już człowiek się wymęczy, może zjeść pyszny lunch czy kolację w jednej z ich licznych i znakomitych knajp czy napić się w barze czegoś na lepszy humor.

– Mieszkaliśmy tam zaraz po przyjeździe do Dohy. Widziałam ofertę ich centrum sportowego. Masz rację, pełny wypas! Jest ekskluzywnie, nowocześnie, ze znakomitymi trenerami i wszelaką inną obsługą. No i ten zajebisty widok na zatokę!

– Mówisz jak chodząca reklama lub wieloletnia członkini. – Afrykanka wybucha gardłowym śmiechem, pokazując przy tym wszystkie zęby.

– Zatem do jutra, *ja sadiqa*. – Daria szybko podejmuje decyzję. Od razu serce mocniej jej bije, bo znów wierzy, że zły los jeszcze się odwróci. – *Ila liqa'*[1].

[1] *Ila liqa'* (arabski) – Do zobaczenia.

Bliźnięta syjamskie O'Sullivan są zrośnięte wyrostkiem mieczykowatym, częścią brzucha i pępkiem – połączone, lub wspólne, mają wątrobę, drogi żółciowe i przewód pokarmowy. Na szczęście każdy z nich ma własne serce, nerki, przewód moczowy oraz płuca. Dzieci jednak nie są symetryczne, gołym okiem widać, że wszystkie pojedyncze narządy skupiły się w ciele większego chłopca, a drugi, słabszy i mniejszy, jest osobnikiem pasożytniczym. *Przyczepił się do niego jak rzep do psiej dupy!*, już w szpitalu położniczym stwierdziła zawiedziona i wściekła Daria i nie znosi pasożyta prawie tak bardzo jak jej drugi syn – ten silniejszy i zdrowszy.

– Jak ty to wytrzymujesz? – pyta Farida, kiedy mijają willę Darii, z której dochodzą wrzaski niemowląt. – To jest nie do zniesienia!

– Co zrobisz. Na tym etapie nie można im pomóc.

– Co ty gadasz? Zawsze jest jakaś rada.

– Słuchaj, kochana… – Daria przystaje, bo nie ma przed koleżanką prawie żadnych tajemnic, przynajmniej jeśli chodzi o jej obecne życie. Chce jej oględnie wyjaśnić sytuację, żeby przez głupie niedomówienia nie stracić jedynej bratniej duszy na świecie. – Jeśli lekarze załamują ręce, to co mogę ja czy opiekunki? Nic, zwyczajnie nic! Oni się nie tolerują, nie znoszą, chcą się pozabijać, a niestety, są skazani na siebie, i to na dość długi czas, w zasadzie bliżej nieokreślony.

– Trzeba za wszelką cenę ich rozdzielić! Gdzieś na pewno potrafią to zrobić.

– Są zbyt małe, żeby ktokolwiek podjął się tak skomplikowanej operacji. Ich narządy wewnętrzne jeszcze się stabilizują, jeszcze szukają sobie miejsca, mając do dyspozycji dwa zmagające się ze sobą ciała. Według kodeksu i sumienia medycy muszą dać takie same szanse przeżycia jednemu i drugiemu, muszą sprawiedliwie podzielić ich wspólne organy. Najprościej byłoby skazać na śmierć jednego z nich, najprawdopodobniej tego słabego, ale to wbrew etyce lekarskiej i żaden łapiduch się tego nie podejmie.

– A ty byś zadecydowała? – Słysząc jej ton, Farida nie może wyjść ze zdumienia. Sama jest matką dwójki zupełnie różnych dzieci, ale nigdy nie umiałaby między nimi wybrać, bo każde z nich kocha tak samo. – Potrafiłabyś? A jeśli ten mniejszy, chuderlawy ma większą siłę przebicia i determinację? Jeśli będzie lepszym człowiekiem? A może to właśnie on w przyszłości będzie bardziej kochał ciebie i twojego męża, a ten silny i piękny okaże się wyjątkowym draniem? Kto to wie?

– Mówimy o szansie przeżycia, a nie o charakterze czy urodzie – broni się Daria, bo głupio jej otwarcie ujawnić głęboko ukryte barbarzyńskie uczucia, wyniesione z kalifatu i Rakki. – Jeśli zdrowe dziecko byłoby brzydkie, to też należałoby ratować właśnie je.

– Ściemniasz. Tak naprawdę oceniasz książkę po okładce, moja miła koleżaneczko – uszczypliwie stwierdza szczera Farida.

– Gówno prawda! Trzeba być silnym i umieć się zdecydować nawet na czyn, który innym może się wydać niegodny. Żeby coś uratować, czasem trzeba wiele poświęcić.

– Jestem innego zdania!

– Uważasz więc za słuszne poświęcenie bliźniaczek syjamskich, o których było głośno, dwóch słodkich dziewczynek o wspólnym sercu, bo nikt – ani rodzice, ani lekarze – nie potrafił się zdobyć na to, by uratować tylko jedną?

– By skazać na śmierć aż jedną…

– Tak, masz rację: zabić jedną, ale drugiej dać życie. Dać przyszłość, perspektywy, szczęście. To ciężki wybór. Ale brak decyzji to tchórzostwo, bo tym samym zabija się dwie istoty ludzkie.

– Twarda jesteś – podsumowuje Farida, która jest głęboko wierząca i wie, co to grzech i kara, oraz respektuje bez zastrzeżeń wszystkie boskie przykazania. – Ponad wiek i ponad miarę.

– Życie mnie tego nauczyło. Nie wybaczyłabym sobie, gdyby przez moje głupie poczucie winy i słabość zmarła dwójka moich dzieci. U mnie w rodzinie o potomstwo walczy się pazurami. Moja matka i siostra mają w tym doświadczenie, ja dopiero się uczę… – Nic więcej nie mówi, a rozmówczyni nie pyta.

– Idziemy do ciebie na herbatę – oświadcza nagle Farida i kieruje się prosto do domu Darii. – Muszę poznać te twoje rozrabiaki.

– No coś ty! – oponuje Daria. – Nie jestem przygotowana! Kupiłabym ciastka, nakryła stół…

– Ciastek już dość się najadłaś, zapomnij o nich na dłuższy czas. Ja też nie mam prezentu dla twoich maluchów, ale nadrobię to następnym razem – mówiąc to, Farida bezpardonowo wchodzi do środka.

Gosposia tylko wytrzeszcza oczy na czarną, ponadprzeciętnie wysoką kobietę, która idąc za wrzaskiem, jak po nitce zmierza do pokoju niemowlaków.

– *As-salamu alejkum* – rzuca na powitanie, choć niańka jest Filipinką, a pielęgniarka Hinduską. Afrykanka jednak chce zaakcentować, w jakim kraju mieszka i jaką religię wyznaje.

– *Wa alejkum as-salam* – odpowiadają zgodnie, schylając głowy przed gościem, do którego od razu nabierają szacunku.

– Coś nie najlepiej się zajmujecie tymi dziećmi, że tak krzyczą dniami i nocami. – Farida surowo lustruje młode kobiety, a pod nimi uginają się nogi, bo boją się utraty świetnie płatnej, choć niesamowicie ciężkiej pracy.

– *Ja saida*[1]*!* Oni się nie nadają do wspólnej egzystencji! – Przechodzą na angielski, chcąc, by ich pracodawczyni też rozumiała. Nie zdają sobie przecież sprawy z tego, że Daria włada arabskim lepiej od Faridy. – Nic na to nie można poradzić.

– Ci chłopcy mają wszystko, co niezbędne – włącza się pielęgniarka. – Prawidłowy pokarm, pampersy, wielki wychłodzony pokój, miejsce do zabawy, maści i kremy na odleżyny… Ale ciągle ze sobą walczą!

[1] *Ja saida* – Pani (wołacz).

– Mówiłam ci. – Daria ma ochotę zatkać sobie uszy, bo malcy, słysząc obce głosy, znów zaczęli koncert. – Tutaj nie ma innego rozwiązania oprócz rozdzielenia, którego, jak wiadomo, na obecnym etapie nie można dokonać ze względu na zagrożenie życia jednego z nich. Ale ani oni, ani my długo tak nie pociągniemy. Albo oni się pozabijają, albo my zwariujemy. Albo jedno i drugie. – Uśmiecha się kąśliwie.

Farida rozgląda się po pokoju i widzi, że rzeczywiście bracia mają wszystko, a nawet więcej, niż można by oczekiwać.

– Używacie tego fotela? – pyta, wskazując na bujak w kącie. – Czemu oni ciągle leżą? Pewnie po prostu wściekają się z nudów.

– A jak mamy ich przenieść? Kiedy się ich dotyka, mało nie wyskoczą ze skóry – tłumaczy opiekunka. – Tacy niedotykalscy.

– Spróbujmy. – Silna sportsmenka pochyla się nad braćmi; jej splecione w warkoczyki długie murzyńskie włosy dotykają wykrzywionych od płaczu buziek. Pod wpływem nowego wrażenia uciszają się i tylko gwałtownie łapią powietrze. Farida z trudem podnosi malców, którzy wspólnie ważą już około dziesięciu kilogramów, i przytula do swej bujnej piersi. Ahmed patrzy na nią podejrzliwie, chwyta za włosy i mocno ciągnie, Abdul zaś delikatnie gładzi jej śliskie, wysmarowane olejem kokosowym kędziory i spoziera z ciekawością, wykrzywiając bezzębne usteczka w niepewnym uśmiechu.

– Ależ oni się różnią! – Afrykanka śmieje się gardłowo. – Jak się nazywają?

– Adam i Andy – Daria podaje ich oficjalne imiona, zarejestrowane w urzędzie. – Masz rewelacyjne podejście do dzieci. – Dziwi się, bo uważała Faridę za zbuntowaną rozrabiarę, myślącą głównie o sobie, swojej figurze, zdrowym jedzeniu, fitnessie i rozrywkach.

– Oni potrzebują bezpośredniego kontaktu z człowiekiem, moja droga. Wystarczy im okazać zainteresowanie. – Sadowi chłopców w specjalnie wyprofilowanym bujanym fotelu i delikatnie porusza nim w przód i w tył. Jednak utrzymanie równowagi przez połączone brzuchami dzieci jest trudne i po chwili chłopcy znów zaczynają się denerwować. – Adam, ty chuliganie! – mówi ciepło kobieta. – Dawaj rączkę i obejmij brata. – Usiłuje przeciągnąć ramię silniejszego chłopca za plecy chuderlaka, a ręką malucha objąć większego brata. Kiedy tylko Ahmed czuje na swoim ramieniu głowę Abdula, ze złym błyskiem w oku zakłada mu haka i zaczyna przyduszać. – Oj, nieładnie! – Farida się nie poddaje i zmienia ich ułożenie. Myśli przy tym, że ten mocny i śliczny chłopiec ma wredny, wręcz niebezpieczny charakterek. *Rodzice i opiekunki powinni na niego uważać. Stanowi bezpośrednie zagrożenie dla słabszego i łagodnego brata*. – Widzicie, to działa! – Z dumą pokazuje na siedzących niepewnie chłopców, którzy już nie płaczą i z zainteresowaniem rozglądają się dookoła.

– Może, ale jedynie przez chwilę. – Niańka, zmęczona całodobową pracą, jest wyraźnie sceptyczna. – Gdyby przebywali w szpitalu, wśród innych dzieci, z całym zespołem pracowników medycznych i technicznych, byłoby inaczej, ale my dwie nie jesteśmy w stanie dostarczyć im ciągłej rozrywki i nad nimi zapanować.

– Narzekasz? – Daria patrzy groźnie na pracownicę. – Za pieniądze, które u mnie zarabiasz, znajdę dziesięciu chętnych, którzy wykonają swoją pracę z entuzjazmem i większym zaangażowaniem.

– Ależ skąd, pani, jestem bardzo zadowolona i oddana chłopcom. Ja tylko poddaję pomysł...

– Ani ja, ani mój mąż nie zgodzimy się na oddanie chłopców do kliniki, gdzie będą ich faszerować ogłupiającymi prochami. A z tą rozrywką i profesjonalną opieką też bym polemizowała.

– Malcy potrzebują życzliwości i stałej kreatywnej asysty – podsumowuje Farida, klęcząc przed bujakiem i głaszcząc zadowolonych chłopców po stópkach, co wywołuje na obu małych twarzyczkach niepewny uśmiech. – Z jedynakiem nie jest lekko, z bliźniakami ciężko, a bracia syjamscy potrzebują pełnego poświęcenia – konkluduje, ściągając usta, i z wyrzutem w oku taksuje Darię, która całkiem już odrzuciła obowiązki matki. Po chwili stwierdza jednak, że to nie jej sprawa, wstaje i przytula koleżankę. – Ech, dobrze jest gadać i doradzać, kiedy samemu się nie siedzi w takim gównie.

Obie kobiety jeszcze przez chwilę patrzą smutno na biedne dzieci, a kiedy te znów zaczynają marudzić, obracają się i wychodzą. Żegnają je standardowe szlochy i zawodzenia. Zwykle gdy Daria słyszy wrzask swoich synów, doprowadza ją to do szewskiej pasji i ma ochotę uciąć pasożytowi głowę, bo wciąż uważa, że to on jest wszystkiemu winien, lecz teraz, czując mocny uścisk przyjaciółki i jej wsparcie, stwierdza, że dłużej nie będzie się tym przejmowała – życie samo rozwiąże za nią problemy.

Miecz Damoklesa[1] wisi nad Abdulem; jego syjamski brat rośnie w siłę, a on słabnie z każdym dniem.

Kolejna wizyta w szpitalu nie daje ani dzieciom, ani rodzicom nadziei na rychłe rozwiązanie problemu. Zrośnięci chłopcy nie dość, że są ze sobą połączeni, to jeszcze mają kilka wspólnych narządów. Lekarze przed operacją rozdzielenia muszą podjąć decyzję, który narząd macierzysty zostawić w czyim ciele, i oszacować, który organizm przeżyje przeszczep i go zaakceptuje. Spodziewają się, że mniejszy i słabszy chłopczyk umrze, bo wszystkie wspólne narządy znajdują się w ciele silniejszego brata.

– Największą szansę przetrwania mają zroślaki symetryczne – tłumaczy rodzicom młody brytyjski lekarz, usiłując przekrzyczeć zawodzenie dzieci. – W przypadku niesymetrycznych jeden jest zależny od drugiego, określa się go nawet pasożytem lub płodem pasożytniczym. Może się znajdować poza ciałem większego lub w jego wnętrzu.

– A co by było, jeśli znajdowałby się w środku? – indaguje Daria, choć domyśla się odpowiedzi. Chce w ten

[1] Miecz Damoklesa – wyrok losu, niebezpieczeństwo, zagrożenie, nieubłaganie wiszące nad człowiekiem. Nawiązanie do postaci Damoklesa, dworzanina tyrana Syrakuz – Dionizjosa Starszego.

sposób pchnąć medyka do czynu uznanego w jego profesji za niefachowy, wręcz niegodziwy. Niektórzy uważaliby to nawet za morderstwo i grzech śmiertelny.

– *Fetus in fetu*, czyli płód wewnątrz płodu, to bardzo rzadkie zjawisko. Jest to zmiana patologiczna i taki organizm trzeba usunąć.

– Czemu więc nie można odciąć pasożyta, który wisi na moim zdrowym synu i powoli go uśmierca? – pyta kobieta już otwarcie, bo stwierdza, że ten kretyn nigdy nie zrozumie subtelnych aluzji. – Jeśli Andy przeżyje, świetnie. Jeśli nie, to przynajmniej jeden z nich będzie miał szansę.

– Ależ droga pani! – Brytyjczykowi na taką podłość aż oczy wychodzą z orbit. – Bliźniaki syjamskie mogą sobie radzić, nawet w późniejszym, dorosłym już życiu. Proszę się zapoznać z przykładami słynnych zroślaków, takich jak choćby Chang i Eng Bunker; to od nich, urodzonych w Syjamie, pochodzi nazwa „bliźnięta syjamskie". Obaj dożyli podeszłego wieku, choć nigdy nie zostali rozdzieleni, bo w ich czasach nie było ku temu warunków.

– Czy sądzi pan, że długo tak wytrzymają? – Wyrodna matka pokazuje brodą na zmęczonych synów, którzy po godzinach płaczu przysypiają nerwowo. Ich małymi ciałkami co chwilę wstrząsają drgawki i spazmy. – Oni się nie nadają do wspólnego życia! To zabije ich obu, a tak można by uratować przynajmniej jednego. Czy pan nie jest w stanie tego zrozumieć? – wykrzykuje histerycznie.

– I którego by pani wybrała? W którym ciele mielibyśmy ulokować wspólne organy? U tego nieszczęsnego słabeusza? – ironizuje doktor, choć wie, jaka odpowiedź padnie z ust podłej kobiety.

– To nie miałoby sensu, bo znajdują się one u Adama. Dla młodszego można znaleźć dawcę…

– Najlepszym dawcą jest dawca żywy, zwłaszcza mający identyczne DNA. Gdybyśmy teraz zdecydowali się na podział narządów i przepołowili na przykład wątrobę, to równie dobrze mogłoby się zdarzyć, że u pani pupilka wywiązałoby się pooperacyjne zakażenie i to on by nie przeżył. Przy tak poważnym zabiegu niczego nie możemy zagwarantować, szczególnie gdy dzieci są takie małe.

– Już w Sparcie dawano szansę przeżycia mocnym i silnym, a ułomnych zrzucano ze skały – wypala zdeterminowana Daria, całkiem się pogrążając w oczach nie tylko medyka, ale i Jasema, który nerwowo masuje skronie.

Lekarz zaciska usta, bo nie wie, jak ma zareagować na takie oświadczenie. *Co za mentalność! Zupełnie nie w europejskim stylu*, myśli, oburzony.

– Państwa słabszy syn ma swoje serce i mózg. I też jest człowiekiem – podsumowuje, na co Daria jedynie spuszcza wzrok. – Jeśli sytuacja zdrowotna dzieci jest ustabilizowana, a ich rozwój przebiega prawidłowo, lekarze są w stanie chirurgicznie rozdzielić zroślaki. Tego typu operacje są bardzo kosztowne i skomplikowane, ale coraz częściej kończą się sukcesem.

– Robicie to w Katarze? – Jasem dopiero teraz włącza się do rozmowy.

– Nie, my nie specjalizujemy się w tego typu zabiegach. W regionie to tylko Rijad. Moim zdaniem to najlepsza tego typu placówka na świecie. Najpierw jednak to wy musicie nauczyć dzieci, jak zgodnie żyć i jak wspólnie funkcjonować. Z decyzją o operacji trzeba poczekać. Andy musi się wzmocnić. A muszę powiedzieć, że wbrew przewidywaniom rozwija się całkiem nieźle, co dobrze rokuje.

Daria ma dość parodii rodzinnego życia. Nie potrafi patrzeć na swojego męża, nagle potulnego i zagubionego byłego zbrodniarza, który bawi się z synami i sprawia wrażenie, jakby pokochał ich obu. Kobieta coraz rzadziej przebywa w domu, a Jasem nie czyni jej z tego powodu żadnych wyrzutów.

– Nie musisz iść pomieszkać? – pyta Farida, gdy wracają z zajęć aerobiku.

– Daj spokój. Moje życie rodzinne to farsa!

– Nie narzekaj. Inni też nie mają lekko – pociesza przyjaciółka, która nie wie, jaki los zgotował Darii jej mąż. – To chodźmy do mnie. Posiedzimy w ogrodzie, poplotkujemy.

– Dzięki. Jak myślę o powrocie do domowych pieleszy i słuchaniu tych tragicznych wrzasków, to żyć mi się odechciewa.

– Rozmawialiście z lekarzami? Powiedzieli, co zrobić z tym fantem? Może pomysł waszej domowej pielęgniarki, żeby umieścić chłopców w szpitalu, nie jest taki zły?

– Ci specjaliści od siedmiu boleści w tej chwili nie rekomendują zabiegu, by nie uśmiercić jednego z bliźniaków.

Tak jakby czekali, aż któryś sam padnie. Z drugiej strony wiem, że w klinice stopniowo wykończyliby ich obu, robiąc na nich po cichutku eksperymenty medyczne i faszerując uspokajającymi prochami. Zrobią z nich warzywa. Nie ma mowy!

Daria wręcz obnosi się z niechęcią do Abdula, ale na dnie jej serca kryje się miłość do obu synów. Na słabszym jedynie wyładowuje złość za wiszące nad nią fatum i przeklęte życie. Tak naprawdę nigdy nie zadecydowałaby o zabiciu słabeusza. Bluzga jedynie z wściekłości, a później nurza się w bólu i rozpaczy.

– Siadaj. Przedstawię ci moje dzieciaki – proponuje Farida, która również niezbyt się przykłada do rodzinnego życia.

– Ojej! Córka biała, a synek ma karnację po tobie! – Daria nie może się nadziwić. – Ale świetnie! Podzieliliście się dziećmi.

– Wy też, moja droga. Adam chyba jest po twoich arabskich przodkach, a Andy to wykapany tatuś, mały Irlandczyk. – Farida zaśmiewa się na całe gardło, a Daria stwierdza, że nie tylko ona, jako głupia, młoda i niedoświadczona dziewczyna, dała się nabrać na wyspiarskie pochodzenie *dżihadiego* Johna.

Dzieci poprzytulały się do mamy, powygłupiały, wypiły sok, zjadły po parę ciastek i pobiegły do siebie. Daria patrzy na tę sielankę z zazdrością i rozpaczą. Ostatkiem sił powstrzymuje łzy, co nie uchodzi uwadze przyjaciółki. Farida na chwilę znika w domu, po czym wraca z dwiema butelkami wina.

– Wolisz białe czy czerwone? – pyta zwyczajnie.

– Białe.

– Tak myślałam. – Sprawnie wyciąga korek, napełnia piękne kryształowe kieliszki i wygodnie rozsiada się w dużym fotelu, przerzucając długie nogi przez oparcie. – Nie masz czego mi zazdrościć – mówi z powagą. – Całe moje idealne stadło to jedna wielka lipa. Widziałaś kiedykolwiek mojego męża? Żeby spacerował po osiedlu ze mną i dziećmi, żeby poszedł z nami na basen albo zagrał w tenisa?

– Nie. Ciągle widuję cię samą.

– Właśnie. Razem chodzimy tylko na oficjalne imprezy organizowane przez korporację, bo pracownicy muszą się integrować, a rodziny uczestniczyć w tym udawanym brataniu. Kiedyś wziął mnie nawet na minimaraton organizowany przez firmę, żeby poszpanować przed kumplami wysportowaną, długonogą, czekoladową żoną.

– To znaczy, że mnie też czeka taka farsa? – niepokoi się Daria.

– Oczywiście! Te imprezki mogłyby być całkiem przyjemne, gdybyśmy byli normalnym małżeństwem. A my jesteśmy parą już tylko na papierze. Zaraz po przyjeździe tutaj mój stary związał się z małą skośnooką kurwą z Filipin. Ona jest bardziej jego żoną niż ja; to z nią spędza całe dnie, a do domu przychodzi jedynie na noc, żeby się przespać, bynajmniej nie ze mną.

– No to faktycznie kiepsko. – Dawniej Daria nawet by sobie nie wyobrażała, jak można znieść taką sytuację. W końcu jednak sama znalazła się w jeszcze gorszym położeniu, gdy jej mąż w Rakce miał drugą żonę – Jasmin, która nawet przez jakiś czas z nimi mieszkała. Nie skończyło się to dla tamtej dobrze, ale kobieta nie chce do tego wracać. – Mają dziecko? – pyta, chcąc odsunąć od siebie straszne wspomnienia.

– Dzieci, moja droga! – Farida podnosi głos. – Małe żółte bękarty! A z naszymi widzi się jedynie w weekendy. W sobotę zabiera je do klubu żeglarskiego, a w niedzielę idą na golfa, na góra trzy godzinki. I to wszystko.

– Nie myślałaś, żeby zakończyć ten chory związek?

– Cóż... Ciężko zrezygnować z wygód i sponsoringu. Ale obiecałam sobie, że jak tylko nasze dzieci skończą liceum, to wypisuję się z tego. Wiesz, przy najszczerszych chęciach nie stać by mnie było na amerykańską szkołę dla nich, a chcę im zagwarantować dobre wykształcenie.

– A ty masz jakiś zawód? Mogłabyś jakoś zarobić na chleb?

– Jak już wspominałam, jestem z mieszanego małżeństwa, mozambicko-marokańskiego. Mama Afrykanka jest projektantką odzieży i ma parę butików rozrzuconych po świecie, a ojciec Arab jest malarzem. Ale nie pokojowym. – Farida znów się rozpogadza i swoim zwyczajem głośno chichra. – Odziedziczyłam po nich zdolności i duszę artysty. Wszystkie rzeźby, które tu widzisz, wyszły spod mojego dłuta.

– *Wallahi!* Piękne! Ależ jesteś zdolna! – zachwyca się Daria, rozglądając dookoła i dopiero teraz zauważając drewniane maski wiszące na ścianach, zwierzęta stojące na postumentach, ażurowe lampy i inne cudeńka.

– Otworzyłam już sklep internetowy i sprzedaję moje wyroby – chwali się Farida, a Daria wyciąga rękę i przybija artystce piątkę, a następnie podnoszą kielichy i za pomyślność wypijają je jednym tchem. – Taka pantera czy słoń idą po tysiąc dolarów. Do tego dochodzi ekobiżuteria i inne pierdoły.

– No to dajesz radę!

– Napijmy się zatem szampana z tej okazji i teraz ty mi opowiedz, jak wygląda twoje małżeństwo. Domyślam się, że sytuacja, w jakiej się znajdujecie, potrafi rozbić każdy, nawet najlepszy związek.

Jaki jest nasz mariaż?, zastanawia się Daria. *Kiedyś byłam przynajmniej zakochana, a teraz jestem tylko przywiązana niewidzialną nicią do człowieka, który skrzywdził mnie najbardziej na świecie. Już nigdy nie będzie między nami dobrze, już nigdy nie będę z nim szczęśliwa. Jeszcze w Bejrucie myślałam, że to możliwe. Co za naiwna baba ze mnie! Moje życie to walka i cierpienie, pasmo ciągłych nieszczęść…*

Z rozmyślań wyrywa ją dźwięk korka wystrzeliwującego z butelki.

– Mój mąż może nie ma aktualnie nikogo na boku, ale ze mną też nie nawiązuje kontaktu. Ty przynajmniej masz zawód, pasję, jesteś samowystarczalna, przebojowa i niezależna. Ja jestem obrzyganą sierotą, owieczką prowadzoną na rzeź – podsumowuje swoje przegrane życie. – Zapewne moja przygoda, cała ta zabawa w rodzinę, skończy się tragicznie. Te typy tak mają. Każdy mój krok, każdy wybór jest skazany na niepowodzenie.

– Nie bądź taką pesymistką. Trzeba po prostu odmienić swoją dolę, wszystko jest w naszych rękach. – Farida pociesza przyjaciółkę. – Fortuna kołem się toczy, raz na wozie, raz pod wozem, a my musimy chwycić odpowiedniego byka za jaja i wskoczyć na dobry wóz. – Kiedy to mówi, jej czarne oczy lśnią blaskiem nadziei i wiary w lepszą przyszłość. – Przyrzeknijmy sobie, że będziemy silne i się nie poddamy. Musimy zmienić otoczenie i towarzystwo, zacząć wychodzić między ludzi i poznawać nowe twarze. Może jakiś ciekawy, inteligentny, odpowiedzialny, przystojny, zabawny, uczuciowy… – Kobieta prawie traci dech. – *Sza'a Allah* jakiś normalny chłop zechce poderwać którąś z nas, zakocha się na zabój… – Od alkoholu już plącze się jej język. – Trzeba wyruszyć na podbój Kataru, bo widziałam tu wielu niezłych przystojniaków. Co ty na to?

– Niewykluczone, że to dobry sposób, by zapomnieć i wyrwać się z matni… – zastanawia się Daria, ale myśli też o tym, jak mąż ukarałby ją za zdradę. W kalifacie był panem jej życia i śmierci, mógł ją osadzić w więzieniu, mógł wydać na nią wyrok śmierci przez ukamienowanie czy bezkarnie poderżnąć jej gardło. Wystarczyłoby, żeby oświadczył, iż bluźniła albo była mu nieposłuszna. Ale co zrobi swej żonie *dżihadi* John vel Jasem Alzani vel Sean O'Sullivan, jeśli ta zdradzi go w praworządnym świecie?

– Ty świnio! Taki łagodny nagle się zrobił! – Rozgoryczona, całkowicie zamroczona alkoholem Daria od progu rzuca się na męża z pięściami. – Skurwysyn cholerny…

– Darin, o co ci chodzi? Idź spać! – Jasem nie daje się sprowokować rozjuszonej żonie, choć widzi, że sytuacja musi się skończyć konfrontacją. – Maszeruj do łóżka, i to już!

– Mordowałeś, skurwysynu jeden, zdrowe i piękne dzieci, zamordowałeś swojego pierworodnego, a teraz nie możesz podjąć jednej cholernej decyzji?! – Z Darii znów wychodzą najgorsze instynkty, ale zapewne sama nie wie, co mówi. – Może się uda! Trzeba zaryzykować… A jeśli nie, to co? Żal ci takiego Abdula?!

– To mój syn! Moja krew!

– Bo taki brzydki?! To się zgodzę! Zrób coś, gnojku! – Daria podnosi rękę na męża, lecz ten, zaprawiony w walkach z zawodowcami, błyskawicznie łapie dłoń kobiety i mocno ją ściska. – Podpisz papiery, że domagasz się operacji na własną odpowiedzialność, i rozdzielmy te biedne dzieci – rzęzi, słaniając się na nogach pod wpływem nadużytego alkoholu, ale też długotrwałego psychicznego załamania.

– Opanuj się! Lekarze nie polecają operacji, a ja niby miałbym o tym decydować?

– Przecież nasi synowie wykańczają się nawzajem. Stracimy ich obu, zobaczysz! Każdy widzi, że nie nadają się do wspólnej egzystencji, a lekarze mają to głęboko w dupie. – Załamana przytłaczającym nieszczęściem zaczyna szlochać.

– Taki jest twój wymarzony, cywilizowany świat, kotku. – Z sympatycznego pseudo-Irlandczyka wychodzi złośliwy i podły *dżihadi* John, który pali teraz swoją żonę złym, nienawistnym wzrokiem.

– Jeśli ty czegoś nie zrobisz, sama będę musiała się tym zająć – oświadcza z głupią pijacką miną, choć tak naprawdę nie ma pojęcia, co mówi i jak niby miałaby się do tego zabrać. Jest zagubioną młodą kobietą, za którą zawsze ktoś załatwiał trudne sprawy i podejmował kluczowe decyzje. Jedynie w kalifacie sama walczyła o własne życie, ale wiązało się to z jej być albo nie być. – Nie pozwolę, by mój kolejny syneczek zginął przez twoją ignorancję. – Specyficznie interpretuje rzeczywistość, która całkowicie ją przerosła. Pragnie jedynie nosić na rękach i tulić do swojej piersi malutkiego synka, a nie wynaturzony, pokraczny i rozwrzeszczany twór.

Daria jest zrozpaczona, a z drugiej strony niewyobrażalnie wściekła, a Jasem też jest ich obecną sytuacją zmęczony. Jedno i drugie chciałoby zapomnieć o nieszczęściu, które im się przytrafiło. W głębi serca każde z nich pragnie odejść, lecz żadne nie może. Łączy ich coś nierozerwalnego – podobnie jak ich zrośniętych chłopców. I podobnie jak oni najchętniej by się pozabijali.

Tajemnice Bliskiego Wschodu

Daria coraz więcej czasu spędza poza domem, nikogo nie informując, gdzie i po co wychodzi. Jasem na wszystko przymyka oko, bo sam siedzi w pracy do późnych godzin wieczornych, a potem zwykle spędza czas w męskim towarzystwie. Żona sypia w pokoju gościnnym, który zamieniła w swój buduar. Często też topi smutki w alkoholu, spadając coraz niżej i niżej, by sięgnąć przysłowiowego dna.

W alkoholowej pomroczności wracają wspomnienia z dzieciństwa i młodości. Nakładają się na siebie i kobieta powoli wpada w obłęd, bo już sama nie wie, co się wydarzyło naprawdę, a co jest tworem jej pijackiej wyobraźni. Widzi, jakby stali tuż przed nią, swoich rodziców – blond mamę Dorotę i biologicznego libijskiego ojca Ahmeda, ojczyma Łukasza, a także upartą jak oślica, ale wyjątkowo piękną Marysię i poważnego i przystojnego jej męża Hamida. Raz znajduje się w Rijadzie, raz w Polsce – w Gdańsku, w rodzinnym domu – innym razem na Bali. Kiedy jej wzburzone myśli wracają do Rakki, przeważnie dopija resztę alkoholu, by jak najszybciej wymazać z pamięci mary bliskich, choć obecnie tak dalekich ludzi.

Rano Daria jest nie do życia – kac goni kaca i najlepiej kobiecie udaje się go zwalczyć albo fitnessem, albo kolejnym alkoholowym drinkiem. Nie ma świadomości, jak dużą krzywdę sobie robi i że takie życie na dłuższą metę ją zabije. Wygląda na to, że nie umiejąc rozwiązać patowej sytuacji, w jakiej się znalazła, próbuje skończyć ze sobą w pośredni sposób.

Pomimo z jednej strony niezbyt sportowego trybu życia Daria uwielbia chodzić na fitness do hotelu Sheraton, który stał się jej drugim domem. Ma tam do wyboru wiele dziedzin nowoczesnego sportu, między innymi aerobik, jogę, pilates czy spinning, body sculp, a nawet aquaaerobik. Jeśli ma w miarę dobry humor, dołącza do grupy zumby, gdzie ćwiczy w rytm latynoskiej muzyki. Co jakiś czas klub organizuje zumbathon, zwany też pinkmaratonem – bierze w nim udział kilkadziesiąt kobiet ubranych na różowo.

Zwykle po zajęciach Daria i Farida przebierają się w eleganckie łaszki i ruszają na podbój Kataru. Najbliżej mają do hotelowych restauracji, jednak większość z nich jest bardzo snobistyczna i odwiedzana przez katarską elitę, która przychodzi na wystawne kolacje we własnym gronie. W takich miejscach kobiety nikogo nie poznają i nie zintegrują się z żadną grupą. Jednakże w kompleksie hotelowym znajduje się też knajpa Irish Harp – pub o złej sławie, choć urządzony w dobrym wiktoriańskim stylu. Przy wypolerowanej ladzie barowej na wysokich stołkach może usiąść nawet trzydzieści osób, a drugie tyle stać. Ściany są wyłożone panelami imitującymi czerwoną cegłę, co dodaje ciepła i klimatu. Na środku stoi kilka drewnianych stolików z krzesłami, po bokach zaś – skórzane sofy na kolonialną modłę, przy których do zakrapianej kolacji może zasiąść więcej osób. Na ścianach wiszą telewizory, jest też mała scena, na której co jakiś czas występują zespoły muzyczne. Jedzenie jest typowo irlandzkie lub po prostu fastfoodowe. Przeważają sandwiche i hamburgery, ociekające tłuszczem wypływającym z zasmażanego bekonu, a danie główne to standardowe dla Zielonej Wyspy fish & chips[1]. Oczywiście nie może się obyć bez steków z frytkami czy pieczonymi ziemniakami, nachosów ze smażoną mieloną wołowiną i spring rollsów. Wszystko to można przepić klasycznym irlandzkim ciemnym piwem marki Guinness lub znaną na całym świecie whiskey Jameson. Przychodzą tu ci, którzy mają ochotę na opilstwo, szybki seks i głośną muzykę. Można też obejrzeć mecz, jak to zwykle w pubach, lecz bywalców tego lokalu rozgrywki sportowe obchodzą najmniej. Stałymi klientami są cudzoziemcy pracujący w wielkich bliskowschodnich korporacjach, którzy albo przyjeżdżają do pracy bez rodzin, albo usiłują uciec od nudy i codzienności. Sporą grupę stanowią katarscy gogusie, spragnieni kontaktu z Zachodem, zwłaszcza z zachodnimi używkami. Jak to Arabowie mają słabą głowę i szybko się upijają, a wtedy stają się głośni, obelżywi i bezczelni. Nikt ich jednak nie wyrzuci, bo to lokalni panowie, może spokrewnieni z rządzącą wierchuszką, i niewykluczone,

1 Fish & chips (angielski) – ryba z frytkami.

że w ich nasiąkniętych alkoholem żyłach płynie błękitna krew rodu emirów.

– Te białasy się nas boją – szepcze Farida do Darii.

– Dlaczego tak myślisz? – Koleżanka dyskretnie rzuca okiem na grupę obcokrajowców, pociągających drinki przy barze. – Po prostu jesteśmy dla nich za stare. Towar mocno przechodzony.

– Głupoty gadasz! Czy sądzisz, że te małe filipińskie kurwy są świeższe? – Czarnulka aż bulgocze z wściekłości.

Daria od razu zauważyła farbowane, skośnookie, azjatyckie blondyny, niektóre w towarzystwie sponsorów lub alfonsa, obwieszone złotem i wyzywająco ubrane, a umalowane tak, że makijaż dosłownie kapie z ich brzydkich, niejednokrotnie ospowatych twarzy.

– Jesteśmy za eleganckie. Zbyt wysoki sort – obwieszcza atrakcyjna Farida o namiętnych dużych ustach i migdałowych czarnych oczach, zakrytych firaną długich rzęs. – Jak same ich nie zagadamy, nic z tego nie będzie.

Kobieta szybko dopija kolejną szklaneczkę Jamesona, bo jak wszyscy z jej nacji woli mocny trunek od sikacza, i już ma zamiar przysiąść się do ekspatriantów, kiedy za ich plecami staje jakiś mężczyzna. Jego obecność można wyczuć po mocnych arabskich perfumach na bazie oud – korzenia drzewa agarowego, który jest półtora raza droższy niż złoto.

– Witam.

Na dźwięk głębokiego głosu od razu się odwracają. Przed nimi stoi oszałamiająco przystojny, ubrany jak z żurnala Katarczyk i uśmiecha się niepewnie. Jednak jego oczy zdradzają upojenie alkoholowe lub oszołomienie jakąś inną używką, a kolana co chwilę mu się uginają. Delikatnie kiwa się z boku na bok, ale jakimś cudem utrzymuje pion.

– *Hello!* Co słychać? – zagaduje Farida, lecz z tembru jej głosu Daria wnioskuje, że nie jest za bardzo zadowolona z takiej znajomości.

– Bawimy się. A wy?

– My też. – Wyraźnie usiłuje go spławić, lecz facet jakby wrósł w podłogę.

– Może pobawimy się razem, co, panienki? – Nagle staje się napastliwy i chwyta Darię za ramię. Kobieta usiłuje się wyrwać z jego szponów, lecz on przyciąga ją do siebie lubieżnie.

– Nie jesteśmy żadne panienki! Spadaj pan! – Farida podnosi głos. – Natychmiast!

– Widuję was tu dość często, więc nie ściemniajcie. Czego samotna, prowokująco ubrana babka może szukać po nocy w pubie? – Intruz głupio chichocze i jeszcze bardziej się chwieje. – Chłopa! – Sam sobie udziela odpowiedzi.

– Niech pan nie będzie ordynarny! – Daria czuje się dotknięta do żywego, ale w duchu przyznaje facetowi rację.

Głośna wymiana zdań przyciąga uwagę innych klientów lokalu i zaczynają spoglądać w ich kierunku. Większość patrzy na kobiety z dezaprobatą, bo według nich to one są prowodyrkami nieprzyjemnej sytuacji. Cudzoziemcy rzucają im pogardliwe, złe spojrzenia, a lokalsi mają na ustach kpiarski uśmieszek. Nikt jednak się nie kwapi, żeby przyjść im z pomocą. Dopiero po chwili z ukrytej w kącie sali sofy podnosi się wysoki Arab.

– Słyszałeś, co panie powiedziały? – zwraca się do napastliwego Katarczyka.

– Nie wtrącaj się, bracie. Co cię to obchodzi? – Wstawiony mężczyzna nie ma zamiaru zrezygnować z obiektu adoracji.

– One nie są zainteresowane twoim towarzystwem, więc spływaj stąd! – Wysoki popycha agresora, a ten od razu przyskakuje do niego, gotów do walki.

Obrońca słabej płci ledwo zauważalnie macha ręką i natychmiast przyskakuje do nich dwóch ochroniarzy w garniturach z wybrzuszoną jedną połą marynarki, co sugeruje, że mają podręczną broń. Podrywacz tylko wzdycha i odchodzi bez słowa.

– Przepraszam za mojego rodaka. – Katarczyk na przywitanie wyciąga dłoń i szarmancko całuje każdą z pań w rękę. – Nadal nie brakuje nam prymitywnych pastuchów, którym sypnęły petrodolary i wydaje im się, że wszystko im wolno.

– Dziękujemy za pomoc. – Farida jest zauroczona nie dość, że szarmanckim, to jeszcze przystojnym i wysportowanym Arabem i robi do niego maślane oczy.

– Nazywam się Nasir ibn Chalifa Al Sani. – Mężczyzna się przedstawia, a im opadają szczęki, bo po rodowym nazwisku orientują się, że mają przed sobą członka rodziny rządzących emirów. – Zapraszam do naszego stolika. Przy nas będziecie panie bezpieczne.

Koleżanki zgadzają się bez dyskusji, zwłaszcza Farida, którą nowy znajomy zauroczył od pierwszego wejrzenia. Przy stoliku Nasira siedzi jeszcze trzech mężczyzn i żadnej kobiety. Za ich plecami, w dyskretnej odległości, stoją prywatni ochroniarze. Rozmowa toczy się wartko, wszyscy mają sobie mnóstwo do powiedzenia i po paru godzinach i osączeniu kilku butelek Jamesona dosłownie przekrzykują się nawzajem. Jedynie Daria zbyt często nie zabiera głosu, bo przecież nie może wtajemniczyć towarzystwa w swoje prawdziwe życie, a na zmyślanie jest zbyt pijana. Boi się, że chlapnie coś, co zaprowadzi ją i Jasema prosto do katarskiego więzienia, a może nawet przed oblicze kata.

– Jedziecie z nami w najbliższy weekend poza miasto? – proponuje Nasir, patrząc namiętnie Faridzie w oczy. – Tam naprawdę jest świetnie, wszystko to, co wszyscy uwielbiamy: swoboda, niezależność, zielone oazy, jazda na koniach i wielbłądach, szaleństwo na quadach po wydmach. Możemy sobie zorganizować minisafari i polowanie, a nawet pojeździć na nartach po piasku.

– Tylko gdzie byśmy się zatrzymali? – Daria, zaciekawiona, ale też niespokojna, ledwo składa wyrazy po ogromnej ilości wypitego alkoholu. – W beduińskim namiocie? – Aż skóra jej cierpnie na samą myśl.

– A czy ja wyglądam na koczownika? – Inny Katarczyk, który adoruje pół-Polkę, zaśmiewa się prawie do łez.

– Raczej nie. – Daria patrzy na jego perfekcyjnie skrojony, zapewne szyty na miarę, klubowy garnitur i wypielęgnowane dłonie.

– Rzut beretem od Dohy znajduje się rewelacyjny ośrodek wypoczynkowy o nazwie Mesaid, z jednej strony otoczony przez piaski pustyni, a z drugiej graniczący z morzem.

– Świetnie! – Farida klaszcze w dłonie, podskakując jak mała dziewczynka. – Nawet nie słyszałam o takiej możliwości spędzania wolnego czasu w Katarze. Musimy to wypróbować! Co ty na to, Darin? – Szuka wsparcia u koleżanki, bo sama na pewno nie zdecyduje się na wyjazd. – Fajnie będzie!

– Może jeszcze się zastanowimy? – sugeruje ostrożnie Daria.

Na te słowa z rozbawionych oczu Nasira znika cała wesołość, a jej miejsce zajmują niebezpieczne, złe błyski. Darii powinno to dać do myślenia, ale alkohol pozbawia rozsądku i instynktu samozachowawczego zarówno ją, jak i jej koleżankę.

– Pojedźmy! Zgódź się! – Farida patrzy błagalnie w oczy Darii, a ta już tylko niepewnie kiwa głową. – Umawiamy się zatem na piątek! – decyduje zadowolona czarnulka.

– Gdzie po was podjechać? – Nasir kuje żelazo, póki gorące.

– Pod Sheraton – szybko odpowiada Daria, żeby czasem jej nierozważna towarzyszka nie podała ich adresu na osiedlu Beverly Hills. – Tak będzie najlepiej.

Towarzystwo wypija jeszcze strzemiennego i kobiety, ledwo trzymając się na nogach, opuszczają lokal. Panowie nie są jeszcze zainteresowani odpoczynkiem. Wprawdzie północ już dawno minęła, lecz przecież oni nie muszą wstać na ósmą do pracy, więc ich noce kończą się nad ranem, a dnie zaczynają grubo po południowym wezwaniu muezina do modlitwy, w której zresztą nigdy nie uczestniczą.

Po powrocie z Irish Harp Daria stawia cały dom na nogi, choć jej własne odmawiają jej posłuszeństwa.

– Chcesz, żebyśmy przez ciebie wpadli?!

Jasem nie wytrzymuje, gdy widzi żonę czołgającą się po schodach do pokoju na piętrze. Nadmiar wyskokowych napojów w końcu znajduje ujście i kobieta oddaje całą zawartość trzewi na piękny wełniany chodnik. Następnie wpada w wymiociny, podśmiechując się głupkowato. Jedna z filipińskich służących wybiega, by pomóc swej pani, lecz nie daje sobie rady z ciałem, które jest w stanie całkowitej nieważkości.

– Zmykaj stąd! – Jasem odtrąca drobną służkę, po czym z obrzydzeniem bierze na ręce ledwo przytomną połowicę, zanosi do jej sypialni i rzuca na łóżko.

– Chcesz nas wsypać, kurwo? – cedzi przez zaciśnięte zęby. – W końcu dopadnie cię policja. To jednak kraj arabski i samotnie szlajające się wywłoki zamyka się tu w pace na długie lata.

– Pierdolenie kotka za pomocą młotka... Gówno mi zrobią... – mówi Daria po polsku, zaśmiewając się do łez. – Ten muzułmański kraj jest tak samo zakłamany jak wszystkie inne. – Przechodzi na arabski, by mąż mógł ją zrozumieć, choć i tak język jej się plącze i wydobywa się z niej bełkot. – Jedna wielka obłuda i fałsz. Koran sobie, a knajpy z wódką sobie.

– Tak ci się tylko wydaje!

– Przestań mi tu krakać! – Z trudem podpiera się na łokciu i kręcąc głową, usiłuje skoncentrować wzrok na rozwścieczonych oczach Jasema. – Wszystko to kłamstwo!

Takiej rozpusty i rozwiązłości, jakie panują na Bliskim Wschodzie, to ze świecą szukać.

– Bo nie zdążyliśmy tego wyczyścić i do końca uporządkować – szepce mąż zjadliwie.

– Wy w waszym kalifacie byliście pierwsi i najwięksi w lidze hipokrytów na całym świecie. – W końcu Daria szczerze wyznaje, co myśli na temat fundamentalistów. – Powinni to pseudopaństwo zrównać z ziemią, żeby kamień na kamieniu nie pozostał.

– Sama w tym gównie siedziałaś po same uszka. Masz na swoich wypielęgnowanych rączkach krew niejednej ofiary, więc nie zgrywaj się na bohaterkę, paniusiu.

– Robiłam to, żeby przeżyć! – Daria powoli trzeźwieje i czuje, że zarzuty niestety są bliskie prawdy. – Taki durny ludzki instynkt samozachowawczy!

– Ależ ty jesteś obłudna! A śmiesz jeszcze oceniać innych! – Jasem już dłużej nie potrafi powściągnąć swojego wybuchowego charakteru i wymierza żonie policzek, a następnie chwyta za włosy i przyciąga jej twarz do swojej. – Mogłaś ode mnie uciec milion razy. Nie zatrzymywałem cię. Mogłaś mnie zostawić w szpitalu w Rakce, zwiać, kiedy pojechałem do Damaszku, a nie mordować głupich, jurnych ochroniarzy. A potem w samej stolicy Syrii kto cię zatrzymywał? Na pewno nie ja, bo leżałem chory i nieprzytomny z bólu. Przestań więc pierdolić i spójrz prawdzie w oczy: spodobało ci się takie życie! Pełna bezkarność, pełna swoboda działania, kupa kasy…

– Ja? Ja?! – Kobieta wyrywa się z jego uchwytu i w rękach damskiego boksera zostaje pukiel jej włosów. – Co za bzdura!

Znalazłam się tam nie z własnej woli. A wszystko to robiłam, by się uratować! – krzyczy na całe gardło, wymachując w powietrzu pięściami. – Niektórzy, chcąc usprawiedliwić swoje haniebne postępowanie, tłumaczą je chorą ideą, do której ktoś ich namówił albo wręcz zmusił, albo tym, że czegoś tam nie rozumieli… I to są najgorsze oszołomy! Takie jak ty! Kłamcy i obłudnicy! Manipulanci! – Szczerze oskarża swojego męża. – To wy wszystko wymyśliliście, wykreowaliście to chore państewko i kalifat, a my, porwani i zniewoleni, jesteśmy waszymi ofiarami. Usiłujemy tylko przeżyć.

– Może tak, może nie. Te oszołomy, jak mówisz, przynajmniej w coś wierzą, a jak ofiara zamienia się w kata albo z nim utożsamia, to jest tak samo winna, więc w ostatecznym rozrachunku…

– Jedni i drudzy będą sądzeni w podobny sposób – kończy za niego Daria, która po wszystkich swoich przejściach wątpi w sprawiedliwość na tym świecie. – Niewykluczone nawet, że ci idealiści sadyści bez piątej klepki będą potraktowani łagodniej, pozostali zaś zostaną uznani za zwykłych zwyrodnialców i morderców.

– Dobrze, że się rozumiemy. Jak dasz się złapać i puścisz farbę na mój temat, zostaniesz potraktowana na równi ze mną. Posiedzisz długie lata w Quantico, gdzie FBI czy CIA zrobi ci z dupy jesień średniowiecza – ordynarnie podsumowuje Jasem.

– Taki jesteś tego pewien? – Daria jeszcze powątpiewa, choć strach chwyta ją za gardło na samą myśl o takim końcu. – Wszystkie rozumy pozjadałeś czy zwyczajnie chcesz mnie zastraszyć swoim zwyczajem?

– Mogłabyś się trochę zainteresować tym, co się dzieje wokół ciebie, a nie tylko chlać gorzałę i puszczać się z byle kim. – Mężczyzna już nie może znieść głupoty i płytkości żony, która ukazuje zupełnie inną, nieznaną mu do tej pory twarz. – Jakbyś zajrzała czasem do gazet czy internetowych newsów, dowiedziałabyś się, że na przykład w takiej Belgii sąd skazał na trzydzieści lat więzienia dżihadystę za morderstwo popełnione w Syrii, kiedy człowiek ten powrócił do kraju po walkach w szeregach Państwa Islamskiego. To pierwszy przypadek wyroku dla islamskiego ekstremisty za popełniony poza granicami kraju czyn o charakterze terrorystycznym, ale zapewne nie ostatni. Tutaj, w Katarze, w ramach przykładu, musielibyśmy za naszą – kładzie nacisk na to słowo – dżihadystyczną działalność zapłacić głową – kończy mało optymistycznym akcentem i wychodzi z sypialni żony, trzaskając drzwiami.

Daria nie może już odsunąć od siebie złych wspomnień, tak jak czyniła to jeszcze w Bejrucie. Spada jej zasłona z oczu i jasno widzi swoje występki, ale też naiwne i głupie czyny, których się dopuściła podczas lat spędzonych z Johnem vel Jasemem Alzanim, który okazał się jednym z najgroźniejszych terrorystów świata. Potępia siebie, ale winą obarcza głównie mężczyznę, który ją omamił, a następnie unieszczęśliwił. Zastanawia się nad jego słowami – że mogła, i nadal może, odejść w każdej chwili. Chwyta w dłoń komórkę i wybiera numer Marysi, ale rozłącza się, jeszcze zanim połączenie zostaje nawiązane. Zagląda na facebookowy profil siostry, lecz oprócz zdjęcia profilowego nie może nic zobaczyć – pozostałe informacje są dostępne tylko dla znajomych, a ona sama dawno zamknęła swoje konto, by nikt jej nie namierzył. Próbuje wybrać numer matki, ale z tego też rezygnuje. I nagle zdaje sobie sprawę, że ona już do nich nie pasuje – nie miałaby o czym z nimi rozmawiać, nie mogłaby im się z niczego zwierzyć. Nie należy do ich świata. Jest obca. Jest wyrzutkiem społeczeństwa, które jedynie by ją potępiło, osądziło i skazało. Nie pozostaje jej więc nic innego, jak trwać w znienawidzonym kieracie.

Jasem tęskni za swoją aktywną działalnością. Coraz bardziej nudzi go zwykłe życie w biurze, mierżą obowiązki, a nawet dobre zarobki. Nie umie być zwykłym zjadaczem chleba. Potrzebuje adrenaliny, akcji, niebezpieczeństwa i przywództwa. Gdyby jeszcze jego sytuacja rodzinna wyglądała inaczej, może definitywnie odmieniłby swoje życie, ale Daria oddala się od niego, a on już nie chce zatrzymywać jej na siłę. W duchu ma nadzieję, że kobieta go porzuci i wróci do swojego bezpiecznego świata. Nie wie, co się dzieje w jej duszy, nie rozumie jej rozterek, choć i jego deprymuje sytuacja synów, którzy się wzajemnie nienawidzą.

Na co dzień Jasem nie może mówić po arabsku, bowiem tak w pracy, jak i poza nią otaczają go sami Europejczycy, Amerykanie i przybysze z antypodów, którzy uważają go za Irlandczyka. Wszyscy chcą go poznać, zintegrować się, lecz mężczyzna nie jest na to gotów.

– Stary! Chodźże z nami do klubu. Na jedno piwko – namawia któryś z kompanów.

– Albo na dwa – dorzuca inny dowcipniś, który widać nie stroni od chmielowego nektaru, bo ma potężne, opasłe brzuszysko.

– Panowie, ja tu jestem nowy – tłumaczy Jasem. – Dopiero się organizuję.

– Nie ściemniaj. Dom urządzi ci żona, a my wprowadzimy cię w rurociąg towarzyski. W Dosze są całkiem niezłe puby. Jako Irlandczyk na pewno ucieszyłbyś się z wyjścia do irlandzkiego, więc Irish Harp w Sheratonie nada się idealnie.

– A jakie lalunie tam chodzą! – Dwudziestoparoletni australijski młodziak ocenia lokal pod kątem swoich oczekiwań.

– Jakie? – Starsi z obrzydzeniem wykrzywiają twarze. – Same przechodzone Filipinki. Mamy płacić za takie stare, zużyte skóry?

– Nie same! – broni się napalony młodzik. – Ostatnio widziałem tam superbabki, zwłaszcza jedną. Ale taka, że zwykły człowiek nie podejdzie i nie zagada. Najwyższa półka, mówię wam.

– Cholera! Kiedy? – Mężczyźni wyglądają, jakby chcieli się rzucić biegiem do lokalu.

– W weekend. Więc ta czarnulka...

– Jak to czarnulka?

– No nie wiem, Mulatka, Murzynka, Afrykanka... Jak zwał, tak zwał. Jednym słowem: czekoladka. – Amantowi aż błyszczą oczy. – Włosy długie do pasa, zaplecione w warkoczyki, śliczna buzia z wysokim, rasowym czołem i małym noskiem, zaraźliwy, szczery śmiech... – Zawiesza głos z rozmarzeniem. – A jaka figura! Chyba z metr osiemdziesiąt, a nogi po samą szyję! – Podśmiewa się, lubieżnie oblizując wargi.

– I co? Wyrwałeś ją? – Towarzysze aż się ślinią.

– Mówię wam, że byłem za malutki. I nawet nie tyle wzrostem, ile statusem społecznym. Zwykły, nieciekawy ekspatriant pracujący dla korporacji za gówniane grosze. Za wysokie progi na zwykłego australopiteka nogi. – Krzywi piegowatą twarz. – Zgarnął mi ją sprzed nosa jakiś dziany Katarczyk, który przychodzi na piwo z własną ochroną.

– A ta druga? – indaguje Jasem, ogarnięty złym przeczuciem, gdyż wielu takich atrakcyjnych ciemnych kobiet, jak opisywał młody, w Dosze nie ma. A portret idealnie pasuje do Faridy, nowej przyjaciółki jego żony. – Mówiłeś, że niezła. Też czekoladka?

– Nie, jakaś taka... nijaka. Europejka, może Brytyjka lub Irlandka. Miła buzia, zgrabna, ale żadna gwiazda. Siedziała taka zastraszona, że chciałoby się podejść i powiedzieć: „Dziecko, idź do domu". To raczej kobieta rodzinna, a nie imprezowa.

– Przynajmniej do niej zagadałeś?

– Coś ty! Ja nie mam zamiaru zakładać rodziny! – oburza się marny playboy.

Jasem spoziera spod oka na męża Faridy, który też należy do ich grona. Mężczyzna zachowuje pokerową twarz – albo dobrze się maskuje, albo zupełnie nie zależy mu na pięknej żonie. Sam Alzani, obecnie O'Sullivan, postanawia porozmawiać z Darią, znów się do niej zbliżyć, bo wciąż pamięta niezwykłe, urzekające chwile w Bejrucie, które wspomina bardzo często jak cudowny sen. Chciałby, żeby między nimi było tak zawsze... Myśli o zagubionej swojej połowicy i serce mu mięknie, a ciepło namiętności zalewa jego lędźwie.

Kiedy jednak wraca do domu, nie zastaje w nim żony. Nawet go to nie złości. Postanawia odłożyć rozmowę na bardziej dogodny czas.

Sytuacja rodzinna O'Sullivanów z dnia na dzień się pogarsza. Jasem unika przebywania w czterech ścianach pustego domu i słuchania wycia swych potomków. Nudzi go też przesiadywanie w pubie i picie na umór. Wątpliwe żarty kolegów z pracy to nie jego bajka. Strata czasu, strata życia. On był, i jest, synem arabskiej ziemi – i choćby bez reszty udawał kogoś innego, w głębi serca zawsze pozostanie Arabem. Dlatego coraz częściej zapuszcza się w arabskie rewiry miasta, gdzie żaden ekspatriant nie ośmieli się pójść. Tam nie musi się martwić, że zostanie przez kogoś zdemaskowany. Znowu zaczyna wieść podwójne życie. Popołudniami i wieczorami zamiast najmodniejszego garnituru i stylowego krawata wkłada stare, wytarte dżinsy i sprany podkoszulek, a jeszcze chętniej galabiję, na stopy wsuwa klapki, a głowę owija turbanem. Jednakże doskonale zdaje sobie sprawę, że nikomu nie może ujawnić prawdziwego imienia ani przyznać się do swej fundamentalistycznej działalności, bo teraz każdy, czy to Arab, Azjata czy obywatel Zachodu, muzułmanin czy chrześcijanin, jest temu przeciwny. Dlatego on też musi znaleźć jakąś drogę dla siebie, ale na pewno nie tę, którą kroczył.

Któregoś dnia w arabskim lokalu o zachęcającej nazwie Marhaba[1] poznaje człowieka, który napełnia jego serce wiarą i poddaje mu idealną myśl. I to nie jedną.

– *As-salamu alejkum* – wita go starszy elegancki mężczyzna. – Jestem Musa Kusa[2], a ty, bracie? – Libijczyk bez najmniejszej obawy przedstawia się obcemu człowiekowi,

1 *Marhaba* (arabski) – Cześć, witaj.

2 Musa Muhammad Kusa (ur. 1949 r.) – libijski polityk i dyplomata. Studiował socjologię na Michigan State University. Pracował jako przedstawiciel służb bezpieczeństwa w kilku libijskich placówkach dyplomatycznych w Europie. W 1980 r. został mianowany ambasadorem w Wielkiej Brytanii. Od 1992 do 1994 był zastępcą ministra spraw zagranicznych, a następnie (1994–2009) stał na czele wywiadu. W 2009 r. mianowany został ministrem spraw zagranicznych. W 2011 r. podczas arabskiej wiosny grupa libijskich opozycjonistów przebywających w Wielkiej Brytanii zaapelowała o postawienie Muammara Kaddafiego, Sajf al-Islami Kaddafiego i innych osób związanych z reżimem (w tym Musy Kusy) przed Międzynarodowym Trybunałem Karnym w Hadze. W marcu 2011 r. władze USA zamroziły jego aktywa na obszarze Stanów Zjednoczonych, a Kusa, korzystając z prywatnego odrzutowca, przyleciał do Londynu. Poinformował tam media, że nie reprezentuje już rządu Muammara Kaddafiego, zrzeka się stanowiska w jego administracji i zamierza na stałe pozostać w Wielkiej Brytanii. Stale nagabywany przez media i obawiający się o swoje życie, udał się do Kataru, gdzie wyśledziło go CNN. Tam nadal żyje w ukryciu (na podstawie: www.wikipedia.org).

lecz w tym miejscu czuje się jak we własnym domu, bo w każdym kącie restauracji siedzi jego człowiek.

– *Alejkum as-salam* – odpowiada Jasem i przysiada się do stolika Araba w białej jak śnieg tobie[1] i luźno zarzuconej *ghutrze*[2]. – Nazywam się Sean O'Sullivan, ale wolałbym, żebyś zwracał się do mnie Muhamad Arabi. – Na poczekaniu wymyśla nową ksywkę, a serce mu rośnie, że przez czysty przypadek udało mu się poznać człowieka legendę, którego poszukują dociekliwi dziennikarze. Interpol nie ma ochoty go oglądać ani przesłuchiwać, bo ten mężczyzna wie tyle, że mógłby utopić wszystkie znane służby wywiadowcze w łyżce wody, a wraz z nimi niejedną głowę państwa. – Jak ci się tu żyje, *ja sadiqi*?

– Cóż, tak jak na całym świecie. – Libijczyk zauważa, że jego rozmówca wie, z kim ma do czynienia, więc nie ma co robić tajemnic. – Chcą mnie wykopać z każdego zakątka na kuli ziemskiej, ale aresztować się boją. Mięczaki! – mówi z pogardą i przekąsem. – Zabić jakoś też nie chcą, więc żyję sobie w tej zapyziałej dzielnicy, w byle jakich warunkach, i czekam. Cierpliwość i precyzja to mój znak.

– Współpracowałeś z CIA, Interpolem, MI6, Centralnym Biurem Śledczym w każdym liczącym się kraju europejskim, a teraz pragną cię wszystkiego pozbawić? Draństwo! – szczerze oburza się Jasem.

[1] Toba (*thoba*, arabski) – długa do ziemi męska koszula, z tradycyjnym kołnierzykiem lub stójką i manszetami, do wysokości pasa zapinana na guziki.

[2] *Ghutra* (arabski) – chusta noszona przez mężczyzn na głowie, biała, w biało-czerwoną lub czarną kratę.

– Już pozbawili. Zamrozili moje aktywa w USA, Wielkiej Brytanii, a tu nawet wyrzucili z mojego apartamentu w hotelu Four Seasons. Takie jest życie, młody człowieku. Raz na wozie, raz pod wozem. Ale ja czuję, że jeszcze sobie pojeżdżę na niezłym wózku. – Śmieje się, ukazując pożółkłe od kawy i papierosów zęby.

– Widziałem twoje zdjęcie z Hillary Clinton w dwa tysiące dziesiątym roku. – Jasem błyskawicznie sięga do najdalszych zakątków swej genialnej pamięci. Mógłby z najdrobniejszymi szczegółami wyrecytować cały publikowany w sieci życiorys tego niezwykłego Libijczyka.

– Tak, tak… Nie tylko z nią się fotografowałem. Byłem na topie, ale nie ma co gadać. Lepiej ty mi powiedz, co tu robisz. Czego Irlandczyk w arabskich łachach szuka w arabskiej dzielnicy? Chyba tylko guza. – Pod czujnym spojrzeniem Kusy Jasem czuje się jak podczas przesłuchania.

– Męczy mnie życie według reguł zgnitego Zachodu – wyznaje ze zbolałą miną. – Mam dość pustych słów, niedotrzymanych obietnic, całego tego fałszu i zakłamania. Religia i kultura się zdewaluowały. Poszukuję innych dróg, szczerych i prawdziwych.

– Drogi do wodopoju[1], nieprawdaż? – Libijczyk marszczy brew, bo laicka Libia czasów Kaddafiego nieszczególnie przestrzegała prawa szariatu.

– Z ust mi to wyjąłeś. – Jasem patrzy na rozmówcę ciepłym wzrokiem.

[1] Szariat (arabski) – dosł. droga prowadząca do wodopoju.

– Przeszedłeś już na islam, synu? – Musa Kusa nie wierzy ludziom zmieniającym wiarę – ani przechrztom, ani konwertytom. Uważa, że jeśli ktoś raz zdradził, drugi i kolejny przyjdzie mu jeszcze łatwiej. Jednakże ten przebiegły człowiek ciągle szuka sposobu na wyjście z impasu, a że z łatwością poznaje nowych ludzi, próbuje ich wykorzystać do swoich celów, pomysły zaś mnożą się w jego głowie jak ulęgałki.

– Nie było okazji. Niedawno przyjechałem do Kataru i dopiero organizuję sobie życie.

– Możemy ci to ułatwić. Żaden problem.

Po kilku kolejnych spotkaniach i długich dyskusjach, podczas których Jasem pilnuje się i waży każde słowo, wreszcie pada konkretna propozycja.

– Jesteś gotowy? – pyta Libijczyk.

– Na co? – Jasem spina się w oczekiwaniu na informację.

– By dołączyć do wielomilionowego grona wyznawców islamu. – Kusa uśmiecha się łagodnie, lecz serce wilka raduje się w jego starej piersi.

– Tak. Będzie to dla mnie zaszczyt.

Mężczyźni udają się na zaplecze restauracji i wąskim korytarzem przechodzą do dużego, ponaddwudziestometrowego pomieszczenia, które stanowi prywatną salę modlitw. Podłoga jest tu wyłożona grubymi dywanami, a na ścianach wiszą tabliczki ze złoconymi cytatami z Koranu na czarnym tle. Na środku stoi starzec z białą brodą, w długiej galabii i małym kepi na głowie. Wszyscy wchodzący oczywiście zdejmują buty. Za Jasemem stają Musa Kusa i dwóch jego najbliższych popleczników.

– Powtarzaj za mną, chłopcze – imam[1] zwraca się do konwertyty. – *Aszszahadu la ilaha illa'llah, Muhammad rasulu'llah*[2].

– *Aszszahadu la ilaha illa'llah, Muhammad rasulu'llah…* – trzykrotnie, perfekcyjnym arabskim, Jasem z wielką powagą recytuje wyznanie wiary. Zebrani mężczyźni patrzą na niego podejrzliwie, ale ponieważ procedura przebiega poprawnie, niby-Irlandczyk staje się muzułmaninem.

Później, już przy kawie, Musa Kusa pyta:

– Skąd tak dobrze znasz nasz język? Masz nieskazitelny akcent i wymowę. Czytałeś Koran?

– Mówiłem ci, przyjacielu, że już od dłuższego czasu jestem bardziej po stronie Arabów niż Zachodu – odpowiada Jasem.

– Mam nadzieję, że nie tych Arabów, którzy sieją zamęt i stworzyli quasi-państwo, które na dokładkę nazwali islamskim.

[1] *Imam* (arabski) – w tradycyjnym znaczeniu osoba, która przewodniczy rytualnej modlitwie muzułmańskiej, czyli salatowi. Może to być osoba świecka bądź przełożony meczetu.

[2] *Szahada* (arabski) – muzułmańskie wyznanie wiary, będące jednym z pięciu filarów islamu i obowiązków muzułmanina. Osoba, która trzykrotnie, świadomie i celowo publicznie wypowie słowa: *Aszszahadu la ilaha illa'llah, Muhammad rasulu'llah* – „Zaświadczam, że nie ma Boga prócz Allaha, a Muhammad jest jego prorokiem" – zostaje przyjęta do grona muzułmanów. Po wypowiedzeniu *szahady* wszystkie wcześniej popełnione grzechy znikają, a człowiek symbolicznie rodzi się na nowo. Słowa wyznania wiary znajdują się w każdej muzułmańskiej modlitwie i stanowią podstawowy dogmat wiary.

– Skądże! Nie posądzaj mnie o obłęd i nieczyste serce. – Tak jak wcześniej postanowił, wypiera się swej przynależności do dżihadystów.

Musa Kusa nie wierzy w ani jedno jego słowo, ale nie przeszkadza mu to. Od tej chwili panowie stanowią mocny duet, skupiający wokół siebie coraz liczniejszą grupę libijskich opozycjonistów, ale nie tylko. Dołączają do nich uciekinierzy z Maroka, Tunezji, Egiptu i innych krajów północnej Afryki, gdzie arabska wiosna zniszczyła ład i porządek. Lokal Marhaba staje się mekką politycznych uchodźców i państwowych wyrzutków.

Jasem celowo zacieśnia więzi z Musą Kusą, bo w jego głowie kiełkuje genialny plan. Dzięki nowemu znajomemu poznaje ludzkie dzieje, życiorysy zniszczone przez rewolucję i wojnę domową, która trawi Libię od ponad sześciu lat. Każdy obecny tu Libijczyk wychwala pułkownika Muammara Kaddafiego, każdy za nim tęskni. Ukrywana przyczyna śmierci wodza okazuje się tajemnicą poliszynela. Wszyscy wiedzą, że zginął on w zamachu samobójczym dokonanym przez jego syna, Muaida, a media spreparowały komedię z jego linczem, by postawić kropkę nad „i" oraz w symboliczny sposób zakończyć jego rządy. Do całego przedstawienia wykorzystano sobowtóra, którego rodzina dostała za jego heroiczny czyn niebagatelną kwotę i nowe życie.

Dzięki nowym kontaktom Jasem poznaje wysoko urodzoną Libijkę z najbliższej świty pułkownika. Dżamila al-Muntasir doskonale znała Malikę Salimi i całą jej rodzinę. Mężczyzna jest zauroczony nią samą i jej zaangażowaniem w odbudowę Libii i dochodzi do wniosku, że z tą kobietą mógłby być szczęśliwy. Rodzina Dżamili pochodzi z Misuraty, ale ich serce pozostało w górach Gharianu, gdzie od czasów króla Idrisa I[1] mieli postkolonialną włoską posiadłość wraz z hektarami plantacji winogron i połaciami żyznego gruntu, na którym uprawiali oliwki i cytrusy. Dżamila opowiada niesamowite historie o tym regionie, a w sercu Jasema, gdy jej słucha, dzieje się coś dziwnego. Śni i tęskni za tą ziemią i miejscem, w którym nigdy nie był. Odczytuje to jako znak, palec boży i wskazanie mu życiowej drogi przez siły wyższe.

– Mój ród Muntasir od zawsze był związany z rządem. Było tak w czasach dominacji włoskiej, a także w wolnym kraju za króla Idrisa I, który okazał się samolubnym tyranem. Później działaliśmy na rzecz Wielkiej Arabskiej

[1] Idris I, As-Sajjid Muhammad Idris al-Mahdi as-Sanusi (1890–1983) – emir Cyrenajki i Trypolitanii, pierwszy i jedyny król Libii. W 1951 został ogłoszony królem uzyskującej niepodległość Libii. Zaprowadził monarchię absolutną, zakazał istnienia partii politycznych, a rządy oparł na izolacjonizmie. Za jego panowania w Libii odkryto złoża ropy naftowej, z których dochód trafiał do szkatuły króla. Pod koniec lat 60. rząd był coraz bardziej niepopularny i skorumpowany, pogłębiały się tradycyjne podziały regionalne i plemienne. Pojawiły się nastroje antykrólewskie i antyzachodnie. W 1969 r. król abdykował na rzecz swego bratanka, jednak ten już 1 września, podczas pobytu Idrisa I na leczeniu w Turcji, został obalony w wyniku wojskowego puczu Muammara Kaddafiego. W 1971 r. został skazany *in absentia* przez Libijski Sąd Ludowy na karę śmierci. Zmarł na wygnaniu.

Libijskiej Dżamahiriji[1] Ludowo-Socjalistycznej[2]. – Dżamila wprowadza Jasema w skomplikowaną historię Libii. – Mój dziadek Umar Mahmud al-Muntasir[3] był niezwykłym człowiekiem. Wykonywał swoje obowiązki z najwyższym poświęceniem i profesjonalizmem dla każdej władzy, zawsze robiąc wszystko dla dobra naszej ukochanej ojczyzny.

– Jednego nie rozumiem – przerywa przysłuchująca się rozmowie Libijka, podobnie jak jej rodaczka ubrana po europejsku, paląca papierosy, wykształcona i wyemancypowana kobieta.

– Czego? – Dżamila marszczy brwi.

– Jak ty i twoja rodzina przez tyle lat mogliście pracować dla Kaddafiego, który najpierw uwięził, a potem

[1] Dżamahirija (arabski) – państwo ludu, termin polityczny, neologizm wymyślony przez Muammara Kaddafiego.

[2] Wielka Arabska Libijska Dżamahirija Ludowo-Socjalistyczna – do czasu obalenia rządu Kaddafiego oficjalna nazwa państwa. Ustrój polityczny Libii miał charakter republikański. Rządy należały do junty kierowanej przez pułkownika Kaddafiego. W 1975 r. wydał on *Zieloną książeczkę*, w której sformułował zasady swego ustroju jako alternatywy wobec komunizmu i kapitalizmu. Było to połączenie arabskiego socjalizmu i politycznego islamu (tzw. trzecia teoria świata).

[3] Umar Mahmud al-Muntasir (1903–1970), libijski polityk, premier Libii w okresie włoskiej dominacji (1951–1954) i niepodległości kraju (1964–1965). W latach 1951–1954, równolegle z funkcją premiera, piastował urząd ministra spraw zagranicznych. W 1954 r. został mianowany ambasadorem Libii w Londynie. Po zamachu stanu dokonanym przez Muammara Kaddafiego 1 września 1969 r. al-Muntasira aresztowano. Zmarł we wrześniu 1970 r. Istnieje podejrzenie, że popełnił samobójstwo z powodu złego traktowania.

w więzieniu zabił twojego wspaniałego dziadka, legendę libijskiej dyplomacji?

– Jak to zabił?! Co za plotki!

– Plotka głosi, że Umar Mahmud al-Muntasir popełnił samobójstwo – stwierdza kobieta. – Ale nikt w to nie wierzy. Ludzie tej klasy się nie zabijają. Po prostu go zamordowano.

– Podczas zmiany władzy, rewolucji czy przewrotu aresztowania to normalna sprawa. – Dżamila jest w stanie wytłumaczyć każdy podły czyn Kaddafiego, nawet jeśli godzi on w jej własną rodzinę, co świadczy o tym, że tak jak wszystkie jego współpracownice była wręcz opętana uwielbieniem dla wodza. – Dziadek miał swoje lata i po prostu umarł, a jego ciało zostało oddane rodzinie. Nie był torturowany, nie miał żadnych obrażeń, więc niby czemu mój ojciec, Omar Mustafa al-Muntasir[1], miał później nie pomagać pułkownikowi w budowaniu naszego nowoczesnego kraju?

– Skoro tak mówisz… – Oponentka z niedowierzaniem kiwa głową i pogardliwie wygina pełne wargi.

– Patrzcie tylko, co się później stało! Brak dobrego, charyzmatycznego przywódcy doprowadził nasze państwo do ruiny! A pamiętacie, jak było za rządów naszego wspaniałego wodza, pułkownika Muammara Kaddafiego? – Panna Muntasir egzaltuje się i wymachuje rękami jak na wiecu, przez co jej prywatna rozmowa z Jasemem zaczyna przyciągać innych.

[1] Omar Mustafa al-Muntasir (1939–2001), libijski polityk, w latach 1987–1990 sekretarz Generalnego Komitetu Ludowego – premier Libii. Od 1992 do 2000 r. minister spraw zagranicznych Libii.

– Nawet te pastuchy, rewolucjoniści, po pierwszej euforii przeżywają rozczarowanie – włącza się Musa Kusa, a z innych stolików przysiadają się kolejni patrioci – mężczyźni i kobiety, młodzi i starzy. – Myśleli, że jak pozbawią władzy lidera, jak go zabiją, dostaną większy kawałek z libijskiego tortu, czyli petrodolary. Nie wiem, kto im to obiecał, bo za Kaddafiego mieli wszystko, a teraz mają gówno! – denerwuje się elegancki mężczyzna. – Arabska wiosna zrujnowała Libię i jej przemysł, zburzyła spokój mieszkańców. To był zawsze przyjazny kraj, tak dla obywateli, jak i cudzoziemców, a teraz każdy boi się w nim żyć.

– Libijczycy bezpowrotnie utracili nie tylko dobra materialne, ale też szacunek do samych siebie – mówi mężczyzna o rasowej twarzy, lecz ubrany w tani, pomięty garnitur.

– Pamiętacie, jak było? – Piękna Dżamila jest niezłą mówczynią i ma siłę przebicia, więc wszyscy uważnie jej słuchają. – Nikt nie płacił rachunków za prąd i wodę, bo było to darmo dla wszystkich. Oprocentowanie pożyczek? Zero! Banki w Libii były państwowe, a kredyty prawnie zagwarantowane dla każdego obywatela.

– Posiadanie mieszkania było uważane za prawo człowieka i państwo dofinansowywało lokale dla młodych małżeństw – dorzuca okrąglutka kobietka z siwymi nitkami w czarnych włosach. – Małżeństwa miały książeczkę rodzinną, na którą za symboliczną kwotę kupowały sprzęt gospodarstwa domowego, dotowane były też środki czystości i chemia.

– Pamiętasz, kochanie, że na tę samą książeczkę co miesiąc dostawaliśmy jedynie za znaczek skarbowy w wysokości jednego dinara, czyli tak jakby jednego centa, worek kuskusu, dziesięć kilogramów cukru, ryżu, mąki, ile kto chciał, dziesięć paczek makaronu, zgrzewkę przecieru pomidorowego, puszki z tuńczykiem i parę litrów oliwy – wspomina z sentymentem zasmucony mąż, czule obejmując swoją połowicę. – Do tego w naszych „blaszakach", czyli państwowych domach towarowych zbudowanych z blachy falistej, można było kupić za grosze dziesięciokilogramowe pudła z mrożonymi kurczakami.

– Zawsze wtedy zapraszaliśmy rodzinę i znajomych i robiliśmy wielkie grillowanie – dorzuca kobieta. – Nikomu nie brakowało pieniędzy na jedzenie czy codzienny byt. Nawet jak rodziły się dzieci, a przecież nasze rodziny są bardzo liczne.

– Becikowe wynosiło pięć tysięcy dolarów amerykańskich, a wyprawka dla niemowlaka była za darmo! – wtrąca inna matka. – Wszystkie produkty dziecięce, od odżywek, mleka w proszku po pampersy, były sponsorowane przez nasz rząd.

– A teraz nasze libijskie dzieci gryzą piach, zamordowane przez zagranicznych najeźdźców, którzy ponoć walczyli z reżimem, a w rzeczywistości zabijali tysiące niewinnych cywilów. Co za dranie! – Widać, że i w tym towarzystwie są ludzie, którzy podczas arabskiej wiosny i późniejszej wojny domowej stracili wiele, także swych najbliższych. W ich oczach pojawiają się łzy i szybko odchodzą od stolika, a reszta uczestników opuszcza głowy i wbija wzrok w ziemię.

Po chwili ciszy, która wszystkim aż dzwoni w uszach, Dżamila zaczyna mówić spokojnym głosem:

– U nas, w Dżamahirijji, edukacja i opieka zdrowotna były bezpłatne. Przed rządami Kaddafiego tylko dwadzieścia pięć procent Libijczyków umiało czytać i pisać, a dziś wskaźnik analfabetyzmu jest minimalny. Rząd ustanawiał liczne stypendia dla młodych zdolnych ludzi, nawet w Europie, więc jeździliśmy do Polski, Bułgarii, Czechosłowacji, do wszystkich krajów z bloku wschodniego i nie tylko. Mogliśmy się uczyć też w Niemczech Federalnych czy Anglii, a nawet w Ameryce, prawda, wujaszku? – Kieruje wzrok w stronę wykształconego w USA Musy Kusy.

– W latach siedemdziesiątych i osiemdziesiątych libijski student dostawał miesięczne stypendium w wysokości pięciuset dolarów, darmowe mieszkanie i ubezpieczenie zdrowotne. Żyliśmy sobie poza granicami naszej ukochanej Libii jak paniska! – śmieje się as libijskiego wywiadu.

– Ja też studiowałam za granicą, bo dziewczęta libijskie były wyemancypowane i miały nie tylko pełny dostęp, ale wręcz obowiązek nauki. Były też objęte programem stypendialnym. Ha! Dzięki temu większość Libijczyków ma uniwersyteckie wykształcenie, choć podczas rewolucji wymordowano naszą inteligencję, a ci, którzy się uchowali, tak jak my rozjechali się po całym świecie.

– Nie wszyscy byli mądralami, ale każdy dostawał według potrzeb. Mężczyzna o spracowanych rękach, wyglądający na robotnika lub śmieciarza, teraz haruje na katarskim sponsoringu jak niewolnik, a w dawnej Libii nie mógł narzekać na swój los.

– Jak ktoś chciał zostać rolnikiem, dostawał od państwa ziemię, budynki gospodarcze, sprzęt, nasiona i żywy inwentarz. Wszyściuteńko za darmo. Również przepiękne farmy, niejednokrotnie wybudowane przez zagraniczne firmy, jak te w górach Gharianu, w mojej okolicy. – Dżamila kręci głową, jakby dawne dzieje były tylko snem.

– Na koniec powiem ci, Muhamad, bo na pewno to nasze wyliczanie cię już nudzi, że jeśli Libijczyk potrzebował skomplikowanego zabiegu medycznego, rząd fundował mu wyjazd zagraniczny i w całości pokrywał przelot, leczenie i rekonwalescencję. – Musa Kusa jest niezwykle poważny, a jego twarz zasnuwa cień ogromnego smutku, choć w oczach nadal błyszczy duma, że jest synem takiego narodu i że do samego końca wiernie służył wodzowi. – Kiedy Libijczyk kupował samochód, rząd dopłacał mu połowę ceny, zaś osobom pracującym w urzędach państwowych i rządzie po prostu fundował auto, a obdarowany musiał tylko zapłacić cło w wysokości jednego procentu wartości pojazdu. – Kusa kładzie rękę na ramieniu Jasema, a ten coraz bardziej chce się przyłączyć do tych ludzi. Oni mają siłę, doświadczenie, potencjał i bogaty kraj, o który warto zawalczyć.

– Benzyna zapewne też była tania, jak to we wszystkich krajach arabskich, które mają złoża ropy naftowej? – pyta.

– Człowieku! Cena benzyny wynosiła czternaście centów amerykańskich za litr![1]

[1] Więcej informacji o Libii Kaddafiego w wywiadzie Tanyi Valko dla Onetu (2014).

– Libia ma niesamowite finansowe walory, a co ważniejsze, nie ma zagranicznych długów. Jej rezerwy dochodzące do stu pięćdziesięciu miliardów dolarów amerykańskich zostały zamrożone, więc teraz nowy rząd nie będzie miał z czego dotować pokrzywdzonego przez wojnę społeczeństwa. – Kolejny Libijczyk w średnim wieku wykazuje się znajomością ekonomii. – My musimy odzyskać te pieniądze i postawić nasz kraj na nogi, prawda, Musa?

– Dobrze, staruszku, ale trochę z tej kasy mi oddasz, bo jest moja, okej?

Wszyscy się podśmiewają, chcąc rozładować napięcie, bo wspomnienia ranią ich patriotyczne serca.

– Dobra, tylko wróćmy już do domu. Jak zrobisz mnie ministrem finansów, to nikomu nie będzie źle.

Po tych słowach postanawiają nic więcej nie mówić przy obcym człowieku, bo na razie Musa Kusa sprawdza Jasema od podszewki. Nadal ma swoje liczne kontakty, a przede wszystkim przyjaciół w MI6 i CIA. Jeśli jego podejrzenia się sprawdzą, a on rzadko się myli, to włączenie nowego znajomego do ich planu będzie mu bardzo na rękę. Ktoś musi wyczyścić Libię z fundamentalistów, a sfrustrowany, znudzony i zagubiony były dżihadysta uczyni to najlepiej. Jasem myśli, że pozjadał wszystkie rozumy i chwycił byka za rogi, ale ze swoją inteligencją i przebiegłością nie dorasta Musie Kusie do pięt. Grupa wygnańców planuje powrót do Libii z nowym – i nowoczesnym – przywódcą na czele. Będzie to albo wypuszczony i oczyszczony z zarzutów

Sajf al-Islam[1], ukochany syn i niepisany następca Kaddafiego, przetrzymywany przez rebeliantów w Libii

[1] Sajf al-Islam Kaddafi (*miecz islamu*) – ur. 1972 r. w Trypolisie syn libijskiego przywódcy Muammara Kaddafiego i jego niepisany następca. Ukończył malarstwo na Uniwersytecie Al-Fatah w Trypolisie, następnie studiował na prywatnym IMADEC University w Wiedniu i w London School of Economics. W 1997 r. założył charytatywną Międzynarodową Fundację Kaddafiego na rzecz Rozwoju. W 2000 r. wziął udział w negocjacjach mających doprowadzić do uwolnienia zakładników wziętych do niewoli przez islamskich bojowników na Filipinach. W 2003 r. opublikował krytyczny raport na temat przestrzegania praw człowieka w Libii. Rok później był negocjatorem w sprawie odszkodowań dla rodzin ofiar zamachu nad Lockerbie w 1988 r. W 2007 r. pomógł rozwiązać patową sytuację bułgarskich pielęgniarek i palestyńskiego lekarza skazanych przez libijski sąd na karę śmierci za rzekome zarażenie kilkuset dzieci wirusem HIV. W rezultacie międzynarodowych mediacji karę śmierci zamieniono na dożywotnie więzienie z możliwością odbywania jej w Bułgarii, gdzie oskarżonym natychmiast udzielono amnestii. Sajf al-Islam zabierał również głos w sprawach Bliskiego Wschodu, proponując rozwiązanie konfliktu palestyńsko-izraelskiego poprzez stworzenie jednego wspólnego państwa przez dwa narody. Po zabiciu Muammara Kaddafiego Sajf al-Islam zapowiedział zemstę na mordercach ojca i przejęcie po nim przywództwa nad wiernymi dyktaturze. Był poszukiwany listem gończym przez Interpol za zbrodnie przeciwko ludzkości. W listopadzie 2011 został schwytany, kiedy usiłował przedostać się do Nigru, za co miał zapłacić milion euro. Konwój z Sajf al-Islamem zaatakowali bojownicy Zintan, plemienia nienawidzącego rodziny Kaddafich. Pojmani zostali następnie przetransportowani do Zintan. Ogłoszono, że schwytany będzie sądzony w kraju i będzie miał sprawiedliwy proces. W 2015 r. na Sajfa al-Islama zaocznie wydano wyrok śmierci, choć nie stawił się przed sądem, gdyż nadal był przetrzymywany przez plemię Zintan. W czerwcu 2017 r., po sześciu latach odizolowania, został zwolniony z więzienia. Ze względów bezpieczeństwa nie podaje się miejsca jego pobytu, ale prawdopodobnie wciąż przebywa on na terenie Libii.

i skazany zaocznie przez stronniczy sąd w Trypolisie na karę śmierci, albo sam Musa Kusa. Jasem postanawia dołączyć do tych ludzi, choć reprezentują obce mu poglądy i przekonania. Ale teraz go to nie obchodzi. Potrzebuje władzy i wyzwań, więc jest mu wszystko jedno. Zobaczy, co przyniesie życie, ale na pewno to on chce pociągać za sznurki w wyzwolonej i zjednoczonej demokratycznej Libii.

Daria nie słucha rad męża i kontynuuje swoją podróż po równi pochyłej. Włóczy się nocami po najgorszych miejscach, zakazanych rewirach, pełnych bogatej śmietanki Bliskiego Wschodu, a co najgorsze, zgadza się pojechać z Faridą i niedawno poznanymi Katarczykami do resortu Mesaid, położonego u zbiegu pustyni i morza. Afrykanka jest podekscytowana, a Daria przeciwnie – zniechęcona i przerażona.

– Słuchaj, a może jednak byśmy zrezygnowały? – pyta już w taksówce, która wiezie je pod hotel Sheraton.

– No coś ty? Oszalałaś?! Ja już to potwierdziłam na sto procent – mówi z pretensją w głosie, ale zaraz prosi jak mała dziewczynka: – Nie rób mi tego…

– Jak to potwierdziłaś? Kiedy? Przecież widziałyśmy ich w zeszły weekend i powiedziałyśmy tylko, że być może pojedziemy.

– Nie bądź dzieckiem. Wymieniliśmy się z Nasirem telefonami i mam go teraz na WhatsAppie.

– Obcego faceta? Araba?! – Daria nie kryje oburzenia.

– Dla mnie już nie jest obcy – oznajmia Farida z przebiegłą minką. – Czy ty wiesz, jaka to wierchuszka? On rzeczywiście jest z emirów… Może nawet kiedyś sam zostanie emirem! – Chichocze jak podekscytowana nastolatka.

– Arab to Arab. Fałszywa, zakłamana nacja. – Daria upiera się przy swoim.

– I kto to mówi? Ta, która ma arabskie korzenie i mówi po arabsku jak rodowita mieszkanka Bliskiego Wschodu? Czyżbyś była rasistką? To ze mną też będziesz miała na pieńku, bo jak wiesz, jestem w połowie Marokanką. Dlatego, kochanieńka… Nie wydurniaj się. – Przyjaciółka żartobliwie kiwa palcem, bo nie chce się kłócić.

– Nie jestem rasistką, ale sama najlepiej wiesz, jacy potrafią być Arabowie w stosunku do kobiet. Nie należy im ufać.

– Masz jakieś złe doświadczenia? Bo ja nie. A Nasir to wykształcony i nowoczesny człowiek!

W końcu taksówka zatrzymuje się przed głównym wejściem do hotelu. Nie mogą już uciec, bo poznani w pubie panowie czekają. Szarmancko się witają, lecz Daria widzi w ich oczach błysk satysfakcji, a w spojrzeniu Nasira, gdy ten patrzy na Faridę, także dziką żądzę i namiętność. Ich samochody stoją w dalszej części kompleksu, więc udają się tam pieszo. Służący niosą niewielkie torby podróżne pań, a ochroniarze trzymają się na dystans, lecz nie spuszczają grupy z oka. Kobiety są w szoku, widząc kawalkadę wozów czekających na małą grupę. Jeden to ogromny niczym czołg hummer, który zapewne należy do Nasira. Są tu też czterokołowce, jak nissan patrol czy toyota prado. Do samochodów są przytwierdzone miniprzyczepy, na których przewozi się quady. Za nimi w kolumnie stoi wielki klimatyzowany koniowóz, który najbardziej interesuje panie. Okazuje się, że w środku, w specjalnych boksach, znajduje się ulubiona klacz lidera grupy oraz jego wielbłąd, na którym towarzystwo ma jeździć po wydmach. Na myśl o takich atrakcjach Daria zapomina o strachu i niepewności, a Farida jest wprost wniebowzięta.

Katar to niewielki kraj znajdujący się na półwyspie, który można objechać w pół dnia, łącznie z postojami na kawę i zwiedzanie. Trasa do resortu Mesaid prowadzi przez pustynną część centralną, a później zbliża się do Zatoki Perskiej. W morskiej wodzie można podziwiać przybrzeżne rafy koralowe; organizatorzy wycieczki oczywiście są na to przygotowani i wiozą ze sobą sprzęt do nurkowania. Kawalkada wozów z hummerem na czele – zapewne wykonanym na zamówienie, bo jest dłuższy od seryjnego i bardziej komfortowy – pędzi jak na złamanie karku. Na dachach wozu, wyglądającego jak wojskowy, włączone są specjalne szperacze, a z tyłu i z przodu migają dodatkowe lampy, imitujące światła dyskoteki. Jeśli tylko jakiś inny kierowca pojawi się na drodze, rozlega się ni to trąbienie, ni syrena policyjna i nieuważny biedak błyskawicznie umyka z drogi, nieraz zmuszony zjechać na pobocze. Dystans, który taksówka pokonałaby w godzinę, bezkarni miłośnicy wyścigów pokonują w trzydzieści minut. Panie chciałyby jechać dłużej, bo pragną podziwiać pustynny krajobraz, z nielicznymi oazami, wydmami przyległymi do autostrady oraz starymi beduińskimi osadami z głębinową studnią na środku.

– To takie fascynujące! – zachwyca się Farida, siedząca na fotelu pasażera tuż przy Nasirze. – Musimy się tak spieszyć?

– Mojemu kuzynowi zawsze spieszno – wyjaśnia Abdullah. Zajął miejsce z tyłu, obok Darii, i co chwilę muska kolanem jej nogę. – Wszystko robi na wariata! – wykrzykuje, po czym podnosi ręce, klaszcze siarczyście i na całe gardło zaczyna śpiewać po arabsku miłosną piosenkę, co ma chyba dać do zrozumienia, że jego krewniak w tym względzie też jest w gorącej wodzie kąpany.

– Przesadzasz. – Nasir patrzy powłóczyście na Faridę, zupełnie nie zwracając uwagi na drogę, a jego wybranka spieka raka, zawstydzona jawną adoracją, uśmiecha się nieśmiało i spuszcza wzrok.

Chyba jestem tu piątym kołem u wozu, do Darii nagle dociera cała prawda. *Wzięli mnie tylko po to, żeby Farida czuła się pewniej i nie zrezygnowała. Ale na miejscu, przy tylu wygłodniałych samcach, na pewno nie będę narzekała na brak absztyfikantów*. Na tę myśl wstrzymuje oddech i czuje, że w gardle rośnie jej gula z przerażenia. *Ale ze mnie idiotka! Kretynka! Takie głupie baby jak ja nigdy nie nauczą się rozumu, nawet pobyt w kalifacie nie doleje im oliwy do głowy*. Zagryza wargi i czuje, że serce tłucze się w jej piersi jak spłoszony ptak. Wie, że powinna się stąd wymknąć, ale też ma świadomość, że nie będzie łatwo.

Resort Mesaid jest bardzo ciekawie położonym ośrodkiem o dużej powierzchni i ogromnym potencjale, lecz widać, że to miejsce dla Katarczyków lub Arabów innej narodowości, bo człowiek Zachodu nie czułby się tutaj dobrze. Basen o długości dwudziestu pięciu metrów, o którym rozpisuje się każda internetowa witryna turystyczna, jest okupowany jedynie przez arabskich mężczyzn, ubranych nie w slipki, ale w zwyczajne szorty lub nawet pantalony i podkoszulki. Grają w nim w piłkę plażową, choć przypomina to raczej nieudolne, szalone wybryki. Krzyczą przy tym i chlapią wodą jak dzieci. Po drugiej stronie ścieżki, ukryty wśród palm i krzewów, znajduje się aquapark dla kobiet i dzieci z płytkim basenikiem, zjeżdżalniami i kołowrotkami wodnymi. Wokół niego ustawiono liczne stoliki, krzesła i leżaki. Jednakże zebrane tam panie nie dość, że są ubrane w długie do ziemi czarne abaje, to jeszcze głowy i twarze szczelnie zasłaniają nikabami, tylko niektóre – młodsze – mają hidżaby, lecz również w ciemnych kolorach. Matki z dziećmi, siostry, kuzynki – same niewiasty bawią się całkiem nieźle, sądząc po tym, jaki harmider panuje w ich gronie. Kobiety krzyczą, nastolatki piszczą, a dzieci płaczą lub wrzeszczą. Co odważniejsze wchodzą do wody, nie ściągając oczywiście swoich czarnych szat. Mogłoby się to wydawać obrzydliwe, lecz one wyraźnie się cieszą, bo mają szansę odrobinę się schłodzić i skorzystać z rozrywki, która dla nich jest tak rzadka. Gdy potem wychodzą na brzeg, ich szaty ociekają strumieniami i wyglądają w nich jak mokre kury lub raczej ortodoksyjne miss mokrej abai. *Ten kraj jest taki sam jak wszystkie na Bliskim Wschodzie*, stwierdza Daria. *Jedynie na pozór jest nowoczesny i wyemancypowany, dający wolność wszystkim swoim obywatelom. Tylu katarskich kobiet nie widziałam przez cały swój pobyt w Dosze – w restauracjach czy cukierniach, nie wspominając o pubach i klubach. Nawet w centrach handlowych pojawiają się tylko młode, ale przeważnie ubrane w czarne płaszcze i chusty, a te wyzwolone mają na nich kolorowe ozdoby, malunki, hafty czy cekiny lub kamienie półszlachetne. Prawdziwy Katar, tak jak Arabia Saudyjska czy Kuwejt, jest ukryty za wysokimi murami domów i zasłonięty woalem.* Gdy mężczyźni zbaczają z głównej alejki i kierują się do zabudowań znajdujących się za wysokim ogrodzeniem z cegieł, Darię nachodzą czarne myśli. *Wchodzę prosto w paszczę katarskiego lwa.*

– Ileż się będziesz, człowieku, guzdrał z tymi kluczami?! – Nasir pogania zgrzybiałego staruszka, który w długiej, plączącej się między nogami galabii i rozczłapanych klapkach ledwo nadąża za młodymi ludźmi. – *Jalla! Jalla!*[1] Dawaj je! – Wyrywa pęk z wykręconych reumatyzmem rąk i odpycha starca. Biedak wylądowałby na ziemi, gdyby Daria nie chwyciła go w ostatniej chwili za ramię.

– *Szukran dżazilan, ja saida.* – Kłania się jej w pas. – Bóg ci wynagrodzi.

Pół-Polka patrzy na gospodarza z dezaprobatą, a Farida udaje, że niczego nie widzi.

Przez metalową furtę, która w końcu zostaje otwarta, wchodzą do środka prywatnego bungalowu prosto na obszerne patio, połączone z dużym, ponaddwudziestometrowym

[1] *Jalla* (arabski) – pierwotnie: zawołanie na wielbłądy; kolokwialnie: Ruchy, chodź, wychodź, w drogę.

basenem, wyłożonym błękitnymi kafelkami. Na tarasie rozstawiono liczne ogrodowe meble najwyższej klasy, w kącie zaś stoją przenośny klimatyzator i wiatraki, mielące upiornie gorące powietrze. Do apartamentu wchodzi się przez rozsuwane dwuskrzydłowe drzwi. Gości od progu owiewa lodowate powietrze i oszałamia komfort ogromnego salonu, połączonego z jadalnią i profesjonalnym barem, w którym stoi pełny zestaw alkoholi, jak w najlepszym pubie. Służba i ochroniarze zajmują się rozpakowaniem bagażu, a przybyłym zostają przydzielone przestronne pokoje, do których wchodzi się z salonu. Na tyłach bungalowu, który musi sobie liczyć co najmniej dwieście pięćdziesiąt metrów, znajduje się kuchnia, jest też drugie wyjście, zapewne dla służby. Od tej strony czekają już na nich quady oraz przywiezione zwierzęta.

– Przebieramy się i jedziemy! – Nasir znów wszystkich pogania. – Złapiemy jeszcze zachód słońca na wydmach. Szybko! Szybko!

Wszyscy biegną do swoich pokoi wykonać polecenie. Alarmowy dzwoneczek w głowie Darii dzwoni coraz głośniej. *Jak się stąd wymknąć? Znad basenu niepostrzeżenie nie da rady, a z tyłu domu zapewne koczują służący i ochrona. Poza tym drzwiami dla służby wychodzi się na wyschnięte chaszcze, a wiodąca przez nie wąska droga jest już poza hotelem*. Kobieta nie ma żadnego planu i liczy tylko na to, że w trakcie wieczoru nadarzy się jakaś okazja.

Kiedy Farida, ubrana w jeszcze bardziej wyzywające łaszki, wychodzi ze swojego pokoju, wszystkim samcom zapiera dech w piersiach. Jest oszałamiająco piękna, zgrabna i atrakcyjna – zupełnie jak modelka z wybiegu we Włoszech czy Francji. Daria celowo wzięła ze sobą nieprowokujące, zwyczajne ubrania – ma na sobie teraz lniane szerokie, długie spodnie, koszulę khaki z długim rękawem, płócienne buty sportowe i kaszkiet. Gdy spina włosy zwykłymi spinkami i zmywa delikatny makijaż, wygląda co najwyżej na siedemnastolatkę. Niewysoka, szczupła, bez najmniejszych oznak kobiecości, chce odstraszyć potencjalnych fatygantów. Niestety – na bezrybiu i rak ryba, więc ci patrzą na nią roziskrzonymi pożądaniem, czarnymi oczyskami. Po drodze widzi staruszka, którego uratowała przed wywrotką, a teraz ten spoziera na nią zatroskanym wzrokiem.

– Panienko… – szepcze do niej w przelocie. – Panienka tu nie pasuje. Niech panienka ucieka. I to jak najszybciej.

Dłużej nie mogą rozmawiać, bo Nasir i Farida uruchamiają już silnik quada. Dwaj mężczyźni – jeden na koniu, drugi na wielbłądzie – też są już gotowi do drogi, a Abdullah czeka niecierpliwie na Darię. Jeden z Katarczyków wskakuje do toyoty, bo zapewne ma tam prowiant; tym czterokołowcem również bezproblemowo wjedzie nawet na najwyższą wydmę.

To jest szalone popołudnie. Najpierw wyścigi, później szampan w niewielkiej oazie z turkusowym jeziorkiem, następnie panowie oddają po parę strzałów do przepiórek – oczywiście trafia tylko gospodarz – a na koniec zatrzymują się na piaszczystym wzniesieniu i obserwują zachód słońca, które w bordowej poświacie tonie w tafli morza. Mężczyźni bardzo szybko pochłaniają ogromne ilości alkoholu i o zmierzchu zaczynają grać na arabskich bębenkach. Do ich rytmu klaszczą i śpiewają żałosne arabskie pieśni miłosne, na co Farida rusza w tan. Kręci zgrabną pupą, faluje brzuchem i zaśmiewa się chrypliwie. Coraz częściej daje się obejmować i przytulać Nasirowi, który ledwo jest w stanie poskromić swoje żądze. Natomiast Daria chciałaby się zapaść pod ziemię. Nie odzywa się, stoi z boku i robi wszystko, co każą. Cały czas myśli, jak stąd uciec, ale z nerwów ma pustkę w głowie. *Przesrane! Dokumentnie przesrane!*, powtarza jak mantrę.

Kiedy wracają do resortu, jest już ciemna noc.

– Za pięć minut siadamy do kolacji – oświadcza gospodarz, gdy w powietrzu unosi się zapach grillowanego mięsa i arabskich przypraw. – Trzeba się trochę odświeżyć i przebrać, ale zaraz wszyscy stawiają się przy basenie – dyryguje. – Obowiązują stroje kąpielowe, moje panie. – Uśmiecha się zalotnie, lecz dla Darii amant ten wygląda obleśnie i agresywnie.

– Okej! *Sah*[1]*! Sah!*

Spieszą się wszyscy, poza Faridą, która – już bez cienia skrępowania – seksownym krokiem wchodzi do pokoju gospodarza.

Gdy tylko przekraczają próg i drzwi się za nimi zatrzaskują, Farida obraca się w stronę przystojnego, wysokiego, wysportowanego Katarczyka i patrzy na niego

[1] *Sah* (arabski) – Dobrze, tak jest.

powłóczystym wzrokiem. Ten, bez gry wstępnej, bez cienia szacunku, chwyta brutalnie za jej twardą obfitą pierś. Przybliża twarz do twarzy wybranki, lecz zamiast ją pocałować, na co liczy kobieta, jak zwierzę liże chropawym językiem najpierw jeden, a potem drugi jej policzek. W końcu sięga po namiętne, mięsiste usta i składa na nich delikatny pocałunek, który w sekundzie zmienia się w napastliwy francuski atak. Wpycha Faridzie język aż do gardła i dopiero gdy ta zaczyna się dusić, pozwala jej wziąć oddech i przechodzi do nadgryzania płatków niewielkich, zgrabnych uszu.

Kobietę trochę niepokoi jego zachowanie, ale w duchu cieszy się z pożądania, które wzbudza. Tak dawno nie była adorowana, że postanawia przymknąć oko na drobne perwersje.

– Hola, mój panie! – żartuje, odpychając natarczywego samca. – Spiesz się powoli. Są rzeczy, które lepiej smakują na zwolnionych obrotach.

– Kiedy ja lubię szybko, ale za to często – obiecuje seksoholik roznamiętnionym głosem, a kochanka wybucha swoim charakterystycznym głośnym śmiechem.

Zrywa z kobiety cienkie ciuszki i popycha ją na łóżko. Farida czuje uderzenia tętna już nawet w podbrzuszu, gdzie pojawiają się pulsujące skurcze namiętności. Piersi jej puchną, a sutki twardnieją z podniecenia. Katarczyk lustruje swą ofiarę i stwierdza, że tym razem naprawdę mu się poszczęściło – takiej pięknej zdobyczy od dawna nie miał w swoim łożu. Nie zwlekając, rzuca się w pielesze, by już po chwili, raz za razem, bezpardonowo posiąść coraz bardziej zdziwioną, ale też zaspokojoną kochankę. Arabski amant i jego metresa, nie przejmując się odgłosami, które zapewne wszyscy słyszą przez cienkie ściany, krzyczą, śmieją się, a czasem wyją jak zwierzęta. Kiedy po kolejnej, góra dwuminutowej erekcji Nasir odsuwa się od nałożnicy, by z zadowoleniem popatrzeć na to cudo, widzi jej rozmarzony wzrok. Ona zaś, nieprzytomna z upojenia, dopiero teraz ma okazję zobaczyć jego przyrodzenie. Ze zdziwienia aż otwiera usta. Takiego wielkiego, długiego i grubego członka jeszcze w życiu nie widziała, choć również wywodzi się z arabskiej, jak i afrykańskiej rasy, której męscy przedstawiciele mają się czym poszczycić. Delikatnie dotyka genitaliów młodego kochanka, przejeżdża po fallusie opuszkami palców i pieści finezyjnie, na co nienasycony mężczyzna znów jest gotów do działania. Farida zamyka prącie Katarczyka w obu dłoniach, a ono jeszcze ponad nie wystaje. Pochyla twarz w jego kierunku i zbliża czubek z obrzezanym napletkiem do swych namiętnych, spuchniętych i pokąsanych ust. Po chwili, sama roznamiętniona do granic możliwości, ssie członek Nasira z narastającym zapałem. Dla mężczyzny to jednak za mało – z jękiem dzikiego pożądania wyrywa się z rąk bezwstydnicy, jednym ruchem przewraca ją na brzuch i wchodzi, ostro i bez skrupułów, najpierw w pełną jego nasienia waginę, a później w odbyt. Kobieta krzyczy, nie wiadomo – z ekstazy czy bólu i przerażenia. Po niespełna półgodzinie szalonych zmagań piękne ciało Faridy jest pokryte już nie tylko potem i spermą, ale też sińcami i krwią, cieknącą z nadgryzionych sutków, naderwanej łechtaczki i pociętych zębami warg.

Daria zamyka na klucz drzwi swojego apartamentu, ale doskonale zdaje sobie sprawę, że jeśli ktoś będzie chciał wejść do środka, nie będzie to dla niego żadna przeszkoda. Wygląda przez niewielkie okno. Nie jest zakratowane, a to już dużo. Widok jest marny, bo w odległości zaledwie półtora metra znajduje się mur, ogradzający posiadłość, wysoki na co najmniej trzy metry, ale niezabezpieczony ani drutem kolczastym, ani kruszonym szkłem. *Jest dobrze!*, mówi w duchu, chcąc dodać sobie odwagi.

Otwiera jedną kwaterę i spogląda w obie strony. Widzi rozłożystą bugenwillę, która pnie się po szczeblach drewnianej drabinki na murze. Kobieta cieszy się, bo ostatnimi czasy schudła i na pewno nie waży więcej niż pięćdziesiąt kilogramów, więc jest szansa, że stelaż ją utrzyma. Wie, że to jej jedyna droga ucieczki. *Arabscy mężczyźni są bezkarni, pod wpływem alkoholu jeszcze bardziej rozwydrzeni, a członkowie rządzących klanów mogą robić, co im się żywnie podoba*, stwierdza z trwogą. *Jakby zgwałcili nas czy zabili, zawsze zrzucą winę na kobietę, bo to ona prowokuje, zachęca i otumania uczciwych facetów. Zapytano by, po co tu przyjechałyśmy, skoro nie na orgię i rozpustę. I czy nie mieliby racji? Przynajmniej w przypadku jednej z nas…*

Z pokoju Nasira i Faridy, który znajduje się za ścianą, dochodzą odgłosy pocałunków, śmiechów, a następnie jęki i krzyki, które mogą wiązać się jedynie z uprawianiem seksu. Daria nie chce tego słuchać. Bierze kilka głębokich wdechów, żeby opanować strach. *Po co ja się zadałam z tą całą Faridą? Toż to zwykła kurwa! Teraz wszystko rozumiem, ale wcześniej nic do mnie nie docierało. Mądry Polak po szkodzie.*

W końcu chwyta torebkę, przerzuca ją przez ramię i po cichu wymyka się oknem. Ostrożnie wspina się po pnączu, trzymając się wątłej drabinki, która pod wpływem nacisku niebezpiecznie trzeszczy i skrzypi. Gdyby nie ogłuszająca muzyka dobiegająca znad basenu, dźwięk pękającego drewna pewnie niósłby się aż do wydm. Kiedy Daria jest na szczycie, spogląda w dół. *Wysoko, och, jak wysoko!*, panikuje, ale błyskawicznie podejmuje decyzję. Skacze.

– Kto tam? – Ktoś usłyszał łomot spadającego ciała.

Na szczęście kobieta ma ubranie w naturalnych barwach i kuli się cichutko w krzakach, przytulona do rozgrzanej po całym dniu piaszczystej ziemi. Lampy hotelowe nie oświetlają jej niszy, więc może tam chwilę bezpiecznie posiedzieć i zebrać odwagę do dalszego działania.

W końcu się zrywa, ale nie ma pojęcia, dokąd biec. Bezradnie rozgląda się dookoła. Jeśli pójdzie do recepcji, pracownicy błyskawicznie poinformują o tym Nasira, a on na pewno ściągnie ją siłą z powrotem do swojego apartamentu. Nie może też wyjść na odludną drogę i łapać stopa. Taksówki raczej tu nie jeżdżą. Daria czuje się teraz tak jak w Rakce, gdy uciekła od Jasema – wyrwała się z domu, kluczyła całą noc po Pustyni Syryjskiej, ale nic to nie dało. Wpadła z powrotem w jego łapska i od tego czasu już się nie uwolniła. *Masakra! Co robić? Co robić?* Zaciska powieki, bo chce się jej płakać.

– *Ja saida* – nagle, całkiem blisko, słyszy znajomy starczy głos. – Mój syn czeka na ciebie w samochodzie. – W półmroku widzi dziadka, którego wcześniej wspomogła i który ją ostrzegał. – Liczyłem, że ci się uda. Po oczach widać, żeś rozsądna, dobra dziewczyna i tylko zbłądziłaś.

– Syn? – Kobieta boi się, że wpadła z deszczu pod rynnę. – A może zamówisz mi taksówkę?

– Tutaj nie ma uczciwych kierowców. Nie wiadomo, gdzie wywiozą taką młódkę. A mój chłopak to dobry Arab. Nic się nie bój.

Staruszek bierze uciekinierkę pod ramię i ciągnie za sobą, a jej nie pozostaje nic innego, jak tylko mu zaufać.

Daria nie może się dodzwonić do Faridy ani w sobotę, ani przez dwa kolejne dni. Ciągle krąży koło jej domu, ale boi się zapukać, bo co by było, gdyby otworzył mąż kobiety? O co by zapytała? Czy jego niewierna żona wróciła z weekendowego szaleństwa? Czy dobrze się czuje i może stać na nogach po seksualnym maratonie? Idąc do osiedlowego klubu fitness, gdzie spodziewa się zastać koleżankę, odruchowo podnosi kolorowy brukowy katarski dziennik, który ktoś rzucił na lastriko nad basenem. Rzuca okiem na pierwszą stronę i zamiera z przerażenia. W krajach arabskich cenzura nie obejmuje scen drastycznych, okrucieństwa i zbrodni, nie wolno jedynie pokazywać golizny. Widzi zatem zmasakrowaną twarz Faridy – z otwartymi oczami o martwym spojrzeniu, napuchniętymi wargami i rozległymi sińcami. Część jej gęstych, pięknych warkoczy została bestialsko odcięta lub oderwana od głowy razem ze skórą; wiszą one jak zakrwawiony skalp. Na kolejnym zdjęciu pokazano dłoń ofiary, z powyrywanymi paznokciami, pozbawioną jednego paliczka, a na drugim – nogi od kolan w dół, z wybitymi stawami i nienaturalnie wykręconymi kostkami. Dziennikarz opisuje zbrodnię, której dokonano na niedalekiej pustyni, informując, że ofiara przed śmiercią została kilkakrotnie zgwałcona przez wielu mężczyzn. Nie podano jej imienia ani nazwiska, jedynie inicjały, co oznacza, że policja wie, kim była. Winnych zbrodni oczywiście nie znaleziono i nikogo się nie podejrzewa. Stronniczy reporter, rzecz jasna pochodzenia arabskiego, wysnuwa wniosek, że kobieta musiała się źle prowadzić i prowokować los, bo gdyby była uczciwą muzułmanką, siedziałaby w domu z gromadką dzieci, a nie włóczyła się po odludnych terenach. Jeśli modliłaby się pięć razy dziennie, to według wszelkiego prawdopodobieństwa nigdy coś podobnego by jej nie spotkało. Allah by ją ochronił.

Daria nie może znaleźć sobie miejsca; nie daje rady usiedzieć w domu, gdyż nie ma tam nic do roboty. Wyprowadzają ją z równowagi krzyki synów, które z upływem miesięcy wcale nie słabną, ale wręcz się nasilają. Jasem też nie daje jej wsparcia; po ostatniej wymianie zdań znów prawie się nie widują. Ostatecznie kobieta postanawia pójść na miasto, dobrze przemyśleć swoją sytuację i w końcu podjąć jakąś decyzję. Nie ma już Faridy, nie ma żadnego wsparcia, a jej nie chce się dłużej udawać. Uważa, że nawet gdyby osadzono ją w więzieniu, byłoby to lepsze niż jej obecna wegetacja.

Kobieta łapie taksówkę i każe się zawieźć pod hotel Hilton, bo do Sheratonu w życiu już nie pójdzie. Boi się, że natknie się tam na zboczeńca i gwałciciela z rodu emirów, który doskonale zdaje sobie sprawę, że ona wie, kto pozbawił życia piękną Faridę. Możliwe, że już rozesłał wici za jedynym niewygodnym świadkiem jego haniebnej zbrodni. Woli więc posiedzieć w Trader Vic's, restauracji znanej sieci, której filie znajdują się w dwudziestu krajach na całym świecie. Lokal ten słynie z drinków na bazie rumu oraz egzotycznego jedzenia, a w Dosze ma rewelacyjne położenie, gdyż ogród ze stolikami znajduje się nad brzegami Zatoki Perskiej. Siedzących w nim gości owiewa orzeźwiająca morska bryza, a palmy dodają miejscu specyficznego, orientalnego uroku. Kiedy siada przy wolnym stoliku, szybko zamawia jedno mojito za drugim, zupełnie nie bacząc na to, że do alkoholu należałoby coś przekąsić. Nie ma apetytu, od kiedy zobaczyła zdjęcie Faridy w prasie. Przyszła tu, by pomyśleć o swojej przyszłości, a po głowie tłuką się jej tylko wspomnienia dni spędzonych z przyjaciółką, w uszach zaś brzmi jej ciepły szczery śmiech.

– Jak ci na imię? – nagle zagaduje ją wielki jak szafa arabski przystojniak.

– Na które? – żartuje Daria.

Głos ma już bełkotliwy od wypitego alkoholu, ale niezrażony podrywacz przysiada się do niej.

– Masz ochotę się przelecieć do Dubaju, kochanie? – wysuwa dziwną propozycję, zabawnie unosząc jedną brew i uważnie ją obserwując.

– A kupisz nam bilety?

– Nie muszę. Mam pod ręką samolocik.

– A będzie kawior i szampan z truskawkami? – indaguje rozochocona kobieta, szybko zapominając o swej ostatniej niebezpiecznej przygodzie i o tym, po co tu przyszła. Decyzję co do swoich dalszych losów postanawia odłożyć na później.

– Wszystko jest w pakiecie.

Arab wstaje i oferuje Darii ramię, które ta przyjmuje bez chwili wahania.

Książę saudyjski Anwar al-Saud od razu rozpoznaje Darię, pomimo zmian, jakie kosmetyka estetyczna dokonała na jej twarzy. Kiedy zobaczył ją po raz pierwszy w Tossa de Mar, podczas jej ekscytującej podróży po Europie z Jasemem, z miejsca się w niej zakochał. Teraz jest jeszcze bardziej zszokowany jej zachowaniem niż wtedy, gdy niewinna dziewczyna zadała się z groźnym terrorystą. Nie może zrozumieć, co taka kobieta robi sama w obskurnym lokalu, na dodatek pijana. Postanawia nie tylko wyrwać ją z łapsk Jasema, ale też odmienić jej życie. Nie wiedzieć czemu ma do niej więcej szacunku niż do swoich dwóch zakwefionych saudyjskich żon.

Zapewne dzieje się tak pod wpływem niespełnionej miłości i marzeń o ideale.

Po wypiciu lampki szampana w prywatnym odrzutowcu Daria zasypia alkoholicznym snem. Z lotniska w Dubaju do hotelu Burdż al-Arab Anwar al-Saud transportuje ją prywatnym helikopterem. Potem zanosi kobietę do windy, która zawozi ich prosto do apartamentu rodziny królewskiej.

Następnego dnia Saudyjczyk i pół-Polka udają się na sute hotelowe śniadanie, ale Daria wypija tylko filiżankę kawy i wodę, bo po wczorajszym pijaństwie nie ma apetytu. Oboje wymieniają między sobą grzeczności i żartują, a ona cały czas się zastanawia, co tu robi z tym praktycznie obcym mężczyzną. Potem czarnym matowym ferrari jadą na miasto, żeby pochodzić po centrach handlowych i zjeść lunch w Burdż al-Chalifa. Daria ma déjà vu – była tu kiedyś z Jasemem, a teraz jest z innym terrorystą, już na trzeźwo bowiem zdążyła rozpoznać Anwara. Po drodze wpada jej w oko wielki banner Beauty Clinic z przepiękną, perfekcyjną Arabką, reklamującą klinikę chirurgii plastycznej.

– No, to jest firma! – wykrzykuje Daria. – Nie to co w Damaszku. Jakaś klitka od podwórka.

– Chcesz coś w sobie zmienić? – dziwi się jej towarzysz, bo w jego oczach kobieta jest doskonała.

– Pewnie, że chcę! Cycki! Zawsze chciałam mieć duże cycki.

Saud gwałtownie zawraca, omal nie rozbijając samochodu.

– Mówisz, masz. – Śmieje się bardziej ze swojej brawury niż z pomysłu kobiety.

Okazuje się, że klinika plastyczna należy do Amira Ibrahimiego, który od lat robił interesy w Emiratach. Właśnie tu zmarnował życie swoje i swojej rodziny, gdy poznał Duhę, piękną Arabkę z reklamy, która przeszła na fundamentalistyczny islam, pociągając za sobą jego oraz Sarę. Doktor, który od razu rozpoznaje Darię, jest w absolutnym szoku. Stoi przed nią z otwartą gębą, kobiecie zaś ze strachu serce chce wyskoczyć.

– Wiesz co? Rozmyśliłam się! – Daria chce uciec gdzie pieprz rośnie, bojąc się zdemaskowania.

Anwar jednak ją zatrzymuje:

– Daj spokój! Stchórzyłaś? Trzeba spełniać swoje marzenia, kiedy tylko jest to możliwe. – Patrzy na nią łagodnym wzrokiem i pół-Polka po raz kolejny postanawia poddać się swojemu losowi. – Zrobimy to od ręki i po krzyku. – Mężczyzna wymownie zerka na skonsternowanego lekarza.

– Najpierw muszę przeprowadzić wywiad medyczny i wyjaśnić zasady zabiegu. – Doktor robi ponurą minę. Czeka, aż zostanie sam na sam z pacjentką, jednak Anwar wyraźnie nie zamierza ich zostawić.

Amir milczy i wlepia swoje czarne oczy w postawnego mężczyznę, jednak ten ani drgnie.

– Wydaje mi się, że działa pan na tym pseudomedycznym polu również w Arabii Saudyjskiej – zaczyna Saud podniesionym, tubalnym głosem. – Więc powinien pan sobie zdawać sprawę, że mężczyzna ma prawo asystować swojej kobiecie u lekarza. A nawet powinien! – Dla potwierdzenia swych słów uderza wielką jak bochen chleba dłonią w biurko. – Jak będę chciał, to pójdę z panem aż na salę operacyjną – ostrzega, trochę już rozbawiony przerażeniem lekarza.

– Rozmowa z pacjentką to mój obowiązek, a nie jakieś widzimisię. – Amir próbuje zapanować nad emocjami i uśmiecha się sympatycznie.

– Dobra, co chce jej pan powiedzieć? Dawaj pan!

– Więc tak... U nas na miejscu może pani zrobić badania przedoperacyjne, ale USG piersi to już na mieście.

– Badania robiłam całkiem niedawno i wykazały, że jestem zdrowa jak ryba, więc można je sobie odpuścić – odpowiada Daria z przekonaniem.

– A co z USG? – Medyk zaciska usta i wyłamuje sobie palce, bo coś czuje, że znów będzie przeprowadzał zabieg w ciemno i pod okiem groźnej asysty.

– Wszystko w porządku – wymijająco odpowiada pewna już swego kobieta.

– Świetnie. Oczywiście jest pani na czczo?

– Tak jakby. Od wczoraj nie miałam w ustach nic poza szampanem i kawiorem. – Daria wybucha nerwowym śmiechem, co niepokoi zarówno lekarza, jak i jej saudyjskiego sponsora.

– Po zabiegu przez cztery do ośmiu tygodni bez przerwy trzeba nosić usztywniający biustonosz. Można go kupić w naszej przyklinicznej aptece. Należy też się spodziewać bólu, który może się utrzymywać do tygodnia. Później przepiszę analgetyk i oczywiście antybiotyk.

– Panie! – Zniecierpliwiony Anwar podrywa się z wielkiego skórzanego fotela. – Ona nie przyszła do pana na szkolenie medyczne, tylko na zabieg. To, co trzeba zrobić, pan jej zrobisz. Leki przepiszesz, opatrunki założysz. I przestań pan przynudzać.

Lekarz dłużej nie dyskutuje i zaprasza gości do rejestracji. Cała trójka wychodzi z gabinetu i kieruje się w stronę marmurowej lady.

– Paszport lub *iqamę*[1] proszę. – Emiracka recepcjonistka uprzejmie zwraca się do Darii.

– Żadnych dokumentów! Nie ma mowy! – oponuje książę. – Płacę gotówką, ty, doktorku, robisz swoje, a potem każde wraca do swoich klocków. Żadnych pamiątkowych zdjęć przed i po, żadnego nagrywania przebiegu operacji. Tego zabiegu sobie nie zarejestrujesz i nie zarchiwizujesz.

– Tak nie można! – oburza się Amir. – Są pewne zasady i przepisy, których jako lekarz muszę przestrzegać.

– Sraty-taty! A kiedy zmieniasz gęby terrorystom, to też zapisujesz? Gdzie jest ich kartoteka? – Nie wiadomo skąd Saud ma takie wiadomości, ale oskarżony natychmiast traci rezon i milknie.

Z łapsk Jasema wpadłam w wielkie łapska jeszcze większego zbója, stwierdza sarkastycznie Daria. *Ten ma za sobą swoją królewską familię, niewyobrażalne bogactwo i wszystkie asy w rękawie. Ależ ze mnie idiotka!*

– Za ile mam po nią przyjechać? – Saudyjski milioner kończy dyskusję władczym głosem.

[1] *Iqama* – legitymacja, ID, dowód osobisty.

– Zabieg będzie trwał półtorej godziny, ale pacjentka powinna w klinice pozostać co najmniej do jutra…

– Gadaj zdrów! Jestem za dwie godziny, więc do roboty. Czas to pieniądz! A tylko spróbuj coś sknocić.

Na te ostre słowa Amir wskazuje Darii korytarz prowadzący do sali przedzabiegowej.

– Co ty robisz z tym facetem? Z saudyjskim księciem? Uciekłaś od mordercy, żeby zadać się z bezkarnym jaśnie panem? – zarzuca znajomą pytaniami, ze zdziwienia i przerażenia wybałuszając oczy.

– Gówno cię to obchodzi, wujaszku. Ciesz się, że jeszcze żyjesz, bo po tym, jak chciałeś zabić Jasema, już był na ciebie wydany wyrok.

– Przewidywałem takie zbójeckie postępowanie i wystarczająco szybko się zmyłem. – Mężczyzna dumnie wypina pierś.

Daria jednak postanawia sprowadzić go na ziemię.

– Ostrzegam: przed tym facetem nie uciekniesz, choćbyś się zapadł pod ziemię. Więc radzę ci tym razem naprawdę przyłożyć się do wykonywanej roboty.

– A czy ty wiesz, że to bardzo bolesna operacja, a rekonwalescencja długa i niezbyt przyjemna? – Lekarz jeszcze próbuje się asekurować, żeby później znów nie został o coś oskarżony. – Przez jakiś czas nie będziesz mogła prowadzić samochodu ani intensywnie ćwiczyć. Nawet balsam trzeba wcierać w skórę bardzo delikatnie, już nie mówiąc o innych czynnościach… – Patrzy na pacjentkę z bezwstydną aluzją w oku.

– To ostatnie szczególnie mnie niepokoi. – Daria uśmiecha się z ironią. – Przesadzasz, doktorku. Ja już czytałam to i owo w internecie…

– Może weszłaś na stronę jakiejś nikomu nieznanej kliniki, która szuka naiwnych.

– Daj spokój! Po tym, co przeszłam, nie przerażą mnie jakieś gówniane implanty. Wszystko będzie okej, o ile tylko dobrze to zrobisz, a nie jak ostatnio… Jeśli znów odwalisz fuszerkę, tym razem będziesz miał do czynienia ze znacznie groźniejszym przeciwnikiem. Ten człowiek niczego się nie boi, nie ukrywa się i ma cholerną władzę oraz gigantyczne pieniądze. – Daria ponownie grozi, bo sprawia jej niewymowną przyjemność, kiedy temu śliskiemu oszustowi rzednie mina.

– Pozwolisz, że powiem jeszcze tylko ostatnie słowo, bo takie są zasady i muszę o tym poinformować każdą pacjentkę, żeby później nie było nieuzasadnionych pretensji. Po dziesięciu, góra piętnastu latach trzeba będzie wymienić implanty, bo nie są dożywotnie, choć niektórzy hochsztaplerzy w sieci tak piszą. To jednak wierutne kłamstwo. Zdarza się, że jakiś opadnie i trzeba się poddać zabiegowi korygującemu. Bywa, że się zwinie i zaczyna od środka ocierać. Wtedy znów pod skalpel. Przemyśl to sobie! – Kiwa ostrzegawczo palcem, licząc na to, że pacjentka się rozmyśli. – I jeszcze jedno: będziesz musiała na jakiś czas odstawić pigułki antykoncepcyjne. – Patrzy z nadzieją, bo wydaje mu się, że ten argument przemówi do młódki i wreszcie da mu święty spokój.

Daria jednak tylko się oburza:

– Przestań pieprzyć, bo powiem mojemu Saudowi, że prawdopodobnie wybierasz się do kalifatu, a twoja córunia to nałożnica młodego kalifa. Jak cię wezmą na spytki, to szybko nie opuścisz rijadzkich lochów.

– Ty to potrafisz przekonać człowieka. – Amir zaciska usta i dochodzi do wniosku, że w tej kobiecie nie ma już krzty niewinności ani dobroci dziewczynki, którą kiedyś znał.

Operacja przebiega sprawnie, bo Amir jest specjalistą najwyższej klasy. Wsadzenie silikonowych implantów to betka w porównaniu ze zmianą rysów twarzy czy przeszczepem włosów. Al-Saud nie zgadza się zostawić Darii w klinice nawet na jeden dzień, twierdząc, że lepszą opiekę zagwarantuje jej u siebie.

Kobieta nie spodziewała się, że zabieg będzie aż tak bolesny; teraz żałuje, że nie uwierzyła Amirowi. Przez siedem długich dni leży sama w apartamencie w hotelu Burdż al-Arab, bo jej towarzysz bez słowa gdzieś zniknął. Ma jednak zapewniony pełny serwis medyczny – wynajęta pielęgniarka codziennie sprawdza jej temperaturę i ciśnienie oraz odkaża szwy, jedzenie zaś Daria zamawia przez room service. Nie wie jeszcze, czego chce od niej Saudyjczyk, ale wygląda na to, że nie seksu, bo przez cały ten czas nawet jej nie tknął. To ją przeraża i znów postanawia uciec, ale po tygodniu nieoczekiwanie wraca książę.

– Pojedź ze mną do Arabii Saudyjskiej – proponuje nieoczekiwanie. – Tam czeka na ciebie rodzina, która szuka cię po całym świecie, ryzykując życie.

– Coś ty nagle taki dobry wujek? Ja też cię rozpoznałam, nie myśl sobie – przyznaje się Daria. – Jesteś takim samym terrorystą jak mój mąż, więc nie udawaj.

– I tu się mylisz. – Mężczyzna ze smutkiem zaprzecza. – Działam z ramienia zupełnie innych ludzi i w innym celu.

– Czyżby? Saudyjczycy jako terroryści są znani już od dawna, choćby taki Osama bin Laden. Jaki teraz macie cel? Ameryka? Zgniły Zachód czy pseudo-Państwo Islamskie? – kpi z poczynań wahabickiego[1] kraju w żywe oczy jego prominentnego przedstawiciela. – Jaki jest plan? Bo jak zawsze wszystko tak pokręcicie i zagmatwacie, żeby nikt nic nie wiedział.

[1] *Wahabizm* (arabski) – islamski ruch religijny i polityczny powstały w XVIII w. na terenie Arabii. Opiera się na fundamentalizmie – tj. głosi powrót do źródeł: pierwotnej czystości islamu, prostoty i surowości obyczajów. Za podstawy wiary wahabici uznają Koran i hadisy, interpretowane dosłownie. Nazwa *wahabizm* pochodzi od imienia twórcy tego ruchu, muzułmańskiego teologa Muhammada Ibn Abd al-Wahhaba. Wahabizm jest szczególnie popularny w Arabii Saudyjskiej, gdzie w XVIII w. wahabici zawarli sojusz z dynastią Saudów, co wywarło znaczny wpływ na późniejszy kształt tego najbardziej konserwatywnego z państw muzułmańskich. Ponieważ wahabici sprzeciwiali się zazwyczaj wprowadzaniu innowacji technologicznych i modernizacji, od dziesięcioleci trwa w tym państwie spór między ortodoksyjną i reformatorską frakcją elit saudyjskich. Wahabizm uznaje wyższość islamu nad wszystkimi religiami oraz potrzebę uzyskania dominacji nad nimi.

– Inny… – Potężnie zbudowany Arab nie okazuje złości, słysząc jej obelżywe słowa. O dziwo, jest potulny jak baranek. – Nie mogę ci powiedzieć, dla kogo pracuję, ale chcę, żebyś wiedziała, że szerzenie islamu poprzez sponsorowanie biednych, przekonywanie, namawianie, ukazywanie jego dobrych stron – to mój dżihad. Nie ten krwawy, który preferował twój mąż. O nie!

– Ale saudyjska rodzinka królewska nieźle namieszała z tym szerzeniem islamu. – Daria od razu wszystkiego się domyśla. – Niby pomagaliście tylko ubogim, ale uczciwym i mocno wierzącym muzułmanom, lecz broń dawaliście przyszłym dżihadystom! Nie wiedzieliście, na co się zanosi? Od ortodoksji do fundamentalizmu bardzo krótka droga; dzieli je cienka czerwona linia. Wydobyliście na światło dzienne wszystkie najgorsze ludzkie instynkty.

– Cóż… Dlatego teraz musimy naprawiać nasze błędy. Jednakże Jasem jest mordercą zepsutym do szpiku kości. Nikim więcej! – Saudyjczyk w końcu się denerwuje, aż rumieńce wychodzą mu na twarz. – Dziwię się, że jeszcze od niego nie uciekłaś. Jeśli możesz sobie latać swobodnie po Bliskim Wschodzie, to czemu nie wrócisz do rodziny i do normalnego życia?

– Nie twoja sprawa! – krzyczy Daria, choć w duchu przyznaje mężczyźnie rację.

– Przemyśl to jeszcze – perswaduje Anwar, patrząc na nią z wielkim żalem i czułością.

Kobieta jednak nie zamierza kontynuować jałowej dyskusji – obraca się na pięcie i kieruje do wyjścia. Słychać już tylko trzaśnięcie drzwi i po chwili w apartamencie zapada głucha cisza.

Daria ucieka z Burdż al-Arab, bo nie chce pomocy człowieka, do którego nie ma za grosz zaufania. Wynajmuje pokój w ekskluzywnym hotelu Atlantis, bo chce jeszcze trochę czasu spędzić w Dubaju, zwłaszcza że ból minął, a ona znakomicie się prezentuje z nowym biustem. Dysponuje platynową kartą kredytową, powiązaną z kontem Jasema, więc fundusze ma nieograniczone, a że jej mąż przymyka na to wszystko oko, postanawia wykorzystać sytuację.

Po zakupie nowej markowej garderoby, podkreślającej jej obecne kształty, udaje się do modnego pubu, pełnego podnieconych, pijanych i naćpanych mężczyzn. Wszyscy ją adorują, bo w tym kraju wystarczy być bladolicą blondynką z dużym biustem, by wzbudzać zainteresowanie. A kiedy do tego kobieta ma błysk w oku i zachowuje się prowokacyjnie, może wywołać prawdziwą sensację. Daria trafia na amatora wyuzdanego seksu, co poznaje już po sposobie bycia i wyuzdanych świńskich opowieściach. *Drugi Nasir*, przemyka jej przez myśl, ale mocno już upojona przez parę godzin wcale się tym nie przejmuje. Ostatecznie jednak, pod wpływem resztek instynktu samozachowawczego, postanawia nie ryzykować i zakończyć niebezpieczne samotne wojaże.

Kiedy opuszcza lokal i zmierza do taksówki, inny arabski przystojniak, ale elegancki i wyglądający na subtelnego, proponuje jej podwózkę. Daria się zgadza, bo nie ma ochoty czekać na transport. Zanim drzwi auta się zamykają, wskakuje do niego jeszcze dwóch samców, którzy głupio się uśmiechają. Kiedy jeden z nich nie może się pohamować i łapie Darię za nowy, wciąż czuły po zabiegu biust, kobieta wrzeszczy wniebogłosy. Panowie są w szoku, bo nie wiedzą, co się stało z babką, która jeszcze przed chwilą wydawała się chętna do figli.

– Gliny za nami! – wykrzykuje nagle kierowca.

– Co z nią? – panikuje siedzący przy zawodzącej Darii Arab.

– Wywal ją i spierdalamy! Nie potrzeba nam kłopotów!

Szofer zwalnia, a jego kolesie otwierają drzwi i wyrzucają na jezdnię przerażoną cudzoziemkę.

Samochód policyjny z piskiem kół zatrzymuje się tuż przy niej. Daria zostaje zabrana na posterunek policji celem złożenia zeznań. Nie pozwolą jej się wymigać; musi wyjaśnić, co robiła w samochodzie z obcymi arabskimi mężczyznami, czemu jest pod wpływem alkoholu i gdzie ma swojego *mahrama*. Mogłaby przypuszczać, że takie rzeczy zdarzają się tylko w wahabickiej Arabii Saudyjskiej, ale przecież powinna już wiedzieć, że emancypacja kobiet i ich wolność we wszystkich krajach Zatoki to jedynie ułuda. Jednak głupia gąska cały czas sądziła, że to jej nie dotyczy, było nie było adżnabii[1], ale bardzo się pod tym względem myliła.

[1] *Adżnabija* (arabski) – cudzoziemka.

Siada przed kobietą, która jest śledczym, a zarazem funkcjonariuszką służb specjalnych, o czym Daria oczywiście nie wie. Policjantka też nie rozpoznaje w wyzywającej, cycatej blondynie niegdysiejszej niewinnej owieczki, którą uwięził terrorysta i którą znała jedynie ze zdjęć. Aruba, Emiratka, która ścigała Darię przez pół Europy, straciła z tego powodu męża, a potem ugrzęzła w Syrii w Ain Issa na długie miesiące, kiedy oblężenie Rakki przez wojska sprzymierzone to przybierało na sile, to słabło. Jedno pół-Polce – i jej siostrze, Marysi – zawdzięcza: podczas bratobójczej okrutnej wojny i panowania kalifatu poznała mężczyznę, który godnie zastąpił jej pierwszego męża. Beduin, a zarazem wykształcony nauczyciel, Walid, postanowił opuścić swoje rodzinne miasteczko i pojechać z nią w nieznane, aby już do końca swych dni trwać przy jej boku i wspierać na dobre i na złe.

– Ci dranie wyrzucili mnie prosto pod koła waszego samochodu. Ale i tak miałam więcej szczęścia niż rozumu. – Daria jest podminowana. – Musicie ich złapać i osądzić. Napastowali mnie, napadli, zachowywali się karygodnie…

– Wydaje mi się pani znajoma… – Aruba puszcza jej słowa mimo uszu. Marszcząc czoło, usiłuje sobie przypomnieć, gdzie mogła poznać tę pijaną Irlandkę, bo jest święcie przekonana, że już ją widziała. *Na pewno sama się prosiła o kłopoty*, podsumowuje nieciekawą kobietę o wyzywającej urodzie i pustym spojrzeniu. *Przyjeżdża taka wywłoka do arabskiego kraju, pełnego wygłodniałych arabskich mężczyzn, poświeci wielkim silikonowym cycem, gołym dupskiem, a oni od razu tracą głowę, bo w domu tego nie mają. Co za lafirynda! I teraz ja będę musiała ją z tego gówna wyciągać i może jeszcze oskarżać tych facetów o gwałt? Nie z nami takie klocki, paniusiu.* – Czy chce pani złożyć skargę? – pyta z niechęcią. – Czy jest pani o tym przekonana?

– Nie rozumiem... To chyba oczywiste! Porwali mnie do swojego samochodu i na pewno chcieli zgwałcić! – Daria nie kryje oburzenia.

– Ale nie zgwałcili. Prawda?

– Miałam szczęście, że się pojawiliście. Inaczej krucho by ze mną było.

– Cóż... Możemy panią zatrzymać do czasu schwytania... pani adoratorów. – Aruba kpi już w żywe oczy. – Poczekamy na ich zeznania.

– Chcecie mnie aresztować? Obywatelkę Europy? – Daria nie dowierza. – Słyszałam, że wsadzacie do paki za niewinność arabskie kobiety lub muzułmanki, ale ja nie jestem ani jedną, ani drugą.

– Może pani zostać przez tych mężczyzn oskarżona o prostytucję, a u nas słowo jednego mężczyzny jest warte tyle, co oświadczenia trzech kobiet. Zdaje sobie pani z tego sprawę?

– A więc jednak? I to tu, w Dubaju?! Nie w jakimś zaściankowym ortodoksyjnym Kuwejcie, Katarze czy Arabii Saudyjskiej, tylko w kraju, który promuje się na najbardziej nowoczesny i otwarty na Bliskim Wschodzie. Co za blaga!

– Takie są realia. A promocja i reklama idą swoją drogą. – Aruba rozumie rozczarowanie obcej, która dała się nabrać na slogany.

– Następnym razem ci kolesie kogoś zgwałcą. – Daria pogardliwie wydyma wargi. – Uważa pani, że to sprawiedliwe?

– Oczywiście, że nie. Ale co kraj, to obyczaj. A zmieniając temat, czy myśmy się wcześniej gdzieś nie spotkały? – Arubie nie daje spokoju ta kwestia.

– W życiu! – wykrzykuje Daria. – To moja pierwsza wizyta na komisariacie. Nigdy jeszcze w takim przybytku pseudosprawiedliwości nie byłam. – Ironizuje złośliwie.

– Mieszka pani w Dubaju? Co pani tu robi? Pracuje? Gdzie się pani zatrzymała? O której przyszła pani do baru? O której wyszła? To pani paszport? Gdzie ma pani emiracką *iqamę*? – Funkcjonariuszka zarzuca zatrzymaną rutynowymi pytaniami.

Daria pluje sobie w brodę, że cokolwiek powiedziała tej kobiecie. Trzeba było udawać, że nic się nie stało, że z samochodu wypadła przez przypadek. Huczą jej w głowie ostrzegawcze słowa Jasema, że kiedy wyda jego, ona też zostanie osądzona. A teraz jeszcze chcą ją oskarżyć o prostytucję. Gdy z pełną mocą dociera do niej, że prosta droga z tego posterunku prowadzi do więzienia, próbuje się uspokoić i już nie dyskutować, dogryzać, pyskować i przede wszystkim się nie stawiać.

– Jestem tu turystycznie – odpowiada szybko. – Już nie mam ochoty niczego zgłaszać. To był po prostu drobny wypadek. – Wyciąga rękę po paszport. – Wylatuję stąd jutro po południu.

– Dokąd? Wraca pani do ojczyzny? Do Irlandii? Już dość się pani zabawiła? – Złośliwość Aruby jest nieprofesjonalna, ale nie może ona zapanować nad niechęcią do wyzywającej rozpustnicy. Do tego aż szumi jej w głowie, bo coraz to pojawiają się obrazy, z których usiłuje wyłuskać twarz tej głupiej kobiety.

– Mieszkam w Katarze. Z mężem i synami. – Daria prawie wyrywa swój dokument z rąk dociekliwej policjantki.

– Mąż się cieszy z pani wojaży? Pozwala na takie wyskoki? Czy poinformuje go pani o tym, co tu się wydarzyło?

Zatrzymana już się nie odzywa. Patrzy w śniadą twarz Emiratki, a jej oczy ciemnieją ze złości. *Hej, ona ma iście arabskie spojrzenie*, podsumowuje śledcza, lecz zanim sprecyzuje tę myśl, kobieta obraca się na pięcie i wybiega z komisariatu.

Spanikowana Daria łapie taksówkę i jedzie do swojego hotelu. Tam błyskawicznie pakuje walizki z nową odzieżą i rusza na lotnisko. Kupuje bilet na pierwszy samolot lecący do Kataru, lecz wybiera okrężną drogę – przez Abu Zabi w Emiratach, Muskat w Omanie, by dopiero za dwa dni wylądować w Dosze. Boi się, że funkcjonariuszka będzie ją ścigać; możliwe, że coś wie o jej tragicznej, ale i niechlubnej przeszłości, dosłownie bowiem paliła ją wzrokiem. Daria postanawia zostać z Jasemem, gdyż teraz tylko on może jej pomóc – nadal ma kontakty i środki, by osiąść gdzieś anonimowo i przeczekać nagonkę na dżihadystów.

Kiedy po długiej i wyczerpującej podróży wchodzi do domu, nie zastaje jednak męża. Od progu za to słyszy płacz dobiegający z pokoju dzieci.

*

W pracy Jasem od samego rana odczuwa dyskomfort w jelitach, który w ciągu paru godzin przechodzi w ciągły, uporczywy ból w dole brzucha, by na koniec przerodzić się w okrutne spazmy, powodujące biegunkę i wymioty. Mężczyzna obawia się, że może znów jakiś ukryty otorbiony ułamek masakruje mu trzewia. Czuje, że bez pomocy lekarza się nie obejdzie, ale też zdaje sobie sprawę, że nie może zamówić medyka na domową wizytę, bo w jego przypadku konieczny jest pobyt w szpitalu. W tutejszych klinikach nie zna nikogo, a jego nowi arabscy znajomi nie chcą mu pomóc. Musa Kusa twierdzi, że ma dość własnych kłopotów, i tłumaczy, że ujawnienie znajomości z Libijczykiem może Jasemowi tylko zaszkodzić. Około drugiej po południu z bólu i gorączki Jasem pada zemdlony na podłogę przy swoim biurku. Współpracownicy wzywają karetkę z najlepszej kliniki w mieście.

Dzięki swojemu platynowemu ubezpieczeniu mężczyzna od razu zostaje przyjęty na oddział, w części szpitala przeznaczonej dla VIP-ów. Najpierw badają go ratownicy medyczni i technicy, by przygotować raport dla dyżurnego lekarza. Dziwią się niepomiernie, widząc jego pocięty brzuch, praktycznie wyrwany jeden bok oraz liczne ślady po odłamkach, jednak nie robią żadnego dochodzenia. Ich zadaniem jest jak najszybsze postawienie diagnozy, podtrzymanie pacjenta przy życiu i przekazanie go, wraz z całym pakietem badań, odpowiedzialnemu chirurgowi, który już się szykuje do zabiegu.

Kiedy Jasem dostaje dożylny środek przeciwbólowy i zostaje podłączony do kroplówki, na chwilę odzyskuje przytomność. Patrzy w oczy swojego chirurga i już wie, że jest zgubiony. Doktor Mustafa Szukri, Syryjczyk, otrzymuje wyniki analiz chorego i potwierdza diagnozę: ostre zapalenie wyrostka robaczkowego. Przenosi wzrok z twarzy chorego na jego tors i tak parokrotnie, a następnie każe go bezzwłocznie przewieźć na salę operacyjną. Lekarz z powołania tylko zaciska szczęki i kręci głową, lecz postanawia, że najpierw uratuje temu człowiekowi życie, a potem poinformuje kogo należy, by w uczciwy sposób mu je odebrać. *Więc jednak cię dopadniemy, ty zbrodniarzu!*, wykonując rutynowe czynności, chirurg mówi sam do siebie. *Jednak zapłacisz za wszystkie swoje śmiertelne grzechy. Tym razem się nie wywiniesz. Ani Hamidowi Binladenowi, ani Międzynarodowemu Trybunałowi Sprawiedliwości w Hadze.*

Ostateczne rozwiązanie

Daria raz po raz dzwoni na komórkę męża, lecz nikt nie odbiera. Postanawia, że do jego powrotu spakuje parę rzeczy, by przygotować ich do ucieczki. Ale co zrobią z bliźniakami? Takich wyjących, chorych, zniekształconych dzieci nie przewiezie się bez zamieszania samolotem ani żadnym innym środkiem publicznego transportu. *Jak rozwiązać ten cholerny problem? Co z nimi zrobić? Co zrobić?*, zastanawia się, lecz nic mądrego nie przychodzi jej do głowy.

Wbiega do pokoju dziecinnego, gdzie, o dziwo, panuje dzwoniąca w uszach cisza. Pierwsze, co rzuca się jej w oczy, to spłoszone opiekunki, siedzące na piętach w kącie pokoju i trzymające się za ręce. Na jej widok zaczynają lamentować, piszczeć nieludzko i bić się po twarzach.

– Zamknijcie się! – wrzeszczy na nie, a one milkną jak nożem uciął.

Podchodzi do łóżeczka i spogląda na swoich synów. Abdul leży nieruchomo. Jego główka zwisa w nienaturalny sposób, a buzię ma zmasakrowaną i posiniaczoną. Natomiast czarne jak noc, złe oczy Ahmeda twardo patrzą na matkę.

– Wszystko w porządku, kochanie. Teraz już wszystko będzie dobrze… – mówi Daria, usiłując uśmiechem pokrzepić syna, choć ten wcale nie wygląda, jakby potrzebował pocieszenia.

Żal jednak zalewa jej serce. Całą winą za śmierć Abdula obarcza siebie, bo to ona ciągle monitowała, żeby słabego bliźniaka oddzielić od silnego, co mogłoby się przyczynić do jego zejścia. Jednakże według niej była to jedyna możliwość ulżenia dzieciom i uratowania ich. Jej czcze gadanie faworyzowany syn wprowadził w czyn, choć przecież nie mógł jej zrozumieć. Uwolnił się od swojego brata raz na zawsze. Matka ma pustkę w głowie, a serce trzepocze się jej w piersi. *Ten podobny jedynie zewnętrznie do Jasema chłopczyk miał mój słaby, potulny charakter, piękny pupil zaś, wyglądający jak mój ojciec, ma serce zabójcy, całkiem jak jego tatunio dżihadysta*, dochodzi do wniosku. Teraz żałuje, że nie poświęcała dzieciom czasu, by uchronić dobrego, małego człowieczka przed złym potworem. *Nigdy sobie tego nie wybaczę, bo to ja skazałam go na śmierć.* Kolejny wyrzut sumienia – i kolejny grzech – spada na młodą kobietę, lecz siła woli i chęć życia nie pozwalają jej się poddać. Kładzie na stężałą małą twarzyczkę bliźniaka kolorowy ręcznik i postanawia inaczej rozegrać tę sprawę, zrzucając winę za śmierć dziecka na kogo innego. Odwraca się w stronę trzymających się na dystans opiekunek i wrzeszczy na całe gardło:

– Zabiłyście mi syna, wy szatańskie suki! Zabiłyście go!

– Skądże! *Ustaza*[1]!

– To co mu się stało?! Kataru dostał?! – szydzi, chcąc je zmylić, bo doskonale zna odpowiedź i nie musi otrzymać jej potwierdzenia z ust głupich Azjatek.

– To panicz… To Adam… Boże, wybacz! Tak się stało… Andy już tak wył, że nie do wytrzymania…

– Dlatego go zabiłyście?!

– *Saida!* Nie!

– Wmówicie mi, że zrobił to ośmiomiesięczny chłopczyk przyrośnięty do swojego brata? Czym? Jak?!

– Własnymi rękami, pani… – odzywa się odważniejsza pielęgniarka.

– Który sąd uwierzy w wasze brednie?! A wy co? Jak mogłyście do tego dopuścić? Stałyście i przyglądałyście się? – Podchodzi do drobnych kobiet i patrzy na nie z góry, a następnie bierze zamach i na odlew bije je po twarzach i gdzie popadnie. Kobiety z piskiem uciekają w kierunku drzwi. Tymczasem pozostały przy życiu bliźniak śledzi wzrokiem poczynania matki, które widać go bawią, bo na jego ustach wykwita nieśmiały uśmieszek. – Morderczynie! Zaraz wezwę policję! Zobaczycie, jak wyglądają katarskie lochy! – krzyczy za nimi.

Gdy kobiety wybiegają z pokoju, Daria podchodzi do łóżeczka.

– Poleż tu chwilkę sam i poczekaj na mnie – szepcze do synka, delikatnie głaszcząc go po głowie.

[1] *Ustaza* (arabski) – r.ż., profesorka, nauczycielka; w przenośni oznacza kogoś mądrego, wykształconego; zwrot ten jest wyrazem szacunku.

Rozanielony malec przymyka oczy, jakby zapadł w sen. *Mam nadzieję, że nieżywy brat nie otruje go swoją zgnilizną. Mają wspólny krwiobieg i wspólne narządy, śmierć jednego błyskawicznie przejdzie na drugiego. Stracę kolejne dziecko! Ileż można! Muszę się spieszyć!* Daria wie, że Jasem już od jakiegoś czasu planował wyjazd do Arabii Saudyjskiej, by tam, w Szpitalu Gwardii Narodowej, poddać chłopców operacji rozdzielenia. Ta placówka się w tym specjalizuje, a Daria w przeszłości nawet śledziła losy polskich bliźniaczek syjamskich, które z powodzeniem rozdzielił jeden z tamtejszych genialnych lekarzy. *Tylko Saudia może im pomóc*, tłucze się jej po głowie. *Jednak gdzież, do cholery, jest Jasem?!*

W końcu dzwoni do biura męża i dowiaduje się, że odwieziono go do szpitala. Jedzie tam na złamanie karku, a gdy dociera na miejsce, dowiaduje się, że tylko wycięto mu wyrostek. Kobieta jednak wie, że do względnego ustabilizowania zdrowia po takim zabiegu potrzeba co najmniej dwóch dni. Ich syn może tyle nie przeżyć. W dodatku ta dociekliwa emiracka funkcjonariuszka może zacząć deptać im po piętach. O tym ostatnim szczególe postanawia jednak nie wspominać Jasemowi.

Długo szarpie męża za ramię, aż w końcu chory z jękiem otwiera oczy.

– Co jest grane…? Wróciłaś…? – Na jego spierzchniętych ustach wykwita pogardliwy uśmieszek. – Wow! Ale biust sobie zafundowałaś! – zauważa pomimo gorączki i osłabienia.

– Musisz stąd wyjść.

– Tak, i to jak najszybciej.

– Trzeba ratować naszego syna! – Daria nie potrafi ukryć emocji.

– Chyba synów – poprawia ją Jasem, ale widzi, że coś jest nie tak. – Co się stało? – Usiłuje się podnieść na łokciu, lecz zaraz opada na poduszki.

– Te wściekłe suki, niańki, uśmierciły Abdula, a teraz on infekuje śmiercią Ahmeda – oznajmia, patrząc twardo na męża, który nie dowierza ani jednemu jej słowu i dochodzi do wniosku, że to ona gołymi rękami zabiła własne dziecko. – Nie gap się tak na mnie! Sądzisz, że kto to zrobił? Ja?! Ahmed?!

– Dobrze już, nie wściekaj się, bo nie ma na to czasu – ledwo mówi przerywanym głosem. – Trzeba jak najszybciej się stąd wynosić. Ten łapiduch coś za bardzo mi się przyglądał.

– Jakim cudem to zauważyłeś? Ponoć byłeś nieprzytomny.

– Ostatnim rzutem nieprzytomnego oka, Darin, spostrzegłem, że operującym był ten sam lekarz, który uratował mi życie w Rakce. Ja od razu go poznałem, ale chirurg pacjenta nie zidentyfikuje po gębie, tylko po ciele i własnej robocie. Kiedy zobaczył moje pokiereszowane bebechy, to już wiedział.

– Zmywajmy się stąd. I to biegiem! – Kobieta dźwiga chorego, jednocześnie odpinając kroplówki i dreny. – Mamy może wizy do Saudi? – pyta mimochodem.

– Nic się nie martw. Na wszystko się przygotowałem. Czas na zmianę klimatów i wejście w paszczę lwa. – Mężczyzna słabo się uśmiecha, bo uwielbia adrenalinę, a teraz jest już przekonany, że jego kobieta lubi to, co i on.

BANICI

Człowiek człowiekowi wilkiem

Hamid Binladen, Marysia Salimi i Bob *Amriki*[1] postanawiają pojechać ze stolicy kalifatu Rakki do Damaszku, by w końcu schwytać *dżihadiego* Johna. Wierzą, że tym razem im się uda. Informacja, którą dostali od chirurga plastycznego Amira Ibrahimiego, musi być wiarygodna, gdyż ojciec liczy na pomoc w odnalezieniu i odbiciu swej córki, Sary, oraz wyciągnięciu jej z niebezpiecznych zbrodniczych łapsk jej fundamentalistycznego męża Chalida ibn Bagdadiego, młodego kalifa. Poza tym nie ma nikogo, kto mógłby uprzedzić Johna-Jasema o ich zasadzce, a i szczęście może w końcu się od niego odwróci.

Bohaterska trójka decyduje się na pokonanie dystansu do Damaszku terenowym samochodem, co jest nad wyraz niebezpieczne, gdyż na tej trasie ciągle prowadzone są działania wojenne. Jeśli jednak Jasemowi się udało, i to dwukrotnie, to i oni dadzą radę. Amerykański dodge

[1] *Amriki* (arabski) – Amerykanin; amerykański.

wygląda jak ruina, ale pod maską zamontowano nowy silnik i najlepszą elektronikę. Auto zostaje zapakowane karabinami, granatami oraz inną śmiercionośną bronią, tak jakby bohaterska trójka miała prowadzić po drodze ciężką batalię.

Niestety, los im nie sprzyja i sprawdza się najczarniejszy scenariusz. Podróżnicy wpadają pod grad bombardowań i muszą się ukryć, by przeczekać atak. Zostawiają zamaskowany samochód pod palmą przy małej oazie, a sami kierują się na piechotę do niewielkiego *wadi*[1] porośniętego karłowatą roślinnością. Gdy wchodzą w cień, czują odświeżającą wilgoć i przyjemny chłód, ale też coraz silniejszy smród. Jest to odór śmierci, który znają już ze swych wcześniejszych doświadczeń. Mężczyźni biorą między siebie Marysię; Hamid prowadzi, a Bob zamyka pochód. Już po paru krokach odkrywają zbiorową mogiłę, która ciągnie się przez całą dolinę. Zwłoki zamordowanych ludzi zostały tu zakopane prawdopodobnie w porze suchej, lecz kiedy nastała pora deszczowa, wyschnięte koryto wypełniło się wodą, która wypłukała piasek i odkryła ślady zbrodni. Teraz ludzkie szczątki leżą w płytkim dole, wystawione na pastwę much, robactwa i drapieżników. Widok jest prawie tak samo straszny i odrażający jak unoszący się w powietrzu fetor. Przybysze zatykają nosy i wbijają przerażony wzrok w ogromny grób. Nie mają nawet siły krzyczeć czy płakać. Widzą szczątki mężczyzn, ale też kobiet i dzieci. Marysia pierwsza nie wytrzymuje – biegiem rzuca

[1] *Wadi* (arabski) – koryto wyschniętej rzeki.

się na równinę, gdzie zostawili swój pojazd. Nagle nad ich głowami rozlega się dźwięk nadlatującego samolotu, więc Hamid dogania ją i powala na ziemię. Przerażeni, czołgają się, by znaleźć schronienie pod wyschniętymi krzakami. Bob przykucnął tam, gdzie stał, i teraz spina się w oczekiwaniu. Po chwili rozlega się ogłuszający huk bomby; prąd powietrza zapiera im dech w piersiach. Nad ich głowami przelatują pogięte części ich zniszczonego samochodu. Utknęli bez pojazdu na środku syryjskiego bezludzia, jedynie z bronią, którą mieli przy sobie, oraz z wojskowymi personalnymi apteczkami pierwszej pomocy.

– Chyba dołączymy do tych nieszczęśników. – Marysia wskazuje na dół pełen gnijących ciał. – Już po nas.

– Nie tak szybko, moja pani. – Hamid jest wściekły, że oni, dobrzy i uczciwi ludzie, mają takiego pecha, a do uciekającego zbrodniarza los ciągle się uśmiecha.

Po uschniętych korzeniach i pniach drzewek oliwnych, które naniosła woda, przechodzą nad mogiłą. Dopiero jakiś kilometr od *wadi* biorą głęboki oddech. Za ich plecami pozostał inny świat – świat wojny i zbrodni, a przed sobą mają błogą ciszę i przepiękne pustynne widoki. Teraz do ich nozdrzy dochodzi inna woń, zapach smażonej cebuli z przecierem pomidorowym i czosnkiem, tak typowy dla kuchni arabskiej. Oczom wędrowców ukazuje się pełna zieleni oaza. Zastanawiają się, jakim cudem ktoś w niej przeżył i czy czasem nie są to wykonawcy wyroku na zabitych nieszczęśnikach.

Nad całkiem sporym turkusowym jeziorkiem ukrytym pośród zielonych chaszczy siedzi w kucki paru mężczyzn w tradycyjnych galabijach i turbanach. Ubrane w długie barwne suknie kobiety pochylają się nad dymiącym kociołkiem.

– Jesteśmy Beduinami. Ktoś nadal musi wypasać stada wielbłądów – tłumaczą się syryjscy koczownicy. – Bogu dzięki nie było nas tu podczas tej rzezi. Zresztą tych skazańców musieli przywieźć ciężarówkami, bo tylu ludzi nie znalazłoby się chyba na całej Pustyni Syryjskiej. – Wygłaszający tyradę starzec patrzy przybyłym prosto w oczy, sepleniąc z powodu braku zębów i niezdrowo zapadniętych policzków. – Może z Rakki albo innego ośrodka miejskiego? Kto wie?

– Sprzedacie nam trzy wielbłądy? – pyta od razu Hamid.

– Cóż, panie, za dużo ich nie mamy, a one są naszymi żywicielami. Bez nich pomrzemy.

– Dam ci po tysiąc dolarów za każdego. – Saudyjczyk oferuje zawrotną sumę za marne chabety, w czasach wojny bowiem nikt nie zajmuje się handlem tymi zwierzętami, tylko wymianą ich wełny, mleka czy nawozu, który służy jako opał, na inne produkty pozwalające przeżyć. – Kupisz za nie stado owiec i będziesz miał z nich więcej pożytku.

Mężczyźni dobijają targu, a Marysia patrzy z przerażeniem na wielkie wychudzone zwierzęta. Nigdy nie jeździła nawet na koniu, a co dopiero na dromaderze. Postanawia jednak zaryzykować, zresztą nie ma wyjścia. Inaczej utkną na tym bezludziu.

– Jak się nazywasz, panie? – sonduje stary Beduin. – Chcę znać imię mojego dobroczyńcy i tak hojnego człowieka.

– Binladen – oświadcza Saudyjczyk. – Hamid Binladen.

Trójka przyjaciół już chce dosiąść zwierząt, kiedy z chaszczy wychodzi mężczyzna w średnim wieku. Niepokoi przybyłych swoim wyglądem – ma czarny kaftan i czarną chustę wokół głowy – ale miło się uśmiecha, ukazując przy tym zgniłe, niepełne uzębienie, i wstrzymuje ich gestem.

– Na pewno jesteście strudzeni. Może zjecie z nami kolację, odpoczniecie na materacach w cieniu palm, a jutro z samego rana wyruszycie? – proponuje nieznajomy.

– Cóż… – Hamid pytająco spogląda na swoich towarzyszy, a oni ochoczo potakują, bo mają dość przeżyć jak na jeden dzień. Pragną bezpiecznie posiedzieć przy ognisku i zrelaksować się rozmową z prostymi, ale gościnnymi i dobrymi ludźmi.

– Matko! – Mężczyzna zwraca się do starej Beduinki z licznymi tatuażami na twarzy, zawiniętej w tradycyjny pasiasty płat materiału. – Przygotuj dobre jadło. Postaraj się, żebyśmy mogli ugościć przybyszy tym, co najlepsze. – Wymownie patrzy jej w oczy, a ona spuszcza wzrok i krzywo się uśmiecha, odsłaniając bezzębne dziąsła. – Tylko dla pani niezbyt mocne, żeby nam przeżyła – chichocze, a pozostali potakują ze zrozumieniem głowami, bo wszyscy wiedzą, że arabskie dania potrafią być na zabój pikantne.

W nocy Marysię budzi ostry ból brzucha. Uciska czułe miejsca i oddycha głęboko, ale to nie pomaga. W końcu zwija się w kłębek na posłaniu i zapada w płytki sen. O świcie znów chwyta ją kolka, ale tym razem czuje, że natychmiast musi pójść na stronę. Do ust podchodzi jej gorycz żółci, a w kiszkach ma istne tornado. Rzuca jeszcze okiem na śpiących Hamida i Boba. Wydają się niezdrowo bladzi. Bobowi z ust cieknie cienki strumyczek czegoś żółtego. Marysia jednak nie ma czasu, by teraz nad tym rozmyślać. Podwija abaję i rusza za najbliższe drzewo. Tam łapią ją równocześnie torsje i biegunka, którymi brudzi ubranie. Ledwo łapie dech, a ból w trzewiach jest porażający. Mija dobre pół godziny, zanim wraca do obozowiska. Wszyscy są już na nogach – z wyjątkiem jej towarzyszy, którzy leżą we własnych ekskrementach z wykrzywionymi z bólu twarzami i nienaturalnie wykręconymi członkami.

– Hamid! – krzyczy przerażona kobieta. – Hamid! Co z tobą? Obudź się! Błagam! – Podbiega do męża, ale zanim go dosięga, chwyta ją w pasie umięśnione ramię.

– Z tego snu już się nie obudzi – mówi Beduin w czerni. – To sen wieczny – podśmiewa się, po czym rzuca Marysię na pakę przygotowanego już do drogi pikapa. – Mówiłem, matko, żebyś jej nie dawała trucizny – narzeka, ostro spozierając na swoją rodzicielkę. – I co teraz mam? Osraną babę!

– Synek, ja nie dawałam. Ona podżerała od swojego chłopa, a on przekładał na jej talerz co smaczniejsze kąski. Przecież nie mogłam go powstrzymać – tłumaczy się kobiecina.

– Dobra już. Napój ją mlekiem, potem przytroczcie kobietę i wielbłądy i ruszamy.

Jeszcze zbliża się do swoich ofiar i lustruje je uważnie. Mężczyźni nie dają żadnych oznak życia.

– Ty pieprzony milionerze – cedzi przez zęby do Hamida. – Rzuciłeś nam ochłap na odczepnego, to sam sobie wezmę resztę. – Zrywa przytroczoną do pasa ofiary apteczkę, otwiera ją i szczerzy się w uśmiechu, widząc pod lekami, w bocznej kieszonce, ukryty plik dolarów i telefon BlackBerry. – Tobie już się nie przydadzą – podsumowuje, po czym odwraca się na pięcie i wskakuje za kierownicę samochodu.

*

Hamid już wieki temu nauczył się spowalniać funkcje życiowe, co niejednokrotnie ratowało mu życie, jednak teraz ostatkiem trzeźwości umysłu dochodzi do wniosku, że na tak mocną truciznę naturalne metody nie zadziałają. Potrzebne jest antidotum medyczne. Zawsze zabezpiecza je przy samym ciele na wypadek podobnych do obecnej sytuacji. Ostatkiem sił podnosi arabską tunikę i odpina płaską podłużną torebkę dociśniętą do skóry. Sztywniejącymi palcami szarpie zatrzask i sięga po ampułkostrzykawkę z adrenaliną. Otwiera ją i wbija w mięsień przedniej części uda, po czym usiłuje rozmasować miejsce, by przyspieszyć działanie leku. Szumi mu w głowie, dusi się, a z jego gardła dobywa się bulgot z ostrym poświstem. Patrzy na klepisko, na którym leży – z wolna suną po nim wielkie czarne mrówki, chrząszcze i inne małe żyjątka. *Objedzą mnie w ciągu doby*, konkluduje. *Muszę wykonać jeszcze jeden wysiłek... jeszcze jeden ruch, a potem niech się dzieje wola boska*.

Ponownie sięga do torebeczki i wyciąga najnowszy model telefonu satelitarnego Iridium Extreme. To sprzęt używany przez armię amerykańską, który zapewnia nie tylko transmisję głosu i danych, ale też osobiste sieci Wi-Fi, GPS, SMS, alerty bezpieczeństwa i opcje śledzenia – w każdym miejscu na ziemi i w każdych warunkach. Najważniejsze dla otrutego Saudyjczyka jest w tej chwili to, że aparat ten ma zaprogramowany przycisk SOS, który umożliwi natychmiastowe wezwanie pomocy z podaniem precyzyjnego położenia potrzebującego ratunku. Hamid naciska czerwony guzik, po czym pada w konwulsjach na ziemię, leżąc ramię w ramię z martwym już przyjacielem Bobem *Amriki*.

W niewoli

Marysia wraz z grupą przeklętych morderców przemierza Syrię, kierując się na południe kraju. Beduini omijają szerokim łukiem Damaszek, bo widać boją się zdemaskowania. Prowadzą ze sobą zabiedzone wielbłądy, które człapią resztką sił, przytwierdzone na sznurku do starego samochodu. Żeby zwierzęta nie padły, koczownicy co rusz się zatrzymują. Na pace pikapa leży jedna cielna wielbłądzica razem z cierpiącą Marysią, która wciąż oddaje swe trzewia i zwija się w straszliwych boleściach. Nikogo to jednak nie obchodzi, tylko czasem kobieta dostaje kubek mleka jako odtrutkę, ale przeważnie pije mętną wodę z metalowego wiadra – na spółkę ze zwierzęciem. Nie wie, dokąd jadą i po co, co się z nią stanie i czy w ogóle przeżyje, ale raz po raz wraca do niej myśl, że jeśli nie umrze, to dla niej gorzej, niż gdyby podzieliła los otrutych towarzyszy. W końcu, niemal nieprzytomna z wycieńczenia, wtula się w ciepłą sierść swojej towarzyszki i zapada w głęboki sen.

Nie wie po jakim czasie wybudza ją ostry męski głos:

– Wysiadka! – Ktoś chwyta ją za nogi i ściąga z paki. – Ruszaj się! – Dostaje pierwszego kopniaka w krzyż, obtłuczony od upadku, lecz ból nawet do niej nie dociera.

– Co za syf?! – zrzędzi stara kobieta. – Po co ci to było? Mało masz pięknych babek po oazach, żeby się zabierać za taką osraną starą kurwę?

– Matka nie gada po próżnicy! Weźmie ją nad jezioro, a my w tym czasie namioty rozłożymy i ogień rozniecimy – decyduje mężczyzna w czarnym kaftanie, który najprawdopodobniej jest przywódcą grupy.

Marysia nie jest w stanie otworzyć oczu – widać trucizna zaatakowała nie tylko jej przewód pokarmowy i system nerwowy, ale również inne zmysły. Słabo słyszy, nie ma czucia w dłoniach i stopach, a jej nos i oczy są pokryte zaschniętą wydzieliną. Serce chce jej wyskoczyć z piersi, gdy wpada w coraz większą panikę. *Taką wątłą to oni mnie od razu zniewolą, zgwałcą, pobiją, zabiją… Boże, niech mnie od razu zamordują, proszę…*

Starucha, widząc, w jakim stanie jest niewolnica, postanawia doprowadzić ją do względnego porządku. Przynosi kubeł z rozkosznie zimną, źródlaną wodą i wylewa na głowę Marysi. Bierze brudny, śmierdzący ręcznik, który przypomina raczej szmatę do podłogi, i wyciera opuchniętą twarz porwanej, mocno pocierając zaropiałe oczy. Potem wciska jej w garść gruby kij i reumatycznie wykrzywionym paluchem wskazuje kierunek, w którym ma iść.

Ty prymitywna starucho! Marysia usiłuje dreptać, krok po kroczku, lecz tragicznie osłabiona i odwodniona trzęsie się jak osika, chwieje i co rusz pada na twardy skalisty grunt. *Ty wiedźmo!*, wymyśla Beduince. Dzięki złości jej serce zaczyna szybciej bić, a dotleniona krew pobudza członki. *Jeszcze się zemszczę! Jeszcze załatwię ciebie i twojego synalka!* Arabska buńczuczna natura bierze górę nad rozpaczą i chęcią śmierci, co zawsze albo ratowało Marysi życie, albo wpędzało ją w jeszcze większe kłopoty.

– Włazi tu! – Babsko znów pokazuje palcem, tym razem na piękne turkusowe oczko wodne znajdujące się wśród palm i gęstych krzaków. – Myje szybko, wypierze łachy i wychodzi. Robota czeka – zwraca się do Marysi w trzeciej osobie, co jest typowe dla wiejskiej gwary i prymitywów, którym wydaje się, że w ten sposób mogą zdeprecjonować człowieka. – No szybko! Raz, raz!

Marysia, jak na zwolnionych obrotach, rozpina abaję i z trudem ściąga bluzkę. Największy problem ma ze spodniami, które pobrudzone ekskrementami przykleiły się do jej ciała. Ostatecznie decyduje się na wejście do jeziorka w ubraniu. Siada na mulistym dnie, a kiedy zanurza się aż po szyję, czuje, że powraca do niej życie. Odczuwa na skórze igiełki lodowatej wody. Zamyka oczy i zanurza twarz. W jej wyobraźni majaczy obraz Hamida i widzi swego cudownego męża z piętnem śmierci na twarzy. *Wallahi! Co za nieszczęście! I to ja do tego wszystkiego doprowadziłam*, dręczy się, zapominając, że jedynie jej siostra, Daria, może ponosić odpowiedzialność za wszystkie kataklizmy, które zaczęły spadać na ich rodzinę od czasu, gdy związała się z *dżihadim* Johnem. *Moja głupota, nieodpowiedzialność, ośli upór i brawura spowodowały tę tragedię, przyczyniły się do śmierci tylu osób, by na koniec kostucha zahaczyła o mojego ukochanego.* Marysia z chęcią nie wynurzałaby się spod wody, lecz nagle coś szarpie ją za włosy i z nadprzyrodzoną siłą ciągnie do góry.

– Nie za dobrze ci? – wrzeszczy obrzydliwy Arab w czerni, trzymając ją za kędziory, zawinięte wokół wielkiej łapy. – Dość tego! Do obozu i szykować kolację! Już!

Marysia pada na miękki gliniany grunt. Nadal szumi jej w uszach i gdy próbuje wstać, kręci się jej w głowie. Czucie w palcach u rąk i stóp również ma osłabione i co chwilę łapią ją skurcze. Objawy te składa na karb trucizny. *Co to było? Co ta czarownica namieszała? Jeśli toksyna tak błyskawicznie zabiła silnych i zdrowych mężczyzn, to jak nic jednym ze składników był jad żmii.* Zna takie rzeczy z dzieciństwa; nawet jej libijska babcia Nadia ostrzegała ją przed groźną żmiją – tak zwaną pięciominutówką. Kiedy dostaje następny cios, stwierdza, że w zasadzie to wszystko jedno, od czego zginęli niewinni mężczyźni. Nie ma ich, odeszli, a ona została sama na łasce i niełasce morderców i zwyrodnialców i ponownie żałuje, że nie jest trupem.

Całe popołudnie Marysia usługuje starej. Dopiero teraz orientuje się, że grupa koczowników podczas ich drogi powiększyła się – jest liczna i nieźle wyposażona. W trasie dołączyły do nich dwa wielodzietne małżeństwa. Beduini mają nie tylko pikapa, na którym jechała Marysia z wielbłądzicą, ale też zdezelowane mitsubishi canter. To na nim wiozą namioty, a także liche, stare garnki, prowiant oraz klatki z kurczakami i królikami. Widać, że potrafią żyć jako koczownicy i robią to od pokoleń.

Do Marysi nikt się nie odzywa, nikt nawet na nią nie spojrzy, a jeśli sama uchwyci czyjś wzrok, to zawsze jest on zły, pełen niechęci i pogardy. *Co ja im zrobiłam?*, zastanawia się. *Przecież to ja powinnam ich nienawidzić! I nienawidzę – całym sercem, całym jestestwem!*

– Co się gapi?! – wrzeszczy stara znad miski pełnej wodnistej zupy. – Ona chce na mnie urok rzucić! – Mówiąc, dławi się, a przez jej bezzębne usta wylatują rozmemłane resztki jedzenia.

– Weź toto stąd! – rozkazuje ubranemu na czarno stary mężczyzna, który był tak uprzejmy dla Hamida, a okazał się zwykłym rozbójnikiem. – Czemu z nami siedzi? Tylko obserwuje! To nie miejsce dla niej!

– Z bydlętami powinna jeść! – włącza się młoda, brzydka jak noc Beduinka. – Nic niewarte stworzenie z amerykańskimi dolarami!

– Toż to Cyganka jakaś! – Współplemieńcy nakręcają się nawzajem, a Marysia spodziewa się najgorszego. *Zaraz obetną mi głowę, urżną tępym nożem członki i rozrzucą po pustyni*, snuje najczarniejsze scenariusze, ale jakoś się nie boi i serce jej ani drgnie. *Mam do kogo iść na drugą stronę Styksu, wy popierdoleńcy!*, niemo z nimi rozmawia, duchem zachęcając, by ją zabili i skrócili jej cierpienia. *No dalej!*

– Zamknijcie się! – Czarny wstaje i bierze do ręki maczetę, którą odłożył na czas jedzenia. – To moja decyzja, a jak komuś nie pasuje, to niech spieprza na wydmy!

– Trza było tylko wziąć zielone i by starczyło – jeszcze narzekają.

– Po co taki dodatkowy bagaż?

– Jak ma dolary i taką gładką skórę, to pewnie niewierna.

– A niewiernych Allah każe skracać o głowę. Ot co! Sam tak mówiłeś.

– Macie co żreć? – Przywódca patrzy taksującym wzrokiem na trzódkę darmozjadów. – Macie czym dupy wygodnie wozić, a nie obtłukujecie ich na zapchlonych wielbłądach? To zamknijcie swoje osrane ryje!

– Haszim, synku... – Stary chce jeszcze coś dorzucić, ale potomek wchodzi mu w słowo:

– Dość gadania! Baby zmywać, chłopy odpoczywać do namiotów! Jutro ciężki dzień!

Po wydaniu rozkazów bierze Marysię za fraki i ciągnie do wielkiej, wysokiej na ponad dwa metry jurty. Wpycha ją do środka, po czym sam wchodzi i zakrywa poły. Na chwilę świeci latarką, którą ukradł Hamidowi, a później zapala naftową lampę stojącą w kącie, która od razu zadymia całą przestrzeń.

Kobieta rozgląda się w panice. Widzi dziurawe, wydeptane i poplamione maty rzucone na klepisko, cienki materac pod jedną ze ścian, zrolowany pled z wojłoku oraz coś, co przypomina poduszkę. *Wallahi! Wallahi!*, krzyczy w duchu. *Jeszcze tego nie doświadczyłam. Jeszcze to musi mnie spotkać!* Zdaje sobie sprawę, że nijak się nie uchroni przed tym, co nieuniknione. Mężczyzna jest wysoki, silny, brutalny i zły do szpiku kości. Ani płaczem, ani błaganiem nie przekona go, by zrezygnował ze swych zamiarów. Beduin Haszim od początku upatrzył ją sobie i tylko dzięki temu kobieta jeszcze żyje. Wisi nad nią klątwa kobiet z rodu Salimich. Tak jak jej matka Dorota, Marysia zostaje uwięziona wśród Beduinów na pustyni – i tak jak ona będzie wykorzystywana do woli przez swego oprawcę. Marysia jednak ma w sobie dużą domieszkę krwi arabskiej i nie jest jagniątkiem idącym na rzeź. Woli, by napalony oprawca ją zabił, niż posiadł.

– Nie zbliżaj się – syczy przez zaciśnięte zęby. – Nie waż się! – Ugina kolana i szykuje się do ataku, choć jest całkowicie wycieńczona. – Nawet nie próbuj!

Na twarzy mężczyzny pojawia się rozbawienie; z krzywym uśmiechem obserwuje chucherko, które gotuje się do walki. Beduin stwierdza, że lubi takie gorące kobiety i że dobrze zrobił, zabierając ten towar ze sobą. Do tej pory nudził się z gderliwą żoną, a czasy przygodnych gwałtów, których był fanem, służąc Państwu Islamskiemu, już się skończyły. Teraz będzie miał emocje każdego dnia, a już na pewno każdej nocy. Jest bardzo z siebie zadowolony, a jego męskie ego mocno podbudowane. Pożądanie pali mu genitalia. Oblizuje się obleśnie, jakby miał się zabrać za słodziutki deser po kiepskim obiedzie.

– Ależ ty ostra jesteś! – Chichocze lubieżnie, ukazując braki w zepsutym uzębieniu. – Nieźle, nieźle!

Ściąga zamotaną na głowie arafatkę, spod której wypadają długie, przetłuszczone włosy, a następnie zrzuca czarną kurtę. Jego odzież jest brudna i śmierdząca, a ciało wydziela okrutny odór. Z pewnością siebie przystępuje do swej ofiary.

Marysia odruchowo uskakuje do tyłu, lecz od razu wpada na ścianę namiotu. Nie ma gdzie uciec. Nie ma jak się ruszyć, bo napastnik zastępuje jej drogę, a już po chwili wyciąga łapska i ściska ją jak w imadle. Jego oddech powaliłby słonia i Marysi wydaje się, że za chwilę się udusi. Twarz mężczyzny jest tuż przy jej pięknej, delikatnej buzi, jego brudne ręce błądzą po jej pośladkach, a wielkie, twarde przyrodzenie atakuje jej podbrzusze. *Nie poddam się! Niech mnie zabije, ale się nie poddam!* Ostatkiem nikłych sił wykręca ciało i usiłuje się wyrwać lub przynajmniej zyskać jakiś dystans, który umożliwiłby jej wymierzenie ciosu. Cudem umyka pod drugą ścianę, lecz to jedynie odwleka pohańbienie.

– Jesteś śliska jak żmijka – cieszy się Arab, bo nie lubi uległych kobiet, a największą satysfakcję ma wtedy, gdy bierze niewiastę siłą.

Marysia postanawia walczyć na śmierć i życie. Niestety, w panice zapomina wszystkiego, czego uczyła ją Aruba – jej przyjaciółka i prywatny trener. Techniki sztuk walki, w których była całkiem niezła, ulatują jej z głowy. Jednak nie jest zawodowcem, tak jak jej emiracka koleżanka, która wyrwana ze snu w nocy o północy czy w najcięższej chorobie automatycznie wykonywałaby wykopy i uderzenia, bo ma to zakodowane w najgłębszych pokładach mózgu. Marysi serce omalże nie wyskoczy z piersi, ale nie dlatego, że boi się śmierci, lecz seksualnego zniewolenia. Prędzej z radością poddałaby się kostusze niż obmierzłemu zwyrodnialcowi.

– Odpuść sobie! Wypuść mnie! – próbuje perswazji. – Pozwól mi odejść. Na nic ci się nie przydam, a przeze mnie tylko masz kłopoty z rodziną.

– No, moja gołąbeczko, chodźże do mnie w końcu. – Mężczyzna, krążący po namiocie za swoją zdobyczą, zaczyna się niecierpliwić. – Dość już tej zabawy.

Doskakuje do niej, na co kobieta daje mu mocnego kopniaka. Nigdy w życiu nie walczyła na poważnie – sparingi były tylko zabawą i treningiem. Przeraża ją więc okrzyk bólu, który dobywa się z gardła Araba, bo udało się jej trafić go w goleń. Mężczyzna przyklęka na jedno kolano i trzyma się za nogę. Marysia przez ułamek sekundy zastanawia się, czy powinna na dokładkę walnąć go w głowę, złamać mu szczękę czy skręcić kark, lecz instynkt podpowiada jej, że kiedy zabraknie tego mężczyzny, jego rodzina rozszarpie ją na kawałki. Przed oczami stają jej dzieci – słodka córeczka Nadia i Adil, mądry syneczek. Już nie mają ojca, a jeśli ona da się zabić, zostaną sierotami. Jej matka zniosła wszystko, żeby tylko odnaleźć córki i wyrwać je ze szponów wrednego libijskiego tatusia. Godziła się na upokorzenie i seksualne zniewolenie, by dożyć chwili, kiedy pojawi się okazja ucieczki. Pomimo całego upodlenia nigdy się nie poddała, bo jej naczelnym celem było ponowne połączenie z ukochanymi córeczkami. *Najdroższa mama…* Marysi oczy zachodzą łzami. *Jeśli ona przebyła całą wielką Saharę, to czymże jest Pustynia Syryjska? Ja też zniosę wszystko i wrócę do moich dzieciaczków*, obiecuje sobie.

Po chwili czuje na plecach i głowie silne razy, które wymierza jej zraniony mężczyzna. *Jesteś tylko moim narzędziem*, mówi do niego w duchu. *Moją jedyną deską ratunku w tym wynaturzonym świecie. Kiedy się od ciebie uwolnię, znajdę możliwość, żeby się zemścić.* Tylko ta myśl pozwala jej przetrwać przemoc i bezwzględny gwałt mężczyzny, którego postanawia zabić. Ale jeszcze nie teraz. Aktualnie musi poskromić emocje i zapomnieć o honorze. Teraz ona musi przetrwać. Dla swoich dzieci, dla Nadii i Adila.

Marysia nie wie, jakie są plany beduińskiej rodziny, bo przecież nikt się z nią nimi nie dzieli. Czasami jedynie udaje się jej podsłuchać jakąś rozmowę, z czego wnioskuje, że grupa przemieszcza się pod granicę syryjsko-jordańską. Planują dołączyć do jakiegoś konwoju uchodźców, wmieszać się w grupę niewinnych ludzi. Kobieta jest już pewna, że jej ciemiężyciele zabili bądź pomogli w eksterminacji ludności cywilnej w *wadi*, w pobliżu którego się spotkali.

Starucha nadal zwraca się do beduińskiej niewolnicy z pogardą, ale Marysi nic już nie jest w stanie dotknąć. Podjęła decyzję i postanowiła za wszelką cenę się jej trzymać. Musi pozostać wśród żywych, jedynie wytrwać, a czas z pewnością zadziała na jej korzyść, bo przecież pseudo-Państwo Islamskie jest już w rozsypce, a kalifat być może zrównano z ziemią. Zjednoczone armie będą teraz oczyszczały Syrię z takiego chorego, zbrodniczego pomiotu i na pewno prędzej czy później dobiorą się do skóry też rzezimieszkom, którzy ją porwali. Upór, charakteryzujący ją od dziecka, teraz pomaga jej znaleźć w sobie wystarczającą siłę, by wytrzymać najcięższą w życiu próbę.

– Idzie po wodę! – rozkazuje trucicielka, a Marysia w duchu życzy jej, by ją szlag trafił, lecz nie tak szybko jak piorun, ale bardzo powolutku. – Naniesie wody do balii, umyje naczynia, zrobi pranie, wytrzepie maty, rozłoży na słońcu pledy, wydoi kozy i wielbłądzicę…

Taka jest rutyna Marysi każdego dnia, a jeden upodabnia się do drugiego. Czas płynie nieubłaganie, a grupa koczowników dobrze się czuje w odludnej oazie nad jeziorem i przy studni ze świeżą źródlaną wodą, więc chwilowo nie ma ochoty się stamtąd ruszać. Marysia dostaje coraz więcej swobody, sama chodzi na wydmy wypasać barany i kozy, opiekuje się jedyną dorodną w stadzie wielbłądzicą, a nawet pomaga jej urodzić cudownego, choć słabego cielaczka i utrzymać go przy życiu. Właśnie te zwierzęta – matka i jej nowo narodzone dziecię – stają się jej przyjaciółmi i powiernikami. Obie samice, wielbłądzia i ludzka, zżyły się już ze sobą, jadąc pikapem, a w pełni zbliżyły, gdy chłeptały wodę z jednego blaszanego wiadra.

– Wiesz, moja piękna koleżanko, że mamy przesrane? – Marysia mówi po polsku, by nikt nie mógł jej zrozumieć. – Twój cielak pójdzie pod nóż, jak tylko trochę podrośnie i nabierze ciała. Słyszałam już, że ostrzą sobie na niego swoje zepsute zęby na najbliższe święto *Eid al--Adha*[1]. Przepraszam, że ci to mówię, ale lepiej wiedzieć i zawczasu duchowo się przygotować, prawda? – Kobieta gładzi zwierzę po mordzie i spoziera w smutne, wiecznie załzawione, wielkie oczy, okolone długimi rzęsami. – Dlatego jesteś taka rozżalona, tak?

Na chwilę odchodzi od swoich pupilków, by powrócić do zmywania wielkich aluminiowych garów i misek. Bydlęta wcale nie kwapią się z odejściem, tylko podskubują wyschnięte źdźbła trawy koło swej pasterki. Stado zawsze trzyma się blisko niej, bo widać prawdą jest to, co mówią, że zwierzęta wyczują dobrego człowieka, a w tej grupie jest taki tylko jeden. Marysia.

– Nie przejmuj się. – Kobieta nad robotą kontynuuje monolog, od czasu do czasu oglądając się na swoją włochatą wielką kumpelkę. – Mogę cię pocieszyć, że ze mną jest tak samo. Ja też mam przerąbane. Straciłam męża, dwójkę pięknych dzieci, i to wszystko na własne życzenie, przez własną głupotę. Zamiast chuchać i dmuchać

[1] *Eid al-Adha* (arabski) – Święto Ofiarowania – najważniejsze święto muzułmańskie, podczas miesiąca *zu al-hidżdża*, kiedy muzułmanie odbywają rytualną pielgrzymkę do Mekki, obchodzone jednak przez cały świat muzułmański, nie tylko przez pielgrzymów. Święto to upamiętnia ofiarę Abrahama (Ibrahima) i jego posłuszeństwo wobec Boga. Według islamu miał on złożyć w ofierze Bogu swego syna, Izmaela, jednak Bóg, widząc oddanie Abrahama, pozwolił mu złożyć w ofierze barana zamiast dziecka. Na pamiątkę czynu Abrahama każda głowa rodziny składa w ofierze owcę, barana, wielbłąda lub krowę. Zwierzę jest zabijane rytualnie, a następnie dzieli się mięso, tak by 1/3 oddać potrzebującym, 1/3 krewnym, a pozostałą 1/3 spożywa się na wspólnej uczcie.

w moje domowe ognisko, pognało mnie w świat, bo sądziłam, że powinnam pomóc siostrze. Powinnam ją odnaleźć i przywieźć do domu. Co mi się ubzdurało w tej mojej durnej łepetynie? Porwałam się z motyką na słońce, a mój ukochany, uległy mąż, nie chcąc się sprzeciwiać, jeszcze mnie w tym durnym pomyśle wspierał. Ech! Nie mam już dobrego, czułego, inteligentnego i kochającego męża. Zastąpił go zboczony opryszek. Nie ma ze mną moich ślicznych dzieci, nie ma mojej oddanej, niezwykłej rodziny, tylko stado koczowników, przebiegłych jak lisy, toksycznych jak żmije i groźnych jak wilki. I kto tu jest na bardziej przegranej pozycji? Hę? – Kończy robotę i wyciera ręce w starą, wytartą galabiję, którą dostała od swojego parszywego oblubieńca. Potem poprawia czarną chustę, którą obowiązkowo musi nosić na głowie, i przytula się do ciepłego ciała wielbłądzicy. – Tobie też za chwilę zrobią kolejnego dzieciaka, ale wierz mi… Ten, kto cię zapłodni, na pewno będzie większym przystojniakiem i czulszym kochankiem od Haszima.

Marysia powoli traci nadzieję, bo zdaje sobie sprawę, że nie ma szans na ucieczkę. Nawet nie wie, gdzie konkretnie się znajduje, nie ma pieniędzy ani telefonu, a wokół, oprócz grupy rzezimieszków, którzy ją przetrzymują, nie ma żywej duszy. Oaza, w której żyją już od ponad trzech miesięcy, nie leży na żadnym szlaku turystycznym, a zresztą jaka szalona wycieczka przyjechałaby w odludne regiony Syrii targanej wojną od sześciu lat? Nawet nie prowadzi tędy linia walk wojsk. To tereny zapomniane przez ludzi i przez Boga. Wraz z utratą nadziei kobieta powoli traci zdrowe zmysły, na co wpływa też fakt, że godzinami błąka się po odludziu, otoczona swoją trzódką, a rozmawia jedynie ze sobą lub ze zwierzętami. Słabnie w niej wola walki i chęć przetrwania. Na wszystko już macha ręką. Aktualnie jedynie egzystuje, żyje z dnia na dzień rutyną określoną od wieków dla koczowników Beduinów, polegającą na harówce od rana do nocy w nieprzyjaznym dla człowieka, upalnym klimacie: wstaje o świcie razem z kurami, oporządza dobytek, nosi wodę, wypasa zwierzęta, przygotowuje jedzenie, myje po jedzeniu, wypasa zwierzęta, a kiedy słońce chowa się za horyzontem, poddaje się kopulacji ze swoim obrzydliwym partnerem, którego siły witalne są niespożyte. Do tych wszystkich obowiązków należy jeszcze dodać pięć razy dziennie modlitwę, zbrodniarze bowiem, którzy ją porwali, są głęboko wierzącymi muzułmanami i interpretują religię na swój chory, wynaturzony sposób, uważając, że pozwala ona bezkarnie popełniać różne przestępstwa, w tym gwałcić i mordować.

W końcu nastaje zima, a z nią pojawia się w sercu Marysi nowa nadzieja. Nawet beztroscy Beduini muszą gdzieś się schronić, bo w tym sezonie pustynia zamienia się w istną Sodomę i Gomorę. Niebezpieczne burze piaskowe ustępują miejsca rzadkim, ale siarczystym ulewom, po których wyschnięte *wadi* przeobrażają się w rwące rzeki. W nocy temperatura spada poniżej zera, choć za dnia, w południe, słońce potrafi jeszcze nieźle palić – to jednak nie wystarczy, by wysuszyć zmoczone rzeczy i ogrzać się na zapas. Koczownicy potrzebują dachu nad głową, dlatego ruszają w stronę kolejnego punktu na swojej trasie – do osady, w której stoją gliniane lepianki i domy z kamienia. Dla nich takie miejsce to już luksusowa metropolia.

*

– Zabiera się za szmaty i miotłę! – Stara znów wrzeszczy, bo mając prywatną niewolnicę, wykorzystuje ją do cna, a sama wygrzewa stare kości na słabym jesiennym słońcu. – Ma tu wszystko oporządzić. Niech się cieszy, że są takie komforty i nie musi po wodę chodzić. Pofarciło się dziewce! – śmieje się bezzębnymi dziąsłami.

Bardzo mi się pofarciło, ty obleśna wiedźmo!, myśli Marysia. *Mieszkałam w pałacu, jakiego nie jesteś w stanie sobie wyobrazić, a teraz będę po was gówna wycierać, bo zapewne nie wiecie nawet, jak się wysrać do dziury w ziemi, którą uważacie za toaletę. Prymitywy!* Z pochyloną głową zabiera się jednak do roboty, postanawiając poznać najpierw dom, który jest całkiem spory, a potem okolicę. W jej sercu znów pojawia się iskierka nadziei.

Osada składa się z dwojakich zabudowań: pobielonych lepianek z gliny, w których mieszka totalna biedota, oraz domów z kamienia, zajmowanych przez „bogaczy", takich jak jej oprawcy. Jest tu elektryczność i system wodno-kanalizacyjny, a także studnia głębinowa na centralnym placu, z której mieszkańcy mogą czerpać lodowatą wodę. Z pobliskiego wzgórza, gdzie znajduje się źródło, wypływa też struga, która u źródła jest małym, ale krystalicznie czystym potokiem, po drodze zbiera jednak inne dopływy i formuje się w całkiem sporą, jak na tutejsze warunki, rzeczkę. Dzięki wodzie, która ożywia ten teren, mieszkańcy sioła mogą uprawiać palmy daktylowe, drzewa owocowe, a nawet zboże. Jęczmień nie potrzebuje dużo wody, więc przyjmuje się całkiem dobrze na żyznej ziemi. Potem, przy pomocy osiołka, jest mielony w starych, zabytkowych żarnach, a wieczorami kobiety wypiekają z niego cienkie chleby – w domowych paleniskach bądź na świeżym powietrzu przed domami, gdzie w dziurze w ziemi mają zakopany okrągły kamień, służący za formę.

To miejsce jest bajeczne, stwierdza Marysia, gdy obserwuje teren z dachu domu. *Niesamowite!* W oazie wszystko jest starożytne – nie tylko żarna, ale też studnia, z której czerpie się wodę do systemu irygacyjnego, któremu za napęd służy zabiedzony zwierzak. Również domostwa są urokliwe – te małe, gliniane, wybielone wapnem, z ażurowymi ozdobami w niebieskim kolorze, oraz inne, imponujące, postawione ze skalnych bloków połączonych gliną, których ściany są gładkie jak marmur, wypolerowane przez wiatr i ulewne, padające tutaj rzadko, ale treściwie deszcze. Często budynki porastają pnącza bugenwilli, a w ogródkach rosną oleandry i hibiskusy. Wewnątrz każdego znajduje się podwórzec, który służy za system wentylacyjny i tworzy komin, wyciągający gorące powietrze i zapachy. Dzięki temu, pomimo braku klimatyzacji, latem jest przyjemnie chłodno, a zimą kamienie trzymają ciepło, które ogrzewa mury mocnym za dnia słońcem.

Marysia stwierdza, że gdyby nie wojna, ta osada mogłaby się znaleźć wśród obowiązkowych tras turystycznych. *A może już wcześniej została wpisana na listę UNESCO, ale obecnie nikt już o tym nie pamięta?*, zastanawia się, oczarowana przepięknym widokiem.

– Hej! – Z zamyślenia wyrywa ją zrzędliwy głos staruchy dochodzący z dołu. – Gdzie znów się podziała?! Tutaj to już całkiem się będzie po kątach obijać.

Wyczuwa za sobą czyjąś obecność, obraca się gwałtownie i widzi Haszima. Mężczyzna promienieje radością i nawet, jak na niego, całkiem nieźle się prezentuje. W końcu ma czyste ubranie – niebieską galabiję, turban w tym samym kolorze i całkiem nowe klapki. Chyba nawet obciął paznokcie u stóp. Dolatuje od niego zapach mydła, a może nawet dezodorantu. Ostatnio Haszim traktuje Marysię coraz lepiej, tak jakby przywiązał się do niej, a może nawet zakochał. Nikt nie wie, co się kryje w mrocznych zakamarkach serca dżihadysty. Kobieta widzi, że obrała dobrą taktykę. Uległość w jej położeniu była jedyną bronią, którą mogła wykorzystać. Gdyby nie zrezygnowała z walki i oporu, pewnikiem już by nie żyła. Nikomu by to nic nie dało, a tak, to proszę! Ma uśmiechniętą gębę swojego oprawcy przed sobą.

– Mam coś dla ciebie. – Syryjczyk z dumą wręcza jej czarną reklamówkę. W środku znajduje się kolorowa arabska suknia, ze złotymi dekoracjami wokół szyi. – Najwyższy czas wprowadzić cię w grono wyznawców islamu, moja droga – oznajmia, nie pytając nawet, czy może już jest muzułmanką. – Wybrałem ci imię: Miriam. Ładne, co?

Do tej pory nigdy z nią nie rozmawiał, służyła mu jedynie do zaspokajania żądzy. Marysia spuszcza wzrok i zaciska zęby. *Co ci chodzi po głowie, zboczeńcu? Nienawidzę cię jak nikogo na świecie i w żaden sposób mnie nie udobruchasz. Ty i cała twoja rodzinka jesteście bandą morderców, hańbą i zakałą normalnych muzułmanów.*

– Jak już będziesz normalna, to zarejestrujemy nasz ślub w urzędzie. – Haszim niby się oświadcza, choć nie oczekuje zgody od kobiety, bo przecież ona nie ma w tej kwestii nic do powiedzenia.

A więc o to chodzi! Czyżby była tu jakaś władza? Czyżby ktokolwiek was kontrolował? Jest ktoś, kogo się boisz, draniu?, zastanawia się Marysia. *Jeśli jest w osadzie jakiś urząd, to może też policja albo straż obywatelska? A może policja obyczajowo-religijna tak jak w Saudi?* Po chwili jednak się reflektuje. *Idiotka ze mnie! Przecież tutaj kobieta jest nikim. Nawet jeśli zgłoszę popełnienie przestępstwa, zaraz zapytają mężczyzn z rodziny, co się stało. Moje słowo przeciwko ich zeznaniom jest gówno warte. Ale poczekam. Poczekam na dogodną chwilę. W końcu nadejdzie!* Znowu musi zapanować nad wybuchowym charakterem, bo sama widzi, że łagodność i posłuszeństwo owocują coraz większym zaufaniem ze strony mężczyzny.

Przez zamieszkanie koczowników w czterech ścianach w tradycyjnym arabskim domu atmosfera się zagęszcza, przez co Marysia jest stale narażona na ataki ze strony staruchy i dokuczliwości reszty domowników. Nomadowie nie powinni nigdy osiadać w stałym lokum, gdyż duszą się w ograniczonej przestrzeni, nie mówiąc o tym, że niszczą wszystko do tego stopnia, iż po trzech miesiącach muszą opuścić miejsce. Gdyby nie Marysia, zapewne tak by się stało, bo to głównie ona jest teraz odpowiedzialna za porządki. Jest jeszcze nastolatka – z niewiadomych przyczyn zakała rodziny, prawie tak samo szkalowana jak niewolnica.

– Hej, Basma! Chodź no tutaj! – Marysia postanawia trochę sobie ulżyć i aktywniej włączyć dziewczynę do prac domowych. – Bierz szmatę, szczotki i chlor. Posprzątaj w łazience i ubikacji. – Zrzuca na nią najgorsze zadanie, bo szorowanie punktów sanitarnych każdego ranka przyprawia ją o mdłości.

– *Saida* Miriam! – jęczy młoda. – Litości!

– Nie ma litości! Bo powiem babce – straszy ją staruchą, której boi się chyba każdy w tej familii. – Jak nie ogarniesz tego dzisiaj, do jutra twoja kochana rodzinka zasra to miejsce dokumentnie. – Robi poważną minę, lecz po chwili, widząc rozbawienie w oczach nastolatki, sama chichra się po cichu.

– Racja. – Młoda pęka ze śmiechu, ale że domownicy to ponuraki, a radosne zachowanie nie jest tu mile widziane, wesoła z natury dziewczyna musi nad sobą zapanować. Ona jedyna wydaje się Marysi sympatyczna, jakby z zupełnie innej gliny. – Może jakoś to przeżyję, ale węch na pewno stracę.

– Ja zacznę od podwórza. – Organizatorka dzieli pracę. – A potem możemy się spotkać na dachu, dobrze?

– Dobrze, *chalati*[1].

[1] *Chalati* (arabski) – moja ciotka.

Dziedziniec znajdujący się w środku domu jest typowy dla zabudowań w tym regionie – zapewnia nie tylko naturalną wentylację, ale przede wszystkim bezpieczeństwo kobietom. Tak w każdym razie tłumaczą ograniczenie wolności pięknej płci prymitywni mężczyźni rodem ze średniowiecza. Z podwórka w kształcie studni, gdzie rośnie rachityczna oliwka oraz parę praktycznie uschniętych krzaków jaśminu i bugenwilli, prowadzą otwory do prywatnych pokoi. Drzwi są tylko wejściowe, stare i wypaczone, ale zaryglowane i zamknięte na wielką kłódkę, oraz do izby Haszima i do pakamery jego mamusi, której progu – ze strachu – nikt nie przestępuje. Reszta we włazach ma zawieszony płat nieobszytego postrzępionego materiału albo sznurki z nadzianymi na nie koralikami. W sypialniach nie ma łóżek, jedynie materace rzucone na klepisko, przysłonięte słomianymi matami, co i tak wydaje się luksusem po koczowaniu w dusznym namiocie. Podłogi w łazience są pokryte wytartymi, brudnymi kaflami, ściany pobielone wapnem, a szlauch wystający z muru dostarcza tylko naturalnie podgrzaną wodę ze zbiornika na dachu. Toaleta zaś to ubikacja turecka, co oznacza dziurę w ziemi z półokrągłą, wyżłobioną miską ustępową na stopy. Ubikacja kucana ponoć jest najzdrowsza i najbardziej dopasowana do fizjologii człowieka, lecz też najmniej komfortowa. Buszują w niej ogromne karaluchy, ze względu na swój kształt, kolor i wielkość zwane daktylowcami, po ścianach całymi kolumnami maszerują mrówki, a z otworu niekiedy wyłażą nawet szczury. Szczególnie w nocy słychać, jak grasują. To dlatego dwie niewolnice tak się licytują, która będzie sprzątać to miejsce. Reszta nie dba o porządek, bo przecież przez większą część roku i tak załatwiają się w kucki – czy to na piasku pustyni, czy za jakimś kamykiem lub pod drzewem. Wredna matka Haszima żąda porządku ze zwykłej złośliwości.

Po trzech godzinach ciężkiej harówki umęczona Basma pada na ciepłą płytę dachu i wyciąga się jak długa, chcąc rozprostować zmęczone plecy.

– Już po wszystkim.

– Ale jutro znów to samo. Niekończący się, bezsensowny kierat – narzeka Marysia.

– Może będzie lepiej. Wujek Haszim chyba się w tobie zakochał, to pewno da ci nieco swobody i kupi jeszcze jakieś sukienki. – Mówiąc o miłości, młoda ma rozmarzony, nieobecny wzrok. – Szczęściara z ciebie.

– Jasne… Tak, na pewno. – Pół-Polka nawet tej naiwnej, dobrej dziewczynie nie uchyli rąbka tajemnicy, co dzieje się w jej sercu i jak ogromnie nienawidzi swojego pseudomęża i jego familii.

Basmy nie było z nimi w oazie, kiedy jej wujek i babka z zimną krwią zamordowali męża i przyjaciela Marysi, zapewne nikt też nie wtajemniczał dziewczyny w te szczegóły. Jest zupełnie nieświadoma tych faktów oraz tego, w jaki sposób Marysia dołączyła do ich klanu, i jak to nastolatka wyobraża sobie oczywiście wielką miłość i niewyobrażalne szczęście młodej pary.

– Będzie dobrze – pociesza na koniec. – Czemu tak się smucisz? – Bystra, choć niewykształcona obserwatorka chyba jako jedyna zauważa nastrój swojej nowej koleżanki. – Masz przystojnego męża, który dobrze cię traktuje. Nie bije, nie krzyczy nawet, to nie masz powodu do zmartwień. Jakeście się poznali? – Ciekawość jednak zwycięża.

– Na pustyni – odpowiada enigmatycznie Marysia.

– To ty też z Beduinów? Niesamowite! Nie wyglądasz. Taka piękność z ciebie, jak jakaś księżniczka. Jesteś księżniczką?

– Nie, jestem zwykłą kobietą. Powiedz lepiej coś o sobie. Czemu babka cię nie lubi i rodzina tak dziwnie traktuje? Pozostałe bąki robią, co chcą; wrzeszczą, krzyczą, bawią się i biją aż do krwi, a przede wszystkim wychodzą na zewnątrz domostwa! A ty co?

– Ja czarna owca jestem... – Widać, że ciężko jej przychodzi to wyznanie, bo siada, wbija wzrok w betonową podłogę dachu i poważnieje. – Tak bywa.

– Dlaczego? – indaguje Marysia, bo od tak dawna nie miała możliwości porozmawiania, że pragnie w końcu otworzyć do kogoś usta.

– Mojego tatę znasz. To jedyny singiel w naszej familii. Nie mam mamy. Dziwne, nie?

– Zmarła?

– Dla nich tak. Ponoć uciekła. Nie chce mi się wierzyć, bo niby jak? Babka kiedyś o niej mówiła, że ladacznica. Stąd wnioskuję, że zadała się z jakimś facetem.

– Nieźle. – Marysią targają sprzeczne uczucia: jest pełna podziwu dla odważnej kobiety, ale też czuje pogardę wobec matki, która zostawiła swoje dziecko. *A co ja zrobiłam?*, orientuje się po chwili. *Jestem zwykłą kukułką, która podrzuciła swoje dzieci. Nie mam prawa nikogo osądzać ani krytykować, bo najgorsza i najgłupsza jestem ja sama.* Żeby odgonić od siebie czarne myśli, podtrzymuje rozmowę: – Nie wydaje mi się, żeby mogła tak po prostu odejść.

– Kiedyś usłyszałam, że jestem jak moja mama i że też skończę oblana benzyną i podpalona – ni z tego, ni z owego wyrzuca z siebie dziewczyna.

– Kto ci to powiedział?

– A kto może być tak bezwzględny? Tylko babka.

– Starucha będzie się w piekle smażyć. – Marysia ścisza głos i wymownie patrzy w czarne oczy dziewczyny. – Takie wiedźmy jak ona dawniej palono na stosach. Bezwzględne morderczynie i trucicielki sama bym na taki stos wrzucała.

– Niektórzy nazywają ją znachorką, bo nieźle się zna na ziołach, ale, tak jak mówisz, zabawia się też z różnymi jadami. Jak ci każe posprzątać swój pokój, to nie dotykaj żadnych słoików i pojemników, bo może cię to kosztować życie. Patrz, co mi się kiedyś stało, a tylko potarłam skórę brudną ręką. – Podwija rękaw długiej sukni i ukazuje czerwone znamię, jakby po oparzeniu. – Uważaj na nią, ciociu.

Basma w nagłym odruchu czułości przytula się do Marysi, a ta sztywnieje w uścisku. Żal jej dziewczyny, ale obawia się, że nie będzie mogła jej pomóc, nie zdoła odmienić jej tragicznego losu. Jest skończoną egoistką, jednak teraz musi myśleć tylko o sobie i o tym, żeby się stąd wymknąć; wyrwać z łapsk niby zakochanego, niebezpiecznego męża Haszima i jego toksycznej mamusi.

Haszim, z nudów i bezczynności, coraz więcej czasu spędza z piękną kobietą, którą porwał. Proponuje jej nawet wycieczki krajoznawcze, na które ona nie ma najmniejszej ochoty. Marysia nie jest zadowolona z adoracji i coraz to nowych propozycji, choć powinna szukać okazji, żeby się stąd wydostać. Doskonale zdaje sobie sprawę, że siedząc w domu i plotkując z Basmą, nie odmieni swego losu. Najgorsze, że powoli przyzwyczaja się do rutyny – do nowego otoczenia, egzystencji w prymitywnych warunkach, ze znienawidzonymi ludźmi u boku, a że po śmierci Hamida straciła chęć do życia, najchętniej siedziałaby w czterech ścianach, wylegiwała się w słońcu albo spała. Od czasu do czasu jednak budzi się w niej krnąbrna, silna i niezależna natura, a wtedy, zaciskając zęby, próbuje coś zrobić, wymyślić sposób, który zwróci jej wolność. Dzieje się tak szczególnie w momentach, gdy widzi rozmarzony wzrok młodej Beduinki, snującej marzenia o wolności, miłości i wielkim świecie.

– Tobie to dobrze, masz Haszima. – Basma zazdrości Marysi. – Wyprowadza cię z domu, pokazuje świat, chodzisz sobie, wolna i swobodna…

– Co ty gadasz? – obrusza się Marysia. – Gdzie chodzę? Na wydmy? Spaceruję po tej dziurze na końcu świata, gdzie diabeł mówi dobranoc! Każdy mój ruch jest kontrolowany! Nawet pierdnąć spokojnie nie mogę! – kończy swój wywód kolokwialnie, na co młoda wybucha głośnym śmiechem. Już po chwili jednak zatyka usta ręką.

– Wychodzisz z domu i znikasz z oczu tej wrednej jędzy, a to już jest bardzo dużo – mówi z powagą. – Popatrz na mnie! Ponoć nauka jest obowiązkowa, tak? Mnie puścili raptem na parę lat do szkoły, a jak zaczęłam przynosić dobre stopnie, to zamknęli w domu.

– Przecież tak nie wolno! To powinno być karane!

– Kiedyś tak, ale teraz już nie ma u nas żadnego prawa. W tym domu nigdy nie widziałam książki czy gazety. Wszystko jest grzeszne i zakazane. Tylko nie mordowanie ludzi.

– Cicho bądź, bo się doigrasz.

– Trudno. Widać to mi pisane. Jak mojej mamie. Wolę umrzeć, niż stać się podobna do nich. Albo niech mnie w końcu wydadzą za jakiegoś starego, wstrętnego chłopa, to może łatwiej od niego będzie mi uciec.

– Myślisz o tym?

– Pewnie! Cały czas. Od lat…

Od tej chwili Marysia zaczyna obmyślać ich wspólną ucieczkę, choć obiecała sobie, że już nad nikim nie będzie się litować i nikomu nie pomoże. Żal jej jednak zostawić koleżankę na pastwę losu, a i wędrówka przez odludne tereny byłaby łatwiejsza i bezpieczniejsza we dwie. Na razie kobieta obserwuje teren i powoli budzi się do życia. Najbardziej deprymujące jest dla niej to, że w jej brzuchu rośnie jak na drożdżach niechciany, znienawidzony owoc jej zniewolenia. Wie, że kiedy urodzi islamskiego bękarta, już się stąd nie wydostanie. Dlatego musi odmienić swój los, i to jak najszybciej.

*

– Mam dla ciebie wspaniałą niespodziankę – oznajmia Haszim pewnego pięknego poranka, kiedy temperatura jest całkiem rześka, powietrze krystalicznie czyste, a błękit nieba oszałamiający.

– Tak? – Marysia nadal nie wdaje się z nim w pogawędki, ale jemu to nie przeszkadza.

– Chodź, zobacz, co przygotowałem!

– Ciocia, ciocia! Biegnij na górę! Prędko! – Basma drze się wniebogłosy. – Dromadery! Ale jakie piękne! Odchowane, wypasione, wyszczotkowane! Nie takie bidy jak nasze.

Podekscytowana dziewczyna zapomina się i wychyla przez mur ogradzający dach, na co Haszim chwyta ją przez chustę za włosy, odciąga i rzuca jak piłką o betonową podłogę. Następnie przyskakuje do potłuczonej nastolatki i z całej siły kopie gdzie popadnie. Obserwująca tę scenę Marysia wstrzymuje oddech. Postanawia się nie angażować, choć serce jej się kraje, kiedy widzi taką niesprawiedliwość i przemoc wobec dziecka, jak słyszy krzyki i szloch.

– Ja ci dam pokazywać wszystkim gębę, ty zbereźnico! Chłopów chcesz omamić i rodzinę zhańbić?! – Mężczyzna zadaje dziewczynie ostatni cios, a potem obraca się do niej plecami. – Zapamiętaj to sobie, *szarmuto*[1]! – Dyszy ciężko. – Jeszcze raz cię tu zobaczę, to ubiję jak psa! – Macha pięścią, a następnie obejmuje Marysię w pasie,

[1] *Szarmuta* (arabski) – dziwka, prostytutka.

jak gdyby nigdy nic w pełnym uśmiechu szczerząc do niej zepsute zęby.

Skurwysyn! Marysi krwawi serce. *Niech ktoś skróci tego drania o głowę! Zabić bydlaka to mało!* Swoim zwyczajem nie wypowiada ani słowa, ale jej ciało jest napięte jak struna, a nerwy jak postronki. Nie wie, jak długo wytrzyma tę grę; tylko tęsknota za dziećmi trzyma ją przy życiu.

Małżonkowie wychodzą z domu. Na tutejsze warunki jest to ewenement, bo żaden beduiński mężczyzna nie chadza z kobietą na spacery. Pierwszy raz zdarzyło się im to, gdy pokonywali pieszo krótką trasę do małego meczeciku, gdzie Marysia udawała, że zmieniła wiarę, i przyjęła imię Miriam. A wszystko zostało zaaranżowane po to, by mogła oficjalnie zostać żoną Beduina. Od tego czasu Haszim, szukając towarzystwa, wyciąga ją poza cztery ściany, choć oczywiście, zgodnie z ortodoksyjnymi zasadami, musi być całkowicie zakwefiona.

– Piękne te wielbłądy. I takie wielkie! – zachwyca się Marysia, bo pokochała te zwierzęta, żyjąc z nimi w komitywie na pustyni. – Mają taką długą, wypielęgnowaną sierść, jakby szły na jakąś wystawę.

– To potomkowie wielbłądów syryjskich[1], więc muszą być duże – informuje ze znawstwem koczownik. – A ładne, bo dla ciebie.

[1] Wielbłąd syryjski – gatunek prehistorycznego jednogarbnego wielbłąda, odkryty w El Kowm w Syrii, największy, jaki kiedykolwiek żył na Ziemi – mierzył 4 metry i dwukrotnie przewyższał dzisiejsze wielbłądy; był większy nawet od słonia afrykańskiego. Zamieszkiwał plejstoceńską Azję ok. 100 tys. lat temu.

Na rozchwierutanej ławce przed ich domem czekają już beduińskie siodła w kształcie koziołków, z drewnianymi uchwytami, oraz długie, wąskie, grubo tkane dywaniki, zakończone pojemnymi kieszeniami, do których wsadza się rzeczy niezbędne na podróż. Marysia jest w czerni od stóp do głów, nawet oczy ma zasłonięte woalką, lecz dla niej to żadna nowość – wie, jak oddychać pod grubym materiałem. Dromadery spolegliwie kładą się na ziemi, gotowe do przyjęcia pasażera. Abaja jest jak namiot, więc kobieta nie musi jechać na amazonkę i swobodnie przerzuca nogę przez siodło; pod spodem ma długą do ziemi suknię, czarne skarpety i mokasyny, więc na pewno nie pokaże ani kawałeczka ciała. Powoli ruszają przed siebie. Zwierzęta biegną dostojnie, jakby płynęły. Beduin i potomkini afrykańskich Berberów[1] przemierzają bezkresne, odludne tereny pustyni piaszczystej, potem kamienistej, gdzieniegdzie pokrytej skałami. Jest pięknie jak w bajce. Gdyby byli zwykłymi turystami lub kochającym się małżeństwem, mogliby być tutaj szczęśliwi i cieszyć się

[1] Berberowie (Berberzy) – rdzenna ludność na terytorium północnej Afryki i na Saharze. Nikt nie jest w stanie dokładnie ustalić, skąd pochodzą. Jedni twierdzą, że z Libii, inni obstawiają południową Saharę. Zagadka pozostaje nierozwiązana. Stanowią w większości odrębny typ w ramach rasy białej, nazywany w nauce berberyjskim. Wielu ma do dziś niebieskie oczy, rude bądź jasne włosy. Berberowie z gór Tibesti w Libii mają czarne, proste lub lekko pofalowane włosy i ciemne oczy. Nazwa Berber pochodzi od łacińskiego *barbarus* – barbarzyńca. Arabowie nie zdawali sobie sprawy z jego pogardliwego znaczenia – Ibn Chaldun uważał słowo *barbar* za imię praojca tego ludu. Sami siebie Berberowie nazywają *Amazigh* – „ludzie wolni".

urokami tego świata, lecz tak się nie dzieje. Małżonkowie milczą, co jednemu i drugiemu bardzo odpowiada. Haszim jest zagubiony, bo przez długie lata syryjskiej wojny przywykł do bezkarności, wolności, względnego dobrobytu, do zabijania, gwałtów i łatwych, skradzionych pieniędzy. W zamian za te wszystkie profity zgodził się nawet udawać pobożność, która nie jest typowa dla koczowników. Teraz to wszystko się skończyło i mężczyzna nie może sobie znaleźć miejsca. Gdyby nie piękna, dostojna Marysia, która mu wpadła w łapska jako ostatni łup i dar od losu, całkiem by zwariował. Kobieta zaś pokonuje nieznany teren, nie wiedząc, co jej los przyniesie. Siłą wybudzona z marazmu, postanawia wykorzystać okazję, żeby dowiedzieć się czegoś nowego o miejscu, w którym jest uwięziona. Zapisuje w pamięci nie tyle piękno krajobrazu, zachodzącego słońca czy czarownych oaz, ile miejsca istotne pod kątem logistycznym – drogi, źródła, głazy o niezwykłym kształcie, nasypy z kamieni czy gdzieniegdzie pojawiające się grobowce marabutów[1]. Ma nadzieję, że kiedyś jej się to przyda. Gdy w końcu nadarzy się okazja do ucieczki.

*

[1] Marabut (arabski) – w islamie przywódca duchowy obdarzony czcią przez społeczność, która uważa go za świętego i często zasięga jego rad. Niejednokrotnie jest uzdrowicielem, który w przekonaniu muzułmanów ma zdolności nadprzyrodzone. Do grobowców znanych marabutów często udają się pielgrzymki, co według prawa szariatu jest surowo zabronione.

– Co to ma być? – Kobiecy wrzask dochodzi przez zamknięte drzwi do powracających z wycieczki małżonków. – Wy wszyscy przymykacie oko na taki grzech? Jak możecie? Żeby nikt z was mi nie powiedział, że Haszim żyje? Okłamaliście mnie, że zginął w walce z niewiernymi i jest *szahidem*[1], a on jest zwyczajnym lubieżnym trykiem!

– Zamilcz, kobieto! W tym domu nie używamy takich słów! – Brat oskarżonego staje w jego obronie, a Marysia spoziera na swego męża i widzi, że ten najchętniej zwiałby gdzie pieprz rośnie.

W końcu trafiła kosa na kamień, zadowolona podśmiewa się pod nosem.

– Słyszałam, że wziął sobie za żonę niewierną! – kontynuuje kobieta. – Co za występek! Wszeteczność!

– Jest muzułmanką. A ty mężczyzny nie rozliczaj, bo to się dla ciebie źle skończy.

– Konwertytka to nie jest muzułmanka czystej krwi! A mężczyzna, nawet najważniejszy, w islamie nie ma prawa wziąć sobie drugiej żony bez zgody tej pierwszej. Ja nie taka głupia, jak myślicie! Szejk mi już wszystko powiedział. To będzie was sporo kosztowało!

Marysia i Haszim czekają na rozwój wydarzeń. Ona spodziewa się, że mąż podejmie jakąś decyzję, lecz on sprawia wrażenie spłoszonego.

– Jak będziesz tak darła ryja, to wypędzimy cię na ulicę. Dzieci oczywiście zabierzemy, bo należą do ojca i naszego klanu. Tak dobrze znasz Koran, to chyba o tym

[1] *Szahid* (arabski) – męczennik.

wiesz? – Stara uderza w najczulszy punkt każdej kobiety, po czym na chwilę zapanowuje cisza.

W końcu Haszim zabiera głos:

– Co tu się dzieje, na Allaha! Jak śmiesz krzyczeć na moją matkę?!

– Mężu mój drogi… – W kaprawych oczach zakwefionej kobiety maluje się błagalny wyraz. – Czemuś nas zostawił? Na łaskę mojego brata i starych rodziców nad grobową deską? Przecież dostałeś za mnie piękną wielbłądzicę, stado owiec i kóz.

Ja bym za ciebie złamanego grosza nie dała, podsumowuje Marysia. *Nikt przy zdrowych zmysłach za darmo by cię nie wziął. Ależ paskudna maszkara! W sumie pasują do siebie, tak urodą, jak i charakterem. Żyjcie sobie szczęśliwie w waszym idealnym stadle, a mnie puśćcie wolno.*

– Dzieci, idźcie się przywitać z tatusiem. – Porzucona bierze faceta pod włos, ale to nie przemawia do zbrodniarza, bo jeśli ktoś potrafi mordować cudze dzieci, to nie ma też serca do własnych. – Idźcie, idźcie, nie bójcie się…

– Daj spokój, Safia – burczy mężczyzna. – Gdzie się zatrzymałaś?

– Tutaj są moje cztery ściany. Mój tatuś dołożył się do odnowienia tej rudery – rozlicza faceta, a jemu się to bardzo nie podoba.

– Coś ci się pomyliło, kobieto! – Haszim podnosi głos, bierze zamach i strzela zszokowaną żonę w twarz.

– Nigdzie się stąd nie ruszę! – wybucha czupurna brzydula. – Wyrzucisz mnie i swoje dzieci na ulicę?!

– Tak jak rzekła matka, dzieci zostają, a ty możesz iść, gdzie chcesz! Na ulicę, na pustynię…

– O ty draniu! O ty szkodniku jeden! Czasy się zmieniły, a ja wiem, komu powiedzieć, cóżeś ty robił! – straszy mordercę.

Kiedy Haszim przyskakuje do żony, cała zebrana na wewnętrznym podwórcu familia wykonuje krok w tył, bo wszyscy czują, że zanosi się na niezłą jatkę. Safia pasuje do ich rodzinki – ma te same korzenie, upodobania i zwyczaje, lecz jeśli Haszim już jej nie chce, to oni staną za nim murem. Ona tymczasem wsadza rękę pod obszerną abaję i wyciąga spod niej sporych rozmiarów kindżał, który pewnie leży w jej ręku. Pierwszy zadany cios płytko nacina policzek mężczyzny – następny tnie już głęboko przez brzuch. Haszim uciska ranę, ale przez jego palce zaczyna przeciekać żywo czerwona posoka. Ciężko dysząc, przyklęka na jedno kolano.

– *Anti taliq*[1]*!* – charczy przez ściśnięte z bólu zęby i powtarza to jeszcze dwa razy, w ten prosty sposób rozwodząc się z żoną.

Safia jest tak zaskoczona, że opadają jej ręce, na co bracia Haszima tylko czekają – wyrywają jej zakrzywiony nóż i na oczach wszystkich, nawet dzieci, podrzynają jej gardło. Beduinka stoi jeszcze przez chwilę, kiedy krew bryzga z jej otwartej szyi, a następnie pada na kamienne płyty, które błyskawicznie pokrywają się szkarłatem. Basma wytrzeszcza oczy i wstrzymuje oddech, Marysia

[1] *Anti taliq* (arabski) – Jesteś rozwiedziona; jesteś odrzucona, oddalam cię.

zaciska zęby, żeby nie zwymiotować, i aż do bólu wbija paznokcie we wnętrze dłoni, pozostali członkowie rodziny zaś zimno patrzą na stygnące truchło. Piątka maluchów, z którymi przyszła Safia, by wyżebrać miłość swojego męża, najpierw zamiera, a później wybucha płaczem. Padają na ciało matki, tulą ją i ściskają, rozmazując sobie jej krew na twarzy i rękach.

Haszim powoli wstaje, lecz jest blady jak śmierć.

– Posprzątać mi tutaj! Co tak stoicie, jakby was zamurowało! – Matka jest najtwardsza z całego rodu. – Samir, Jusuf, zaprowadźcie dzieciaki do łazienki, a ty, Basma, nabierz wody do balii i wykąp te szczenięta. Miriam, wyszoruj podłogę, trzeba tu posprzątać. Tylko dokładnie. – Patrzy groźnie spode łba. – Chłopcy, zajmijcie się tą grzesznicą. Do roboty! Ja muszę się zająć moim synkiem.

Haszim dostał to, na co zasłużył; w końcu ktoś mu się zrewanżował za wszystkie krzywdy. Mścicielka jednak przypłaciła to życiem. Nieszczęsna kobieta nie spodziewała się takiego obrotu spraw, lecz była już tak zdesperowana, że zdecydowała się na ostateczność. Dla niej prawdopodobnie lepsza była śmierć niż życie na garnuszku u rodziców i brata. Kiedy zaś wyszło na jaw, że dżihadysta żyje, Safia stała się porzuconą, a tym samym zhańbioną kobietą. Egzystencja takiej nieszczęśniczki jest ciężka i przeważnie krótka, bo familia uznaje ją za winną zaistniałej sytuacji i chcąc oczyścić swoje dobre imię, musi zlikwidować godną pożałowania ofiarę. Marysię przeraża taki scenariusz; wprawdzie słyszała o wypadkach bezkarnego mordowania kobiet, lecz nigdy bezpośrednio się z czymś takim nie zetknęła. Teraz brudzi sobie ręce niewinną krwią, szorując kamienne płyty podwórca. Ma sporo czasu, żeby pomyśleć o tym wszystkim, bo zlecona jej robota jest żmudna i monotonna. Wie, że to ostatni moment, by podjąć jakąś decyzję i opracować taktykę wydostania się z matni. W bezpośrednim kontakcie ze śmiercią znów budzi się w niej zdrowy rozsądek, werwa i gorący temperament, które popychają ją do działania. Musi stąd uciec! Koniecznie i ani chwili nie zwlekając!

Tej nocy Marysia nie może spać. Dzieci Haszima i Safii lądują w ich małżeńskiej sypialni na cienkim materacu, rzuconym w kącie. Po tragedii, którą przeżyły, nie są w stanie się uspokoić, nie pomagają ani prośby, ani groźby. Nie zdają sobie sprawy, że jak dłużej powrzeszczą, skończą tak jak ich matka. Jeszcze tego nie wiedzą – po prostu rozpaczają.

– Cicho!

– Ciszej tam!

– Uspokójcie się!

Z różnych części domu dobiegają głosy, a Marysia truchleje, bo spodziewa się, że zaraz będzie świadkiem kolejnej zbrodni.

– Zamknijcie się… – Słabym głosem dołącza Haszim, który leży przy Miriam i płonie od gorączki. – Łeb mi zaraz pęknie… Ta wywłoka musiała posmarować ostrze jakimś jadem. Matko! Ona mnie otruła! Matko... – Woła swoją rodzicielkę, bo tylko jedna trucicielka może rozgryźć sposoby drugiej.

Dobrze mu tak, podsumowuje Marysia, lecz targają nią obawy, bo przecież jeśli Haszim umrze, ona wpadnie w łapska pozostałych członków rodzinki, a ostatecznie wyląduje gdzieś na piaskach pustyni jako truchło. *Uratuj go, wiedźmo!*, prosi staruchę w duchu. *Jeszcze trochę musi pożyć, żeby wyciągnąć mnie z tego gówna. A potem sama się z nim rozprawię. Za moje krzywdy! Za dusze Hamida, Boba i Safii!*

– Chodźcie no tutaj. – Bierze na ręce najmłodsze i najgłośniej zawodzące dzieciaki i przenosi do barłogu Basmy, który znajduje się pod schodami prowadzącymi na dach. – Zajmij się nimi, proszę.

– Dlaczego ja? Nie mam pojęcia, jak je uspokoić! – Nastolatka jednak próbuje się wymigać

– Musisz, bo inaczej powyrzynają je jak kurczaki, a na nas spadnie dodatkowe sprzątanie. – Marysia sądzi, że te argumenty najprędzej przemówią do spaczonego umysłu dziewczyny.

Nagle z małżeńskiej sypialni dobiega głos staruchy:

– Zabrać stąd te bąki!

Marysia wpada do środka, porywa pozostałą trójkę i wraca do Basmy.

– Cicho... – szepcze do maluchów, lecz nie jest w stanie do nich dotrzeć. – Uspokójcie się, do cholery! – Mocniej przyciska je do piersi.

Basma siedzi skulona, a w półmroku widać tylko jej rozbiegane, przerażone oczy. Pod schodami dosłownie wrze, dzieciaki rzucają się po ziemi, wiją, niektóre sikają pod siebie, rzężą, bo gardła mają już zdarte od krzyku. I nagle nad spanikowaną gromadą ktoś staje. Pierwsze razy zadane skórzanym pasem padają gdzie popadnie. Marysia instynktownie, jak kwoka, przygarnia maluchy i chowa je pod szeroką abają, osłaniając ramionami. Ból od ciosów jest niewyobrażalny, skóra na plecach kobiety czerwieni się, a potem pęka w wielu miejscach. Kiedy z ran zaczyna wypływać krew, dolegliwość słabnie, a jedynie cały obtłuczony grzbiet dosłownie płonie. *Już teraz wiem, jak się czują ci, którym wymierza się karę chłosty*, przelatuje przez myśl samarytance, która ryzykuje zdrowie i prawdopodobnie życie dla obcych dzieci.

– Jak ją zatłuczesz, Haszim ci tego nie daruje. – Marysia słyszy za sobą skrzekliwy głos matki.

Razy natychmiast ustają.

– Naści… Napójcie te przeklęte bąki.

Basma wyciąga roztrzęsioną rękę i przyjmuje butelkę z jakimś dziwnym, brązowawym płynem.

A więc uchroniłam dzieciaczki przed zatłuczeniem po to, by teraz wlano w nie truciznę? Marysia spogląda na spanikowaną nastolatkę.

– To parzony mak, idiotki! – Starucha widać czyta w ich myślach. – Dajcie każdemu po trzy łyki, to będą spać jak aniołki – mówi całkiem miłym głosem, a dziewczyny zastanawiają się, czy w ten sposób czasami nie usiłuje przekonać ich do popełnienia zbrodni. – Zróbcie z nimi porządek, bo to wszystko dzisiaj źle się skończy.

Opiekunki nie mają wyjścia, bo wiedzą, że stara ma rację – rozjuszeni mężczyźni są nieobliczalni. Zachowują się jak drapieżne bestie, które poczują krew. Chcą jej więcej i więcej.

Już po chwili dzieci śpią jak zabite. Marysia natomiast, gdy adrenalina z niej schodzi, zaczyna odczuwać skutki pobicia. Z trudem gramoli się z pakamery pod schodami i noga za nogą wlecze do łazienki. Tam powoli zdejmuje z siebie abaję, bo ból promieniuje jej na ramiona, dosłownie paraliżując ścierpnięte ręce.

– Mogę? – Zza drzwi dochodzi cichy drżący głos Basmy. – Ciociu, pomogę ci…

– Wchodź.

Nastolatka ściąga z Marysi spodnią jasną suknię, która zdążyła już się przykleić do pleców wychłostanej ofiary, a cały tył szaty jest pokryty szkarłatem.

– Och! – Głośno przełyka ślinę, widząc zmasakrowane ciało swej ulubionej powiernicy, i przytyka czoło do jej szyi. – *Chalati*… – Szlocha cicho.

– Obmyj mnie delikatnie zimną wodą i już. – Marysia stara się być dzielna, choć kręci się jej w głowie i podłoga ucieka jej spod stóp. – Będzie dobrze…

– Posmaruję cię maścią. Babka dała…

– Oszalałaś? Za pierwszym razem, kiedy poczęstowała mnie jedzeniem, ledwo udało mi się ujść z życiem. Teraz może chce mnie załatwić jakimś mazidłem. W życiu!

– Nic ci nie zrobią, póki żyje Haszim. Boją się go. A to tylko maść nagietkowa, wszyscy jej używamy. Zobaczysz, pomoże ci – obiecuje Basma, a potem pyta cicho:

– Uciekniemy razem? Bylebyśmy zdążyły, zanim mój wuj, a twój mąż wyzionie ducha.

Marysia, która nie ma już siły mówić, tylko kiwa głową.

Przez tydzień znachorka walczy o życie Haszima. Safia była dobrą zielarką, ale stara jest lepsza – ma panaceum prawie na każdą truciznę. Mężczyznę najbardziej wyniszcza wysoka gorączka, którą tu zbija się ludowymi metodami: okładami z zimnej źródlanej wody i ziołowymi specyfikami. Jednakże rana nie chce się goić, wciąż sączy się i gnije. Na to już domowa maść z nagietka, a nawet odkażające specyfiki na spirytusie nie pomogą. Wszyscy zdają sobie sprawę, że mężczyzna musi pojechać do miasta i skorzystać z pomocy prawdziwego lekarza. Kiedy trochę mu się polepsza, sam zaczyna o tym poważnie myśleć, tym bardziej że życie na wsi i totalna bezczynność dają mu się we znaki. Nie chce dłużej być ani koczownikiem, ani rolnikiem, ani wieśniakiem. Zaznał innego życia i rozsmakował się w nim. Chce wygód betonowej dżungli, nawet jeśli miałby zamieszkać w czynszowej kamienicy. Wszystko wydaje się mu lepsze niż bezsensowna egzystencja w tym kamiennym domu. Po cichu planuje już, jak się stąd wydostać, bez obarczania się rodziną, która nie pasowałaby do tamtego świata. On sam nie wie, co będzie robił, bo poza hodowlą zwierząt i uprawą roli nie ma żadnego fachu w ręce. W ciągu ostatnich lat nieźle się wyszkolił w ludobójstwie, co też najbardziej odpowiada jego naturze, ale ponoć czasy się zmieniają i na specjalistów z tej dziedziny jest coraz mniejsze zapotrzebowanie. Czuje się oszukany – w końcu w czymś się odnalazł, spełnił, a świat każe mu z tego rezygnować. A przecież wciąż żyje tylu niewiernych i trzeba by dokończyć to, co się zaczęło. Dlatego postanawia, że nie pójdzie do obozu dla uchodźców w Jordanii, lecz przynajmniej jeszcze przez chwilę będzie robił to, co wychodzi mu najlepiej. Zabijał. Chęć mordu jest w nim silniejsza od wszystkich pozostałych chuci, jednak decyduje, że zabierze ze sobą Marysię.

Kiedy wyjawia swoje plany, nestorka rodu nie kryje oburzenia:

– Jakże to? Chcesz nas tak zostawić? Zawsześmy razem jeździli, na dobre i na złe, przed wojną i w jej trakcie!

– Matko, muszę pojechać się leczyć, a drogi są niebezpieczne. Jednym autem jakoś się przemknę, ale z całym dobytkiem będziemy się rzucać w oczy. – Haszim spokojnie tłumaczy, choć krew w nim wrze, że on, stary chłop, musi się spowiadać, dokąd jedzie i po co.

– A z czego my tu będziemy żyli, hę? Zostawiasz nas na pastwę losu! – Staruszce trzęsie się głos, a po jego tembrze słychać, że nie jest to udawana rozpacz.

– Masz jeszcze dwóch synów, matko. Może oni też coś by zrobili?

– Ty jesteś najstarszy. Zawsze byliśmy tobie posłuszni.

– Żerowaliście na mnie! – wypala szczerze Arab, na co jego rodzicielka blednie, a bracia błyskawicznie zaciskają pięści.

Oni się zaraz pozabijają, myśli Marysia, która razem z Basmą i cichymi już jak trusie brzdącami obserwuje wszystko spod schodów. *Najpierw załatwią jego, a następna w kolejce będę ja. Już nigdy nie zobaczę moich dzieci. Boże...*

– Jadę niedaleko, do miasta Dara. Jak znajdę tam jakieś lokum, to po was przyślę. – Haszim kłamie jak z nut, ale jego rodzina zna go jak zły szeląg i spodziewa się podstępu.

– Łżesz jak pies! – krzyczy pierwszy brat, wymachując ręką. – Wcześniej mieliśmy liczne stada i dało się z tego wyżyć, ale tyś wszystko zaprzedał tej głupiej wojnie, obiecując nam nie wiadomo jakie dobra. I co z tego mamy? Figę z makiem! Nie ma ziemi, boś ją oddał za zdezelowane auto; nie ma ziarna, bośmy je przejedli; nie ma pieniędzy, boś hulał ponad miarę. A w tej Rakce jaki dostawałeś żołd? Sto dolarów na miesiąc? Dla takiej wielkiej rodziny to jak kropla w morzu! Jakie matce mieszkanie zagwarantowałeś? Ruderę bez wody i prądu!

– A ty niby co lepszego zrobiłeś, Jusufie? – Haszim odbija piłeczkę.

– Niestety, posłuchałem ciebie! I teraz całą rodziną z głodu pomrzemy.

– Mówiłeś, że jak dotrzemy do obozu dla uchodźców, zrobimy się na ofiary i wszystko będziemy mieć darmo. – Do rozmowy włącza się najmłodszy Samir, mężczyzna pod trzydziestkę. – I co z tym planem? W łeb wziął, bo ty tak decydujesz?

– W Darze nadal trwają walki – odzywa się matka, która nie wiadomo skąd ma takie informacje. – Znowu chcesz się do nich przyłączyć? Chybaś dokumentnie rozum postradał! Trzeba wiedzieć, kiedy się wycofać.

– Ale jak się skończą, to mieszkańców miasta, cywilów, ewakuują wielkimi ciężarówkami prosto do obozu w Jordanii. Nikt nas nie będzie sprawdzał, nie będzie żądał dokumentów na granicy… – Haszim na poczekaniu układa kłamliwy scenariusz.

– W tym wspaniałym, wielkim mieście mieszka już sporo ludzi z naszej osady. Ich rodziny wiedzą, jaka tam panuje sytuacja. – Stara wieśniaczka, choć nie umie ani czytać, ani pisać, jest nad podziw sprytną osobą. – Nikt przy zdrowych zmysłach nie pcha się w takie miejsce. Wojska prezydenta Baszara Asada czyszczą z opozycjonistów i dżihadystów kamienicę po kamienicy. Kto ci uwierzy na słowo, żeś ty zwykły Beduin?

– Teraz jadę do szpitala. Tyle – ucina mężczyzna. – A wy musicie sobie jakoś radzić. Ja ani pieniędzy, ani jedzenia wam w naszej osadzie nie wyczaruję.

– Albo jedziemy wszyscy razem, albo nikt! – Średni brat zastępuje najstarszemu drogę. Obaj są postawni, ale ranny ma mniej siły.

– Matko, zastanów się! Wszyscy to możemy jedynie pójść na pewną śmierć. – Haszim usiłuje ominąć Jusufa, lecz ten ani drgnie. – Zejdź mi z drogi! – Chory niespodziewanie uderza silniejszego w pierś.

Wszyscy wstrzymują oddech. Dzieci, które już wiedzą, do czego zdolna jest ta rodzinka, wtulają się w równie przerażone Basmę i Marysię – i zasłaniają oczy materiałem ich obszernych abaj.

– Dość tego, syneczkowie. – Matka rozsądnie wkracza między mężczyzn. – Może Haszim ma rację. Poczekamy tu bezpiecznie, a on na pewno nas nie zostawi. – Widać, że starucha jest zapatrzona w pierworodnego.

Haszim, nie czekając na zmianę frontu, chwyta dwa tobołki z ubraniami, zwinięte pledy, śmierdzące poduszki i swoją pojemną torbę wojskową, po czym łapie Marysię za kark i popycha w stronę wyjścia.

– A może weźmiemy Basmę? – pyta szeptem żona, zwalniając kroku.

– Co?! Swoich braci zostawiam, a mam brać taką wywłokę, kurewskie nasienie? Oszalałaś, kobieto!

– Przyda się nam do dzieci – podsuwa Marysia, przekonana, że Haszim nie zostawi swojej gromadki.

On jednak patrzy na nią, szczerze zdumiony.

– Jakich dzieci?

– Jak to jakich? Twoich!

– One nigdzie nie jadą.

– Co ty mówisz? – Marysia, stęskniona za własnymi, przywiązała się do tych biednych, cudzych maluchów. Opieka nad nimi i obrona przed dorosłymi zwyrodnialcami jest dla niej swoistym odkupieniem jej matczynych grzechów. – Lepiej będziemy wyglądali z gromadą bąków niż sami – przekonuje. – Poza tym sprytna i pracowita dziewucha już niedługo mogłaby mi pomóc przy naszym synu.

– To akurat racja! – Bracia mają dobry słuch; doganiają ich, ciągnąc za sobą wijących się i krzyczących smarkaczy, a następnie brutalnie rzucają dzieci przy aucie. – My twoich bękartów żywić nie będziemy!

– To dajcie mi Basmę. Na co wam ona? Tylko kolejna gęba do garnka.

– Co? Basmę weźmiesz, a rodzonej matki nie?!

Marysia zaczyna żałować, że jest taka sentymentalna, i chce ciągnąć dzieci Haszima ze sobą. Robi to jednak z obawy, że zwyrodniała familia wcześniej czy później wywiezie je na pustynię i porzuci jako żer dla dzikich zwierząt.

– Masz tu rekompensatę za tę małoletnią wywłokę i po kłopocie. – Haszim wyciąga sto dolarów i wciska do ręki Jusufowi, ojcu przehandlowanej niewolnicy.

A że pieniądze każdemu potrafią zamknąć usta, dyskusja na tym się kończy. Przebojowy i sprytny Beduin, znów ubrany w czarną kurtę, arafatkę i byle jakie dżinsy, oraz jego nowa rodzina wsiadają do zdezelowanego samochodu i odjeżdżają nierównym kamienistym traktem, nie oglądając się za siebie. Nikt za Haszimem nie będzie tęsknił, a jedynie drżące serce starej matki podpowiada jej, że nigdy już nie zobaczy ukochanego syna.

Dara przed laty była dużym, ponadsiedemdziesięciotysięcznym miastem, stolicą województwa. Tętniła życiem, lecz ataki bombowe wojsk rządowych, naloty Rosjan i terrorystyczne akty samobójcze doprowadziły ją do ruiny. Cywilna ludność żyje sparaliżowana strachem. Kto żyw, kto ma choć trochę rozumu lub pieniędzy, ucieka stąd – pozostają tylko nieliczni szaleńcy, a przybywają jedynie całkiem nieobliczalne jednostki.

Widać, że Haszim był już tutaj, i to niejeden raz. Jedzie jak po sznurku, by na koniec zatrzymać się w pełnej antyasadowskich opozycjonistów dzielnicy Manszija, w lokalu należącym do kumpli Beduina, otwarcie przyznających się do popierania kalifatu i Państwa Islamskiego. Przybyli dostają mały, duszny i brudny pokój z materacem na podłodze, wyszczerbioną umywalką i kranem. Toaleta jest wspólna dla wszystkich mieszkańców na korytarzu.

Marysia, tak jak i matka Haszima, domyśla się, że mężczyzna doskonale wiedział o trwających walkach – i nie tyle szuka drogi ucieczki z Syrii, ile chce dołączyć do dżihadystów. Teraz kobieta żałuje, że pociągnęła za sobą na pewną śmierć nie tylko Basmę, ale i dzieci. Haszim jest perfekcyjnym kłamcą i niezłym aktorem. Kiedy dotarli na miejsce, okazuje się, że jego rana wcale nie jest taka groźna. Sprytny Beduin uciekł od swej rodziny, obowiązków i ciężkiego koczowniczego życia, zabierając ze sobą nową żonę, którą traktuje jak własność. Nawet przez myśl mu nie przeszło, by zapytać, czy jego połowica chce z nim jechać, czy ma zamiar zamieszkać w bombardowanym przez całą dobę mieście. Ona w tym związku nie ma nic do gadania i jej zdanie się nie liczy, a co więcej, żadnego zdania mieć nie powinna.

Już pierwszej nocy każdy z członków familii dostaje swoją rolę i miejsce. Basma ląduje w części pokoju przy zagnojonej umywalce, pełnej karaluchów i innego robactwa, które ciągnie do wody, na małym materacyku z cienką okryjbidą i pięciorgiem dzieci u boku, małżeństwo zaś w drugim, bardziej luksusowym kącie. Odsuwają się od poklejonego taśmą okna, z którego wypadły już prawie wszystkie szyby, a te, które zostały, wiszą na włosku, ostre jak sztylety.

Haszim jest zmęczony, więc tylko dwa razy „zalicza" Marysię, która znosi jego seksualne wybryki ze stoickim spokojem. *Jestem już bliżej, całkiem blisko moich cudownych dzieci*, przekonuje samą siebie, kiedy czuje nabrzmiałe prącie w swym wnętrzu. *Nadia i Adil na pewno są bezpieczni z moją mamą i niedługo będę z nimi. A ty, skurwysynu, wcześniej czy później zdechniesz jak pies. Jak ja cię nienawidzę!*

*

Pomimo fatalnych warunków przybyszy morzy sen, lecz zrywają się nad ranem, obudzeni przez niesamowity huk, dobywający się z zewnątrz zrujnowanej kamienicy. W całym domu panuje chaos – drzwi każdego z pięciu pokoi trzaskają; dzieci, których jest mnóstwo, wyją, a kobiety, zakwefione od stóp do głów, w milczeniu chowają się po kątach i jedynie strzelają na boki swoimi czarnymi przerażonymi oczami.

– Zbieramy się! – Do ich kwatery bezpardonowo wparowuje mężczyzna w kalifackim wojskowym stroju: czarnej kurcie, czarnym turbanie i spodniach moro. – Atak jest tuż obok!

Marysia i Basma też skaczą na nogi, ale okazuje się, że informacja nie jest przeznaczona dla nich. One nie są nic warte, więc mają zostać w domu.

– Jak to? Przecież na głowy lecą bomby! Gdzie jest jakiś schron? – pytają jedna przez drugą.

– Zostajecie tu i koniec! – Tubalnym wojskowym głosem ryczy na nie obcy facet. – Nie będziecie nam dupy zawracać!

– Macie towarzystwo. – Haszim tłumaczy swoim kobietom trochę spokojniej, choć z nerwów trzęsą mu się dłonie, kiedy zapina byle jakie, nieoryginalne dżinsy, z podrabianą marką spodni przyszytą ręcznie z przodu nogawki. – Jest tu pełno innych bab i dzieci. – Z żalem patrzy na swoją piękną żonę, lecz po chwili otrzepuje się z sentymentów i marszczy brwi. – Nie będą przecież bombardować kamienicy z cywilami…

– To czemu wy wiejecie? – pyta Marysia, ale jej słowa odbijają się od pleców męża, który podąża już za kumplami.

– Milcz, babo przeklęta! – Nieznajomy dryblas, obrażony oskarżeniem o dezercję i tchórzostwo, przyskakuje do niej, jakby chciał ją uderzyć, ale hamuje się, spoglądając na Haszima. – My idziemy walczyć!

– Z samolotami? – Kobieta już nie wie, czy ma płakać, czy się śmiać z kłamstwa wypowiadanego prosto w oczy. *Co za tchórzliwe dranie!*, woła w duchu. *Obyście zdechli!*

Dżihadyści biorą nogi za pas, zostawiając swoje żony i dzieci, swoje siostry i matki na pastwę losu. Jako że nie mają żadnego dobytku, uciekają tak jak stali.

– Dziewczyny! *Saidat*[1]! Drogie panie! – Marysia i Basma otrząsnęły się z chwilowego szoku i wybiegają na opustoszały korytarz, lecz wszystkie drzwi prowadzące do pojedynczych mieszkań są już zamknięte.

[1] *Saidat* (arabski) – Panie, kobiety.

Marysia, długo się nie namyślając, naciska klamkę za klamką.

– Zamknęły się w środku na klucz? A może poszły ze swoimi facetami i z całej ferajny tylko nas tutaj zostawili? – Pytanie kieruje nie tyle do Basmy, ile do samej siebie. – Otwierajcie, debilki, albo wywalę zamki! – krzyczy.

Posłuszne syryjskie niewiasty nie wiedzą, czy mogą wyjść z białą płachtą i poddać się atakującym wojskom, czy mają pozostać w domu, do którego ich mężowie mogą wrócić w każdej chwili. Jednakże strach przed ich panami trawi ich serca – wolą siedzieć w ostrzeliwanej, chylącej się ku upadkowi kamienicy. Nie odzywają się, bo nie chcą dołączyć do obcych kobiet, które wydają się im brawurowe i niebezpieczne. Dlatego za wszystkimi drzwiami panuje cisza, podczas gdy na zewnątrz rozpętuje się prawdziwe piekło – huk bomb dosłownie rozsadza bębenki w uszach. Ściany trzaskają, budynek chwieje się w posadach, a z okien wylatuje reszta szyb. Szary tynk sypie się na głowy, zakryte czarną materią. Marysia rozpina abaję, zsuwa przeszkadzający jej nikab i szykuje się do rejterady.

– Uciekamy! – musi wrzeszczeć na całe gardło do stojącej tuż przy niej Basmy, bo hałas jest ogłuszający. – Schowamy się gdzieś dalej od miejsca ataku. Może w jakiejś jamie, norze, wśród ruin, których już nie będą bombardować. A potem spierdalamy! – Uśmiecha się, szczęśliwa, choć sytuacja nie napawa optymizmem.

Kiedy tylko wychodzą za próg, na wszelki wypadek każda szczelnie owija się czarnym płaszczem. Marysia bierze na ręce dwójkę mniejszych dzieci, a pozostałą trójką zajmuje się Basma. Pędzą przed siebie, nie zważając na to, że schody skrzypią i się ruszają, jakby za chwilę miały się zawalić.

Krajobraz na zewnątrz jest iście księżycowy – wokół unosi się pył, w powietrzu snuje się czarny dym z pożarów, które ogarniają teren, pełzając po resztkach ścian i kikutach domów. Droga jest pełna dziur, w których zbiera się brudna, gliniasta woda. Po bokach jezdni, blisko zawalonych budynków, zwisa plątanina kabli, a niektóre z nich leżą też w kałużach, grożąc porażeniem prądem. Co chwilę coś wybucha, lecz nie są to już spadające z nieba pociski, lecz zbiorniki z paliwem lub butle z gazem, których używano we wszystkich kuchniach.

Aż nagle, zupełnie niespodziewanie, wszystko cichnie. Tak jakby cały świat się zatrzymał, uspokoił, zamarł. Marysia i Basma stoją jak wryte i rozglądają się dookoła. Są wolne. Atak z powietrza i lądu je oszczędził. Podciągają abaje i puszczają się biegiem przed siebie. W oddali widzą opancerzony samochód organizacji charytatywnej Caritas. Ktoś w aucie też je zauważa – pojazd staje i otwierają się drzwi. Żołnierz w amerykańskim mundurze macha do nich i nawołuje:

– *Come on*[1]*!* Szybciej!

– Zaczekajcie na nas! Już biegniemy! – odpowiada Marysia z czystym brytyjskim akcentem, na co Basma aż

[1] *Come on* (angielski) – chodź, chodźcie!

szerzej otwiera oczy. *Moja adżnabija*, myśli sobie, dumna ze światowej przyjaciółki.

Marysia rejestruje wszystko, co się dzieje wokół nich. Zdaje sobie sprawę, że najważniejsze są te ostatnie kroki ku wolności, bo właśnie wtedy przeważnie traci się życie. *Trzeba uważać!*, powtarza sobie, nie ciesząc się jeszcze z wyzwolenia. Do samochodu mają kawałek, a bieg z dziećmi nie jest łatwy. Już po chwili Marysię łapie kolka; nie przejmowałaby się tym, gdyby dolegliwość nie ograniczała jej ruchów. Musi się zatrzymać, wziąć parę głębszych oddechów i ucisnąć bolące miejsce. Kiedy tak stoi, dysząc ciężko, z satysfakcją odnotowuje, że dzielnica, która była kryjówką i bazą znienawidzonych fundamentalistów, po ostatnim ataku jest totalnie zrujnowana. Ruiny domów straszą, asfalt na drodze zachował się jedynie we fragmentach, a z rozerwanych rur wypływa woda z fekaliami. Basma brodzi po kostki w glinie, mule i gnoju. Ciężarna ponownie rusza, bo zdaje sobie sprawę, że nie będą na nią czekać godzinami. Nagle coś zwraca jej uwagę i przyciąga wzrok. Do auta jest już całkiem blisko, ale Marysia musi to sprawdzić. Musi ostatni raz się zatrzymać.

– Idźcie do cioci! – Stawia dzieci na ziemi i popycha w kierunku Basmy. – Zaraz do was dołączę.

Maluchy wykrzywiają buzie w podkówkę, ale wiedzą już, że płacz ściąga na nie ból, bicie, więc opanowują się i drepczą do Beduinki.

Przed wejściem do jednej z czynszowych kamienic, gdzie pozostała tylko framuga drzwi i szkielety zbrojeń ścian nośnych, leży konający, poszarpany odłamkami mężczyzna w czarnej kurcie i poplamionych krwią spodniach z logo odzieżowej firmy na lewej nogawce. Marysia zna te spodnie i ich właściciela. Podbiega do niego, oglądając się co chwilę na czekający na nią samochód. Pochyla się nad rannym, który z bólu przerażająco jęczy. To Haszim – albo raczej coś, co z niego pozostało. Kobieta odchyla połę jego czarnej kurty i znajduje na stałym miejscu ostrą jak brzytwa *dżambiję*[1].

– Ty skurwysynu – syczy mu prosto do ucha, na co gwałciciel podnosi powieki. Rozpoznaje ją, a na jego wykrzywionej cierpieniem, obrzydliwej twarzy maluje się nadzieja. – Śmierć to dla ciebie za mało. Poniesiesz karę jeszcze za życia za zamordowanie Hamida, Boba, Safii i zapewne setek innych niewinnych nieszczęśników! Obyś sczezł w piekle i nawet niech ci przez głowę nie przejdzie, że jakimś cudem trafisz do nieba i zerżniesz choćby jedną przepiękną hurysę[2].

Marysia wyrywa zza jego pasa kindżał, rozcina spodnie w kroczu i ostatni raz spoziera na wielki członek Araba, który jest w pełnym wzwodzie, jak to bywa u konających mężczyzn. Z niesmakiem bierze genitalia przez materiał

[1] *Dżambija* (arabski) – zakrzywiony nóż tradycyjnie noszony za pasem – w Jemenie, ale też w innych krajach arabskich.

[2] Hurysa (arabski) – wolna; ta, co ma czarne oczy. Według islamu to wiecznie młode i piękne dziewice w raju, kobiety idealne, mające po 33 lata, duchowo i cieleśnie nieskazitelne, które stanowią jedną z nagród dla zbawionych wiernych. Ich dziewictwo jest odnawialne po każdym stosunku. Każdy muzułmanin w ogrodzie *Dżannah* może mieć do 72 hurys i zależnie od jego woli będą one (lub nie będą) rodzić dzieci.

płaszcza, wbija w jądra swoje połamane, brudne paznokcie, a następnie jednym ruchem odcina przyrodzenie. Jakby tego było mało – na modłę jej kurdyjskich koleżanek, które poznała w Kobane – tym samym kindżałem rozwiera półotwarte w niemym krzyku usta zabójcy, a potem wsadza tam jego klejnoty, upychając je aż po samo gardło.

– Teraz jesteśmy kwita. Chociaż i to nie zwróci życia twoim ofiarom – oświadcza na pożegnanie. – Twoja śmierć nigdy nie wynagrodzi mi mojej straty. Moja nienawiść będzie cię ścigać przez całą wieczność. Bądź przeklęty na wieki!

Pisane mu życie

Hamid po naciśnięciu przycisku SOS w swoim telefonie satelitarnym pada w konwulsjach na ziemię, leżąc ramię w ramię z martwym już przyjacielem Bobem *Amriki*. Pół Syryjczyk, pół Amerykanin był silnym mężczyzną, typowym wojskowym, o mocnej budowie ciała i żelaznym zdrowiu. Widać dostała mu się większa część trucizny, którą stara Beduinka dodała do jedzenia, albo był bardziej głodny i więcej zjadł. Hamid też był wysportowany, sprawny i w pełni sił, ale nigdy nie miał takiej masy jak Bob. Jednak to jego organizm walczy z jadem – nie chce się poddać i na wszelkie sposoby próbuje wyrzucić z siebie toksynę. Wydobywa się ona z niego poprzez niekontrolowany wypływ wodnistego kału, wymioty, kończące się oddaniem żółci, a następnie pojawieniem się krwawej piany na ustach. Ropa zakleja mu oczy, a śmierdzący mocz brudzi spodnie. Hamid słyszy jedynie szum, przez który przebija się łomot szalonego bicia serca. Puls jest nierówny i wciąż przyspiesza, jakby miał rozsadzić otrutemu pierś, a potem czaszkę. Już po chwili nie można odróżnić jednego uderzenia od drugiego – obie komory kurczą się równocześnie, jakby ze sobą rywalizowały, wysokość pulsu sięga stu dziewięćdziesięciu uderzeń na minutę.

To już za długo trwa, myśli Saudyjczyk. *Telefon nie zadziałał… Nie przyjadą… Nikt nie przyleci na to zadupie, by mnie ratować…* Jego członki się napinają, palce u stóp boleśnie wykrzywiają, a u rąk rozczapierzają jak szpony. Wydaje mu się, że jakieś niewidoczne szczypce wyrywają mu paznokcie, że coś szarpie go za włosy, jakby z zamiarem oskalpowania. Ból całego ciała jest niewyobrażalny. *Dobrze, że cierpię takie katusze, że jeszcze coś czuję, bo to oznacza, że wciąż żyję*, pociesza sam siebie, bo wyszkolono go w ten sposób, by nawet w najbardziej patowej sytuacji dodawał otuchy tak innym, jak i sobie. Jednakże na dłuższą metę przy śmiertelnie zatrutym organizmie to nie pomoże – nie wyleczy choroby i nie zahamuje zniszczeń, które jad czyni w jego organizmie. Wpada w konwulsyjne drgawki. *Już po wszystkim… Nic już nie może mi pomóc, nic mnie nie uratuje… Mojej Miriam też już nie pomogę. Żegnaj, ukochana. Wiem, że jesteś silna…*

– Miriam! – charczy przez spalone trucizną, żółcią i wymiocinami gardło, bo chciałby wykrzyczeć imię kobiety swojego życia na cały świat. – Miriam!

W końcu głowa Hamida opada bezwiednie, a słuch całkiem tępieje. Nie słyszy warkotu silnika helikoptera, którego pilot namierza go za pomocą urządzenia GPS. Czterech wojskowych bacznie obserwuje teren, a ratownicy medyczni szykują się do bezpiecznego skoku. Zanim płozy maszyny opierają się na twardym pustynnym gruncie, oni już wyskakują; z apteczkami i sprzętem biegną do nieprzytomnego, by w ciągu paru sekund zdiagnozować dolegliwość i rozpocząć reanimację.

– Pobierasz krew?

– Już!

– Jaka to toksyna?

– Nieokreślona... Nieznana i niezakwalifikowana. Lokalna. Pochodzenia naturalnego.

– Funkcje życiowe?

– EKG? Podłączaj te cholerne elektrody!

– Migotanie przedsionków! Za chwilę go stracimy!

– Serce zaraz stanie! Dawaj, do cholery! Defibrylacja! Sto! Dwieście! Trzysta! Powtórz!

– Robimy tracheotomię! Nie ma możliwości resuscytacji. Gardło spalone trucizną! Dotleniać go!

– Adrenalina – decyduje lekarz.

– Już brał. Tutaj leży strzykawka. – Technik krytycznie ocenia decyzję medyka, ale ten tylko ostro na niego spoziera i zaciska usta.

– Albo mu pomoże, albo go zabije. – Doktor jest twardym człowiekiem. Będąc wojskowym, już niejedno w swoim życiu widział i musiał podjąć niejedną trudną decyzję. – Jeśli nie zaryzykujemy, odwali nam na pewno. Wykonać! – Już nie prosi, lecz rozkazuje, a jego polecenie zostaje wykonane natychmiast.

Kiedy medycy w końcu stabilizują funkcje życiowe Hamida, przywracają mu w miarę regularne, choć słabe tętno i zdolność samodzielnego oddychania, postanawiają jak najszybciej opuścić to przeklęte miejsce. W międzyczasie wojskowi przeprowadzili rekonesans terenu i odkryli zbiorowe mogiły. Doznali szoku, bo wśród zabitych są kobiety, dzieci, starcy, ale ani jednego mundurowego, ani jednego człowieka z bronią czy jakimkolwiek znakiem świadczącym o tym, że był bojownikiem. Sami cywile.

– Oznaczyć to miejsce w nawigacji. – Dowódca grupy wydaje szybką komendę. – Trzeba będzie tu wrócić i przeprowadzić śledztwo. Możliwe, że ci, którzy otruli naszych towarzyszy, dokonali też tej haniebnej zbrodni ludobójstwa.

– Tak jest! Znajdziemy ich i odpłacimy pięknym za nadobne! – Napalony młody wojak, pod wpływem wstrząsu wywołanego widokiem gnijących ciał, traci kontrolę nad sobą i swoimi słowami. – Wszystkich ich wymordujemy!

– Opanuj się, chłopcze. – Pułkownik poklepuje młokosa po plecach. – Tak rozumując, musielibyśmy uśmiercić ponad połowę tego biednego syryjskiego narodu.

Cała grupa – wraz z otrutym Hamidem i ciałem Boba – opuszcza oazę nowoczesnym amerykańskim helikopterem. Ratownicy skupiają się na Hamidzie – stale kontrolują jego puls i wykonują coraz to nowe badania, a naczelny lekarz nagrywa wnioski z ekspertyzy na dyktafon: „Mamy do czynienia ze wszystkimi trzema typami zatrucia. Jedno z nich, ale wcale nie najgorsze, to neurotropowe, które wpłynęło na system nerwowy pacjenta. Objawy są różnorakie. Na początku był pobudzony nerwowo i dzięki temu zdążył nas wezwać, choć już zapewne czuł śmiertelną truciznę krążącą w żyłach i trzewiach, a także stopniowy paraliż członków. Potem nastąpiły halucynacje. Nasza ekipa zdążyła na sekundę przed palpitacjami i arytmią, które miały miejsce tuż po naszym przybyciu. Rytm serca wynosił sto sześćdziesiąt siedem uderzeń na minutę, a ciśnienie wahało się do stu pięćdziesięciu ośmiu na sto dziesięć. Mamy też do czynienia z zaburzeniem oddychania. Jestem przekonany, że specyfik, który mu podano, spowodował również zatrucie cytotropowe, charakteryzujące się przede wszystkim uszkodzeniem komórek narządów wewnętrznych: wątroby, śledziony, nerek i serca. Obecnie serce pracuje bardzo słabo i ledwo udało nam się je ustabilizować. W próbkach moczu i kału gołym okiem widać ślady krwi, więc jeśli jakimś cudem uda się nam utrzymać go przy życiu, trzeba będzie się skupić na regeneracji jego organów. Z widocznych symptomów i stanu medycznego pacjenta wnioskuję jednak, że zgon może nastąpić w każdej chwili, pomimo że ekipa ratunkowa wykonała wszystkie niezbędne rutynowe czynności i przeprowadziła akcję wzorcowo, zwłaszcza biorąc pod uwagę ciężkie warunki".

Lekarz wyłącza nagrywanie i zamyśla się, patrząc na bladą twarz nieprzytomnego nieszczęśnika, który musi być kimś nieziemsko ważnym, skoro za jego sprawą wysyła się amerykański helikopter z doborową obsadą na tyły wroga, gdzie co chwilę dochodzi do bombardowań. Medyk ma nadzieję, że nie zostanie oskarżony o jakieś niedopatrzenie, gdyż w takiej sytuacji zazwyczaj szuka się kozła ofiarnego. Ponownie uruchamia dyktafon: „Z drugiej strony otruty powinien już nie żyć, więc w tym przypadku naprawdę trudno wyrokować. Najmniej groźnym typem intoksykacji, z którym również mamy tu do czynienia, jest zatrucie dające efekty gastryczne, czyli ostry nieżyt żołądkowo-jelitowy, i podwyższoną temperaturę ciała. Wprawdzie doszło do odwodnienia organizmu i zaburzeń równowagi kwasowo-zasadowej, ale dzięki temu pacjent pozbył się znacznej części toksyn".

Nagrawszy kiepski i nieprofesjonalny materiał, lekarz wzdycha, ponieważ tak ciężkiego przypadku w całej swojej karierze jeszcze nie miał. Postanawia jednak osobiście zająć się tym człowiekiem, bo wydaje mu się niesamowite, że ktoś skażony toksyczną, nieznaną i niesklasyfikowaną, ale zabójczo silną miksturą wciąż żyje. *Coś musi go mocno trzymać na tym świecie. A może ktoś? To pewnie ta Miriam, którą wzywał, gdy wylądowaliśmy.*

– Nie informować mojej rodziny! – Hamid nagle odzyskuje świadomość i chwyta lekarza za rękę. – Nie wracam do Saudi. Leczcie mnie gdziekolwiek, ale nie w Rijadzie.

– Firma zadecyduje. – Przestraszony medyk spogląda ze zdziwieniem w podkrążone oczy Araba.

– Ja zawsze decyduję o sobie sam… – Chory wyraźnie słabnie.

– Może być Dubaj? – podsuwa ambitny, choć tchórzliwy łapiduch, sam bowiem ma podpisany stały kontrakt ze szpitalem w stolicy Emiratów Arabskich, gdzie znajduje się najlepszy wydział toksykologii na świecie – oczywiście wojskowy i oczywiście absolutnie tajny. Założony i otwarty we współpracy pomiędzy Emiratami a Ameryką, funkcjonujący dzięki kooperacji bogactwa z najzdolniejszymi naukowcami, których opłaca się petrodolarami.

– Tak… Dubaj… – zgadza się Saudyjczyk, a później traci przytomność.

Przewiezienie umierającego człowieka, któremu w dodatku próbuje się uratować życie, na trasie wynoszącej ponad dwa tysiące kilometrów i obejmującej niebezpieczne tereny nawet w normalnych warunkach groziłoby mu niechybną śmiercią, zwłaszcza że pomiędzy Damaszkiem a Dubajem już od dłuższego czasu nie ma połączeń lotniczych, a transport lądowy jest niezwykle niebezpieczny i uciążliwy. Jednakże specjalne jednostki wojsk sprzymierzonych w walce z dżihadystami w Syrii mają swoje sposoby. Helikopter dowozi chorego na lotnisko, a tam błyskawicznie zostaje on przetransportowany do samolotu medycznego. Zachowawcze leczenie odtruwające można przeprowadzić w podniebnym szpitalu, na którego pokładzie znajduje się nie tylko najnowsza aparatura, ale i znakomici specjaliści od ratownictwa oraz toksykologii. Można zatem powiedzieć, że Hamid Binladen rozpoczyna swoją kurację już w powietrzu. Dla jak najlepszej opieki do lotów medycznych używane są odrzutowce Bombardier Learjet, Cessna Citation Jet, Bombardier Challenger oraz Beechcraft King Air, na stałe wyposażone w niezbędne specjalistyczne urządzenia – są tu Lifeport Intensive Care Unit wraz z materacem próżniowym i systemem załadunku pacjenta, zbiornik tlenu o pojemności sześciu tysięcy litrów, wielofunkcyjny przenośny kardiomonitor do pomiaru EKG, temperatury ciała, ciśnienia tętniczego i saturacji, kompaktowy defibrylator i przenośny respirator do intensywnej terapii oddechowej, a nawet urządzenie do analizy gazometrii, elektrolitów i metabolitów. O telefonie satelitarnym do komunikacji z całym światem nie ma co wspominać, bo w tych czasach to już standard. Takie latające oddziały intensywnej terapii zapewniają szybki i bezpieczny transport medyczny – zarówno w dzień, jak i w nocy.

Hamid nie wie, gdzie się znajduje ani co się z nim dzieje. Nadal jest nieprzytomny, choć doskonale reaguje na zastosowane mocne antidotum i regeneruje się w błyskawicznym tempie. Jednak trucizna dokonała szerokich spustoszeń w jego organizmie i choć ękipa ratunkowa już wie, że pacjent przeżyje, to wszyscy doskonale zdają sobie sprawę, że jego zdrowie i kondycja fizyczna zostały dotkliwie nadszarpnięte. Nikt nie może teraz zawyrokować, czy rehabilitacja pozwoli usunąć wszystkie skutki zabójczych toksyn, choć wszyscy są dobrej myśli.

Klinika toksykologiczna w Dubaju daje choremu duże szanse powrotu do zdrowia, bo zapewnia najlepsze medykamenty, sprzęt i międzynarodowy doborowy zespół medyczny.

– Drogi panie, musi pan współpracować, bo inaczej nic z tego nie będzie. – Lekarz załamuje ręce, bo zupełnie inaczej oceniał Hamida i uważał go za twardego faceta. – Bez chęci z pana strony nie jesteśmy w stanie pomóc! – Podnosi głos, ale błyskawicznie się opanowuje. – Tak świetnie nam szło na początku, tak genialnie reaguje pan na leki, a teraz co? Farmakologia zrobiła swoje, ale na tym koniec.

Hamid patrzy na niego pustym wzrokiem, co doprowadza medyka do szewskiej pasji. Chciałby nim potrząsnąć, wybudzić go z marazmu, ale zdaje sobie sprawę, że nie może sobie na to pozwolić.

– Musimy zmienić metody leczenia, by można było zakończyć terapię z pełnym sukcesem, na co początkowo się zanosiło. – Doktor mówi z coraz większym zaangażowaniem. – Do fizjoterapii dołączymy psychoterapię psychodynamiczną – podejmuje decyzję, tak jakby Binladen był już ubezwłasnowolniony. – Nie sądzę bowiem, żeby dał pan się skusić na psychoanalizę. Milczy pan tak uparcie, że to nie miałoby sensu. Psychoterapia wglądowa również odpada, bo pan nie patrzy, choć ma otwarte oczy. Nie chce pan widzieć otaczającego świata, ot co! Nie ma pan przyjaciół, odciął się od rodziny… – Lekarz drapie się po głowie, bo widzi, że jego słowa zupełnie nie działają na obojętnego pacjenta. W końcu bierze głęboki oddech, bo ma zamiar oznajmić Hamidowi najważniejsze: – W sugerowanej przeze mnie psychoterapii psychodynamicznej stosowane są dodatkowe środki w postaci hospitalizacji, a w szpitalu już pan jest, choć jeszcze nie w wariatkowie… – zawiesza głos i uśmiecha się, jakby chciał rozbawić pacjenta – …oraz psychofarmakoterapii, którą w pana przypadku będę zalecał.

– Człowieku! – Hamid siada gwałtownie i twardo patrzy w oczy nachalnego doktorka. – Odpierdol się pan, dobrze?

– Kochany! Jak się cieszę, że w końcu nawiązujemy kontakt! – Lekarz nie kryje entuzjazmu. – Celem tych wszystkich terapii jest odzyskanie wcześniejszej równowagi, redukcja lęku i strachu, pomoc w przystosowaniu się do niekorzystnych sytuacji, niemożliwych do zmiany. Co się stało, to się nie odstanie. – Z radości medyk nie zauważa niebezpiecznych błysków w oku chorego, więc nie zdaje sobie sprawy, że powinien natychmiast zamilknąć, a może nawet opuścić salę. – Warunkiem do podjęcia kuracji są minimalne zdolności do wejścia w związek, a ja już takie u pana widzę. – Przykleja do ust sztuczny uśmiech.

– *Uskut*[1]*!* – charczy chory.

– Co? Co mówisz?

– Zamknij ryj! Jeśli chcesz jeszcze trochę pożyć, zamknij się!

Hamid Binladen, który od ponad trzech miesięcy nie wypowiedział takiej długiej sekwencji, zmęczony pada na poduszki. Jego twarz z krwistoczerwonej staje się fioletowa, by po chwili niebezpiecznie zblednąć. Lekarz z przerażeniem patrzy na efekt swojej głupiej paplaniny.

– Zespół reanimacyjny! Szybko! – wrzeszczy, zaniepokojony reakcją chorego, który przeżył najgorsze, a teraz umrze na zawał serca, wylew krwi lub udar, spowodowany niefachową i nieudolną opieką lekarską.

[1] *Uskut* (arabski) – Cicho, cisza, zamknij się.

– Witaj, kolego po fachu. – Hamid słyszy zachrypnięty kobiecy głos. Gdy do tego czuje zapach papierosów pomieszany z arabskimi mocnymi perfumami, od razu wie, z kim ma do czynienia. – Jak się masz?

– Co ty tu robisz? – Ledwo unosi powieki, bo po ostatnich przejściach ma światłowstręt, który powoduje, że zalewa się łzami i kręci mu się w głowie.

– Jak to? Jestem u siebie w domu – śmieje się Emiratka, a potem szybko zasłania zasłony, gasi jarzeniówki na suficie i włącza nocną lampkę, dającą tylko delikatny blask. – Musiałam w końcu odwiedzić starego kumpla. – Bezpardonowo poprawia Hamidowi poduszki i reguluje automatyczne szpitalne łóżko do pozycji półsiedzącej.

– Wyciągnęli cię z Syrii. Udało ci się! – Saudyjczyk z jednej strony się cieszy, ale z drugiej serce go boli, że nie wszyscy mieli tyle szczęścia.

– Tak, wróciłam na stare śmieci, ale nie sama. Przywiozłam ze sobą Walida, tego Beduina z Ain Issy, który ukrywał mnie jako swoją żonę, bo nikt się nie połapał, że ona już dawno nie żyje. Takie wojenne, paskudne czasy. Znalazłam szczęście na pustyni, choć zawsze przeklinałam takie miejsca. Nigdy nie wiadomo, co komu pisane.

– Tak, mnie niestety nie była pisana śmierć... – Mężczyzna przyznaje się do swoich depresyjnych myśli.

– Tobie, facet, pisane jest życie, bo jesteś twardzielem nie z tej ziemi. – Aruba postanawia postawić przyjaciela na nogi. Może tego dokonać prędzej niż obcy lekarz, bo wiążą ją z chorym ciepłe stosunki i Hamid ma do niej pełne zaufanie. – Tacy ludzie jak ty rodzą się na kamieniu i tak łatwo się nie poddają. Popatrz na swoich przodków: silni saudyjscy Beduini, koczownicy zdobywcy, którzy stworzyli królestwo, może nie idealne, ale aktualnie największe, najbogatsze i najbardziej stabilne na całym Bliskim Wschodzie. Tacy Bedu! Urodzeni na piachach pustyni, pod palmą w oazie… A twoja matka? – Koleżanka chce odświeżyć historię rodziny zbolałego człowieka, żeby uświadomić mu, że walkę z przeciwnościami losu ma we krwi. – Z jakiej familii pochodziła? Z fundamentalistycznego plemienia Al-Houti, które rujnuje piękny Jemen od tylu lat! Z ortodoksyjnej rodziny! A jednak skończyła studia, ruszyła w szeroki świat i żyła po swojemu. A twój ojciec? A Binladenowie? Jednemu Osamie w głowie się pomieszało, ale cała reszta to fantastyczni ludzie, a ty im przewodziłeś, byłeś liderem, głową całej rodziny.

– No i co z tego, Arubo? – pyta Hamid słabym głosem. – Jakie to ma teraz znaczenie?

– Ogromne! Taki gość nie powinien się poddawać melancholii i wylegiwać w tej umieralni, bo jak jeszcze raz jakiś debilny patałach tak cię zdenerwuje jak ostatnio, to w kwiecie wieku odwalisz na głupi zawał serca, choć wymigiwałeś się kostusze przy poważniejszych sprawach. Głupio by było, nie uważasz?

– Mam to gdzieś.

– Ktoś tam, na górze, zadecydował, że jeszcze nie twój czas, nie twoja kolej. Widocznie ma wobec ciebie jakieś inne plany, zapewne poważne…

– *Wallahi*, co ty bzdurzysz, kobieto? – Hamid wie, że nie powinien się irytować, bo zaraz szumi mu w głowie i piszczy w uszach, lecz już całkiem stracił zdolność panowania nad sobą. Albo jest pogrążony w totalnej apatii, albo opanowuje go furia.

– Właśnie! *Wallahi*, a raczej *sza'a Allah*! – Aruba puka go palcem wskazującym w klatkę piersiową. – Wszystko będzie tak, jak Bóg da. On chce, żebyś żył. Ale żebyś żył, a nie tylko wegetował jak warzywo, twoja ukochana połowica musi być przy tobie i tak się stanie. Ufam całym sercem, że Miriam żyje. Na pewno jest jakaś nadzieja i ty też powinieneś ją mieć. Twoja żona gdzieś na ciebie czeka.

– Widziałem, jak taki jeden z tej bandy pseudo-Beduinów, która nas otruła, facet w czarnej kurcie i turbanie, na nią spozierał. – Po raz pierwszy Hamid rozmawia o bolesnych wydarzeniach. – Zupełnie zaćmiło mi umysł! Byliśmy przestraszeni, zmęczeni i głodni, a ci dranie to wykorzystali. Arabowie, nasi bracia... Skurwysyny jedne! – Znów wybucha, lecz tym razem podniesione ciśnienie stawia go na nogi. Złość czasem jest lekarstwem, a na pewno dobrym antidotum na złamane serce i zranioną duszę, rozmowa z przyjacielem zaś jest nektarem, który potrafi uśmierzyć ból.

– Mam nadzieję, że nie jesteś typowym arabskim samcem? – indaguje Emiratka, bo przeczuwa już, co najbardziej dręczy tego mężczyznę. – Kobieta, którą zgwałcił jakiś zwyrodnialec, nie jest niczemu winna, nie przynosi swojej rodzinie żadnej hańby czy wstydu. To ona jest ofiarą, ona jest pokrzywdzona i to jej trzeba żałować. To nieszczęście, owszem, ale nie poruta. Nie wolno takiej odrzucać wyłącznie dlatego, że jakiś przestępca ją zniewolił – peroruje feministka, a Saudyjczyk tylko niemo wygładza biały pled okrywający jego wychudzone ciało. – To tak, jakby oskarżano niewiastę o to, że jakiś morderca ją zabił. Kiler miałby być niewinny, bo ofiara prowokowała go samym swoim istnieniem do popełnienia zbrodni?!

– Biednej Miriam lepiej byłoby, żeby umarła – głucho oznajmia arabski mąż.

– Chybaś oszalał! Życie to największy dar! Jeśli jest tak, jak się spodziewasz, jeśli ten Beduin ją zniewolił, to jej sytuacja jest tragiczna. Jest przekonana, że umarłeś, więc nie ma żadnej motywacji do przetrwania, mogłaby nawet popełnić samobójstwo. Biorąc jednak pod uwagę jej rodzinne perypetie, należy się spodziewać, że zrobi wszystko, by się uwolnić i połączyć z dziećmi. Pamiętam każde słowo z jej wyznań, kiedy opowiadała mi, jak jej matka była uwięziona na Saharze i przetrwała gehennę, by ostatecznie odzyskać swoje córki. Osobiście liczę na to, że Miriam żyje i do nas powróci. A wtedy powinna nakopać ci do dupy, że gnijesz tu jak jakaś roślina! Jak chwast! Kompost! – Kobieta stosuje terapię szokową, bo jako wojaczka uważa ją za najbardziej skuteczną. – Rusz się i zabierz za jakąś rehabilitację, bo rzygać mi się chce, jak na ciebie patrzę! – Zrywa z Hamida koc i spoziera na jego chude, wykrzywione paraliżem członki. Trucizna nie uszkodziła jednak jednego, który obecnie sterczy w pełnym wzwodzie, rozpychając pasiaste spodnie szpitalnej piżamy. – No! Widzę, że chłop z ciebie jak dąb.

Przyjaciele wybuchają niepohamowanym śmiechem, który rozładowuje nagromadzone napięcie, i przez dłuższą chwilę zarykują się aż do łez. W końcu Arabka, jednak nieco zawstydzona, rzuca pled na niepokornego fallusa i zasłania sobie twarz dłońmi.

– Nie myśl sobie nawet, że nie umiałbym jej przyjąć po takich przejściach. Że miałbym czelność ją o coś oskarżać... – oświadcza już poważnie Hamid. – Lata temu wybaczyłem jej zdradę, bo kocham ją nad życie, lecz czuję, że teraz byłoby to jeszcze gorsze doświadczenie. Tak dla niej, jak i dla mnie. Bez niej jednak nie istnieję, nie funkcjonuję, nie wiem nawet, jak oddychać...

– Dlatego musisz stanąć na te koślawe nogi i zacząć poszukiwania, a nie mazgaić się w łóżku, mój przyjacielu. Cały nasz wydział, a także twoi koledzy z antyterrorystycznych brygad w Saudi udzielą ci wsparcia.

– Kobieto! Syria to teraz ziemia niczyja, a śledzenie na jej terenie jednej zakwefionej kobiety to jak szukanie igły w stogu siana. Nie ma szans!

– Jak trochę się pozbierasz, to pogadamy. Odnalazłeś Miriam w Libii podczas walk w trakcie arabskiej wiosny, a kraj Kaddafiego jest co najmniej pięć razy większy od Syrii. Wszystko jest w rękach Boga, pamiętaj o tym. – Aruba uśmiecha się na odchodnym. – W zdrowym ciele zdrowe cielę. Idź na bieżnię! – żartuje na koniec.

W sercu Hamida pojawia się iskierka nadziei. Pomimo swoich deklaracji nie wie jednak, jak spojrzałby w oczy swej żonie, zapewne wielokrotnie zgwałconej. Jak by miał ją kochać, tulić, całować te same usta, które wylizywał lubieżnik...

– I obetnij tę brodę, bo wyglądasz jak jakiś szalony *mutawwa* lub ortodoksyjny imam – rzuca jeszcze Emiratka, przeczuwając, że Hamid Binladen i tym razem się nie podda.

Hamid na własne żądanie opuszcza klinikę. Doktor, który niemal wyprawił go na tamten świat, w związku ze swoim nieprofesjonalnym zachowaniem stracił intratną posadkę na Bliskim Wschodzie i dostał wilczy bilet. Fizjoterapia, którą rozpoczęto w szpitalu, przyniosła natychmiastowe efekty, ale na pewnym poziomie się zatrzymała, toksyny bowiem trwale uszkodziły nerwy w kończynach otrutego. Najtrudniej rozprostować przykurcze palców lewej ręki i uśmierzyć ból z powodu pojawienia się szpotawych kolan. Po licznych analizach krwi lekarze wysnuli wniosek, że w podanej Hamidowi truciźnie musiały się znajdować ołów i fluorek. Wykrzywiona dłoń nie jest aż takim problemem jak kolana. Poprawę mogłoby przynieść noszenie specjalnych klamer lub gipsowych opatrunków, jednak nie wiadomo, jak zareagowałby na te metody dojrzały człowiek. Hamid nosi specjalne elastyczne opaski, lecz efektów nie widać. Czuje, że dłużej nie da rady tak funkcjonować i że jedynym wyjściem jest operacja, której rezultat przeważnie jest dobry i po zabiegu kończą się ponoć problemy chorego z chodzeniem. Musi tylko psychicznie się do niej przygotować. I w tym względzie znajduje nieodzowne wsparcie u swojej przyjaciółki.

– Fajne masz to mieszkanko. – Aruba z aprobatą kiwa głową. – Tylko trochę małe i skromne jak na milionera.

– Nic więcej mi nie potrzeba. Dwie sypialnie, salon i fitness z basenem na parterze apartamentowca – obecnie to mi wystarczy.

– Mam nadzieję, że wrócisz na swoje włości i kiedyś razem z Walidem zawitamy do waszej rezydencji. Twojej i Miriam. – Celowo wspomina o żonie Saudyjczyka, tak jakby ta wyjechała na wakacje, a nie zaginęła w ogarniętej wojną Syrii.

– Nie sądzę. – Hamid ze smutkiem zwiesza głowę.

– Cóż, tak myślałam! – Aruba ma ostry, nieprzyjemny głos. – Za wysokie progi na nasze chamskie, beduińskie nogi!

– Nie o to chodzi! Wiesz, że nie…

– Nie mam pojęcia, co ci krąży po głowie, i nawet nie mam zamiaru słuchać takiego gadania. Miriam ładnie by cię zrugała za taką gościnność. – Kobieta wciąż powtarza imię jego ukochanej, nie bacząc, że rani serce mężczyzny. – My się do was wbijamy, i to na dłużej! Po tygodniu gość i ryba śmierdzi, ale obiecujemy używać mocnych saudyjskich perfum na bazie drzewa sandałowego. – Śmieje się rubasznie, podążając za kuśtykającym o lasce rekonwalescentem.

– Chyba poddam się operacji, bo poruszam się jak staruszek – wyznaje Hamid, wchodząc do niewielkiej siłowni, przeznaczonej dla mieszkańców apartamentowca. – Nawet ty, pani trenerko, mi nie pomożesz ani nie zniwelujesz bólu.

– Niestety. W twoim przypadku lekarze zalecają zero wysiłku i zero ruchu. Lecz z drugiej strony, jeśli się zastoisz, to potem już z łóżka nie wstaniesz.

– Więc nie ma rady. – Mocno trzymając się poręczy, drżąc z wysiłku, mężczyzna zaczyna poruszać się krok za krokiem. – Trzeba będzie pójść pod nóż – konstatuje, wzdychając ciężko.

Były sportsmen podnosi tempo na bieżni z pół na trzy kilometry, z rozrzewnieniem wspominając czasy, gdy biegał dwanaście, a nawet czternaście kilometrów na godzinę. Może nigdy nie był maratończykiem ani sprinterem, ale regularny wysiłek przychodził mu niezwykle łatwo i dawał wiele radości.

– Trafiliśmy na ślad. – Aruba jest tu zbędna jako instruktor; towarzyszy przyjacielowi jedynie po to, żeby go podbudować i zagrzać do działania.

– Jaki ślad? – pyta Hamid od niechcenia, bo nie jest szczególnie zainteresowany działalnością lokalnego wydziału śledczego.

Emiratka codziennie męczy go rozmową, oczekując żywej reakcji z jego strony, i nie przejmuje się tym, że aktualnie niewiele go obchodzi.

– Ślad Darii. Przez czysty przypadek. – Milknie, czekając na lawinę pytań. Ale nie słyszy ani jednego, więc kontynuuje: – Miałam ją na wyciągnięcie ręki i znów mi zwiała. Siedziała naprzeciwko mnie w komisariacie, gdzie się zaczepiłam niedługo po przyjeździe z Syrii. Miałam już dość terrorystów i innych oszołomów i przyrzekłam sobie nigdy nie wracać do tamtej roboty. Może dlatego miałam taki osłabiony refleks i zupełnie nie skojarzyłam tej wyfiokowanej laluni z uciemiężoną kobietą w czerni. – Hamid nadal milczy, a w Arubie powoli gotuje się arabska krew. – Człowieku! Obudź się, bo zaraz cię zrzucę z tej bieżni! – wykrzykuje, ciesząc się, że nikogo nie ma w siłowni, bo ma ochotę na karczemną awanturę. – Ryzykowaliście z Miriam życie, ja straciłam męża, a teraz masz to wszystko w dupie?! Hej! Co się z tobą dzieje?!

– Tak! Mam to w dupie! Głęboko w dupie! – Hamid gwałtownie zatrzymuje taśmę i rozwścieczony patrzy Arubie w oczy. – Przez tę cholerną gówniarę tylu ludzi ucierpiało i nadal cierpi. A ona prawdopodobnie odnalazła swoje przeznaczenie w tym pieprzonym kalifacie i zakochana w mordercy, współdziała z nim ramię w ramię.

– Czy ty w ogóle słyszysz, co do ciebie mówię? – Funkcjonariuszka, która ma na koncie również kursy psychologii, cieszy się, że w końcu przebiła się przez mur obojętności i udało się jej wyprowadzić Hamida z równowagi. Ma nadzieję, że mężczyzna powróci do żywych także duchem. W swym zacietrzewieniu zapomina jednak, że poprzednia próba w wykonaniu lekarza zakończyła się dla chorego atakiem serca. – Mówię, że Daria została zatrzymana i przywieziona do mnie na komisariat! Do mnie! Tutaj! W Dubaju! *Hello!*

– No i co z tego? – Saudyjczyk płytko łapie oddech i na miękkich, szpotawych kolanach usiłuje zejść z bieżni.

Aruba podaje mu umięśnione ramię, a on przyjmuje je niechętnie. Razem przechodzą do części wypoczynkowej, gdzie rozsiadają się w wygodnych fotelach. Zaniepokojona przyjaciółka dopiero teraz patrzy w pobladłą, zroszoną potem twarz schorowanego mężczyzny i szybko serwuje mu lodowatą wodę.

– Powiedz mi, co to zmieni? – pyta w końcu Saudyjczyk. – Czy Daria jest w Syrii, w Dubaju czy w Honolulu? Zwróci to życie naszym bliskim? Zwróci mi żonę?

– Wiesz, jak jest w dochodzeniówce. Różne, czasem nieprawdopodobnie odległe fakty i zdarzenia lubią się ze sobą stykać, splatać. Są tysiące nieprzewidywalnych zbiegów okoliczności. Życie jest diabelsko pokręcone. Teraz mamy Miriam w Syrii, a Darin poza kalifatem. Taki paradoks!

– Nazwałbym to chamstwem albo perfidią losu – stwierdza Hamid z ciężkim sercem.

– Cały czas napotykamy echa działalności pseudo-Państwa Islamskiego, lecz aktualnie ta zaraza zaczyna się roznosić na cały świat. Ci najlepsi, najsprytniejsi i najinteligentniejsi wycofują się z gry; będą próbowali gdzieś przeczekać, zaszyć się, zmienić twarz, strój, zwyczaje. Wiesz, jakim znakomitym kameleonem był *dżihadi* John, a wybrał sobie kobietę, która mu dorównuje. Miejmy tylko nadzieję, że nie skrzywił jej psychicznie i nie wciągnął w swoją morderczą działalność, tak jak sugerujesz.

– Czemu jej nie zatrzymałaś i nie obiłaś po pysku? – bezceremonialnie pyta Hamid, jednak już trochę zainteresowany opowieścią. – Nagle taka dobra z ciebie ciocia?

– Człowieku, sam byś jej nie poznał! Musiała zrobić sobie jakąś plastykę twarzy albo permanentny makijaż, może jedno i drugie, a cycki to już na pewno. Takie bufory miała! – Zazdrosna Aruba komicznie wyciąga ręce przed siebie.

– Z powodu cycków jej nie poznałaś? – Saudyjczyk uśmiecha się kpiarsko, na chwilę zapominając o swoim cierpieniu.

– Markowe ciuchy z najwyższej półki, cycki, wyzywający makijaż, buciory od Hermèsa na wysokim obcasie, torebka z kolekcji Prady… – Emiratka wylicza do utraty tchu, bo zmysł obserwacyjny ma nieźle rozwinięty i mogłaby opisać Darię od stóp do głów.

– Ależ z ciebie baba! – Hamid śmieje się z niej w żywe oczy. – Jakby to była jakaś szara gąska, w życiu byś jej nie zapamiętała, ale że Hermès i Prada… A w jakim kolorze? – chichocze, a serce Aruby rośnie, że przyjaciel znów zachowuje się tak jak kiedyś.

– Czerwone, do cholery! Ale już nie gadaj bzdur! Naprawdę! Żadna durna baba ze mnie, ale nie zaskoczyłam, nie skojarzyłam… Nie zajarzyłam, do cholery jasnej. Ech! Spóźniłam się może o pięć minut. Jednakże zdjęliśmy odciski ze szklanki, a z natapirowanej łepetyny skubnęłam jej jeden utleniony na blond włosek. Ślina też poszła do analizy. I wszystko się zgadza. To DNA Darii Nowickiej. Ha!

– No i co ci z tego, skoro rozmyła się we mgle?

– *Dżihadi* John nieźle ją wyszkolił, ale ja w tej branży robię od lat. Po nitce do kłębka…

– Znaleźliście ich? – Hamid prostuje się jak struna.

– Opowiem po kolei, jak było. Pozwolisz?

– Mówże wreszcie!

– Złapaliśmy ją, bo rozpustnie się prowadziła z naszymi emirackimi samcami...

– Arabska, zakwefiona żona?

– Właśnie! Wywalili ją z auta prosto pod koła naszego radiowozu. Ma teraz irlandzki paszport i jest żoną Irlandczyka, pracującego w Katarze. Nazywa się Darina O'Sullivan.

– Nadal ma sentyment do swojego imienia...

– I chyba tylko tyle łączy ją z poprzednim, normalnym życiem. Nie wiedzieliśmy, jak się tu dostała, bo nie było jej na liście pasażerów żadnego rejsowego samolotu. Ale mamy swoje źródła informacji. Przyleciała prywatnym odrzutowcem księcia, zresztą twojego rodaka, Anwara al-Sauda.

– Jasna cholera! To jest dziwny człowiek, zawsze trudno mi było go rozgryźć. Ale po jego przejściach w młodzieńczych latach w Londynie byłem przekonany, że już nie chodzi na panienki. – As saudyjskiego wywiadu wie wszystko o grzeszkach krajanów. – Niby działa teraz ręka w rękę z nami, ale nigdy mu nie ufałem.

– Ja też nie wiem, co sądzić o tym człowieku, ale jedno jest pewne: prowadzi bardzo niebezpieczną grę i w końcu zabiją go albo jedni, albo drudzy. Ale to już jego problem. Wracając do meritum... Po gościnnych występach w Dubaju z księciem, a także z niedoszłymi gwałcicielami, Daria wróciła do domciu w Dosze, lecąc dokoła stoła, czyli przez pół Bliskiego Wschodu. Szkoła *dżihadiego* Johna, co? Namierzyliśmy jej irlandzkiego męża całkiem sprawnie. Jaki nieciekawy wymoczek z tego pana Seana

O'Sullivana! Genialny chirurg plastyczny dokonał cudów. Nie poznałbyś skurwysyna!

– Wiem coś o tym lekarzu! – przerywa jej zbulwersowany Hamid. – Wystawił nam Jasema w Damaszku. Niestety, nie dojechaliśmy tam... – Znów wraca do tragicznych wspomnień i widzi wykrzywioną od bólu twarz żony, którą trawiła trucizna podana przez Beduinów.

– Pan złota rączka spisał się na medal. Mógł usunąć lub zatuszować wszystkie cechy charakterystyczne z wyjątkiem jednej. Kojarzysz z Rakki Syryjczyka Mustafę Szukriego?

– Nie... – Hamid starał się wymazać z pamięci okres pobytu w kalifacie, więc ciężko mu przychodzi przypomnienie sobie szczegółów. – Opowiadasz jak Szeherezada[1]! – Wścieka się, bo chciałby wreszcie się dowiedzieć, czy jego największy wróg i przyczyna wszelkich nieszczęść, *dżihadi* John, jest już za kratkami. – Ona dzięki gadulstwu i wodolejstwu uniknęła śmierci, ale ja za chwilę uduszę cię gołymi rękami!

– Rakka, szpital miejski, chirurg... Ponoć się poznaliście. – Niezrażona Aruba w kwiecisty, typowo arabski sposób przedstawia przebieg śledztwa.

– Dobra, już kojarzę. To wujek Darin i Miriam, mąż ich ciotki, Samiry Salimi. – Hamidowi powoli rozjaśnia się w głowie.

– Dokładnie. Nie jest z tobą aż tak źle, kolego. – Przyjaciółka poklepuje go po sparaliżowanej dłoni. – Więc ten

[1] Szeherezada – główna bohaterka *Księgi tysiąca i jednej nocy*; uniknęła śmierci z rąk męża, sułtana Szahrijara, opowiadając mu baśnie przez 1001 nocy.

człowiek jako jedyny nie dał się oszukać. Chirurg nie rozpozna pacjenta po twarzy, ale blizny pooperacyjne powiedzą mu wszystko. A ten medyk uratował zbrodniarzowi życie, i to dwukrotnie. Każde pociągnięcie skalpela, każdy szew to jego podpis. Kiedy tylko zobaczył brzuch rzezimieszka, od razu się zorientował, z kim ma do czynienia. Niestety, zadzwonił do służb specjalnych, a ponoć też do ciebie, dopiero po wykonaniu zabiegu wycięcia wyrostka robaczkowego. Po raz kolejny uratował jego zafajdaną egzystencję. Powinien był skontaktować się z nami od razu, ale taka natura eskulapa. – Aruba wzdycha ciężko, a potem pyta: – A tak w ogóle masz swój telefon? Widziałeś połączenie od Mustafy?

– Nie. Zabrali mi go moi truciciele w Syrii. – Hamid znów pochmurnieje.

– Wyrobiliśmy ci duplikat karty SIM, tak że już masz.

– Nieważne. Mów dalej!

– Prowadziliśmy nasze śledztwo równocześnie na wielu frontach. Znaleźliśmy korporację, która zatrudniła *dżihadiego* Johna vel Seana O'Sullivana, i tam dowiedzieliśmy się, że biedaczysko podupadł na zdrowiu i wylądował w renomowanej klinice. Dwie potwierdzające się informacje wpłynęły do nas niemal jednocześnie. Dostaliśmy też adres zamieszkania O'Sullivanów, numery ich telefonów komórkowych, a nawet numer rachunku bankowego.

– Więc schwytaliście go?! – Hamid jest już u kresu cierpliwości.

– Nie. – Aruba zwiesza głowę. – Teraz mamy do czynienia nie tylko ze sprytnym dżihadystą. Teraz mamy już duet: śmiertelnie niebezpiecznego faceta i przebiegłą babę.

– Czyli tak jak mówiłem.

– Niestety. Żona zabrała go, a w zasadzie porwała z oddziału intensywnej terapii. Wyobrażasz to sobie? Byliśmy w ich rezydencji. Pusta. Ani śladu po naszych zbiegach. Zabrano tylko parę rzeczy, ale te najważniejsze zniknęły, bo sejf był pusty. Pięknie ci dranie mieszkali… Zwykłego człowieka szlag może trafić!

– Zazdrość to bardzo brzydka cecha. – Saudyjczyk dziwi się jej reakcji.

– Nie zazdroszczę, ale kiedy taki zbrodniarz jak John opływa w bogactwa, to scyzoryk w kieszeni mi się otwiera. A jeszcze bardziej jestem wściekła, gdy wspomnę, jak w swoim pseudo-Państwie Islamskim te kalifackie oszołomy propagowały ubóstwo i skromność.

– Te bzdury były głoszone dla motłochu. Ich nie obowiązywały.

– Właśnie. Przecież wiem. – Ciężko wzdycha, bo nadal nie mieści jej się w głowie taka obłuda. – Tak więc wszystko pięknie, ładnie, śledztwo szło jak burza…

– Ale znów wam zwiał. – Hamid wchodzi Arubie w słowo. – *Wallahi!* I po co ta cała gadka? Po co dawałaś mi nadzieję, że nasze poświęcenie miało sens? Że nie poszło na marne?

– Bo nie poszło! *Dżihadi* John ma w brzuchu pięć tytanowych klamer, które jakiś lekarz będzie musiał usunąć. Sam sobie ich nie wyrwie. Kataru nie opuścili, bo nie nadawał się do dalekiego transportu, a jakby wynajęli samolot medyczny, taki, jakim ty do nas przyleciałeś, już byśmy o tym wiedzieli. Mustafa Szukri jest w kontakcie z kolegium lekarskim w Katarze i teraz każdy łapiduch, nawet z najmniejszego ośrodka na prowincji, będzie wiedział, co ma robić, jak tylko ujrzy tę niebezpieczną parę.

– Co ty gadasz, kobieto? Jeśli mieliście ich w zasięgu ręki, a Darin nawet siedziała z tobą nos w nos, i ich nie schwytaliście, to już nigdy ich nie dopadniecie.

– Nie bądź takim pesymistą.

– Ja do waszej zabawy w kotka i myszkę ponownie nie dołączę. Jestem wrakiem człowieka, a moja żona… nie wiadomo nawet, czy jeszcze żyje. Wybacz…

– Ależ Hamid! Trochę wiary!

– Ja już nie mam wiary. Przez chwilę, cholernie długą chwilę, fajnie się ciebie słuchało, ale powiedz, co mnie obchodzi los tych ludzi? Teraz oni są zwierzyną, a wy myśliwymi. Ma mi to dać jakąś satysfakcję? Nie, nic nie zwróci mi szczęścia. Nie mam nawet odwagi stanąć twarzą w twarz z Dorotą, matką Miriam, i z moimi dziećmi. Co im powiem? Jak się wytłumaczę? Nie ochroniłem waszej córki i matki, zostawiłem ją w łapskach dżihadystów na pewne zniewolenie i niechybną śmierć. Ale ja żyję, to przynajmniej macie tatusia i zięcia – kpi, jednak na jego twarzy maluje się głęboka rozpacz. – Dorota wydrapie mi oczy, a dzieci mnie znienawidzą. Lepiej żeby wszyscy myśleli, że oboje zginęliśmy.

– To nie jest dobra recepta na życie.

– Ale jedyna. Poza tym ja już nie żyję. Moje serce umarło, gdy rozdzielono mnie z ukochaną żoną. – W głosie mężczyzny wzbiera szloch, a przyjaciółce, która znała go jako wyjątkowego twardziela, serce się kraje.

– Ja ją dla ciebie odnajdę. – Aruba, która zna taką ogromną miłość i doświadczyła na własnej skórze cierpienia po stracie ukochanej osoby, nie rzuca słów na wiatr. – Obiecuję, że poruszę niebo i ziemię, żeby Miriam do ciebie wróciła. Bo że żyje, jestem przekonana. To twarda kobieta, ona nigdy się nie podda.

Obóz dla uchodźców

Samochód Caritasu bez żadnych problemów przekracza granicę syryjsko-jordańską i zawozi kobiety i dzieci zgarnięte z ulicy w Darze prosto do obozu dla uchodźców Zaatari, znajdującego się w Jordanii, zaledwie dziewięćdziesiąt kilometrów od granicy.

– Przepraszam pana. – Marysia, która ma już odsłoniętą twarz i rozpiętą abaję, uprzejmie zagaja mundurowego. Funkcjonariusz jest ubrany tak, jakby każdy uchodźca był *szahidem* i zaraz miał się wysadzić – na mundur nałożył kamizelkę kuloodporną, ma też hełm korkowy oraz gumowe ochraniacze: na kark, dolną część twarzy i genitalia. – Chciałabym się dostać do Ammanu, do ambasady.

– Każdy by chciał – odburkuje niegrzecznie. – Ustawi się w kolejce i nie zawraca dupy.

– Nie jestem Syryjką – wypala bez namysłu kobieta. – Mam obywatelstwo polskie i saudyjskie.

Na te słowa nie tylko zagadnięty kieruje na nią zainteresowany wzrok, ale też dwóch innych ochroniarzy lustruje ją od stóp do głów.

– Co takiego? Saudyjskie? To co tu robi? Nie jest uchodźcą, to niech wypierdala! – oburza się wojak, wymownie patrząc na wielką wjazdową bramę, za którą rozpościera się przerażające odludzie.

– Panie, nie wyrzucaj mojej ciotki! – Basma stara się ratować sytuację, bo wie, że ani ona nie poradzi sobie sama z piątką dzieci w obozie, ani Miriam nie przetrwa bez niej na pustyni. – Ona gada głupoty. Toż to żona mojego wuja, Syryjczyka, Haszima, a to ich dzieci – używa ostatecznego argumentu. – Wujka zabili w Darze podczas bombardowania, kiedy wyszedł po chleb, a jej się w głowie pomieszało. Ot co!

– Twoje dzieci? – pyta żołdak już trochę cieplejszym głosem. – Odpowiadaj!

Marysia zaciska usta, bo nie wie, co ma robić. Widać teraz prawda jest gorsza od kłamstwa i wcale jej nie pomoże. Musi poczekać na bardziej dogodną sytuację, ale czy taka kiedykolwiek nastąpi?

– Tak, to moje maluchy – oświadcza w końcu, choć do tej pory nawet nie zna ich imion. – Chodźcie do mnie. – Wyciąga ramiona, a dzieci biegną do niej na złamanie karku, bo pamiętają, że ta pani broniła ich przed nienawiścią strasznych ludzi.

Dostanę się do Ammanu, do jednej z dwóch ambasad, jak tylko pozbędę się balastu, obiecuje sobie, myśląc nie tylko o piątce sierot, ale przede wszystkim o swoim nienarodzonym bękarcie.

– Taka jest procedura i wszyscy musimy się jej trzymać. Jeśli nie jest się obywatelem Jordanii ani turystą z wizą, paszportem i kartami kredytowymi, a na domiar złego przybyło się z Syrii, na terenie tego kraju można przebywać tylko w strefie obozu dla uchodźców. – Mężczyzna o jasnej karnacji, z kilkoma gwiazdkami na pagonach, już całkiem miło tłumaczy przybyłej jak dziecku, bo widzi, że ona nie pasuje do tego zdziczałego tłumu, który zamiast spokojnie stać w kolejce do zarejestrowania, pcha się, krzyczy i wyje jak wściekła zwierzyna. Z pokrzywdzonych, uległych jak baranki banitów w jednej chwili stali się pełnymi roszczeń agresorami. – Więc jeśli pani się nie kwalifikuje, musimy panią odwieźć z powrotem do Syrii. – Nienaumyślnie śmiertelnie ją straszy, a kobiecie aż skóra cierpnie na myśl o powrocie do znienawidzonego kraju. – Jordania chce uniknąć problemów swojego sąsiada. W Libanie bezdomni koczują na ulicach, w opuszczonych czy zrujnowanych budynkach, garażach, plączą się po ulicy, nagabując spokojnych obywateli, a dzieci na dokładkę żebrzą i notorycznie okradają turystów. Totalna samowolka!

– Tak, oczywiście, rozumiem. Dziękuję za wytłumaczenie. – Wie już, że nie ma wyjścia: albo wejdzie do tego paskudnego, ogromnego lagru, albo zostanie deportowana z powrotem.

– Na wszelki wypadek musimy panią poddać szczegółowej kontroli. Proszę ze mną. – Z miłego, do serca przyłóż wojaka nagle wychodzi oschły służbista. Widać starał się tylko osłabić czujność kobiety, która stanowi dla niego potencjalne zagrożenie.

– Ależ my się z ciocią nie rozstajemy! Absolutnie! – Basma skacze w ich kierunku, a oczy strzelają jej na boki, gdyż czuje się jak zwierzątko schwytane w potrzask. – Nie odbierzecie mi braci i sióstr wujecznych, a Miriam jej dzieci! To wbrew wszelkiemu prawu!

– Nie wolno wam rozdzielać rodzin. – Marysia spokojnie wtóruje spanikowanej nastolatce.

– Taka to pani rodzina, jak i moja – odpala zaatakowany z dwóch stron funkcjonariusz. – Niby gdzie podobieństwo?

– A jak mam być podobna do krewniaczki męża? – Pół-Arabka kpi z niego w żywe oczy.

– Te dwie ze mną! – Mężczyzna nie zamierza dłużej dyskutować. – Bez gadania!

Do każdej z kobiet przyskakuje po dwóch funkcjonariuszy bezpieczeństwa, a policjantki obmacują ich bezbronne ciała.

– Ta jest w ciąży – oświadcza Arabka z wredną miną, pokazując na Marysię. – Do aresztu? O co oskarżone?

– Co?! – Basma, zamiast siedzieć cicho, wrzeszczy na całe gardło i wije się jak piskorz w mocnych rękach ochroniarzy. – Za co?! W Syrii o mało nas nie zabili, uciekłyśmy spod gradu kul, żebyście nas uwięzili, dranie? Za co, na Allaha?!

– Pobrać odciski palców, zrobić zdjęcia i wysłać do Interpolu – oświadcza dowódca. – I mieć je na oku.

Nie wiadomo, jak służby miałyby wykonać ostatnie polecenie, obóz w Zaatari bowiem to nie mała wioska, lecz spore, dziewięćdziesięciotysięczne miasto.

– Teraz iść tam. – Inny działacz pokazuje palcem blaszak oblężony przez hurmę ludzi. – To nasze centrum administracyjne.

Marysia, Basma i dzieciaki, zmęczeni do granic, marzą już tylko o tym, by dostać jakiś kąt i rozprostować kości.

– Namiotu nie dostaniecie, bo są tylko dla rodzin. Z założenia miały być dla pięć plus dwa, a teraz zrobiło się dwadzieścia plus plus, czyli ile wlezie – oznajmia urzędas w koszulce z napisem „ONZ".

– To gdzie mamy mieszkać? – Marysia nie może uwierzyć w taką znieczulicę. – Jest nas dwa plus pięć.

– Nie damy wam indywidualnego namiotu ani przyczepy, bo nic wolnego aktualnie nie mamy. Nie wyrzucimy przecież innych na bruk. Poza tym normalna rodzina ma głowę rodziny, *mahrama*, tak? Wy takiego nie macie, więc możecie się spróbować zakwaterować w zbiorowym namiocie dla samotnych kobiet z dziećmi. O ile gdzieś was upchną. Najpierw podać imię i nazwisko.

– Miriam Salimi. – Marysia podaje swoje libijskie dane, bo za żadne skarby nie zamierza używać nazwiska Binladen. Wie, że za to trafiłaby prosto do karceru, podejrzana o działalność terrorystyczną.

– Druga?

– Basma Husni.

– W porządku. – Biurokracie to wystarczy, choć uciekinierki mogłyby mu podać jakiekolwiek imię i nazwisko, a on i tak nie miałby teraz tego jak sprawdzić.

– Miejsce urodzenia?

– Polska.

– Polka? – Nagle wolontariusz przemawia w języku mieszkańców kraju nad Wisłą, choć mocno go kaleczy. – Nie wygląda.

– Pan też – docina mu po polsku Marysia, bo facet ma typowo arabską urodę. – Mój ojciec to Libijczyk – ciągnie spokojnie, nie chcąc wchodzić w żadne utarczki słowne, bo wie, że od humoru takich chłystków zależy teraz życie jej i całej ich gromadki.

– Niezły bajzel. No nic. A mąż Syryjczyk, tak?

– Tak – kłamie jak z nut, choć w sumie jest w tym trochę prawdy.

– A ty, mała, gdzie się urodziłaś?

– Nie wiem. W Syrii.

– Jak to nie wiesz? W Damaszku, Aleppo, Rakce… – Urzędnik wymownie zawiesza głos, bo dla takich jak on wszyscy mieszkańcy stolicy kalifatu to dżihadyści.

Co za prymityw, w Marysi krew się gotuje, ale twarz ma jak maskę, bez cienia emocji.

– Mała jest z rodziny Beduinów, koczowników, więc zapewne urodziła się w jakiejś oazie na pustyni. Ot co – tłumaczy, bo chciałaby mieć już za sobą te formalności.

– Dobra, piszemy: Damaszek. – Mężczyzna z ulgą kończy wypełnianie obowiązkowych wstępnych dokumentów rejestracyjnych nowych uchodźców. – To wasze numery identyfikacyjne oraz vouchery na jedzenie, środki czystości i inne zakupy. Będziecie je robić w wyznaczonych marketach. W prywatnych sklepach kupujecie za własne pieniądze. Macie jakieś?

– Nie.

– Trudno. Jak nie będziecie szaleć, to na podstawowe produkty wam wystarczy. Oto wasze maty, koce… – Dopiero teraz podnosi wzrok na kobiety. – Ty w ciąży, masz kwitek do naszej kliniki. Idź tam, zrób badania, może dadzą ci jakieś witaminy. – Z oficjała wychodzi człowiek, ale nie na długo. – Wiesz, że od początku istnienia tego obozu, czyli przez pięć lat, urodziło się tu ponad pięć tysięcy dzieci? Po cholerę wy się tak rozmnażacie? Jak króliki! Co za nacja!

– Pan nie jest Arabem, że tak traktuje wszystkich parszywych ciapatych, zawszonych Beduinów czy brudnych Berberów?! Bo tak pan o nas myśli, prawda? – Marysia już nie wytrzymuje. – Jak dużą pan ma rodzinę?

– Nie mam już żadnej rodziny. Została zamordowana w Aleppo. Żona, jeden syn i jedna córka. Niewiele, co? – głucho odpowiada mężczyzna, a Marysia natychmiast żałuje swojego wybuchu. Wygląda na to, że aktualnie każdy z przebywających tutaj, czy to uchodźca, policjant, ochroniarz czy wojak, przeżył swoją gehennę.

Zaatari to getto dla szczęściarzy, którzy przeżyli masakrę w Syrii, ale też dla nieszczęśników, dla których nie ma miejsca w normalnym, praworządnym świecie. Takim outsiderom wydziela się skrawki ziemi niczyjej, poza którą nie wolno im wyjść, bo są przez rządy przygarniających ich państw uważani za zarazę, która zrujnowałaby spokój ich dobrodziejów.

Po wielogodzinnej odprawie, wywiadach i wypełnieniu tysiąca papierków grupa nowych uchodźców zabiera swój ekwipunek i wchodzi na główną asfaltową drogę wiodącą do obozu. Mieszczą się przy niej biuro komisarza, budynek policji i wszystkie urzędy, usiłujące zapanować nad nieokrzesaną, wypaczoną przez wojnę ludzką zgrają.

Marysia chciała od razu przystąpić do działania, ale kiedy widzi sytuację w obozie, traci zapał i nadzieję. Tutaj nikogo nie interesuje jej los, nikomu nie może powiedzieć prawdy. Nie wolno jej też opuścić tego miejsca. Zrozpaczona, postanawia zostać tu aż do porodu. Dziecko porzuci albo nawet sprzeda, bo nienawidzi go tak samo jak jego parszywego ojca.

Dwie azylantki nie mogą sobie poradzić – z kocami, trzema matami zwiniętymi w rulon oraz gromadką przerażonych dzieci, które plączą się im pod nogami. Nikt nie zwraca na nie uwagi, nikt nie ma ochoty zaoferować pomocy.

– Co za znieczulica! – wykrzykuje Marysia. – Co się stało z arabską życzliwością, gościnnością, przyjacielskim traktowaniem każdego potrzebującego?

– Ciociu, słyszałaś, że tu jest dziewięćdziesiąt tysięcy potrzebujących… – Młoda jest bardziej zahartowana i doświadczona przez życie niż jej towarzyszka, która dojrzałe lata spędziła wśród wyższych, bogatych sfer.

Od drogi bije żar jak od rozgrzanego pieca, więc schodzą z asfaltu i na chwilę przysiadają pod rachityczną oliwką. Języki przyklejają się im do podniebienia, bo nikt nie dał im nawet butelki wody.

– No tak, masz rację. Każdy walczy o przetrwanie, ale dwóm samotnym kobietom chyba należy się pomoc. – Marysi łamie się głos, bo czuje, że opuszczają ją siły.

– Damy radę! – Basma uśmiecha się z młodzieńczym optymizmem. – Najważniejsze, że wyrwałyśmy się ze szponów mojej rodzinki i że uciekłyśmy z Syrii.

– Nie lubiłaś ich, prawda?

– Oni mnie nienawidzili, a ja odpłacałam im pięknym za nadobne. Brat mojego ojca zgwałcił mnie, jak miałam dwanaście lat, więc sama widzisz, co to za skurwysyny.

– Który? Haszim? – Marysia jest zszokowana.

– Nie, Jusuf. Aż dziw, że później mnie nie zabili, tak jak moją matkę. Widać chcieli na mnie jeszcze zarobić, sprzedając jakiemuś staremu beduińskiemu capowi za stado owiec lub za żarcie. Tyle dla nich było warte moje życie.

– Musisz iść do szkoły. Jesteś nad wyraz mądra i nie możesz się zmarnować.

– Na to liczę. – Basma przytula się do swej wybawicielki. – Ale najpierw to skoczę po jakieś napoje i sznurek, żebyśmy mogły powiązać ten nasz luksusowy dobytek.

Grupka uciekinierek z maluchami, które ze zmęczenia słaniają się już na nogach, w końcu dociera pod wskazany adres, gdzie znajduje się lokum dla samotnych kobiet. Wchodzą do wielkiego jak hangar namiotu i stają jak wryte. Arabki, które już się tu urządziły, pozawieszały po obu stronach hali płachty czy worki po żywności, wydzielając sobie w ten sposób kąt dla marnej egzystencji. Przez środek namiotu biegnie więc „korytarz", okupowany przez rozwrzeszczane dzieciaki; na jego końcu znajdują się śmierdzące kloaki, a także prowizoryczne prysznice i umywalki.

Nowo przybyłe nie wiedzą, gdzie mają rozłożyć swoje rzeczy.

– A wy tu czego? – Gruba podstarzała baba drze się już od progu. – Nie ma miejsca! Szpilki się tu nie wetknie!

– Dostałyśmy przydział – oponuje Marysia.

– To chyba w sraczach się rozlokujecie – podśmiewa się agresorka, a inne lokatorki, słysząc gwar, wynurzają się z nor.

– Można się ścieśnić…

– Nie można! Już bardziej się nie da! – Arabka rusza w ich stronę niczym taran, wypychając je opasłym cielskiem z namiotu.

Żadna kobieta nie oponuje, żadna nie wyciąga pomocnej dłoni.

– Zaraz się zrobi ciemno. Co mamy począć na ulicy? – pyta jeszcze Marysia, ale nie doczekuje się odpowiedzi.

Basma bierze ją za rękę.

– Ciociu, nie martw się. Póki jest lato, nie ma problemu, bo nawet w nocy nie jest tak zimno – pociesza. – My, Beduini, przywykliśmy do takich warunków, ty też jakoś się nauczysz. Zaraz znajdę nam jakieś miejsce. Przykleimy się do kogoś, byleby nam użyczyli trochę wody do mycia. Będzie dobrze.

– Moja ty młoda bohaterko! – Marysia ma oczy pełne łez, bo czuje się zagubiona w tym molochu, pełnym nieprzychylnych, wrogich ludzi. – Ale nie będzie dobrze. Wróćmy do administracji! Niech nam pomogą, do cholery! Przecież nie możemy spać pod gołym niebem. To miejska aglomeracja, a nie odludna, bezpieczna pustynia. Chociaż właśnie na pustyni twoja wspaniała rodzina zamordowała mojego męża i wspaniałego przyjaciela.

– Kochana, tak mi przykro! Dobrze, że mnie wtedy z nimi nie było. Chociaż byłam świadkiem jeszcze gorszych rzeczy. Widziałam, jak pomagali zabijać całą ciężarówkę niewinnych Syryjczyków.

– Widziałaś to?

– Tak. A później tylko słyszałam, bo gdy zaczęłam szaleć, zamknęli mnie w namiocie. – Basma milknie, bo nie chce już rozdrapywać starych ran. – Chodźmy zatem. Dokądkolwiek.

Po przyjęciu kolejnej partii uchodźców i załatwieniu bieżących spraw biura są zamknięte na cztery spusty. Nowicjuszki znów lądują na wyschniętym skwerku pod oliwką. Czują się jak w potrzasku, a dzieci, ciche jak trusie, zaczynają pochlipywać, opierając główki na nogach swoich opiekunek i ściskając poły ich śmierdzących abaj.

– Skoczę kupić chobzę[1] i leben[2], bo zaraz padniemy z głodu. – Basma widzi, że musi wziąć sprawy w swoje silne, beduińskie ręce, bo Marysia już całkiem popadła w apatię.

Już po chwili, siedząc na klepisku, brudnymi palcami zjadają skromną kolację. Słońce błyskawicznie chyli się ku zachodowi i obóz, po którym nawet za dnia bałaby się

[1] *Chobza* (arabski) – chleb, najczęściej w formie paluszków lub bagietki.

[2] *Leben* (arabski) – kwaśne mleko typu maślanka.

spacerować samotna kobieta, wygląda jeszcze bardziej przerażająco.

– Za marketem jest coś w stylu okapu. Dzisiaj chyba tam będziemy się musiały przytulić. – Basma też traci rezon. – Jest tam mały kranik ze szlauchem, więc będzie można trochę się opłukać.

– Słuchaj, dziewczyno! Nie możemy spać na ulicy. Jak jacyś bezdomni… – Przygnębiona Marysia wciąż próbuje kwestionować rzeczywistość.

– Jesteśmy bezdomnymi, ciociu.

– Tak, ale… – Postanawia być szczera, bo wie, że dziewczyna jest dość zaprawiona w boju. – Chciałabym, żebyś wiedziała, jakie ryzyko się z tym wiąże. Mnie albo nic nie zrobią, bo jestem brzemienna, albo ewentualnie poderżną gardło, skracając tym moje cierpienia. Ale ciebie jak nic zgwałcą.

– Nie pierwszy raz. Trudno. – Na chwilę zapada cisza. Gęstniejący mrok okleja czarne abaje kobiet ciężkim całunem. – Jakie mamy wyjście, ciociu? – Basma traci cierpliwość. – Masz jakiś lepszy pomysł? Chcesz spać tutaj? Na tej otwartej przestrzeni jeszcze nas zaatakują dzikie psy! Trzeba mieć przynajmniej jedną ścianę za plecami! – wykrzykuje coraz bardziej histerycznie.

– Przepraszam… Wiem… Masz rację… – kaja się Marysia, próbując odzyskać hart ducha, ale jej gardło zaciskają spazmy. – Chodźmy zatem. – Wstaje i na drżących nogach podąża za swoją młodą przewodniczką.

Pół-Arabka nauczyła się znosić niewygody i już dawno zapomniała o komforcie, który otaczał ją przez ostatnie lata życia – czy to w Saudi, czy w Indonezji. Teraz marzy tylko o tym, by przeżyć tę gehennę i połączyć się z dwójką swoich ukochanych dzieciaczków. Wyrzuca sobie w każdej chwili dnia i nocy, że tak nierozważnie i podle postąpiła, pozostawiając je wprawdzie ze swoją niezawodną i odpowiedzialną rodzicielką, ale to jej we własnych oczach nie usprawiedliwia. *Jak ja mogłam?*, pyta w nieskończoność. *Jak to możliwe? Co za nieczuła, wyrodna matka ze mnie!* Tego, które nosi pod sercem, nie uważa za swoje, nie postrzega nawet jako człowieka, raczej bliżej nieokreślony organizm, który niczym nowotwór zagnieździł się w jej ciele – bez jej woli i zgody, a jedynie za sprawą znienawidzonego mordercy, ciemięzcy i truciciela, który chciał ją pohańbić.

Człowiek to niezniszczalna istota, która przyzwyczai się do każdych warunków i zaakceptuje każdą sytuację, byle przetrwać, byle przeżyć. Marysia podczas swojego exodusu przez Syrię aż do Jordanii odkrywa w sobie taką cechę. Basma już się urodziła z instynktem samozachowawczym; pierwsze parę dni haruje jak wół – na własnych plecach znosi ciężary, by jak najszybciej stworzyć im namiastkę domu na zapleczu marketu, którego właściciele są nielicznymi tu życzliwymi ludźmi. Nie dość, że zgodzili się na balast w postaci kobiet i dzieci, to jeszcze każde z nich – w sekrecie przed drugim – wynosi prywatne drobiazgi, by ulżyć nieszczęśniczkom w ich ciężkiej doli.

– Daj, pomogę ci. – Anwar, syn właścicieli sklepu, który prawdopodobnie jest rówieśnikiem Basmy, zakochał się w dziewczynie od pierwszego wejrzenia, choć patrzy na nią krzywo, odłamek pocisku i pożar zniekształciły bowiem jego twarz w wykrzywioną maskę, w której ocalało tylko jedno oko, ukryte pod zwałem pomarszczonej czerwonobordowej skóry. – Nie bój się mnie – prosi, na co Beduinka daje mu szturchańca, bo wcale nie czuje strachu czy obrzydzenia. Boi się raczej pięknych ludzi o złej duszy.

– Podnieś wyżej ten stelaż, chłopie – instruuje cierpliwego adoratora. – Chyba kiepsko cię starzy żywią, żeś taki słabeusz.

– Ciężkie to jak diabli. Trza poprosić kogoś o pomoc. Ale mnie każdy odmówi. – Oszpecone fizys młodzieńca powleka smutek. – Będą mnie odganiać i szaleć, jakby zobaczyli *dżinna*[1], a dzieciaki to nawet kamieniami obrzucą.

[1] Dżinny – demony i duchy powstałe z czystego ognia, które posiadają nadnaturalną potęgę i są niewidzialne, mogą jednak przyjmować dowolną postać (człowieka, zwierzęcia lub potwora). Utożsamiały one wrogie człowiekowi siły natury. Uważano je za mieszkańców pustyni. Wiara w dżinny stanowiła bardzo istotny składnik religii Arabów w okresie przed przyjęciem przez nich islamu. Jako pozostałość mitologicznych wyobrażeń z przedmuzułmańskiej Arabii pojawiły się także w islamie, gdzie stanowią trzecią kategorię rozumnych istot stworzonych przez Boga (obok aniołów i ludzi). Dżinny w wierzeniach muzułmańskich dzielą się na dobre i złe. Dobre służą Bogu i pomagają ludziom (w szczególności prorokom), złe zaś (ifrity, sile i ghule) szkodzą. Dżinny były bardzo popularne w ludowej tradycji muzułmańskiej. Zgodnie z ludowymi legendami i baśniami człowiek za pomocą zaklęć może sobie w pewnych wypadkach dżinna podporządkować (np. zmusić do spełnienia trzech życzeń), a także uwięzić w lampie lub butelce (*Księga tysiąca i jednej nocy*). Często pełniły w opowieściach funkcję strażników skarbów, były mieszkańcami ruin, miejsc ponurych i opuszczonych.

– Dranie! Miriam, chodźże tu i poradź, co z tym wszystkim zrobić. Czemu tak się izolujesz?

Marysia, kiedy poczuła się w miarę bezpieczna, uznała, że walka się zakończyła. Teraz tylko trzeba cicho siedzieć i czekać, nie przejawiać żadnej aktywności, to może zły los o niej zapomni. Kobieta rozpamiętuje całe swoje życie, ale przeważnie widzi jego ciemne strony, a kiedy wracają szczęśliwe chwile, odpędza wspomnienia, bo tylko potęgują one przeżywanie straty. Kobieta całkiem się wyalienowała i wygląda na to, że nic i nikt nie jest w stanie wybudzić jej z letargu.

– Ciocia! Nie rób nam tego! Potrzebujemy cię! – Basma wydziera się na całe gardło.

– Co niby miałabym zrobić? – Głos Marysi brzmi tak, jakby wydobywał się z głębokiej studni.

– Idź do tego dupka, który nas rejestrował, i zażądaj, żeby dał nam jakieś impregnowane worki po ryżu, mące, cukrze... po czymkolwiek.

– Myślisz, że sama je udźwignę?

– Chyba nie będą pełne, no nie? – ripostuje zdziwiona dziewczyna. – Potrzebujemy dachu nad głową, bo tu lubi polać niezły deszcz, latem pali słońce, a jak przyjdzie *chamsin*[1], to piasek będziemy mieć wszędzie. Nie tylko

[1] *Chamsin, hamsin, samum, gibli* (arabski) – gwałtowny, suchy i gorący południowy wiatr wiejący z pustyni w Afryce Północnej i na Półwyspie Arabskim oraz w ich sąsiedztwie. Występuje najczęściej w okresie od kwietnia do czerwca; wywołuje burze pyłowe i piaskowe. Zazwyczaj są krótkotrwałe, trwają 10–20 minut. Występuje przed nadejściem frontu chłodnego. Niesie bardzo duże ilości piasku i pyłu. W trakcie samumu, chamsinu czy gibli temperatura wzrasta nawet do + 50°C, wilgotność zaś spada do około 10%.

w zębach, ale nawet w tyłku. – Śmieje się kpiarsko, chcąc rozweselić swoją przyszywaną krewniaczkę.

Marysia po raz pierwszy wypuszcza się sama w miasto, choć idzie z duszą na ramieniu. Rozgląda się i podsumowuje, że gdyby nie ogrodzenie zwieńczone drutem kolczastym, straże, wieżyczki i bramy wjazdowe z wojskowymi i policjantami, to Zaatari można by uznać za zwykłe, biedne arabskie miasto.

– Hej, lala! Co tak sama się szlajasz po ulicach? – Już po kilku krokach zaczepia ją grupa nastolatków, którzy tu mogą stanowić zagrożenie, nie wiadomo bowiem, jakie mają doświadczenia i czy czasem nie należeli do szczeniąt kalifatu, którzy mordowali z wielką wprawą i przyjemnością, bo tak zostali wychowani przez agitatorów i szalonych fundamentalistów, którzy wykorzystywali niczego nieświadomych nieletnich biedaków do swoich celów. Zachowują się niegrzecznie, bezczelnie i wręcz agresywnie. – Hej! *How are you*[1]? – Jeden z młokosów wykazuje się znajomością języków obcych, a reszta zaśmiewa się do rozpuku.

Marysia przyspiesza, ale w zaawansowanej ciąży i długiej do ziemi sukni, która plącze się jej między nogami, nigdy nie będzie szybsza od piętnastolatków w szarawarach i klapkach. Zawadza jej potężny brzuch i obfite, nabrzmiałe piersi, które falują przy każdym kroku. Zamiast zostać na głównej ulicy, nierozsądnie skręca w boczną ścieżkę, licząc na to, że tędy szybciej dostanie się do biura. Ta droga nie jest już

[1] *How are you?* (angielski) – Jak się masz?

asfaltowa, lecz utwardzana szutrowa, a po obu jej stronach stoją biedniejsze kwatery mieszkalne niż przy centralnej arterii. Blaszane kontenery, zaadaptowane na potrzeby ludzkich sadyb, nie mają wyciętych okien, jedynie odrzwia, w których siedzą dzieci i starcy. Budy przeplatają się z namiotami lub prowizorycznymi pałatkami, które mają dawać schronienie. Marysia rzuca na boki spanikowanym wzrokiem, lecz nikt nie wyciąga do niej pomocnej dłoni. Wszyscy, nawet małe dzieciaki, obracają się plecami, udając, że nie widzą niespodziewanego gościa.

Gdzie wasza cholerna życzliwość, cudowni bracia w Allahu? Kiedy trafił ją szlag?, zastanawia się kobieta, ledwo już dysząc, bo paru dożartych młokosów nadal za nią podąża. Oni idą szybkim marszem, a uciekinierka musi biec, żeby jej nie dogonili.

– *Hi, baby! Give me the kiss*[1]*!* – Erudyta znów zagaduje, jakby nie docierało do niego, że nagabuje nie cudzoziemkę, *adżnabiję*, niewierną, ale Arabkę – muzułmankę, co przecież dla wyznawców islamu stanowi wielki grzech.

Po chwili młodym nudzi się spacer i w stronę Marysi pada pierwszy kamień. Kobieta czuje ból w plecach, ale przede wszystkim strach ściska ją za gardło. *Co robić? Co mam zrobić? Krzyczeć? Wołać o pomoc?*, zastanawia się, lecz gdy kolejna stara kobiecina na jej widok błyskawicznie znika w budynku, postanawia nie zawracać sobie głowy wrzaskami, bo wie, że nic jej nie dadzą, a jedynie zmęczą i osłabią.

1 *Hi, baby! Give me a kiss* (angielski) – Hej, dziecinko! Daj buziaka!

– Chodź no tu, ofiaro. – Nieoczekiwanie czuje na ramieniu mocny uścisk, a tuż przy uchu słyszy wściekły kobiecy głos: – Właź do środka! A wy wynocha stąd! Ale już! – Nieznajoma wykrzykuje w stronę napastników, na co w jej kierunku leci grad kamieni, najbardziej popularna broń w tej części świata.

– *Szukran dżazilan*. – Marysia ledwo stoi na trzęsących się nogach pod grubą płachtą zielonego wojskowego namiotu. – Co ja im zrobiłam? Co ze mną nie tak? – pyta szeptem, łykając łzy, i spogląda na swoją wybawicielkę.

Kobieta okazuje się całkiem ładną Arabką w średnim wieku, umalowaną jak na bal, z wyfiokowanymi, lecz słabymi włosami, ubraną na modłę Zachodu, jednak tego biednego i tandetnego. Lustruje Marysię krytycznym wzrokiem.

– Patrz, sieroto, jakżeś się wystroiła!

– No jak?

– W koszulę nocną! Jakbyś szła do łóżka, a nie na spacer. – Dotyka materiału kolorowej, arabskiej sukni, którą nosi się po domu. Kreacja sięga do ziemi, ma długie rękawy i jedynie małe wycięcie pod szyją, więc jest raczej skromna. – Strojem zapraszasz tych gnojków do zabawy.

– Co ty opowiadasz, kobieto! Toż to normalne ubranie. Tak chodziłam w obejściu, do kóz i wielbłądów, dom sprzątałam, gotowałam… – oponuje Marysia.

– No właśnie. W domu, u siebie na posesji, to w szerokim świecie baby nawet na golasa paradują, ale jak się wychodzi do ludzi, to trza się jakoś wyrychtować, no nie? – stwierdza udobruchana wybawczyni, zaciągając mocnym podmiejskim akcentem.

– A ty niby lepiej się wystroiłaś? – Marysia musi poznać reguły rządzące tym miejscem, bo inaczej marnie zginie lub ponownie zostanie pohańbiona.

– Oczywiście. – Kobieta z aprobatą spogląda na swoje wytarte dżinsy, opinające jej obfite kształty, i na odbarwiony, przepocony pod pachami podkoszulek. – Albo się ubierasz modernie, jak ja, albo tradycyjnie. Jeśli tradycyjnie, to musisz się nakrywać albo abają, albo galabiją. Nie ma rady.

– Myślałam, że wszystkie syryjskie kobiety marzą już tylko o zrzuceniu czarnych ciuchów. Koniec kalifatu i pseudo-Państwa Islamskiego. Koniec zakrywania włosów i gęby. Koniec zakwefiania…

– Głupiaś! – Arabka z niedowierzaniem słucha sloganów, które nijak się mają do rzeczywistości. – To już się nie zmieni. Pewne zwyczaje przyklejają się do nas jak gówno do psiej dupy. Baby będą się bały przeciwstawić, a chłopy są zadowolone, bo przecież zawsze chciały nas udupić. Taka ich natura.

– Nie pocieszyłaś mnie. – Marysia oddycha głęboko, chcąc uspokoić wciąż łomoczące serce. – Ale wybawiłaś. To jak teraz mam wrócić do domu? Oni na pewno gdzieś tam na mnie czyhają.

– Na razie nigdzie nie pójdziesz. – Z prowizorycznego holu gospodyni wprowadza gościa na salony. – Jestem Latifa. A ty, księżniczko? – pyta kpiarsko, ale z życzliwym błyskiem w oku, patrząc z pożądaniem na bujne, falujące włosy Marysi, które wysunęły się spod chusty podczas karkołomnego dla ciężarnej maratonu.

– Miriam. – Kobieta szybko lustruje teren i widzi, że nie jest to typowa, jak na te warunki, siedziba, gdyż oprócz dywanów na ziemi, materaców do spania i pledów znajdują się tu meble. – Skąd masz taki świetny namiot i umeblowanie? – sonduje, bo już zdążyła się zorientować, że gospodyni jest szczerą kobietą i co w sercu, to na języku. Prędzej ją wyrzuci lub siarczyście przeklnie, niż skłamie czy przemilczy prawdę.

– Mam hojnego sponsora – odpowiada otwarcie Syryjka. – Jeden by tak, drugi by tak... – tłumaczy enigmatycznie. – A ja nie mam zamiaru udawać świętojebliwej. Że niby za dobre prowadzenie się w tym piekle na ziemi po śmierci dostąpię pieprzonego raju z jeszcze bardziej wypieprzonymi hurysami? – Mówi takie kalumnie, że Marysia otwiera buzię ze zdziwienia. – Dobrowolne dawanie dupy to i tak najmniejsze przewinienie, jakiego się aktualnie dopuszczają muzułmańskie kobiety. A takie ofiary jak ty są bezkarnie molestowane i co im z tego przychodzi? Masz chłopa, który będzie cię teraz bronił, chronił i kochał, skoro już toto ci zafundował? – Pokazuje na brzuch Marysi, na co ta jedynie kręci głową. – Czyli nic. Zero. Nul. Jesteś pozostawiona sama sobie i wszyscy mają cię gdzieś.

– Zgadza się – przyznaje zmęczona ciężarna, sadowiąc się w wielkim, miękkim fotelu, zupełnie niepasującym do tego obozu. – To coś jest efektem notorycznego, rozłożonego w czasie gwałtu – mówi z wściekłością, zupełnie nie przejmując się tym, że jej dziecko odwzajemnia jej nerwy, kopiąc na prawo i lewo.

– Ja też przez to przeszłam – wyznaje Latifa. – W Aleppo brali nas siłą albo swojacy, wydawałoby się zwykłe chłopy, cywile, albo rewolucjoniści, albo rebelianci, fundamentaliści czy dżihadyści. Każdy jeden chciał sobie zupełnie bezkarnie pofolgować. Aktualnie wszystkie reguły i zasady szlag trafił. No, ale dajmy już temu spokój.

– Ja przez jakiś czas mieszkałam w Rakce. – Marysia stara się odwdzięczyć szczerością.

– Z własnej woli? Przyjechałaś tam ze świata? – Gospodyni sztywnieje i krytycznie ściąga usta. – Nie wyglądasz mi na babę z prowincji.

– Szukałam siostry.

Podczas kiedy Marysia opowiada swoją długą historię, Latifa wystawia na niski drewniany stół arabskie smakołyki: humus[1], oliwki, *lebneh*[2], obficie polany oliwą z pierwszego tłoczenia, oraz *chobzę misriję*[3]. Jak na zawołanie przy stole pojawiają się stara babka oraz kilka młodych kobiet z dziećmi, tak że pomieszczenie wypełnia się po brzegi. Tylko Marysia ma wygodny fotel – staruszka okupuje wysiedzianą sofę, brzdące rozsiadają się na niskich taboretach, a ich matki rozkładają maty i materace na grubym dywanie, pod plecy podkładają poduszki czy zrolowane koce i siedzą w milczeniu, powoli przeżuwając smaczny, lecz skromny posiłek. Po jedzeniu stara, pomarszczona jak jabłko Arabka zapala małą fajeczkę, wydzielającą dziwny zapach. Pozostałe w większości palą skręty bądź najtańsze, okrutnie śmierdzące papierosy.

[1] *Humus* (arabski) – dip lub pasta z gotowanej, zmiksowanej ciecierzycy z dodatkiem pasty tahina (z nasion sezamu) z czosnkiem i cytryną.
[2] *Lebneh* (arabski) – biały tradycyjny twaróg.
[3] *Chobza misrija* (arabski) – egipski chleb przypominający pitę, lecz dużo cieńszy.

– No, siostrzyczki – odzywa się Latifa – trzeba wspomóc naszą saudyjską księżniczkę. – Chichocze, ale z jej oka wyziera duma, że zwykła straganiarka z Aleppo może coś zrobić dla takiej jaśnie pani.

– Tutaj już się nie zmieści – oponuje jedna z kobiet, bojąc się dokwaterowania kolejnego lokatora.

– Ależ skąd! Nie będę wam zabierać przestrzeni życiowej! – Marysia macha rękami.

– Och, jak ona ładnie mówi! – Latifa wzdycha z rozczuleniem. – Musimy jej coś dać do gospodarstwa, bo kobita nic nie ma, i pomóc załatwić te cholerne worki, przez które omalże jej nie pobito czy wręcz zabito.

– Obóz Zaatari to istna sodoma i gomora! – komentuje inna mieszkanka siedliska. – Ile ludzi, tyle gangów, mafii, zboczeńców i morderców. A już dżihadystów to zebrało się tu na potęgę.

Nagle Marysia zdaje sobie sprawę, że zupełnie straciła poczucie czasu.

– Muszę lecieć! *Wallahi!* Już jest ciemno! Dzieci głodne, a Basma chyba już wszystkie włosy z głowy wyrwała z niepokoju o mnie. Ależ jestem niepoważna!

– Nic się nie bój. – Latifa nakłada klapki i luźną tunikę, zasłaniającą jej apetyczne fałdki. – Odprowadzimy cię. – Z drewnianej skrzyni wyciąga krótki obrzyn[1], chowa pod wierzchnim nakryciem i już jest gotowa do drogi.

[1] Obrzyn – myśliwska lub bojowa broń palna strzelająca nabojami myśliwskimi. Jest to strzelba ze sztucznie skróconą lufą lub kolbą w celu zmniejszenia jej rozmiarów, przez co jednak traci na celności i zwiększa się rozrzut śrutu, co powoduje mniejszy zasięg.

– Narzuć tę galabiję. – Nowa koleżanka podaje Marysi granatowy szeroki płaszcz. – Dla tutejszych samców wszystko jest prowokacją, nawet twoja szeroka i brzydka sukmana.

– Weź jeszcze to. Ja nie potrzebuję. – Inna kobieta wciska Marysi cienką, dziurawą chustę. – Będziesz miała na zmianę.

– A to ode mnie. – Kolejna wręcza jej obtłuczony emaliowany garnek. – Dzieciom mleko zagotujesz albo owsiankę.

– Żebyście nie marzli w nocy. – Ledwo chodząca babka wyciąga spod swoich zgarbionych pleców zgryziony przez mole koc i podaje go oszołomionej Marysi.

– Na dziś to już wszystko. Jutro załatwimy plandekę czy płachtę i więcej gospodarczych rzeczy, a dla was jakąś robotę, bo z voucherów nie idzie tu przeżyć – dyryguje Latifa.

– Moje panie… – Marysi głos drży ze wzruszenia, a usta układają się w podkówkę. – Dziękuję. Nie spodziewałam się już ludzkich odruchów ani w tym mieście, ani w tym życiu.

– Nie gadaj głupot! – Syryjka jest przebojową kobietą i ma twardy charakter. – Świat się zbiesił, ale nie my. – Pokazuje na otaczające ją kobiety o smutnych, lecz dobrych oczach i zabiedzonych twarzach. – Będzie dobrze, księżniczko.

Rutyna niepełnej rodziny, której głową jest Basma, ozdobą Marysia, a wypełnieniem dzieci wrednego Haszima, szybko sama się ustala. Pół-Polka, pomimo zaawansowanej ciąży i braku jakichkolwiek dokumentów, dostaje pracę w szkole, gdzie uczy angielskiego i arabskiego. Tego ostatniego naucza współczesne analfabetki – nastolatki, którym edukację ograniczyli ojcowie lub wojna; kobiety w sile wieku, zbyt wcześnie wydane za mąż i wiodące dorosłe życie jeszcze przed dwudziestką, a także stare babki urodzone w czasach, gdy niewieście nauka nie była do niczego potrzebna. Teraz odważne uczennice wymykają się z domów i coraz liczniej przybywają na lekcje. Latifa robi Marysi taką reklamę, że wszystkie kumy chcą przynajmniej zobaczyć saudyjską księżniczkę. Nauczycielka pracuje na zasadzie wolontariatu, ale uczennice zasilają jej skromny budżet, przynosząc to świeże jajka od kury, to kawał białego sera, to *buriki*[1] z różnorakim nadzieniem lub miskę burgulu[2] dla dzieci.

Basma pracuje w markecie, do którego przykleiły swoje domostwo. Dzięki jej układom właściciele sklepu pozwalają im na coraz więcej – włącznie z zagospodarowaniem całej wolnej przestrzeni na tyłach blaszaka, dzięki czemu dzieciaki mają miniogródek, w którym mogą baraszkować, nie narażając się na niebezpieczeństwo podczas zabawy przy głównej, ruchliwej drodze.

– Najgorsze jest to, że nie mamy toalety przy domu. Muszę się załatwiać do wiadra, a potem Basma coś z tym

[1] *Burik, brik* (arabski) – paszteciki pieczone lub smażone na głębokim oleju, z mielonym mięsem, fetą, szpinakiem lub mieszanymi warzywami.

[2] *Burgul* (arabski) – rodzaj kaszy z ziaren pszenicy, sporządzony z gotowanych, a następnie wysuszonych ziaren zboża, często używany w kuchni tureckiej i bliskowschodniej.

robi – skarży się Marysia, siedząc w swojej sympatycznej sadybie przy małej szklaneczce z zieloną herbatą z miętą.

– Czemuż nie pójdziesz do szpitala, skoro dali ci voucher? Nie rozumiem cię. – Latifa nie znosi takiej asekuracji. – Jesteś w ciąży, jesteś świadomą i wykształconą osobą, zgwałconą przez przestępcę, to niech się tobą, kurwa, zajmą!

– A co niby mieliby ze mną zrobić? – Marysia uśmiecha się na taką zapalczywość, bo przypomina to jej własne reakcje sprzed jakiegoś czasu. – Chyba tylko odstrzelić.

– Pieprzysz, kobieto! Przede wszystkim niech cię przyjmą na oddział położniczy, bo mają tam pełno miejsca. Mało która Syryjka idzie rodzić do szpitala, tym bardziej teraz, gdy wymiotło stąd wszystkich lekarzy, a nawet personel techniczny. Niech ci dadzą przynajmniej łóżko. Nam, pohańbionym, obiecywali przecież nie skrobankę, ale opiekę i przejęcie tych biednych bękartów – znów uchyla rąbka tajemnicy, że sama zalicza się do takich nieszczęśniczek.

– Nie mogłabym zostawić Basmy i dzieciaków… – Marysia pomimo głupich decyzji, przez które straciła swoją rodzinę, jest bardzo przywiązana do swoich bliskich i choć z otaczającymi ją Syryjczykami nie łączą jej więzy krwi, traktuje ich jak krewniaków z wyboru. – Nie można tak, bo już całkiem popadniemy w zezwierzęcenie.

– Słuchaj, najpierw sama się tam wkręć, a w międzyczasie my się zaopiekujemy twoimi krajanami. Jak już zagrzejesz miejsce, to ściągniesz ich do siebie. Trzeba się wpychać przez okna, kiedy drzwiami nie dają.

– Sama nie wiem…

– Ty nic nie wiesz! Gdzieżeś się uchowała, sieroto! – Latifa tak naprawdę wcale się nie złości, a wręcz jest dumna, że może chronić taką delikatną, wrażliwą i dobrze urodzoną osobę.

– Byłyśmy w domu, a w zasadzie w namiocie dla kobiet, i figę to dało, więc zapewne tam też tak będzie.

– Nawet mi nie mów o tym miejscu! Istny chaos, pomieszanie z poplątaniem. A teraz zostały tam już tylko najsilniejsze, najgroźniejsze jednostki.

– Mówisz o nich jak o zwierzynie. – Marysia nie może się nadziwić. – One po prostu są biedne, nieszczęśliwe, zagubione, może też zgwałcone i bez swojego miejsca na ziemi…

– Żeby cię kiedyś to twoje dobre serduszko nie sprowadziło na manowce. Żebyś nie straciła czujności, bo w naszej sytuacji oznacza to kanał, a nawet śmierć. Lepiej chodźmy do tego szpitala. Dotrzymam ci towarzystwa.

– Ale to daleko. Nie dojdę. – Marysia boi się teraz każdej zmiany i nawet wyściubienie nosa poza małe podwórko jest dla niej bohaterskim wyczynem. Przemyka tylko trzy razy w tygodniu do szkoły, która jest za rogiem, i z powrotem.

– Dobra, postaram się załatwić mojego chłopa z samochodem. – Latifa wszystko potrafi zorganizować. – Skoro świt pojedziemy z Basmą do farmera po świeże warzywa, a może i jakiś kawałeczek mięsa uda się zdobyć, a potem podrzucimy cię do szpitala.

– Kochana! Ale… Sama nie wiem…

– Nie spodoba się, to weźmiesz tylko witaminy, które ci się należą jak psu zupa, i wrócisz na swój śmietnik z gównami w wiaderku – podśmiewa się Syryjka, trochę już zirytowana niezdecydowaniem i strachliwością koleżanki.

– Dobrze, już dobrze. – Marysia boi się stracić takiego anioła stróża. – Pójdę, gdzie zechcesz. Dziękuję ci, kochana.

– Ach, ty *miskina*[1]. Trochę więcej pewności siebie. Jak ty, sieroto, przeżyłaś tę wojnę?

Latifa nie ma pojęcia, że Marysia jeszcze nie tak dawno była odważną, przebojową kobietą. Zawsze lubiła mocne wrażenia, a żadna śmiała przygoda nie potrafiła jej zniechęcić. Wszystko jednak trwa do czasu.

Tuż po porannej modlitwie pod marketem zatrzymuje się pikap w wojskowych barwach z krępym żołnierzem za kierownicą i uśmiechniętą pasażerką na przednim siedzeniu.

– Ksz, ksz[2]. Basma, chodźże już – słychać przez uchylone okno. – Co ten zasmarkany bąk z tobą robi?

– Będzie przynętą – odpowiada nastolatka. – Jak świat światem takie dzieciaki na suku zbierały do reklamówki górę prezentów i miały coś na ząb dla siebie. To lizaczka, to czekoladkę, pomarańczkę… Przecież zawsze tak było.

– Zawsze było, ale się skończyło. – Latifa wykrzywia twarz w grymasie. – Nie dość, że ty nie masz przepustki, to jeszcze bierzesz gnojka. Jak przez ciebie wpadniemy…

[1] *Miskina* (arabski) – Biedna, biedaczka, nieszczęsna.
[2] Typowe dla Arabów nawoływanie.

– Dobra, już dobra! – przerywa jej tubalnym głosem mężczyzna, marszcząc krzaczaste brwi. – Szkoda gadać po próżnicy. A dziewucha dobrze kombinuje.

Uśmiechnięta Basma i jej mała wystrojona krewniaczka wsiadają do wozu i pojazd kieruje się do bocznej bramy, przeznaczonej tylko dla wojska, policji i innych służb porządkowo-organizacyjnych. Wszyscy ci, którzy pracują na zewnątrz obozu, mają własne samochody, robią interesy czy zwyczajnie są obrotni, mają przepustki i bezproblemowo mogą opuścić Zaatari, a później wrócić, kiedy chcą i jak chcą. Nie są szczególnie sprawdzani czy kontrolowani, bo przecież dziewięćdziesiąt tysięcy osób nie można zamknąć w getcie z całkowitym zakazem jego opuszczenia. Nawet na terenie samego miasta znajdują się biura zatrudnienia i wolontariusze z UNHCR[1] pomagają zdesperowanym ludziom znaleźć pracę. Na tych odludnych terenach nie jest to łatwe, jednak młoda Beduinka jest sprytna i ma ogromną wolę życia.

– Ciocia – Basma oczywiście przyjęła już Latifę do swej małej rodzinki – ty tu jesteś dłużej, to wyjaśnisz mi coś?

[1] UNHCR (angielski) – United Nations High Commissioner for Refugees – Wysoki Komisarz Organizacji Narodów Zjednoczonych ds. Uchodźców udziela pomocy i wsparcia uchodźcom na całym świecie. Urząd, będący organem ONZ, jest upoważniony do przewodzenia i koordynacji międzynarodowych działań mających na celu ochronę uchodźców i rozwiązywanie ich problemów na całym świecie. Do głównych zadań urzędu należy zapewnienie praw uchodźcom oraz pomoc w zapewnieniu im azylu lub repatriacji.

– Co takiego, kochanie? – Syryjka obraca się do rodaczki cała w skowronkach, bo wreszcie się wyrwała z obozu i teraz oddycha pełną piersią.

– Ludzie w Zaatari jakoś normalnie żyją. Widziałaś te handlowe uliczki? Można tam wszystko kupić. Wszyściuteńko! – ekscytuje się koczowniczka, która w swoim krótkim życiu nie widziała jeszcze tak wielkiego miejskiego ośrodka.

– Do czego zmierzasz, mała spryciaro? – Latifa lubi takie osoby, a Basmę pokochała od samego początku jak siostrę, bo choć różni je urodzenie, gdyż ona pochodzi z nizin miejskich, a młoda wiejskich, mają ze sobą wiele wspólnego.

– Jakby tak mieć przynajmniej rower, to już człowiek byłby bardziej mobilny. Widziałam też wózki zaprzężone w osiołki, ale to chyba duża inwestycja.

– No i? Chcesz założyć stajnię?

– Nie. Chciałabym otworzyć jakiś mały biznesik. Taki tyci. Na początek nieduży stragan ze świeżymi owocami i warzywami. Co ty na to?

– Jak na lato, słodziuteńka. Ale czym zapłacisz za te jarzynki? Jak je zdobędziesz? Jak przytransportujesz do nas, na to cholerne odludzie? Jednorazowo, dzięki grzeczności pana Mohamada, to może się udać, ale regularnie to już problem.

– W tym cały szkopuł. – Basma zaciska usta, pociera perkaty nosek i ciężko pada na oparcie. – Daleko macie tego farmera? – indaguje po chwili.

– Z godzinę jazdy drogą szybkiego ruchu – odpowiada kierowca, który cały czas przysłuchuje się rozmowie i obserwuje pasażerkę we wstecznym lusterku.

– Nie ma nic bliżej? To niemożliwe! – Młoda dąsa się jak mała dziewczynka.

– Rozejrzyj się! Przecież tu diabeł mówi dobranoc. – Latifa wylewa na koleżankę kubeł zimnej wody. Gdy kątem oka zauważa, że mężczyzna, z natury ponury, jaśnieje na twarzy i uśmiecha się, od razu włącza się jej ostrzegawcza lampka, jednak postanawia, że nie da się opętać zazdrości o pryszczatą nastolatkę. – Niewielu jest śmiałków, co się tłuką po tej drodze – mówi stanowczo, kończąc tym samym jałową dyskusję.

Zawiedziona Basma skupia wzrok na krajobrazie za oknem. Jest naprawdę odludny. Czasami pojawią się zielone kępki traw czy krzaków, jakimś cudem rosnące na kamienisto-piaszczystej pustyni, znienacka na drogę wpadnie kula wyschniętych chaszczy, która turla się, pchana porywami wiatru, i zbiera wyschniętą trawę i kolce. Nie ma tu nawet oazy, osady, sioła czy miasteczka. Całkowity wygwizdów. Optymizm dziewczyny pierzcha. *Stanę się taka jak ciocia Miriam*, stwierdza ze smutkiem. *Obie siądziemy na zadkach w naszej sadybie i będziemy tak siedzieć aż do śmierci.*

– Nie martw się. – Żołnierzowi szkoda dziewczyny, która wygląda, jakby zaraz miała się rozpłakać. – Zapytamy, czy nasz plantator nie chciałby dostarczać swoich produktów. Jednak będziesz musiała szybko je sprzedać, żeby się nie zmarnowały.

– Przecież ja nawet nie mam pieniędzy… To był taki pomysł, ot co. Głupie mrzonki… – Basma daje za wygraną.

– Pożyczę ci parę groszy – wypala wojak.

– Jak to? – Latifa postanawia interweniować. – Obrabowałeś bank, Moe?

– Trzeba dziewczynę wesprzeć. – Mężczyzna kiwa głową, po czym zwraca się do młodej: – Zapłacisz mi procent od długu, żebym nie był stratny. – Szybko wymyśla niemożliwe do zaakceptowania w tym rejonie świata rozwiązanie, bo wiadomo, że samotna arabska kobieta pod żadnym pozorem nie powinna brać pieniędzy od niespokrewnionego mężczyzny, prowizja bowiem, której ten może zażądać, często okazuje się bardzo wysoka, włącznie z uzurpowaniem sobie wypłaty w naturze.

– Chyba jednak ci odbiło! – Zazdrosna kochanka robi obrażoną minę. Teraz pluje sobie w brodę, że zadała się z nieznajomymi przybłędami, które stały się jej rywalkami. *Czemu tak mi zaimponowała ta Miriam?*, zastanawia się. *To wszystko przez nią*.

– Ty, Latifa, cokolwiek by ci się dało, i tak wydasz na siebie. A to tak, jakby w błoto wyrzucić. Dziewczyna ma żyłkę do biznesu, to chyba warto ją zasponsorować? – Kierowca chwyta swoją wybrankę za tłuściutkie kolano w obcisłych legginsach.

– W błoto, mówisz?

– No nie… W kosmetyki – chichocze żartowniś. – A z jej handlu jeszcze będziesz mogła i ty skorzystać.

– Tam gadanie! Niby jak?

– No tak. Żeby nie było, Basma, rozliczysz się z forsy z ciotką Latifą, a moja piękna kupi sobie za tę kasę nowe ciuchy lub jakieś mazidła.

Towarzystwo w mieszanych nastrojach, bo kobieta zaniepokojona, mężczyzna speszony swoją otwartością i propozycją, a Basma w całkowitym szoku, w końcu dociera na oddaloną od głównej drogi plantację cytrusów i niewielką farmę warzywną.

– Ależ oczywiście, że będę przywoził! – Wieśniak cieszy się jak dziecko, bo to dla niego dodatkowy grosz, a wysiłek żaden. – Mój syn dostarczy. Nie ma problemu. Dziękuję jaśnie panu. Dziękuję. – Z pochyloną głową bierze od Moego pięćdziesięciodinarowy banknot[1], przytyka go do czoła, a następnie całuje i chowa za pazuchę.

Za tak ogromne – jak na tutejsze warunki – pieniądze pakuje im pół wielkiego bagażnika. Są tam przede wszystkim towary niewymagające chłodziarki: worki z pomarańczami, mandarynkami i cytrynami oraz świeżą aromatyczną cebulą, wiązki młodego czosnku oraz skrzynki z bakłażanami i ziemniakami, cukinie i wielkie dynie. Do tego, już sam od siebie, dorzuca skrzynkę ogórków i pomidorów malinowych. Tyle dobra, witamin i świeżości Basma, wychowana na pustyni, w życiu nie widziała.

Latifa, zniesmaczona zachowaniem swojego kochanka, nie ma ochoty na zakupy, lecz zdaje sobie sprawę, że taka okazja może się prędko nie przytrafić, o ile w ogóle, więc robi całkiem spore zapasy.

– Dziękuję, *ja said*[2] – zawstydzona nastolatka ledwo mówi przez ściśnięte ze wzruszenia gardło i przestępuje

[1] 50 dinarów jordańskich – ok. 58 euro.
[2] *Ja said* (arabski) – Panie (wołacz).

z nogi na nogę, nie wiedząc, co zrobić. – Oddam ten ogromny dług najszybciej, jak tylko dam radę. Przysięgam.

– Nie przejmuj się. – Moe patrzy na nią rozżarzonymi oczami i poklepuje dwoma palcami po okrągłym policzku, a następnie boleśnie szczypie ją w buzię. – Czuję, że dobrze zainwestowałem pieniądze.

Kiedy po południu towarzystwo wraca na teren obozu Zaatari, Beduinka pędzi prosto do Miriam, by jak najszybciej wszystko jej opowiedzieć. Tylko Latifa nie zagląda do nich, choć do tej pory tak lubiła mały ogródek z drewnianymi siedziskami z palet, na których spędzały długie leniwe godziny nad aromatyczną herbatą.

– Ciociu, wejdziesz na *szaj*[1]? – Młoda zwraca się w stronę naburmuszonej Syryjki. – Co się stało? Czy zrobiłam coś złego?

– Nic – cedzi przez zęby zazdrośnica. – Głupiaś jeno.

A później obraca się na pięcie i zostawia dziewczynę z jej bezcennym dobytkiem. Wskakuje do pikapa żołnierza, swojego sponsora i kochanka, który właśnie wybrał sobie nową, niczego nieświadomą nieletnią metresę.

– Zarobiłam dziś pierwsze w swoim życiu pieniądze i chciałabym je wydać na osobę, która jest najbliższa memu sercu. – Basma z dumą ściska w dłoni parę dinarów i macha przed nosem Marysi.

[1] *Szaj* (arabski) – herbata.

– To znaczy? – Zatopiona w rozpaczy i bezbrzeżnym lenistwie kobieta otwiera jedno oko.

– To znaczy, że chciałabym kupić tobie, mojej zbawicielce, jakieś normalne ubrania. Przez te twoje beduińskie suknie już raz miałaś kłopoty. To dlatego boisz się wyjść na miasto i nie wybrałaś się jeszcze do szpitala. Widzisz, jak strój potrafi ograniczyć życie?

– Daj spokój. Nie warto. – Marysia przyjmuje pion na drewnianej palecie, która służy im ni to za ławę, ni to azjatyckie *gazebo*[1]. Wyścielona cienkim materacem stoi w jedynym nasłonecznionym miejscu małego podwórka, pod rachitycznym drzewkiem cytrusowym, które chyba od wieków nie zrodziło ani jednej limonki. – Niedługo zmienię rozmiar ciuchów. – Ciężarna krzywo się uśmiecha, bo nie ma pojęcia, co ma zrobić z dzieckiem, które w niej rośnie. Stara się je znienawidzić, ale coraz bardziej się do niego przywiązuje, czując naturalną matczyną miłość.

– Nie szkodzi. U nas, Arabów, kobiety zawsze chodzą w szerokich ciuchach. Tak jakby zawsze były przy nadziei albo w krótkiej przerwie pomiędzy jedną a drugą ciążą. Szeroka tunika jest mile widziana, a nawet wskazana. – Przemądrzała dziewczyna, która większość życia spędziła na pustyni, obcując najczęściej z wielbłądami, owcami czy kozami bądź prymitywnymi członkami swej rodziny,

[1] *Gazebo* (malajski, indonezyjski) – dosł. balkon, rodzaj wolno stojącego tarasu wielkości podwójnego łóżka, na nogach lub kolumnach z zadaszeniem, często z moskitierą, firanką lub zasłoną. W Azji stoi przed domostwami, przy drogach czy w ogrodach.

szybko adaptuje się do cywilizowanego świata. – Głupio wyglądasz, ucząc w szkole w potarganej galabii. Trzeba cię porządnie ubrać.

– A co z Latifą? – Marysia, widząc, że z młodą nie ma co dyskutować, zbiera się do wyjścia. – Od waszego ostatniego wyjazdu ani razu do nas nie zajrzała. Popstrykałyście się czy co? – indaguje, nie pytając, kto dał Basmie pieniądze na nowy biznes, bo tego się domyśla.

– Nie wiem. – Dziewczyna spuszcza wzrok i spieka raka. – Nie rozumiem, o co jej chodzi.

– Może jest zazdrosna?

– Nie widzę powodu. Nie ma co gadać. Idziemy! – mówi smarkata rozkazującym tonem.

Basma szybko staje się zdecydowaną, młodą kobietą i wręcz błyskawicznie w tym niby wolnym, lecz całkowicie wypaczonym przez dramatyczną rzeczywistość, wojnę i ludzkie złe instynkty świecie kształtuje się jej nowy, dorosły, twardy charakter. Marysia zastanawia się, jak daleko posunie się ta w głębi serca dobra, ale już tak niesamowicie ciężko skrzywdzona i doświadczona przez los młoda osóbka.

Dwie zadowolone kobiety, wystrojone w kolorowe, pachnące nowością ubrania, z gromadką roześmianych dzieci przy boku, zmierzają w stronę całkiem solidnego, jak na to miejsce, budynku, wzniesionego z cegły, otynkowanego na biało, z dużymi oknami i rozsuwanymi szerokimi drzwiami. Z frontu powieszono tablicę z napisem

„*mustaszfa*"[1] ze znakiem Czerwonego Półksiężyca, który jest islamskim odpowiednikiem Czerwonego Krzyża.

– Lekarka jest tylko jedna, i to bardzo zajęta – oznajmia przybyłym trzydziestoparoletnia naburmuszona Arabka. Nie wiadomo, czy jest recepcjonistką, pielęgniarką czy lekarką, bo nie ma żadnego identyfikatora ani szpitalnego uniformu, jedynie barwne odzienie w europejskim stylu. Włosy jednak ściśle zasłania chustą, która wyolbrzymia jej okrągłą, ospowatą twarz, wyglądającą jak księżyc w pełni wraz z jego wszystkimi kraterami. – Jak zacznie rodzić, to przyjdzie – mówi, pokazując na spory brzuch Marysi. – Widzę, że ma już niezłą wprawę, więc sobie poradzi. – Lustruje czyste i zadbane dzieci Haszima, spodziewając się, że kobieta przy nadziei jest ich matką, choć podobieństwa między nimi nie ma żadnego.

– Ale dlaczego na tak wielkim oddziale nie ma ani położnic, ani położnych? – pyta Basma, wtykając nos w nie swoje sprawy i głowę między drzwi i ze zdziwieniem obserwując wyludnioną, wielką na jakieś czterdzieści metrów salę, w której znajdują się jedynie metalowe szpitalne łóżka, parę nawet bez materaców, umywalka w kącie, kilka taboretów, stół i opróżniona szafka na leki.

– Nikogo nie przyjmujecie? – Marysia też jest mocno zdziwiona, bo przy ogromnym przeludnieniu obozu i tragicznych warunkach bytowych w takim schludnym miejscu można by kogoś zakwaterować, choćby nieszczęsne, odrzucone przez arabskie społeczeństwo,

[1] *Mustaszfa* (arabski) – szpital.

pohańbione kobiety z noworodkami. – Kto tym zarządza? Kto kieruje?

– Pan Bóg, moje wścibskie krytykantki! Albo zdrowy rozsądek. – Kobieta zatrzaskuje przed nimi drzwi, w których nie ma zamka ani nawet klamki, zastawiając wejście własnym ciałem. – Nie ma lekarzy, to i pacjentów nie ma. A tu nikt nie chce pracować.

– Dlaczego? Tak mało płacą? – Basma już zna reguły rządzące kapitalistycznym światem i wolnym rynkiem.

– Nikt przy zdrowych zmysłach nie da się uwięzić w takim miejscu i nie wejdzie między takich ludzi.

– Jakich ludzi?

– Arabów! Złoczyńców, dewiantów, zboczeńców, morderców i fundamentalistów. – Kobieta wygłasza niezbyt chlubną litanię, całkowicie odcinając się od swojej nacji. Widać nie poczuwa się do solidarności i piętnuje ją, nie widząc w arabskim świecie żadnych pozytywów. – Tutaj o nikim nic nie wiadomo. Może te zakutane na czarno baby wysadzały swoje dzieci? Może robiły to jeszcze miesiąc temu, a teraz są biednymi bezbronnymi owieczkami, które przyjdą tu urodzić następne mięso armatnie?

– A pani skąd pochodzi? – pyta Marysia na odchodnym.

– Z Tunezji. Nie z syryjskiego wądołka – z dumą odpowiada pracownica.

– A czy to nie u was terrorysta strzelał z karabinu maszynowego do turystów opalających się na hotelowej plaży? Czy to nie w Tunisie podłożono bombę w muzeum, w wyniku czego zginęli niewinni ludzie?

– A skąd pani o tym wie? – głupio pyta speszona malkontentka.

– Nie jestem analfabetką. Słuchałam czy oglądałam wiadomości, czytałam gazety. Tam, gdzie żyłam, istniała prasa. I nawet był internet! – Marysia aż płonie z gniewu. – Fundamentalizm istnieje na całym świecie i nie można potępiać jednego nieszczęsnego narodu, obwiniając go o wszystkie grzechy. Nie generalizujmy, ale walczmy ze wspólnym wrogiem w zgodzie i równości.

Po tych słowach odwraca się na pięcie i wychodzi ze szpitala. Wściekła, siada na ławce przed budynkiem, podczas gdy Basma, która ma w nosie urazy i potrafi się zaadaptować do każdych warunków, negocjuje z wolontariuszką kwestie dostaw owoców i warzyw oraz możliwości zamieszkania na terenie szpitala. Tunezyjka jednak jest twarda: dostawców szpital ma własnych, a zakwaterować nikogo niezatrudnionego nie może. Jedyne, co udaje się załatwić dziewczynie, to witaminy dla ciężarnej i dwie puszki mleka w proszku dla dzieci.

– Gdzie znów wychodzisz? Ostatnio ciągle się włóczysz po nocy. – Marysia zwraca uwagę Basmie. – To niebezpieczne. Zastanów się nad tym.

– Nic się nie martw.

– Zostawiasz mnie samą na cały wieczór – bierze młodą pod włos. – Smutno mi będzie. I dzieci na mojej głowie.

– *Chalati*… – Basma się uśmiecha, zadowolona, że ktoś się o nią martwi. – Cały długi dzień maluchy są ze mną, a ty udzielasz się w szkole albo odpoczywasz. – Zarzuca jej ramiona na szyję i daje soczystego buziaka. – Daj mi wolny wieczór, dobrze?

– Każdy masz wolny, dziewczyno. Ja tylko się martwię. – Marysia odwzajemnia uścisk. – Uważaj na siebie. Latifa za odbicie kawalera potrafiłaby chyba zamordować.

– Gadanie! Tylko ta głupia baba w szpitalu opowiada takie głupoty i wszystkich odsądza od czci i wiary. Nikt nikogo za nic nie pozbawi życia. Wojna się skończyła i ludzie znów muszą przestrzegać prawa. Żaden człowiek sam z siebie nie jest taki zły, żeby z zazdrości czy złości pozbawić drugiego życia. Musisz w końcu o tym zapomnieć. Koniec kropka! Kalifat się skończył! Rakka zrównana z ziemią! Moja przeklęta rodzina smaży się już w piekle. Ha! – Młoda się śmieje, a w jej policzkach pojawiają się słodkie dołeczki. Jak każda kobieta rozkwita pierwszą miłością.

Basma poprawia jeszcze kreski na powiekach, nieprofesjonalnie wykonane pierwszym otrzymanym od kochanka kosmetykiem, tradycyjnym arabskim *kohlem*[1], smaruje namiętne, czerwone jak krew usta zwyczajną wazeliną, szarpie szczotką skręcone grube włosy, a potem niedbale nakrywa je chustą. Na koniec obciąga wąski podkoszulek, na który z obawy narzuca tunikę, i już jej nie ma.

Przy wyjściu z zacisznego podwórca czeka już na nią wojskowy pikap. Za kierownicą siedzi krępy mężczyzna

[1] *Kohl* (arabski) – barwnik do oczu zawierający wyselekcjonowane mieszanki ziół, które nie tylko barwią, ale i pielęgnują skórę. Działa leczniczo na zapalenie spojówek, jęczmień czy jaglicę.

w moro, z przyklejonym do ust tanim papierosem. Kiedy pasażerka wskakuje do środka, kierowca wyrzuca niedopałek, otwiera szerzej okno, podkręca płynącą z głośników arabską rzewną piosenkę o miłości i rusza z kopyta.

Basma rozpływa się w swoim szczęściu. *Nie oddam go tej starej lampucerze! Za żadne skarby świata!* Patrzy zakochanym wzrokiem na profil pospolitego Araba. *Zrobię wszystko, by ten facet był tylko mój.*

Pomimo że w obozie zebrano różnych ludzi – z rozmaitych środowisk miejskich i wiejskich, innych pod względem wykształcenia czy sposobu bycia – wszyscy zaliczają się do jednej grupy etnicznej, mającej wspólne korzenie, doświadczenia społeczne, kulturowe, narodowe i historyczne. Przynależność do grupy etnicznej Arabów wiąże się ze wspólnym dziedzictwem kulturowym, językiem, który ma tę samą bazę, a ewoluował tylko w dialektach, strukturą społeczną, wierzeniami, rytuałami, kuchnią, ubiorem czy wyglądem. W przypadku tej grupy ogromną rolę odgrywa religia, a ich spójnią – nie tylko tu, ale na całym świecie – jest święta księga Koranu, która kieruje każdym krokiem i rządzi życiem wiernych. Zgodnie z tym kanonem zachowanie Basmy jest grzeszne i niczym nie da się go usprawiedliwić, a Moe, który ją zbałamucił, jest tylko biednym mężczyzną sprowadzonym na manowce przez nastolatkę. Gdyby zostali przyłapani na schadzce, dla niej nikt nie miałby litości. W najlepszym wypadku zostałaby osadzona w więzieniu czy poprawczaku, w gorszym – skazana na karę chłosty, a w najgorszym, gdyby miała rodzinę, ta miałaby pełne prawo wykonać na niej zbrodnię honorową. Mężczyznę zaś jedynie by upomniano. Kochankowie nie mogą nigdzie pokazać się publicznie, nikt nie może zobaczyć ich razem czy przyłapać na czułościach, dlatego doświadczony w romansowaniu Moe zawozi nową oblubienicę na obrzeża, tłukąc się po dziurawych drogach ponad pięć kilometrów.

– Ależ to sioło jest wielkie! – W głosie Basmy słychać zachwyt. – Te domki może są małe, ale bardzo ładne. Wyglądają jak klocki dla dzieci. – Białe kontenery, dwa metry na dwa, stoją w jednej części kampu. Zamontowano je tu, choć nikt się nie zastanowił, na co mogłyby się przydać. Tutaj jednak nic się nie zmarnuje – znajdują się w nich publiczne ubikacje, do których żaden normalny człowiek z nieuszkodzonym zmysłem powonienia i jakim takim poczuciem estetyki nie dałby rady wejść. Inne budki zostały zagospodarowane na stanowiska dla ochrony, szwalnie, herbaciarnie, a niektóre nawet przyjęły niewymagające arabskie rodziny koczowników, które wcześniej spały na piaskach pustyni, chroniąc się przed słońcem czy wiatrem pod porwaną połą prymitywnego namiotu, więc teraz stabilny dach i twarda podłoga są dla nich szczytem luksusu. – Mnie, Miriam i dzieciakom taki domek w zupełności by wystarczył. – Basmie niewiele trzeba do szczęścia, ale nauczyła się kuć żelazo, póki gorące. – Jak można go zdobyć? – Z niewinną minką kładzie rękę na udzie kochanka.

– Się zobaczy. – Moe nie jest gadatliwym człowiekiem i nie lubi przelewać z pustego w próżne. – Nowych nie dostarczają, a o zwolnieniu jakiegoś raczej nie ma mowy.

– A te namioty jakie wielkie! Chyba na co najmniej dziesięć osób!

– Naiwna jesteś, skarbie! – Mężczyzna śmieje się gardłowo. – Tam czasem i dwie rodziny się gnieżdżą, więc ze czterdzieści luda siedzi!

– Tu byłyśmy! – wykrzykuje dziewczyna, pokazując znajomą wielką pałatkę.

– Szalone? Po co?!

– Skierowano nas tu zaraz po przyjeździe – tłumaczy młoda. – Straszne miejsce…

– Lepiej się tam nie zbliżać. To byłe żołnierki, a więc morderczynie, trucicielki i sadystki, stare wiedźmy, młode rozpustnice, a do tego kobiety pohańbione – wylicza Moe. – Ten namiot należałoby usunąć. – Wojna odcisnęła piętno na tym prostym, niewykształconym człowieku i likwidacja miejsca zamieszkania, związana z eksterminacją przebywających w nim ludzi, nie budzi w nim żadnego sprzeciwu.

– Dobrze, żeśmy stamtąd uciekły. – Dziewczyna wzdycha z ulgą.

Jordańczyk zatrzymuje się na chwilę przed restauracją Imad, znajdującą się w prostokątnym baraczku ze stolikami przed wejściem. Kupuje całą reklamówkę szaworm, pamiętając o gębach do wykarmienia w domu Basmy, oraz sześć puszek coca-coli, parę butelek fanty i wodę. Potem kieruje się już prosto w upatrzone odludne miejsce; przejeżdża obok szkoły, mija budynki gospodarcze, macha na przywitanie swoim kolegom w budce strażnika, skręca za róg wysokiego na trzy metry ogrodzenia, za którym znajduje się profesjonalne boisko do piłki nożnej, i zatrzymuje się na pasie ziemi niczyjej, ciągnącej się wzdłuż obiektu aż do asfaltowej jezdni. O tej porze jest tu całkiem pusto i niemal ciemno, bo jedyne światło sączy się z rzadko rozstawionych latarni, a i one w większości mają wybite lampy. Inne zabudowania znajdują się po drugiej stronie drogi. To baraki, które wyglądają na wymarłe, bo służą za składy towarów, odwiedzane tylko za dnia.

Ani Basma, ani Moe nie interesują się jednak niczym poza sobą nawzajem. Jedzenie szybko ląduje na podłodze przy siedzeniu pasażera, a kochankowie przeciskają się na tylną podwójną kanapę.

– Mamy wielki amerykański samochód, żarcie, picie i pełny komfort. – Mężczyzna miażdży młódkę w mocnym uścisku. – Jak w amerykańskich filmach.

– Muszę w końcu jakiś obejrzeć – szepcze podniecona dziewczyna.

– Jeszcze niejeden razem obejrzymy – obiecuje Moe, na co rozmarzona Basma oddaje mu się bez reszty.

W środku nocy, po długim, wyczerpującym seksie, dziewczyna wreszcie wraca do domu. Nie zaprząta sobie głowy myciem czy przebieraniem, lecz od razu odsłania część płachty i włazi na zadaszony podest, wykonany z poukładanych jedna na drugiej drewnianych palet; to miejsce odpoczynku i schronienia dla całej ich gromadki. Dzieci śpią, jedno przy drugim, Marysia zaś, leżąca po zewnętrznej, przy najmłodszym, wtulonym w jej brzuch, obejmuje ramieniem, kogo tylko sięgnie. Dla nastolatki zostaje najbardziej komfortowe miejsce z brzegu, gdzie nikt nie będzie jej gniótł ani przeszkadzał. Pół-Polka jednak ma czujny sen i błyskawicznie się budzi, czując czyjąś obecność. Dochodzi do niej typowy zapach seksu, męskiego i żeńskiego ejakulatu, samczego ostrego potu oraz śliny, który wniosła w ich ustronne schronienie nieletnia. Kobiecie robi się niewymownie przykro. Nie tyle jest wściekła na podopieczną, ile zrozpaczona, że sama już nigdy nie doświadczy szczęścia miłości i erotycznego upojenia. Nigdy już nikogo nie będzie kochała, nigdy nikomu nie odda się bez reszty, aż do momentu, gdy przestaje się być sobą i zaczyna tworzyć z drugim człowiekiem nierozerwalną jedność.

– Umyłabyś się, bo śmierdzisz capem – syczy przez zęby. – Poczekaj, aż złapiesz syfa!

– Ciociusiu kochana, nie gadaj po próżnicy. Ja nie chcę zmyć z siebie tego zapachu…

– Chyba smrodu.

– Czuję się tak, jakbym nadal z nim była – szepcze rozmarzona kochanka. – Zobaczysz, on mnie stąd wyciągnie. On też mnie kocha.

Marysia lituje się nad naiwną dziewczyną i nie wyprowadza jej z błędu, choć wie, jaki podrywacz z tego jej kochasia. Nawet doświadczona Latifa dała się nabrać na czułe słówka wojaka, który w tutejszych niewiastach może przebierać jak w ulęgałkach i robi to całkiem bezkarnie. Kobieta nie wierzy już w żadną miłość, żadne zauroczenie ani godność arabskich mężczyzn. Znała dobrych i honorowych Arabów, ale to było w innym życiu, w innym świecie. Gramoli się z ciepłego posłania, bierze mały jasiek, wytarty, dziurawy koc i idzie na legowisko pod gołym niebem, którego używają za dnia. Nie boi się intruzów, gdyż ich dziupla jest w miarę bezpieczna, odkąd Moe zarządził postawienie płotu z furtką zamykaną na kłódkę. Właściciele marketu też się z tego cieszą, bo mają chronione przed złodziejami tylne wejście.

Gdy tylko kobieta rozsiada się na twardym drewnianym tarasiku, do jej nozdrzy dociera całkiem nowy, przyjemny zapach. W ciemnościach widzi zarys białej reklamówki. Wyciąga rękę i sięga po jeszcze letni zrolowany cienki chleb z mięsną zawartością. *Szaworma*, wzdycha z rozmarzeniem, bo wszędzie rozpozna tę mocną mieszankę przypraw, składającą się ze słodkiej papryki, kolendry, kminu rzymskiego, chili, kurkumy, czosnku, cynamonu, nasion kopru włoskiego, imbiru, goździków i kminku. *Najlepsza była w restauracji Bohsali w Rijadzie*, wspomina, biorąc pierwszy kęs, który żuje powoli, z rozkoszą przymknąwszy oczy. *Saudyjczycy, tak jak Libijczycy, dają więcej cynamonu. Ależ to smakowało moim dzieciaczkom!* Uśmiecha się sama do swoich wspomnień. *Nadia potrafiła zjeść wielką porcję na tylnym siedzeniu samochodu i nawet okruszka nie upuścić. Lepiej nam tam było niż w ekskluzywnej restauracji. Ale nie ma już przy mnie moich dzieci, zostawiłam je, a sobie zgotowałam tragiczny los. Wszystko przeze mnie. Nawet tę ciążę w sumie sama sobie zafundowałam.* Ostatnio oskarża się o wszystko i bierze na siebie cierpienia całego świata. *Co to dziecko winne, że przyjdzie na ten parszywy padół łez i goryczy?*

Od momentu narodzin będzie przeklęte i napiętnowane. Ojca nie ma, matki nie będzie miało… Wyrzutek społeczeństwa! Pomimo że jest środek nocy, płód czuje podenerwowanie matki i zaczyna poruszać się w jej brzuchu. *Jakże je zostawić?*, rozmyśla kobieta, nie przerywając bezwiednego pochłaniania kolejnych szaworm. *Jakże wziąć ze sobą? A jeśli urodzi się dziewczynka? Nie dość, że w kraju arabskim będzie człowiekiem drugiej kategorii ze względu na płeć, to jeszcze sierotą, z którą można zrobić wszystko, bo nikt nie stanie w jej obronie. Nie ma dobrej drogi ani dla mnie, ani dla mojego maleństwa. Nie ma wyjścia korzystnego dla obu stron. Utknęłam tu na dobre z piątką cudzych dzieci, z własnym w drodze, a do tego z głupią nieletnią Beduinką, która zarządza całym tym popieprzonym bajzlem. Nie wyrwę się stąd, nie odmienię mojego życia, zostanę w tym mieście, w domu pod chmurką, na łasce i niełasce urzędników, głupców, kochanków, łaskawców do końca moich dni.*

Marysia już kilka razy była w urzędzie imigracyjnym, który ma za zadanie sprawdzać dane osobowe przebywających w obozie uchodźców, lecz za każdym razem odsyłano ją z kwitkiem. Jeszcze nie nadeszła jej pora, jeszcze nie ma odpowiedzi, czas oczekiwania jest długi, trzeba się uzbroić w cierpliwość. Sytuacja się przeciąga, dziecko w jej brzuchu rośnie, ona sama zaś popada w coraz głębszą depresję. Ciemną jordańską nocą, przy świetle księżyca, siedząc na małym podwórku między zabudowaniami, pochłania swoje ulubione arabskie danie, nurzając się we wspomnieniach i bezwiednie lejąc łzy. Kiedy jej żołądek nie jest już w stanie przyjąć ani jednego kęsa więcej, a gardło zapycha się suchym mięsem i chlebem, Marysia rozgląda się za czymś do picia. Zauważa drugą reklamówkę i znajduje w niej napoje. Spragniona i niecierpliwa, niezdarnie potrąca torbę, która uderza o kant drewnianego podestu; butelki z fantą rozbijają się, a puszki lądują na klepisku w słodkim, klejącym się płynie. Kobieta zachłannie pije ciepłą colę. Po chwili jej nerwy się uspokajają. Serce twardnieje i zwalnia bieg. W końcu podejmuje decyzję. Sam Bóg czy podły los podsunął jej ten pomysł, który wszystko rozwiąże.

– Przepraszam cię, malutki – szepcze, gładząc się po brzuchu. – Przepraszam cię, malutka. Tak będzie lepiej dla nas obu. Podła ze mnie matka, uwierz mi. A życie też jest do dupy, więc uchronię cię od tej gehenny.

Kobieta przebiera między potłuczonymi butelkami – jedna z nich rozbiła się równo jak nożem uciął i tworzy zgrabny tulipan. Chwyta narzędzie za szyjkę i kładzie się na materacu. Przez chwilę jeszcze patrzy tęsknie na księżyc i miliony gwiazd nad swoją głową. Kiedy rozlega się pierwsze pianie kura, a zaraz po nim wołanie muezina na modlitwę, przykłada ostry brzeg do nadgarstka. *Allahu akbar! Allahu akbar!* Wyznanie wiary niesie się echem po odludnej krainie, by głosić wielkość Boga, jego łaskawość i dobrodziejstwo.

Basma rozkręca swój interes bez niczyjej pomocy, a jedynie z niewielkim finansowym wsparciem Moego, który po walkach na froncie syryjskim, odniesionych ranach i długiej hospitalizacji zostaje oddelegowany do pełnienia służby w niegroźnym, jak się wydaje, miejscu. Niejeden zawodowy wojak wiele by za taką ciepłą posadkę dał, ale to właśnie syn rolnika ma szczęście.

– Podaj pani pomarańczkę. – Sprytna Basma do ściągnięcia klienteli wysługuje się dziećmi swojego zmarłego wuja. Opiekuje się nimi, karmi je i ubiera, więc uważa, że ma prawo zaangażować je do niezbyt ciężkiej pracy. – Za jedyne dwadzieścia pięć piastrów. Dojrzała i świeża – zachwala. – Dzisiaj przywieziona z farmy.

Stragan Beduinki znajduje się przed marketem życzliwych właścicieli, którzy dzięki młodej bizneswoman poszerzyli działalność o kafeterię i herbaciarnię, z czego wszyscy są zadowoleni. Moe całymi dniami przesiaduje na plastikowych kawiarnianych stołkach, sprowadzając tu licznych kolegów, dzięki czemu interes kwitnie – klienci kupują napoje, słone krakersy i ciastka, a od straganiarki owoce.

Wszystko szczęśliwie się kręci, choć zakochanej parze wciąż zagraża niebezpieczeństwo w osobie wściekłej, zazdrosnej Latify, popieranej przez siostry i starą matkę. Wszyscy zdają sobie sprawę, że porzucona, przebojowa kobieta nie odejdzie ze spuszczoną głową i nie odda dobrowolnie swojego sponsora.

– Tak się wam tu dobrze wiedzie! Och, jaka sielanka! – W końcu sekutnica zbiera się na odwagę i staje twarzą w twarz z byłym kochankiem. – Nawet dzieci wykorzystują do pracy! No tak, przecież im wszystko wolno! – Stoi na chodniku przed marketem, trzyma się pod boki i jazgocze jak typowa przekupka, którą przecież była w Aleppo.

– Dzieci mają prawo siedzieć przy opiekunce, ciociu. – Basma specjalnie zwraca się tak do starszej kobiety, a ta od razu purpurowieje na wypudrowanej twarzy. – Jeszcze nie są w wieku szkolnym, bo przecież nauki bym ich nie pozbawiła.

– A chłopy? Też mają prawo przy tobie siedzieć? Ilu już zbałamuciłaś? Jeden ci nie wystarczy?

Wojacy patrzą na kobietę i z pogardą wyginają usta, Moe zaś zapala kolejnego papierosa, zaciąga się, a następnie siarczyście spluwa pożółkłą od nikotyny śliną w stronę awanturnicy. Basma ani drgnie, trzymając za rękę małą kuzyneczkę i stojąc za skrzynkami z owocami tuż przy samej witrynie marketu. Czeka, jak się rozwinie sytuacja, bo zdaje sobie sprawę, że jest zbyt mało doświadczona, by przeciwstawić się takiej wyszczekanej babie.

– Widzę, że nieletnie mogą już w tym mieście oficjalnie się szlajać! Ale czemu się dziwić? Toż to sodoma i gomora! Ta dżungla bezprawia ma takich strażników i obrońców, co tylko za spódniczkami się rozglądają i spędzają czas na flirtowaniu i piciu herbaty. – Latifa dogryza też Mohamadowi, a ten jest coraz bardziej rozjuszony i energicznie bębni palcami w blat brudnego, klejącego się stołu. – Przebiegłe dziewki przyjeżdżają nie wiadomo skąd, nie wiadomo, co wcześniej robiły, czy to prawdziwa Beduinka, czy farbowana lisica, wędrująca dżihadystka, mordująca ludzi po drodze… – Kobieta wytacza ciężkie działa, bo w Zaatari samo wspomnienie, że ktoś był związany z fundamentalizmem, Państwem Islamskim czy kalifatem, bądź oskarżenie, że popiera dżihad[1], jest bardzo ryzykowne; może grozić obwinionemu, czy nawet tylko podejrzanemu, więzieniem, karą chłosty lub publicznym linczem. – Taką to wywłokę wziął sobie pod swoje skrzydła zasłużony żołnierz Królestwa Jordanii.

– Zamilcz, kobieto! – Moe w końcu rąbie pięścią w stół. – Nie strzęp języka po próżnicy!

– Myślisz, że wszystko ci wolno? Zobaczymy, czy tej gówniarze również. Jest tu policja obyczajowa, która z wielką chęcią się nią zajmie.

– Zamknij się! Nie masz żadnych świadków, a pić herbatę mogę, gdzie chcę. – Mężczyzna wstaje gwałtownie, z hukiem wywracając krzesło.

– Co się dzieje? O co chodzi? – Z marketu wybiega sklepikarka, zaniepokojona hałasami. – Czym mogę służyć? Pani wejdzie do środka.

– Nigdzie nie wejdę! Już się nachodziłam i na co mi to przyszło? – Latifa macha rękami, jakby walczyła z niewidzialnym wrogiem. – Moe to nawet niczemu nie jest winien, to tylko głupi chłop, a kiedy dwie przebiegłe żmije takiego frajera omotają, to sam nie wie, co robi – dalej ubliża byłemu kochankowi, w swej naiwności myśląc, że jakoś jednak go odzyska. – Na dokładkę ukrywają tu

[1] Dżihad (arabski) – pierwotnie oznaczał walkę w imię propagowania islamu, zarówno poprzez akcję zbrojną, nawracanie niewiernych, pokojowe działania, jak i wewnętrzne zmagania wyznawcy; często rozumiany tylko jako święta wojna; fundamentaliści twierdzą, że jest to szósty filar islamu i obowiązek każdego muzułmanina, a dżihadyści mają za zadanie unicestwienie wszystkich innowierców na kuli ziemskiej.

saudyjskiego szpiega! Wredną saudyjską księżniczkę, która to wszystko nakręciła. Wahabitka, ortodoksyjna poplecznieczka Binladenów, najgorszych terrorystów z Al-Kaidy[1]. To oni pierwsi zaatakowali nasz kraj i doprowadzili go do ruiny!

Osłabioną Marysię z przydomowego podwórka wywabiają krzyki. Stoi za winklem, przysłuchując się awanturze i obserwując zacietrzewioną kobietę. Doskonale wie, że ten teatrzyk niczego dobrego nie wróży. Dziwi się doświadczonej Latifie, że stawia wszystko na ostrzu noża. *Czyżby naprawdę była zakochana? Albo raczej tak krucho obecnie ze sponsorami, wielbicielami przechodzonych kobiecych wdzięków?*

– Latifa, koleżanko… Daj spokój. Idź do domu – prosi cichym, drżącym głosem.

– Nie wtrącaj się! Jesteś zdrajczynią! Ofiarowałam ci przyjaźń i jak mi się odpłaciłaś? – Agresorka robi dwa kroki w jej kierunku, lecz gdy widzi wymizerowaną twarz, fioletowe sińce pod oczami i zabandażowane nadgarstki, robi się jej żal kobiety.

– Przestań opowiadać bzdury, babo, i oskarżać niewinne osoby. Idź stąd, jak wszyscy ci radzą. – Moe podchodzi do byłej kochanki i popycha ją w ramię.

[1] Al-Kaida – sunnicka organizacja terrorystyczna posługująca się metodami partyzanckimi; początkowo miała się przeciwstawiać radzieckiej inwazji na Afganistan, z czasem przekształciła się w panislamskie ugrupowanie, którego głównym celem stało się zwalczanie wpływów Izraela, USA i szeroko pojętego Zachodu w krajach muzułmańskich.

– Bijesz mnie?! Kobietę? – wydziera się Latifa, a Marysia dochodzi do wniosku, że Syryjka jeszcze nie została wystarczająco doświadczona przez życie i widać jednak nie miała do czynienia z brutalami, bo inna na jej miejscu podwinęłaby ogon pod siebie i nie prowokowała losu i kipiącego gniewem faceta. – Ludzie! Sadysta! – Tylko raz podnosi rękę na krępego mężczyznę, wyższego od niej o dwie głowy i zaprawionego w walce, bo potem spada na nią lawina ciosów. Najpierw są to delikatne pacnięcia, zadawane na odczepnego z otwartej dłoni, lecz w końcu Moe zapamiętuje się w zadawaniu bólu i przemocy, w złości, która zalewa jego duszę i serce, odbierając mu kontrolę. Na oślep wali swoją byłą konkubinę pięściami po głowie, twarzy, szarpie za włosy, które wyrywa całymi garściami. Latifa nie wydaje z siebie żadnego dźwięku – nie krzyczy, nie jęczy, nie żebrze o litość. W jej płonących oczach i zaciśniętych wargach widać zacięcie. W końcu pod gradem ciosów kobieta słabnie, chwieje się, a Moe wykorzystuje sytuację i podcina jej nogi. Kiedy upada na zapyloną drogę, mężczyzna kopie ją w piersi i brzuch. Pokonana zwija się w kłębek, osłaniając miękkie, czułe miejsca. Nikt nie staje w jej obronie, nikt nie oponuje, nie odciąga napastnika, wymierzanie kary kobiecie przez mężczyznę jest bowiem typowe dla tej nacji i nikt nie ma ochoty się wtrącać w nie swoje sprawy, choćby ten silny jak dąb chłop miał zabić maltretowaną słabą niewiastę. Dopiero Marysia wkracza do akcji:

– Moe, dość! Wystarczy… – Ledwo mówi, bo wciąż jest słaba po nieudanej próbie samobójczej. Ma zawroty głowy, bo nie zrobiono jej transfuzji, gdyż krew jest potrzebna bohaterskim żołnierzom, a nie nędznym, do niczego nieprzydatnym kobietom. – Odpuść jej…

– Panie Mohamad, może pan się napije herbatki? – Przerażona sklepikarka w pokrętny sposób usiłuje odciągnąć agresora od nieruchomej już ofiary. – Zaraz zaparzę. No, niech pan siada.

Basma cały czas stoi w miejscu, jakby przyrosła do ziemi. Jej twarz jest niczym maska – nie wiadomo, czy popiera czyn ukochanego, czy nagle przejrzała na oczy, z jakim sadystą i brutalem się zadała.

– Moe, zapalmy. – Jeden z żołnierzy wyciąga paczkę tanich papierosów w stronę kolegi. To przesądza sprawę i najprawdopodobniej ratuje życie biednej kochance.

Jordańczyk ciężko opada na krzesło. Pali z upodobaniem, głęboko się zaciągając, i siorbie z małej szklaneczki gorący, słodki jak ulepek *szaj*.

– Latifa… – Marysia klęka nad byłą przyjaciółką. – Żyjesz? Chodź, pomogę ci. Zaprowadzę cię do domu.

Wtem tuż przy kobietach z piskiem opon zatrzymuje się stary, zdezelowany samochód. Wyskakują z niego trzy siostry poszkodowanej, a na koniec powolutku wysiada siwa, zasuszona staruszka, jej matka. Świadkowie zdarzenia wstrzymują oddech, bo wszyscy boją się małej babki, posądzanej o uprawianie czarnej magii.

– Odwal się od niej! Już jej pomogłaś! – Marysia znów zostaje oskarżona za niewinność. – Wynocha! – Odpychają ją brutalnie, aż traci równowagę i upada na ziemię tuż obok pobitej.

Kiedy kobiety odwracają Latifę na plecy, aż wytrzeszczają oczy, zszokowane efektem działań agresora. Syryjka ma zmasakrowaną twarz, czarne sińce i fioletowe wylewy na policzkach, popękaną skórę na czole, rozerwane wargi i złamany nos, z którego cieknie strużka krwi. Jej ładna buzia została trwale zniekształcona i wyraża teraz straszliwy ból i rozpacz, choć ani jedna łza nie spływa z oka półprzytomnej kobiety.

– Bóg wam za to odpłaci! – wrzeszczy skrzekliwie starucha, machając małą piąstką. – Jeszcze zobaczycie! Przed przeznaczeniem nikt nie ucieknie, a kara za grzechy zawsze dosięgnie grzesznika!

Moe lekceważąco macha ręką, jakby odganiał się od natarczywej muchy, a jego kolesie spuszczają głowy i cicho chichoczą, szepcząc coś między sobą. Tylko Basmie nie do śmiechu. Doskonale pamięta swoją babkę trucicielkę, która jak zagięła na kogoś parol, to nikt nie był w stanie go uratować. Teraz jednak liczy na protektorat swojego silnego mężczyzny. Marysia natomiast stwierdza, że zawsze i wszędzie wpakuje się w patową sytuację. Choćby nic nie robiła, i tak wyląduje w rynsztoku, znienawidzona i opluwana przez wszystkich. *Jestem przeklęta*, powtarza w duchu. *Jestem jedną z rodu Salimich skazanych na ból i cierpienie.*

– Starszy szeregowy Mohamad al-Hani do mnie! – Przez całe koszary niesie się rozkaz kaprala, wykrzyczany tubalnym głosem.

Budynek wojskowego kampusu jest jednym z najporządniejszych i najsolidniejszych w całym obozie. Wzniesiony z białych, wypalanych na miejscu pustaków, wytynkowany, ma dach z blachy falistej, podłączony prąd, płynący z własnego generatora, bieżącą wodę cieknącą z wielkiego zbiornika na dachu, kanalizację oraz pełny dostęp do internetu i telewizji satelitarnej, by dowództwo miało stały kontakt z centralą w Ammanie, a szeregowi żołnierze nie czuli się wyizolowani od świata i nie stracili łączności z rodzinami. Większość wojaków, którzy dostali tu przydział, ściągnęła swoje familie i rezyduje w przyznanych im dużych kontenerach, zaadaptowanych do celów mieszkalnych. Oprócz takich sporych pomieszczeń znajdują się tu też mniejsze, ale bardziej komfortowe – dla podoficerów i oficerów; są wyposażone w drewniane wygodne łóżko, stół i krzesło, a nawet regularną szafę, a nie tylko kołki w ścianie. Dla dowództwa przeznaczone są małe apartamenty z aneksem kuchennym i prywatną łazienką, więc nie muszą korzystać ze zbiorowych pryszniców i latryn z ubikacjami tureckimi, które śmierdzą na kilometr.

– Czy to nie wasza piękna Latifa stoi na bramie? – pyta oficer już trochę ciszej, patrząc na zdziwionego, zziajanego od szybkiego marszu Mohamada.

– Tak jest, panie kapralu! – Żołnierz przytakuje, ściągając pięty wojskowych butów i salutując. – Wydaje się podobna.

– Tak… Podobna do tej ładnej po tym, jak wlaliście jej w miejscu publicznym, czyż nie?

– No... Że tak powiem... Właściwie... – Wojak nie spodziewał się inwigilacji w tym temacie, bo przecież nie ma nic złego ani nietypowego w biciu kobiety.

– Nie chce wejść do środka, tylko woła was do siebie. Idźcie albo ją odprawcie, bo przecież nie będzie tak stała godzinami.

– Tak jest, panie kapralu!

Naburmuszony Jordańczyk odchodzi, układając sobie w głowie krótkie przemówienie, którym spławi natrętną babę.

– Hej, ty synu osła[1]! – Od bramy rozlega się kobiecy wrzask. – Myślisz, że jestem byle jaką szmatą, którą można sobie dupę podetrzeć, a potem wyrzucić?!

Mohamad zagryza wargi i przyspiesza kroku, bo nie chce robić sobie wstydu przed kolegami, którzy wylegli przed główny budynek koszar, licząc na darmowe przedstawienie. Z ironicznymi uśmieszkami, półszeptem wymieniają między sobą uwagi i częstują się papierosami.

– *Zyft*[2] – klnie pod nosem mężczyzna. – Niech ją szlag!

Gdy jest już w połowie placu apelowego, wysypanego białymi kamyczkami, kobieta rozchyla kolorową tunikę i wyciąga zza pazuchy obrzyna, którego notabene[3] dostała od swojego adoratora. Nikt niczego nie zauważa i dopiero kiedy Latifa niewprawnie przygotowuje broń do strzału, wszyscy baranieją. Okazuje się, że na głównej bramie nie ma akurat strażnika,

[1] Jedno z najcięższych arabskich przekleństw w stosunku do mężczyzny.

[2] *Zyft* (arabski) – cholera.

[3] *Nota bene* lub *notabene* (łacina) – dosł. zważ dobrze, zwróć uwagę; w praktyce jest to wprowadzenie dla poważnej, istotnej wtrąconej informacji.

bo nie chciał być świadkiem kłótni kochanków; wieżyczki wartowników też zieją pustką, żaden zaś z wojskowych nie wziął ze sobą uzbrojenia, bo w ten bezczynny poranek obóz dla uchodźców opanowuje lenistwo.

– Jeśli myślisz, że można mnie ot tak rzucić, to jesteś w błędzie! – oświadcza Latifa z mściwym uśmiechem. – Nie ze mną takie numery, Moe!

– Latifa! – Mężczyzna stoi jak zamurowany. Wyciąga przed siebie ramiona, jakby mogły go ochronić przed kulami. – Kochanie!

– Nie zastąpisz mnie nastolatką, podły tryku! Obyś zdechł! – Po tych słowach rozjuszona kobieta naciska spust, jednak ani broń nie jest prawidłowo wycelowana, ani strzelec nie ma wprawy w jej używaniu, dlatego strzał pada w bliżej nieokreślonym kierunku. Wszyscy zebrani oddychają z ulgą i od razu szykują się do wymierzenia kary krnąbrnej winowajczyni.

Moe powala ją na ziemię i krępuje nadgarstki za plecami, używając swojego paska. Nikt nawet nie zauważa, że kapral nieoczekiwanie zbladł i dziwnie, całym ciężarem ciała opiera się o ścianę. Po długiej jak wieczność chwili bezgłośnie zsuwa się na ziemię, zostawiając na białej ścianie kampusu szeroki krwawy ślad. Jednak z niezbyt celnej broni rozrzut śrutu był tak duży, że zdążył zebrać swoje żniwo. Nie zabił tego, dla kogo był przeznaczony, lecz widać każdemu jest pisany jego los. *Sza Allah*.

– Panie pułkowniku! Czymże ja zawiniłem w całej tej historii? – Mohamad ma łzy w oczach. – Czemu mam zostać oddelegowany?

– To wszystko wasza wina, tak że nie pierdolcie mi tu, starszy szeregowy, po próżnicy, bo powinniście w dupę całować dowództwo, że was nie zdegradowało i nie wysłało na końcówkę wojny do Syrii.

– *Wallahi! Wallahi!* – Jordańczyk chwyta się za kędzierzawe włosy i rwie je garściami. – Toż ta baba zawiniła, a nie ja, mężczyzna!

– Żołnierz jego królewskiej mości ma być człowiekiem nowoczesnym i nie może się zachowywać jak jakiś tryk czy sadysta. Publiczne bicie niewiasty?! Tutaj, w obozie pod protektoratem międzynarodowej organizacji? Ech! Nie czytaliście chyba Koranu, starszy szeregowy!

– Czytałem, panie pułkowniku, czytałem! – Mohamadowi dreszcz przechodzi po plecach, bo takie oskarżenie grozi mu długoletnim więzieniem, nawet w postępowym Królestwie Haszymidów[1]. – „Przeto cnotliwe kobiety są pokorne i zachowują w skrytości to, co zachował Bóg. I napominajcie te, których nieposłuszeństwa się boicie, pozostawiajcie je w łożach i bijcie je!”[2] – recytuje fragment, który zawsze wygłaszał jego ojciec, wieśniak, zanim wymierzał karę matce lub siostrom Mohamada.

1 Dynastia Haszymidów; Haszymidzi (Banu Haszim) – arystokratyczny ród arabski z plemienia Kurajszytów, obejmujący potomków dziadka proroka Muhammada, Haszima ibn Abd al-Manafa, wraz z nim samym. Od X w. do 1924 r. dziedziczni szarifowie Mekki i opiekunowie świętych miejsc islamu na Półwyspie Arabskim. Jedną z gałęzi rodu byli Abbasydzi. W XX w. przedstawiciele rodu proklamowani zostali monarchami Jordanii i Iraku.

2 Koran, sura IV, wers 34, PIW, 1986, tłum. J. Bielawski.

– „A jeśli są wam posłuszne, to starajcie się nie stosować do nich przymusu. Zaprawdę Bóg jest wzniosły, wielki!”[1]. Zapomnieliście o końcówce wersetu, żołnierzu. – Oficer uśmiecha się pod nosem. – O ile mi wiadomo, Latifa nie była i nie jest waszą żoną. – Bawią go przerażenie i zagubienie dorosłego mężczyzny, ale stwierdza, że nierozgarnięta poczciwina z tego wojaka i nie należy się dłużej nad nim znęcać. – Co? Jak to jest?

– Ożenię się z Basmą. To ona jest moją połowicą – oznajmia z powagą mężczyzna. – I dlatego, szanowny panie pułkowniku, proszę, żeby mnie pan stąd nie odsyłał. – Składa ręce na piersiach, a uczciwość i pokora wyzierają z jego załzawionych oczu.

– To dobrze, starszy szeregowy, to dobrze. – Oficer przez chwilę zastanawia się, marszcząc krzaczaste brwi. – *Saida* Latifa już nie wyjdzie z więzienia. Została przewieziona do miejsca odpowiedniego dla takich zbrodniarek. Jednakże nie można jej oskarżyć o żadne sympatie fundamentalistyczne, bo w domu te baby nie miały nawet jednego egzemplarza Koranu. Wyobraża to pan sobie?! – wykrzykuje oburzony muzułmanin. – Zamiast tego było trochę opium i haszyszu… Mam nadzieję, że nie przykładał szeregowy do tego ręki?

– W żadnym razie – gwałtownie zaprzecza Moe.

– Babka to stara opiumistka, a młodsze tylko czasami ćpały, więc wypuści się je z aresztu i ciupasem odstawi do domu dla kobiet. Tam pod nadzorem przejdą błyskawiczny

[1] Tamże.

odwyk – podśmiechuje się złośliwie pułkownik. – A ta wasza małolata… – Zawiesza głos. – Gdzie ona w ogóle przebywa?

– Przy markecie, panie oficerze. Z żoną swojego zabitego wuja i jej dziećmi. – Mohamad ma gardło ściśnięte strachem i oczekuje najgorszego, gdyż dopiero teraz zorientował się, że dowództwo wszystko wie i trzyma rękę na pulsie.

– Słyszałem, że nieźle daje sobie radę. To i bez was chwilę wytrzyma. Nie ma żadnych papierów, więc z obozu aktualnie nie możemy jej wypuścić.

– To Basma Husni, Beduinka z Syrii. Przyjechały już jakiś czas temu. – Moe liczy na cud i przychylność surowego oficera. – Żadne tam zagrożenie, żadne wojowniczki. Zwykłe baby od wypasania wielbłądów, prania, sprzątania, drobnego handlu…

– Oj, żeby sierżant się nie zdziwił. – Przełożony podnosi jedną brew, bo ma przed sobą dokumenty, o które Marysia zabiega od samego przyjazdu, ale nie wie, co ma z nimi zrobić, więc trzyma je u siebie w biurze w sejfie i zastanawia się długo i uporczywie, jaką decyzję w tym przypadku podjąć. – Basma chyba nigdy nie miała żadnego papieru, nawet aktu urodzenia, więc wszystko trzeba będzie wyrabiać od nowa. A to musi potrwać… – przeciąga, a szeregowy pochyla się, chcąc usłyszeć ostateczną decyzję.

– Więc co mamy zrobić? Ja w jednostce w Ammanie, ona tutaj? Kiedy dostanie papiery, to jak do mnie dołączy? Sama nieobyta kobieta przez tyle świata ma jechać? Czym? Z kim?

– Będzie tak: na razie pojedziecie, gdzie każą. Za jakieś trzy miesiące do Zaatari ma przyjechać ważna szycha, Wysoki Komisarz Organizacji Narodów Zjednoczonych z dużą delegacją. Wy się tam w tym Ammanie koło tego zakręcicie, rozejrzycie, przeszkolicie, sami ponaciskacie, gdzie trzeba, żeby wasza młódka dostała przynajmniej tymczasowy status uchodźcy. Wrócicie do nas jako przedstawiciel, a zarazem ekspert od tego obozu, przewodnik przedstawicieli przybyłych z szerokiego świata. Niech wojsko też ma jakiś udział w tym całym cyrku. Traktujcie to jako wyjazd służbowy, informujcie mnie o wszystkim, a potem się zobaczy. Albo tu zostaniecie, to się wam kwaterę na mieście przydzieli, albo wrócicie do jednostki w stolicy.

– Tak jest, panie pułkowniku! – Moe skacze na równe nogi, bo teraz widzi, że jego dowódca nie pozwoli go skrzywdzić i zawsze będzie stał murem za wiernym i oddanym podkomendnym. – Zrobię wszystko, co należy!

– A dzieci tej niby Miriam byście z Basmą wzięli do swojej familii? – nieoczekiwanie pyta oficer.

– Wzięli, panie pułkowniku. Jak każą, to wzięli.

*

Do przeludnionego obozu wciąż przyjeżdżają kolejne samochody osobowe, pikapy, półciężarówki, ciężarówki i autobusy z nowymi uchodźcami. To Syryjczycy, którzy uciekają z odbitej przez wojska zjednoczone Rakki, centrum całego zła i ostatniego silnego bastionu kalifatu. Ponieważ ogłoszono rozejm, który ma potrwać co najmniej siedemdziesiąt dwie godziny, transport mógł w miarę bezpiecznie przewieźć uciekinierów, którzy nie wiedzą, czy Rakka została wyswobodzona definitywnie czy chwilowo, jak wiele miast, choćby Aleppo na północy.

Marysia wychodzi na spotkanie setkom wyczerpanych i zniszczonych przez wojnę ludzi. Próbuje odnaleźć wśród nich choć jedną znajomą twarz. Może dobrych Syryjczyków, których poznali z Hamidem w czynszowej kamienicy, w której mieszkali? Może kogoś ze szpitala? Chrześcijańskiej rodziny mleczarzy, którzy zginęli zabici przez opętanych fundamentalistów, już nigdy nie zobaczy, a wśród nich małego, chuderlawego, a tak dobrze ułożonego Abdula Rahmana ani jego dwóch sióstr czy pełnych poświęcenia rodziców. Tacy ludzie ginęli i giną w Syrii, a dżihadyści, jak Jasem Alzani, morderca i porywacz jej siostry, żyją beztrosko. *Co za perfidia losu!*

Z rozmyślań wyrywa ją znajomy głos:

– Miriam? Miriam, to ty?

Stojąca przed nią korpulentna, ale energiczna kobieta lustruje ją od stóp do głów, skupiając całą uwagę na dużym ciążowym brzuchu Marysi.

– Tak, Samirko. To ja.

– Co ty tu robisz? Jakim sposobem trafiłaś do obozu dla uchodźców? Gdzie Hamid, jego gigantyczne pieniądze i koneksje, które miały wam pomóc w bezproblemowym wydostaniu się z kalifackiego koszmaru? Jechaliście przecież na pewniaka do Damaszku, czyż nie? – Ciotka zarzuca ją pytaniami, a Marysia tylko spuszcza wzrok i wzrusza ramionami. – Gdzie Hamid? – powtarza Libijka, już nie tyle zła, ile zaniepokojona.

– Nie żyje – pada cicha odpowiedź.

– Jak to? – Do oczu uczuciowej kobiety natychmiast napływają łzy. – A to dziecko? Jego? – Pokazuje na brzuch przyszłej matki.

– Nie.

– Gdzie mieszkasz? Masz przydzieloną jakąś kwaterę? – Zrozpaczona sytuacją bratanicy, indaguje, patrząc na jej zmizerowaną twarz i brudne, obstrzępione ubranie.

– Śpię na ulicy, bo tylko rodziny, i to ponaddziesięcioosobowe, dostają namiot. Ale obecnie pod jedną większą pałatką gnieżdżą się nawet trzy wielodzietne, wielopokoleniowe familie. Samotna baba nie ma przydziału. Jest tu dom dla kobiet z dziećmi, ale już przeludniony. Nie chciałabyś wiedzieć, co tam się dzieje i jak tam się żyje.

– Niestety, będę odwiedzać to miejsce, i to dość często. Jako ginekolog mam wizytować tego typu przybytki, by sprawować nadzór nad niewiastami w tym obozie.

– Powodzenia. – Marysia uśmiecha się ironicznie. – Dwie trzecie całej tej hałastry to kobiety i dzieci, czyli jakieś sześćdziesiąt tysięcy dusz. Ilu ludzi dali ci do pomocy, żebyś w ogóle była w stanie cokolwiek tu zdziałać?

– Jak dotąd mam jedną pomagierkę, ale znajdę więcej. Już ty się nie bój! My z Dulaimi…

– Dulaimi jest z tobą? – Marysia cieszy się, że w końcu będzie przy niej jakaś miła, dorosła i na dodatek wykształcona osoba.

– Bardzo się zaprzyjaźniłyśmy. To była jedyna persona w Rakce, z wyjątkiem mojego chłopa, której mogłam zaufać.

– Szczęściara z ciebie. Ja przez ten czas nie miałam nikogo życzliwego, no, może poza beduińską nastolatką. – Żal i smutek biją z oczu pokrzywdzonej kobiety i Samira już dłużej nie ma ochoty robić jej wyrzutów za nierozsądne postępowanie, które ostatecznie doprowadziło do tragedii.

– Słuchaj, moja bratanico! – Lekarka podejmuje szybką decyzję. – Mamy dostać kwaterę przy szpitalu, bo musieli mi coś zaoferować, żebym zrezygnowała z dołączenia do mojego męża i przyjechała do tego straszliwego miejsca. Bogu dzięki, Mustafa jest już bezpieczny w Katarze, a ja widzę, że rzeczywiście będę miała co tu robić. Zamieszkasz z nami i zostaniesz moją drugą pomagierką. Doskonale znasz obóz i warunki w nim panujące. Tylko już ze mną nie dyskutuj! Dobrze? – Grubaska klaszcze w dłonie, ciesząc się, że będzie mogła pomóc krewniaczce.

– Dobrze, ciociu – mówi Miriam, choć nie lubi, gdy ktoś kieruje jej życiem, nawet jeśli wyprowadza je na prostą.

Samira Salimi jest już przekonana, że to Allah kierował jej krokami i przywiódł ją do obozu w Zaatari, by odnalazła bratanicę i bezpiecznie odesłała ją z tego piekła na łono rodziny. Kiedyś w Libii nie udało jej się pomóc Dorocie w odzyskaniu tej córki. Teraz musi się jej udać.

– Miriam?! – Nagle za ich plecami rozlega się miły głos. – Co ty tu robisz? – Ładna kobietka, ciesząca się złą sławą jako trzecia żona kalifa Abu Bakra al-Bagdadiego, rzuca się Marysi na szyję. – To jesteśmy już we trzy! Trzy muszkieterki! Jak to dobrze mieć przy sobie przyjaciół!

– Cóż, powiem tylko... – Marysia już płacze rzewnie ze stresu i wzruszenia – ...że najprawdopodobniej uratowałyście mi życie.

Dwie nowo przybyłe niewiasty oraz mały synek Dulaimi są traktowani zupełnie inaczej niż reszta uchodźców, niż Marysia czy Basma. One nie są banitkami, bo Samira przybyła tu z własnej woli – do pracy, zresztą bardzo niewdzięcznej. Rąk do pomocy w obozie nie przybywa, a wręcz przeciwnie, dlatego wszyscy odnoszą się do niej z ogromnym szacunkiem i tytułują *saida doktora*[1].

– Przypilnujcie naszych bagaży, zwłaszcza torby lekarskiej, a my za chwilę wrócimy. – Ciotka zwraca się rozkazującym tonem do mężczyzny, który przesłuchiwał Marysię zaraz po przybyciu. Wtedy odnosił się do petentów z pogardą i wyniosłością, teraz chyli czoła przed małą przedsiębiorczą grubaską, wykształconą arabską kobietą.

– Oczywiście, madam. – Chwyta za tobołki i zanosi je do swojego gabinetu.

– Pokaż nam, gdzie koczujesz, to przewieziemy twój dobytek do szpitala. – Samira, która od razu chce działać, zwraca się do Marysi.

– Dobytek? Żywy inwentarz też weźmiecie?

– Nie rozumiem... Masz jakieś kury, króliki? – Myśli sobie, że ta jej bratanica jest całkiem gospodarną dziewczyną jak na to, że prawie całe życie opływała w dostatki i nie wiedziała, co to praca, głód i nędza.

[1] *Saida doktora* (arabski) – Pani doktor.

– Inwentarz ludzki – odpowiada Marysia i nie czekając na dalszą inwigilację, szybko rusza przed siebie.

Więcej nie chce mówić, bo boi się, że ciotka może zmienić zdanie i zostawić ją pod płachtą na tyłach marketu. Brzemienna maszeruje żwawo, bo zaawansowana ciąża nie sprawia jej większych kłopotów; nie zamierza udawać, że jest w wyjątkowym stanie i należy jej ciągle pomagać. Chcąc przeżyć, musi funkcjonować aktywnie i być bardziej sprawna niż zazwyczaj.

– Oto nasz dom. Czym chata bogata – żartuje zażenowana, widząc zszokowany wzrok przybyłych.

Przepchnąwszy się wąską ścieżką między parterowymi budynkami z blachy falistej, dumna gospodyni staje na tyłach większego baraku, gdzie pod zadaszeniem, zrobionym z pociętych impregnowanych worków po mące i ryżu, rozpiętych na metalowym stelażu, uciekinierki stworzyły intymne miejsce do spania, zasłonięte zwisającymi do ziemi, wyplatanymi trzcinowymi matami. Na klepisku urządziły z Basmą całkiem przyjemny kącik wypoczynkowy, z koślawą ławeczką i stołem zbitymi z drewnianych palet, na których do Zaatari dostarczana jest statkami pomoc humanitarna z całego świata.

– Witam panie. – Basma z szerokim uśmiechem kłania się nisko. – Jak się cieszę, że znów mamy gości! Zaraz zaparzę herbatę.

– Dziękujemy, moje dziecko. – Samira ciężko opada na siedzisko, bo na ten widok całe powietrze z niej uchodzi. – Nie trudź się.

– Ależ to sama przyjemność. Mamy, co potrzeba, żeby przygotować nawet małą biesiadę!

– Basma jest wspaniałą organizatorką i potrafi zrobić coś z niczego. – Marysia komplementuje dziewczynę, a ta czerwieni się aż po linię włosów. – To wszystko jej zasługa.

– Nic wielkiego, w końcu wywodzę się z koczowników. – Młoda macha ręką, żwawo zabierając się do roboty, ale nie przestaje gadać: – Wyrwałaś mnie ze szponów mojej wściekłej rodziny, więc mam u ciebie dozgonny dług.

– Jakiej rodziny? Chcesz nam o tym opowiedzieć? – Przybyłe patrzą na ciężarną wyczekująco, ale po chwili z prowizorycznej sypialni nieśmiało wychodzi piątka maluchów i rzuca się w stronę Marysi. – To jest ten żywy inwentarz? – Samira nie może wyjść ze zdziwienia.

– Ciocia Miriam uratowała nie tylko mnie, ale też biedne dzieciaczki swojego podłego męża, a mojego wuja – wypala Basma. – To taka dobra kobieta!

Samira nie zostawia nikogo bez pomocy, a tym bardziej najbliższej krewniaczki, jedynej, która jej pozostała. Razem zamieszkują w budynku szpitala, który jako jeden z nielicznych jest solidny, bo murowany. Działa w nim kanalizacja, a i prądu nigdy nie brakuje, bo na tyłach zamontowano wielki generator. Jest to całkiem duży szpital przeznaczony na tysiąc łóżek. Kiedyś pracowali w nim lekarze z Syrii i Jordanii oraz ochotnicy z całego świata, lecz przy zwiększającej się z dnia na dzień liczbie uchodźców nawet najwięksi zapaleńcy załamywali ręce i w końcu większość porzuciła to miejsce. Teraz są tu leczeni tylko ci, których dolegliwość zagraża życiu, a na porodówkę przychodzą jedynie bardzo młode lub całkiem stare, schorowane kobiety, z nadciśnieniem lub zatruciem ciążowym, rodzące niejednokrotnie dziesiąte czy piętnaste dziecko.

– Niestety, aktualnie w obozie mamy najwięcej ludności z południowej części Syrii. – Mężczyzna, który w opryskliwy sposób potraktował Marysię, a przed Samirą bił czołem, nieszczęsny wdowiec i ojciec zabitych dzieci, okazuje się kompetentnym, uczynnym i miłym facetem, który jest tylko tragicznie przemęczony, załamany i wypalony zawodowo. – Oznacza to, że ludzie z miast, tak zwana syryjska inteligencja, którzy trafili tu na początku, już dawno grzeją tyłki w Niemczech, a nam zostali wieśniacy, rolnicy i koczownicy.

– To też ludzie. – W Samirze burzy się dusza demokratki.

– Ciociu, nie wiesz, co mówisz! – Basma coraz częściej zabiera głos, bo czuje, że to ona jest ekspertem od syryjskiej nacji. – Ci prostacy nie wiedzą nawet, jak skorzystać z normalnej toalety. Gdyby zamiast tureckich sraczy z dziurą w podłodze zamontowano tu muszle klozetowe, z pewnością by je powyrywali.

– Tak, mieliśmy kilka dość groźnych wypadków związanych z tą najprostszą fizjologiczną czynnością. – Syryjczyk robi zawstydzoną minę, speszony prymitywizmem swoich rodaków.

– Niszczyli ubikacje? – Dulaimi uśmiecha się, bo mimo wszystko nie straciła poczucia humoru.

– Parę osób połamało nogi, wpadając do muszli klozetowej, na której usiłowali stanąć. I nie pomogły przyklejone na drzwiach obrazkowe instrukcje. Oni robią tak od wieków i koniec.

– To tak jak z uczeniem ich planowania narodzin – wzdycha Abu Bakrowa, która ma uświadamiać kobiety na spotkaniach i prelekcjach. – Namawiam je do kontroli, ale słuchają mnie tylko młode i niezamężne; starsze pozostają wierne tradycji.

– Pani Miriam obraziła się na mnie w dniu przyjazdu, gdy powiedziałem, że uchodźcy rozmnażają się jak króliki. – Zahir patrzy na piękną kobietę przyjacielskim, ciepłym wzrokiem.

– Pamiętasz to? Niesamowite! – Kobieta spieka raka, bo nie wierzy, że jakiś normalny mężczyzna może ją jeszcze zauważyć i na dokładkę zapamiętać. – Myślałam, że byłam tylko liczbą w kartotece, kolejną opryskliwą banitką.

– Ciebie nie można zapomnieć – wyznaje cicho wdowiec i drżącymi rękami dolewa sobie herbaty. – A mnie chodzi tylko o to, że to jest nie w porządku w stosunku do dzieciaków. Według nieoficjalnych statystyk co godzinę rodzi się jedno syryjskie dziecko. Średnio na dziesięć urodzeń sześć jest syryjskich! Syryjczycy chcą mieć jak najwięcej potomków pomimo warunków, w jakich się rodzą i żyją.

– Twierdzą, że muszą wyrównać straty – tłumaczy Dulaimi z dezaprobatą. – Tysiące ludzi, którzy zginęli, chcą zastąpić nowymi! – Kobieta aż prycha na takie podejście.

– Ogromnym problemem, moje panie, są choroby genetyczne oraz niepełnosprawność, spowodowane małżeństwami osób w bliskiej rodzinie.

– Z tym samym mamy do czynienia w Arabii Saudyjskiej – wtrąca Marysia. – To ogólna bolączka wszystkich krajów arabskich. Jakiś cholernie głupi przesąd czy wręcz zboczenie.

– Wynika to z tradycji i jest tłumaczone kwestią kulturową, stąd bezradność wobec tego zjawiska – Samira przyznaje rację rozmówcom. – Rzadko prowadzi się rozmowy czy pogadanki edukacyjne uświadamiające, że takie związki są niekorzystne dla potomstwa. Często na przykład występuje nuszmania, choroba skóry. Miałam z tym do czynienia również w Rakce. Do jej leczenia potrzebne są drogie antybiotyki, dostępne tylko w Syrii, gdyż schorzenie to jest regionalne. Tutaj tego leku nie ma, a nikt nie będzie go sponsorował, bo choroba nie zagraża życiu, jest tylko uciążliwa…

– I obrzydliwa – dodaje Basma, krzywiąc się na wspomnienie owrzodzonych ran.

– Ale im to jakoś nie przeszkadza, cholera jasna! – Marysia aż traci apetyt, bo nie jest tak zahartowana jak lekarz, który potrafi jeść nad nieboszczykiem w prosektorium.

– Dobry Boże nie pomoże! Oni nawet tu mnożą się w prostej linii… jak te króliki. – Samira z uśmiechem spogląda na Zahira. – Ja jako lekarka też użyję tego określenia, bo uważam, że oddaje ono najlepiej zaistniałą sytuację.

– Rozmawiałem na ten temat z niektórymi mężczyznami, którzy mają po dziesięcioro i więcej potomstwa.

Oni też twierdzą, że chcą zachować równowagę pomiędzy tymi, którzy giną w Syrii, a nowo narodzonymi. Prokreacja. Zaatari zatem to nie obóz dla uchodźców, lecz reprodukcyjny.

– To jakaś bzdura! – oburza się Samira. – Codziennie widzę na ulicach włóczące się małoletnie bandy, a roczne czy dwuletnie maluchy przesiadują we włazach do namiotów lub na progach przyczep bez żadnej opieki lub pod okiem niewiele starszego rodzeństwa.

– Mnie też to porusza. Na dokładkę dzieci są traktowane jak tania siła robocza. Praca i wykorzystywanie nieletnich to dla nas kolejne wyzwanie. Trzeba pomóc tym ludziom...

– Prymitywom! – przerywa Basma.

– Osoba w wieku pięćdziesięciu lat jest traktowana jak rentier, któremu należy się zasłużony odpoczynek, a cztero- czy sześcioletnie maluchy dźwigają ciężary. – Całe wykształcone i światłe międzynarodowe towarzystwo oraz inteligentna z urodzenia Basma jest głęboko sfrustrowane, ale też pełne inicjatyw, by zaistniałą patową sytuację zmienić. – Jak zwał, tak zwał – trzeba im nalać oleju do głowy, bo tak dalej być nie może – kończy Zahir.

*

– Ten obóz to getto! Jakieś wynaturzone więzienie! – Samira rzadko wychodzi poza mury szpitala, bo ma mnóstwo pracy, ale czasem chce sama dotrzeć szczególnie do tych mieszkańców, którzy z placówką medyczną nie mają ochoty mieć nic wspólnego.

– Raczej gułag, bo znajduje się na bezkresnym odludziu – podsumowuje Dulaimi, która ma tytuł magistra socjologii uniwersytetu w Bagdadzie.

– A co to? Co to takiego? – Basma nie wie, o czym mowa, bo w swoim przyspieszonym programie edukacyjnym do tego etapu jeszcze nie doszła.

– W Rosji łagry, obozy, gułagi, jak zwał, tak zwał, rozlokowywano na Syberii. Można ją porównać z tutejszą pustynią. Nie ma z niej ucieczki, nie ma wyzwolenia. Na Syberii uciekinierzy z gułagów zamarzali, a tu mogą umrzeć z upału i odwodnienia.

– Bzdura! – dorzuca Marysia. – W Zaatari nie ma żołnierzy czy kapo, którzy występowaliby przeciwko zebranym tu ludziom, a nasi ochroniarze i wojacy bronią nas jedynie przed dżihadystami, którzy mogą się tutaj wcisnąć i udawać bezbronnych banitów. Nikt do nikogo nie strzela. Nie ma karcerów ani kary śmierci, więc już nie przesadzajcie. Poza tym ludzie są tu dobrowolnie i nikt nie ma zamiaru stąd uciekać, choć każdy pragnie się wydostać do normalnego świata.

– Tkwią tu, bo nie mają innej możliwości. Zgonili ich jak bydło. – Towarzystwo burzliwie dyskutuje, zapominając o upale. – To jakaś pieprzona wegetacja! – wścieka się Samira i aż przystaje, żeby ostro spojrzeć na Marysię.

– Odkąd mamy przyzwoite telefony komórkowe i twojego, Samiro, laptopa, można coś poczytać w internecie i dowiedzieć się, co o nas mówią. – Bratanica stara się uspokoić nerwową Libijkę. – Zaatari to czwarty co do wielkości ośrodek miejski w Jordanii. Czwarte wielkie miasto w tym całkiem bogatym królestwie. Może przerzucą parę tysięcy zdolnych i operatywnych uchodźców do innych miejsc? Może dadzą ludziom szansę tu, na miejscu? Ten ośrodek już coś znaczy…

– Marzenia ściętej głowy! Zaatari to strup na dupie jordańskiego króla – podsumowuje doktorka, a sfrustrowane towarzyszki milkną. Każda myśli już tylko o zadaniu, które ma do zrealizowania.

W końcu zatrzymują się przed wejściem do celu. Wszystkie mają niezłego stracha, nawet przebojowa Samira jest spłoszona wielkością namiotu i tłumem mieszkających w nim kobiet.

– Powtórzmy wytyczne – dyryguje „szefowa". – Basma, sprawdzasz wyposażenie i spisujesz, czego brakuje, a co da się naprawić. – Beduinka jako administracyjno-organizacyjno-logistyczny pracownik sprawdza się doskonale. – Miriam, ty zbierasz w jedno miejsce wszystkie ciężarne kobiety, sprawdzasz ogólny stan zdrowia: ciśnienie, tętno, gardło, uszy, egzema, a następnie przekonujesz je, że rodzenie w domu to przeżytek. – Uśmiecha się zachęcająco do bratanicy, widząc jej niepewną minę. – Dulaimi, mówisz im, żeby się nie puszczały z byle kim, a jak już muszą, to niech stosują środki antykoncepcyjne. – Po tych nieoczekiwanych słowach poważnej lekarki jej towarzyszki pękają ze śmiechu.

Wizyta w namiocie dla kobiet wydawała się im dobrym pomysłem – jeśli góra nie chce przyjść do Mahometa, to Mahomet musi przyjść do góry – jednak żadna nie wie, czego się spodziewać, bo obóz rządzi się swoimi prawami, innymi niż cały praworządny świat.

– Żadnych zainteresowanych pomocą medyczną? – Po półgodzinie bezczynności Marysia podchodzi do Samiry, która siedzi sama w specjalnie wydzielonej części do przeprowadzenia badań ginekologicznych. – Wszystkie zdrowe, Bogu dzięki? – nabija się z nieciekawej sytuacji.

– Jasne. Ciężarnych też brak – ironicznie ripostuje Samira.

– Bzdura. Arabka, a w szczególności syryjska Arabka, jest albo w ciąży, albo w połogu tuż przed następną ciążą. – Marysia drwi z bezmyślności kobiet, jakby zapomniała, że są tylko bezwolnymi ofiarami. – Wychowano je w przekonaniu, że powinny rodzić często i najlepiej siłami natury, a do tego w domu. Na razie nic nie zmieni ich podejścia. A jeśli któraś przy tym umrze lub noworodek nie przeżyje, to znaczy, że Bóg tak chciał. Z Bogiem nie będę konkurować, bo jeszcze oskarżą mnie o bluźnierstwo i ukatrupią na miejscu.

– Nie są zbyt zadowolone z naszej wizyty. – Dulaimi dołącza do zrezygnowanych koleżanek. – Jedyna osoba, której nie unikają, to Basma. Ale mają tylko roszczenia: chcą więcej talonów na żarcie, na nowe sukienki, nowe chusty, buty. Kiedy zapytałam, czy posyłają dzieci do szkoły i czemu tyle ich się tu włóczy, to bardzo uprzejmie odpowiedziały mi, że to nie moja sprawa. Aha, jedna dorzuciła, żebym spierdalała.

– Spójrzmy na ten cyrk, a potem wracam tam, gdzie mogę na coś się przydać. Czyli do szpitala. Miriam, ty lepiej się zajmij nauczaniem angielskiego, a Dulaimi zaopatrzeniem aptek. Tych durnych, prymitywnych oślic nic nie zmieni – ani wojna, ani pokojowe działania, oferowana pomoc i możliwość wprowadzenia postępu. My tym bardziej do niczego ich nie przekonamy.

Przy małym stoliczku Basmy, umieszczonym na końcu korytarza, w półmroku i fetorze, ciągnącym się z pobliskich niezamykanych tureckich ubikacji, panuje harmider.

– *Uskut! Uskut!* – słychać mocny głos Beduinki. – Zamknijcie się, baby! Rozdałam tyle talonów na ciuchy, ile miałam. W przyszłym miesiącu przyjdę znowu.

– Jesteś oszustką! – pada pierwszy mocny zarzut. – Dajesz przywileje wybranym!

– Rozdawałam według kolejności. Mam zapisane wasze imiona i następnym razem te same osoby już talonu nie dostaną. Teraz zgłaszajcie się po dodatkowy ryż, oliwę, kuskus i konserwy z tuńczykiem. Mamy nadwyżki, które możemy rozdać żarłokom – żartuje nastolatka, choć ze strachu jest blada jak ściana.

– Po cholerę mi ryż?! Nie mam co na grzbiet włożyć! – drze się atrakcyjna Syryjka, która nowoczesnym stylem ubioru i dbałością o siebie wyróżnia się wśród biedoty. – Nie mam jak się ludziom pokazać!

– To, co pokazujesz, nie wymaga okrycia! – Kobiety rzucają coraz mocniejsze przycinki.

– Przenieś się do swojego kochasia! Niech on cię ubiera i rozbiera. Tam ci będzie lepiej!

– Sama nawet do gniazda żmij nie mogłabyś się wynieść! Takaś brzydka, że i gady by uciekły! – odszczekuje atakowana.

– Już i tak wszyscy wiedzą, żeś się zadała z gangsterem, więc spieprzaj i nie zabieraj nam tlenu! – Kolejna zazdrosna o powodzenie laluni dorzuca swoje trzy grosze.

– Allah ci odpłaci za twoje grzechy, *szarmuto*! – Stare babsko wyciąga rozczapierzone dłonie, by wyszarpać kokietkę za ufiokowane włosy.

Wymiana zdań jest coraz ostrzejsza, co w tych ekstremalnych warunkach grozi fizyczną utarczką. Wizytatorki nie wiedzą, co począć – nie wzięły ze sobą żadnej ochrony, gdyż nie spodziewały się, że wśród samych kobiet może im coś grozić. Basma znajduje się w jednej części długiego korytarza, otoczona rozwścieczonym tłumem – w drugiej stoją jej wspólniczki. Rozdziela je zbita, kotłująca się masa rozjuszonych, spoconych i śmierdzących ciał. Marysia w zaawansowanej ciąży nie powinna się angażować w konfrontację, grubiutka Samira nie ma w sobie deka agresji, a Dulaimi jest jak piękna porcelanowa figurka. Jednakże nie mogą zostawić nieletniej pomocnicy na pastwę losu.

– Zapraszam panie do mnie! – krzyczy Samira łamiącym się głosem. – Może ja będę umiała wam pomóc.

Jej słowa giną we wrzaskach i przekleństwach. Do sfrustrowanego motłochu nic nie dociera. I nagle Marysia przypomina sobie, że kiedyś była całkiem zadziorną agresorką – nie wytrzymuje w bezczynności i niczym taran rusza przed siebie. Wielkim brzuchem usuwa z drogi rozwścieczone baby, pomagając sobie łokciami i pięściami. Już po chwili dociera do protegowanej.

– Idziemy! – krzyczy jej prosto w nos, bo młoda, przyciśnięta stolikiem do napiętej ściany z drelichu, zamarła z przerażenia. – One już się same obdzieliły talonami!

– To moje ciuchy, ty córko osła! To mój voucher, córko świni! – Kartki wędrują z rąk do rąk, a niewiasty są jak w amoku: stare i młode, nagle wszystkie muszą mieć nowe suknie i chusty.

– Ciociu, uważaj! – rozlega się spanikowany krzyk Basmy, kiedy wystrojona damulka zastępuje im drogę.

– Takeście mądre, paniusie z miasta?! Umiecie najlepiej doradzać, rozdzielać ochłapy, ale ani wy, ani wasi szefowie nie potraficie znaleźć dla nas żadnej drogi, którą moglibyśmy godnie kroczyć! – mówi całkiem rozsądnie, na co jej rozwrzeszczane towarzyszki milkną.

– Myślicie, że wystarczą zużyte łachy i resztki z pańskiego stołu, żeby uspokoić wasze kapitalistyczne sumienie? Gówno prawda! – dołącza inna, patrząc gniewnie.

– Czemu nie zagwarantujecie nam miejsc pracy? Czemu nie możemy zarobić na swój byt, tylko mamy być na waszej łasce i niełasce?

– Większość z nas pracowała. – Najbardziej rezolutna trzyma się pod boki, perorując: – Ja mogłabym prowadzić restaurację, bo jestem świetną kucharką. Ta zasmarkana, schorowana babka – pokazuje palcem na kobietę z chronicznym katarem – była nauczycielką i ma dyplom uniwersytetu w Damaszku. Ta młoda była w Aleppo przedszkolanką. Amira, która stąd zwiała, też była lekarką, tak jak wy. I nie pierdoliła nam głupot o planowaniu ciąży.

– Jakich głupot? – Samira przedziera się do środka kółeczka i cieszy się, że w końcu lody puściły i kobiety otwarły swoje dusze. Choć w nerwowy sposób, ale przedstawiają przybyłym swoje zresztą uzasadnione pretensje. – To ważne!

– Wszystkie nasze ciężarne zostały pohańbione podczas tej parszywej wojny – oznajmia starsza kobieta, spuszczając wzrok. – Nie miały żadnej szansy, żeby sobie cokolwiek zaplanować, choć może sześć lat temu, zanim to wszystko się zaczęło, miały dalekosiężne plany i wydawało się im, że mogą być szczęśliwe. Nie wiecie, co ta wojna z nami zrobiła! – wykrzykuje, na co pozostałe mruczą ze złością.

– Sześć ostatnich lat, moje drogie panie, pracowałam w szpitalu położniczym w Rakce – oznajmia Samira. – Widziałam tam wszystko…

– Nikt cię nie ścigał, nikt się za tobą nie uganiał! Mieszkałaś sobie w czterech bezpiecznych ścianach, a nie w norach czy ruinach.

– Nie byłaś zwierzyną, tylko obserwatorem, a to zupełnie inna bajka.

– Nic o nas nie wiecie, więc nie oceniajcie! – Dulaimi jest delikatną kobietką, ale ma silny charakter i jeszcze mocniejszy głos. – Jej siostra została porwana przez terrorystę, przywieziona do Rakki i przetrzymywana w więzieniu, a potem osadzona w haremie. Miriam sama z dobrej woli przybyła ze swoim mężem, by ją ratować.

– Też mi bohaterka!

– Żebyś wiedziała! W drodze otruto jej męża…

– A potem przywódca Beduinów, podły fundamentalista i morderca, niewolił ją na pustyni. – Basma dopowiada końcówkę. – I takie są tego efekty! – Pokazuje na ciążowy brzuch Marysi, w którym aktualnie podenerwowane dziecko kręci się jak oszalałe, kopiąc przy tym na prawo i lewo.

– Wiemy, co ta wojna zrobiła ludziom, a szczególnie słabym kobietom, bo doświadczyłyśmy jej okrucieństwa na własnej skórze – łagodnie podsumowuje ginekolożka.

– Tak się tłumaczy każda kurwa! – Nagle zza zbitego tłumu wychyla się szkaradna pomarszczona babulina, bezzębna matka Latify, która ssie zapadniętymi ustami ustnik długiej, pustej fajki. – Takaś cnotliwa i uczciwa jak ta nieletnia *szarmuta*, co zabrała mojej córce *mahrama*, dobrodzieja, by potem go omotać i wykorzystać.

– Ona młoda i głupia! Ktoś musiał nią pokierować – dołącza do oskarżeń siostra uwięzionej.

– Taka saudyjska księżniczka to ma w głowie tylko intrygi. – Kolejna krewniaczka wysuwa swój argument. – Takie wykształcone damulki niszczą zwykłym ludziom życie.

Niespodziewanie wiedźma, z szalonym błyskiem w oku i nienawiścią wymalowaną na ściśniętej gniewem twarzy, przyskakuje do Marysi. Przez ułamek sekundy przygląda się jej, a potem wyciąga spod szerokiej sukni zakrzywiony kozik i wykonuje szybkie, wprawne pchnięcie.

Marysia, całkowicie zaskoczona, nie broni się ani nawet nie otwiera ust do krzyku. Atak wprawia ją w osłupienie, tak jak i resztę zebranych. Samira pierwsza przyskakuje do nieszczęsnej krewniaczki, której kolorowa tunika w błyskawicznym tempie nasiąka szkarłatem.

– *Wallahi!* Miriam! Kochana moja! Miriam! Hamid żyje! Miałam ci to powiedzieć, ale nie wiedziałam jak! Miriam, słyszysz mnie? Ty też musisz żyć!

Ale do Marysi nic już nie dociera. Żadna siła nie jest w stanie zatrzymać jej ulatującej duszy, która w końcu ma szansę osiągnąć spokój.

Kara za grzechy i niewinność

Chalid ibn Bagdadi, pierworodny syn wielkiego nowożytnego kalifa Abu Bakra al-Bagdadiego, który zginął bohaterską śmiercią w obronie Państwa Islamskiego, jest wściekły na swojego ojca, że zostawił go z całym tym bałaganem i że przekazał władzę dopiero po swej śmierci – gdy klęska była już nieuchronna. Stary Bagdadi sam spił całą śmietankę, odniósł spektakularny sukces, pławił się w glorii zdobywcy i zwycięzcy, a swego pierworodnego tak wyrolował. *Czemu umarł tak późno? Przecież to już musztarda po obiedzie!* Młody żałuje, że zawczasu nie skrócił tatusia o głowę. Jako że Chalid jest psychopatycznym furiatem, krew się w nim gotuje na taką niesprawiedliwość i nawet jego koledzy – wspólnicy wielu zbrodni i gwałtów – boją się z nim przebywać. Jeszcze tylko Sara patrzy w niego jak w obrazek, nie zdając sobie sprawy, z kim tak naprawdę ma do czynienia. Każdą jego zbrodnię, każdy karygodny czyn odczytuje w fałszywy sposób, gubiąc się pomiędzy dobrem a złem, prawdą i fałszem. Sama nie wie, kiedy całkiem przechodzi na jego stronę, bo jej serce od dawna trawi nienawiść – najpierw do polskiej matki, a potem do niewiernych. Wreszcie ma w pogardzie dosłownie wszystkich z wyjątkiem ukochanego.

– Ta szmata Dulaimi wyrolowała nas na cacy! – Sara krzyczy do męża, sfrustrowanego swoją nieciekawą sytuacją. – Co ja teraz zrobię? Sama mam się zajmować rozwrzeszczanym bąkiem? – Rozpieszczona pannica pokazuje z obrzydzeniem na swojego pierworodnego, a jej słowa tylko wzbudzają niechęć Chalida i wrogość jego ukochanej mamusi.

– Jesteś kobietą, więc powinnaś wiedzieć, jak się zajmować dzieckiem – burczy chorobliwie otyła teściowa, nie przerywając pochłaniania potraw, które znikają w bezdennej czeluści jej oślinionych, zatłuszczonych ust. – Gorsze jest to, że ta ladacznica uciekła i zabrała ze sobą syna, jeszcze jednego Al-Bagdadiego, co niechybnie wykorzysta w przyszłości – podjudza znerwicowanego, zaszczutego Chalida.

– Co ty gadasz, matko? – Sara się nie kryguje, zwracając obcesowo do rodzicielki groźnego terrorysty, który od zawsze był drażliwy na punkcie mamusi, gdyż u niej znajdował pełną akceptację, a teraz mocne i chyba ostatnie wsparcie. – Gdzie wykorzysta półrocznego gnojka? W obozie dla uchodźców? Dostanie jedną miskę więcej zupy z obierków? Co za głupie gadanie!

– Licz się ze słowami, gówniaro! – Stara tylko podnosi wzrok znad miski, bo ważącego ponad sto pięćdziesiąt kilogramów cielska samodzielnie nie da rady już dźwignąć.

– Żebyś się nie doigrała! – straszy, lecz Sarze wydaje się, że ma w tym domu niewzruszoną, mocną pozycję.

– Najgorsze jest to, że dezerterzy opuszczają nasz święty kalifat – wtrąca cicho Chalid.

Obie kobiety czują niewypowiedziany respekt i szacunek dla szalonego młokosa, który faktycznie rządzi nie tylko ich życiem, ale też egzystencją tysięcy ludzi w całej Rakce. Milkną więc i wstrzymują oddech, słuchając jego mądrych słów.

– Porzucają nas nie tylko wojskowi, ale cywile, wśród których są lekarze, a to już niedopuszczalne. Niech idą precz rolnicy czy robotnicy, ale nie inteligencja, która jest nam niezbędna. Teraz nasz szpital jest pełen, ale tylko chorych i umierających, bo nie ma komu ich leczyć. Ta twoja parszywa ginekolożka i jej mąż… Mieli tu wszystko! – Twarz mężczyzny staje się purpurowa, a oczy nabiegają krwią. – Żołnierze zwiewają! Do cholery, co się dzieje? Otaczają mnie sami głupcy i tchórze! Parszywcy!

– Synku, my z tobą zostaniemy – z dumą oświadcza grubaska, ale Chalid tylko przewraca oczami i w duchu stwierdza, że ona, gdyby tylko dała radę zwlec swoje tłuste dupsko z krzesła, mogłaby sobie pójść w diabły, bo i tak w niczym nie jest już w stanie mu pomóc.

– Nie mam lekarki, nie mam opiekunki do dziecka, nie mam sprzątaczki… W naszym domu jest tylko kucharka ze względu na apetyt twojej matki. – Sara podsumowuje swój ciężki los, bo dola innych ludzi jest jej całkowicie obojętna. – Załatw mi kogoś! – jęczy rozkapryszonym, ale też rozkazującym tonem, a matka nawet nie piśnie, czekając na reakcję swego syna, jest bowiem pewna, że ta głupia gęś prędzej czy później dostanie za swoje i wtedy już będą mogli we dwójkę z pierworodnym zgodnie i spokojnie żyć w ich wymarzonym kalifacie. – Możesz wziąć kogoś z więzienia, z haremu, skądkolwiek!

– Nie zawracaj mi głowy pierdołami. Losy całego Państwa Islamskiego spoczywają na moich barkach – nad wyraz spokojnie odpowiada mąż, po czym wstaje i szykuje się do wyjścia.

– Znowu mam zostać sama w tej norze w towarzystwie obżerającej się, obrzydliwej, starej krowy? – Sara jest rozczarowana, a przez to ogromnie rozjuszona. – Nie wiesz, z czego ja zrezygnowałam, by do ciebie dołączyć! Nie wiesz, w jakich warunkach mieszkałam! W pałacu ze służbą, prywatnym kierowcą i osobistą posługaczką! – Głos jej się trzęsie nie dlatego, że tęskni do poprzedniego życia, ale ponieważ jej życzenia już nie są spełniane, a przez to czuje się coraz mniej kochana. – *Dżihadi* John potrafił wszystko! – nagle wygarnia mężowi, uznając w swej naiwności, że to całkiem niezły argument. – Miał dwie żony i każdej zagwarantował komfort! Taki zwykły pionek! A ty niby jesteś kalifem!

Chalid przez chwilę wsłuchuje się w echo wykrzyczanych słów, które odbijają się od pustych ścian ich kwatery w czynszowej kamienicy. Stoi już blisko drzwi, lecz nagle odwija się i z całej siły strzela piękną nastoletnią żonę w policzek, a żeby nie poleciała za daleko, chwyta ją za włosy i długo bije to na odlew, to pięściami, po twarzy, głowie, szyi i ramionach. Kiedy już ma przed sobą tylko zakrwawiony ludzki ochłap, wyplątuje palce z kłaków, posklejanych purpurową posoką, wyciera ręce w czarne portki, obraca się i wychodzi.

Przez cały ten czas matka nie przerywa konsumpcji, mlaszcząc językiem o podniebienie i oblizując palce. Mały synek państwa Bagdadi jeszcze długo zachłystuje się od szlochu, lecz nikogo to nie obchodzi. Sara leży jak nieżywa na brudnym lastriku. Jej nieprzytomne myśli błądzą po polskich zielonych pastwiskach, by potem przenieść się na saudyjską pustynię Rub al-Chali, do parku Tumama, gdzie jako dziewczynka – z dwoma cienkimi kucykami i w kolorowej sukieneczce – bawiła się w berka z innymi dziećmi podczas corocznych spotkań Polonii. Słyszy śmiechy i nawoływania. Z daleka, chyba już z zaświatów, dochodzi do niej głos: Saro… Saro… Saro…

Matka kończy kolejną miskę tłustego jadła, opiera się o stół i jakoś wstaje. Ledwo wlokąc nogami, przemieszcza się na pobliski fotel, który zaanektowała po śmierci Abu Bakra. Pada na niego ciężko i międląc coś w ustach, pilotem włącza telewizor. Przeskakuje po programach, aż trafia na egipską operę mydlaną, uwielbianą przez wszystkie Arabki. Oglądanie telewizji czy słuchanie radia są w kalifacie surowo zakazane, gdyż przyjemność i radość to grzech, lecz oczywiście nie obowiązuje to samej wierchuszki. Oni przecież muszą wiedzieć, co się dzieje na świecie. Wielka baba, rozparta wygodnie, po chwili staje się senna, jednak wypełniony po brzegi żołądek nie nadąża z trawieniem i utrzymaniem treści, która została do niego dostarczona. Dlatego też co chwilę do jej ust cofają się wymemłane resztki, których już nijak nie daje rady połknąć. Jest na to przygotowana, bo przecież dzieje się tak cały czas, więc odpluwa nadmiar jadła w brudną śmierdzącą ścierę, którą ma pod ręką. Kiedy stan się uspokaja, grubaska, podśmiewając się z oglądanej komedii, leniwie przysypia w fotelu.

Sara leży bez ducha na zimnej podłodze. Trzymiesięczne niemowlę w brudnej pieluszce już tylko cicho pochlipuje, a jego ciałkiem raz po raz wstrząsają spazmy.

Zapada zmierzch, gdy nagle za jedynym małym okienkiem nasila się znany już wszystkim mieszkańcom Rakki hałas. Z oddali nadlatuje kolejna kawaleria powietrzna, która ma nadzieję w końcu złamać to miasto, siedlisko dżihadystów i wcielonego zła. Huk eksplozji jest coraz głośniejszy, pociski padają nie tylko na peryferiach, ale i w samym centrum. Koniec kalifatu jest bliski, lecz ten jeszcze kąsa, jeszcze się broni, bo ci, którzy tu rządzą, zdają sobie sprawę, że wraz z upadkiem idée fixe ich marne życie będzie jeszcze mniej warte niż do tej pory – przed powstaniem Państwa Islamskiego, w którym przez chwilę brylowali.

Chalid jest wściekły, że własna żona porównała go do zdrajcy, dezertera i złodzieja. Nie potrafi jednak się na nią długo gniewać, nie chowa urazy i naprawdę nie chce zrobić jej krzywdy. Decyduje się poczynić pewne kroki, żeby już nigdy nie mogła mu zarzucić niezaradności i złego traktowania kobiet. Przecież całe życie znosił swoją matkę, która niejednokrotnie przysparzała mu kłopotów i wstydu. Nigdy nie zapomni, jak u Jasema Alzaniego zadławiła się kością z kurczaka i omal nie umarła, ale zamiast niej – i przez nią – odeszła z tego świata inna kobieta, w okrutny sposób ukamienowana. To była piękna, elegancka pani, o jakiej każdy chłopiec czy mężczyzna może marzyć, by była jego kochanką lub matką. Nie przeszkadzało mu wykonanie wyroku, choć z przykrością patrzył na zmasakrowaną twarz Muniry. W duchu potępił wtedy *dżihadiego* Johna, bo prawdziwy muzułmański syn nie postępuje w ten sposób. Choćby nie wiem co powinien chronić swą matkę i otaczać ją splendorem. Dlatego teraz on, kalif Chalid ibn Bagdadi, chcąc zrobić przyjemność swoim dwóm kobietom, jednej chudziutkiej i drobniutkiej jak skrzydełko, a drugiej wielkiej jak szafa trójdzielna, postanawia wykorzystać swą pozycję i skubnąć trochę z kalifackiego tortu. Nigdy tak nie postępował, nie pożytkował układów i koligacji dla zyskania jakichkolwiek dóbr materialnych, bo do szczęścia wystarczy mu wiatr we włosach w szybkim samochodzie i swoboda działania niekrępująca czynów, zwłaszcza tych, których nie akceptuje zgnity, przeklęty Zachód.

– Co wy tu robicie? – zwraca się do nieproszonych gości w willi, która od czasu ucieczki Jasema miała stać pusta. – To miejsce nikomu nie zostało przydzielone! – Denerwuje się i poprawia pasek od kałasznikowa.

– A skąd ty wiesz, młody? – Widać waletowicz nie ma rozeznania we władzach i mało się interesuje polityką, bardziej dbając o własny tyłek. – Co ci do tego?

– Ja tu rozdzielam przywileje, głupcze! – Chalid błyskawicznie sięga po broń i jednym pociągnięciem cyngla kładzie wszystkich obecnych na podwórcu.

– Jaśnie panie! Wielmożny panie! – słyszy cichutki, drżący głosik, dochodzący zza muru. – Nie zabijaj, proszę. Ja niewinna...

Morderca stwierdza, że to jego szczęśliwy dzień – nie dość, że dla swych pań oczyścił willę z robactwa, to jeszcze będzie miał okazję nacieszyć się zdobyczą. Niewieściego narybku w mieście i okolicy nie ma już za wiele, a wszystkie panienki, które pozostały, to prawowierne, zakwefione muzułmanki, ukryte w domach lub piwnicach, właśnie po to, żeby taki młody wilczek się nimi nie zainteresował. Zanim jednak zboczeniec zabiera się do rzeczy, słyszy dźwięk nadlatującej eskadry bombowców. Ucieka do rezydencji, jednak na jego szczęście maszyny tym razem zmierzają w kierunku centrum.

– Bezpiecznie tu? – pyta przestraszoną młódkę, która cały czas poprawia kwef na głowie, ale lejący materiał za nic nie chce się trzymać na kręconych, śliskich od oliwy włosach. – Mówię coś do ciebie, oślico!

– Tak, panie. Bezpiecznie. Do dzisiaj... – Dziewczyna połyka łzy, bo widać grabieżca zabił jej najbliższych.

– Więcej was tu było czy to wszystko? – Chalid wskazuje palcem podwórzec zaścielony ciałami. – Ktoś jest na mieście?

– Nie, panie. Właśnie wrócili.

– Skąd wy?

– Z Za'atan. To mała osada. Ojciec dostarczał do Rakki warzywa, owoce, mleko, a na początku wojny nawet mięso.

– Co was tu przygnało?

– W mieście łatwiej, spokojniej, bo policja i wojsko strzegą porządku. Tak myślał... – Dziewczyna przerywa, bo już sama nie wie, co ma powiedzieć, żeby ocalić życie. – Tata martwił się o nas, o matkę i siostry...

– A one gdzie? – Dżihadysta wychodzi na podwórze i obutą nogą bezpardonowo odwraca ciała, by im się przyjrzeć. – Tutaj jest tylko jedna baba.

– Moja mama... – Dziewczę dłużej nie potrafi zapanować nad sobą i wybucha głośnym płaczem.

– Gdzie siostry?

– Nie ma...

– Jak to nie ma? Gadaj!

– Dwie zabite, a trzecia zniknęła.

– Dobrze... – Chalid zastanawia się przez chwilę i dochodzi do wniosku, że jeszcze zdąży schrupać ten smaczny kąsek, a teraz trzeba dziewczynę zwyczajnie wykorzystać do pomocy. – Zabieraj się do porządków, jak chcesz pozostać w tym domu i przy życiu – ogłasza ze złośliwym uśmieszkiem. – Podeślę ci kogoś do pomocy z ciężarami. – Ma na myśli ciała zabitych, na które patrzy bez najmniejszych emocji.

Lustruje rezydencję – kiedyś perełkę, wartą majątek, a teraz zwykłą ruinę, metę dla najgorszych mętów i meneli. W willi panują straszliwy rozgardiasz i smród. Gospodarze, nie wiadomo czemu, wprowadzili do salonu inwentarz – kozy i owce rezydują na perskim dywanie, pokrytym zwierzęcymi odchodami, i żrą siano z aluminiowych garnków. Roztrzaskany, wybebeszony telewizor stoi w kącie, bo zrobiono z niego klatkę na kurczęta, a dobytek, jak króliki i kury, to wchodzi do środka, to wychodzi na wewnętrzne podwórze. Chalid doskonale pamięta, że właśnie tam znaleziono płytko zakopane ciało Jasmin – kochanki, a później drugiej żony Jasema, najlepszej agitatorki Państwa Islamskiego. Zboczony młodzik czuł niesamowity respekt przed starszą od siebie kobietą, podziwiał jej inteligencję, zdolności i okrutny charakter, tak podobny do jego własnego.

Mężczyzna otrzepuje się ze wspomnień i wbiega na piętro po krętych marmurowych schodach. Są tam tylko puste ściany, ale przynajmniej pokoje nie zostały tak zniszczone jak te na dole. Na koniec zagląda jeszcze do sypialni na parterze. Ta po lewej należała do Jasema i jego białej, sprytnej żony, Darin. Wszystkie sprzęty i elementy wyposażenia są na swoim miejscu, może dlatego że dominuje tu odór śmierci. Widać przez długi czas nikomu się nie chciało uprzątnąć gnijących ciał strażników i ich szczątki na dobre wsiąkły w niegdyś piękne, marmurowe płyty podłogi.

Chalid marszczy nos i otwiera okno, z którego rozpościera się całkiem ładny widok. Nie są to bezludne obrzeża miasta, pełne mętów i błąkającego się bez celu wojska, lecz elegancka dzielnica. Niezbyt oddalona od centrum, nie wiadomo czemu jest oszczędzana przez siły zjednoczone atakujące z powietrza i ziemi. Rzuca okiem w stronę śródmieścia, nad którym unoszą się pył i dym z palonych domostw. Nie martwi się o swoje kobiety, nawet przez myśl mu nie przejdzie, że w wyniku nalotu coś mogło im się stać. Teraz nurtuje go co innego.

Przechodzi do drugiej części domu, niegdyś należącej do Jasmin. Tutaj wszystko rozgrabiono – na ziemi leżą maty, materace i brudne koce nieproszonych gości, śmierdzące chyba gorzej niż zwierzęce fekalia.

Potem szybko wychodzi. Na podwórzu ukrytym za wysokim murem przy ciałach zabitych wieśniaków nadal siedzi młoda, ładna Beduinka, szlochając cicho. Mężczyzna zbliża się do niej, trąca w ramię i pokazuje palcem na willę, a ona posłusznie wstaje i znika w jej wnętrzu. Okupant przeszukuje ciała, zabierając wszystko, co wartościowe, choć wiele tego nie ma. Na koniec dzwoni do zaufanych kumpli – ni to z prośbą, ni z rozkazem uprzątnięcia bałaganu, którego narobił – i wraca do willi.

– Jak ci na imię? – pyta zrozpaczoną, drżącą jak osika dziewczynę.

– Leila… – szepcze, spodziewając się najgorszego.

– Ładnie… całkiem ładnie. – Zboczeniec, który zwykle nie adoruje kobiet, ale gwałci je i zabija, łagodnie spogląda w oczy swej ofiary, mamiąc ją dobrodusznością. – Mówiłem, żebyś się zabrała do sprzątania. Radzę zrobić to szybko. – Podminowany nieposłuszeństwem dziewczyny ściska zęby, ale tym razem udaje mu się nad sobą zapanować.

Ibn Bagdadi chce jeszcze coś zdziałać i angażuje się w przygotowanie młodych *szahidów* do obrony Rakki. Ma zamiar zbudować z nich żywy mur, kiedy antykalifackie koalicyjne wojska lądowe ruszą na podbój miasta, wcześniej zrujnowanego bombardowaniami. To będzie jego wkład – wiekopomny czyn, o którym długo będzie się opowiadało, a może nawet w kronikach go zapiszą. Młody mężczyzna jednak nie jest głupcem i zdaje sobie doskonale sprawę, że cokolwiek by zrobił, walka jest przegrana, bo w stolicy kalifatu pozostały same bezwartościowe dla dżihadu jednostki – co mądrzejsze bowiem i sprytniejsze szczury, takie jak Jasem Alzani, uciekły.

W byłym domu sportu, który jest teraz kwaterą dla chłopców i nastolatków, mieszkają, pracują i szkolą się wyrzutki nie tylko arabskiego społeczeństwa, ale całego świata. Sieroty i bezdomni z Syrii, Iraku, zachodniej Europy, a nawet z Ameryki byli tu ściągani i transportowani statkami, promami i czasami samolotami. Ogromną ich rzeszę zwerbowała Jasmin oraz podobne jej aktywistki. Kiedyś wydawało się to idealnym rozwiązaniem, bo te dzieciaki po przyjeździe do zupełnie obcego sobie świata były skazane na łaskę i niełaskę nowych panów, swoich sponsorów. Teraz nie mają dokąd pójść, nie mają za co uciec, są więc zmuszone żyć w atakowanym mieście i służyć szalonym przywódcom do końca wojny lub swojego tragicznego, zmarnowanego życia.

– *As-salamu alejkum* – witają znanego tu i podziwianego kalifa. Imponuje im, bo w tak młodym wieku jest już przywódcą państwa, a do tego świetnie się prezentuje.

– *Ahlan wa sahlan* – rzuca ktoś bardziej zaprzyjaźniony z liderem. – *Kif halek?*[1].

– *Quejs*[2]*! Kullu tamam*[3]*!* Co u was? – odpowiada miło Chalid, bo jak każdy lubi adorację i podziw, jednak nie czeka na odpowiedź, tylko zmierza do prywatnych pomieszczeń specjalistów od ładunków wybuchowych, którzy zostali tu ściągnięci aż z Afganistanu i Pakistanu.

Mężczyźni żyją jak bydło, ale nie dlatego, że takie dostali lokum, dom sportu bowiem przed wojną był chlubą tego miasta i inwestowano w niego mnóstwo pieniędzy. Azjatyccy przybysze pochodzą z nizin społecznych swoich krajów, u siebie mieszkali w lepiankach, norach czy jaskiniach, na górskich odludnych terenach, więc nie uszanowali nic z tego, co dostali, przeciwnie – wnieśli do tego schludnego, nowoczesnego miejsca swój prymitywizm i smród. Ich jedyne atuty to zdolności manualne i umiejętność konstruowania śmiercionośnych ładunków. Korzystając z pomocy małych, zwinnych rączek nieletnich Arabów i innych muzułmanów, składają miny, specjalne naboje i pociski. Teraz jednak przede wszystkim konstruują pasy *szahida* i kamizelki dla terrorystów samobójców. Chalid chce ich co najmniej sto, bo już nie satysfakcjonuje go skromny atak – pragnie spektakularnego wydarzenia. Żeby zadrżała syryjska ziemia, a wraz z nią cały świat.

– Macie dość materiałów? – pyta najsprytniejszego fachowca prosto z Karaczi, który jeszcze parę miesięcy temu

[1] *Kif halek* (arabski) – Jak się masz?
[2] *Quejs* (arabski, dialekt) – Dobrze.
[3] *Kullu tamam* (arabski, dialekt) – Wszystko w porządku.

zdetonował ładunek w zatłoczonym centrum handlowym miasta, wysyłając na tamten świat rzeszę nieszczęśników. – Starczy dla takiej liczby chętnych?

– Tak, nie ma problemu. – Terrorysta nie patrzy rozmówcy w oczy, bo jego rozbiegany wzrok nie jest w stanie się skupić na jednym punkcie. Ma na sobie typowy pakistański strój – szarawary i kamizelkę oraz długą, szeroką koszulę. Jego ubranie jest brudne, a bijący od niego smród nie do zniesienia. Wymuskany przystojniak cofa się o krok, bo ma wrażenie, że zaraz zemdleje. – To będą małe kamisy i wąskie paski. Da radę… – Chłopek o złotych rękach, stojąc naprzeciwko kalifackiego przywódcy, nagle zaczyna dłubać w nosie, by po chwili, z błogością na twarzy, wyciągnąć zielony glut.

Chalid zaciska wargi, żeby nie zwymiotować, i odchodzi szybkim krokiem. Przed budynkiem na przyjemnym słońcu wygrzewają się jego znudzeni kumple.

– Stary, co robimy? – zagadują. – Masz jakiś pomysł? Pojedźmy na jakąś wycieczkę.

Młodzi, zamiast biec z pomocą mieszkańcom płonącego miasta, myślą tylko o sobie i całkowicie nie troszczą się o życie ludzi, którzy cierpią w kolejnym bombardowaniu.

– Koleś! Nie mamy co ze sobą zrobić! – skarżą się. – Jest beznadziejnie!

– Już przed wojną było lepiej… – wypala jeden, ale zaraz gryzie się w język.

– Niby pod jakim względem? W pierdlu siedziałeś – błyskawicznie reaguje urażony Chalid.

– Ale jak nie siedziałem, to było weselej. Jeździliśmy w teren, zabawialiśmy się z dziewczynkami, gorzałki popili, haszu popalili…

– To wszystko grzech! – oburza się jeden z nich – syn imama, który ma jedną małą słabostkę: nad wyraz lubi małych chłopców. – Jak możesz tak mówić?! Idź do meczetu, człowieku!

– Pierdolisz! – Mężczyźni już nie mają chęci udawać świętych. – Jak rżnęliśmy wieśniaczki, a ty swoich młodych chujków, to wszystko było dobrze, no nie?

– Karaliśmy niewiernych! – Świętoszek nigdy nie przejrzy na oczy. – Na chwałę Allaha! Dla wiecznego zbawienia naszych dusz!

– Co ty byś robił w raju, facet? – pyta inny ordynus, a reszta tylko chichocze. – Na licho ci nawet jedna hurysa, a co dopiero siedemdziesiąt dwie!

Sfrustrowani młodzi rechocą przez ściśnięte podnieceniem gardła, choć tak naprawdę wcale nie jest im wesoło. Są sfrustrowani. Kilku mądrzejszych wyrzuca sobie, że dołączyło do bandy Chalida, inni żałują, że nie wyjechali stąd, kiedy był na to odpowiedni czas. Nie posłuchali zdrajców, którzy teraz okazują się wygranymi. Żaden z bandy nie ma na tyle pieniędzy i koneksji, żeby się wyrwać z tego piekła, nikt też nie uniknie kary, więc nie pozostaje im nic innego, jak tkwić w tym bagnie aż do tragicznego końca.

Późną nocą młody kalif wraca do swojego mieszkania, po drodze zauważając, że kolejny nalot przeciwników

Państwa Islamskiego ominął jego dzielnicę. *Jednak się boją bombardować mieszkalne rewiry*, podsumowuje, podziwiając swojego ojca za spryt. *Teraz na chwilę się przeprowadzimy, żeby przewietrzyć moje kobiety, niech na koniec mają coś z życia. A potem hajda w szeroki świat!*

Kiedy otwiera drzwi, uderza w niego smród niewietrzonych pomieszczeń, opary garkuchni, z dominującą wonią zasmażanej cebuli i czosnku, ale przede wszystkim odór wymiocin, kału i krwi. Usiłuje włączyć światło, ale znów nie ma prądu. Sięga po latarkę, która powinna leżeć na szafce przy wejściu, ale nie ma jej na miejscu. Po omacku rusza w stronę salonu, lecz po kilku krokach potyka się o ciało swej żony, którą przed wyjściem skatował do nieprzytomności. Poraniona Sara jest nieruchoma, tylko pojękuje cicho. Mężczyzna mija ją i idzie do sypialni. Na szafce nocnej znajduje lampę naftową i zapałki. Szybko zapala jedną z nich i przytyka do knota.

– Hej! Co tobie? Nie wydziwiaj! – Jest podenerwowany bynajmniej nie stanem zdrowia dziewczyny, lecz jej fanaberiami. – Myślisz, że będziesz się tu wylegiwać do końca świata? Rusz się, do cholery!

Sara posłusznie przewraca się na plecy, ale to wszystko, co może zrobić. Nie jest w stanie nawet usiąść.

– Ależ dajesz w dupę! – Mąż ma coraz większą chęć znów jej przyłożyć. – I co ja mam z tobą począć? Matko! – Jak zawsze szuka pomocy u swojej rodzicielki, choć ta też zaczyna go irytować. Nie ma jednak nikogo innego, kto by go wsparł, więc jest na nią skazany.

– Czego chcesz? Coś znów zmajstrował? Gdzieś łaził? Ja cię przed ojcem dłużej nie będę kryła... – mówi stara zaspanym głosem, zapominając, że jej mąż już dawno nie żyje.

– Obudź się! Sara tu leży – stwierdza Chalid, tak jakby to nie on był sprawcą ciężkiego stanu kobiety.

– I co, że leży? Do szpitala z nią!

– Żartujesz, matko! Do jakiego szpitala?

– No to ci odwali i będziesz miał po żonie – trzeźwo konstatuje już wybudzona grubaska.

– A ty będziesz tak gnić w tym fotelu, obrzygana i osrana?! – wybucha młody, nie panując już nad słownictwem. – Zajrzałabyś przynajmniej do wnuka! Co z ciebie za babcia!

– Wynajmij do gnojka niańkę. Ja nie będę w swoim domu robić za służącą. Zresztą on pewnie też już sztywny. Tak wielki kalif dba o swoją rodzinę. – Dogryza mu, patrząc przed siebie rozjuszonym wzrokiem. – Jak nie potrafi się zatroszczyć o najmniejszą jednostkę społeczną, to jak ma kierować państwem? – Z na pierwszy rzut oka prymitywnej kobiety wychodzi deko rozumu, które się ostało pod pokładami tłuszczu i jeszcze nie zdążyło zostać pochłonięte przez cholesterol.

Chalid porywa na ręce swoją kobietę, zanosi ją do pikapa, a następnie wraca po syna. Jedno i drugie wygląda tragicznie, ale niemowlak nie przejawia żadnych oznak życia.

Kiedy przywozi swoje ofiary do kliniki, od razu kieruje się na oddział intensywnej terapii. Panuje tam istne piekło. Po bombardowaniu przywieziono mnóstwo rannych, tak wojskowych, jak i cywilnych. Na domiar złego brakuje zespołu medycznego, by im wszystkim pomóc. Oprócz nagłych przypadków licznie przybywają też zwyczajni obywatele, cierpiący na codzienne przypadłości, takie jak wyrostek robaczkowy, kamienie żółciowe, biegunka czy pospolita grypa. Ci często leżą na korytarzach, bo nikt się nimi nie interesuje i nawet szklanki wody nie poda.

Jednakże do Ibn Bagdadiego od razu ktoś podchodzi, bo jego wszyscy tu znają. Paru medyków pozostałych w Rakce dostało za swoją odważną decyzję specjalne profity w postaci przelewów grubych tysięcy dolarów na swoje zagraniczne konta czy luksusowych prezentów, które czekają na nich w ościennych, bezpiecznych krajach. W Katarze czy Emiratach Arabskich mają kupione przez kalifat apartamenty, rezydencje, a nawet jachty. Chalid bowiem nie pozwoli umrzeć swoim najwierniejszym ludziom, bo aktualnie nikt nowy tu nie przybywa, a wojskowi i cywilni zwolennicy dżihadu wykruszają się w błyskawicznym tempie. Ktoś musi mu pozostać, bo inaczej zamiast z *szahidami*, czołgami i rakietnicami wyjdą na przywitanie wojsk przeciwnika z białymi flagami, w towarzystwie bezbronnych dzieci i kobiet.

– Zróbcie coś z nimi! – rozkazuje, wskazując swoją rodzinę.

– Proszę przejść do pomieszczenia na końcu korytarza, panie. – Przekupny doktor, mający sto tysięcy dolarów na koncie dzięki przelewowi od Chalida, kłania się w pas i znika. Dzisiaj będzie musiał odpracować te pieniądze, gdyż w szpitalu pojawiło się kilkudziesięciu rannych wojskowych i trzy razy tyle cywilów, których skazuje się na śmierć, nie kiwnąwszy w ich kierunku nawet palcem.

– Hej, ty! – Kalif łapie za rękaw młokosa w medycznym uniformie. – Masz się tym zająć. – Kiwa w stronę metalowego łóżka na kółkach, na którym leży Sara wraz z ich synem. – Natychmiast!

– Ależ panie… Ciężko będzie! Nie mamy ani czasu, ani medykamentów dla zwykłych obywateli… – Nieobyty technik rozkłada ręce, widząc zmasakrowaną, ledwo oddychającą dziewczynę i fioletowego na twarzy niemowlaka.

– Co? Co ty do mnie gadasz?! – Chalid błyskawicznie repetuje broń. Gdyby nie przechodzący doktor, znający tutejsze zwyczaje, a przede wszystkim notabli, technik medyczny już by nie żył.

– Oczywiście, łaskawie nam panujący kalifie! – wykrzykuje doktor, bo jatka w klinice to ostatnie, czego mu trzeba. – Już się nimi zajmiemy. Problem jest innej natury… – zniża głos. – W nocy na dyżurze są tylko lekarze mężczyźni. Pozwolisz zatem…

– W dupie to mam! Doprowadzić ich do porządku, i to już! Jutro przyjdę sprawdzić, czy jest poprawa. Rozumiemy się? – Chalid groźnie spogląda na dwóch przerażonych medyków, którzy zdają sobie sprawę, że jeśli któreś z przywiezionych umrze, ich los będzie przesądzony.

Kalif z westchnieniem ulgi opuszcza szpital, wskakuje do auta i rusza z kopyta. Nie wraca jednak do swojego obrzydliwego mieszkania, lecz udaje się do willi, w której czeka na niego rekompensata za trudy tego dnia – piękna, młodziutka i nietknięta Leila. Jego nowa hurysa.

Po trzech dobach, które Sara i dziecko spędzają w szpitalu, wracając do zdrowia, podczas gdy Chalid baraszkuje z nową nałożnicą, cała familia przenosi się do wysprzątanej willi.

– I jak ci się podoba? – pyta zadowolony żonkoś, bo dom po usunięciu prymitywnych lokatorów i ich inwentarza prezentuje się naprawdę okazale, zwłaszcza w porównaniu z ruderą, w której koczowali przez ostatnie lata. – Już nie będziesz narzekać?

– Tak, świetnie… – odpowiada Sara martwym głosem, bo wciąż się nie podźwignęła po ostatnim zajściu, które przewróciło jej świat do góry nogami. – Wszystko dobrze…

– To się cieszę. Oddaj dziecko niańce i chodź zobaczyć twój pokój.

– A ja niby co?! – wydziera się stara, którą dwóch silnych żołnierzy usiłuje wyciągnąć z samochodu.

– Zamów sobie dźwig, kobieto! – Chalid ma już naprawdę dość i pragnie odmienić swoje życie, najchętniej rzucając to dotychczasowe i zapominając o nim na dobre.

– Jak ty się do mnie odnosisz, niewdzięczniku! – Matka ma jednak wystarczająco dużo siły na krzyki, a wojacy podśmiewają się pod nosem, rozbawieni komiczną sytuacją.

Syn ją zbywa, machając lekceważąco ręką, i prowadzi żonę do sypialni.

Młokosowi nie przeszkadza, że pokój ten był przez długi czas grobem dla strażników, których ciała rozkładały się w upale. Sara jednak od razu wyczuwa fetor śmierci i zatyka nos.

– Wywietrzy się – rzuca oschle mąż, bo nie podobają mu się takie kaprysy.

– Co to za smród?

– Wojenny. – Popycha Sarę na łóżko, bo jego popęd jest niespożyty, a nawet odwrotnie proporcjonalny niż u innych samców. Im więcej seksu uprawia, tym bardziej go pragnie, a że jest mężczyzną o ogromnej potencji, jego potrzeby są nie do zaspokojenia nawet przez dwie kobiety. – Ściągaj te szmaty. Kupiłem ci nowe łaszki.

– Dziękuję. – Sara ledwo jest w stanie mówić, bo wydobycie głosu ze ściśniętego gardła od razu powoduje zawroty głowy i migrenę.

W wyniku pobicia doznała wstrząśnienia mózgu, złamania szczęki i nosa oraz popękały jej liczne naczynka. Najgorsze, że został też uszkodzony nerw oczny, w wyniku czego z jednego oka ciągle wypływają jej łzy, a powieka opada. Skatowana dziewczyna ma odrętwiałe czoło i liczne podskórne wylewy. Lekarze zlekceważyli uszkodzone kręgi szyjne, bo stwierdzili, że kołnierzy ortopedycznych i tak nie mają. Kiedyś śliczna, delikatna młódka, teraz nie chce nawet spojrzeć w lustro. Jej próżna natura została złamana, a zauroczenie kalifatem, ortodoksyjnym islamem – i przede wszystkim pięknym jak malowanie dżihadystą – legło w gruzach. Całą winę za swoją sytuację zrzuca nie na fundamentalizm czy ojca, przez którego tak naprawdę się tu znalazła, lecz na męża. Na początku tak ją kochał… Wspomina cudowne chwile, gdy się poznali, oraz fantastyczny ślub i niesamowity prezent od oblubieńca. Nie widzi w tym zboczenia, dewiacji czy perwersji, że ofiarowano pannie młodej głowę dziesięcioletniego chłopca i szczątki jego przepięknej siostry. Nadal rozczula się nad niezwykłością tego zdarzenia oraz wyjątkową atmosferą. Teraz bardziej niż rany boli ją fakt, że została zmaltretowana, a przez długie godziny nikt się nią nie zainteresował. I kto jej to zrobił? Kto połamał jej kości i pozbawił urody? Ten, którego wybrała, dla którego odrzuciła swój świat, wygodne życie i zrezygnowała z młodości, by tak wcześnie zostać żoną i matką. Sara nie czuje jednak ani tęsknoty, ani żalu, że zostawiła kochających ją rodziców. Jej uczucia do nich się nie zmieniły, bo jest urodzoną dewiantką, anarchistką i ekstremistką. Obiecuje sobie tylko zemstę na jedynym winnym jej nieszczęścia – na kalifie Chalidzie ibn Bagdadim. Żądza wendety zaślepia ją tak jak wcześniej miłość i pasja.

– No, chodź tutaj… – Z rozmyślań wyrywa ją namiętny głos, który jeszcze parę dni temu potrafił doprowadzić ją do natychmiastowego orgazmu. – Nie bocz się już. Przecież wiesz, że kocham cię najmocniej na świecie.

– Tak… – Adorator doczekuje się tylko suchej odpowiedzi, a Sarze wydaje się, że zwymiotuje, czując język mężczyzny w swoich ustach. – Sama mnie sprowokowałaś. Żeby chwalić przy mnie Alzaniego! – Chalid zaciska pięści. – Żeby mówić, jakim był dobrym człowiekiem!

– Powiedziałam tylko…

– Milcz, do cholery! Jeśli nie wiesz, o czym mówisz, to lepiej zamknij ryj!

W sypialni zapada cisza. Sara nieruchomo leży na łóżku i myśli, że następnego pobicia nie przeżyje. Ale tak naprawdę jest jej już wszystko jedno.

– Ten zdrajca… – podejmuje mężczyzna przez zaciśnięte z wściekłości zęby. – Nie dość, że zdezerterował, to jeszcze okradł nasz kalifat na grube setki tysięcy dolarów! Możliwe nawet, że na miliony, bo to on najlepiej wiedział, na jakich kontach i gdzie znajdują się pieniądze naszego Państwa Islamskiego. Nadal go podziwiasz?

– Nie podziwiam go… – słabo oponuje kobieta.

Mąż traci jednak ochotę na seks. Nie chce dłużej się z nią zadawać czy choćby na nią patrzeć. Wychodzi z pokoju, trzaskając drzwiami.

Tak jej imponuje ten Jasem, to doświadczy namiastki tego, jak się z nim żyło. Ja przynajmniej nie wsadzę jej ani do więzienia, ani do haremu. Nie zabiję też swej matki, konkluduje rozgoryczony żonkoś, który uważa się za dobrego człowieka i uczciwego męża. *On miał dwie żony, ja mam żonę i konkubinę, on zdezerterował, ja po prostu zmienię miejsce zamieszkania, bo wojska koalicyjne stoją już w bramach miasta i tylko głupiec by tu został. On zabrał z naszych kont kupę kasy i to akurat też potrafię, bo jestem człowiekiem prawie wykształconym, a nie jakimś kmiotem*, ocenia, nie biorąc pod uwagę, że Jasem był niezwykle inteligentny i wyedukowany w najlepszych zachodnich szkołach, a on sam nie zrobił nawet matury, kiedy bowiem zaczęła się arabska wiosna, miał zaledwie czternaście lat. Jedno, co naprawdę łączy obu dżihadystów, to spryt, szczęście i wola przetrwania.

Chalid ibn Bagdadi nie zamierza czekać na klęskę Rakki. Od dłuższego czasu myślał o tym, jak stąd zwiać, i przez przypadek znalazł w internecie bardzo ciekawą propozycję: „Znudziła ci się twoja twarz? Jest zbyt znana, rozpoznawalna? Zmień ją, bo to nic trudnego. Daj sobie nową szansę na spokojne życie, stabilizację i dobrobyt". Pod wpisem umieszczono zdjęcia z Berlina, Madrytu i Stambułu. Sprytny naganiacz wiedział, do kogo kieruje swoje słowa; wiedział, kto będzie go szukał, bo wpadł na ten pomysł już dawno temu, gdy pojawił się u niego pierwszy tego typu pacjent, przebiegły i bogaty sam kalif Abu Bakr al-Bagdadi, dla którego medyk nawet w pewnym sensie czuł szacunek i respekt. Fundamentalista potrafił namieszać w głowach tylu ludziom, tylu ściągnąć w jedno miejsce na kuli ziemskiej, a na dokładkę stworzyć pozory państwa i utrzymać ten chory twór przez pięć długich lat. Miły grubasek z doktoratem w kieszeni zawczasu się zorientował, że koniec zabawy jest bliski, a że jeszcze trochę chciał pożyć, sfingował własną śmierć, w którą uwierzyły miliony – łącznie z jego żonami, synem i najbliższymi współpracownikami. Jedynym, który miał pewne wątpliwości, był człowiek jego pokroju – Jasem Alzani vel *dżihadi* John. I to właśnie on był drugim klientem doktora Amira Ibrahimiego, Palestyńczyka, który kiedyś zakochał się w filigranowej Kindze z Mazur, dzięki czemu został absolwentem Krakowskiej Akademii Medycznej. Bywało, że czuł się bardziej Polakiem niż niejeden mieszkaniec nadwiślańskiego kraju. Uwielbiał golonkę, oczywiście zapijaną wódką, szynkę z tłuszczykiem, wiejską kiełbasę pełną czosnku i kotlety schabowe. Wszystko jednak do czasu... Do czasu, kiedy dał się omamić ortodoksyjnej muzułmańskiej wierze, a stało się to z powodu pięknej, rozpustnej kochanki. Kiedy jego nastoletnia córka też połknęła bakcyla dżihadyzmu i wyjechała do kalifatu, niewielka, ale kochająca się polsko-palestyńska rodzina Ibrahimich rozsypała się jak domek z kart. Kochankę można przebaczyć, ale zdeprawowania nieletniego dziecka i narażenia go na śmiertelne niebezpieczeństwo – nigdy. Najbardziej pokrzywdzoną osobą jest niczemu niewinna, odtrącona Kinga – dobra żona i matka. Teraz to dla niej – dla uratowania ich związku i familii – Amir postanawia zaryzykować i samodzielnie skontaktować się za pomocą portali społecznościowych ze swoim wrogiem numer jeden: Chalidem ibn Bagdadim, prostym gnojkiem, mordercą i sadystą, człowiekiem, który omamił naiwną i bezbronną Sarę, sprowadzając ją na drogę występku, zła, śmierci i nienawiści.

„Jestem trochę medialny i za ładny, więc chciałbym się oszpecić", odpowiada Chalid na anons w internecie.

„Proszę bardzo. Wszystko dla klienta – pacjenta ;-)".

„Gdzie pan przyjmuje?".

„Najpierw proszę o przesłanie zdjęcia, żebym wiedział, do jakiego typu zabiegu mam się przygotować".

Chalid dla hecy przesyła link do strony internetowej z jego zdjęciem, które kiedyś zauroczyło Sarę. Widać na nim pięknego, uśmiechniętego młokosa w błękitnej galabii i turbanie, trzymającego w wyciągniętej dłoni głowę zarżniętej ofiary.

„Myślę, że do tej głowy nie doszyję już reszty", żartuje lekko Amir, ale serce chce mu wyskoczyć z piersi, bo w końcu trafił na człowieka, którego szukał. Oto piękny jak malowanie młody morderca, którego z chęcią zabiłby gołymi rękami.

„Ha ha ha ha ;-)". Chalid lubi takie poczucie humoru.

„Szkoda będzie psuć tak nieprzeciętną urodę, ale czego się nie robi dla klienta". Medyk kuje żelazo, póki gorące.

„Ile będzie mnie to kosztowało?".

„Nic".

W korespondencji następuje przerwa, dżihadysta bowiem spodziewa się podstępu, a doktor nie wie, jak ma wyłuszczyć, jakiej rekompensaty oczekuje za zabieg. Musi jednak zagrać w otwarte karty, licząc na to, że mężczyzna jest niehonorowym pętakiem i odda mu wszystko, byle bezpiecznie wydostać się z pułapki, w którą wpadł na własne życzenie.

W końcu pisze:

„Życie za życie, kalifie. Ty dostaniesz nowe, a mnie oddasz to, którego jesteś panem".

„Czyje życie? Z Rakką i kalifatem już koniec! Za chwilę rewolucjoniści z Amerykańcami czy Ruskimi, mniejsza o to, przejmą miasto i wszyscy jego mieszkańcy będą mogli robić to, co zechcą", odpisuje Chalid, zaciekawiony desperacją respondenta.

„Jednakże niektórzy opuszczą to miejsce wcześniej i przepadną jak kamień w wodę".

„Powiesz w końcu, o kogo ci chodzi?". Młokos jak zawsze szybko traci cierpliwość.

„O twoją żonę, a moją córkę. O Sarę. I mojego wnuka".

Kalif przez chwilę tylko wbija wzrok w ekran.

„Myślisz, że ci oddam ją za darmo?!", pisze w końcu.

„Nie za darmo. Za nową twarz i za twoje własne życie. Rewolucjoniści rozerwą cię na strzępy. A kiedy dorwie cię oficjalna władza, wojsko lub policja nadal panującego prezydenta Asada, może być jeszcze gorzej".

„Muszę to przemyśleć".

Młody ma mieszane uczucia i węszy podstęp, bo sam nigdy nie grzeszył prawdomównością. *Powinienem działać*, sam siebie popędza do podjęcia szybkiej decyzji. *Sara coraz bardziej mi ciąży i jest tak głupia, że stanowiłaby dla mnie tylko zagrożenie. Na pewno prędzej czy później nas wyda. Ale co zrobić, żeby się zabezpieczyć przed tym jej tatuńciem? Jak to rozegrać? Że też nikt nie może mi pomóc, nie mam nikogo, kto podsunąłby dobry pomysł! Jestem całkiem sam*... Robi mu się przykro, ale natychmiast się opanowuje. Prędko pisze:

„Okej, doktorku. Ale na moich warunkach. Nie podłożę się, żebyś wydał mnie rządowym, chcąc się oczyścić z własnych grzeszków".

„Zgadzam się na każdy układ. Jak to widzisz?". Amir stwierdza, że chłopak nie jest aż taki głupi. A szkoda, bo rzeczywiście z miłą chęcią zobaczyłby go w więzieniu albo nawet na stryczku.

„Jak mi się zagoi gęba, podam ci adres, pod którym ją znajdziesz".

„Wcześniej musisz mi choć w przybliżeniu podać lokalizację".

„W obozie dla uchodźców. Tam będzie bezpieczna i łatwo ją stamtąd wyciągniesz, tatuśku. Wszędzie już mają dość naszych banitów, więc jeszcze cię w rękę pocałują, że będą mieli jedną gębę mniej do karmienia".

„W którym obozie? W Libanie, Jordanii, Turcji czy w Europie? Musisz zawęzić teren".

„W Libanie. Zahla w dolinie Bekaa". Chalid jest dumny z pomysłu, który na poczekaniu zrodził się w jego chorej głowie.

„Człowieku! Tam będzie z milion uchodźców!", nieszczęsny ojciec oburza się na taką przebiegłość. „Nikt nie jest zarejestrowany, to obóz na dziko!".

„I dlatego będziesz musiał zaczekać, aż ci powiem, w którym obozowisku ją zakwaterowałem. Nazwy obozów pochodzą od imienia tego, kto nimi zarządza, a obozowiska składają się z sześćdziesięciu namiotów, ale mieszka w nich nawet do stu rodzin, bo z przyczyn ekonomicznych pod jedną pałatką żyją nieraz dwie lub trzy familie. Bez dokładnych informacji będziesz szukał wiatru w polu".

W eterze panuje cisza, więc Chalid kontynuuje:

„Musisz więc się postarać, żeby nie tylko dobrze wykonać zabieg, ale tak mnie zabezpieczyć, by żaden mój antagonista mnie nie znalazł".

„Do nikogo nie masz zaufania", podsumowuje załamany rodzic, który doskonale zdaje sobie sprawę, że w dużej mierze przez niego Sara i jego wnuk będą teraz koczować w wielkim obozowisku, pełnym nie tylko uczciwej biedoty, ale też groźnych przestępców. „Kiedy przyjedziesz do Damaszku?". Chciałby jak najszybciej sfinalizować sprawę, by już trzymać swoją córunię w ramionach i mieć pewność, że jest bezpieczna.

„Jak najszybciej. Czas mnie goni".

„Nie powiesz dokładnie kiedy?".

„Oczekuj mnie w każdej chwili. Wymienimy się numerami. Dam znać, jak będę w stolicy".

Na tym panowie postanawiają zakończyć konwersację, bo już nic więcej nie mają sobie do powiedzenia. Żaden z nich nie chce naciskać, żeby nie spłoszyć drugiego. Doskonale wiedzą, że tak jednemu, jak drugiemu zależy na dobiciu targu.

Rebelianci pod przywództwem Amerykanów występujący przeciwko Asadowi, tworzący Syryjskie Siły Demokratyczne, są w pewnym sensie podobni do swych rodaków, którzy działają pod flagą kalifatu. Jedni i drudzy to buntownicy i antagoniści oficjalnego rządu Syrii, jedni i drudzy są ortodoksami, a także okrutnymi ludźmi. Wojska rosyjskie, które uczestniczą w wyzwoleniu Syrii, nie zdecydowały się na bombardowanie szpitala w Rakce, choć ponoć jest to siedlisko najgorszych kalifackich złoczyńców. Rewolucjoniści jednak nie mają najmniejszych skrupułów w zabijaniu rannych i chorych. Niepotrzebne im dochodzenie, świadkowie przestępstwa ani sąd. Dla nich każdy, kto ma jakąkolwiek ranę postrzałową lub od odłamków, jest winny. Kiedy arabscy demokraci zdobywają klinikę, idą od łóżka do łóżka i mordują pacjentów, bądź strzelając w głowę, bądź podrzynając gardło albo zwyczajnie odłączając od aparatury. Po wykonaniu wyroku, w sposób klasyczny dla tej nacji i grupy religijnej, skandują słowa: *Allahu akbar!*, które w ciągu ostatnich kilku lat dla ludzi na całym świecie oznaczają nie tyle wyznanie muzułmańskiej wiary, ile symbol przemocy i bezwzględności. Rewolucjoniści, określani przez rząd Asada jako fundamentaliści i mordercy, bezprawnie uśmiercają swych braci, jednak opinii publicznej to nie przeszkadza, są bowiem wspierani przez Amerykanów, którzy właśnie taką pseudodemokrację szerzą na całym świecie. Chodzi im tymczasem o zupełnie prozaiczne sprawy – o ingerowanie w losy państw i o ropę naftową. Przez to zrujnowali już niejeden kraj, wtrącając się w jego interesy, a nawet przeprowadzając akcje zbrojne. Swoje działania zawsze usprawiedliwiają chęcią zdemokratyzowania krajów arabskich, szczególnie tych, gdzie znajduje się czarne złoto.

Po rzezi w szpitalu kierują się do byłego domu sportu. Nie jest to już taki łatwy cel, bo mieszkają tu zdesperowani młodzi mężczyźni, nastolatki i chłopcy, przygotowani na walkę i śmierć, której niektórzy wyczekują z utęsknieniem. Na terenie wielkiego kompleksu znajdują się też magazyny broni i sprzętu. I w tym wypadku rebeliantów aktywnie wspiera ich sprzymierzeniec zza oceanu, który bez wahania bombarduje ten przyczółek dżihadystów, nie zważając na parę setek dzieciaków.

Chalid obserwuje działania wojsk z dachu willi, która niegdyś należała do Jasema. Zdaje sobie sprawę, że wyzwoliciele dotrą i tutaj i że to ostatni moment, kiedy ma szansę na ucieczkę. Dłużej nie można zwlekać.

– Saro, spakuj parę rzeczy, tylko tak, żeby matka nie widziała. Wieczorem po cichutku opuścimy ten dom – informuje żonę. – Ja za chwilę wrócę.

Dziewczyna siedzi na łóżku ze wzrokiem wbitym w okno, za którym szeleszczą zielone gałęzie palm rosnących w ogrodzie. Nie reaguje na słowa męża, co ostatnio zdarza się jej coraz częściej. Możliwe, że w wyniku pobicia pękły jej bębenki w uszach i nie słyszy albo miała wylew krwi do mózgu. Diagnoza lekarzy nikogo nie interesowała. Dla Chalida stan Sary jest nad wyraz irytujący i gdyby nie umowa, którą zawarł z jej ojcem, jego nieletnia żona już byłaby martwa. Wolałby zabrać ze sobą zakochaną w nim dzierlatkę Leilę, ale własny interes i ratowanie swojej skóry są dla niego najważniejsze.

– Umawiamy się, że o osiemnastej lądujesz na małym placyku przy naszym domu. – Potajemnie kontaktuje się z doświadczonym pilotem, który ma ukraść helikopter, by wydostać z Rakki siebie i kalifa. – Ani minuty później. Szarówka to najlepsza przykrywka, ale kiedy zapadnie noc, będą nas mieli jak na dłoni.

– Kolego, wiem o tym doskonale. – Niemiecki fundamentalista, który dołączył do dżihadystów w kalifacie, nie żywi szczególnego szacunku do arabskiego chłystka i uważa go za zepsutego bachora i gogusia. – Nie musisz się niepokoić.

– Pieniądze na twoje konto przeleję już w Damaszku. – Kalif chce od razu dobić targu, oczywiście planując wykiwanie mężczyzny.

– O nie, mój drogi! Tak się nie bawimy! – Stary wyga nie da się nabić w butelkę. – Do osiemnastej mam mieć połowę kasy na szwajcarskim rachunku bankowym. Gówno mnie obchodzi, jak tego dokonasz. I wydrukuj potwierdzenie transakcji. Wóz albo przewóz!

– Dobra, dobra... – W zderzeniu ze stanowczym człowiekiem Chalid od razu kładzie uszy po sobie. – Mam antenę satelitarną, więc przelew zrobię błyskawicznie. Nic się nie martw.

– To ty powinieneś się martwić, dzieciaku. Twoja piękna buźka oblatywała internet tyle razy, że nawet ślepi ją znają. Jak rewolucjoniści cię dopadną, żywcem obedrą ze skóry – bezpardonowo przedstawia rzeczywistość, a Chalidowi dreszcz przebiega po plecach, bo wie, że taka jest smutna prawda.

Po tej niezbyt miłej rozmowie kalif udaje się do swojego starego mieszkania, gdzie zleca parę operacji bankowych, drżąc, że ktoś odkryje jego IP i zablokuje komputer. Kradnie ostatnie grosze z kont kalifatu, do których kody udostępnił mu księgowy, zanim po wielogodzinnych torturach Chalid skrócił go o głowę. Na ukrytym rachunku na Kajmanach ma dodatkowe wpływy z ostatnich transakcji za sprzedaż syryjskiej ropy naftowej i gazu, chromu, rudy żelaza, manganu, asfaltu, soli kamiennej, gipsu i marmuru. Jest dumny, że jego kraj ma tyle bogactw naturalnych, które po przejęciu kontroli przez Państwo Islamskie dawały dżihadystom niezłe dochody, pozwalały im być samowystarczalnymi i nieźle funkcjonować. Chętnych na deficytowe towary za pół ceny zawsze znajdzie się sporo, choć wszyscy zdają sobie sprawę, że wymiana towarowa z ominięciem rządowych umów jest nielegalna. Również skarby kultury i dziedzictwo narodowe Syrii rozprzedano na pniu – bo za bezcen – kolekcjonerom z Japonii, Chin czy Bliskiego Wschodu. Czego nie można było przehandlować, niszczono – wystarczyło stwierdzenie, że coś jest grzeszne. Grzechem było nieprzynoszenie dochodów, za które zbrodniarze mogli kupić broń, wyposażenie, a na koniec ludzi, którzy przyczyniali się do ich zwycięstwa.

Po załatwieniu wszystkich formalności Chalid jedzie na złamanie karku do willi. Przewidując, że wkrótce nastąpi wyzwolenie, ludzie na ulicach nie są już tak spłoszeni – kobiety zamieniły czarne stroje i kwefy na kolorowe galabije i barwne chusty, a twarze mają nieskromnie odkryte. Jest tak, jak zapowiadał Niemiec – obywatele Rakki bezczelnie patrzą w oczy młodego kalifa i choć go rozpoznają, już nie spuszczają wzroku, już nie omijają go szerokim łukiem. Teraz zajeżdżają mu drogę, a nawet trąbią. Taki brak szacunku stanowi dla niego wręcz przerażające doznanie. Po raz pierwszy od niepamiętnych czasów boi się, lecz i ten stan ducha powoduje wzrost jego libido, o ile jest to jeszcze w ogóle możliwe. Wpada do domu i kieruje swe kroki prosto na piętro, które przeznaczył dla swej kochanki. Jedyne, czego żałuje w związku z upadkiem Państwa Islamskiego i kalifatu, to że kiedy w końcu trafił na idealną dla niego metresę, musi wszystko rzucić i uciekać.

– Leila! – Chwyta pięknotkę w swoje mocne ramiona. – Zanieś dziecko na dół jego leniwej, nienormalnej matce i szybko tu wracaj.

Dziewczyna wpadła w sidła szalonego dżihadysty jak śliwka w kompot. Nie chce już pamiętać, że to on zabił jej rodzinę i przez niego została sierotą. Zresztą jej familia wcale nie była dla niej dobra – traktowała ją najpierw jak służącą, a potem jak grzeszną niewiastę, którą permanentnie trzeba karać, żeby wybić z głowy kosmate myśli. Była dla nich ciągłym zagrożeniem, bo w każdej chwili mogła pohańbić skromną muzułmańską rodzinę. Teraz czuje się dowartościowana i nie przejmuje regułami, które wpajano jej od kołyski. Myśli, że trafiła na miłość swego życia, na człowieka, dla którego się liczy i który nigdy jej nie skrzywdzi. Jakże jest naiwna!

– Już jestem, *habibi*[1]. – Zarzuca smukłe ramiona na szyję kochanka, a kiedy czuje jego wielką, nabrzmiałą męskość, rozsadzającą mu spodnie, ledwo może złapać oddech.

– Widzę... Szybka jesteś... – Podniecony buhaj dyszy jej do ucha. – Jaka szkoda... – mówi przerywanym głosem, a dziewczyna nie rozumie jego słów.

Potencja Chalida zawsze wynagradzała kochankom brak czułości z jego strony. Potrafił zadowolić wybrankę tyle razy z rzędu, że jego partnerki nie tyle nie mogły później ustać na nogach, ile nawet siedzieć czy chodzić. Leila krzyczy, szlocha, wyje z rozkoszy, gryzie swoje i jego wargi, w uniesieniu wbija paznokcie w plecy i umięśnione ramiona przystojniaka. Ich języki się plączą, ciała łączą w coraz to nowym spazmie uniesienia, a orgazm napręża ich członki, by po chwili zwiędły jak przekwitły kwiat. Jednakże młodość znów dodaje im sił i wigoru, więc zaczynają od nowa i od nowa, za każdym razem w innej pozycji. Penetrują swe młode, piękne ciała, dotykają

1 *Habibi* (arabski) – Mój kochany.

opuszkami palców czy językiem załamań i wybrzuszeń, pełnymi garściami miażdżą piersi i pośladki. Nastolatka ssie z zapałem wielki fallus swego kochanka, dławiąc się spermą przy gwałtownym finale. On zaś pieści swym długim, sprawnym językiem jej łechtaczkę, by tuż przed osiągnięciem orgazmu, spuchniętą, mokrą i drżącą, wziąć w usta i pieścić, spijając aromatyczny sok.

Kiedy za oknem zaczyna szarzeć i zmierzch opada na udręczone miasto, Chalid zrywa się na równe nogi, spoziera na zegarek, a później spogląda w czarne oczy kochanki.

– Jesteś piękna – wyznaje, niespodziewanie zasmucony. – Najpiękniejsza, moja ty ziemska huryso…

Dziewczyna uśmiecha się rozkosznie, bo szczęście zalewa jej serce. Mężczyzna pochyla się nad nią i wzdycha, a kiedy Leila podaje mu swe namiętne usta, składa na nich pocałunek śmierci, jednocześnie wprawnym ruchem skręcając jej kark. Po definitywnym zakończeniu swej miłosnej przygody szybko narzuca ubrania i opuszcza pokój.

– Chalid! – Z kuchni dobiega krzyk matki.

Młokos zaciska szczęki i cieszy się, że nigdy więcej go nie usłyszy.

– Tak? – odpowiada jednak, nie chcąc niepokoić obmierzłej grubaski.

– Nie jecie kolacji? Mam tu ciągle sama siedzieć?

– Możesz wyjść do ogrodu – kpi mężczyzna.

– Co ty gadasz? Chodź no tutaj!

– Zaraz przyjdziemy. – Kalif wsadza głowę do pokoju i uśmiecha się rozbrajająco. Po raz ostatni w życiu, bez najmniejszego sentymentu czy żalu, lustruje swoją matkę, która przed wojną była całkiem zgrabną i ładną kobietą, a pod wpływem dobrobytu i zmiany stylu życia zamieniła się w jamochłona, zwyczajną świnię. – Nie denerwuj się! – uspokaja na pożegnanie.

Mężczyzna już słyszy silnik cichego, nowoczesnego helikoptera. Wpada do sypialni Sary i zastaje ją w takiej samej pozycji, w jakiej zostawił parę godzin temu. Jego żona ma szeroko otwarte, puste oczy, a obok niej, zostawiony sam sobie, leży ich zapłakany syn.

– Ruszaj się, do cholery! Mówiłem, żebyś się spakowała! – wybucha, doprowadzony do ostateczności, bo gdyby to zależało od niego, skręciłby jej kark, a piękną Leilę zabrał ze sobą. *Co za pech! Co za niefart!*, powtarza w duchu, usiłując nad sobą zapanować. – Gdzie masz rzeczy? – Nie doczekawszy się odpowiedzi, delikatnie trzaska kobietę w policzek, ale ona i na to nie reaguje, jedynie łzy bezwiednie spływają z jej uszkodzonego oka.

Młody kalif, do niedawna pan życia i śmierci wszystkich obywateli Rakki, teraz bojąc się, że zostanie tutaj do swojego rychłego i bardzo tragicznego końca, ciągnie swój zastaw za rękę, ale Sara, bezwolna niczym worek, pada na podłogę. Mężczyźnie nie pozostaje nic innego, jak przerzucić sobie szczupłą żonę przez ramię, wziąć pod pachę syna i zwiewać co sił.

Helikopter miękko ląduje około pięćdziesięciu kilometrów przed stolicą Syrii, w małej, ukrytej wśród wzgórz oazie.

– Ty pojedziesz z tymi ludźmi. – Chalid dopiero teraz zwraca się do żony, bo przez całą drogę mieli na uszach dźwiękoszczelne słuchawki. – Wysiadaj!

– Dlaczego? O co chodzi? – Spanikowana Sara nagle wraca do rzeczywistości. – Co ty kombinujesz? – Nie ma wątpliwości, że poza Rakką ich związek nie ma już racji bytu. – Najpierw pozbawiłeś mnie zdrowia, a teraz chcesz do reszty zrujnować mi życie?!

– Pojedziesz z moimi przyjaciółmi do Jordanii, do obozu dla uchodźców. Nie muszę ci mówić, że niewskazane jest podawanie prawdziwego imienia i nazwiska czy wspominanie, że twój mąż jest kalifem Rakki.

– Wyrzucasz mnie? Pozbywasz się jak zużytej lalki? I jeszcze każesz kłamać do końca życia? – Sara całym sercem pragnie, żeby to wszystko już się skończyło. Ale nie tylko dla niej – chciałaby przekroczyć granicę życia i śmierci w towarzystwie, żeby było jej raźniej.

– Marzy ci się więzienna cela? Chcesz być sądzona? Torturowana? – Chalid na siłę wypycha ją z kabiny helikoptera. – Ty głupia gąsko! Rozpieszczona córuniu tatunia! Pieprzona bogaczko, udająca ubóstwo i islamską czystość. – Wrzeszczy, machając rękami. – Co za krowa!

– Ale co ja tam będę robić? W tym obozie… – Sara pochlipuje i rozgląda się wokół, jakby szukała w kimś wsparcia.

– Będziesz na mnie czekać. Dołączę później. – Małżonek kłamie jak z nut. – Pa!

Nawet nie udaje czułości, nie pochyla się, żeby pocałować żonę i syna na pożegnanie, a jedynie z ulgą w sercu klepie w ramię pilota. Mężczyzna rozumie znak. Wirniki zaczynają szybciej mleć powietrze, maszyna podnosi się, z nosem skierowanym ku ziemi, by po chwili wyrównać lot i ruszyć w stronę Damaszku.

Za Sarą zamykają się drzwi starego, zrujnowanego wozu. Dziewczyna spoziera na odkrytą twarz siedzącej obok niej pasażerki, obserwuje przez chwilę przestraszone, wtulone w matkę dzieci, a następnie mocniej zawiązuje zasłonę na swoim młodym liczku, odwraca się od towarzyszy i przykleja nos do szyby. Wbija wzrok w bezdenną ciemność, usiłując coś z niej wyłowić. Głodny chłopiec, leżący na kolanach nieczułej rodzicielki, nie ma siły dłużej płakać; instynkt podpowiada mu, że to nic nie da. Nikt go nie nakarmi, nikt nie przebierze, bo kto by pamiętał o takich przyziemnych sprawach. Nikt też go nie utuli, bo przecież nie jest wymarzonym, utęsknionym dzieckiem – jest nieplanowanym, niechcianym stworzeniem, dla którego lepiej by było, gdyby nigdy się nie narodziło.

Jedyne, co Chalid dobrze potrafi, to oszukiwać, kręcić, podjudzać i mordować. I oczywiście uwodzić płeć piękną, w czym jest mistrzem. Zorganizowanie dla siebie i rodziny przelotu helikopterem, by dostać się na obrzeża Damaszku, było szczytem jego umiejętności logistycznych. Młodzik jest głupi, nie ma koneksji, paszportu, prawie żadnej gotówki czy „czystych" kart kredytowych.

Jego towarem przetargowym jest nadwątlona pozycja kalifa – oraz Sara. Przed opuszczeniem Rakki nie zastanawiał się, jak wypłaci pieniądze z konta. Nawet nie wie, jak to zrobić, bo to już nie jest wirtualna rzeczywistość, którą zna z zakazanych gier komputerowych i buszowania po sieci, lecz świat realny, namacalny, w którym wypełnia się papierki i podpisuje kwity, legitymując się dowodem tożsamości. Nie pomyślał też o tym, że za wszystko trzeba płacić, a jeśli jest się napiętnowanym, to utrzymanie się przy życiu słono człowieka kosztuje. Młokos zawsze miał wszystko, co chciał. Bez pytania, bez proszenia. Poza obszar Państwa Islamskiego się nie ruszał i nigdy nie był za granicą. Jest tworem swojej epoki, ery współczesnego kalifatu i jego krwawych, bezkarnych rządów.

Kiedy helikopter ląduje na ukrytym lądowisku, na Chalida czekają już przeciwnicy dżihadu. Są wśród nich opozycjoniści z Rakki, którzy niszczyli strukturę kalifatu od środka, porządni, zwyczajni ludzie walczący z fundamentalistami. To oni przeniknęli do najbliższego otoczenia młodego kalifa, znali każdy jego krok. I to im doniósł o planach Chalida niemiecki pilot, który też chce ratować własną skórę i odkupić grzechy. Nie zdaje sobie sprawy, że jako ochotnik z Zachodu w swoim kraju i tak będzie surowo osądzony.

– Chodź tu, draniu! – krzyczy stojący najbliżej helikoptera mieszkaniec Rakki, który podczas rządów kalifackich stracił całą rodzinę. – Nie wywiniesz się sprawiedliwości!

– Naszej sprawiedliwości! – Następny wściekły mężczyzna wyciąga rękę, chcąc chwycić mordercę za kurtkę, ale ten odskakuje w głąb maszyny, usiłując otworzyć drugie drzwi.

– Łapcie go! – Agresorzy są rozwścieczeni i wszystko wskazuje na to, że za chwilę posuną się do tradycyjnego linczu, w ich rękach bowiem pojawia się nie nowoczesna broń, lecz koziki i maczety.

– Ty sadysto!

– Zboczeńcu!

– Ile kobiet zgwałciłeś? Ile, oprócz mojej córki, pohańbiłeś?! – Starszy wojskowy przepycha się do przodu, a kiedy Chalid w końcu zostaje wyciągnięty za fraki z helikoptera, przykłada mu pistolet do głowy.

– Panowie! – Zza pleców napastników dochodzi basowy głos. Mężczyzna mówi po angielsku z wyraźnym amerykańskim akcentem. – Uspokójcie się! Nie zachowujcie się jak oni, jak zwierzęta!

– Trzeba go uczciwie osądzić – dołącza jakiś spokojny, ale stanowczy obywatel.

Tylko dzięki temu, że do schwytania przestępcy została wysłana grupa syryjskich żołnierzy wzmocniona o cudzoziemców, Chalid uchodzi z życiem.

– Nie dla niego uczciwość! – Lokalny wojskowy wysokiego stopnia jeszcze się spiera z jankeskim majorem. – Takie gnidy…

– Mamy za zadanie dowieźć go w jednym kawałku do więzienia. Stamtąd zostanie przekazany w ręce międzynarodowego trybunału, jest bowiem oskarżony o zbrodnie przeciwko ludzkości.

– Gówno z tego będzie! Nie znasz naszego kraju i korupcji, jaka w nim panuje – przekonuje Arab.

– To jest zbyt głośna sprawa, a ten gnojek mordował nie tylko waszych. – Zagraniczniak kończy dyskusję, spoglądając na pozostałych wyniosłym groźnym wzrokiem, myśląc sobie jednocześnie, że ciężko będzie ten naród oduczyć pierwotnych instynktów, w tym zabijania, które wyszły na jaw podczas tej okrutnej bratobójczej wojny.

Skrępowany i pobity przystojniak cieszy się jedynie z tego, że udało mu się wyprawić głupią żonę i zafajdanego syna do obozu dla uchodźców Zaatari w Jordanii. Jej tatuś, parszywy doktorek, będzie szukał córeczki w Libanie, a nawet jeśli wpadnie na pomysł, że może jednak dziewczyna jest w innym miejscu, na pewno nie odnajdzie jej wśród tysięcy zasrańców i zdrajców. Jego wredny, złośliwy charakter wychodzi na jaw nawet w takim momencie, w chwili klęski i upadku.

*

Sara razem z kryptodżihadystą i jego rodziną jedzie rozklekotanym samochodem do obozu dla uchodźców Zaatari w Jordanii. Podróż jest długa i wyjątkowo męcząca. Dziewczyna nic ze sobą nie wzięła, wbrew poleceniom męża nie spakowała rzeczy nawet dla dziecka. Poczciwa towarzyszka podróży z litości dla niemowlęcia daje nieletniej matce plastikową butelkę, a także dzieli się mlekiem w proszku, które ma przeznaczone dla swoich pociech.

Nie może patrzeć, jak ktoś skazuje niewinne maleństwo na głodową śmierć.

Przy bramie do obozu ich samochód zostaje zatrzymany. Pierwsza kontrola odbywa się, kiedy jeszcze wszyscy siedzą w środku; nie wolno im wysiąść, bo jeśli wiozą bombę, mogliby uciec, a ładunek wybuchowy wysadzić zdalnie. Kiedy wstępna lustracja podwozia – za pomocą lusterka zamontowanego na długim kiju – oraz silnika i akumulatora daje wynik negatywny, wojacy z brygad antyterrorystycznych przechodzą do następnego etapu, czyli rewizji wnętrza pojazdu. Przeszukana zostaje każda półeczka, schowek i wszystkie siedzenia. Ponieważ auto jest czyste, kontrolerzy pozwalają grupie zaparkować na specjalnym, strzeżonym przez policję parkingu wewnątrz obozu. Następnie uchodźcy muszą przejść do blaszanego baraku, gdzie sprawdza się tożsamość przybyłych. Jeśli nie mają żadnych dokumentów, pobiera się biometrię i robi zdjęcie. Jeśli pojawiłyby się jakiekolwiek wątpliwości, konieczna byłaby też kontrola osobista.

– Imię. – Jako pierwszą strażnik indaguje Sarę, bo nie podoba mu się ta kobieta o rozbieganym spojrzeniu, cała okryta czernią. – Jesteście rodziną?

– Nie, panie. – Poplecznik Chalida postanawia się włączyć, czuje bowiem, że ta smarkula jak nic zaraz go wsypie. – Kolega prosił, by przywieźć tu jego żonę, a sam dojedzie lada chwila.

– Dlaczego nie zabrał się z wami? – Przesłuchujący marszczy brwi.

W tym momencie podchodzi do nich inny mundurowy.

– Skąd jesteście? Nazwa miejscowości!

– Z Rakki, panie.

– Niech ona ściągnie z twarzy to gówno. – Zagraniczny wolontariusz celuje palcem w Sarę. – Nie wiadomo, kto się pod tym ukrywa! Koniec z anonimowością! Teraz jesteście na naszym terenie i musicie przestrzegać naszych zasad.

– Jak chce się tak ubierać, to niech spierdala z powrotem! – Kolejny społecznik jest już wyraźnie zmęczony tą pracą i przekonywaniem uchodźców, że muszą respektować międzynarodowe prawo i normy zachowania, przez co staje się niegrzeczny, wręcz opryskliwy. Wykonuje krok w stronę dziewczyny, chcąc zedrzeć z niej kwef. Sara gwałtownie odskakuje, a że po pobiciu ma kłopoty z błędnikiem, pada na brudną podłogę. Przerażona, krzycząc wniebogłosy, wije się jak piskorz.

– Panie! Ona jest jakaś dzika… chora… – Dżihadysta przeklina moment, w którym zgodził się zabrać dodatkowy balast za marne dziesięć tysięcy dolarów, które dostał od Chalida w zamian za przysługę. – Ona bardzo wierząca… Muzułmanka! – używa ostatecznego argumentu.

Prowadzący wywiad bez słowa wychodzi na zaplecze, by po chwili wrócić z arabską kobietą, ubraną tradycyjnie, choć kolorowo, i zasłaniającą włosy kwiecistą chustą.

– Pójdzie z funkcjonariuszką za zasłonę. Natychmiast! – rozkazuje.

Sara nadal leży na ziemi, obejmując głowę ramionami. Jej synek tkwi obok; nie płacze, tylko obserwuje towarzystwo spod półprzymkniętych, zaropiałych powiek.

– Wstawaj, kurwo, bo wszystkich nas wsypiesz... – Mieszkaniec Rakki, który niejedną zbrodnię ma na sumieniu, pochyla się nad furiatką i szepcze jej zjadliwie do ucha. – Jak zaraz się nie ruszysz, poderżnę ci gardło. – Straszy, ale nie doczekuje się żadnej reakcji. – Skręcę kark twojemu bękartowi. – Używa ostatecznego dla każdej matki argumentu, ale do Sary i to nie przemawia.

Funkcjonariuszka kuca i delikatnie gładzi ramię histeryczki, na co ta znów zaczyna zawodzić.

Wtem otwierają się drzwi i do pomieszczenia wchodzi uśmiechnięta, korpulentna kobieta.

– Dziękuję za tak szybkie przybycie, pani doktor. Mamy tu nietypowy przypadek. Jakaś wariatka... Z Rakki... – Główny funkcjonariusz wprowadza przybyłą w sprawę.

– Cóż, tam łatwo stracić rozum. Nie bądźcie dla niej zbyt surowi. – Samira jak zawsze wszystkich usprawiedliwia. – Co ci jest, kochanie? – Zbliża się do leżącej i klęka na jedno kolano. – Jakiego masz ślicznego synka! Chodź na zaplecze, bo muszą ci tam zrobić zdjęcie. To długo nie potrwa.

– Zdjęcie? Jakie zdjęcie?! – Sara odzyskuje głos. – Kobiecie nie wolno robić zdjęć! To grzech!

– Kotku, do dokumentów zawsze wykonuje się fotografię. W paszporcie czy *iqamie* nie może być pustego miejsca. Chodź! – Cierpliwa lekarka bierze dziewczynę za rękę i próbuje pociągnąć za sobą.

– Nie! Nie! – Muzułmanka miota się jak szalona, przez co poluzowany węzeł, który utrzymuje jej nikab, całkiem puszcza; czarna zasłona opada, ukazując młodą, ale mocno zdeformowaną twarz. – Nie patrzeć! – Usiłuje się zasłonić. – Nie dotykać!

– Sara? – Samira jest w szoku. – Dziecko! Jak dobrze cię widzieć! – Wyciąga do młodej rękę, lecz ta spoziera na nią z taką nienawiścią, że Libijce krew mrozi w żyłach. – Twoje przejścia nic a nic cię nie zmieniły? Dałabyś już sobie z tym spokój. – Poczciwa kobieta jest rozczarowana, bo potrafi usprawiedliwić każdego człowieka i kiedyś sądziła, że każdy z natury jest dobry, lecz podczas tej wojny zrozumiała, że tak nie jest. Źli pozostaną tacy na zawsze.

– Pani ją zna? – Wolontariusz oddycha z ulgą, bo wydaje mu się, że problem sam się rozwiązał; przecież szanowana i uczciwa lekarka nie może mieć konszachtów z kimś podejrzanym. Biedaczysko nie ma pojęcia, jak się żyło w Rakce i że medycy mieli do czynienia głównie z bojownikami i ich rodzinami. – Kim ona jest?

– Tak... Znam ją... – Samira nie wie, co odpowiedzieć. Jeśli zezna, że to żona młodego kalifa, Sarę na pewno przewiozą do więzienia, będą przesłuchiwać, a może nawet torturować. – To moja pacjentka. Rodziła tego maluszka u mnie.

Dżihadysta, który przywiózł Sarę, spogląda na lekarkę wymownie, bo przecież jego ona też kojarzy, gdyż przez cztery lata kalifatu żona mężczyzny co roku leżała na porodówce, a on przychodził ją odwiedzać – w wojskowym czarnym stroju i pod bronią. Raz nawet ginekolożka zwróciła mu uwagę, że to klinika, a nie pole bitwy, i żeby swoje śmiercionośne zabawki zostawiał w recepcji. Nawrzeszczał na nią wtedy, żeby zasłaniała twarz i nie była taka pewna siebie, bo jeśli będzie miał ochotę, w każdej chwili może ją zarżnąć jak owcę. Dosłownie tak powiedział! A teraz stoją naprzeciwko siebie. Samira ma szansę wyrównać rachunki – i czuje, że powinna to zrobić – lecz nie leży to w jej naturze. Spogląda jeszcze na dzisiaj odsłoniętą, przerażoną twarz zastraszonej żony mordercy, której w oczach zbierają się łzy.

– A jej znajomi? Czy coś pani o nich wie?

Cisza trwa kilka sekund, lecz wydaje się, że to cała wieczność. Dla praworządnej kobiety jest to wybór sumienia, a dla fundamentalistów sprawa życia lub śmierci.

– Odbierałam wszystkie te maluchy. – Samira pokazuje na spłoszoną gromadkę, tulącą się do nóg matki. – Mogę powiedzieć, że to moje dzieci.

– Nieźle się pani natrudziła. – Obcokrajowiec, który nie ma pojęcia o realiach kalifatu, czuje się uspokojony. – A coś poza tym? Zna ich pani osobiście? Co to za ludzie?

– Mój drogi, Rakka to spore miasto. Ponad dwieście tysięcy mieszkańców. Nie sposób znać wszystkich.

– Co z nimi zatem zrobimy? – pyta społeczny działacz, bo przy ciągłym napływie uchodźców coraz częściej opadają mu ręce.

– Sara jest sama z dzieckiem; oboje w złym stanie, chłopczyk wręcz w tragicznym, więc zabiorę ich do szpitala. Pozostałych pozostawiam do waszej dyspozycji. – Lekarka chciałaby powiedzieć, żeby szczególnie na nich uważano, ale wie, że takich farbowanych lisów w każdym obozie dla uchodźców jest na pęczki i nie sposób wszystkich wyłapać, ukarać czy poddać resocjalizacji. Albo sami się zmienią po upadku ich chorej idei, albo na zawsze pozostaną zbrodniarzami, działając jedynie pod innym sztandarem i inną nazwą.

Samira od razu pędzi na oddział pediatryczny, gdzie pracuje znakomita, doświadczona lekarka z Maroka, jej dobra znajoma. Niesie zawinięte w becik dziecko, które nie wydaje już żadnego dźwięku. *Niektóre w ogóle nie powinny być matkami*, myśli, oburzona postawą Sary. *Obojętne, co ją spotkało, obojętne, jak bardzo została zraniona – najpierw jest matką, a dopiero potem żoną, kochanką, metresą czy dżihadystką. Co za wredna dziewucha! Tak jak mówili – dorównuje swojemu szalonemu mężusiowi, młodemu kalifkowi.*

– *Wallahi!* – wykrzykuje Marokanka, kiedy rozpakowuje niemowlaczka z brudnych szmat. – To dziecko jest całkowicie odwodnione i zagłodzone. Dlaczego nikt go nie przebierał?! Ile czasu się kisi w tym gównie?!

– Zapewne długo – podsumowuje Samira. – Saro, kiedy go ostatnio karmiłaś? Kiedy myłaś? – Zarzuca wyrodną matkę pytaniami, ale widzi, że młoda, chyba po jakichś makabrycznych przejściach, straciła rozum.

– Maluszek zostaje u mnie do odwołania. – Pediatra kręci głową i sceptycznie wykrzywia usta. – Pani podpisze kwit, że zgadza się na wszystkie zabiegi ratujące życie, choć nie gwarantuję, że mi się to uda.

Sara nie reaguje, patrzy tylko w dal niewidzącym wzrokiem.

– Doktor Samiro, zajmie się pani tym? – Lekarka załamuje ręce, bo jeśli chce ocalić tę nieszczęsną duszyczkę, musi działać szybko.

Libijka sama składa parafkę, a potem popycha Sarę do wyjścia.

– Nie wiem, dziewucho, co ci się poprzewracało w tej twojej łepetynie i dlaczego, ale musisz zacząć współpracować, bo inaczej wypieprzą cię stąd w try miga! Słyszysz mnie?! – wrzeszczy jej prosto do ucha. – Jak się nie postarasz, to powiem im, kim był twój mąż! – straszy, lecz to też nie daje żadnego rezultatu.

Kobiety przemieszczają się korytarzami szpitala. Po pokonaniu paru zakrętów wchodzą do schludnego pomieszczenia z małym punktem sanitarnym za zasłonką oraz prowizorycznym aneksem kuchennym. Widać tu kobiecą rękę – pomimo ciasnoty jest całkiem miło. W pokoju urzęduje Dulaimi, przygotowująca właśnie skromną kolację dla przyjaciółek. Na rozkładanym metalowym łóżku przysypia Marysia. Po ataku starej wiedźmy siły jeszcze jej nie wróciły, choć lekarze dokonali cudu. Nie udało się im jednak ocalić dziecka, bo to ono zatrzymało ostrze wymierzone w matkę.

– Wezwali mnie do specjalnego przypadku – oznajmia Samira od progu. – Patrzcie, jaki niespodziewany gość zawitał do nas prosto z Rakki!

– Sara? – Dulaimi od razu nawet po samych oczach rozpoznaje znienawidzoną młodą. – Co ta dżihadystka tu robi?! To niebezpieczna żmija! Trzeba ją wywieźć do ośrodka resocjalizacyjnego! A najlepiej do więzienia, zamknąć w celi i wyrzucić klucz! – Ze złości aż bije się pięściami po biodrach.

– Masz rację. – Marysia ściąga usta i spoziera spod oka. – Ona już w Arabii Saudyjskiej zachowywała się jak pierwsza fundamentalistka. Gówniara puszczała takie teksty, że normalnym ludziom włosy dęba na głowach stawały.

– Zostaw ją na ulicy! – Trzecia żona kalifa Abu Bakra zna małą dewiantkę najlepiej, bo przecież przez długi czas mieszkała razem z nią i jej mężem w Rakce. – Dasz jej rękę, to cały palec odgryzie. Nie zamierzam ponownie dzielić kwatery z tą wywłoką. Albo ona, albo ja. Wystarczy mi to, czego już przez nią doświadczyłam. Tacy ludzie się nie zmieniają!

– Ty myślisz, że ja tu zostanę?! W takim miejscu? Z wami?! – Sara w końcu odzyskuje głos i robi krok w kierunku swej antagonistki. – Nigdy! Przenigdy!

– Uspokójcie się, bo zaraz znów dojdzie do jakiegoś nieszczęścia. – Basma, cicho siedząca w kącie, po ostatniej awanturze w namiocie dla kobiet boi się wszystkich, bo nagle zdała sobie sprawę, że każdy, nawet bez szczególnego powodu, może wyciągnąć broń i stać się mordercą.

– Czyście poszalały? – Samira ze stanowczą miną staje na środku pokoju. – Wiem, że popierała swojego chorego, zboczonego męża, ale tutaj go nie ma, a bez niego dziewczyna jest nikim. To on pomieszał jej w głowie. Prawda, moje dziecko? – zwraca się z nadzieją w głosie do Sary, a ta bez słowa opuszcza jasne i czyste pomieszczenie szpitalne i udaje się na rekonesans obozu. Jej serce jednak wciąż zalewa nienawiść. *Tutaj, wśród tych wszystkich ludzi, na pewno znajdę tego, kogo szukam*, stwierdza. *Mój mąż był najwspanialszy, najpiękniejszy i najcudowniejszy, ale już nie dla mnie, już mnie nie kocha. Pobił mnie, uprawiał seks z inną, a ostatecznie wysłał mnie na stracenie w to przeklęte miejsce. Ale ja się jeszcze odgryzę – jemu i jemu podobnym. Pokażę tym wszystkim dupkom i wywłokom, że jestem coś warta!*, obiecuje sobie w duchu. Od razu czuje się lepiej. Znowu ma cel.

*

– Mustafa! – Samira nie może dać sobie rady ze swym zbrukanym sumieniem, więc dzwoni do najmądrzejszego i najbardziej sprawiedliwego człowieka na świecie, do ukochanego męża. – Ostatnio ciągle źle postępuję – wyznaje smutno.

– Kochanie, to niemożliwe! – oponuje Syryjczyk.

– Właśnie! W tych strasznych czasach wszystko stało się możliwe. Dlatego tak mnie to gryzie.

– Wiem... Nie powiedziałaś Miriam o tym, że Hamid żyje...

– W końcu powiedziałam, ale ona była już nieprzytomna. A potem stwierdziłam, że ma dość stresów. Boję się o tę nieszczęsną dziewczynę... – Lekarka na chwilę zawiesza głos. – Wiesz, czasem zaczynam wierzyć, że nad kobietami, a właściwie nad całym rodem Salimich wisi jakaś klątwa.

– Daj spokój! To gusła i zabobony!

– Nie do końca, kochany. Dawno temu moja siostra, Miriam, która miała pozamałżeński romans z trenerem aerobiku, jako pierwsza sama ze sobą skończyła. I chyba rozpoczęła tę czarną serię. Następna była Chadidża, która straciła całą rodzinę podczas arabskiej wiosny i nie przetrzymała tego; również popełniła samobójstwo. Moja najstarsza siostra Malika nie dość, że wdała się w romans z pułkownikiem Kaddafim, miała z nim nieślubne dziecko, to kiedy już mogłaby być szczęśliwa, jakiś murzyński szczeniak pozbawił ją życia. Widzisz? Już mamy trzy siostry, które tak nagle odeszły z tego świata. Syn Maliki, Muaid, jest kolejny na liście samobójców. Samobójca zamachowiec, który zabił siebie i swojego biologicznego ojca Muammara Kaddafiego.

– Aż się boję słuchać dalszego ciągu – żartuje Mustafa, chcąc przerwać potok dramatycznych opowieści.

– A ja?! – Samira podnosi głos, nie zważając na sprzeciwy męża. – Leżałam w komie, a jak się wybudziłam, to tylko po to, żeby przeżyć kolejne nieszczęście. – Mąż nie komentuje, bo ciężko jest mu słuchać o pierwszej wielkiej miłości swojej żony. – Wszystko to zły los czy klątwa, obojętnie, ale zadawanie sobie samemu śmierci to ciężki grzech, bardzo ciężki. Wiem, że ten, który się go dopuszcza, nigdy nie dostąpi zbawienia. Mam już takie dwie krewniaczki, najbliższe memu sercu siostry, potem siostrzeńca, nieszczęsnego młodzieńca, a teraz jeszcze chciała do tej listy dołączyć Miriam. – Na chwilę w słuchawce zapada ciężka cisza. – Pamiętasz ten fragment z Koranu, który mówi o strasznym przewinieniu, jakim jest odebranie sobie życia?

– Wiesz, że nie jestem zbyt religijny. Zresztą w obecnej sytuacji działa to tylko na moją korzyść; nie dałem się uwieść szalonym fundamentalistom i nigdy nie dam.

– Kochanie, nie należy przesadzać, ani przeginać w żadną stronę. Religia jest ważna, a z Koranu można się dowiedzieć wielu pożytecznych i dobrych rzeczy. Oświecę cię zatem: samobójstwo to drugi najcięższy grzech zaraz po *szirk*[1]. – Samira traktuje sprawę bardzo poważnie, co słychać po tembrze jej głosu, więc mąż woli jej już nie przerywać. – To Bóg decyduje o dniu narodzin i o dniu śmierci, żaden człowiek nie ma prawa odebrać życia sobie lub innym! Prorok Muhammad, pokój z nim – wypowiada zwyczajową formułkę – powiedział, że ten, kto popełnia samobójstwo, będzie ukarany na wieczność. Nie ma uzasadnienia dla samobójstwa pod wpływem trudnych warunków bytowych, braku odporności psychicznej lub akceptacji swojego losu, ze względów politycznych czy jakiejkolwiek innej przyczyny – wylicza skrupulatnie muzułmańska kobieta. – Islam stanowczo zabrania takiego czynu, a osoba, która się go dopuści, popełni wielki występek i nie ma co liczyć na łaskę Allaha. Może jednak pamiętasz wypowiedź proroka Muhammada: „Kto zabija się z czymś w tym świecie, będzie karany z tym w Dniu Zmartwychwstania"?

– Dobrze, masz mnie – przyznaje mężczyzna. – Doskonale znam te i inne wersy, a także cytaty ze świętych ksiąg. Pamiętam z dzieciństwa, bo przecież każdy chłopiec

[1] *Szirk* (arabski) – oddawanie czci innym niż Bogu.

musiał skończyć szkółkę koraniczną i nauczyć się tego wszystkiego na pamięć.

– Nie odrzucaj naszej religii, Mustafo, bo taką negacją wiary nie okażesz większego weta działalności dżihadystów, a tylko sobie zaszkodzisz.

– Koniec tych przepytywanek, pani nauczycielko. To cytat z Al-Buchariego[1]. – Syryjczyk doskonale zna zarówno świętą księgę islamu, jak i całą sunnę[2], bo nie tylko w dzieciństwie spędzał długie godziny nad tymi tekstami. Zgłębiał je też po pojawieniu się pseudo-Państwa Islamskiego i kalifatu, chcąc znaleźć jakiś błąd, wytłumaczenie, czemu fundamentaliści szargają najważniejsze muzułmańskie religijne pisma i przeinaczają zawarte w nich słowa. Chciał znaleźć jakąś lukę, bo przecież teraz tylu antagonistów islamu twierdzi, że wszystkiemu winien jest Koran; niektórzy nawet nazywają go księgą śmierci. To mężczyznę boli najbardziej. – Wracając do meritum, podsumujmy losy twojej rodzinki. Ty byłaś w śpiączce, ale Bogu dzięki się obudziłaś, jedna siostra zabita, dwie same ze sobą skończyły. Twoja bratanica, Darin, została porwana przez dżihadystę, a druga – Miriam – najpierw zaginęła, by w końcu wylądować pod twoimi skrzydłami, które niestety też nie gwarantują jej stuprocentowego

[1] Muhammad al-Buchari (IX w.) – perski uczony muzułmański, który zebrał hadisy (opowieści z życia proroka Muhammada) w zbiorze 6 ksiąg uważanych za drugie po Koranie najbardziej wiarygodne źródło islamu.

[2] *Sunna* (arabski) – dosł. droga, ścieżka; w kontekście islamu sunnickiego jest to zbiór opowieści (hadisów) z życia proroka Muhammada, jego opinie dotyczące wiary oraz życia.

bezpieczeństwa. Rzeczywiście sporo złego jak na jedną familię. Sądzę jednak, że to nie wina klątwy, tylko parszywych czasów, w których przyszło nam żyć.

– Sam widzisz, że niejedna samobójczyni była w mojej rodzinie. A Miriam koniecznie chciała być następna. Na dokładkę jest imienniczką mojej siostry! To też jakiś znak. Dobrze byłoby w końcu przerwać tę złą passę…

– Przecież wiadomość, że jej mąż żyje, mogłaby ją tylko podbudować, dodać sił i wiary. On zaraz by ją wyciągnął z tego cholernego obozu! Żyliby długo i szczęśliwie, znów opływając w bogactwa w Arabii Saudyjskiej.

– Mówiłam ci przecież, że została zniewolona! – Wzburzona Samira przerywa mężowi snucie idyllicznych wizji. – Pohańbiona przez Beduina! Czy ty w ogóle mnie słuchasz?!

– Ale uszła z życiem, tak? Przetrwała? I to jest najważniejsze.

– Czyżbyś nie znał mentalności arabskich mężczyzn? Cieszyłbyś się, gdyby twoją żonę rżnął jakiś facet, a na dodatek zrobił jej bachora?! – Lekarka z rozpaczy aż się trzęsie, a łzy ciurkiem spływają jej po twarzy.

– Nie rozumiem ani tego zwyczaju, ani mężczyzn oskarżających kobiety o przestępstwo, którego nie popełniły, tylko były jego ofiarami. Tradycyjne arabskie rodziny wykonujące zbrodnię honorową powinny dostawać wyrok sądu, skazujący wszystkich uczestników takiego mordu co najmniej na dożywocie.

– A ty? Jak ty byś postąpił? – Samira ścisza głos. – Umiałbyś mi przebaczyć i przyjął z powrotem?

– Co przebaczyć? Już ci powiedziałem: żadna wina kobiety w tym, że została zgwałcona. Nosiłbym cię na rękach, szczęśliwy, że żyjesz, że jesteś ze mną, starałbym ci się wynagrodzić wszystkie krzywdy, których doznałaś…

– W teorii to wszystko pięknie wygląda i dobrze się mówi. Ale czy sądzisz, że Hamid, Saudyjczyk i wahabita, też byłby taki tolerancyjny?

– Wiesz co? Za bardzo komplikujesz sobie życie. Szukasz dziury w całym.

– To czemu sam nie zadzwonisz do Binladena i nie ogłosisz mu wspaniałej nowiny? Czemu nie powiesz mu, że jego ukochana żona żyje, tylko po drodze nastąpiło drobne zawirowanie? Przecież wymienialiście się numerami?

– Bo ja jestem ni brat, ni swat. Dzwoniłem do niego, kiedy spotkałem przez przypadek *dżihadiego* Johna w Katarze, ale nie odbierał. Teraz jest prowadzona cała akcja poszukiwawcza tego zbrodniarza. Przy tej okazji nawiązałem kontakt z przyjaciółką Hamida, a co najważniejsze – przyjaciółką jego żony, emiracką funkcjonariuszką służb specjalnych, Arubą. To ona ma mu przekazać dobrą – mocno podkreśla to słowo – nowinę.

– Jestem ciekawa jego reakcji – sceptycznie podsumowuje Samira.

– Chyba naprawdę masz w pogardzie cały męski gatunek, kochanie. Twoje szufladkowanie Arabów jest dla mnie uwłaczające. – Mustafa czuje się urażony do żywego.

– Cóż… Widać to spaczenie, które wyniosłam z kalifatu – konstatuje smutno kobieta i stwierdza, że rozmowa z mężem, zamiast podbudować, tylko jeszcze bardziej ją przybiła.

– Wyrwij się z tego obozu i jedźmy do domu – proponuje Syryjczyk.

– Do domu? Do Aleppo? Damaszku?

– Nie! Do naszych dzieci. Do Londynu! Tam gdzie osiadła moja mądra, przewidująca rodzina. Dobrych lekarzy przyjmą na Zachodzie z pocałowaniem ręki.

– Nie mogę…

– Jak to? Dlaczego? – Podenerwowany mężczyzna już dłużej nie chce słuchać głupich tłumaczeń swojej żony samarytanki.

– Wczoraj złożyłam fałszywe zeznanie…

– Co ty mówisz?!

– Właściwie to… zataiłam prawdę.

– Jaką prawdę? Przecież ty nie popełniłaś żadnego przestępstwa!

– Już popełniłam. Widzisz, do obozu przyjechała Sara, żona młodego kalifa Chalida ibn Bagdadiego… z dzieckiem… – Samira co chwilę przerywa, bo dopiero teraz dochodzi do niej fakt, że za czyn, którego się dopuściła, grozi jej kryminał. – Nie wyjawiłam, kim tak naprawdę jest… Władze obozu myślą, że to zwykła, młoda i biedna zastraszona mieszkanka Rakki.

– No to ładnie! Idź więc i poinformuj ich! – rozkazuje zażarty przeciwnik fundamentalistów.

– Przywiózł ją inny zbrodniarz, kalifacki wojskowy. Przybył z żoną i piątką dzieci. Też nie powiedziałam, kto zacz…

– Dlaczego? Możesz mi to wyjaśnić? Przecież taki element trzeba właśnie teraz wyłapywać, tępić jak wszy albo inne robactwo, wsadzać do więzień, a jeszcze lepiej utylizować. Inaczej to nigdy się nie skończy! Dżihadyści rozejdą się jak zaraza po całym świecie i będą kontynuować swoją zabójczą działalność.

– Dlatego muszę tu jeszcze chwilę posiedzieć – oświadcza lekarka słabo, ale zdecydowanie.

– Nie ma mowy! Zgłoś to jeszcze dziś, a potem wsiadaj do auta, helikoptera, autobusu, czegokolwiek i przyjeżdżaj do mnie! Marzę o tym, żeby się wysrać na cały Bliski Wschód, ale nie wolno nam chować głowy w piasek i postępować tak jak ty.

– Sara zniknęła. Jej kierowca z rodziną też gdzieś się zaszył. Jak ich znajdę, to natychmiast zawiadomię władze. Ale teraz nie mogę puścić pary z ust, bo zamiast nich to mnie wsadzą do ciupy.

– Nie dziwię się, że wszystkie baby Salimich tak kończą! – Mustafa drze się już na całe gardło. – Same sobie gotujecie taki los, idiotki!

*

Po złapaniu młodego kalifa przez władze doktor traci z nim kontakt. Teraz przemierza dolinę Bekaa w Libanie wzdłuż i wszerz, ale wśród prawie miliona uciekinierów nie odnajduje córki. Uruchamia więc swoje kontakty, żeby się dowiedzieć, gdzie jest przetrzymywany Chalid, i wyciągnąć od niego, co się dzieje z Sarą i dzieckiem. Postanawia wyznać syryjskim władzom całą prawdę i ponieść konsekwencje za swoje czyny. Czuje, że nie uda mu się uniknąć więzienia, ale liczy na to, że jak będzie współpracował, może przynajmniej odnajdzie swą ukochaną córeczkę i sprowadzi ją do normalnego świata. Nieszczęsny ojciec nie zdaje sobie sprawy, że w jej przypadku jest to niemożliwe. Sara, skażona fundamentalizmem, zraniona przez ukochanego, jest rozczarowana i wściekła. Gdyby mogła, każdemu w swym otoczeniu poderżnęłaby gardło, a szczególnie tej głupiej bogaczce Miriam Binladen i jej cioteczce Samirze. Obie uważa za niewierne, choć z urodzenia są muzułmankami – są jednak zbyt dobre i uczciwe, by mogła je zaakceptować. Do Dulaimi zaś żywi głęboką nienawiść, bo ubzdurała sobie w swoim małym móżdżku, że gdyby ta została w Rakce i opiekowała się synem jej i Chalida, nie doszłoby do tragedii. Mąż nie odwróciłby się od niej, nie pobił, nie zdradził, bo jak zawsze mogłaby mu towarzyszyć, wspierać, mogłaby nawet razem z nim mordować. A tak straciła wszystko – miłość, wiarę, wymarzone życie. Teraz ufa, że jej powołaniem jest zemsta na wszystkich tchórzach gnieżdżących się w obozie, na tych, którym tak łatwo przychodzi wyrzeczenie się ideałów.

Niebezpiecznie podminowana, Sara przemierza obóz. Postanawia, że nie wróci do szpitala i tych przeklętych kobiet, choćby miała spać na ulicy. Kieruje swoje kroki do meczetu. Jest odpowiednio ubrana, bo nadal oczywiście okrywa się czarną abają i szczelnie zakrywa twarz zasłoną. W prowizorycznym, ale całkiem sporym budynku rzecz jasna jest część dla mężczyzn i oddzielna dla kobiet. Jako że słońce zaraz zajdzie i zbliża się pora wieczornej modlitwy *maghrib*, w meczecie jest mnóstwo wiernych. Pomimo wojny i nieszczęść ludzie nie odwrócili się od Allaha. Nie spowodowała tego nawet fałszywa interpretacja Koranu i hadisów[1], której dopuszczali się fundamentaliści do swoich niecnych celów. A może to właśnie oni są teraz w świątyni, knując kolejne zdrady przeciwko porządnym obywatelom?

Sara dokonuje rytualnej ablucji, zaczynając ją od wypowiedzenia *szahady*. Wszystko wykonuje w ściśle określonym porządku, pamiętając, by umyć najpierw prawą stronę, a potem lewą. Na początku czyści dłonie kawałkiem mydła, które ktoś zostawił przy wielkiej umywalni; czynność tę wykonuje trzy razy. Jako że nie ma ani szczoteczki do zębów, ani pasty, jedynie trzy razy płucze usta wodą. Obmywa nos, wciągając wodę i wydmuchując. Znowu trzy razy ochlapuje twarz, a potem ręce, począwszy od paznokci aż do łokci. Mokrymi dłońmi przygładza włosy pod szalem, następnie czyści uszy – wewnątrz i całą małżowinę. Przeciera szyję z tyłu i z przodu, co przynosi jej ogromną ulgę, bo jest bardzo zmęczona po długiej podróży. Na koniec myje stopy, i tę czynność powtarzając trzy razy. Wreszcie, zadowolona i nieco uspokojona, wypowiada słowa: *Alhamdu Lillah*[2], i wyciera się połą długiego, brudnego płaszcza.

1 *Hadis* (arabski) – opowieść przytaczająca wypowiedź proroka Muhammada, jego czyn lub milczącą aprobatę. Każdy hadis składa się z tekstu i łańcucha przekazicieli. Hadisy tworzą *sunnę* (Tradycję). Jest to najważniejsze po Koranie źródło muzułmańskiego prawa szariatu.

2 *Alhamdu Lillah* (arabski) – Chwała Bogu/Dzięki Bogu.

Wchodzi do wydzielonej części dla kobiet, z pięć razy mniejszej niż ta dla mężczyzn, i rozgląda się dookoła. Większość muzułmanek ma białe lub jasne galabije i nakryte tylko włosy, co od progu oburza fundamentalistkę. Z czystej niewiedzy umyka jej fakt, że podczas modlitwy taki strój jest wystarczający, bo Allah wymaga tylko skromności i zasłoniętych włosów. W swoim ortodoksyjnym podejściu uważa, że to ciężki grzech. Kieruje się prosto do małej grupki w kącie, której członkinie przypominają stożki czarnych wulkanów. Wykonują rytualne ruchy, to wstając, to klękając, to bijąc czołem o ziemię. Niektóre z nich mają zasłonięte nawet oczy – siateczką bądź skrawkiem materiału. Sara dołącza właśnie do nich, bo uważa je za prawowierne wyznawczynie islamu.

Zaczyna modlitwę, bezmyślnie powtarzając wykute na pamięć fragmenty sur[1]. Po dobrych piętnastu minutach jest już jednak zmęczona zbiorowymi *salat*[2] i postanawia indywidualnie przekazać Najwyższemu swoje błagania. *Allahu akbar! Allahu akbar!* Żarliwie wyznaje wiarę, już tylko bowiem ona pozostała w niej niezmieniona – nadal fundamentalistyczna i spaczona. *Czemu Chalid mi to zrobił?*, pyta Boga. *Jak mógł? Przestał mnie kochać! Pobił mnie, zdradził i porzucił… Na pewno po mnie nie przyjedzie, już ja to wiem! A tak go kochałam… Tak kocham…* Będąc w takiej bliskości Boga, nagle otwiera się jej skamieniałe serce i niespodziewanie wyjawia swoje uczucia, swoje

[1] *Sura* (arabski) – rozdział w Koranie.
[2] *Salat* (arabski) – modlitwa.

załamanie i rozczarowanie. Pod czarnym nikabem płyną niepohamowane łzy.

– Chalid... Chalid... Chalid... – wymawia drogie imię ukochanego mężczyzny.

– Co ty wygadujesz?! – zjadliwie szepcze siedząca obok kobieta. – W meczecie masz się modlić do Allaha, a nie wspominać jakiegoś zbereźnika! – Daje Sarze silnego kuksańca w bok, przez co siedząca na piętach młoda kobieta traci równowagę i pada pupą na ziemię.

– Daj jej spokój, matko. – Zza innej zasłony dochodzi młody głos. – Toż to żona naszego młodego kalifa, Chalida ibn Bagdadiego. A imiona prawowiernych kalifów w meczetach zawsze były wymieniane.

– Niby co? Że jak?! – Stara nie daje wiary słowom i uważnie spogląda na zapłakaną młódkę. – Skąd wiesz, że to ona? – indaguje córkę.

– Poznałam po oczach. Nie są takie czarne jak nasze, ale jak płynny miód czy daktyle. Widywałam ją w naszej błogosławionej stolicy Rakce. Wszystkie dziewczyny zazdrościły wybrance największego przystojniaka wśród kalifów. – Podśmiewa się, ale zaraz powstrzymuje rozbawienie. – Dzisiaj przyjechała. Lekarka uchroniła ją przed więzieniem, bo inaczej wylądowałaby w lochach, jak jej małżonek. On na pewno zostanie męczennikiem! Już ja to wiem!

– Co ty opowiadasz? – Sara aż sztywnieje i brak jej tchu. – Złapali Chalida?

– Dzisiaj na obrzeżach Damaszku. Myślałam, że wiesz i dlatego tak rozpaczasz.

– To mnie wysłał drogą lądową... – wzdycha ciężko, a gardło ściska jej niepohamowany szloch.

Jako że modlitwa zbiorowa już się zakończyła, ci, którzy przyszli do meczetu w tym celu, szybko go opuszczają, wracając do swoich rodzin i obowiązków. Jednakże część mężczyzn i sporo kobiet zostaje. Zbierają się w grupkach i namawiają.

– Jaki dobry mąż – podziwia nieznajoma, platonicznie zakochana w przywódcy kalifatu. – Chciał cię uchronić przed niewiernymi, zboczeńcami i sadystami albo...

– Albo co? – pyta Sara, która znów jest pełna życia i energii, tłumacząc sobie ostatnie zachowanie męża. *Kochał mnie! Był w potrzasku i dlatego postępował tak dziwnie i brutalnie. Ale bronił mnie do końca, a ja, niewdzięczna, tak mu odpłacałam. Co za wredna, głupia baba ze mnie!* – Albo? – naciska, a kobiety tylko spozierają po sobie swoimi wielkimi płonącymi oczami.

– Albo pragnął, byś pomściła jego i jemu podobnych.

*

Po miesiącach nudy i rutyny do obozu w Zaatari przyjeżdża delegacja wojskowych wraz z nowymi lekarzami i nauczycielami wolontariuszami. Przewodniczy im Wysoki Komisarz Organizacji Narodów Zjednoczonych do spraw Uchodźców, który przyleciał tu z odległej Genewy. Wśród przybyłych jest Amir, ojciec Sary, oraz jej matka Kinga. Doktor sporządził darowiznę na kwotę stu tysięcy dolarów, chcąc tym małym gestem odkupić swoje winy i choć trochę poprawić warunki życia uchodźców.

Dla tak ważnych wizytatorów i dobrodziei zarząd postanowił zorganizować uroczyste przyjęcie. Mają być przemowy, tańce, śpiewy, specjalne nagrody i dary. Będzie też loteria fantowa; każdy liczy na wygraną, choć nikt nie ma pojęcia, jakie są trofea. Samira nie może brać udziału w uroczystościach, zanosi się bowiem na trudny poród jednej z pacjentek szpitala. Młodą kobietę przywieziono z zatruciem ciążowym i nie sposób jej zostawić, a na oddziale ginekologicznym nadal są braki w wyższej kadrze medycznej. Dulaimi pomaga, jak może, ale nie jest ani lekarką, ani położną, ani nawet pielęgniarką. Poza tym ciekawska kobietka spieszy dołączyć do zebranych tysięcy osób, a Libijka nie przepada za tego typu imprezami. Basma z dzieciakami już od godziny smaży się na słońcu, czekając na wspaniałych gości, bo koniecznie chciała być w pierwszym rzędzie, by dobrze widzieć takich ważnych i mądrych ludzi. Swojego męża Moego spotkała tylko na chwilę, ale usłyszała od niego same dobre wieści. Serca młodych, zakochanych małżonków wyrywają się z piersi ze szczęścia.

Marysia, jeszcze nie do końca zrehabilitowana, ledwo powłóczy nogami.

– Idź, moja bratanico. – Samira popycha ją lekko, a w jej poczciwych oczach błyszczą łzy. – Załatwiłam ci transport. Jeszcze się spotkamy, gwarantuję ci to. A teraz musisz dołączyć do swoich dzieci.

– Samirko… – Marysi żal ściska gardło. Nie wie, co dalej ze sobą pocznie. Straciła ukochaną rodzinę, straciła Hamida, nie ma siostry, po którą pojechała w swej naiwności na koniec świata, nie ma dawnej energii ani chęci do życia.

– Idź! Helikopter zaraz odleci. Zawiezie cię do Ammanu, a tam pójdziesz do ambasady saudyjskiej albo polskiej, odzyskasz paszport i swoją tożsamość. Życzę ci powodzenia! – Lekarka obejmuje ją czule. – W końcu odzyskasz swoje życie. Trzymaj się go kurczowo i już nie puszczaj.

*

Sara jest gotowa. Nałożyła specjalną kamizelkę, wyściełaną plastycznym materiałem wybuchowym, w który wciśnięto metalowe gwoździe i śruby. Swoje dziecko owinęła pasem *szahida*. Młoda matka dostała instrukcję, jak zabezpieczyć swojego syna, aby po weselu, jak fundamentaliści nazywają samobójczą śmierć, mógł całą wieczność cieszyć się hurysami – na jego maleńki członek nakłada opakowanie ze styropianu i folii aluminiowej. Ona, żona i matka, wybranka, *szahidka*, w końcu doczekała się wielkiego zgromadzenia, uroczystości z okazji przyjazdu ważnych person. Jej czyn będzie miał dzięki temu spektakularny wymiar i rozniesie się echem po całym świecie. Pomści ukochanego męża – kalifa Chalida ibn Bagdadiego – i tysiące zabitych oraz setki uwięzionych braci i sióstr w islamie. Jej islamie – czystym, fundamentalistycznym, sięgającym samego źródła. Taka jest jej ścieżka do wodopoju, taki jest jej dżihad.

Kiedy wśród gości dostrzega swojego ojca – w garniturze, bez muzułmańskiej brody, toby czy galabii, bez *ghutry* na głowie – jej wściekłość tylko się potęguje. Teraz jest już pewna podjętej decyzji. Gdy jej znienawidzona, płytka, głupia i niewierna matka przepycha się w jej kierunku, wyciąga ramiona, patrzy na nią z nadzieją i bezwzględną miłością, młoda dżihadystka przyciska syna do piersi i wyciąga zawleczkę.

– *Allahu akbar!*

ZNOWU W ARABII

Tylko miłość

Po wyjeździe Marysi do ogarniętej wojną Syrii Dorota nie może się odnaleźć w Rijadzie. Czuje się wyobcowana i nieziemsko samotna. Pociesza ją tylko Adaś, jednak i on, dorastający już chłopiec, nie ma ochoty spędzać z mamą całego wolnego czasu.

Państwo Nowiccy mieszkają na tym samym pięknym osiedlu co kiedyś. Może dlatego wspomnienia dawnych czasów, gdy byli tu całą rodziną, z nastoletnią Darią, cudem odnalezioną po latach Marysią i jej mężem Hamidem, wciąż zalewają serce kobiety goryczą. Później całe ich szczęśliwe i beztroskie życie zaczęło się komplikować, a początkiem był bezmyślny wyjazd Doroty i Marysi do Libii w 2011 roku, podczas którego w kraju tym wybuchła arabska wiosna. Obrazy dramatycznych wydarzeń z tego okresu nigdy nie przestaną nawiedzać Doroty w snach. Następnym milowym krokiem ku tragedii był nieszczęsny związek Darii z dżihadystą, a wyjazd do kalifatu i pozostawienie dzieci, Nadii i Adila, z babcią i przyszywanym dziadkiem stał się kwintesencją nierozważnych poczynań pierworodnej Marysi. Tak więc wszystkie trzy są winne temu, iż teraz znajdują się w beznadziejnej sytuacji, a matka wyrywa sobie włosy z głowy z obawy o swoje córki.

– Nasze wnuki tak tęsknią za rodzicami, a ja nie wiem, co mam im powiedzieć – narzeka, kiedy wieczorem razem z Łukaszem siedzą przed telewizorem, choć tak naprawdę każde z nich oddaje się smutnym rozmyślaniom. – Marysia nie odzywa się już tak długo! Co się stało? Zawsze czy to wysłała wiadomość, czy na sekundę weszła na Skype'a... Nawet po to, żeby się ze mną pokłócić! – Ironizuje, ale łzy wzbierają w jej wielkich błękitnych oczach.

– Co ja ci na to poradzę? – odpowiada nieczule Łukasz, umywając ręce od problemów rodziny, w które całymi latami tak aktywnie się angażował. To jednak było przed wyjazdem do Indonezji, jego zdradą i miłością do indonezyjskiej przepięknej kobietki.

– Nie mówię, żebyś sam rozwiązał tę sytuację. Ale może z kimś byśmy się skontaktowali? Zaginęły moje dwie córki! – Dorota nie może już pohamować szlochu.

– Z kim, kobieto, chcesz o tym pogadać?! – Mężczyzna coraz bardziej żałuje, że ponownie dał się uwikłać w przeklęte małżeństwo, które od samego początku było skazane na niepowodzenie.

– Sądziłam, że wspólnie coś wymyślimy...

– Znasz kogoś z otoczenia Hamida? Dzwoniłaś do niego?

– No... nie.

– Możesz pójść do... – Łukasz udaje, że się namyśla, a tak naprawdę marzy o tym, by ta furiatka w końcu dała mu spokój. – Zgłoś to w Obserwatorium Praw Człowieka lub na policji.

– Naprawdę tak myślisz? – Dorota nie słyszy sarkazmu w głosie mężczyzny.

– Tak. Tylko co ty im powiesz, moja droga? – Kpina przebija już z każdego jego słowa. – Że jedna i druga twoja mądra córeczka wyjechała do kalifatu na własne życzenie i nie wiadomo, jakimi kanałami się tam dostała? Tak, właśnie tak powinno brzmieć twoje oświadczenie.

– Dlaczego jesteś taki złośliwy? – Dorota ma już dość rozmowy z człowiekiem, który okazał się najgorszym parszywcem i na którego jest skazana do końca życia. *Ależ głupio postąpiłam, że dałam się namówić na ponowny ślub*, wyrzuca sobie. *Jak można uwierzyć, że ktoś, kto okazał się szmatą, nagle się zmieni? Poza tym przecież ja go nie kocham!* Serce jej się kraje na myśl o tym, że już zawsze będzie nieszczęśliwa.

– Skoro chcesz narobić nam kłopotów, rozgłaszaj tę sprawę! Upubliczniaj wręcz! – egoistycznie podsumowuje wściekły mąż, bo dla niego najważniejsze jest to, że znów ma dobrą pracę, którą chciałby utrzymać aż do emerytury. – Ciekaw jestem, jak udowodnisz brygadom antyterrorystycznym, że twoje panienki pojechały do Państwa Islamskiego z musu i że nikt z nas nie był i nie jest powiązany z fundamentalistami. Jeszcze cię w pierdlu saudyjskim nie widzieli! – krzyczy na koniec, rąbie pięścią w stół i wychodzi do swojego gabinetu.

Po chwili słychać zgrzyt klucza w zamku i w domu zapada głucha cisza.

Łukasz powrócił do starej żony, jednak nie był to jego wybór – nie zrobił tego z miłości, lecz by zaleczyć rany, które zadała mu indonezyjska kochanka Adinda. Wspólne życie Nowickich nigdy już nie będzie szczęśliwe. Są ze sobą ze względu na grożącą im samotność, ale nic do siebie nawzajem nie czują. Dawne, może tragiczne, ale pełne uniesień i zaangażowania czasy pozostają już tylko wspomnieniem.

– Nadia, Adil? – Dorota wchodzi do pokoju wnuków. – Śpicie?

– Nie, babciu. – Maluchy siadają w swoich łóżkach i patrzą wyczekująco na starszą kobietę. – Co słychać? – indaguje dziewczynka.

Siedmioletnia Nadia i pięcioletni Adil czują, że coś jest nie tak, a kiedy słyszą jedną wieczorną awanturę za drugą, ich serduszka drżą ze strachu.

– Może macie ochotę zobaczyć, co w waszym domku piszczy? – Seniorka chichocze figlarnie, choć wcale nie jest jej do śmiechu. Wie jednak, że musi podtrzymać dzieci na duchu, bo to właśnie one najbardziej cierpią z powodu zniknięcia rodziców.

– A coś piszczy? – Adil nie chwyta przenośni. – Może szczury się zalęgły!

– Głupiś! – Nadia jest nad wyraz bystrą dziewczynką. – Przejedziemy się do naszej willi, żeby sprawdzić, czy wszystko jest w porządku, a przy okazji kupimy szawormy! Prawda, babciu? – Kuje żelazo, póki gorące, bo życie jej i brata od długiego czasu ogranicza się do szkoły i domu. Rzadko kiedy wybierają się do miasta, centrów handlowych czy wesołego miasteczka. Dorota unika pokazywania się z malcami o typowo arabskiej urodzie w miejscach publicznych, bo jest przekonana, że dzieci od razu ściągnęłyby na siebie uwagę. Jako biała *adżnabija* zostałaby wylegitymowana i musiałaby się tłumaczyć. Jak nic oskarżono by ją o kidnaping i zanim powiedziałaby choć słowo, wszyscy siedzieliby w areszcie.

– Oczywiście, kochanie. Szawormy gwarantowane.

– No to biegiem! – Dzieci skaczą na równe nogi.

Nie potrzebują wiele czasu, żeby się zebrać. Sprytna Nadia na piżamę narzuca małą, piękną abaję, a Adil po prostu jedzie tak, jak stoi. Chłopakowi wszystko wolno. Dorota zagląda jeszcze do swojego syna, proponując, by im towarzyszył, lecz ten, nie odrywając wzroku od konsoli, jedynie kręci głową, coraz bardziej upodabniając się do tatusia.

Hamid zostawił teściowej do dyspozycji swoją służbę, więc Dorota ma prywatnego szofera, który wiezie ich w wyznaczone miejsce.

– Ale u nas jest fajnie!

Szczęśliwe dzieciaki wbiegają do rodzinnego domu i od razu pędzą na górę.

– Witam jaśnie panią. – Stary lokaj kłania się Dorocie w pas. – Może podać kolację?

– Dziękuję. Przynieś tylko talerzyki. Zjemy szawormę, którą kupiliśmy w restauracji Bohsala.

– Och, u nich jest najsmaczniejsza. – Służący w tym domu od lat Pakistańczyk pozwala sobie na wyrażenie opinii. – Czy podać coś do picia? Kawę, herbatę, colę?

A może zechciałaby pani napić się wina? – U Binladenów można dostać wszystko, nawet zakazany alkohol.

– Proszę o wodę, a potem się zastanowię.

Krętymi marmurowymi schodami Dorota idzie na pierwsze piętro. Znajduje wnuki w sypialni rodziców, wtulone w ich poduszki i przykryte aż po nos barwnym pledem. *Jakże one tęsknią*, konstatuje ze smutkiem. *Jak cierpią! Dlaczego Marysia i Hamid podjęli taką głupią decyzję? Czemu zaryzykowali szczęście własnej familii dla Darii? Kretynka sama zgotowała sobie ten los, a oni nie musieli jechać jej z odsieczą. Co za nonsens! Marysia jest głupsza, niż ustawa przewiduje*, krytycznie ocenia najstarszą córkę. *I z wiekiem wcale nie mądrzeje... Ech!*

– Babciu, nie moglibyśmy się tu przeprowadzić? – pyta Nadia z nadzieją w głosie. – Ten dom jest większy. Nie gnieździlibyśmy się w ciasnocie – mówi jak stara, a Dorota stwierdza, że maluchom chyba za dobrze się powodzi. Tutaj mają ze trzy tysiące metrów kwadratowych, a u niej tylko dwieście pięćdziesiąt. Śmiać jej się chce na takie rozpasanie, ale z drugiej strony się cieszy, że wnuki żyją w dobrobycie.

– Zobaczymy, kochani. Może będziemy tu wpadać na weekendy.

– Tylko na weekendy? – Adil ma smutną minę.

– Nie możemy żyć na dwa domy. Niedługo wrócą rodzice, to...

– Kiedy? Jutro? Za tydzień? – sondują, oczekując dobrych wieści.

– Nie wiem dokładnie. Chodźcie, zjemy coś pysznego, to humor nam się poprawi. – Babcia postanawia dać im trochę przyjemności. – A potem możemy zagrać w jakąś waszą ulubioną planszową grę.

– Zostaniemy tu dziś na noc? – Nadia patrzy na nią błagalnym wzrokiem.

Dorota zastanawia się przez chwilę. W końcu wzdycha głęboko:

– Niech wam będzie…

Gdy Nadia i Adil w końcu zapadają w spokojny, szczęśliwy sen w swoich wygodnych łóżkach w przestronnych pokojach, Dorota schodzi do salonu, ściskając w dłoni telefon komórkowy, i siada w fotelu. Zdaje sobie sprawę, że pisanie kolejnej wiadomości do Marysi nie ma sensu; to jakby rzucała kamieniem o ścianę. *Córeczko, gdzie jesteś? Raz już mi zaginęłaś w Libii, odnalazłam cię w Rijadzie, drugi raz rozdzieliła nas arabska wiosna, ale też się odnalazłyśmy. Czy będziemy mieć szczęście i za trzecim razem?* Duchowa rozmowa z pierworodną trochę ją uspokaja. *Taka urodziwa dziewczyna to w kalifacie łakomy kąsek.* Ten wiadomy wszem wobec fakt powoduje, że serce matki drży.

Kobieta zaczyna przeglądać galerię zdjęć w telefonie. Widząc fotkę ze ślubu Marysi z Karimem, pół Saudyjczykiem, pół Indonezyjczykiem, w Indonezji, wzdycha. *Ależ piękna para. Jednak zbyt się różnili. Nie tylko urodą, ale przede wszystkim charakterami. Czy można przestać kochać swoją pierwszą miłość?*, pyta retorycznie, bo sama najlepiej zna odpowiedź – nigdy nie przestała kochać swojego pierwszego męża, Ahmeda, ojca jej krnąbrnych córek. Kolejne zdjęcie przedstawia Marysię z Hamidem i dziećmi w Rijadzie. *Ci to do siebie pasują!*, podziwia. *Para jak z żurnala!* Przez przypadek – a może celowo – otwiera folder z najbardziej skrywanymi fotografiami z Bali. Popijając francuskie czerwone wino, które w Arabii Saudyjskiej jest uważane za prawdziwy napój bogów, bo dla zwykłych śmiertelników jest całkowicie niedostępne oraz surowo zakazane, klika w jedną fotkę za drugą. *Ari*... Wstrzymuje powietrze, gdy widzi pięknego młodzieńca w typowym indonezyjskim *peci*[1] na głowie i w batikowej[2] barwnej koszuli, narzuconej na smukłe ciało. *Ależ ja jestem rozpustna!*, śmieje się sama z siebie, czując ciepło w podbrzuszu i przyspieszony puls. *Ten chłopaczek był w wieku Marysi!* Chwyta się za głowę, a po chwili ze wstydu zasłania ręką twarz. *Co za ziółko ze mnie! Miłość na Bali jednak jest niewytłumaczalna i niepowtarzalna, jedyna w swoim rodzaju. To, co się dzieje na Bali, zostaje na Bali.* Patrzy jeszcze na piękną, ukrytą wśród bujnej azjatyckiej roślinności willę, w której mieszkała i w której była taka szczęśliwa. Niezwykły dom, pełen nadprzyrodzonych

[1] *Peci* (indonezyjski) – tradycyjne na Archipelagu Indonezyjskim męskie nakrycie głowy, przeważnie w czarnym kolorze.

[2] *Batik* – technika barwienia kuponu materiału bawełnianego, polegająca na kolejnym nakładaniu wosku i kąpieli tkaniny w barwniku, który farbuje jedynie miejsca niezakryte warstwą wosku. Dla uzyskania specjalnych efektów proces woskowania i farbowania można powtarzać wielokrotnie.

mocy i duchów, w które na hinduistycznej wyspie tak łatwo uwierzyć. *W takim cudnym miejscu został mój Ari razem z duszą wrednego, złego Ahmeda, która mnie tam dopadła*. Dorota głęboko w to wierzy, bo przeżyła na Bali nie tylko wielkie uczucie, ale i przemianę duchową.

Poważnieje, gdy trafia na zdjęcie Brendana, swojego kolejnego kochanka – umięśnionego, przystojnego australijskiego surfera, przez którego niewinna, ale bezgranicznie naiwna kobieta wylądowała w więzieniu.

– Aleś mnie ugotował, draniu – szepcze. – Gdyby nie Marysia i Hamid, możliwe, że dalej siedziałabym w azjatyckim pierdlu w Kerobokan. – Wspomina tragiczne warunki i swoją patową sytuację. – Tylko Binladen mógł mnie wyciągnąć z tego szamba. To wtedy znowu zeszli się z moją córcią, która jest taką samą rozpustną, skończoną kretynką jak jej mama. – Na jej twarz wraca kpiarski uśmieszek. – Taka jestem stara, schorowana babka, tyle strasznych rzeczy przeżyłam, a wciąż coś we mnie płonie, coś się tli, jakaś niewypowiedziana tęsknota za miłością, spełnieniem i szczęściem. Słaby to ogień, ale z małej iskry może powstać wielki pożar. – Rozmawia sama ze sobą, bo w tym domu może liczyć na dyskrecję. Poza tym mówi po polsku, więc i tak nikt by jej nie zrozumiał. – Najpierw miałam Libijczyka Ahmeda, nieziemsko przystojnego drania, w którym nie mogłam się odkochać, potem Polaka, nudziarza Łukasza, a na rajskiej wyspie Bali Indonezyjczyka Ariego, cudownego młokosa, którego świeca tak szybko zgasła. Zaraz jednak utonęłam w ramionach Brendana, australijskiego handlarza narkotykami. A teraz, na starość, znów znalazłam spokojną przystań, bez wzlotów i upadków. I to powinno mi wystarczyć aż do śmierci – smutno stwierdza, tak jakby jej koniec miał nastąpić już jutro. – Jednakże… Nie chcę tego! – wykrzykuje, lecz zaraz zatyka dłonią usta, by nie obudzić dzieci. – Każdy człowiek pragnie czegoś więcej, bo mała stabilizacja to zdecydowanie za mało do szczęścia, a kobiecie zawsze marzy się strzała Amora, która jak ugodzi, to nawet może zabić. Jednak przynajmniej na chwilę przyczyni się do wzlotów i upadków, przyniesie namiętne uczucie i radość… Ech, co za życie!

Jedyną rozrywkę Dorota znajduje w wizytach w Szpitalu Gwardii Narodowej u znakomitego saudyjskiego lekarza, który stara się utrzymać w remisji jej chorobę autoimmunologiczną. Kiedy Nadia i Adil są w szkole, co najmniej dwa razy w tygodniu udaje się na obrzeża miasta, gdzie znajduje się miasteczko medyczne.

Doktor Aszraf al-Rida jest niespełna pięćdziesięcioletnim zadbanym Saudyjczykiem z bardzo zamożnej rodziny, stojącej wysoko w hierarchii królestwa. Jego dziadowie i ojciec byli ściśle powiązani z elitami rządzącymi, nie wspominając, że tatuś przez długie lata był ministrem spraw wewnętrznych, co jest ewenementem, gdyż taką wysoką i ważną funkcję w Saudi zawsze pełni członek rodziny królewskiej. Musiał się przysłużyć władcom, by u szczytu swej kariery niejednokrotnie decydować o tym, co jest dobre, a co złe, a przede wszystkim kto ma żyć, a kto umrzeć. To on sprawował nadzór nad czystkami związanymi z likwidacją terrorystycznego ugrupowania Al-Kaida w Saudi i spowodował, że jego działacze zostali uwięzieni, straceni albo uciekli z kraju, przenosząc swe siedziby do ościennych państw – przede wszystkim do biednego Jemenu, gdzie ochotników, w tym szeregowych terrorystów lub *szahidów*, można było znaleźć na pęczki i bardzo łatwo zrekrutować do nikczemnej działalności tej organizacji.

Aszraf jest lekarzem pasjonatem, ze względu bowiem na bogactwo swej rodziny mógłby w ogóle zarobkowo nie pracować. Dobrobyt nie przewrócił mu w głowie, choć ma swojego ulubionego bentleya, wykonanego na zamówienie za trzysta tysięcy euro, a także kilka rezydencji, które wynajmuje ekspatriantom. W kampusie szpitala dostał komfortową willę z basenem, prywatnym studiem fitness i ogrodem zimowym, który zupełnie inaczej się pielęgnuje niż takie miejsca w Europie. Tam zamknięte zagajniki specjalnie się ogrzewa, by tropikalne gatunki roślin i ptaków nie wymarły, a tutaj, na Bliskim Wschodzie, się schładza, chroniąc florę i faunę przed zabójczo wysokimi zewnętrznymi temperaturami. Aszraf własnoręcznie hoduje w nim róże, fiołki, begonie, chryzantemy i dalie, utrzymując ciepłotę pomieszczenia na poziomie dwudziestu dwóch, maksymalnie dwudziestu czterech stopni. Fruwają tu skowronki, szpaki i drozdy, przywiezione w specjalnym transporcie prosto z Włoch, Grecji i Ameryki. Żona Aszrafa, *adżnabija* z Hiszpanii, była miłością jego życia. Saudyjczyk wybrał ją sam, a nie poślubił w ramach małżeństwa aranżowanego przez rodzinę czy swatki. Niestety, w wieku niespełna trzydziestu lat kobieta zmarła na nowotwór piersi w ich rodowej rezydencji w centrum Rijadu. Od tego czasu lekarz z nikim nie związał się na dłużej, a jedynie pozwala sobie na krótkie zagraniczne romanse, chcąc zachować zdrowie psychiczne i fizyczne. Dzieci wychował po swojemu – to znaczy nie po saudyjsku, pozwalając im na wiele rzeczy zabronionych w królestwie, wysyłając do międzynarodowych szkół, a później na amerykańskie uniwersytety, które jego zdaniem są najlepsze, bo sam studiował na jednym z nich. Krótkie chwile relaksu w Arabii Aszraf spędza, jeżdżąc na pustynię, gdzie swoim terenowym samochodem pokonuje wydmy i *wadi*, by potem, w napotkanej oazie, w samotności oddawać się rozmyślaniom na temat Boga i ludzkiej, kruchej egzystencji.

Dorota uwielbia przesiadywać w gabinecie, który bardziej przypomina elegancki salonik niż pokój badań. Na oknach, oprócz chroniących przed żarem i promieniami słonecznymi żaluzji, zawieszono piękne haftowane firany i grube atłasowe zasłony. Znajduje się tu aneks wypoczynkowy ze skórzaną sofą i wygodnym fotelem, stolikiem kawowym z litego drewna oraz piękną lampą podłogową w stylu lampy Aladyna. Wszystko to powoduje, że atmosfera w gabinecie jest ciepła, przyjacielska, niemal domowa.

Pacjentka i jej lekarz przeprowadzają coraz to dłuższe i bardziej osobiste rozmowy, lecz mężczyzna nigdy nie pozwala sobie na poufałość. Ryzykowny jest już sam fakt, że po zbadaniu chorej doktor odsyła swoją pielęgniarkę, która bardziej pełni funkcję strażniczki cnót niż medycznej pomocnicy. Aszraf cieszy się bezpośrednim kontaktem z Dorotą, którą zaczyna traktować jak przyjaciółkę.

– Czemu jesteś taka smutna, *ja saida*? Zatroskana, załamana… To źle wpływa na stan zdrowia, moja droga. – Martwi się, widząc jej podkrążone oczy, zapuchnięte od płaczu i niewyspania.

– Mam problemy rodzinne – wyznaje ogólnikowo Dorota.

– Cóż, kryzys wieku średniego jest dość powszechny. Ale po jakimś czasie mija.

– To oboje z mężem mamy już za sobą. Teraz pozostała nam jedynie obojętna współegzystencja.

– Smutne. Ja nie zdążyłem tego doświadczyć, bo moja żona zmarła w bardzo młodym wieku – wyznaje Aszraf.

Dorocie szybciej bije serce, bo lekarz po raz pierwszy zdradza, że jest wolny. *I co z tego, że jesteś singlem? Przede wszystkim jesteś Saudyjczykiem i wbrew pozorom, które stwarzasz, na pewno głęboko wierzącym wahabitą, który w życiu nie pomyśli o romansie z zamężną kobietą*, rozmawia ze swoim towarzyszem w duchu, bo przecież zdaje sobie sprawę, że na taką otwartość nie może sobie pozwolić.

– Przykro mi. – Spuszcza wzrok, żeby się nie zdradzić. *Może jestem skończoną starą idiotką, która powinna myśleć jedynie o wieczności i swojej chorobie, ale to jest jedyny i ostatni facet, który jeszcze mógłby mnie uratować i dać deko szczęścia na starość*, podsumowuje swoje uczucia.

– To już przeszłość. – Mężczyzna macha ręką. – Było, minęło. Nie wyobrażam sobie jednak, żeby być z kimś w związku, tak jak ty, i żyć na totalnie odległych biegunach. – Jego postawa jest dość nietypowa, to właśnie bowiem saudyjscy mężczyźni są znani z obojętności w stosunku do swych kobiet. – Ale skoro nie zadręczasz się pasywnością męża, to co cię gnębi?

– Mam problem z moimi dorosłymi córkami… i z ich mężami. – Dorota uchyla rąbka tajemnicy, ale zaraz milknie, bojąc się powiedzieć więcej.

– A cóż te dziewczyny narozrabiały? – Aszraf spodziewa się banalnych życiowych trudności. – Wybrały facetów nie po twojej myśli? Wyjechały daleko i nie odzywają się do stęsknionej mamy? A może nie chcą ochrzcić swoich dzieci, bo wybrały dla nich inną drogę?

– Chciałabym, żeby nasze życie było takie proste – odpowiada Dorota enigmatycznie, bo wciąż pamięta słowa męża, który straszył ją zbiorową odpowiedzialnością i saudyjskim więzieniem.

– Może jest, tylko ty wyolbrzymiasz problemy i bierzesz sobie do serca chwilowe kłopoty? Trudno się dziwić, w końcu to twoje dzieci, może jednak niepotrzebnie się denerwujesz? – żartuje mężczyzna, znając słabą płeć właśnie z tej strony.

– Aszraf! – wykrzykuje Dorota, ale zaraz próbuje się opanować: – Znaczy… panie doktorze… Nie zna pan moich losów i dobrze, bo pewnie osiwiałby pan na miejscu. A moje córki idą za moim głupim przykładem, bo są nierozważnymi, upartymi kretynkami! Wisi nad nami klątwa rodu Salimich, rodu ich przeklętego ojca, Libijczyka.

Mężczyzna z zainteresowaniem unosi jedną brew, bo zna tę kobietę pod polskim nazwiskiem i widział jej białego męża.

– Ciekawe… – Czeka na więcej detali, ale nie naciska.

Dłuższą chwilę siedzą w milczeniu, które im nie ciąży, bo Saudyjczyk potrafi powściągnąć swoją ciekawość, a Dorota stara się zebrać myśli goniące jej po głowie.

– Daria, młodsza córka, wyjechała na wakacje z Brytyjczykiem, który okazał się pół-Syryjczykiem, a na dokładkę dżihadystą z pseudo-Państwa Islamskiego. Ostatecznie porwał ją do kalifatu – wypala kobieta jednym tchem, po czym przełyka ślinę i kontynuuje: – Druga, ta bardziej arabska, Marysia vel Miriam, wraz z mężem pojechała do Rakki, żeby odnaleźć siostrę i sprowadzić ją do domu. Ot co!

– Słucham? – Aszraf pochyla się w stronę rozmówczyni, jakby to mogło mu ułatwić zrozumienie. – Że co proszę?

– Właśnie tak! Darię, co się odnalazło, to znów znikała. Zaliczyła kalifackie więzienie, harem, mieszkała też ze swoim wspaniałym fundamentalistycznym mężem w luksusowej willi, potem w jakiejś biednej kamienicy czynszowej, ale lokum co chwilę zmieniali. Marysia, informując mnie, twierdziła, że są już bardzo blisko, że zaraz wyrwą ją z łap mordercy opętanego wypaczoną religią i… dupa!

– Jaka dupa? – Lekarz nic już nie ogarnia.

– Dupa w krzakach, jak mówią Polacy. – Pacjentka usiłuje żartować, lecz jej oczy zachodzą łzami, by po chwili zalać strumieniem jej wymizerowaną, ale nadal piękną twarz. – Teraz obie zniknęły, po prostu rozmyły się we mgle. – Kończy swoją opowieść i ciężko pada na oparcie fotela.

Podenerwowany Aszraf wstaje i zaczyna przemierzać gabinet, masując podbródek. – To kiepsko... – Zaciska usta i postanawia pomóc tej cudnej kobiecie, która jako jedyna od czasu śmierci żony pobudziła jego oziębłe serce.

Dorota niewiele wie o Aszrafie al-Ridzie i całkiem nic o jego pochodzeniu i rodzinie, więc myśli, że to po prostu jeden ze znakomitych lekarzy pracujących w Saudi i jeden ze zwykłych synów tej ziemi. Geniusz medyczny o wrażliwym sercu, borykający się z przeciętnymi rodzinnymi problemami, oraz dobry muzułmanin, wahabita, który pięć razy dziennie w meczecie oddaje cześć Allahowi. Nie ma pojęcia o jego koneksjach i układach. On zresztą nigdy ich nie wykorzystuje, ale teraz nadeszła pora, by poprosić ojca o pomoc. Nie spożytkował jego układów od czasów szkoły średniej, kiedy straszliwie narozrabiał, za co groziło mu w najlepszym razie więzienie. Od tamtej pory syn czuje przed ojcem strach, niewspółmierny do respektu czy szacunku, a ojciec nosi w sobie jedynie żal, niechęć i pogardę do pierworodnego.

– Postaram się delikatnie podpytać w pewnych kręgach – obiecuje Aszraf.

– Lepiej nie! – Dorota skacze na równe nogi i macha rękami. – To niebezpieczne! Oskarżą nas o współudział, fundamentalistyczne sympatie albo nie wiem o co! Nie chciałam ci o tym mówić! – Trzęsie się jak osika. – Głupio się wygadałam!

Nieoczekiwanie mężczyzna zamyka jej usta mocnym pocałunkiem, patrząc na nią płonącym wzrokiem.

– Czy możesz mi zaufać? – pyta cicho, na co zaskoczona i rozanielona Dorota tylko kiwa głową. – Jak się nazywa ten twój zięć? Ten, który pojechał z pomocą Darii? Jest Saudyjczykiem, Europejczykiem, Arabem?

– To Hamid Binladen, Saudyjczyk.

Aszraf pół nocy nie może spać, rozpamiętując czasy liceum, by dobrze przygotować się do rozmowy z ojcem, który jest zagorzałym wahabitą, lecz też twardym i konkretnym człowiekiem. Ze swoim jedynym synem nigdy nie miał lekko, bo Aszraf pod względem charakteru stanowił jego zupełne przeciwieństwo. Nawet w piątki nie chciał chodzić do meczetu, nosić tradycyjnej i obowiązkowej toby, za to uwielbiał dyskoteki i głośną muzykę, a do kina potrafił pojechać nawet do ościennego Bahrajnu czy Kataru. Zawsze postępował tak, by zrobić staremu na złość i upodobnić się do amerykańskiej matki, której praktycznie nie znał. Jego ojciec, po krótkiej i niepojętej przygodzie z *adżnabiją*, poświęcił się karierze i życiu prawowiernego muzułmanina. Tak w każdym razie zawsze widział to syn, który kontaktu z nim nie miał i nie ma żadnego.

Teraz dojrzały człowiek, sławny doktor, dzwoni do byłego ministra i prosi o spotkanie jak o audiencję.

– Dobrze, może być trzynasta – odpowiada chłodno stary Al-Rida.

W progu rodzinnego, znienawidzonego przez Aszrafa domu wita go służący, a nie, jak by się należało spodziewać, stęskniony tatuś. Prowadzi go do gabinetu na parterze, tak jakby przybyły nie znał drogi. *Będzie oficjalnie*, podsumowuje syn, kpiarsko się uśmiechając, choć z nerwów trzęsą mu się dłonie, a serce podchodzi mu do gardła.

– Spocznij. – Gospodarz, ubrany w białą, nienagannie wyprasowaną tobę i kraciastą *ghutrę*, wskazuje klubowy fotel.

Kiedy syn kończy opowieść o sytuacji córek Doroty i pyta, czy ojciec mógłby rozpytać w tej sprawie, w zaciemnionym pokoju zapada cisza. Stary zapala cygaro i wypuszcza dym, a Aszraf czuje, jak zbiera mu się na mdłości, bo ten zapach zawsze będzie mu się kojarzył z oziębłością ojca i karą, jaką ten zaakceptował, by w młodości wymierzono jego nastoletniemu synowi.

– Wyślij mi mailem wszystkie dane, to zobaczę, co się da zrobić – oznajmia w końcu Al-Rida, podając wizytówkę.

– Ty masz maila? – Aszraf jest zaskoczony, bo dla niego ojciec jest zacofanym, nieogarniętym zgredem stojącym nad grobową deską.

– Uważasz, że utknąłem w średniowieczu? Nie mam telefonu komórkowego, maila, Messengera, WhatsAppa? Ano tak… – Stary zawiesza głos i lustruje syna lodowatym wzrokiem. – Mój jedyny syn nie musi o tym wiedzieć, bo i na co mu to? Nie ma ochoty kontaktować się ze starym pierdzielem.

Zapada cisza. Aszraf jednak nie opuszcza głowy, tylko butnie patrzy ojcu w oczy.

– Do tej pory nie dałeś mi swojego maila ani numeru prywatnego telefonu – syczy przez zaciśnięte zęby. – Do widzenia.

Wściekły doktor wychodzi, głośno trzaskając frontowymi drzwiami. Audiencja zostaje zakończona.

Na następne spotkanie z Aszrafem Dorota idzie do jego domu. Już w przedpokoju padają sobie w objęcia, bo oboje doszli do wniosku, że mają gdzieś obyczaje i zasady, cnotę i grzech. Po wyczerpującym seksie długo leżą w milczeniu. Żadne z nich nie zaczyna rozmowy, bo co tutaj gadać. Każde z nich ma tyle tajemnic, że książkę by można napisać, więc lepiej odłożyć prywatne sprawy do lamusa. Ciszę przerywa Dorota, bo jak to typowa kobieta musi wiedzieć, na czym stoi:

– Odkreślamy wszystko grubą krechą i idziemy naprzód czy kończymy znajomość na tym jednym wyskoku?

– Jesteś moją pacjentką, a ja jeszcze nie zakończyłem terapii, więc… – żartuje Aszraf.

– Chyba po raz pierwszy mój kiepski stan zdrowia nawet mnie cieszy – kokietka chichocze i kładzie rękę na jego umięśnionym brzuchu.

– Ale zdajesz sobie sprawę z ryzyka, Dora? – Dorocie bardzo się podoba ta wersja jej imienia. – Jesteś zamężną cudzoziemką, a ja wahabickim synem saudyjskiej ziemi. Facetowi cudzołóstwo jakoś wybaczą, ale kobieta może nawet wylądować w więzieniu.

– Cóż… Zaliczyłam azjatyckie lochy, to może arabskie też przeżyję… – kpi, za późno gryząc się w język, ale kochanek nie docieka, tylko znów bierze ją w ramiona i szepcze:

– I tyle by było w temacie zamknięcia przeszłości na klucz.

– Jutro rano lecimy do Dubaju – oznajmia Aszrafowi ojciec, oczywiście nie pytając go o zdanie.

– Nie wiem, czy zdajesz sobie sprawę, ale ja pracuję. – Syn nienawidzi takiego załatwiania spraw.

– Nie żartuj sobie! – Stary podnosi głos. – Oczywiście spodziewałem się takiej wymówki, więc sam już wszystko załatwiłem. Ty idź jedynie do dyrektora szpitala i podpisz kwit. On już o wszystkim wie. Lecimy na jakiś tydzień.

– Ale na cholerę mam lecieć z tobą do Dubaju?! – wykrzykuje podenerwowany rozmówca.

– Prosiłeś mnie o coś, tak? O pieprzoną przysługę! Zająłem się tym niezwłocznie, bo widzę, że w końcu na kimś ci zależy, a to dobry znak.

– O czym ty mówisz?

– Mówię, że ta *adżnabija* musi być dla ciebie bardzo ważna, skoro po piętnastu latach skontaktowałeś się ze mną i na dokładkę poprosiłeś o pomoc w jej sprawie. Szkoda, że jest mężatką, ale cóż… nie można mieć wszystkiego.

Podczas lotu pierwszą klasą liniami Emirates ojciec bez słowa wręcza synowi tablet z zebranymi w jednym folderze informacjami na temat córek Doroty. Kiedy Aszraf odtwarza nagrania z kalifatu i obserwuje Darię, która wygląda na zagorzałą dżihadystkę, zamawia jeden kieliszek wina za drugim. Jego staruszek, obserwując go spod oka, ironicznie się uśmiecha, bo widzi, że jego delikatny syn nigdy nie miał do czynienia z takimi wydarzeniami i ze złem tego świata. Dla seniora natomiast to chleb powszedni – uczestniczył w jeszcze gorszych akcjach, które teraz już tylko czasem przewijają mu się przed oczami, a kiedyś spędzały sen z powiek. Najgorszy był chyba upozorowany zamach na następcę tronu, który samobójcy terroryście prawie się udał. Al-Rida doskonale pamięta ofiarnych ochroniarzy i żołnierzy z Gwardii Narodowej Królestwa, którzy własnym ciałem zasłonili przyszłego króla, ponosząc śmierć na miejscu. Mężczyzna długie lata wszędzie widział krew i ludzkie szczątki; duchy zabójców i tych, którzy ich ścigali, chodziły za nim krok w krok, czaiły się w każdym kącie jego bezpiecznej rezydencji, którą oświetlał przez dwadzieścia cztery godziny na dobę, nie zważając na gigantyczne rachunki. Dostawał obłędu na myśl, że w miejscu zamachu mogłyby się znaleźć kobiety i dzieci, co niestety często się zdarzało, a przede wszystkim – że byłby tam jego nieusłuchany, ale ukochany syn Aszraf. Minister musiał wykreślić ze swojego jadłospisu wiele dań, w tym wszystkie z przecierem pomidorowym, bo wciąż wydawało mu się, że to posoka, a topiony żółty ser z oliwkami przypominał mu mózg rozbryzgnięty na ścianach królewskiego pałacu. Nawet teraz, gdy o tym myśli, mimowolnie przełyka ślinę, czując wzbierające mdłości. Jednakże dzięki tej prowokacji saudyjskie służby miały wolną rękę – mogły przeprowadzić czystki w szeregach fundamentalistów i wyplenić ich z Saudi. To wtedy zaczęła się ścisła współpraca pomiędzy nim, ministrem spraw wewnętrznych, a młodym Hamidem Binladenem, którego polubił, a nawet pokochał jak własnego syna. Chciał, żeby choć w części Aszraf był taki jak on, lecz teraz dziękuje Bogu, że potomek nie poszedł w jego ślady i nie pracuje w wywiadzie. Może jest ekscentryczny, delikatny i zupełnie nie wie, na jakim świecie żyje, ale nadal żyje i ma się dobrze, a to dla ojca jest najważniejsze. *Biedny Hamid!*, wzdycha w duchu starzec. *Taki dobry chłopaczyna…*

Mężczyźni siedzą w klimatycznym pubie w hotelu Dżumeira, gdzie się zatrzymali. Widok na Zatokę Perską i hotel Burdż al-Arab jest wprost oszałamiający. Nie zależy im na atrakcjach turystycznych, tylko na komforcie, do którego obaj są przyzwyczajeni. Ojciec, który dziś nie ma na sobie saudyjskiego tradycyjnego stroju, ale markowy garnitur, zamawia whisky, a syn lustruje go bacznym wzrokiem, z dezaprobatą ściągając usta.

– Chivas regal *on the rocks*[1] – zwyczajnie prosi kelnera staruszek. – A ty? Wodę sodową? – Uśmiecha się szelmowsko.

– Od kiedy taki wzorowy wahabita jak ty spożywa alkohol? – Aszraf cały czas wyrzuca sobie, że niepotrzebnie znów nawiązał kontakt z zakłamanym rodzicem.

[1] *On the rocks* (angielski) – na lodzie.

– Od zawsze, mój synu. Tylko że w Saudi nie robi się tego oficjalnie. Nie uczestniczyłeś w moim prywatnym życiu, więc gówno wiesz.

– Głęboko wierzący muzułmanin twojego pokroju, który trzyma się zasad szariatu do tego stopnia, że pozbywa się swej żony *adżnabii*, deportuje ją, a potem zabiera matce dziecko, powinien być konsekwentny we wszystkim.

– O czym ty mówisz, człowieku?

– O tym, co zrobiłeś z moją matką i z moim życiem, skurwysynu! – Aszrafa ponoszą nerwy i wygarnia ojcu, co od lat leży mu na sercu. Oczywiście od razu żałuje swoich słów i z zawstydzenia podnosi się, by wyjść.

– Chłopcze! Nigdy nie powiedziałem ci, jak to naprawdę wyglądało. I może popełniłem błąd, ale nie chciałem ci zniszczyć psychiki. Fakt, że mnie znienawidzisz, wziąłem na klatę.

– Oczywiście! Zaraz wymyślisz jakieś wytłumaczenie. Tysiące wytłumaczeń! – Syn jednak siada z powrotem w klubowym fotelu. Sięga po paczkę papierosów ojca, wyciąga jednego, zapala i zaciąga się głęboko, czekając na wyjaśnienia.

– Twoja matka, a moja pierwsza i najbardziej ukochana żona, przez którą omal nie zrujnowałem sobie życia, zostawiła nie tylko mnie. Zostawiła też ciebie.

– Pieprzysz – chciałby to wykrzyknąć, lecz jedynie cedzi cicho.

– Nie znasz swojej mamusi… – Stary się waha, lecz w końcu postanawia powiedzieć całą prawdę. – Córka amerykańskich pracowników konsorcjum ARAMCO, dziewiętnastolatka uwiedziona przez saudyjskiego studencinę, którego wyklęła cała arabska bogata rodzina. Ja jednak się zawziąłem – postanowiłem, że się pobierzemy i damy sobie radę, straszliwie bowiem kochałem tę błękitnooką blondynkę.

Gdy na chwilę zapada cisza, panowie sięgają po szklanki i wychylają trunek do dna, po czym machają na kelnera, by powtórzył zamówienie. Obaj tak samo się poruszają, mają takie same tiki i grymasy, w ten sam charakterystyczny sposób zaciągają się papierosem. Doktor to skóra zdjęta z ojca, nic nie wskazuje na to, że płynie w nim krew bladolicej matki; jest wykapanym Arabem, stuprocentowym przystojnym Saudyjczykiem.

– Wszystko było świetnie – podejmuje starzec – dopóki mieszkaliśmy w tolerancyjnej Dżeddzie, ale po przeniesieniu do Rijadu, gdzie dostałem pracę, zresztą całkiem niezłą, zaczęło się psuć. W latach siedemdziesiątych u nas, w królestwie, było jeszcze całkiem nowocześnie, a na pewno nie wymagało się od cudzoziemców przestrzegania naszego prawa. Kobiety chodziły w sukienkach z krótkim rękawkiem, w wyznaczonych dzielnicach miast nawet prowadziły samochody, nie potrzebowały *mahrama* i mogły pracować tam, gdzie byli mężczyźni. Cóż... W ortodoksyjnym Rijadzie twoją mamę raz złapał *mutawwa*[1], potem drugi raz. Kolejnego już nie wytrzymała. Nie zaproponowała jednak, żebyśmy razem opuścili ten przeklęty kraj. Nie chciała zabrać mnie, to rozumiem, bo jak twierdziła,

[1] *Mutawwa* (arabski) – funkcjonariusz policji obyczajowo-religijnej.

życie jej zmarnowałem i zabrałem najpiękniejsze lata, ale ciebie też miała w głębokim poważaniu, mój kochany. Spakowała jedną walizkę, kazała kierowcy zawieźć się na lotnisko i tyle ją widzieli. Kiedy ty wróciłeś ze szkoły, a ja z pracy, dom stał pusty. Zostawiła liścik. Masz, przeczytaj sobie. Teraz jesteś już stary, wredny chłop i nic bardziej nie może cię zbakierować, ale jakby niewinne chłopię poznało te kalumnie, to w okresie dojrzewania jeszcze bardziej dałbyś mi w dupę, niż dałeś.

Aszraf drżącymi dłońmi wyciąga z koperty pożółkłą kartkę. Czuje, że w gardle rośnie mu gula, a serce chce rozsadzić klatkę piersiową.

– Dobrze zrobiłeś, ojcze, że mi tego nie pokazałeś… – szepcze po chwili, ocierając pot z czoła. – Rzeczywiście po takich wieściach mógłbym zwariować. Ale czy musiałeś z tym czekać prawie czterdzieści lat?

– Długo się nie widzieliśmy, a jak jeszcze się ze mną kontaktowałeś, to… Zresztą co tu gadać.

– A twoja druga żona? Myślałem, że ją kochasz albo przynajmniej chcesz z nią być.

– Czy sądzisz, że rodzina, szczególnie moja matka, odpuściłaby mi? Od niej słyszałem mniej więcej to samo, co tak zgrabnie wyraziła twoja rodzicielka. Że jestem do niczego, mięczak, gnój i impotent. Familia dorzuciła, że zszargałem jej dobre imię, żeniąc się z niemuzułmanką, zepsutą Amerykanką, i splamiłem ich arabski nieskazitelny honor. Na dokładkę oskarżali mnie też, że marnuję ci życie, bo jak samotny facet może dobrze wychować syna? Dorzucili, że pozbawiam ich licznych spadkobierców i wnuków, na które mogliby liczyć bardziej niż na mnie.

– Ty nigdy nie zmuszałeś mnie do ponownego ożenku – stwierdza Aszraf.

– Kiedy mnie zniszczono, nie chciałem ciebie krzywdzić w ten sam sposób. A poza tym czy ciebie można do czegoś zmusić, synku? – Nestor uśmiecha się krzywo.

– Po to przywiozłeś mnie do Dubaju? Żeby mi to wszystko powiedzieć na neutralnym gruncie? Czy naprawdę masz jakieś informacje o córkach Dory? – Aszraf zmienia temat, odkreślając przeszłość grubą linią. – Muszę przyznać, że materiały zebrałeś imponujące. – Po raz pierwszy w życiu chwali swojego staruszka. – Ta jedna dziewczyna z filmu nakręconego w Palmirze wygląda na popleczniczkę kalifatu, ale z oczu wydaje się podobna do Darin, młodszej córki Dory. Ten jej mąż, *dżihadi* John, zabił tam mojego dobrego kolegę ze szpitala, Karima al-Nadżdiego. Cała klinika o tym huczała i wszyscy długo byliśmy w żałobie.

– Karim przez jakiś czas był mężem drugiej poszukiwanej, Miriam. Zapewne nie skojarzyłeś jej z matką, błękitnooką blondyną…

Nagle za plecami doktor słyszy tubalny głos. Odwraca się i widzi wroga tysięcy nowoczesnych Saudyjczyków, ich zmorę i przekleństwo, *saida* Al-Nadżdiego, długoletniego szefa Komisji do spraw Krzewienia Cnoty i Zapobiegania Występkom[1] w Rijadzie.

1 Saudyjska policja religijna zajmująca się egzekwowaniem przestrzegania szariatu (islamskiego prawa religijnego) na terenie całej Arabii Saudyjskiej, gdzie jest ono podstawą prawa państwowego.

– Co on tu robi?! – wykrzykuje, zupełnie zdezorientowany Aszraf, a kolana mu miękną i rwie się oddech.

– Przecież doskonale wiesz, że Karim był moim synem, a jednak się przyjaźniliście. Może dlatego, że tak jak on przez długie lata mnie nienawidziłeś, choć uratowałem ci skórę – smutno wyznaje Saudyjczyk i dosiada się do nich. – Parę batów jeszcze nikomu nie zaszkodziło. Może dzięki temu wyrosłeś na porządnego mężczyznę, choć whisky sobie nie żałujesz i żyjesz z kobietami bez ślubu. – Trudno odgadnąć nastawienie emerytowanego *mutawwy*, wyraz twarzy bowiem ma zupełnie martwy. – Kelner, jeszcze trzy razy to samo. – Al-Nadżdi macha ręką i kiedy obsługa znika, dopiero półgębkiem się uśmiecha.

– A ty żyjesz z azjatycką służącą! – Aszraf, zagubiony i zszokowany, odgryza się jak dziecko.

– Po ślubie, mój kochanieńki, po ślubie... Choć przed ślubem też ją miałem – chichocze. – Ale wracając do meritum... Naprawdę nie kojarzysz Miriam? Co za kumple z was byli?

– Kiedy znów zaczęliśmy razem pracować, małżeństwo Karima już się sypało. Praktycznie nigdzie się z nią nie pokazywał. Dobrze znałem natomiast lekarkę, Afrę, jego drugą żonę, którą razem z nim schwytano. Potem zaginęła w kalifacie.

– Ten kalifat to piekło na ziemi! – złości się muzułmański policjant. – Mam nadzieję, że kamień na kamieniu po tym miejscu nie pozostanie. Ja bym ich wszystkich napalmem wypalił! – Ukazuje swój twardy charakter i skłonność do restrykcyjnych działań, ale powoli uspokaja się, choć jeszcze przez jakiś czas zgrzyta zębami z wściekłości. – Miriam odeszła od Karima, żeby wrócić do swojego pierwszego męża, Hamida. Ludzie czasem na własne życzenie urządzają sobie piekło. A Hamida Binladena pamiętasz? Chyba kiedyś się ze sobą kumplowaliście? Na obczyźnie.

– Po co te pytania? Nie mam co potwierdzać czy zaprzeczać. Przecież obserwowaliście mnie nawet w Ameryce i służby doskonale wiedzą, kiedy pierdnąłem te trzydzieści lat temu. – Aszrafowi chce się śmiać, bo właśnie zdał sobie sprawę, że pije whisky z największymi ortodoksyjnymi figurami w Saudi: przyszywanym wujkiem – głównym szefem religijnej policji – i tatusiem – asem służb specjalnych.

– To było pytanie retoryczne. – Al-Nadżdi podśmiewa się pod nosem.

– Wiem, gdzie i dla kogo pracował Hamid, i zawsze bardzo go wspierałem – oznajmia Muhammad al-Rida. – Dlatego osobiście się zaangażowałem w sprawę córek twojej kochanki. Rozmawiałem z kim trzeba w naszym wywiadzie i w CIA. Oraz oczywiście z wszystkowiedzącym Fajsalem. – Pokazuje na wieloletniego przyjaciela palcem wykręconym przez reumatyzm.

– Widzę, że to dzień na same nowinki. – Junior wzdycha i kręci głową.

– Wróćmy do naszej sprawy. Nie spotkaliśmy się, żeby gadać o tobie, bo twoje życie, oprócz jednego wyskoku za młodu, jest nudne jak flaki z olejem – stwierdza były szef *mutawwów*. – Jakiś czas temu Jasem Alzani vel *dżihadi* John wraz ze swoją żoną Darin uciekł ze stolicy kalifatu. Facet ma niezłego nosa i wie, kiedy należy się wycofać albo przynajmniej na jakiś czas ukryć. Obydwoje zmienili tożsamość, twarze i rozmyli się we mgle. Miriam, Hamid Binladen i agent CIA znany w Syrii jako Bob *Amriki* nie dotarli na czas do Damaszku, by złapać zbrodniarza i ocalić jego flamę. Niestety, tym razem nasi szpiedzy postąpili bardzo nieprofesjonalnie i o niczym nie poinformowali nikogo ze swoich szefów, bo wszystko chcieli zrobić na własną rękę. Nie wiem, może się spieszyli? Z informacji, które mamy, wynika, że z całej trójki udało się na terenie Syrii odnaleźć jedną osobę przy życiu, ale jej stan zdrowia jest bardzo zły. Druga była już martwa.

– Kto przeżył? – pyta młody Al-Rida.

– Hamid Binladen. Bob *Amriki* zginął na miejscu. A Miriam zniknęła.

Aszraf pamięta młodszego od siebie, ale równie jak on krnąbrnego Hamida Binladena. Kiedy w tym samym czasie przebywali w Ameryce, Hamid był młodym, skromnym studenciakiem, a Aszraf robił już specjalizację drugiego stopnia w nowojorskiej klinice. Obaj byli zagubieni w zachodnim świecie, obaj odrzuceni przez jankesów ze względu na muzułmańskie pochodzenie, ale Binladen miał jeszcze większe kłopoty – ze względu na swoje nazwisko. Właśnie wtedy zdecydował się podjąć walkę z terroryzmem, gdyż jego familia stanowiła dla niego prawdziwe piętno, zwłaszcza wujaszek Osama. Oczywiście nikogo ze znajomych czy bliskich nie poinformował o swoich zamiarach.

Na spotkanie w hotelu Dżumeira przybywa też Aruba, emiracka funkcjonariuszka. Na powitanie mocno ściska dłonie mężczyzn i od razu przechodzi do konkretów:

– Mam nowe wieści. Nie wiem, czy dobre, ale raczej tak.

– Do rzeczy, koleżanko. – Al-Rida senior, po latach pracy w szpiegowskiej bliskowschodniej branży, zna kobietę jeszcze z czasów, gdy była nieopierzoną, ale zawsze zdecydowaną, odważną praktykantką. Nie rozumie więc jej speszenia, bo to typowa twarda baba i urodzony żołnierz.

– Miriam się odnalazła…

– Och!

– Wspaniale!

– Hamid na pewno się cieszy!

Panowie reagują żywiołowo, ale po chwili milkną, widząc, że kobieta nie podziela ich entuzjazmu.

– Co jest grane? – Fajsal spodziewa się najgorszego.

– Miriam przebywa w obozie Zaatari.

– Została zgwałcona? – Al-Nadżdi zgaduje od razu. – I co z tego? Przecież nie była dziewicą. Nie jest małą dziewczynką. Przejdzie jakąś psychoterapię, a jak wróci do rodziny, zaraz otrzepie się z traumy.

– To nie takie proste. Jest w zaawansowanej ciąży. – Kobieta nie traktuje pohańbienia drugiej kobiety tak lekko jak stary mężczyzna. – A gdyby to spotkało twoją córkę, żonę, kuzynkę? Też byłbyś taki pobłażliwy? Ona jest Arabką! Wierz mi, że bardziej Arabką niż Polką, a jej mąż Saudyjczykiem, jakbyście panowie zapomnieli.

Na chwilę zapada cisza. W końcu były minister pyta rzeczowo:

– Czy on wie?

– Czekam, aż trochę się wzmocni. – Aruba z dezaprobatą cmoka językiem o podniebienie. – Jest wykończony i ma głęboką depresję. Nie mam ochoty go dobijać. A po operacji szpotawych nóg do tego wszystkiego doszedł jeszcze niewyobrażalny ból. Dajmy mu trochę czasu.

– Ale może wiadomość, że jego żona żyje, pomogłaby mu w rekonwalescencji? – Aszraf nie rozumie tych ludzi i ich mentalności. – Przecież nie może winić Miriam, że jakiś drań wziął ją siłą! I nie pytaj, co ja zrobiłbym na jego miejscu. Przyjąłbym moją kobietę z otwartymi ramionami i starał się wynagrodzić jej cierpienie i ból.

– A panowie? – Emiratka zwraca się do mężczyzn starszej daty. – Jak wy byście postąpili?

– Hm... – Fajsal zaciska usta. – Kiedy jeszcze byłem młodym wahabickim aktywistą, pewnie dopuściłbym się zbrodni honorowej – przyznaje szczerze. – Niezły był ze mnie skurwysyn...

– Moja droga! Ja mam odmienne doświadczenia z kobietami – mówi senior Al-Rida. – Jedna spódniczka mnie porzuciła i ugodzony do żywego bynajmniej nie miałem ochoty jej ścigać, a tym bardziej mordować. Przez całe długie życie usiłowałem jedynie o niej zapomnieć, a sadyzmowi z upodobaniem oddawałem się w pracy. Ale taki mam fach – oświadcza jak na spowiedzi, krzywo się przy tym uśmiechając. – A druga, Saudyjka... Za Boga nie chce się ode mnie odczepić i tak już chyba pozostanie na wieki wieków. Gdyby została pohańbiona, z przyjemnością zostawiłbym ją przy życiu i nie uwolnił od zmazy. Niechby ją nosiła na czole aż do śmierci.

– Widzę, że uwielbiasz swoją żonkę. – Syn coraz bardziej przekonuje się do ojca, choć wciąż widzi w jego poczynaniach okrucieństwo. *Każdy ma jakieś drobne bolączki*, stwierdza pobłażliwie.

– Tak. Po prostu ubóstwiam tę zołzę.

– Proponuję, żebyśmy jeszcze nie mówili Hamidowi o Miriam. – Aruba słucha zwierzeń mężczyzn i stwierdza, że różnych lokatorów ma Allah na tym świecie. – Poczekajmy, aż kobieta urodzi. Niech wróci do niego bez fizycznego bagażu, a jedynie z rysą na psychice. Bękartem zapewne zajmie się jej ciotka, Libijka, która jest lekarką w obozowym szpitalu i sprawuje nad nią pieczę.

– Ale niech Hamid wraca do domu!

– Do królestwa!

– Do dzieci!

W tej kwestii saudyjscy mężczyźni są zgodni.

– Słuchajcie! Jego mała córeczka Nadia, która ma własną komórkę, bo tatuś rozpieszczał ją aż do przesady, ostatnio do mnie zadzwoniła – zdradza Al-Nadżdi. – Taka sprytna gówniara! Ma zapisane numery telefonów nie tylko rodziców, ale też bogatych koleżanek i paru wysoko postawionych członków rodziny ojca. Nie skomunikowała się z nimi, lecz właśnie ze mną. Przewidujący tatuś zostawił jej ten bardzo ważny numer do pana sąsiada, który mieszka naprzeciwko ich willi, w ekskluzywnej dzielnicy Mudżamma Nahil, czyli tam, gdzie była szczęśliwa, bo miała przy sobie oboje rodziców. Przed wyjazdem powiedział jej, o czym oczywiście mnie uprzedził, że jakby coś się stało, a rodziców nie było obok, ma się kontaktować ze mną. No i mądrala postanowiła działać. Dla takiej córki poszedłbym nawet do piekła.

– Dobrze. Spróbujcie zatem przekonać Hamida, żeby wrócił do Saudi, bo mi do tej pory się nie udało – stwierdza Aruba. – Tak jak wy uważam, że powrót do familii to jedyne rozwiązanie i najlepszy sposób na powrót do zdrowia tak fizycznego, jak i psychicznego; jedyny lek na jego złamane serce i zdruzgotaną duszę. Z rodziną u boku łatwiej mu będzie przyjąć kolejny cios.

Trzej mężczyźni stoją jak kołki w nogach medycznego łóżka i wbijają wzrok w kolegę, którego dziś żaden z nich by nie poznał. Hamid Binladem jest wrakiem człowieka. Jego ciało jest chorobliwie chude, a skóra ma zabarwienie nie tyle białe, ile kremowe, z szarymi przebarwieniami na zgięciach i załamaniach. Prześwitują przez nią cienkie kości i nabrzmiałe żyły, a te na szyi i skroni szybko teraz pulsują. Rekonwalescent jest wściekły, że Aruba przyprowadziła do niego niezapowiedzianych gości, nie życzy sobie bowiem nikogo oglądać, szczególnie kiedy jest w takim kiepskim stanie.

Aszraf od razu stawia diagnozę, gołym okiem widzi bowiem skutki zatrucia jakąś straszliwą miksturą, składającą się z wielu składników. Przykurcz palców i nienaturalne wygięcie dłoni oraz ściągnięta połowa twarzy z wykrzywionymi jak u Jokera ustami mogłyby sugerować efekty wylewu krwi do mózgu, ale ta przypadłość nie powoduje przebarwień skóry, wypadania włosów i szpotawych kolan. Najchętniej od razu przeprowadziłby badania endokrynologiczne, bo charakterystycznie podpuchnięte oczy i fioletowe sińce pod nimi sugerują problemy z tarczycą. Nie chce teraz myśleć, gdzie się podział ten smukły, zgrabny i wysportowany chłopak, który utkwił mu w pamięci. Hamid zaś czuje się jak na pokazie w cyrku, gdzie to on jest tym dziwolągiem, który wzbudza sensację.

– Cześć, bracie! – Lekarz przerywa wiszącą w powietrzu ciszę. – Dawno się nie widzieliśmy, co? – Zachowuje się naturalnie, bo kontakt z chorymi to dla niego chleb powszedni.

– Myślisz, że cię pamiętam? Zupełnie nie kojarzę. – Hamid nie ma zamiaru udawać miłego, bo jakby tylko mógł, własnoręcznie wyrzuciłby intruzów ze swojego pokoju. Jednakże nogi po operacji naprostowania bolą go tak ogromnie, że ledwo może oddychać, a co dopiero chodzić czy się siłować. – Jedynie po gębie widzę, żeś Saudyjczyk, tak jak ta para starych zgredów. Po cholerę tu przyszliście? Czy ja was zapraszałem? Co to ma znaczyć, Arubo?! – krzyczy już bez opanowania. – Zawiodłem się na tobie!

– Synku! – Senior Al-Rida wkracza do akcji. – Opanowanie zawsze było twoją mocną stroną, dlatego tak dobrze nam się współpracowało.

– Wiele osób martwi się o ciebie, a ty, zamiast się leczyć we wspaniałych saudyjskich klinikach, niszczysz sobie zdrowie u tych pastuchów w Emiratach. Wstydziłbyś się! – Fajsal przysiada na łóżku i życzliwie poklepuje przyjaciela swego syna po dłoni. Wiele by dał, żeby jego Karim, sparaliżowany, garbaty czy kulawy, nadal żył.

Hamid nie jest głupcem, a tym bardziej nieczułym i niehonorowym człowiekiem, i gdy widzi w oczach przybyłych szczere oddanie, zainteresowanie i współczucie, mięknie i pada na poduszki, ciężko oddychając.

– Mógłbym osobiście nadzorować twoją rehabilitację w Szpitalu Gwardii Narodowej – proponuje Aszraf. – Nie jestem kiepskim łapiduchem, całkiem nieźle daję sobie radę w moim fachu, a i kolegów medyków mam doborowych. Daj sobie pomóc.

– Stara beduińska wiedźma nieźle się znała na truciznach – szepcze chory. – Miriam zjadła tylko parę kawałków kurczaka, które podrzuciłem jej z mojego talerza, a pamiętam jak przez mgłę, że zataczała się i wywracała, by na koniec paść w swoich wymiocinach i ekskrementach. Mój organizm jest w ruinie, życie wisi na włosku, więc lepiej mnie nie ruszać…

– Co ty gadasz?! – złości się medyk. – Jeśli przeżyłeś, to jesteś z żelaza i śmierć nie jest ci jeszcze pisana.

– Wracaj do dzieci, chłopie! – Muhammad postanawia uderzyć w czułą strunę. – Tęsknią za tobą, potrzebują cię.

– I co im powiem, jak zapytają o mamusię? Że poszła na kawę z koleżankami? – ironizuje Hamid.

– Przestań się wydurniać! Maluchy są łatwowierne. Po prostu obwieścisz im, że Miriam wróci trochę później. – Aruba tak bardzo chciałaby znów zobaczyć razem tę idealną, zakochaną parę, choć wie, że teraz nic już nie będzie takie samo.

– Przecież jeszcze może się odnaleźć – pociesza Fajsal. – Podczas wojny ludzie się gubią, a potem odnajdują.

– Jeśli żyje, to pod jarzmem tego drania Beduina dżihadysty, który się nami w specyficzny sposób zaopiekował. Po fakcie doszło do mnie, jak na nią patrzył. Jak wygłodniały samiec na samicę w rui. – Hamid chwyta się za głowę i targa przerzedzone włosy. Następnie zasłania twarz, bo po policzkach zaczynają my płynąć niekontrolowane łzy. – Dorota mnie zabije, jeśli wrócę bez Miriam. Do Rakki przedostałem się za namową mojej upartej i szalonej żony, by odbić Darin, a teraz nie ma żadnej z nich. – Zaczyna się skłaniać do powrotu, bo sam chciałby już się znaleźć w swoim domu w Rijadzie, poczuć odurzającą woń jaśminu, który Marysia tak uwielbiała i zasadziła w każdym miejscu ich ogrodu. – Nie znacie tej Polki. Jest twarda jak skała, a dla swoich dzieci, szczególnie córek, oczy by wydrapała.

– Ja trochę ją znam… – szepcze speszony Aszraf.

– Jak to? Skąd?

– Jest moją pacjentką.

– No tak. Rzeczywiście. – Chory się nie dziwi, bo przecież razem z Marysią namawiali Dorotę do podjęcia terapii w najlepszym saudyjskim szpitalu. – Czy ona opowiada na prawo i lewo o swoich córuniach? – Niepokoi go taka bezmyślność. – Głupia blondyna!

– Dora to jego kochanica, ot co. – Fajsal w końcu wyjawia tajemnicę poliszynela.

– Co? Znowu? – Hamid, niestabilny emocjonalnie, ze stanu złości błyskawicznie wpada w rozbawienie i gardłowo się podśmiewa. – Ta kobieta ma szczęście do romansów. Ale czemu się dziwić, nadal jest bardzo atrakcyjna.

– Udam, że tego nie słyszałem. – Doktor jest wyraźnie skrępowany.

– Przepraszam. – Rekonwalescent poniewczasie pojmuje swój nietakt. – Nie przejmuj się mną. Powtórne małżeństwo Doroty i Łukasza z góry było skazane na niepowodzenie. Nikomu nie wyjdzie na zdrowie odgrzewany kotlet.

– Nie ma sprawy. Nie jesteśmy przecież dziećmi.

– Powiem wam coś. Wierzę, że moja Miriam żyje, i dlatego dałem się tak skatować i poddałem tej cholernej operacji – ni z tego, ni z owego ogłasza Hamid.

– Jak to? Skąd wiesz? – Aruba jest szczęśliwa, że to nie ona będzie musiała przekazać mu wieści.

– Spójrzcie na to zdjęcie w wiadomościach Al-Dżaziry. – Hamid otwiera swój tablet i kieruje ekran w stronę gości.

Mężczyźni z obrzydzeniem krzywią twarze, a Emiratka tylko kiwa głową i uświadamia pozostałych:

– W pseudo-Państwie Islamskim przyjęło się, że kobiety w ten sposób mszczą się na swoich oprawcach gwałcicielach. Ale nie wiem, Hamidzie, czemu to zdjęcie jest takie szczególne? Pokrzywdzone Kurdyjki i jazydki[1] odcinały dżihadystom genitalia na potęgę.

– Znam te osrane portki i tę podłą gębę – mówi Hamid z pewnością w głosie. – Beduin zabójca miał takie dziadowskie dżinsy z firmową naszywką na nogawce, a nie w pasie, jak powinno być. To raczej nie jest typowe. A buźka… Jeśli w obliczu śmierci widzisz taką obmierzłą facjatę, to zapada ci w pamięci na wieki.

– Miriam dałaby radę to zrobić? – Mistrzyni sztuk walki nie dowierza, bo wydawało się jej, że znajoma jest tylko twardą i upartą kobietą, ale nie wyrafinowaną morderczynią.

– To nieprzewidywalna i niezwykła osóbka – z miłością w głosie wyznaje arabski mąż. A potem zwraca się w stronę Aszrafa i po raz pierwszy od niepamiętnych czasów szczerze się uśmiechając, dodaje: – Jak jej matka. Są nie do zdarcia.

*

[1] *Jazydyzm, jezydyzm* (perski) – bóg. To religia synkretyczna, utworzona w XII w. przez Szejacha Adiego, wyznawana głównie przez Kurdów, mieszkających na pograniczu Iraku (okolice Mosulu są ich największym skupiskiem), Iranu, Turcji, Syrii, Armenii, Gruzji oraz na emigracji (gł. Niemcy). Według części religioznawców religia ta wywodzi się z nałożenia się powierzchownego szyizmu na zaratusztrianizm. Jazydyzm łączy elementy islamu, chrześcijaństwa nestoriańskiego, pierwotnych wierzeń indoirańskich, kurdyjskich oraz judaistycznych.

– Nie chciałabyś się przewietrzyć? – Aszraf zwraca się do Doroty, która już od jakiegoś czasu jest zarówno jego kochanką, jak i pacjentką, ale dla przykrywki najczęściej spotykają się w szpitalu, bo licho i policja obyczajowa nie śpią. Nawet emerytowany, zaprzyjaźniony obecnie z lekarzem były funkcjonariusz Fajsal nie mógłby pomóc, gdyby mieszana para została złapana *in flagranti*[1].

– Zapraszasz mnie na spacer? – Dorota się uśmiecha. – Do którego parku pójdziemy? Na Diplomatic Quarter[2]? Nie będzie ci przeszkadzało tych czterdzieści pięć stopni w cieniu? – Zabawnie mruży oczy, a jej twarz aż promienieje ze szczęścia, bo znów ma dla kogo żyć, nawet jeśli ten związek jest ryzykowny.

– Nie jestem zwolennikiem ekstremalnych sportów, a do takich należałoby zaliczyć przechadzkę po naszej pięknej stolicy. – Doktor podchwytuje żartobliwy ton. – Mój staruszek dał mi klucze do pięknej rezydencji nad brzegiem Morza Czerwonego w Dżeddzie. Z własną, strzeżoną plażą.

– O! Nie mówiłeś, że masz takiego dzianego tatusia.

– Jakoś nie było okazji. – Mężczyzna do tej pory nie chciał się wdawać w szczegóły. Wyznał tylko, że przez prawie czterdzieści lat nienawidził swojego ojca i dopiero dzięki ukochanej skontaktował się z nim i odzyskał ogniwo,

[1] *In flagranti* (łacina) – na gorącym uczynku; w mowie potocznej oznacza przyłapanie pary w sytuacji erotycznej.

[2] *Diplomatic Quarter* (angielski) – Dzielnica Dyplomatyczna; nazwa dzielnicy miasta w Rijadzie, zamieszkanej głównie przez dyplomatów; znajdują się tam ambasady, konsulaty i rezydencje korpusu dyplomatycznego.

którego brakowało mu w całym dorosłym życiu. – Wieki temu, gdy byłem dzieckiem, mieszkaliśmy w tym pięknym nadmorskim mieście i byliśmy tam bardzo szczęśliwi. Na pamiątkę tamtych czasów, kiedy tata przestał już być biednym studenciakiem i człowiekiem na dorobku, wybudował tam rezydencję.

– A czy wie, z kim tam pojedziesz? – Dorota poważnieje.

– Tak. Właśnie dlatego użycza nam swojej willi. Jest bezpiecznie, własna służba, ochrona, odludne miejsce... – zachwala, obserwując zdziwioną minę swojej kochanki.

– Takiego masz tolerancyjnego ojczulka? – dziwi się blondynka, szeroko otwierając oczy. – To dość nietypowe w tym kraju pełnym pruderii i zakłamania.

– Sam jestem zaskoczony. Ale pozytywnie. To co ty na to?

– Jeśli tylko powiesz mi, jak samotna, biała kobieta w Arabii Saudyjskiej może się przemieścić na odcinku ponad tysiąca trzystu kilometrów, podróżując bez *mahrama*, to oczywiście się zgadzam. Jak już wspominałam, nie chciałabym wylądować w tutejszym więzieniu. Wiele w swoim życiu przeszłam, wiele zniosłam, ale na starość wolałabym uniknąć takich atrakcji.

Aszraf ma gotowy plan, bo jest sprytnym człowiekiem i aż za dobrze zna realia swojego kraju. Wypisuje Dorocie skierowanie do ośrodka rehabilitacyjnego w rodzaju sanatorium, znajdującego się na obrzeżach Dżeddy. Ordynatorem i właścicielem placówki jest jego dobry kolega ze studiów. Lekarz jest nowoczesnym, normalnym człowiekiem, więc o nic nie pyta, lecz zastrzega sobie, że w razie kontroli pacjentka natychmiast ma się zjawić u niego w klinice. Al-Rida płaci z góry za miesięczny pobyt podopiecznej dwadzieścia tysięcy dolarów, bo takie są ceny za opiekę medyczną na najwyższym poziomie i za milczenie.

Lot liniami Saudi Airlines w pierwszej klasie jest drogi i nad wyraz komfortowy. Tutaj też nikt nie wnika, dlaczego kobieta podróżuje sama. Jako że w samolotach trudno przestrzegać segregacji płci, Aszraf siedzi obok swej Dory jak przy obcej osobie. Oczywiście jest ubrany w tradycyjny, obowiązujący w Saudi strój – białą tobę i kraciastą chustę na głowę. Polka ma na sobie czarną, kosztowną abaję, wysadzaną kamieniami Swarovskiego, a włosy fantazyjnie nakryła czarną chustą ze srebrnym brzegiem. Serwowane jedzenie jest nijakie, a o alkoholu nawet nie należy myśleć. *Haram*. Jednakże nie ma to dla kochanków żadnego znaczenia. Za chwilę będą razem, sami, bez skrępowania i podejrzliwych spojrzeń. O to warto zawalczyć.

Dorota rozmyśla o swoim niezwykłym życiu. Nieraz pełnym szczęścia, lecz częściej niebezpiecznym i tragicznym. Po ostatniej rozmowie, kiedy nieopatrznie wyznała Aszrafowi prawdę o swych szalonych córkach, nie wraca do tego tematu. A że mężczyzna też nic nie mówi, nieszczęsna matka uznaje dyskusję za niebyłą. Teraz egoistycznie odsuwa rodzinne problemy na drugi plan, bo nieoczekiwany uśmiech losu daje jej tyle radości, że wręcz ją przytłacza. Nie wierzyła, że coś podobnego jeszcze jej się przydarzy. Nie ma zbyt dużej nadziei, że ten związek przetrwa, toteż nie robi planów, ale chce się cieszyć tym, co ma tu i teraz. *Carpe diem*[1].

Na lotnisku czeka na nią firmowy samochód z kliniki. Wsiada, nie pytając o nic. Aszraf zajmuje miejsce pasażera w innym wozie, wielkim jak czołg czarnym dodge'u z przyciemnianymi szybami. Po niespełna półgodzinie oba wozy zatrzymują się na wielkim parkingu przy centrum handlowym. Dorota zostaje przeprowadzona do auta swego kochanka, jej walizki lądują w bagażniku i teraz już razem zmierzają do wspólnego celu. Nadal nie odzywają się ani słowem, lecz ich twarze emanują szczęściem, a usta rozciągają się w szelmowskich uśmiechach. Krew żywiej krąży w ich żyłach i jednocześnie dochodzą do tego samego wniosku: ich nudne, marne życie wreszcie zaczyna nabierać barw.

Pojazd zatrzymuje się przed wielką wjazdową bramą, zamontowaną w ogrodzeniu wysokim na cztery metry, zwieńczonym tłuczonym szkłem, drutem kolczastym, z licznymi szperaczami i kamerami, które są skierowane jedynie na zewnątrz. To, co się dzieje w środku, nie jest uwieczniane na żadnych elektronicznych nośnikach pamięci. Aszraf ze zdziwieniem i podziwem po raz pierwszy w życiu ogląda rezydencję, którą ojciec wybudował na pamiątkę swojej nieszczęśliwej miłości do *adżnabii*, jedynej kobiety, którą kochał. Musiała to być wielka miłość, bo willa przypomina pałac, choć jest utrzymana w nowoczesnym, ekstrawaganckim stylu.

[1] *Carpe diem* (łacina) – Chwytaj dzień, przenośnie: ciesz się chwilą.

– Niezła chatka – stwierdza Dorota, niepewnie obchodząc włości. – Nie chce mi się wierzyć, że nigdy tu nie byłeś.

– Jakoś się nie złożyło. Chodź, pozwiedzamy razem.

Aszraf nie może pojąć, że przezorny ojciec, tak dbający o bezpieczeństwo i prywatność, wszystkie ściany domu od strony morza postanowił przeszklić. Szyby ciągną się od podłogi po sufit, co daje wrażenie otwartej przestrzeni, a widok na odludną plażę i bezkresne morze jest niesamowity. Brak kameralności jednak powoduje, że kochankowie boją się nawet dotknąć, a Dorota wciąż chodzi w abai i chuście na głowie.

– Wszyscy *mutawwowie* mają nas tu jak na widelcu – śmieje się nerwowo. – Myślisz, że w sypialni też są takie ogromne okna?

– Jak ojciec chce korzystać z jacuzzi na tarasie? – kpi Aszraf, wyglądając przez szklane drzwi. – Tylko dla facetów?

– Oskarżenie o homoseksualizm jest równie poważne jak o stosunki damsko-męskie – stwierdza Polka, którą zdumiewa wszystko w tym kosmicznym domu.

Rozsuwają jednak wielkie tarasowe odrzwia i wdychają morską bryzę, rozkoszując się przyjemnym ciepłem bijącym od marmurowych płyt. Odwracają się w kierunku budynku, chcąc zobaczyć jego bryłę od zewnątrz, i równocześnie parskają śmiechem. Mężczyzna z niedowierzaniem kręci głową, a Dorota aż chwyta się za usta i pokazuje palcem na lustra weneckie, stanowiące zewnętrzną stronę wszystkich szyb. Dom od morza wygląda jak lustrzany klocek – zupełnie nie widać, co znajduje się w środku. Dopiero teraz para dostrzega, że wszystkie zewnętrzne luksusy, mające dostarczyć lubieżnych – w rozumieniu Saudyjczyków – przyjemności, takie jak pięćdziesięciometrowy basen, jacuzzi, prysznice i kącik wypoczynkowy, również są otoczone takimi taflami. Nad tarasem i plażą zamontowano daszek z cienkiej drucianej siateczki drucików, który zapewne ma chronić przed ciekawskimi. Z dwóch stron rezydencji widać odległe wieżyczki, w których siedzą ochroniarze, a ich karabiny maszynowe leżą na workach z piaskiem.

– Kim jest twój staruszek? – Dorota zaczyna się niepokoić. – Mam nadzieję, że nie pochodzisz z królewskiego rodu? – Z nerwów aż się poci, bo w takie koligacje w życiu nie chciałaby się wpakować.

– Owszem, pracował dla nich. Ale to zwykły Saudyjczyk, Beduin z dziada pradziada. – Rozluźniony Aszraf patrzy na swoją wybrankę z czułością i figlikiem w oku. – Ród Al-Saudów też wywodzi się z koczowników.

– Spokojnie, przy mnie nie masz czego się obawiać. Może z wyjątkiem tego, że jesteś niegrzeczną mężatką, którą zaraz posiądzie wahabicki singiel. – Bez najmniejszego skrępowania chwyta Dorotę w ramiona i ciągnie do środka. – Chodź, zobaczymy, jak wygląda sypialnia.

Tak jak się spodziewają, alkowa jest połączeniem awangardy z dobrym kolonialnym stylem. Na środku stoi wielkie drewniane łoże z baldachimem i zasłonami z kremowego muślinu wyszywanego złotą nicią. Z trzech stron otaczają je wielkie okna, przez które do komnaty wlewa się ciepły blask. Na jedynej murowanej ścianie znajduje się szafa wnękowa z lustrami od podłogi aż po sufit.

– Jak tu można spać? – Dorota, ściągając czarny płaszcz, czuje się jak naga.

Aszraf zsuwa z głowy chustę i rozgląda się za pilotem; w końcu na ścianie przy drzwiach znajduje całą elektroniczną aparaturę.

– Mojemu tacie chyba jednak odbiło – stwierdza. – Z kim on tu przyjeżdża? Z nastolatkami czy członkiniami zespołów rockowych? Co za imprezy urządza?

– Ile on ma lat?

– Nie mam pojęcia. Po prostu jest stary. Obawiam się, że datę urodzenia wpisano mu do dokumentów na oko. Wiesz, że dla Arabów to nie ma żadnego znaczenia?

– Tak, oczywiście. Wszystko jest *sza'a Allah*. Mieszkam w krajach muzułmańskich już ładnych parę lat, a na dokładkę miałam męża Libijczyka. Przez jakiś czas koczowałam w wielopokoleniowym domu w Trypolisie z całą jego rodzinką. – Dorota mówi zupełnie swobodnie, choć mieli już nie wracać do przeszłości. – Ale to było bardzo dawno temu i teraz wydaje się jedynie złym snem.

Saudyjczyk, przyciskając odpowiednie klawisze na panelu sterowania, przyciemnia szyby, a na koniec opuszcza zasłony, które rozwijają się z rolek ukrytych w suficie. Następnie, nieco skrępowany, ściąga białą, długą do ziemi koszulę, zostając jedynie w cienkich pantalonach i podkoszulku. Wygląda w tym stroju nad wyraz zabawnie. Na jego widok Dorota nie może się pohamować i wybucha nerwowym, szalonym śmiechem.

– Zrzucaj to z siebie natychmiast, bo nie jest ci do twarzy. – Zdziera z kochanka bieliznę.

Aszraf prowadzi Dorotę do łóżka, a ona chichocze jak nastolatka, kładąc głowę na poduszce, obleczonej w ciemnoczerwoną satynową poszwę. Saudyjczyk delikatnie ujmuje pukiel jej włosów i wydaje mu się, jakby ciekłe złoto przelewało mu się przez palce. Nigdy nie przypuszczał, że włosy mogą być takie delikatne, śliskie i miękkie. Arabki mają kędziory twarde jak koński ogon i nie pomagają ich zmiękczyć żadne odżywki czy naturalne specyfiki. Teraz Aszraf już wie, że z tym trzeba się urodzić. Tak jak z miękką, delikatną skórą i wspaniałym sprężystym ciałem, którego nie jest w stanie zniszczyć żadna choroba ani ząb czasu. Arabski mężczyzna napawa wszystkie swoje zmysły cudownym darem losu, który spadł mu z nieba jak anioł i jak anioł wygląda. W duchu powtarza regułę: *Sza'a Allah*, Bóg tak chce, *sza'a Allah*, Bóg tak dał, kiedy całuje usta swej umiłowanej, kiedy pieści jej obfite piersi i czuje na swym ramieniu jej gorący przerywany oddech. W momencie spełnienia patrzy w niebieskie oczy Doroty i dochodzi do wniosku, że to są jego okna na świat, prowadzące go prosto do raju. Jego hurysa jest białolicą pięknością o złotych włosach i oczach koloru nieba i już żadnej, ani w tym życiu, ani w przyszłym, nie chce. To jego przeznaczenie.

– Kocham cię, Dora... – wyznaje, a Polka już wie, że znalazła tę prawdziwą, najprawdziwszą miłość swojego życia.

– *Uhibuke*[1], Aszraf – odpowiada w uniesieniu, łącząc się z kochankiem w spazmach rozkoszy.

[1] *Uhibuke* (arabski) – Kocham cię.

– O mój Boże! – woła Dorota, widząc tuż przed sobą plecy kochanka, gdy odwraca się on w stronę nocnej szafki, by sięgnąć po zegarek. – Co ci się stało? – Dotyka głębokich blizn biegnących od karku aż po krzyż.

– Pamiątka z młodości. – Aszraf czuje, że tej kobiecie będzie musiał powiedzieć prawdę; nie potrafi jej zbyć półsłówkami lub zwyczajnie odburknąć. – Żyję w Saudi, prawda?

– To nie może być to, o czym myślę! Ludzie z dobrych, bogatych domów nie doświadczają takich traum. To spotyka tylko niziny, biedaków, żebraków, złodziei, morderców, narkomanów… – Aż brakuje jej tchu. – Saudyjczyków bez koneksji! A nie synów tych, którzy pracują dla rodziny królewskiej i mają takie zajebiste rezydencje! – wykrzykuje oburzona.

– Ponoć to było tak zwane mniejsze zło… – Mężczyzna stara się znaleźć odpowiednie słowa, by opisać najtragiczniejszy epizod swojego życia.

– Ile batów ci zasądzono? Kiedy? Dlaczego? – Nadpobudliwa natura Doroty zwycięża dobre maniery oraz takt i bezpardonowo drąży temat.

– To się stało jeszcze w liceum. – Kochanek nie obraża się na to wścibstwo, bo jego serce jest pełne głębokich, ciepłych uczuć do wybranki. – Niestety, nie byłem miłym, grzecznym chłopaczkiem. Ojciec specjalnie zapisał mnie do cholernie dobrej szkoły i w miarę tolerancyjnej, a raczej tolerującej różne wybryki. Jednakże pewnego razu wybuchła między uczniami bójka, a ja do bicia byłem pierwszy. Miałem w sobie tyle nienawiści i złości! – Nie może wyjść ze zdziwienia, że mógł się tak zachowywać, co całkowicie koliduje z jego obecną mentalnością i psychiką. – Nie obchodziło mnie, o co chodzi. Dostałem w nos, krew mi się puściła... miałem ją na białej tobie i dłoniach. Wyglądałem jak rzeźnik.

– Za szkolną bójkę taka kara? Proszę cię! – Muzułmańskie, okrutne prawo szariatu doprowadza Dorotę do szału.

– Dwaj koledzy Karima mieli mniej szczęścia. Chociaż byli nieletni, zasądzono im najwyższy wymiar, bez możliwości odwołania.

– Jakiego Karima? – Kobieta staje się czujna, bo wie, że ludzkie losy lubią się splatać w zadziwiający sposób.

– Karima al-Nadżdiego, twojego byłego zięcia, męża Miriam Salimi vel Miriam Binladen, twojej córki – oświadcza Aszraf z szelmowskim uśmieszkiem. – Fajsal, jego ojciec, w tamtym czasie szef *mutawwów*, okrutny i wredny człowiek, wyprowadził swojego syna z tego zamieszania bez pardonu. Mój dowiedział się o wszystkim, kiedy już siedziałem w więzieniu o zaostrzonym rygorze. Chciano dla przykładu skrócić mnie o głowę, lecz bez pierdół, syn ministra spraw wewnętrznych nie może oddać życia za niewinność! – Dorota nie przerywa i dochodzi tylko do wniosku, że ona nie może zadać się z nikim zwykłym i pospolitym. Zawsze musi być ciekawie. – Jednakże jakieś konsekwencje swojego czynu musiałem ponieść. Właśnie wtedy sprawy wziął w swoje ręce stary Al-Nadżdi. Ponoć cudem udało mu się załatwić zamianę kary śmierci na dwieście batów, z czego pięćdziesiąt wykonano w miejscu publicznym – na Placu Kar w Dżakarcie. W sumie mogłem dziękować Bogu, że nie jestem tam jednorazowo, bez możliwości powrotu, ale aż pięć razy i po każdym jeszcze życie się we mnie tliło. – Mężczyzna z nerwów aż szarzeje na twarzy. – Wiesz, jak to wygląda?

– Ależ skąd! Nigdy w czymś takim nie uczestniczyłam! Jeszcze nie zwariowałam, żeby się pchać w takie miejsca i brać udział w waszych igrzyskach śmierci. W piątki nie zbliżam się do Diry[1], bo nawet wśród ekspatriantów krążą opowieści o tym placu. Kiedyś trzy durne cudzoziemki, które w wasz święty dzień wybrały się tam na suk złota, zostały porwane przez dziki, oszołomiony kazaniem w meczecie tłum i wypchnięte do pierwszego rzędu podczas wykonywania egzekucji. Jedna zwariowała i wylądowała w wariatkowie, inna zemdlała, a trzecia jeszcze tego samego dnia wyleciała z Saudi, plując i przeklinając ten kraj.

– Cóż, jednak coś ci się o uszy obiło. – Saudyjczyk bierze głęboki wdech, żeby przejść do najgorszej części zwierzeń: – Ciżby za każdym razem jest bez liku, bo mają darmową rozrywkę. Tak jak mówisz, to igrzyska śmierci, na żywo. Ja zostałem uhonorowany, gdyż wykonawcą zasądzonego mi wyroku został sam szef Komisji do spraw Krzewienia Cnoty i Zapobiegania Występkom w Rijadzie. Kat przyciska do boku świętą księgę Koranu, co niby symbolizuje, że wyrok jest zgodny z prawem, faktycznie jednak ma zmniejszyć siłę ciosów, żeby delikwent nie zszedł zbyt szybko. Zabawę i przyjemność należy przedłużać, a dwieście batów wykonuje się średnio przez rok. Wujaszek Fajsal

[1] Dira – stare miasto w Rijadzie.

własnoręcznie lał mnie na oczach rijadczyków, a przede wszystkim kolegów ze szkoły, których za każdym razem zganiano na ten cholerny plac. Możliwe, że nawet sprawdzano obecność.

– Jak to dwieście batów przez rok? – Dorocie nadal nie mieści się to w głowie.

– Po dziesięć uderzeń podczas sesji. Biją, potem opatrują, żeby nie było, że są tacy okrutni i od razu robią z człowieka siekane kotlety, a kiedy cięcia się zagoją, znów biją. Po miesiącu czy dwóch rany już tak łatwo się nie zabliźniają i wtedy zaczynają się prawdziwe katusze. Po pół roku, jeszcze zanim podniosą rózgę, karany sika pod siebie ze strachu.

Kochankowie milczą przez chwilę, obserwując przepiękny widok za oknem, które Aszraf znów odsłonił za pomocą pilota. Słońce zbliża się do horyzontu, coraz szerzej roztaczając czerwono-bordową poświatę. Morze jest spokojne jak tafla jeziora. Nie chce się wierzyć, że w tej chwili, w tym kraju, ktoś może cierpieć takie katusze jak kiedyś Aszraf.

– W zeszłym tygodniu wybrałem się do Dubaju na konsultacje. Mówiłem ci. – Saudyjczyk przerywa ciszę. – Po prawie czterdziestu latach dowiedziałem się, że Fajsal, mój kat, a jednocześnie przyjaciel mojego ojca, uratował mi skórę, choć ciął ją do żywego. I że człowiek, którego nienawidziłem niemal przez całe życie, to porządny, kochający mnie tatko. Tych dwóch kumpli, dwóch twardych drani i tyranów, szef *mutawwów* i szef bezpieki, idealnie się dobrało. Zapewne mają na rękach krew niejednej ofiary i niejedno życie na sumieniu, ale swoich najbliższych kochali i wciąż kochają. Zawsze chcieli dla nich jak najlepiej, kiedyś po prostu z oddaniem wykonywali swoją pracę. Teraz to dwa urocze dziadki z wielkim upodobaniem łamiące prawo szariatu, które przez całą swoją karierę narzucali innym.

– Nieźle mnie dziś uświadamiasz. – Dorota nie wie, jak zareagować na zwierzenia mężczyzny, który wylewa z siebie cały żal, głęboko skrywany przez lata. – Ale może na jeden raz wystarczy? Wrócimy do tego kiedy indziej…

– Już nigdy nie będziemy o tym mówić – przerywa jej Aszraf stanowczym głosem. – Przenigdy! Poprosiłaś mnie o interwencję i wywiad w sprawie twoich córek, dlatego zwróciłem się do mojego ojca. Nikt lepszy i bardziej fachowy nie przyszedł mi do głowy.

– No to ładnie! – Dorota wybucha. – Teraz to już na pewno wyląduję w więzieniu!

– Daj spokój. To już emeryt, zresztą tak jak i Fajsal, którego ściągnął do Dubaju. Dzięki tobie nawiązałem kontakt z ojcem i jestem ci za to ogromnie wdzięczny, Dora. Nie należy chować do nikogo urazy, na pewno nie przez całe życie. Potem może się okazać, że nasza niechęć jest całkiem bezpodstawna. – Mężczyzna oddycha ciężko, bo te wyznania są dla niego bardzo trudne, jednak po chwili jego twarz się rozpogadza. – Dowiedziałem się, że twoja Darin żyje. Uciekła razem ze swoim mężem dżihadystą z kalifatu i aktualnie przebywają w Katarze.

– Co? Jak to możliwe?! Przecież jego gębę znało każde arabskie dziecko, każdy człowiek, który choć raz wszedł na stronę z informacjami o pseudo-Państwie Islamskim. Jak mógł się prześlizgnąć przez granicę? Co za służby tam pracują? Debile! – Dorota z wściekłości aż podskakuje na łóżku.

– Zmienili twarze – spokojnie odpowiada Aszraf. – Znasz doktora Amira Ibrahimiego, męża Kingi, Polki od lat mieszkającej w Rijadzie, ojca Sary, żony młodego kalifa Chalida ibn Bagdadiego? To on wziął ich pod skalpel, zresztą wykazał się nie lada kunsztem.

– No nie! Wszystko się kotłuje w bliskowschodnim kociołku! To niewyobrażalne! I co? Skoro służby antyterrorystyczne wiedzą, gdzie aktualnie przebywają Daria i John, to rozumiem, że uwolniły moją młodszą córkę? Wyrwały ją z łap terrorysty?

– Niestety, nie. Tych dwoje ciągle zaciera ślady. Ścigają ich brygady specjalne na całym Bliskim Wschodzie, w tym, jak powiedziałaś, kociołku, który może się stać zarzewiem kolejnej światowej wojny.

– Co za nieudolność!

– Nie mów tak. Po prostu ta parka jest zbyt sprytna. Dobrali się jak w korcu maku.

– Jaka parka?! Moja córka jest zniewolona! Uwięziona! – Dorota krzyczy łamiącym się głosem.

– Jasne. Dlatego podróżuje sobie sama po krajach arabskich, na zakupy i zabawę lata do Dubaju, a potem wraca do swojego ukochanego męża, który teraz udaje Irlandczyka.

– Co? Nie! To niemożliwe! – Polka zasłania twarz, ale nie ma już łez.

– Daria nie chce odejść od swojego partnera. Niestety, nie wiadomo, co razem z nim przeskrobała. Takie są opinie specjalistów – uświadamia kochankę Saudyjczyk.

Zraniona matka wstaje z łóżka, powoli wkłada ubranie, a następnie siada w miękkim skórzanym fotelu, stojącym w wykuszu okna. Aszraf usadawia się naprzeciwko i bacznie obserwuje twarz kochanki. Dorota nie płacze, nie ma nawet wilgotnych oczu. Przez jej piękne lico przelatują krótkie skurcze mięśni, żyła na skroni pulsuje, a zaciśnięte szczęki poruszają się to w jedną, to w drugą stronę. Po chwili jej rysy łagodnieją.

– A co z Marysią? Co z Miriam?

– Żyje. Kiedy podli Beduini otruli Hamida… – Aszraf w skrócie opowiada o ostatnich wydarzeniach, a Dorota słucha, nie przerywając. Jej twarz jest jak maska, nie widać na niej żadnych emocji.

– Czyli Marysia doświadczyła prawie tego samego, co ja kiedyś – podsumowuje, gdy opowieść dobiega końca. – Mnie uwięziono na Saharze, a ją na Pustyni Syryjskiej. To jakieś fatum. Ja poroniłam dziecko spłodzone w wyniku gwałtu, a jej ciąża trzyma się znakomicie. Teraz jest w obozie dla uchodźców, tak? W Jordanii? I Hamid nic o tym nie wie, bo zamiast się cieszyć, że jego żona nie zginęła, zwariowałby, dostając od niej w prezencie drugie nieślubne dziecko. – Tego Aszraf nie wiedział, więc robi zdziwioną minę, lecz nie komentuje i nie docieka. *Ciekawa ta rodzinka!*, stwierdza w duchu. *Nie ma co!* – Jak Marysia urodzi i wyrzuci bękarta do śmietnika, to wróci do domu. Aktualnie chce tylko odzyskać swoje prawdziwe, ślubne dzieci, Nadię i Adila, które mi podrzuciła. Nikt ani jednemu nieświadomemu biedakowi, ani drugiemu słowem nie chce powiedzieć, jak się sprawy mają. Możesz mi to wytłumaczyć, bo tego całkowicie już nie pojmuję? Dlaczego?

– Wiesz, Hamid jest arabskim mężczyzną i...

– Co ty pierdolisz, człowieku?! To najbardziej porządny, nowoczesny i uczciwy facet, jakiego znam! Nie ma mowy, żeby ją oskarżał, nie przejdzie mu nawet przez głowę myśl o zbrodni honorowej! Jesteście skończonymi idiotami! – Dorota jednak wybucha, bo nie jest w stanie dłużej znieść muzułmańskiej indolencji i pruderii. – Jebane świętoszki!

– W takim kraju żyjemy. – Aszraf czuje się dotknięty do żywego. – Nic się na to nie poradzi. Widzisz, twój Hamid jest tym cudownym wyjątkiem, który potwierdza regułę.

– Aszraf, nie chciałam cię urazić... – Kobieta drży na całym ciele, bo wie, że może właśnie rujnuje swoją przyszłość. – Rzucam kalumnie, bo jestem zniszczona, zbrukana... Tak jak i moje córki. Cholera jasna...

– Zdaję sobie z tego sprawę, Dora. Hamid wraca do Saudi, lecz na razie lepiej mu nie mówmy o Miriam. Wciąż ma nadzieję, że ona żyje i na pewno wszystko jakoś się ułoży, ale przeżył traumę, jest w głębokiej depresji, bo zapewne o te straszne zdarzenia oskarża siebie. Pozwólmy mu się pozbierać. Twoja córka zaś na pewno nie wyrzuci dziecka do śmietnika. Nie jest przecież muzułmańską wredną kurwą!

– Nie masz pojęcia, jaka jest arabska. Nie wiem, co zrobi. Nie znam jej. Nigdy tak naprawdę nie znałam.

– Ludzkie zachowania nie mają nic wspólnego z nacją, z której się wywodzimy, czy z religią. Zależą od człowieka. Ani ja, ani nawet mój ojciec, który w swoim życiu musiał być twardy i wydawać surowe wyroki, nigdy nie dopuścilibyśmy się żadnej zbrodni. On ścigał terrorystów i przestępców, walczył z Al-Kaidą i fundamentalistami, którzy są wszędzie. Nie tylko wywodzą się z Bliskiego Wschodu czy północnej Afryki, ale też pojawiają się w Europie czy Ameryce.

– Wiem, wszystko to wiem. Ze strony Arabów spotkało mnie najgorsze, co można sobie wyobrazić, ale też doświadczyłam szalonej miłości i dozgonnej przyjaźni. We wszystkich krajach muzułmańskich, w których mieszkałam, albo byłam bezgranicznie szczęśliwa, albo uczestniczyłam w feralnych zajściach. Jednakże to nie Europa jest moim domem, lecz właśnie kraje Orientu. To tu chcę żyć i umrzeć, bo tę kulturę, choć czasem okrutną, pokochałam i jest mi bliższa niż nasza, chrześcijańska.

– Czasami każdy musi ponarzekać. – Saudyjczyk po takim wyznaniu jest nieco udobruchany.

– Jeszcze jedno ci powiem: kobiecie, która jest ofiarą gwałtu, powinno się dać możliwość usunięcia ciąży, a nie zmuszać ją do noszenia pod sercem owocu przestępstwa. Nikt oprócz niej nie wie, jak to jest, gdy rośnie w nas nieproszony lokator, którego się nienawidzi tak samo jak swego oprawcy. Taka nieszczęsna niewiasta spodziewa się, że płód, który kiedyś stanie się człowiekiem, ma w sobie geny biologicznego ojca, przestępcy i gwałciciela. Nieszczęsna Miriam nie miała wyboru, nie mogła podjąć decyzji, ale ja, jako matka, nie życzę jej, by zatrzymała dziecko i każdego dnia patrzyła w twarz tego, kto ją skrzywdził.

Kochankowie już na początku znajomości zostają poddani ciężkiej próbie i zamiast cieszyć się swoim szczęściem, muszą podejmować śmiałe decyzje, wyrażać nie zawsze popularne opinie i wracać do bolesnej przeszłości, którą chcieli wyrzucić z pamięci. Za oknem zapadł już zmierzch; widać jedynie światła odległych statków cumujących na Morzu Czerwonym, lampy na ogrodzeniu i romantyczne, delikatne oświetlenie tarasu. Każde z nich zatapia się w swoich myślach. Oboje zastanawiają się, czy nie zakończyć tego związku, który wcale nie będzie łatwy.

– Możesz zaproponować Hamidowi, żeby przyjechał tu z dziećmi podładować baterie – proponuje nagle Aszraf. – Wszystkim im należy się odpoczynek. Zrelaksują się na łonie natury, zbliżą do siebie. Każde z nich przeżyło swoje.

Nagle dzwoni komórka Aszrafa. Dziwi go to, bo nie ma telefonicznego dyżuru ani nie spodziewa się nikogo bliskiego. Odbiera i już po chwili marszczy brwi. Słucha jednak uważnie, nie przerywając rozmówcy. Gdy tylko się rozłącza, informuje Dorotę:

– W obozie dla uchodźców doszło do bójki... Miriam została ranna... Straciła dziecko... – mówi krótkimi, urywanymi zdaniami. – Jest pod dobrą opieką Samiry Salimi, libijskiej lekarki, i jej życiu nie zagraża już niebezpieczeństwo. Niedługo będzie mogła wrócić do domu.

Dorota zrywa się na równe nogi.

– Co? Kogo? Jakiej lekarki?

– Samiry Salimi – spokojnie powtarza mężczyzna. – Twojej byłej szwagierki.

Kobieta czuje, że więcej już nie wytrzyma. Stoi dłuższą chwilę z opuszczoną głową, a następnie podchodzi do Aszrafa, siada mu na kolanach i wtulona w jego ramię, zalewa się łzami.

*

Na lądowisku przed obozem na Marysię czeka wielki amerykański helikopter. Nieznany mężczyzna w wojskowym mundurze macha ponaglająco. Po chwili w drzwiach maszyny pojawia się przeraźliwie chudy człowiek, wsparty na lasce. Coś w tym koślawcu ją uderza, coś jej podpowiada… A już po chwili jej serce krzyczy. Hamid? Hamid! Mój Hamid! Rzuca się pędem przed siebie. I nagle już ma po co żyć, odzyskuje siły, widzi swój cel – stoi przed nią. Dom, rodzina, dzieci. Już nigdy tego nie zostawi, nigdy nie zaryzykuje straty.

Wtedy słyszy ogłuszający huk. Doskonale wie, co może oznaczać. W swoim krótkim życiu była świadkiem niejednej eksplozji. Zerka przez ramię i jak na filmie puszczonym w zwolnionym tempie widzi podnoszący się z ziemi kurz. Potem w powietrze wylatują czyjeś zmasakrowane szczątki – rozczłonkowane ciała ludzi, którzy stali w centrum wybuchu. Z powodu dużej mocy ładunku i wytworzonej przez niego fali uderzeniowej z pobliskich budynków odrywają się blaszane dachy, a następnie uderzają w zebranych, tnąc jak nożem. Worki po pomocy charytatywnej, które nieraz służyły za ściany domów czy sklepów, przelatują nad zabitymi jak brudny anioł śmierci.

Marysia nie chce już nic więcej widzieć. Podciąga suknię i pędzi w kierunku helikoptera, na którego progu stoi Hamid. Popycha męża, zbija go z nóg i razem zwalają się na twardą, pokrytą gumą podłogę.

– Startuj! – krzyczy do pilota.

– Do góry! – wrzeszczy Hamid. – Szybko!

Upadając, Marysia uderzyła skronią o metalowy kant i teraz czuje jedynie ciepło spływającej krwi i szum w głowie. Hamid pochyla nad nią swą wymizerowaną twarz i z rozpaczą patrzy jej w oczy.

Nie umarł, Marysi ze szczęścia aż drży serce.

Nie umarła, raduje się dusza Hamida.

Teraz zginiemy tu razem.

Kobieta czuje, że ogarnia ją ogromna słabość, i po chwili zapada się w ciemność. Mąż obejmuje ją, zasłaniając swoim kruchym, słabym ciałem. Maszyna, miotana podmuchem fali powietrza, tańczy na wietrze jak ranny ptak, niebezpiecznie bujając się z boku na bok i pikując w wyschniętą jordańską ziemię. Po chwili jednak wyrównuje lot i oddala się z miejsca kolejnej masowej zbrodni.

Nieoczekiwane spotkania

Przyjacielu! – Jasem Alzani vel *dżihadi* John dzwoni do jedynej osoby, która w tej sytuacji przychodzi mu do głowy. – Proszę cię o pomoc. Przez wzgląd na dawne czasy ratuj mnie i moją rodzinę.

Telefon od byłego kompana, mordercy i porywacza to ostatnie, czego spodziewałby się Anwar al-Saud.

– Tak? – rzuca burkliwie.

– Musimy polecieć do Saudi, by w Szpitalu Gwardii Narodowej rozdzielić moich synów, bliźniaków syjamskich. Jeden z nich umarł. Teraz liczy się każda minuta, każda sekunda, by ocalić życie drugiego. Wiem, że to dość niebezpieczne, ale mam pieniądze, mam odpowiednie dokumenty, mam nawet wizę.

Anwar po tym, jak spotkał Darin w pubie w Dosze, postanowił, że wyrwie ją z łapsk *dżihadiego* Johna, dlatego zaproponował pijanej kobiecie lot do Dubaju. Tam jednak zarówno zmyliła emirackie służby, jak i uciekła księciu. Skonwertowana na islam, zakochana w terroryście i cierpiąca na syndrom sztokholmski, kobieta nie chce niczyjej pomocy.

Mężczyzna postanawia ostatni raz wyświadczyć przysługę dżihadyście, i to tylko ze względu na jego żonę. Zresztą zwabienie go do Rijadu jest mu na rękę. Decyduje, że w końcu odda drania w ręce sprawiedliwości. Ale czy nie pociągnie on za sobą swej żony? Czy i jej nie oskarżą o zbrodnie i sianie fundamentalistycznych idei? Przecież Arabia Saudyjska karze za to śmiercią! Musi wydać zbrodniarza, tak by uchronić ukochaną. Na rozważne przygotowanie akcji będzie miał dużo czasu, bo przecież skomplikowane operacje rozdzielenia bliźniąt syjamskich wymagają długoterminowej rekonwalescencji.

Anwar nie jest tym, za kogo bierze go Jasem Alzani, ani tym, za kogo uważa go najbliższa rodzina, znajomi czy przyjaciele. Książę ma dwa oblicza i od lat prowadzi podwójne życie. Jedno – marnotrawnego syna i grzesznego bogacza, a drugie – człowieka honoru, którego znają tylko nieliczni. Saudyjska rodzina królewska już lata temu zaangażowała się w krzewienie islamu na świecie, co niejednokrotnie dawało tragiczne efekty. Sianie ziarna nie zawsze przynosi urodzajny plon – często daje plewy, co powoduje zawieruchy i wojny. Tak stało się w Syrii, którą Anwar regularnie odwiedzał, namawiając jej mieszkańców do przestrzegania islamu sunnickiego, bliskiego Koranowi. Jednakże silna wiara obywateli tego kraju zamieniła się w fundamentalizm. Teraz Saudowie wraz z ościennymi krajami, takimi jak Katar i Kuwejt, muszą naprawić swój błąd. Dlatego walczą z islamskim fundamentalizmem. Anwar natomiast został delegowany, żeby przeniknąć w szeregi najgorszych, najbardziej przebiegłych terrorystów. Idzie mu to bardzo sprawnie, jest specjalistą najwyższej klasy i dlatego nawet taki przebiegły kalifacki lis jak Jasem zaufał mu i nadal wierzy w każde jego słowo, niczego nie podejrzewając.

– Niech ci będzie – mówi w końcu książę. – Wyślę po was mój prywatny samolot. Poinformuję terminal w Katarze i w Rijadzie.

– Dziękuję ci, dobry człowieku. *Szukran dżazilan ja sadiqi*.

Na te przyjacielskie słowa Anwar aż się otrzepuje. Wie, że musi podjąć tę grę, bo bez ryzyka nie ma zwycięstwa, a niczego nie pragnie bardziej, niż złapać dżihadystę, którego od lat nikomu nie udało się dopaść. Zrobi to u siebie w domu, w swojej ojczyźnie.

*

– Kiedy nastąpiło zejście drugiego chłopca? – Wywiad w kwestii bliźniąt syjamskich jest uciążliwy, a małżeństwo Alzanich nie może popełnić najmniejszego błędu w zeznaniach.

– Lecieliśmy tu ze dwie godziny, a chłopców znalazłam w tym stanie może jeszcze dwie godziny wcześniej. – Daria postanawia sama rozegrać tę batalię.

– Jak do tego doszło? – Lekarz zadaje pytanie, które samo ciśnie się na usta.

– Nie mam pojęcia. – Matka rozkłada ręce i robi zrozpaczoną minę.

– Żona pojechała do Dubaju odwiedzić koleżankę, a ja w tym samym czasie dostałem ataku wyrostka robaczkowego i musiałem się poddać operacji. – Jasem włącza się do opowieści, w której jest sporo prawdziwych wątków.

– Myślę, że to wina niańki i opiekunki. – Daria oczywiście zrzuca winę na Azjatki. – Mieliśmy zatrudnić nowe, bo te, pomimo bardzo dobrej opinii, były nieudolne i nieprzychylne chłopcom. Szczególnie słabszemu i wiecznie zapłakanemu Andy'emu.

– Czyli zgon nastąpił nie więcej niż dziesięć godzin temu? – Chirurg kupuje bajeczkę.

– Zgadza się – jednogłośnie potwierdzają rodzice.

– Słyszałem, że macie państwo zarezerwowany apartament w hotelu na terenie naszego medycznego miasteczka. – Jak zawsze przezorny, Alzani wszystko zaaranżował z wyprzedzeniem. – Proszę się tam teraz udać i zrelaksować. Możecie państwo też skorzystać z restauracji czy kawiarni działających na terenie kampusu.

– Świetnie! – Darii kamień spada z serca.

– Ten wspaniały Szpital imienia Króla Abdulaziza to nie miasteczko, ale wręcz miasto! – Jasem postanawia trochę pokadzić Saudyjczykowi, ale ten nie zwraca uwagi na jego słowa.

– Zabiegi rozdzielenia zroślaków trwają nawet do szesnastu godzin, myślę jednak, że w tym przypadku uporamy się szybciej – informuje doktor na odchodnym. – Będziemy ratowali tylko jedno życie.

Słysząc to, Jasem smutnieje. Sam nie wie, czemu upodobał sobie słabszego i brzydszego synka. Może, jak w złości mówiła Darin, dlatego że zewnętrznie go przypominał, a może ponieważ był delikatny, wrażliwy i dobry, a nie silny i despotyczny jak jego brat? Ojciec ciągle zadaje sobie kluczowe pytanie: kto pozbawił życia bezbronnego niemowlaka? Nie może uwierzyć w słowa Darii, że syna zabiły opiekunki. Pozostają zatem dwaj podejrzani: jego kochana żona i piękny syn. Druga wersja nie mieści się mu w głowie, ale pierwsza też jest niewyobrażalna. Chociaż jego wymarzona arabska żona bardzo się zmieniła. Nie jest już ani tą, którą poznał na lotnisku w Dubaju, ani tą, którą zdominował, rozkochał i uwięził w kalifacie.

– Masz ochotę? – pyta Jasem, gdy wchodzą do wychłodzonego hotelowego pokoju i rozsiadają się wygodnie w przytulnym saloniku. – Trochę procentów? – W dłoni ściska butelkę swojej niegdyś ulubionej whisky Johnnie Walker.

– Co? – Daria wybałusza oczy, a na jej ustach wykwita pełen niedowierzania uśmiech. – Chcesz pić alkohol? Tutaj? Pod nosem wahabitów i *mutawwów*?

– Owszem. Razem z tobą – potwierdza, nie przejmując się niczym. – Jak kiedyś. Pamiętasz brytyjskie osiedle Salwa, gdzie po raz pierwszy poszliśmy do łóżka? – indaguje ciepło mężczyzna, a Daria stwierdza, że ma przy sobie nie tyle człowieka kameleona, ile chorego na rozdwojenie jaźni, które jej się poniekąd też udzieliło.

– Skąd ty tu wziąłeś whisky? – dziwi się Daria, jakby nie znała Jasema i jego układów.

– Masz też pełną lodówkę, w której są różne zagraniczne pyszności. – Dżihadysta wstaje, otwiera chłodziarkę i z dumą pokazuje żonie jej zawartość.

– Zjadłabym szawormę – wzdycha Daria z sentymentem, przymykając oczy na wspomnienie swojego ulubionego arabskiego jedzenia.

– To jedźmy na miasto.

– Jak? Autobusem? Taksówką?

– Mamy kierowcę i autko z przyciemnionymi szybami. Robimy Rijad *by night*[1]?

– Jesteś szalony! – Kobieta wybucha śmiechem i już całkiem rozprężona zapomina o ostatnich przejściach, a nawet o tym, że życie syna wisi na włosku. – Ale dziś lepiej posiedźmy tutaj. Muszę się psychicznie przygotować na spotkanie z Saudią. Nie mam nawet odpowiedniego stroju.

– Chodź. Przekonasz się, że niczego ci nie brakuje.

Mąż, niosąc butelkę i dwie szklanki z lodem, prowadzi swoją żonę do sypialni. Już po chwili Daria leży na niedużym, ale wygodnym łóżku i oparta na poduszkach, sączy mocny alkohol. Jasem pije trunek dużymi haustami. Byłego fundamentalistycznego muzułmanina dzieli tylko niewielki krok od bycia zwykłym Brytyjczykiem czy Irlandczykiem, którego udaje. Mężczyzna staje się tym, kim sobie wmówi, że jest – jak za dotknięciem czarodziejskiej różdżki.

Po osuszeniu połowy butelki w naturalny sposób – i w całkowitej ciszy – dochodzi do zbliżenia małżonków. Nadal działają na siebie jak magnes, nadal ogromnie się sobie podobają, a nowy biust Darii wręcz oszałamia mężczyznę. Jednak ponieważ bardzo długo nie uprawiali ze sobą seksu,

[1] *By night* (angielski) – w nocy.

nawet się nie całowali czy pieścili, czują się skrępowani swoją nagością i dotykiem. Jasem rzadko okazuje partnerce czułość, bierze ją bez pardonu, ale Daria właśnie tak lubi. Kiedy staje się delikatny, co zdarza mu się bardzo rzadko, jest rozczarowana i nie zaznaje aż tyle przyjemności jak wtedy, gdy zdobywa ją ostro i traktuje jak swoją własność. Zawsze tak było i właśnie takim go pokochała.

Gdy po kilku godzinach leżą obok siebie, zmęczeni i spełnieni, Jasem w końcu porusza drażliwy temat:

– Kto zabił Abdula? Ty? – Ściąga usta i patrzy w oczy żony, która aż za dobrze zna ten lodowaty wzrok. To spojrzenie *dżihadiego* Johna, kata i zabójcy, który tylko na chwilę schował się w cywilizowanej skorupie Seana O'Sullivana. Daria nie ma jednak złudzeń – to nie potrwa długo.

– Oszalałeś?! – wybucha, lecz zaraz ścisza głos, bo przecież znajdują się w kompleksie szpitalnym. – Jak niby mogłabym to zrobić? Nawet jeśli nie wierzysz w moje uczucia do Abdula, to jak technicznie mogłoby do tego dojść? Jak to sobie wyobrażasz? Na oczach mojego drugiego syna? Przy służbie?

– Nie wiem. Cały czas miałaś jakieś pretensje do tego malucha. Nazywałaś go pasożytem…

– Bo był słabszy, przyrośnięty do silnego Ahmeda, funkcjonujący tylko dzięki jego narządom! Sam lekarz przecież użył tego terminu.

– Nie wmówisz mi, że Azjatki, które przepraszają, że żyją, i srają ze strachu na odgłos klaśnięcia czy pierdnięcia, zamordowałyby dziecko białych ludzi, bo przecież za takich uchodziliśmy w Katarze.

– No więc kto, jeśli nie one? – Daria, bojąc się o pozostałego przy życiu chłopca, postanawia, że prędzej weźmie winę na siebie, niż powie temu człowiekowi, że niespełna roczny malec ma skłonność do zbrodni, zapewne po tatusiu. – Nie wmówisz mi, że Ahmed!

– Skoro tak twierdzisz? – Jasem oschle całuje żonę w czoło i wstaje z łóżka. Po chwili, ubrany, kieruje się w stronę drzwi,

– Gdzie idziesz? Jest środek nocy!

– Nie przesadzaj, dopiero późny wieczór. Muszę coś załatwić. Przywiozę ci szawormy – obiecuje dżihadysta z uśmiechem przyklejonym do ust, choć jego oczy pozostają lodowate.

Wolałem tę kobietę, kiedy była zastrachaną, zapłakaną i zasmarkaną owieczką, stwierdza zawiedziony, bo nie toleruje w swoim otoczeniu dominujących charakterów. *Teraz mam przy sobie drugą Jasmin.* Wspomina swoją drugą żonę, najlepszą agitatorkę w Państwie Islamskim. *Cóż, już niedługo…* Wraca myślami do swego, ciągle dopracowywanego, planu na życie i jego twarz znów łagodnieje. Właśnie dostał cynk, że jego nowi poplecznicy również wylądowali na saudyjskich piaskach. Jeden pomyślny zbieg okoliczności goni drugi. Kryptodżihadysta czuje, że wracają mu siły i nabiera wiatru w żagle.

*

Jasem jedzie na Batę, ale nie do samego celu – wysiada wcześniej, na obskurnym placyku, i każe czekać kierowcy w aucie. Dzielnica nie zalicza się do najprzyjemniejszych i najbezpieczniejszych, ale on doskonale zna jej złą sławę. Nie przeszkadza mu to, bo bywał w gorszych rewirach i podlejszym towarzystwie, dziwi się jednak, że jego nobliwi znajomi przebywają właśnie tutaj. Taka elita, która niedługo ma objąć rządy w jednym z najbogatszych w ropę naftową krajów arabskich? Coś mu tu nie pasuje, ale nie spodziewa się zasadzki, lecz raczej czystej głupoty.

– *As-salamu alejkum!* – radośnie woła na powitanie piękna Dżamila Muntasir, a na jej policzkach wykwita rumieniec zawstydzenia. – Jak miło, że do nas dotarłeś!

– No to jesteśmy w komplecie. – Musa Kusa ściska dłoń przybysza i czujnie patrzy mu w oczy. – Nie miałeś żadnych problemów z wjazdem do Arabii?

– A wy? – Jasem odbija piłeczkę. – Tutaj Libijczyków lubią chyba najmniej spośród wszystkich arabskich nacji.

– Masz rację, nie znoszą nas. – Mężczyzna uśmiecha się z ironią. – Ale polityka jest jak fałszywa i przebiegła dziwka. Możemy się nienawidzić i gardzić sobą, ale dla celów wyższych i międzynarodowego bezpieczeństwa narody kooperują jak gdyby nigdy nic. Tylko prymitywy chowają urazę. Poza tym to dawne dzieje, jeszcze sprzed arabskiej wiosny.

– Nie mówię o odległych wydarzeniach i bzdurnych pyskówkach. – Jasem nie da sobie zamydlić oczu, bo na polityce zna się całkiem nieźle i jest człowiekiem, który tę politykę przez jakiś czas kształtował. – Zapewne masz na myśli dwa tysiące trzeci rok, kiedy na szczycie Ligi Arabskiej Kaddafi nazwał panujący w Arabii ród Saudów amerykańskimi sługusami, a ówczesny saudyjski następca tronu, późniejszy król, książę Abdullah odparował, że Kaddafi jest kłamcą i starym dziadem, który stoi nad grobową deską. Określenie Kaddafiego wariatem i większym zagrożeniem dla Libijczyków niż jakikolwiek wróg zewnętrzny, a nawet pajacem, komediantem i największym nieszczęściem Libii to też nic. To tylko kompromitacja i kłótnia arabsko-arabska, którą mogły zobaczyć setki tysięcy telewidzów, oglądających relację z posiedzenia. Gorsze jest to, że Kaddafi maczał palce w zamachu na króla Arabii Saudyjskiej. W rewanżu Abdullah przyczynił się do zabicia przywódcy libijskiego, destabilizując tym samym całą północną Afrykę.

– Jesteś kuty na cztery kopyta, mój przyjacielu – przyznaje Musa Kusa, który chciałby raczej powiedzieć „ty cholerny fundamentalisto", ale to on jest graczem pierwszej ligi i na pewno nigdy nie odkryje faktu, że zna wszystkie karty swojego niby towarzysza, nawet asy w rękawie, które ten trzyma, myśląc, że jest taki cwany. – Zgadza się, nasi przywódcy wdepnęli w niezłe gówno i uknuli parę diabelsko przebiegłych intryg, jednak obecnie i jeden, i drugi antagonista są martwi, a w tym kraju żyją tacy, którzy usiłują naprawić błędy swoich przodków. Tak więc, jak widzisz, scena polityczna się zmienia – podkpiwa z perfidii losu.

– Cieszę się. – Jasem w końcu zostaje wprowadzony do środka, bo cała dotychczasowa dyskusja przebiegała w wąskim, ciemnym i cuchnącym hinduskim jadłem korytarzu. – Niezbyt dobrze Saudowie traktują swoich przyszłych sprzymierzeńców, skoro udzielają wam takiego schronienia – podsumowuje złośliwie.

– Naprawdę? – Na ustach starego Libijczyka znów pojawia się ironiczny uśmieszek, kiedy otwiera wewnętrzne, solidne odrzwia, obite od środka dźwiękoszczelną i ochronną pianką powleczoną skórą.

Oczom Jasema ukazuje się baśniowe wnętrze. Teraz rozumie, że otoczka zaropiałego, zagrzybionego budynku stanowi jedynie kamuflaż.

– A więc tak wygląda saudyjski *safe house*[1]? – Mężczyźnie opada szczęka. Zazdrości Libijczykom ich pozycji i estymy, którą są otaczani, i dochodzi do wniosku, że sam zawsze był tylko zwykłym wyrobnikiem i narzędziem, bo nikt nigdy go tak nie traktował. – Widzę, że macie sponsora chyba z najwyższej półki.

– Oczywiście, mój drogi. Siadaj, rozgość się. – Musa wskazuje wielkie klubowe fotele w ogromnym, na oko osiemdziesięciometrowym salonie. – Specjalnie dla ciebie Dżamila przygotowała wspaniałe libijskie jedzenie. Ponoć uwielbiasz arabską kuchnię. – Uśmiecha się jak dobry wujek, bo musi przyciągnąć ofiarę na tyle blisko, by móc nią manipulować do woli, by potem bez mrugnięcia wydać ją na pewną rzeź.

W najskrytsze plany Musy Kusy nikt nie jest wprowadzony – ani Dżamila, która ma za zadanie uwieść napalonego

[1] *Safe house* (angielski) – bezpieczny dom; kryjówka, meta, azyl, ukrycie. Miejsca takie, rozsiane po całym świecie, mają wszystkie agencje wywiadowcze, począwszy od CIA, a skończywszy na KGB i MI6.

na jej wdzięki samca, ani nawet ich saudyjski sponsor. Nie ma takiej potrzeby. Musa zawsze działał sam i w ukryciu, nie nagłaśniał spraw, nie afiszował się – i prawdopodobnie dlatego jeszcze żyje.

Jako że Libijka jest kobietą wyzwoloną i wyemancypowaną jak na arabskie warunki, to ona jest przynętą, na którą ostatecznie ma się złapać Jasem. Uzależniony od spódniczki, będzie im jadł z ręki, a już na pewno stanie się roztargniony i straci kontrolę nad sobą i sytuacją. Tak sądzi Musa Kusa, traktując pół-Syryjczyka jak typowego Araba. Jednakże siedemdziesięciolatek jest człowiekiem starej daty, jeszcze sprzed kalifatu, szalonego fundamentalizmu, niosącego tylko zniszczenie i zgliszcza, zagładę i hańbę, wydobywającego na światło dzienne najgorsze ludzkie instynkty, zboczenia i dewiacje. Sprzed wojny wirtualnej, bombardowań samolotów bezzałogowych i akcji dronów, urabiania ludzkich opinii przez media, portale społecznościowe i całą wirtualną rzeczywistość. On odbiera Jasema jako zwykłego rzezimieszka i mordercę, z jakimi wielokrotnie miał do czynienia, i zupełnie nie zdaje sobie sprawy, z jakim wynaturzonym tworem natury i współczesnej techniki, nauki i wiedzy ma do czynienia.

– Jeśli macie ochotę, to posiedźcie sobie jeszcze, moje dzieci. – Starszy pan zbiera się do spania, bo przed świtem musi się położyć, by rozprostować swoje stare kości. – Nie krępujcie się.

– Myślę, że jednak powinienem już pójść – stwierdza Jasem, udając przyzwoitego.

– Może chcesz się przenieść do nas? Mamy całkiem sporo miejsca. Czy wolisz mieszkać w szpitalu z żoną i synem? – Libijski szpieg wie wszystko, co dżihadyście niezbyt się podoba.

– Wiesz, że dla mężczyzny rodzina jest najważniejsza – wysuwa istotny dla muzułmanów argument, postanawiając pograć ze starym dziadkiem według własnych reguł. – Jeszcze się spotkamy. Cieszę się, że znów jesteśmy w tym samym miejscu. Nie rozdzieliliśmy się na długo, a nasze interesy w ogóle, nieprawdaż? – upewnia się na wszelki wypadek.

– W istocie. A może chcesz lecieć z nami do Libii? – Musa Kusa serdecznie ściska dłoń poplecznika, choć wie, że *dżihadi* John chadza własnymi ścieżkami.

– Dziękuję, zastanowię się. – Jasem nie chce otwarcie odmawiać, bo według bliskowschodnich reguł byłoby to bardzo niegrzeczne. – Myślę, że warto jeszcze raz wszystko na spokojnie omówić. Sporo kwestii mamy jeszcze do wyjaśnienia, bo gra toczy się o najwyższą stawkę. Dobrze wiedzieć, kto będzie pociągał za jakie sznurki. *Who is who*[1] – to kluczowa sprawa – wygłasza z pogodną twarzą, lecz jego oczy są zimne jak lód. – Są pytania, które cisną się na usta, i wszyscy, którzy stawiają na szali własne życie, powinni zostać poinformowani o wszystkim. – Mocno akcentuje ostatnie słowo.

– Nikt nie będzie nic robił na wariata, choć mówi się, że my, Arabowie, jesteśmy w gorącej wodzie kąpani. – Libijski

[1] *Who is who* (angielski) – Kto jest kto; kto jest kim.

szpieg uśmiecha się półgębkiem, niezadowolony, że jego najemnik chce za dużo wiedzieć.

Powinien się cieszyć i z radości bić się w dupę piętami, że wyciągamy go z tej części świata, gdzie ciągle będzie na niego prowadzona nagonka, a on chce znać szczegóły planu, który tylko w niewielkiej części i na dokładkę krótkoterminowej jego dotyczy, podsumowuje wściekły Musa Kusa. *Nie mogę go nie doceniać. Muszę na niego bardziej uważać*, pomimo podeszłego wieku umysł Kusy działa bez zarzutu. *Toż to lis w owczej skórze, tak jak mnie ostrzegały CIA i MI6. Ale ja nie dam mu się przechytrzyć, nie na moim libijskim gruncie. Posprząta mi w domu, a potem barra*[1]. *Imszi barra!*

*

Operacja rozdzielenia bliźniąt syjamskich udaje się, choć Ahmed musi być na długiej kuracji antybiotykowej oraz osłonowej, prowadzonej pod kontrolą lekarza co najmniej przez dwa, trzy miesiące. Późniejsze kontrole mają się odbywać najpierw co sześć miesięcy, a następnie raz w roku. W większości chłopiec miał własne narządy, a tylko nieliczne dzielone z bratem, więc nikt się nie spodziewa komplikacji. Kiedy po wielogodzinnej operacji maluch wybudza się z narkozy, od razu wyciąga ramiona do Darii.

1 *Barra* (arabski) – Wynocha, won; *Imszi barra* – Spierdalaj.

– Ma-ma – chrypi przez zaschnięte gardziołko. – Ma--muś. – Uśmiecha się pomimo ogromnego bólu, który zapewne targa jego małym ciałkiem.

– Syneczku mój kochany! – Matka dławi się łzami szczęścia, ale kiedy zbliża się do swojego cudem uratowanego potomka, przez gęstą sieć drenów i elektrod widzi przy lewym ramieniu Ahmeda jakby cień zmasakrowanej twarzy zamordowanego bliźniaka. – Już dobrze… Wszystko będzie dobrze. – Prostuje się gwałtownie i trzepie głową, żeby odgonić marę.

– Ma-ma. – Malec nie daje za wygraną.

– Panie doktorze! – Daria, bliska omdlenia, wzywa lekarza. – Czy wszystko jest w porządku? – pyta szybko, oddychając i usiłując opanować zawroty głowy i szaleńcze bicie serca. – Czy nic go nie boli? Funkcje życiowe w normie? – Mówi, żeby mówić, choć sama siebie kiepsko słyszy, jakby miała watę w uszach.

– Bez obaw. Rozkład tkanek obumarłego organizmu pasożytniczego nie przekroczył linii jednostki żywej. Ten organizm był wiodący, narządy są nieuszkodzone, choć były przeciążone. Wniosek jest jeden: jeśli chłopców nie rozdzieliłoby się teraz, najprawdopodobniej wątroba, płuca i nerki nie dałyby rady obsłużyć organizmu zdrowego i pasożytniczego. To była jedyna słuszna decyzja. – Arab kończy wykład dziwnym stwierdzeniem, patrząc spod oka na nieszczęsną matkę, a ona czuje się tak, jakby sama dokonała zbrodni. Zdaje sobie sprawę, że wszyscy będą ją oskarżać o tę śmierć, bo nikt przecież nie pomyśli, że dziecko mogłoby się dopuścić tak przerażającego mordu.

Daria, która tak pragnęła macierzyństwa, bliskości dziecka, jego ciepła, zapachu, pocałunków, miękkiego ciałka, uśmiechów, a nawet płaczu, który mogłaby utulić, teraz nie jest w stanie tego wszystkiego znieść. Jasem jej nie wspiera, bo znów realizuje jakieś sekretne plany – znika rano i wraca po nocach, oczywiście z niczego się nie tłumacząc i nie pytając, jak żona spędza każdy długi dzień. Ona w sumie też nie interesuje się jego życiem, więc powoli znów stają się dla siebie parą obcych ludzi. Łączy ich tylko niechlubna przeszłość i mały człowieczek, który od początku swojego istnienia jest mordercą.

– Masz już swojego wymarzonego synka? – Dopiero po trzech dniach od rozdzielenia bliźniaków ojciec pojawia się na oddziale. Patrzy na swoją bladą, sztywno siedzącą żonę, która czubkami palców dotyka małej stópki śpiącego malca. – Zadowolona? – Jego usta bezwolnie układają się w grymas pełen dezaprobaty i niechęci.

– Tak – odpowiada Daria, patrząc na niego równie nieprzyjemnie. – Teraz już wszystko będzie dobrze.

Zgadza się! Jak tylko spieprzysz do tej swojej pojebanej rodzinki, wszystko będzie dobrze! Jasem nie jest w stanie zrozumieć zachowania swej połowicy, która pomimo że już go nie kocha, nie jest też zdominowana, więziona czy izolowana, za cholerę nie chce zostawić go w spokoju. *Wypierdalaj do nich, i to w podskokach!*, kończy ordynarnie, zachowując tę wypowiedź jednak tylko dla siebie.

– Widzę, że znów mamy arabską tożsamość. – Daria przyskakuje do męża, pokazując mu kartę choroby malca, która wisi w nogach metalowego łóżka. – Mój syn to Ahmed Arabi. Nieźle. A ja jak się nazywam?

– Darin Arabi – sucho informuje Jasem, nie dodając słówka wytłumaczenia.

– Mam na to jakieś papiery?

– Owszem. Jesteś też właścicielką paszportu na nazwisko Daria Nowicka. Polka. – Kobieta, która tyle przeszła przez tego człowieka, aż traci dech. Wspomnienia całego fundamentalistycznego piekła przesłaniają jej teraz rzeczywistość. – Możesz wybrać, które życie chcesz wieść. Zresztą wybór masz od dawna.

– Chcesz się mnie pozbyć? – chrypi, spanikowana, przez ściśnięte gardło. – Tak po prostu?

– Zwrócić tam, gdzie twoje miejsce. Tam, skąd cię zabrałem… – Dżihadysta jest trochę skonsternowany zachowaniem żony, bo błyski szaleństwa skrzą w jej oczach, którymi strzela na prawo i lewo. Mężczyzna pluje sobie w brodę, że za wcześnie się wysypał i teraz ta nadpobudliwa kretynka może go wydać. – Jeśli oczywiście będziesz chciała, kochanie. Nie od razu… Co nagle, to po diable. Musimy to omówić, ustalić, przygotować się… – Usiłuje ją udobruchać, lecz widzi, że niczym już nie ostudzi gorejącego w niej ognia.

– Trochę czasu minęło, kochanie… – Daria oddycha głęboko, żeby się opanować, bo czuje, że albo poskromi wściekłość, albo dojdzie do kolejnej straszliwej zbrodni. W tej chwili bowiem najbardziej pragnie gołymi rękami zamordować własnego męża. – Trochę wody upłynęło… – kontynuuje chaotycznie, a przed oczami latają jej mroczki.

– Sporo razem przeszliśmy, w niezłe gówno wdepnęliśmy… Żadne z nas nie ma już czystych rąk. Dlatego musimy się trzymać razem. Tak twierdziłeś jeszcze w Dosze. Czy coś się zmieniło?

– Nie! – wykrzykuje Jasem. – Myślałem tylko, że… Zawsze chciałaś do mamy…

Daria wymierza mu siarczysty policzek.

– To było dawno i nieprawda, misiu. – Dzięki rozładowaniu agresji uspokaja się nieco. – Nie chcę, żeby w Quantico zrobiono mi z dupy jesień średniowiecza, jak przewidująco mnie ostrzegałeś, czy raczej straszyłeś. Dlatego póki sytuacja się nie uspokoi i ludzie nie zapomną o zbrodniach, których się dopuścił twój pieprzony kalifat, będę się tajniaczyć przy tobie. Zrozumiano?

Daria doskonale pamięta, gdzie się znajduje willa przyjaciół rodziny – Krysi i Andrzeja, polskiego lekarza od lat pracującego w Szpitalu Gwardii Narodowej, który najprawdopodobniej chce tu dotrwać do emerytury. Zdaje sobie sprawę, że nie powinna tam iść, bo dobrzy znajomi jak nic poinformują Hamida o tym spotkaniu, a wtedy zacznie się jatka. Boi się nie tyle o swojego partnera, ile o ukochanego męża siostry. Zdaje sobie sprawę, że powinna wrócić do rodziny – bardzo tego pragnie – ale wie, że wiąże się to z porzuceniem mężczyzny, z którym łączy ją toksyczna więź. Teraz, gdy już wiadomo, że Jasem ma jej serdecznie dość, zastanawia się nad wykonaniem tego kroku, ale postanawia poczekać i jakoś się do tego przygotować; ostatecznie jeszcze co najmniej trzy miesiące jej syn będzie musiał spędzić w klinice.

Jednak co jej szkodzi przejść się do części mieszkalnej medycznego miasteczka, która jest ogromna, zadrzewiona i bardzo ładnie zorganizowana, choćby tylko po to, by pospacerować. Im bliżej znajomych miejsc, tym bardziej drży jej serce. Nie bacząc na nieziemski upał – temperatura w cieniu sięga prawie pięćdziesięciu stopni Celsjusza – kobieta, nie chcąc być rozpoznana, na styl saudyjski szczelnie otula się abają i zasłania twarz chustą. Pomimo upływu tylu lat nic się tu nie zmieniło. Te same domy, te same ścieżki, drzewa i krzewy w ogrodzie. Daria pamięta pierwszy raz, kiedy przyprowadził je tu Karim, uroczy saudyjsko-indonezyjski mąż Marysi. Małżeństwo Polaków opiekowało się nim, gdy był mały, podczas długoletniej rekonwalescencji po tym, jak przeszedł chorobę Heinego-Medina i odrzucił go sadystyczny ojciec – Fajsal al-Nadżdi. To wtedy, za namową znakomitych lekarzy, Marysia zdecydowała się na studia medyczne, a Daria z lenistwa wybrała pielęgniarstwo. Młodsza siostra niewiele wie o obecnym życiu swoich bliskich – nie ma pojęcia, co się działo przez te wszystkie lata w ich domu w Arabii Saudyjskiej po tym, jak wraz ze swym ukochanym opuściła ten kraj i najbliższych. Jedyne fakty, związane z jej rodziną, które są pewne, to te, że wyjechała na wakacje z Brytyjczykiem Johnem, który po drodze okazał się dżihadystą. Ingerował on w życie jej familii, czym przyczynił się do tego, że Hamid i Marysia znów się zeszli, bo już jako para przybyli po porwaną krewniaczkę do Rakki. Jasem zabił

Bogu ducha winnego Karima i pośrednio przyczynił się do śmierci jego żony, Afry. Ale co dalej? Jak potoczyły się losy Nowickich, mamy i ojczyma Łukasza? Co się stało z Binladenami? Czy wydostali się na czas z kalifackiego piekła? Po co w ogóle się tam pchali? Do tej pory Daria nie zadawała sobie podobnych pytań. I nagle dziś, kiedy mąż ją odtrącił, kiedy dał jej wilczy bilet w postaci polskiego paszportu, wszystkie te wątpliwości cisną się jej do głowy.

– Daruszka! Co ty tu robisz? Przyszłaś w odwiedziny do starej ciotki? – Nieoczekiwanie z głębi małego zadbanego ogródka dociera znajomy głos. – Co za spotkanie! Dajże pyska, kochana! – Przyjaciółka rozpozna swoją ulubienicę nawet po samych oczach i teraz bezpardonowo ściąga jej zasłonę zakrywającą przerażone liczko.

– Ciociu! – Daria nie wie, jak ma się zachować. – Jak dobrze cię widzieć! Nic się nie zmieniłaś!

– Wejdź, moje dziecko. Napijemy się saudyjskiego szampana[1]. Trzeba to uczcić!

Daria przekracza próg domu ze świadomością, że wraz z nią do tego miejsca wkraczają nieszczęście i śmierć. Ta osoba nie powinna była jej zobaczyć, nie powinna rozpoznać, rozmawiać… Żona dżihadysty jest toksyczna, pechowa, przynosi tylko ból i cierpienie.

Krysia, która niczego się nie spodziewa, wyciąga z lodówki sok jabłkowy i przygotowuje napój, pytlując przy tym bez umiaru. A Marysia to, a Hamid tamto, a Dorota

1 Saudyjski szampan – napój składający się z soku jabłkowego, wody gazowanej, limonki, plasterków jabłka i listków mięty. Bardzo orzeźwiający.

to teraz już zupełnie inna osoba i nie chce się przyjaźnić, a biedny ten Karim, taki niefart go spotkał… Mówi i mówi, jakby nie zdawała sobie sprawy, że Daria była świadkiem zabójstwa zarówno Karima, jak i setek innych osób. Może z nerwów, może z powodu szoku buzia jej się nie zamyka.

Wlewa sok do dzbanka, dodaje do niego pokrojone w cienkie plasterki jabłka, skórkę z limonki, trochę mięty, wody gazowanej i lód, a potem chwyta naczynie za uszko, podnosi oburącz i kieruje się do niewielkiego, przytulnego saloniku. Daria już chwilę temu przez grube haftowane firany zauważyła jakiś ruch, jak mignięcie, fatamorganę, za drzwiami prowadzącymi na taras. Teraz jest przekonana, że ktoś znajduje się w pomieszczeniu. Czuje to szóstym zmysłem.

– Więc gdzie teraz mieszkasz? W rezydencji Binladenów? – Krysia jest dziwnie pobladła, a na jej czole i nad górną wargą wykwitają kropelki potu. – Biedacy, ponoć nie wrócili ze swej ostatniej wyprawy… Ale za to ty jesteś. Hm… – Zamyśla się. – Odwiedzasz kogoś w naszej klinice, tak?

Daria milczy jak grób. Teraz widzi czarno na białym, jak wyglądałby jej powrót do rzeczywistości – do realnego, porządnego i praworządnego świata. Ciągłe pytania, na które musiałaby udzielać odpowiedzi, kontrolowanie jej zachowania, wnikliwe lustrowanie mimiki, ciągłe patrzenie na ręce i ten strach w oczach. Ten paniczny strach, który świadczy o tym, że rozmówca nie wie, czy była ona tylko niewolnicą dżihadysty, czy może sama przeszła na czarną stronę mocy i dołączyła do zbrodniarzy.

– Pójdę do toalety, dobrze, ciociu? – pyta miękko, mając nadzieję, że w tym czasie ten, kto znajduje się w willi, rozwiąże jej problem ostatecznie. Albo pozbędzie się gadatliwej, wścibskiej Polki, albo jej. Nie wie, czego bardziej pragnie.

– Co ty robisz, skończona idiotko? – Jasem wciąga Darię do ubikacji i przeszywa wściekłym wzrokiem. – Chcesz nas, kurwa mać, wsypać?! Chcesz, żeby twój syn dorastał w arabskim sierocińcu? Ty debilko patentowana! – Zaciska dłoń w pięść, lecz się hamuje, bo to nie jest odpowiednia chwila, by wymierzać karę. Ma nadzieję, że jeszcze nadarzy się ku temu okazja. O ile, oczywiście, nie zostaną osadzeni w saudyjskich lochach.

– Spotkałam ją przez czysty przypadek. Sama mnie zaczepiła – szepcze Daria. – Co mogłam zrobić?

– Teraz więc pójdziesz do niej i nalejesz jej tego pieprzonego szampana. Pół szklanki. Rozumiesz? – sonduje Jasem, bojąc się, że roztrzęsiona kobieta nie kojarzy, co się do niej mówi. – A potem dyskretnie dosypiesz jej to. – Wręcza jej fiolkę z białym miałkim proszkiem pomieszanym z kryształkami.

– Niezbyt trudne zadanie. – Arabska żona mierzy rozwścieczonym wzrokiem swojego męża, nie mając pojęcia, co ten planuje. Wie jednak, że kiedy Jasem bierze sprawę w swoje ręce, zostanie ona załatwiona.

Wraca do pokoju i siada naprzeciwko Polki, która ewidentnie znalazła się w złym miejscu i o złej porze.

– A co u was, ciociu? – indaguje potulnym głosikiem. – Jak wujek? Zdrowy?

– Tak, kochanie. – Z Krysi uszło całe powietrze; nie ma pojęcia, co ze sobą począć, co powiedzieć.

– Zatrudniłaś ogrodnika? Kto tam krąży na zewnątrz? – Daria pokazuje na drzwi balkonowe, a gdy gospodyni odruchowo podąża wzrokiem za jej palcem, dosypuje nieznany specyfik do jej napoju.

– Nikogo nie widzę. – Przyszywana ciocia wraca wzrokiem do kobiety, którą spotkała na swej drodze jeszcze jako nastolatkę, a teraz, pomimo zmian dokonanych przez medycynę estetyczną i ząb czasu, niepotrzebnie rozpoznała. – Napijmy się. Za pomyślność – proponuje i upija łyk.

– Tak, koniecznie. – Daria podnosi kryształową, oszronioną szklankę. – Wszystkiego najlepszego, ciociu.

– Dla ciebie, kochana. Dla ciebie... – Nagle z twarzy starszej kobiety odpływa krew, a jej rysy wiotczeją. Otwartymi ustami desperacko łapie powietrze, ale to nie ożywia jej płuc, nie pobudza serca, które po paru gwałtownych, nieregularnych skurczach przestaje bić. Ostatnim obrazem, który zachowa się w jej duszy na wieczność, będzie kobieta w czerni, patrząca na jej koniec nieczułym, okrutnym wzrokiem.

*

Dorota dawno nie była tak szczęśliwa. Radość aż tryska z jej jasnej twarzy i błękitnych jak bławatki oczu, emanuje z każdego jej ruchu.

Nie przejmuje się, że jej małżeństwo jest w rozsypce i że wciąż nie ma pojęcia, co się dzieje z Darią. Według informacji posiadanych przez agencje wywiadowcze opuściła ona Rakkę i Syrię i wywędrowała w szeroki świat; znając możliwości Johna, Dorota jest przekonana, że źle jej się nie powodzi. Żyje, a to dla matki najważniejsze. Wszystko wskazuje na to, że córunia nie dość, że zadała się z terrorystą, to jeszcze do niego przystała. Matka jednak nie zadręcza się tym. Teraz ma już to w głębokim poważaniu i dłużej się nie przejmuje. Po tym, jak straciła wszystkich i wszystko, jak w jej życiu nie było żadnej iskierki nadziei, teraz cieszy się każdą chwilą, czymś małym, choć odzyskanie ukochanej pierworodnej i ulubionego zięcia trudno nazwać drobnostką. A kiedy jeszcze kochająca matka i dobra teściowa ma się z kim podzielić swą radością, szczęście smakuje podwójnie.

Zaprzyjaźniona międzynarodowa grupa prywatnego wsparcia w osobie Doroty, dwóch panów – seniora i juniora – Al-Ridów, starego Fajsala al-Nadżdiego oraz Emiratki Aruby zbiera się w wielkiej rezydencji *mutawwy* w dzielnicy Mudżama'a Nachil, czekając na przyjście sąsiadów, państwa Binladenów.

– To niesamowite, jak wszyscy w tej kwestii współpracowali. – Polka nie może się nadziwić synchronizacji działań, choć dla ludzi w tym fachu to rutyna. – Brygady specjalne i wojsko w Syrii, agenci w Bejrucie, potem wywiad w Katarze i Emiratach. Na koniec Jordania, której naprawdę należy współczuć, że wdeptuje ją w ziemię tyle tysięcy czy wręcz milionów uchodźców. Coś niesamowitego! – wykrzykuje z zachwytem.

– Tyle osób śledziło losy twoich córek, bo trzeba przyznać, że jedna i druga związały się z niezwykłymi facetami, przez co znalazły się w centrum uwagi, a zarazem były świadkami najgorszych wydarzeń. – Aszraf studzi trochę zapał matki.

– Niestety, jeśli idzie o Darin i jej męża, nie ma co piać peanów, bo ciągle jesteśmy jeden krok za nimi – szczerze wyznaje emiracka funkcjonariuszka. – Nie dość, że są dobrzy w tym, co robią, to jeszcze dysponują znakomitymi kontaktami i gigantyczną kasą.

– Najważniejsze, że jedna z moich córeczek cudem ocalała i jest już w domu. A druga... Niech jej Pan Bóg wybaczy – kwituje smutno Dorota, ale zaraz otrzepuje się z sentymentów i w niedowierzaniu wyrzuca w górę ramiona. – Czy Saudyjczycy nie uważają za stosowne obstawić Szpitala Gwardii Narodowej, kiedy Daria i ten zbrodniarz mają bliźniaki syjamskie, a to jest najlepsza tego typu placówka w regionie, jak nie na całym świecie, która rozdziela takie dzieci? – sugeruje logicznie.

– Cóż, na pewno to zrobią. – Aruba z przyjemnością słucha słowiańskiego akcentu w angielskiej wymowie Polki i patrzy w nią jak w obrazek. Zastanawia się, jaki szczegół urody czy cechę charakteru lub chociażby jakiś jeden tik odziedziczyła po niej Marysia, która przecież wygląda na czystej krwi orientalną Miriam. – Jak dotąd według naszych informacji nie wyjechali z Kataru, facet nadal ma w brzuchu tytanowe klamry, a wywiezienie zroślaków nie może ujść uwagi służb celnych.

– Czy wyście nie słyszeli o prywatnych samolotach?! – Dorota dość ostro zwraca się do kobiety, która dopiero teraz widzi silny i zdecydowany charakter matki. – Już raz Daria przeleciała się takim odrzutowcem na zakupy do Dubaju, więc jaki z tego morał? – Pyta retorycznie, po czym sama odpowiada: – Na Bliskim Wschodzie taki sposób transportu jest dość powszechny. – Mówiąc to, rzuca nerwowym, oskarżycielskim wzrokiem na wszystkich zebranych.

– Ja, moja piękna pani, jestem na emeryturze. – Muhammad al-Rida uśmiecha się półgębkiem, myśląc, że jego syn wybrał sobie niezłą heterę. – Zostawiam tę robotę młodym.

– Lepiej, żebym ja też został w kapciach w domu, bo teraz Saudia tak się zmieniła, wyemancypowała, unowocześniła i rozwydrzyła, że jakbym wrócił, musiałbym posadzić w więzieniu cholernie dużo ludzi – mówi Fajsal al-Nadżdi, a Dorota, patrząc na przystojniaka, dochodzi do wniosku, że tacy macho przeważnie są największymi draniami. – Wasza parka byłaby pierwsza. – Staruszek aż gulgocze z rozbawienia.

– Panowie, bez wygłupów, proszę. – Aruba doskonale zna ministra, jego kolegę też już nieźle, więc czuje, że może się do nich zwracać bardziej bezpośrednio. – Doroto, nie jesteśmy nieudolnymi idiotami, za których chyba nas pani uważa. W interesującym nas terminie, to znaczy od zniknięcia ze szpitala *dżihadiego* Johna vel Seana O'Sullivana aż do dnia dzisiejszego, do Arabii Saudyjskiej z Kataru dwukrotnie przyleciał prywatny samolot, należący do jednego z członków rodziny królewskiej. – Po tych słowach zapanowuje grobowa cisza. – Ich się raczej nie sprawdza, bo nikt nie śmiałby nawet podejrzewać, że szmuglowaliby terrorystów do własnego kraju, który aktualnie jest jedyną oazą spokoju w rejonie, a z dżihadystami Saudyjczycy walczą zarówno w Syrii, Iraku, jak i na całym świecie.

– Czyli nikt o nic nie zapytał? – Dorota nie wierzy własnym uszom. Przecież wobec prawa wszyscy powinni być równi i nie może być mowy o żadnych wyjątkach. – Wszyscy nabrali wody w usta?! – Znowu podnosi głos.

– Mnie też krew zalewa, jak o tym słyszę! – Marysia, która już całkiem doszła do siebie, wchodzi do salonu pewnym krokiem. – To jakieś chore! Nikt nic nie zrobi! Wszyscy trzęsą portkami, bo to jakiś pieprzony księciunio!

– Miałaś już nigdy się nie angażować w tego typu działania! – Podenerwowana Aruba macha rękami w stronę przyjaciółki. Sytuacja zaczyna przypominać plac targowy, a panie – awanturujące się przekupki. – Mówiłaś! Zarzekałaś się! Robisz z gęby cholewę, do cholery!

– Za dużo nas kosztowała ta akcja, za dużo ofiar i zdrowia. – Miriam bezwiednie przechodzi na arabski, bo najłatwiej jej się wysłowić właśnie w tym języku. – Jeśli oni się przywlekli do naszego domu, mamy obowiązek ten dom chronić.

– *Sah! Sah! Ja binti*[1]*!* – Dorota dorzuca w *lehdża libija*[2]. – Temu pseudo-Johnowi w osranych gaciach osobiście nakopałabym do dupy!

[1] *Bint* (arabski) – córka; *Ja binti* – Moja córko.
[2] *Lehdża libija* (arabski) – dialekt libijski.

– Mamuś, ty się w to nie wciągaj! – Córka przyskakuje do matki i obejmuje ją czule. – A Hamid tylko odbędzie jeszcze jedną rozmowę – oznajmia, usiłując zapanować nad swoim temperamentem, nieodrodna córunia mamuni. – Jedniusieńką. I na tym koniec. Tak jak mówiłam: wypisujemy się z tego cyrku. Nie angażujemy się w żadne batalie, kampanie, bitwy i potyczki. Nic z tych rzeczy.

– Jaką rozmowę?

– Z kim ta rozmowa?

Ta kwestia nurtuje wszystkich.

– Z tym samym księciuniem, który najpierw się woził… o przepraszam, latał z Darią na zakupy do Dubaju, a teraz wykonał dwa kursy do i z Kataru. Coś nam to śmierdzi.

– Może lepiej nie brnąć dalej w to gówno? – Dorota jednak stopuje siebie i swą pierworodną, bo niepokoi się, że jej ledwo odzyskani najbliżsi znów chcą podjąć niebezpieczną grę, tym razem na najwyższym szczeblu. – Olejmy to, córuniu.

– No nie! Rozmowa jeszcze nikomu nie zaszkodziła. Co może się stać? W królewskim pałacu chyba go nie zamordują?

Na te słowa Fajsal i Muhammad, starzy wyjadacze, tylko spuszczają wzrok, bo to, na co się napatrzyli, również w prestiżowych miejscach, przechodzi ludzkie pojęcie. Fajsal zaraz wspomina cztery córki dystyngowanego, nobliwego i niby dobrodusznego króla Abdullaha, który po ucieczce ich matki przez trzynaście lat więził je właśnie w tym pałacu – głodził, katował, podtruwał i niewolił tak długo, że w końcu wszystkie popełniły zbiorowe samobójstwo

– a przynajmniej miało to tak wyglądać. Ci, którzy zajmowali się sprawą, nigdy by w coś takiego nie uwierzyli, zresztą nie musieli, bo mieli jedynie zatuszować cały ten bajzel. Były minister spraw wewnętrznych zaś pamięta „zamach" na następcę tronu, który sami przygotowali i który, oczywiście nieudany, miał jedynie umożliwić im przeprowadzenie czystek we własnym kraju. Takie i wiele innych ciekawych rzeczy działo się i dzieje w tymże pałacu królewskim, więc pewność Marysi, że Hamid, przekraczając jego próg, będzie bezpieczny, jest całkowicie naiwna, niczym nieuzasadniona i zwyczajnie dziecinna.

– Skąd masz informacje, że to bezpieczne miejsce? – delikatnie indaguje emiracka funkcjonariuszka, nie chcąc urazić patriotów, zwłaszcza dwóch staruszków, swego czasu blisko powiązanych z rządem.

– Dobre pytanie! – Muhammad al-Rida aż się klepie po udach. – Na piątkę!

– Piątkę z plusem! – Fajsal zrywa się na równe nogi, które mocno mu już ścierpły z powodu braku ruchu i dręczącej go choroby wieńcowej. – Zjedzmy coś i napijmy się. Kiedy dołączy do nas nasz bohater Hamid?

– Za chwilę. Właśnie ustala przez telefon termin audiencji. Mam nadzieję, że dowie się, kiedy będzie musiał lecieć do Dżeddy. – Marysia zagryza nerwowo wargi, patrząc na zebranych spod oka. – Na spotkanie w zajebiście bezpiecznym Pałacu Pokoju.

*

Jasem nie chce się wdawać w romanse, bo to nie leży w jego naturze, lecz urokowi tej kobiety nie może się oprzeć. Ciągle sobie powtarza, że nonsensem byłoby wpaść teraz przez tak błahą sprawę jak nielegalne schadzki. Taka głupota jest możliwa wyłącznie w Arabii Saudyjskiej, ale jeśli się tu już żyje i nie chce się mieć kłopotów, nie należy igrać z ogniem. Mężczyzna wspomina, jak ryzykował, flirtując z Darią, a ona, głupia gąska, chyba sobie z tego nawet nie zdawała sprawy. Pomny ekstazy tych chwil, postanawia znów zaryzykować, bo miłość i seks w warunkach ekstremalnego zagrożenia dają mu najwięcej satysfakcji. Cieszy go też fakt, że zagra na nosie temu ważniakowi Musie Kusie, zabawiając się do woli z jego protegowaną. Jasem nie zdaje sobie sprawy, że Libijczycy dla osiągnięcia celu dopuszczą się każdego grzechu, krętactwa, a nawet zbrodni, przeinaczą każdy werset i zasadę z Koranu, bo dla nich świętą księgą była i jest *Zielona książka* Muammara Kaddafiego[1].

Dżamila, będąc wieloletnią kochanką, ale też fanką czy wręcz obsesjonatką pułkownika Kaddafiego, jest również

[1] *Zielona książka* – praca Muammara Kaddafiego, libijskiego przywódcy i polityka; pierwsze wyd. – 1975 r. Przedstawia oryginalną filozofię polityczną Kaddafiego oraz jego poglądy na demokrację. Odrzuca jej nowoczesne, liberalne rozumienie, w zamian proponując demokrację bezpośrednią opartą na komitetach ludowych. Postuluje odrzucenie kapitalizmu i komunizmu – rozwiązaniem ma być trzecia droga, będąca połączeniem arabskiego nacjonalizmu i islamskiego socjalizmu, opartego na zasadach Koranu. *Zielona książka* to podstawy tzw. trzeciej teorii światowej, ustroju islamskiego socjalizmu.

wielbicielką jego teorii i wszystkich treści zawartych w dziele jego życia. Teoria wodza dotycząca kobiety szczególnie przypadła jej do serca i kieruje się nią od piętnastego roku życia, kiedy po raz pierwszy weszła do sypialni libijskiego lidera, mężczyzny starszego od niej o ponad pół wieku. „Zarówno kobieta, jak i mężczyzna bezsprzecznie są istotami ludzkimi, w sposób oczywisty równymi sobie w swym człowieczeństwie. Czynienie różnic co do człowieczeństwa mężczyzny i kobiety jest niesprawiedliwe i bezpodstawne. Kobieta tak samo jak mężczyzna je i pije, tak samo jak mężczyzna kocha i nienawidzi, myśli, uczy się i rozumuje. Kobieta potrzebuje pożywienia, ubrania i środka lokomocji, tak samo jak potrzebuje tego mężczyzna, tak samo jak on odczuwa głód i pragnienie, tak samo żyje i umiera”[1]. To Muammar nauczył ją, że jeśli czegoś pragnie, za wszelką cenę musi dążyć do zdobycia tego, jeśli kogoś kocha, to na zabój, ale jeśli ktoś stanie się jej wrogiem, nie należy szukać w sercu litości dla niego.

– Nie boisz się? – Jasem szepcze do ucha kochanki, prowadząc ją po schodach kamienicy do mieszkania, które wieki temu tu wynajmował, a przyjaciele zachowali je jako niezłą kryjówkę. – Taka z ciebie dzielna dziewczynka? – Dyszy w czarny woal zasłaniający jej apetyczny kark.

– Spokojnie, ogierze. – Dżamila ze śmiechem wyswobadza się z niecierpliwych objęć i przeskakuje po dwa stopnie na górę. – Skąd znasz takie kazamaty? – Zdziwiona, wodzi wzrokiem po pobrudzonej fekaliami posadzce

[1] Tamże.

i zagrzybionych ścianach. – To białas może wynająć takie lokum w Saudi, nie mając wizy pobytowej i *iqamy*? Zadziwiasz mnie!

– Jeszcze niejeden raz cię zadziwię – obiecuje facet, który już nie pamięta, kiedy był tak podniecony. – Jeszcze będziesz płakać i prosić, żebym przestał. – Przyciska ją do drzwi, które w międzyczasie usiłuje otworzyć.

– A może ty będziesz skomlał, żebym dała ci spokój?

– Jutro nie będziesz mogła siedzieć…

– Jutro nie będziesz mógł chodzić…

Kochankowie obiecują sobie nawzajem szalone rozkosze, lecz tak naprawdę ani jedno, ani drugie nie wie, czego się spodziewać. Nie ma w nich jednak obawy, nie ma też pruderyjnego wstydu. Wiedzą, że pragną siebie nawzajem, bez żadnych limitów, bez zahamowań, i dążą do spełnienia bez najmniejszego strachu nawet przed religijnym saudyjskim prawem i policją obyczajową. Dżamila jest szalona, przebojowa i niewiarygodnie uparta, a swoje plany zawsze stara się realizować co do joty, Jasem zaś dąży do celu po trupach.

Musa Kusa nie wspomniał tej dzierlatce, kto tak naprawdę kryje się pod nieciekawą, mdłą fizjonomią, bo jego młoda przynęta mogłaby zrezygnować z romansu, który ma się zakończyć usankcjonowanym prawnie związkiem. Nie jest ona aż tak profesjonalnym graczem i Libijczyk spodziewa się, że nie potrafiłaby udawać cudownej kochanki, a później szczęśliwej żony, zdając sobie sprawę, że mord i sadyzm tkwią w naturze jej wybranka. Przyszły premier zaś potrzebuje tego fundamentalisty, lecz żeby wprowadzić go na arenę polityki libijskiej, musi go powiązać z dobrym libijskim nazwiskiem, połączyć z rodziną, do której naród ma pełne zaufanie, dać mu korzenie. Dlatego Dżamila jest Kusie tak niezbędna w tym układzie. Wytrawny polityk i gracz najwyższego rzędu nie żywi do panny Muntasir żadnych uczuć. Nie obchodzi go, czy zwierzęca, podła natura terrorysty zwycięży i czy zamorduje swoją kochankę lub późniejszą żonę w miłosnym uniesieniu czy napadzie szału, czy oszpeci ją na zawsze. Ważne jest jedynie, by spełnił swoją rolę. Jasem Alzani vel Muhamad Arabi będzie miał za zadanie w białych rękawiczkach unicestwić wszystkich podłych, zboczonych i szalonych fundamentalistów i ortodoksów, którzy po upadku Państwa Islamskiego i kalifatu znaleźli sobie bezpieczne schronienie na terenie targanej niepokojami Libii, a mniej groźnych niedobitków wygnać z niegdyś mlekiem i miodem płynącej Dżamahiriji. Musa Kusa wie, że kiedy jako przynęty użyje się pięknej, gorącej kobiety i dorzuci do tego kąsek w postaci władzy, to nawet najbardziej zaciekły fanatyk bez mrugnięcia wytępi byłych przegranych kompanów, wykorzystując do tego celu wszelkie możliwe koneksje, zarówno prywatne, jak i międzynarodowe.

– Witam jaśnie pana. – Spod wnęki pod schodami niespodziewanie wychyla się stara żebraczka. Przerażona, patrzy w oczy *dżihadiego* Johna, którego tak dobrze pamięta z dawnych lat. – Jak miło, że pan wrócił – wygaduje głupoty, plując sobie w brodę, że w ogóle się odezwała.

– Witaj, matko. – Mężczyzna marszczy brwi i zastanawia się, jakim cudem ta stara wiedźma go rozpoznała. – Jak ci się wiedzie? – Rzuca jej na ziemię parę setek rijali.

Stara jednak stwierdza, że tym razem tak łatwo się nie wykupi. *Trzeba było płacić, jak się tu na schadzki przychodziło z tą piękną i dobrą białą kobietką. Teraz już za późno.* Saudyjska żebraczka postanawia podjąć odpowiednie kroki, zwłaszcza gdy patrzy we wściekłe, podłe i pełne pogardy oczy nowej kochanki dżihadysty. *Dla takich, Bogu dzięki, nie ma już na świecie ani litości, ani strachu, ani miejsca. Teraz takich przyjemniaczków posyła się do piachu.* Kiedy parka znika jej z oczu, pluje pogardliwie na ziemię i szepcze pod nosem najgorsze przekleństwa.

*

Daria nie może spać – ani w dzień, ani w nocy, ani w łóżku, fotelu czy sofie. Ledwo przymknie zmęczone oczy, wracają do niej mary przeszłości, tej odległej i całkiem bliskiej. Zawsze kpiła z mamy, że wierzy w takie bzdury jak duchy czy błąkające się dusze, a po pobycie na Bali, gdzie Dorota mieszkała w nawiedzonej willi, uznała ją za zupełną wariatkę. Teraz na własnej skórze przekonuje się o istnieniu tych wszystkich niewyobrażalnych i niewytłumaczalnych zjawisk. Młoda, ciężko doświadczona przez los kobieta raz po raz skacze na równe nogi, wyrwana z płytkiej drzemki to śpiewem Muniry bądź zachrypniętym głosem Karima, któremu właśnie Jasem obciął głowę. Staje przed nią jak żywy Ibrahim, ojczym jej męża, elegancki profesor, który nisko się jej kłania, z uszanowaniem składając dłonie na piersi. Innym razem wraca do niej scena zarżnięcia dziesięcioletniego chrześcijanina z Rakki, Abdula Rahmana, i rozczłonkowania jego pięknej siostry. Nieraz widzi ich wszystkich w ciemnościach, siedzących na hotelowej kanapie w jej salonie i trzymających się za ręce z błogim uśmiechem zadowolenia na fioletowych, zdeformowanych przez rozkład ustach. Jedyną nieżywą postacią, która jej nie nawiedza, jest Jasmin, druga żona Jasema, którą własnoręcznie ukatrupiła jeszcze w stolicy kalifatu. Tej szelmy zawsze tak nie znosiła, że i teraz bez wahania powtórzyłaby swój czyn. Twarzy pseudostrażników, których zostawił dla jej ochrony troskliwy kalifacki mąż, a których ona zabiła, nawet nie pamięta. Jednakże najczęstszymi gośćmi w jej hotelowym apartamencie albo raczej w jej głowie są nieszczęsny synek Abdul i dobra ciocia Krysia. *Daruszka…* Głos zamordowanej Polki szemrze wraz z wodą płynącą z kranu, szumi w wietrze za oknem, buczy w jarzeniówce na suficie i wylatuje razem z lodowatym powietrzem z klimatyzatora. *Daruszka…* Gdy Daria była mała, niezwykle bawiła ją ta rosyjska wersja jej imienia, raz nawet się posikała ze śmiechu, bo ciocia dodatkowo jeszcze ją łaskotała. Później, w okresie dojrzewania, wściekała się na takie głupie gadanie, a ostatnim razem na dźwięk tego słowa wzruszyła się, co jednak nie pohamowało żądzy mordu, która pojawiła się w sercu skonwertowanej nie tyle na islam, ile na złą drogę kobiety. *Daruszka… Daruszka… Nie musiałaś mnie zabijać… To był twój wybór... Tylko twój...* – Słyszy znajomy głos rozlegający się dookoła, dobiegający z każdego kąta, z każdego ciemnego zakamarka.

Daria trze oczy aż do bólu, zasłania je rękami, nie chcąc niczego już więcej widzieć, zatyka uszy lub trzepie głową. Czasami to pomaga, lecz przeważnie wtedy, gdy zmieni pozycję, gwałtownie wstanie, wybiegnie z pokoju czy weźmie zimny prysznic. Jasema nie ma przy niej już prawie w ogóle, więc kobieta nie znajduje w nikim oparcia. Teraz dopiero sprawdzają się słowa jej wrednego męża, że Daria chce do mamy. Tak, aktualnie może i pragnie tego, lecz sama zamknęła sobie drogę powrotu.

– Może pani wziąć synka i wyjść z nim rano do ogrodu – proponuje z uśmiechem młoda saudyjska doktorka. – Nic nie zastąpi świeżego powietrza – dorzuca opiekuńczo i poklepuje zagubioną matkę po ramieniu.

– Świeżego? – Rozwścieczona Daria budzi się z letargu. – Miesięcznie na Rijad spada pół tony pyłu, który wydobywa się z otaczającej stolicę pustyni, i to niezależnie, czy ma miejsce burza piaskowa, czy nie. Nie rozumiem więc, jak lekarz...

– Tak czy siak, droga pani... – Saudyjka poważnieje. – Na dworze dzięki słońcu jest witamina D, niezbędna do rozwoju dziecięcego organizmu i przeciwdziałająca krzywicy, a przebywanie wśród zieleni poprawia koncentrację i kojąco wpływa na mózg. Komórki, szczególnie mózgowe, kochają tlen. Czerwone krwinki transportują go do każdej części ciała, a anemia może być wynikiem jego niewystarczającej ilości. Niedostateczna ilość tlenu uszczupla naszą żywotność i tłumi metaboliczny ogień, prowadzi do zmęczenia, wyczerpania, anemii i depresji. – Pediatra wygłasza wykład, patrząc pełnym nagany wzrokiem na wyrodną matkę.

– Dobrze, już dobrze! – Daria unosi ręce. – Myślałam po prostu, że jest trochę za gorąco.

– Jesteśmy przygotowani na taką okoliczność. W końcu wiemy, w jakim kraju żyjemy. W wózku jest mały wiatraczek oraz przenośny, poręczny miniklimatyzator.

– No tak. Zapomniałam, że to Saudia. – Pół-Polka uśmiecha się przepraszająco, z niedowierzaniem kręcąc na boki głową. – Tutaj wszystko jest możliwe. Nawet klimatyzator w dziecięcym wózku!

Ostatecznie maluch zostaje przygotowany do pierwszego w swoim samodzielnym życiu spaceru.

– Nie musi pani tak szczelnie zakrywać twarzy. – Młoda Saudyjka zalicza się do wyemancypowanych kobiet i z dezaprobatą patrzy, jak Arabka zawiązuje hidżab. – Na terenie tego szpitala od lat nie pojawił się żaden *mutawwa*. Aktualnie my, wahabitki, nawet na mieście przestałyśmy się okrywać czernią od stóp do głów. Teraz tłumaczy się to kwestią bezpieczeństwa narodowego, bo nigdy nie wiadomo, kto się skrywa pod kwefem. Może to być zarówno kobieta, jak i mężczyzna, uczciwy obywatel lub ścigany morderca.

Darii na te słowa serce staje, bo właśnie ona – zabójczyni i żona dżihadysty – jest takim zagrożeniem dla porządku publicznego.

– Czuję się bardziej komfortowo z zasłoniętą twarzą. – Jeszcze tydzień temu jej słowa uchodziłyby za wierutne kłamstwo, lecz teraz, po zabiciu Krysi, jest to szczera prawda. Kobieta czuje się nie tyle swobodnie, ile bezpiecznie.

– Z jakiego kraju pani pochodzi? – docieka doktorka, która była przekonana, że tylko w jej ojczyźnie panuje taka dyskryminacja kobiet. – Z Jemenu, Algierii... – Nagle marszczy brwi. – A może z Syrii lub Iraku? – *Z kalifatu*, dorzuca w duchu i z przerażenia cofa się o krok, bo nie może sobie przypomnieć, jakie miejsce urodzenia widnieje w karcie dziecka.

– Zasłona mi nie przeszkadza. Przywykłam. – Daria kończy dyskusję, odwracając się od wścibskiej Saudyjki i tym samym oznajmiając, że jest gotowa do wyjścia.

Lekarka pokazuje Darii drogę na zewnątrz przez plątaninę korytarzy i ciąg wind. Zaraz na tyłach oddziału znajduje się całkiem spory ogród. Wystarczy zejść z szerokiego trotuaru biegnącego dookoła wielopiętrowego gmachu i wkroczyć na węższy, ale również wygodny chodnik, który wiedzie prosto do zieleńca i wprowadza odwiedzających wprost do cudownej oazy spokoju.

Jest piękna wiosenna pogoda, słońce delikatnie przygrzewa, a lazurowe niebo jest krystalicznie czyste. W powietrzu unosi się zapach ziemi i kwitnących kwiatów. Mały Ahmed po raz pierwszy w życiu znajduje się na świeżym powietrzu i jak króliczek porusza noskiem, wąchając zupełnie nowy aromat. W końcu nie jest to odór leków, maści, chloru i odchodów, tak typowy dla wszystkich szpitali – teraz jego zmysł powonienia pieszczą jaśmin, hibiskus i róża.

Daria, nieco zagubiona, kątem oka widzi nietypową scenkę. W rogu budynku, tam gdzie znajduje się popielniczka, stoi saudyjski mężczyzna w białej tobie i *ghutrze*, a obok niego kobieta w abai i luźno zarzuconej na głowę czarnej chuście. Jej niezasłoniętej twarzy pół-Polka nie widzi, stoi ona bowiem odwrócona do niej plecami. Wydawałoby się, że to nic niezwykłego – znajomi, koledzy z pracy, małżonkowie czy kochankowie wyszli na papierosa, lecz w Saudii za taki śmiały czyn para albo przynajmniej sama niewiasta powinna podlegać karze. Takie jest prawo szariatu. *Czyżby rzeczywiście postęp dotarł i tutaj? Czyżby Saudia postanowiła się unowocześnić?* Postanawia jednak nie zawracać sobie tym głowy, bo dzień jest cudny, świat taki piękny, a jej synek szczęśliwy, więc szybko zmierza do zagajnika.

Po obu stronach sporego prostokątnego ogródka znajdują się łukowate podcienie, jakby krużganki wykonane z giętkich stelaży, po których pną się bluszcze oraz bugenwille, ściśle odgradzając to miejsce od otaczającego je medycznego miasta. W przejściach panuje przyjemny cień, w wykuszach ustawiono kamienne lub marmurowe ławki i stoły, a na każdym zakręcie – mniejsze lub większe fontanny. Arabowie od wieków korzystali z naturalnego systemu wentylacji, więc doskonale wiedzą, jak to działa. Dlatego też wcale nie jest tu gorąco, a ciała przybyłych chłodzi miły wiaterek. Za kolejnym łukiem Ahmed wypatrzył plac zabaw dla dzieci i chyba podświadomie czuje, że to miejsce jest przeznaczone dla niego.

– Mama! Tam! Mama! Tu! – woła, wyciągając pulchne rączki.

Daria z lękiem przybliża do niego twarz, znów wypatrując zmasakrowanej buźki Abdula, lecz dziś, tu i teraz, wszystkie mary pierzchły. Kobieta oddycha z ulgą, uśmiecha się i beztrosko odrzuca czarny materiał zasłaniający jej twarz na tył głowy. Potem bierze synka na ręce, wtula się w niego i wciąga w nozdrza jego cudowny, niemowlęcy zapach.

– Teraz już naprawdę wszystko będzie dobrze – obiecuje, patrząc w czarne oczka, z których płynie bezwzględna i szczera miłość do rodzicielki. W tej chwili całe zło, które kiedyś w nich widziała, Daria składa na karb swojego obłędu. – Niedługo stąd wyjedziemy i zapomnimy o wszystkim. Może w końcu osiądziemy w jakimś normalnym, europejskim kraju i odczepimy się od tych przeklętych Arabów. – Nie wyciąga żadnych wniosków z czynów swego męża, który aktualnie znów występuje jako Arab i załatwił dla swojej rodziny kolejne fałszywe, ale arabskie paszporty. – Będzie dobrze. Twój tata na pewno nas z tego wyciągnie. Idziemy na zjeżdżalnię? – śmieje się pogodnie, a synek wtóruje jej perlistym głosikiem.

Matka i dziecko bawią się dobre dwie godziny. Daria jest tak bezgranicznie zauroczona pięknym i mądrym synkiem, że prawie nie odrywa od niego wzroku, ekscytuje się jego bliskością i możliwością kontaktu z nim. W końcu jednak zauważa, że maluch ma już dość. Poi go chłodną wodą i żwawym krokiem zmierza do szpitala. Nie ma ochoty tam wracać, lecz wie, że musi. *Jeszcze trochę*, obiecuje sobie. *Jeszcze trochę trzeba wytrzymać w tym kolejnym pierdlu, a potem ruszamy w świat*. Daje sobie nadzieję, starając się podbudować na duchu. W ogóle nie bierze pod uwagę szansy, którą dostała od Jasema, możliwości powrotu do domu i rodziny oraz poprzedniego życia. Śmierć lub raczej zabójstwo Krysi było już ostatnim krokiem w przepaść, który Daria osobiście wykonała. Nie przechodzi jej przez myśl, że mogłaby całą winę zrzucić na swojego męża dżihadystę, umyć od tego ręce i udawać niewiniątko, w co wszyscy niechybnie by uwierzyli. Ona po prostu nie widzi takiej drogi, a zwykłe, normalne życie z praworządną familią byłoby dla niej nie tyle nudne, ile depresyjne, przybijające i puste.

Kiedy już ma opuścić chłodne zacisze ogrodu, znów natyka się na nietypową sytuację. *Czyżby to ta sama parka, co uprzednio? Czyżby…* Niewidzialna dłoń ściska Darię za gardło. Jakaś blondyna wychodzi tylnym wyjściem z budynku szpitala, czule całując się z mężczyzną w lekarskim fartuchu. Facet jest Arabem, Saudyjczykiem. A kobieta jest jej matką. Daria chce do niej podbiec, rzucić się jej w objęcia, ale niewidzialne więzy krępują jej ruchy, a dziwna siła pcha w cień zagajnika.

– Aszraf, chodź jeszcze na słówko. – Rozbawiona Polka ciągnie kochanka do chruśniaka. Para kieruje swe kroki do pierwszej z brzegu arkady z niemal całkowicie zarośniętym wykuszem. – Jeszcze raz musimy powtórzyć, co robimy z tym fantem. Co dalej?

– Kochanie, łamiemy wszystkie reguły. – Mężczyzna śmieje się gardłowo, z niedowierzaniem kręcąc głową. – To jest Królestwo Arabii Saudyjskiej. Ortodoksyjny wahabicki kraj, rządzący się od wieków średniowiecznym prawem szariatu. W końcu nas złapią, bo tu nadal ściany mają uszy i oczy. – Wzdycha tak ciężko, że z daleka słychać świst. – Musimy coś zmienić… Musimy coś z tym zrobić…

– Daj spokój z tymi głupotami! Zajmiemy się tym później. Teraz mamy ważniejsze sprawy na głowie – przerywa mu kochanka. – Jak ten nierozważny Hamid nie boi się jechać do Dżeddy i spotykać z jakimś pokręconym księciuniem w królewskim pałacu? – Mówi już po arabsku jak w swoim rodzimym języku, co oczarowuje Aszrafa, pomimo że na twarzy kobiety maluje się wściekłość. – To niebezpieczne! Oni wszyscy to banda pojebów!

– Niebezpieczne jest to, co mówisz. W Saudi za takie bluźnierstwo można stracić głowę. – Mężczyzna najchętniej zatkałby jej usta. – Szkoda byłoby takiej pięknej główki, no nie?

– Dobrze, masz rację. Jak zawsze, cholera jasna, masz rację. – Dorota rozgląda się niepewnie, ale przez gęste krzaki nie widzi swojej córki, Darii, która cicho przycupnęła po drugiej stronie, oddzielona od kochanków jedynie grubą ścianą z pnączy i liści. – Teraz musimy myśleć o naszym dzielnym, ale schorowanym Hamidzie, a nie o tych tam świętojebliwych jaśnie nam panujących. A on chce tragicznie głupio postąpić. Mądry facet całkowicie zgłupiał. Trzeba go powstrzymać, bo to wszystko może się źle skończyć. Po co mu tam chodzić? Po co czegokolwiek się dowiadywać? Ta gówniara Daria nie jest tego warta!

– Lepiej się nie wtrącać, Dora. I tak nic nie jesteś w stanie zmienić. – Aszraf uspokajająco gładzi kochankę po ręce, a siedząca w ukryciu córka wstrzymuje oddech, słysząc słowa krytyki z ust rodzicielki, której głosu nie słyszała od lat. – Binladen to dorosły mężczyzna i nie da sobą dyrygować. Postanowił zamknąć tę sprawę i koniec. To stanowczy człowiek. Nie pozwoli sobie w kaszę dmuchać, nawet tym na samej górze. Trochę go to kosztowało…

– Nie tylko jego. Wybryk tej smarkatej egoistki wiele osób kosztował życie, zdrowie i honor. Kto jak kto, ale ona, Polka, wychowana w normalnym, porządnym, chrześcijańskim domu, mogła sobie odpuścić to zawszone dżihadystyczne towarzystwo.

Słysząc to, Daria dziękuje Bogu, że jednak nie skusiła się na powrót do mamusi. Wysłuchiwałaby takich, o ile nie gorszych, kalumnii dzień w dzień, na dzień dobry i na dobranoc. I nie tylko tak subtelnych, i nie tylko od własnej rodziny. Wszyscy obrzucaliby ją błotem.

– Musisz pamiętać, kochanie – tłumaczy cierpliwie mężczyzna – że ta dziewczyna nieświadomie zakochała się w mordercy, sadyście i kacie. Nie znalazła się w kalifacie z własnej woli, nie opowiedziała się za tą chorą ideą, nie jest poplecznicką fundamentalizmu. Została omotana, uwięziona i zhańbiona. Nie mów takich głupot w złości, bo potem będziesz tego żałować.

Ale cudowny facet, ciężko doświadczona Daria roztkliwia się nad poczciwością nieznajomego. *Moja matka to ma szczęście! Oby go nie zmarnowała! Oby nie spieprzyła! Bądźcie szczęśliwi, niech się wam darzy, a mnie niech jedynie omijają wątpliwe atrakcje. Los już dawno się ode mnie odwrócił. Niczego niezwykłego już nie pragnę, byleby gorzej nie było. Zaszyć się w jakiejś norze na końcu świata i wegetować.* Żona dżihadysty aż do bólu zaciska szczęki i wbija paznokcie w dłonie.

– Teraz wszyscy będziecie ją usprawiedliwiać jakimiś syndromami… medycznymi bzdurami, ale prawda jest taka, że przez nią ten cały John, czy jak go zwał, zabił naszego swojaka, a twojego przyjaciela Karima, wmotała się we wszystko Bogu ducha winna Saudyjka, młodziutka lekarka Afra, którą również załatwili, funkcjonariuszka Aruba, baba z wielkimi jajami, straciła męża, Hamid został otruty i teraz ledwo żyje, a Marysia nie dość, że otruta, to jeszcze pohańbiona, wielokrotnie zgwałcona i zapłodniona przez jakiegoś skurwysyna… – Dorocie aż zasycha w gardle. – A wszystkie te ofiary, które zginęły po drodze, którą pokonali Marysia i Hamid, chcąc uratować tę cholerną upartą impertynentkę, arogantkę, wichrzycielkę i anarchistkę, wyciągnąć ją z gówna, w które na własne życzenie wdepnęła? Bezimienne, nieznane nam bohaterskie jazydki, w tym kultowa pieśniarka, Kurdyjki żołnierki, które nauczyły moją pierworodną zabijać! W piach poszła cała chrześcijańska rodzina syryjskich mleczarzy, matka, ojciec, siostry, brat… Wszystko to przez jeden wybryk mojej najmłodszej córuni, a potem wszyscy robili dosłownie rzeczy niemożliwe, by ją wydostać z kalifatu.

– Sama widzisz, zbyt wielu poświęciło dla tej sprawy największy dar od Boga – swoje życie – żeby teraz machnąć na to ręką. Hamid chce tylko pomóc w złapaniu *dżihadiego* Johna. A całkiem możliwe, że mamy już tego gagatka u siebie.

– Czyli nic się nie zmieniło, bo on od lat próbuje go przyskrzynić, a Marysia go do tego zagrzewa i oczywiście musi mu przy tym asystować.

– Maryszija... – powtarza zabawnie Saudyjczyk.

– Tak. Miriam powiedziała, że chciałaby osobiście wystrzelać swą siostrzyczkę po pysku! I wcale jej się nie dziwię.

– Mówiłaś, że twoja pierworodna jest na wskroś arabska, ale teraz się zastanawiam, czy to czasem nie polski temperament, bo ty też, moja kochana, jesteś krewką osóbką.

– Daj spokój!

Rozmowa milknie. Uszu Darii dobiegają już tylko ciężkie oddechy.

Chłonąc wszystkie te szokujące nowiny, dziewczyna zamiera w półmroku. Zmęczony Ahmed śpi, więc matka ma czas na przemyślenia. Zastanawia się, czy gdyby stanęła twarzą w twarz ze swoją rodziną, Dorota tak by się na nią wściekała, a Marysia pobiła, uczciwy Hamid zaś zamordowałby gołymi rękami jej męża. Kiedyś za nic by w to nie uwierzyła, bo jej familia to był jej największy skarb i wszyscy stali za sobą murem, ale spaczone postrzeganie rzeczywistości i fałszywa ocena świata po latach spędzonych wśród zbrodniarzy i dewiantów, wśród krwi i sadyzmu, studzą jej serce i przyczyniają się do wyciągnięcia całkiem fałszywych wniosków. *Oni mnie nienawidzą!*, podsumowuje, nie patrząc na poświęcenie i podejmowane ryzyko w celu jej oswobodzenia. *Wszystko mają mi za złe! Uważają za jakąś wywłokę. Wszystkiemu jestem winna ja! Za wszystko ja odpowiadam! Co za dranie!*

– Darin! Darin! Gdzie jesteś? – Nagle słyszy zniecierpliwiony głos swojego męża. – Nie za gorąco na dworze?

Daria zrywa się z nadzieją, że tajemnych kochanków nie widać z zewnętrznej strony ogrodu, bo nie chciałaby, żeby Jasem postanowił ich wyeliminować.

– *Lahza*[1]*!* – odkrzykuje po arabsku, bo ten język tak zmienia tembr głosu, że matka na pewno go nie rozpozna. – *Ana maszi*[2]*!*

Młoda kobieta, cała w czerni, z zasłoniętą twarzą, wbijając wzrok w ziemię, szybkim krokiem wchodzi do budynku kliniki. Słowa matki i oskarżenia pod jej adresem jeszcze długo dźwięczą jej w uszach. Teraz wie już na pewno, że podjęła dobrą decyzję, nie tylko nie wracając do swej familii, lecz nawet uśmiercając przyszywaną ciotkę. Od tej chwili wszystkie mary i strachy znikają. Daria jeszcze nigdy tak twardo nie stała na nogach. Czuje się z tym bardzo dobrze, bo w końcu przestaje się wahać i nie czuje bólu w rozdartym sercu. Aktualnie ma przed sobą tylko jedną drogę – i na pewno z niej nie zboczy.

1 *Lahza* (arabski) – Zaraz, za chwilę.
2 *Ana maszi* (arabski) – Idę.

Zaciskająca się pętla

Anwar al-Saud? Tutaj Hamid Binladen. – Saudyjczyk w końcu wykonuje trudny telefon. – Chciałbym się z panem spotkać.

– W jakim celu? Kto panu dał mój prywatny numer? Jak pan śmie?! – Książę od razu atakuje intruza, zwłaszcza że wie, z kim ma do czynienia.

– Jak mocno wspiera pan dżihadystów, a zwłaszcza *dżihadiego* Johna vel Jasema Alzaniego? – Binladen wali prosto z mostu, a kiedy rozmówca nie odpowiada, dodaje: – Zapraszam do mnie jeszcze dziś o czternastej. Na pewno wie pan, gdzie pracuję.

– Jeśli w ogóle mam się z panem spotkać, to w letnim pałacu w Dżeddzie – informuje oburzony książę. – Taki jest protokół, taka procedura.

– Nie! Spotkamy się w biurze służb specjalnych królestwa. Adres pan zna.

– To karygodne! Za krótkie ma pan nogi, przyjacielu, żeby mi rozkazywać i zwracać się do mnie tak bezczelnym tonem.

– Czy mam załatwić nakaz u króla, pana wuja? – pyta ozięble Hamid.

Po drugiej stronie słychać ciężki, zniecierpliwiony oddech.

– Miejsce naszego spotkania to Pałac Pokoju w Dżeddzie, gdzie rodzina królewska urzęduje w miesiącach letnich. Jak pan widzi, nie odmawiam, bo gdzież bym śmiał odmówić takim służbom cokolwiek – pokpiwa już spokojnym tonem mężczyzna, choć serce w nim drży. – Król Salman odbywa podróż państwową do Moskwy, więc nie ma co mu dupy zawracać – stwierdza kolokwialnie. – A jego synek, koronowany książę Muhammad ibn Salman al-Saud, jest aktualnie na chłopcach w Londynie, więc też ci nie pomoże.

– Niech i tak będzie.

– Musi być.

– Termin i godzinę ustali moje biuro z królewskim protokołem dyplomatycznym, lecz radziłbym nie zwlekać. – Hamid zdaje sobie sprawę, że Anwar ma rację. Nic tu nie wskóra ani wrzaskiem, ani błaganiem.

– Dolecisz na dzisiaj z Rijadu? Audiencje są do godziny siedemnastej.

– Ja nie potrzebuję żadnej audiencji!

– Przesłuchiwać mnie nie masz prawa, więc nazwijmy to kurtuazyjnie audiencją. A o co tak w ogóle chodzi?

Mężczyźni to mówią sobie na pan, to na ty i sami już się gubią, czy są wrogami czy sprzymierzeńcami, czy współpracują czy się zwalczają.

– Chciałbym zadać tylko jedno krótkie pytanie.

– Tak? – Książę pospiesza, ale doskonale zdaje sobie sprawę z tematu inwigilacji. Wywiadowi już udzielił oficjalnej odpowiedzi, lecz niczego ona nie wyjaśniła. Ten arogant i pyszałek jednak nie odpuści i chce więcej, bo musi poznać całą prawdę, a nie tylko jej okrojoną wersję.

– Kto korzystał z pana prywatnego samolotu odrzutowego na trasie z Dohy w Katarze do Rijadu w Królestwie Arabii Saudyjskiej?

– Oświadczyłem już, że dwa razy mój odrzutowiec kursował na tej linii. Co jeszcze…

– Kto nim leciał? Pan? A może znów jaśnie pan książę przefrunął się z Darią Nowicką vel Darin Salimi vel Darin Alzani vel Darina O'Sullivan vel…

– Przeginasz, kolego! Nawet agentowi i człowiekowi, którego szanuję i cenię, nie pozwolę na taką bezczelność. – Anwar pragnie rzucić słuchawką, lecz zdaje sobie sprawę, że w ten sposób przyznałby się do stawianych mu zarzutów. Dlatego wykazuje się dyplomacją, którą wpajano mu od dziecka. – To są tematy na szyfrowane połączenie albo rozmowę w cztery oczy. Rodzina królewska ma pewne plany, w które nikogo nie wtajemnicza, ale jeśli nalegasz, osobiście cię z nimi zapoznam. – Robi krótką przerwę, licząc na jakieś nieistotne pytania ze strony interlokutora, ale po drugiej stronie panuje cisza. Hamid jest dojrzałym, zaprawionym w boju graczem i nie ułatwi życia swojemu podejrzanemu. – Oczekuję pana w pałacu. Żegnam.

Roztrzęsiony Anwar wychodzi ze swojego gabinetu, po drodze całuje dzieci, a następnie udaje się do rezydencji swej drugiej żony. Nie wie, co ma robić. W głowie ma mętlik. Od samego początku nie miał zamiaru pomagać dżihadyście, którego całym sercem potępia i nienawidzi, ale pragnął uratować jego niewinną żonę. Uznał, że kiedy będzie miał tego złoczyńcę na wyciągnięcie ręki, z łatwością przyskrzyni go na swoim terenie, w kraju, gdzie za popełnione zbrodnie czeka go najwyższy wymiar kary, wykonany przez symboliczne ścięcie. Teraz jednak sytuacja się skomplikowała – już nie tyle Jasem ciągnie za sobą Darię, ile Daria sama pobrudziła sobie ręce, już nie w kalifacie, gdzie nikt nie był bez winy, ale w praworządnym i bardzo restrykcyjnym kraju. *Czemu ta kretynka zabiła Bogu ducha winną Polkę, wieloletnią rezydentkę w Arabii, którą mnóstwo ludzi znało i kochało? Jak mogła? Po co?* Pomimo zauroczenia kobietą Anwar nie jest w stanie jej zrozumieć. *Na dokładkę wszędzie zostawiła odciski palców, nie tylko na szklance, którą zabrała i wyrzuciła do najbliższego kosza na śmieci. Może to Jasem usiłuje ją wrobić?*, zaślepiony miłością szuka jednak usprawiedliwienia dla winowajczyni. *Podpuszcza, daje broń do ręki? Bo przecież skąd wzięłaby radioaktywny polon wymieszany z arszenikiem? Ewidentnie chce ją pogrążyć! Tak jak mnie wieki temu wrobił w zabójstwo prostytutki w Londynie. Ale przez wszystkie jego przebiegłe gierki znów ja mogę beknąć! Niech to szlag!*

*

Hamid postanawia jeszcze przed wylotem wpaść do szpitala na codzienną fizjoterapię. Bilet kupił dopiero na wieczorny samolot, a spotkanie z księciem zostało wyznaczone na dzień jutrzejszy, po głównej modlitwie. Nie musi się więc spieszyć. Wie, że jego teściowa Dorota jest tu dość częstym gościem, i to nie ze względu na chorobę systemu autoimmunologicznego, lecz na kolejny romans, który nawet Hamid, krytycznie nastawiony do jej sercowych poczynań, uznał za prawdziwą miłość. Aszrafa od zawsze bardzo lubił i cenił, więc życzy tym dwojgu, żeby im się ułożyło. Łukasz zupełnie wypisał się z ich familii – nie miał nawet ochoty uczestniczyć w spotkaniu wydanym z okazji ich szczęśliwego powrotu do Rijadu. Nikt ani słowem nie wspomina o Syrii, kalifacie, Rakce, obozie dla uchodźców w Zaatari, wszyscy udają, jakby tego okresu w życiu Binladenów nie było. W związku z zaistniałą sytuacją Dorota będzie musiała się przeprowadzić do najstarszej córki i zięcia, ale nikomu to nie będzie przeszkadzało, a wnuki wręcz nie mogą się doczekać. Przecież babcia godnie im matkowała przez ponad rok nieobecności rodziców i świetnie się spisała. Aszraf coraz częściej rozmawia o przyszłości swojej i Doroty z jej zięciem, bo ta kobieta jest tak roztrzepana, że na święte nigdy się tego nie załatwi. Zresztą nie jest to żadnym wykroczeniem czy uchybieniem, bo po jej odejściu od męża właśnie Hamid sprawuje pieczę nad teściową.

Rekonwalescent ma tyle na głowie, że sam nie wie, kiedy kończy wszystkie ćwiczenia. Potem jeszcze przez prawie godzinę pływa w szpitalnym basenie, po którym zalicza saunę. Na koniec postanawia się poddać sportowemu masażowi w części SPA dla relaksacji i psychicznej odbudowy. Jest bardzo zadowolony – regeneracja jego organizmu w zadziwiający sposób przyspieszyła, a o depresji już całkiem zapomniał. Wszystko się poprawiło, od kiedy Marysia szczęśliwie wróciła do domu. Bez tej kobiety nie potrafi i nie chce żyć.

Kiedy już odprężony i wyluzowany zmierza do głównego wyjścia, gubi drogę w plątaninie korytarzy i trafia do całkiem innego skrzydła szpitala, gdzie znajduje się oddział dziecięcy. *Stąd jest już całkiem blisko do Aszrafa*, myśli. *Odwiedzę go.*

– *Afłan*[1]. – Jakiś nieciekawy typ w galabii, klapkach i z chmarą kędzierzawych włosów niechcący wpada na Hamida.

– *Malesz*[2] – odpowiada automatycznie Saudyjczyk, podnosząc wzrok na indywiduum.

Nieznajomy, spoglądając w oczy Hamida, ściąga brwi, a na jego twarzy maluje się panika. Nie jest to bynajmniej wyraz świadczący o zniecierpliwieniu czy dezaprobacie nieuważnego przechodnia, lecz autentyczny strach, który po ułamku sekundy znika i znów jego fizys zmienia się w maskę bez wyrazu. Mijają się szybko i każdy idzie w swoją stronę. Jednakże coś Hamida zastanawia, więc po paru krokach przystaje, ogląda się za siebie, bacznie lustruje idącego, po czym znów rusza w swoim kierunku.

– *As-salamu alejkum.* – Hamid wita się tradycyjnie, a doktor ciepło się do niego uśmiecha, wskazując miejsce na wygodnej sofie.

1 *Afłan* (arabski) – Przepraszam.
2 *Malesz* (arabski) – Nic nie szkodzi, nie ma sprawy.

– *Alejkum as-salam.* – Aszraf stawia przed mężczyzną kryształową karafkę z wodą i szklankę, bo widzi pot perlący się na jego czole. – Co ty tu jeszcze robisz? Przecież za chwilę lecisz do Dżeddy? Nie szykujesz się?

– Tutaj mężczyźnie łatwo się spakować. Bierze dwie albo cztery toby i tyle. – Saudyjczyk kpi z narodowego ubioru, który poniekąd przypomina umundurowanie. – Nie ma kłopotu z dobieraniem koszul i krawata do garnituru, nie mówiąc już o rękawiczkach czy palcie.

– Wszyscy się niepokoimy tym twoim spotkaniem. – Aszraf zmienia ton. – Nie wiem, czy twoje panie już ci wspominały…

– Tak, szczególnie jedna pani. – Uśmiecha się szeroko, bo uszczęśliwia go fakt posiadania rodziny, a nawet gderliwej i znerwicowanej teściowej. – Taka blond trajkotka.

– Dora się martwi…

– Wiem.

– Układa scenariusze…

– W jej stylu.

– Chce pomóc, a nie tylko się wtrącać.

– Rozumiem. Nie przejmuj się, znam ją od lat. – Hamid śmieje się z zagubienia starszego kolegi.

– Jesteś bardzo cierpliwym i nowoczesnym facetem. Tak jak wielokrotnie mówiła Dorota, która zresztą cię uwielbia. – Aszraf dopiero zdobywa szlify w tej zwariowanej rodzince i czuje się nieco oszołomiony. – Teraz już widzę, jak to wszystko wygląda, i przyznaję jej w stu dziesięciu procentach rację. Nie wiem, czy sam pozwoliłbym sobie na coś takiego. Czybym sobie poradził, zdzierżył…

– Nie gadaj! Jesteś idealny do roli pantoflarza. Wszystkie argumenty Doroty obaj znamy i są one słuszne, a ja nie jestem żadnym męskim szowinistą, żebym nie umiał przyznać racji kobiecie.

– Cóż, towarzystwo damskie ci służy, a rodzina dosłownie cię uleczyła, bo widzę, że już chodzisz bez laski. – Doktor przechodzi na swoje bezpieczne, medyczne poletko. – To na pewno się ucieszysz...

– Że wszyscy razem polecimy do Dżeddy? – kończy domyślny mężczyzna.

– Właśnie. Dorota przekonała nawet mojego ojca, żeby asystował ci podczas wizyty w pałacu.

– Co? Ten dziadunio? Jak niby ma mnie wesprzeć?

– Swoim autorytetem i pozycją. On nadal ma takie układy w królestwie i w służbach wywiadowczych na całym świecie, że nie tylko u nas trzęsą przed nim portkami. Interpol, CIA i MI6 nadal utrzymują z nim kontakty. Ponoć jest zarąbistym specjalistą od terroryzmu, personalnych transformacji, „śpiochów", a przede wszystkim od kształtowania światowej polityki. Wie, gdzie uderzyć na Arktyce, żeby u nas wypłynęła ropa – dorzuca żartem. – Zobaczysz, jak książę Anwar na niego zareaguje – wpadnie pod stół.

– Dla tego obrazka zgadzam się tam pójść z twoim staruszkiem. Wiem, kim był, bo współpracowaliśmy całe lata. Tyle że ja potem wycofałem się na dość długi czas z aktywnej działalności w branży szpiegowskiej. Myślałem, że on też przeszedł na zasłużoną emeryturę.

– Teraz podobno robi to hobbystycznie, bo praca była dla niego wszystkim, więc żadnego innego hobby nie miał. – Syn uśmiecha się dobrotliwie. – Ja to nawet nie chcę pytać o tę waszą robotę. Bab się boję, a co dopiero wściekłych terrorystów czy morderczych dewiantów. Jestem typowym mięsem armatnim, tym, którego porywacze zabijają jako pierwszego, i tym, który w kryminale pierwszy ginie. Taki typ do odstrzału – szczerze kpi ze swojego pacyfistycznego nastawienia do życia.

– Głupoty gadasz. – Nagle, nie wiedzieć czemu, Hamidowi staje przed oczami twarz nieznajomego mężczyzny, który staranował go na korytarzu. – Musisz tylko uporządkować swoje sprawy osobiste i będzie okej – mówi, choć myślami jest już zupełnie gdzie indziej.

– Ależ ja chcę, tylko Dorota teraz cały czas o was gada, wami się przejmuje, o was myśli... Hej, dobrze się czujesz? – Lekarz patrzy na swojego przyjaciela, który gwałtownie pobladł.

– Tak... – Hamid duchem jakby uleciał z tego miejsca. – Wszystko skurwysyn zmienił, ale tego się nie dało...

– O czym ty mówisz?

– Kiedyś miał myszkę na powiece w okolicy brwi, dość sporą, ciemną, nie do ukrycia, chyba że pod turbanem, ale też trudno. Łatwe znamię do usunięcia. Ale też mały znak szczególny. W brązowej tęczówce lewego oka, w samym kąciku, miał jaśniejszy, bursztynowy punkcik. To już ciężko wypalić, wyrżnąć, wyciąć, wywabić...

– Co się dzieje. Hamid? Dobrze się masz? – Aszraf dotyka zimnej, spoconej ręki przyjaciela.

– Kto trzyma wasze bilety do Dżeddy? Dorota?

– Tak. Jeszcze jest czas do odlotu. Nie denerwuj się. Ja tylko żartowałem…

– Nie! Nie ma czasu! – wykrzykuje, chcąc usunąć tego dobrego człowieka z kliniki, która w tej chwili stała się jednym z najniebezpieczniejszych miejsc w Saudi. – Zaprowadzę cię do samochodu! – Hamid zastanawia się przez chwilę. Przypomina sobie, co obiecał Marysi i co ona obiecała jemu. Już nigdy więcej… Nigdy więcej ryzyka, nigdy więcej bohaterstwa, nigdy więcej poświęcenia. Nie zbawią tego świata, żyją dla siebie i swej miłości, a cała reszta nie jest ważna. – Jedziemy razem. Chodź, kumie. – Stara się uśmiechnąć, ale jakoś dziwnie mu to wychodzi.

– Powiesz mi, co jest grane? – Aszraf zaczyna panikować.

– A ty mi powiesz, czy masz tu jakąś broń?

Al-Rida już nie indaguje. Wchodzi do minikuchenki, przyległej do jego gabinetu, otwiera drewniany kredens, odsuwa na bok porcelanę i sięga do kodowanego zamka w ścianie. Kiedy go odblokowuje, wsadza rękę do środka sejfu i wyciąga glocka wraz z zapasowym magazynkiem.

– Może być? – pyta przez zaciśnięte ze strachu gardło.

– Tak. A teraz szybko, do twojego auta. Ale jakimś bocznym przejściem.

– Czyś ty oszalał? Nie da rady! – Doktor jest oburzony. – Mam jeszcze wieczorny obchód, parę osób muszę przebadać, ustawić terapię pod moją nieobecność…

– A masz w planie też sekcję zwłok lub pogrzeb? – Hamid chwyta krnąbrnego kumpla za lekarski kitel. – Będzie tego! Nikt z naszej rodziny i przyjaciół już nie zginie ani nie zostanie pokrzywdzony przez tego skurwysyna! Nikt!

– Co ci się stało? Mówże wreszcie jak człowiek! Czyżbyś spotkał… – W końcu Aszraf się domyśla: spełnił się czarny scenariusz ułożony przez jego mądrą partnerkę. Dżihadysta jest tutaj.

– Bierz nogi za pas, doktorku, i zapakuj swoją poczciwą dupę do jakiegokolwiek środka lokomocji. Potem, kiedy już będziemy daleko stąd, wszystkiego się dowiesz.

Mężczyźni wybiegają z budynku tylnym wyjściem – tym samym, z którego korzysta Daria, udając się do parku ze swoim synkiem – i wsiadają do meleksa, którym pracownicy szpitala poruszają się na terenie medycznego miasteczka. Stąd do części mieszkalnej jest już żabi skok. Hamid liczy na to, że Jasem nie rozpracował ich powiązań i że Aszraf nadal jest bezpieczny.

– Jakie masz auta? – sonduje, widząc podwójny garaż przy willi.

– Bentleya i toyotę prado.

– Och, bentley! – Natura mężczyzny jest silniejsza od strachu i odpowiedzialności. Hamid już chciałby się rozsiąść we wspaniałym wyścigowym autku, ale szybko zwalcza zachciankę i wybiera solidny wóz z napędem na cztery koła. – Innym razem przewieziesz mnie tym cackiem. – Pokazując na motoryzacyjne cudo, klepie doktora w ramię, a ten uśmiecha się z dumą.

– Czasu na pakowanie oczywiście brak? – pyta retorycznie lekarz, ale zgodnie ze swoimi przewidywaniami nie doczekuje się odpowiedzi.

– Jakim jesteś kierowcą? – głupio sonduje Binladen, bo przecież każdy facet odpowie, że wspaniałym.

– Normalnym, ale jak trzeba, to potrafię docisnąć.

Kiedy mężczyźni opuszczają teren Szpitala Gwardii Narodowej, zaczyna zapadać zmierzch i zewsząd rozlega się *azan*[1]. Z wież minaretów muezin wzywa na wieczorną modlitwę *salat*[2], ale uciekinierom ani to w głowie.

– Jak się masz, Aruba? Już na lotnisku? – Hamid wykonuje pierwszy telefon.

– Dobrze, że dzwonisz. Tak, złapałeś mnie w ostatniej chwili. Właśnie miałam ustawić w telefonie tryb samolotowy.

– To świetnie. Miękkiego lądowania.

Aszraf raz po raz rzuca na Hamida okiem, bo takiego skoncentrowanego jeszcze go nie widział.

[1] *Azan* (arabski) – wezwanie na modlitwę.

[2] *Salat* (arabski) – muzułmańska rytualna modlitwa, będąca jednym z pięciu obowiązków każdego muzułmanina, tzw. filarów wiary. Odmawia się ją pięciokrotnie w ciągu doby, tj. przed wschodem słońca (*Fadżr*), w południe (*Zuhr*), po południu (*Asr*), po zachodzie słońca (*Maghrib*) i w pierwszej połowie nocy (*Isza*). Celem *salat* jest uzyskanie błogosławieństwa Allaha (*sawab*). Odmawiający *salat* powinien być w stanie rytualnej czystości, którą uzyskuje się przez obmycie wodą, a gdy jej nie ma, to piaskiem. Rozkłada on specjalny dywanik *sadżdżada*, zwraca się w kierunku Mekki i wykonuje określoną liczbę pokłonów, gestów i recytacji wersetów Koranu, przede wszystkim pierwszej sury *Al-Fatiha*. Największe znaczenie mają modlitwy piątkowe *Dżumma*, odmawiane wspólnie w meczecie, którym często towarzyszy kazanie *chutba*. *Salat* na całym świecie odbywa się tylko w języku arabskim.

– *Said* Muhammad. – Saudyjczyk, pomimo że nie ma bezpośredniego kontaktu z człowiekiem, do którego się zwraca, z szacunku chyli przed nim głowę. – Tutaj Hamid Binladen. Potrzebuję pomocy.

– Tak? Słucham cię, synu.

– Proszę wysłać do mojej willi dwa uzbrojone, ale niepozorne samochody, które zawiozłyby moją rodzinę na lotnisko.

– Oczywiście. – Szef wywiadu wie, jak rozmawiać z agentami. Tutaj nie ma czasu na dyskusję. – W trzecim przyjadę ja.

– Widzimy się na lotnisku. Towarzyszy mi Aszraf.

– Sądzę, że dla takiej sporej grupy, biorąc pod uwagę sytuację podwyższonego ryzyka, weźmiemy prywatny środek transportu.

– Byłoby wskazane. – Hamid się rozłącza.

– Gadałeś z moim ojcem? – Aszraf już nie wytrzymuje.

– Tak. A co?

– Ja zawsze dzwoniłem na stacjonarny. Numer swojej komórki dał mi łaskawie dopiero niedawno.

– To był szyfrowany telefon. Nie przejmuj się.

– Pocieszające.

*

Książę Anwar al-Saud po długich i ciężkich przemyśleniach postanawia postąpić niegodnie i niezgodnie z prawem, kierując się swoim złamanym sercem. Wie, że jego nieszczęśliwa miłość do kobiety, szczególnie w tym kraju, nie będzie brana pod uwagę jako okoliczność łagodząca. Jednakże podejmuje taką, a nie inną decyzję. Nie skaże jej na saudyjskie lochy, a tym bardziej na śmierć. A jej męża jeszcze dopadnie – obiecuje to sobie.

Wyciąga z sejfu w gabinecie małą, przestarzałą nokię i nadaje SMS-a: „Spieprzaj stąd, i to szybko! Wysyłam po was samochód. Na wojskowym lotnisku będzie czekał zatankowany do pełna odrzutowiec. Leć, dokąd chcesz! To moja ostatnia przysługa. Nasze kolejne spotkanie będzie dla ciebie ostatnim".

*

Koło północy Hamid wraz z całą umęczoną rodziną ląduje w willi Al-Ridy w Dżeddzie. Nikt nie ma siły na podziwianie jej ekstrawagancji i awangardowego designu; dzieci od razu idą spać, a podenerwowani dorośli siadają w salonie jak na szpilkach.

– Miriam, powiedz mi, byłaś dobra z matematyki? – pyta Hamid.

– Zwariowałeś? – Marysia zaciska wargi, pofukując przez nos. – Taka sobie. Raczej przeciętna…

– Kto był nogą z majcy? – Mężczyzna indaguje pozostałych.

– Dobrze, ja. – Stary Muhammad przyznaje się bez bicia.

– Jak zabieraliście się za rozwiązywanie trudnych zadań? Hm?

– Zbierałam dane.

– Ściągałem od innych.

– Ja też – dołącza Dorota. – Poza tym z honorem znosiłam dwóje. A potem do poprawki uczyłam się zadań na pamięć. Nauczycielka zawsze dawała te same.

– Takiej taktyki nie znałem. – Zięć jest rozbawiony, choć cień powagi i smutku wyziera z jego oczu. – Co jeszcze robiliście? Wszyscy dostawaliśmy takie zbiory zadań z wynikami podanymi na końcu działu lub książki.

– Wiem, do czego zmierzasz. – Aszraf też chce wziąć udział w zabawie. – Dopasowywało się działanie do rozwiązania. Stosowało się obojętnie jakie metody, byleby liczby się zgadzały. Głupie, ale czasem skuteczne.

– Czyli nie obchodziły was dane, wzory, reguły, nie analizowaliście treści ani nie rozumowaliście logicznie. Najpierw każdy sięgał do rozwiązania i sprawdzał to, co było pewne.

– Zgadza się.

– Masz rację.

– Nic nowego.

– Zawsze tak się robi.

– Ale czemu nie tym razem? – Podnosi głos. – Czemu tym razem wszyscy najmądrzejsi wywiadowcy i szpiedzy na Bliskim Wschodzie zlekceważyli przeciwnika i olali podstawową regułę?

– Nie rozumiem? – Dorota nie chwyta związku.

– Agencje zbierały dane na temat Jasema i Darii i każdy wiedział, że mają dwóch synów – bliźniaków syjamskich. Dość nietypowe. Małżeństwo zniknęło, ich synowie też rozmyli się we mgle. Jeśli jesteśmy zmuszeni uciekać i kryć się, to bardzo niefortunny jest fakt, że mamy ze sobą tak charakterystyczny, nietypowy bagaż. Czy nie trzeba było pomyśleć o jedynym wyjściu, które każdemu rodzicowi w takiej sytuacji przyszłoby do głowy? Do najlepszego szpitala, który mógłby rozwiązać problem, zbiedzy mieli dosłownie przez miedzę.

– Do cholery, przecież mówiłam o tym! – oburza się Dorota. – Nikt nie sprawdził tej placówki? Przecież to takie proste!

– Jeszcze prostsze i typowe są ludzkie omyłki – podsumowuje były minister spraw wewnętrznych pan Al-Rida. – Głupota ludzka czasem nie zna granic.

– Jasem Alzani wraz ze swą małżonką i synami spokojnie siedzieli sobie w naszym szpitalu od ponad miesiąca. Mieszkali w hotelu na terenie kampusu – oznajmia Hamid.

– Ale już ich tam nie ma i znów szukaj wiatru w polu. – Muhammad rozkłada ręce. – Za moich czasów za takie niedopatrzenie można było nieźle beknąć. Teraz zatrudniają samych idiotów. Dobrze, że ty nie postąpiłeś pochopnie, gdy spotkałeś dżihadystę na korytarzu kliniki. Drań jak nic by cię zabił.

– Dlatego wyciągnąłeś nas za fraki z Rijadu? – pyta Aszraf.

Teraz wszyscy chcieliby Hamida wyściskać, lecz on wygląda jak chmura gradowa, więc lepiej się do niego nie zbliżać.

– Ja sobie jeszcze wypożyczę tego Anwara al-Sauda! – obiecuje. – Jestem przekonany, że to on ich tu ściągnął i on teraz wyciągnął z tarapatów. Nawet nie muszę go o to pytać.

– Nigdy nie wiesz, co kieruje drugim człowiekiem, przyjacielu. – Muhammad usiłuje uspokoić byłego współpracownika.

– Jeszcze go dopadnę! Jeszcze będzie musiał się wytłumaczyć.

– Ale kto? – pyta Aszraf. – Jasem Alzani czy saudyjski książę?

– Obaj.

*

Daria z synkiem Ahmedem na ręku i całą torbą leków oraz Jasem wskakują do forda expedition i pędzą na lotnisko. Na miejscu dżihadysta podaje pilotowi cel podróży.

Libia. Benghazi.

Słowniczek obcych słów, zwrotów i nazw

A *Abaja* (arabski) – wierzchnie tradycyjne okrycie w krajach muzułmańskich; szeroki, luźny płaszcz noszony przez kobiety i mężczyzn

Adżnabija (arabski) – cudzoziemka

Afłan (arabski) – Przepraszam

Ahlan wa sahlan (arabski) – Witam, cześć

Ahlan wa sahlan, ja sadiqa (arabski) – Cześć, witaj, przyjaciółko

Alhamdu Lillah (arabski) – Chwała Bogu, dzięki Bogu

Al-Kaida (arabski) – dosłownie baza; sunnicka organizacja terrorystyczna posługująca się metodami partyzanckimi, początkowo miała się przeciwstawiać radzieckiej inwazji na Afganistan, z czasem przekształciła się w panislamskie ugrupowanie, którego głównym celem stało się zwalczanie wpływów Izraela, USA i szeroko pojętego Zachodu w krajach muzułmańskich

Allahu akbar! (arabski) – Allah jest największy! Bóg jest wielki!; zwrot ten stanowi *takbir* – muzułmańskie wyznanie wiary; często powtarzany w wielu codziennych sytuacjach życiowych, a przez dżihadystów i fundamentalistów uznany za okrzyk przy wszystkich niegodnych zbrodniczych czynach

Amriki (arabski) – Amerykanin; amerykański

Ana maszi (arabski) – Idę

Anti taliq (arabski) – Jesteś rozwiedziona; jesteś odrzucona, oddalam cię

As-salamu alejkum – Dzień dobry, witaj (dosł. pokój z tobą)

Wa alejkum as-salam – Z tobą (także) pokój; odpowiedź na powitanie

Azan (arabski) – wezwanie na modlitwę

B *Bahlawa* – orientalne ciastka z orzeszkami pistacjowymi lub ziemnymi, zalane topionym masłem i miodem

Batik – technika barwienia kuponu materiału bawełnianego polegająca na kolejnym nakładaniu wosku i kąpieli tkaniny w barwniku, który farbuje jedynie miejsca niepokryte warstwą wosku. Dla uzyskania specjalnych efektów proces woskowania i farbowania można powtarzać wielokrotnie

Barra (arabski) – Wynocha, won; *Imszi barra* – Spierdalać, spierdalaj

Bint (arabski) – córka; *Ja binti* – Moja córko (wołacz)

Bodyguard (angielski) – osobisty ochroniarz

Burgul (arabski) – rodzaj kaszy z ziaren pszenicy, najczęściej pszenicy twardej, sporządzony z gotowanych, a następnie wysuszonych ziaren zboża, często używany w kuchni tureckiej i bliskowschodniej

Burik, brik (arabski) – paszteciki pieczone lub smażone na głębokim oleju, najpopularniejsze są z mięsem mielonym, ale też z fetą, szpinakiem lub mieszanymi warzywami

By night (angielski) – w nocy

C *Carpe diem* (łacina) – Chwytaj dzień, przenośnie: ciesz się chwilą

Chalas (arabski) – Dość!

Chalati (arabski) – Moja ciotka

Chamsin, hamsin, samum, gibli (arabski) – gwałtowny, suchy i gorący południowy wiatr wiejący z pustyni w Afryce Północnej i na Półwyspie Arabskim oraz w ich sąsiedztwie. Wywołuje burze pyłowe i piaskowe. Występuje najczęściej w okresie od kwietnia do czerwca. Porywy zwykle są krótkotrwałe, trwają 10–20 minut. Występuje przed nadejściem frontu chłodnego. Niesie bardzo duże ilości piasku i pyłu. W trakcie *samumu*, *chamsinu* czy *gibli* temperatura gwałtownie wzrasta nawet do 50°C, wilgotność zaś spada do około 10%

Chobza (arabski) – chleb, najczęściej w formie paluszków lub bagietki

Chobza misrija (arabski) – chleb egipski przypominający pitę, lecz dużo cieńszy

Come on (angielski) – Chodź, chodźcie!

D *Diplomatic Quarter* (angielski) – Dzielnica Dyplomatyczna;

dzielnica Rijadu, w której mieszkają głównie dyplomaci, znajdują się ambasady, konsulaty i rezydencje korpusu dyplomatycznego

Dżambija (arabski) – zakrzywiony nóż tradycyjnie noszony za pasem w Jemenie, ale też w innych krajach arabskich

Dżihad (arabski) – pierwotnie walka w imię propagowania islamu, zarówno poprzez akcję zbrojną, nawracanie niewiernych, pokojowe działania, jak i wewnętrzne zmagania wyznawcy; często rozumiany tylko jako święta wojna; fundamentaliści twierdzą, że jest to szósty filar islamu i obowiązek każdego muzułmanina, a dżihadyści mają za zadanie unicestwienie wszystkich innowierców na kuli ziemskiej

Dżihadi (arabski) – przymiotnik od słowa *dżihad* – zwolennik dżihadu, dżihadysta

F *Falafel* (arabski) – smażone kulki lub kotleciki z mielonego bobu albo ciecierzycy z przyprawami

Fusha (arabski) – klasyczny język arabski używany przez ludzi wykształconych, język literatury i mediów (w odróżnieniu od *lehdża* – języka potocznego)

G *Galabija/dżalabija* (arabski) – męski lub damski strój w formie długiej sukni/płaszcza z rozcięciem pod szyją

Ghutra (arabski) – męska chusta na głowę, biała, w biało-czerwoną lub biało-czarną kratę

H *Habibi* (arabski) – Mój kochany

Hadis (arabski) – opowieść przytaczająca wypowiedź proroka Muhammada, jego czyn lub milczącą aprobatę. Każdy hadis składa się z tekstu i łańcucha przekazicieli. Hadisy tworzą *sunnę* (Tradycję). Jest to najważniejsze po Koranie źródło muzułmańskiego prawa szariatu

Haram (arabski) – zakazane, grzeszne

How are you? (angielski) – Jak się masz?

Hi, baby! Give me a kiss (angielski) – Hej, dziecinko! Daj buziaka!

Hidżab (arabski) – noszona przez muzułmańskie kobiety kwadratowa chusta, zakrywająca włosy, uszy i szyję, jednak nie ramiona i twarz; może być kolorowa

Humus (arabski) – dip lub pasta z gotowanej, zmiksowanej ciecierzycy z dodatkiem pasty tahina (z nasion sezamu), z czosnkiem i cytryną

Hurysa (arabski) – wolna; ta, co ma czarne oczy. Według islamu hurysy to wiecznie młode i piękne dziewice w raju, kobiety idealne, mające po 33 lata, duchowo i cieleśnie nieskazitelne, które stanowią jedną z nagród dla zbawionych wiernych. Ich dziewictwo odnawia się po każdym stosunku. Każdy muzułmanin w ogrodzie *Dżannah* może mieć do 72 hurys i zależnie od jego woli będą one (lub nie będą) rodzić dzieci.

I *Ila liqa'* (arabski) – Do zobaczenia

Imam (arabski) – w tradycyjnym znaczeniu osoba, która przewodniczy rytualnej modlitwie muzułmańskiej, czyli salatowi. Może to być osoba świecka bądź przełożony meczetu

In flagranti (łacina) – na gorącym uczynku; w mowie potocznej oznacza przyłapanie pary w sytuacji erotycznej

Insz Allah (arabski) – Jak Bóg zechce; jak Bóg da

Iqama – legitymacja, ID, dowód osobisty

J *Ja achi* (arabski) – Mój bracie (wołacz)

Jalla (arabski) – pierwotnie zawołanie na wielbłądy; kolokwialnie: Ruchy, chodź, wychodź, w drogę

Ja said (arabski) – Panie (wołacz)

Ja saida – Pani (wołacz)

Jazydyzm, jezydyzm (perski) – bóg; religia synkretyczna, utworzona w XII w. przez Szejach Adiego, wyznawana głównie przez Kurdów mieszkających na pograniczu Iraku (okolice Mosulu są ich największym skupiskiem), Iranu, Turcji, Syrii, Armenii, Gruzji oraz na emigracji (gł. Niemcy). Według części religioznawców religia ta wywodzi się z nałożenia się powierzchownego szyizmu na zaratusztrianizm. Jazydyzm łączy elementy islamu, chrześcijaństwa nestoriańskiego, pierwotnych wierzeń indoirańskich, kurdyjskich i judaistycznych.

Jekfi (arabski) – Wystarczy!

K *Kif halek?* (arabski) – Jak się masz?

Kohl (arabski) – barwnik do oczu zawierający wyselekcjonowane mieszanki ziół, dobrane tak, że nie tylko służą do upiększania oczu, ale też naturalnie je pielęgnują. Działa leczniczo na zapalenie spojówek, jęczmień czy jaglicę

Kullu tamam (arabski, dialekt) – Wszystko w porządku

Kwef – zasłona na twarz noszona przez muzułmanki

L *Lahza* (arabski) – Zaraz, za chwilę

Leben (arabski) – kwaśne mleko typu maślanka

Lebneh (arabski) – biały tradycyjny twaróg

Lehdża libija (arabski) – dialekt libijski

M *Mahram* (arabski) – męski opiekun muzułmańskich kobiet; ojciec, brat, kuzyn, dziadek

Marhaba (arabski) – Cześć

Medina (arabski) – miasto

Miskina (arabski) – biedna, biedaczka, nieszczęsna

Mutawwa (arabski) – funkcjonariusz policji obyczajowo-religijnej

N *Nikab* (arabski) – tradycyjna muzułmańska zasłona zakrywająca twarz kobiety i odsłaniająca jedynie oczy, czasem kawałek czoła; używany głównie w Arabii Saudyjskiej i Jemenie oraz tzw. Państwie Islamskim

Notabene (łacina) – dosł. zważ dobrze, zwróć uwagę; w praktyce jest to wprowadzenie dla poważnej, istotnej wtrąconej informacji

P *Panta rhei* (grecki) – wszystko przemija, zmienia się, płynie

Peci (indonezyjski) – tradycyjne na Archipelagu Indonezyjskim męskie nakrycie głowy, przeważnie w czarnym kolorze

Q *Quejs* (arabski, dialekt) – Dobrze

S *Sadiq/sadiqa* (arabski) – przyjaciel/przyjaciółka; *Ja sadiqi* – Mój przyjacielu (wołacz)

Sah (arabski) – Dobrze, tak jest

Said (arabski) – pan

Saida (arabski) – pani

Saida doktora (arabski) – pani doktor

Saidat (arabski) – panie, kobiety

Salat (arabski) – muzułmańska rytualna modlitwa, będąca jednym z pięciu obowiązków każdego muzułmanina, tzw. filarów wiary. Odmawia się ją pięciokrotnie w ciągu doby: przed wschodem słońca (*Fadżr*), w południe (*Zuhr*), po południu (*Asr*), po zachodzie słońca (*Maghrib*) i w pierwszej połowie nocy (*Isza*). Jej celem jest uzyskanie błogosławieństwa Allaha (*sawab*). Odmawiający powinien być w stanie rytualnej czystości, którą uzyskuje się przez obmycie wodą, a gdy jej nie ma – piaskiem. Wierny rozkłada specjalny dywanik (*sadżdżada*), zwraca się w kierunku Mekki i wykonuje określoną liczbę pokłonów, gestów i recytacji wersetów

Koranu, przede wszystkim pierwszej sury *Al-Fatiha*. Największe znaczenie mają modlitwy piątkowe (*dżumma*), odmawiane wspólnie w meczecie, którym często towarzyszy kazanie (*chutba*). *Salat* na całym świecie odbywa się tylko w języku arabskim.

Suk, *suq* (arabski) – arabski targ, market z różnorodnymi towarami

Sunna (arabski) dosł. droga, ścieżka – w kontekście islamu sunnickiego zbiór opowieści (hadisów) z życia proroka Muhammada, jego opinie dotyczące wiary oraz życia

Sura (arabski) – rozdział w Koranie

Sza'a Allah (arabski) – Allah tak chce; Jak Bóg da

Szahada (arabski) – muzułmańskie wyznanie wiary, będące jednym z pięciu filarów islamu i obowiązków muzułmanina. Należy trzykrotnie, świadomie i celowo, publicznie wypowiedzieć: *Aszszahadu la ilaha illa'llah, Muhammad rasulu'llah* („Zaświadczam, że nie ma Boga prócz Allaha, a Muhammad jest jego prorokiem"), a zadecyduje to o przyjęciu islamu przez daną osobę. Po wypowiedzeniu *szahady* wszystkie wcześniej popełnione grzechy znikają, a człowiek symbolicznie rodzi się na nowo. Słowa wyznania wiary znajdują się w każdej modlitwie muzułmańskiej i stanowią podstawowy dogmat wiary

Szahid (arabski) – męczennik

Szaj (arabski) – herbata

Szariat (arabski) – dosł. droga prowadząca do wodopoju – prawo kierujące życiem wyznawców sunnickiej, jak i szyickiej odmiany islamu. Islam nie uznaje rozdziału życia świeckiego i religijnego, dlatego reguluje zarówno zwyczaje religijne, organizację władzy religijnej, jak i codzienne życie muzułmanina. Szariat opiera się na założeniu, że prawo musi dostarczać wszystkiego, co potrzebne dla duchowego i fizycznego rozwoju jednostki. Wszystkie czyny muzułmanina są podzielone na pięć kategorii: konieczne, chwalebne, dozwolone, naganne i zakazane. Podstawą określenia czynów koniecznych jest pięć filarów islamu

Szarmuta (arabski) – dziwka, prostytutka

Szirk (arabski) – oddawanie czci innym niż Bogu

Szukran dżazilan (arabski) – Bardzo dziękuję

T *Tasbih* (arabski) – muzułmański różaniec z 33 koralikami, niejednokrotnie wykonanymi z kamieni półszlachetnych lub szlachetnych

Toba (*thoba*) (arabski) – rodzaj długiej do ziemi męskiej koszuli, z tradycyjnym kołnierzykiem lub stójką i manszetami, zapinanej na guziki tylko do pasa

U *Uhibuke* (arabski) – Kocham cię

Ummi (arabski) – moja matka

UNHCR (angielski) – *United Nations High Commissioner for Refugees* (Wysoki Komisarz Organizacji Narodów Zjednoczonych ds. Uchodźców); udziela pomocy i wsparcia uchodźcom na całym świecie; organ ONZ upoważniony do koordynowania międzynarodowych działań, mających na celu ochronę uchodźców i rozwiązywanie ich problemów na całym świecie. Do głównych kompetencji urzędu należy zapewnienie praw uchodźcom oraz pomoc w udzieleniu azylu lub repatriacji

Uskut (arabski) – Cicho, cisza, zamknij się

Ustaza (arabski) – nauczycielka; w przenośni oznacza kogoś mądrego, wykształconego

V *Vel* (łacina) – lub, albo, raczej; często stosowane pomiędzy nazwiskami, co oznacza, że dana osoba znana była pod dwoma nazwiskami lub przezwiskami

W *Wadi* (arabski) – koryto wyschniętej rzeki

Wahabizm (arabski) – islamski ruch religijny i polityczny powstały na terenie Arabii. Opiera się na fundamentalizmie – tj. głosi powrót do źródeł: pierwotnej czystości islamu, prostoty i surowości obyczajów. Za podstawy wiary wahabici uznają Koran i hadisy, interpretowane dosłownie. Słowo *wahabizm* pochodzi od imienia twórcy tego ruchu, muzułmańskiego teologa Muhammada Ibn Abda al-Wahhaba. Jest szczególnie popularny w Arabii Saudyjskiej, gdzie w XVIII w. wahabici zawarli sojusz z dynastią Saudów, co wywarło znaczny wpływ na późniejszy kształt tego najbardziej konserwatywnego z państw muzułmańskich. Ponieważ wahabici sprzeciwiali się zazwyczaj wprowadzaniu innowacji technologicznych i modernizacji, od dziesięcioleci trwa w tym państwie spór między ortodoksyjną i reformatorską frakcją elit saudyjskich. Wahabizm uznaje wyższość islamu nad wszystkimi religiami oraz potrzebę uzyskania dominacji nad nimi

Wallahi (arabski) – Na Boga! Na Allaha!

Walking dead (angielski) – dosłownie: chodzący umarli; tytuł serialu *Noc żywych trupów*, nakręconego w oparciu o komiks; opowiada o czasie po pandemicznej apokalipsie, gdy świat opanowały zombi

Who is who (angielski) – Kto jest kto; kto jest kim

Z *Zołdża (zołza)* (arabski) – żona

Zyft (arabski) – Cholera

Geneza postaci serii

Arabska i azjatycka saga

2010 – *Arabska żona*
2011 – *Arabska córka*
2012 – *Arabska krew*
2013 – *Arabska księżniczka*
2014 – *Okruchy raju*
2015 – *Miłość na Bali*
2016 – *Arabska krucjata*
2017 – *Arabski mąż*
2018 – *Arabski syn*

POSTAĆ	WYDARZENIA/KOLIGACJE
Dorota	Urodzona w drobnomieszczańskiej biednej rodzinie pod Poznaniem Mąż – Libijczyk, Ahmed Salimi, doktorant polskiej uczelni Wyjazd do Libii na wakacje z Ahmedem i córeczką Marysią Życie w Libii Internowanie na Saharze, ucieczka i wybawienie przez turystów Ewakuacja z Libii z młodszą córką Darią, starsza Marysia pozostaje z libijską rodziną Salimich Mąż – Polak, Łukasz Nowicki, jeden z wybawicieli Doroty Narodziny syna, Adasia Pobyt w KAS podyktowany pracą Łukasza Odnalezienie Marysi w Rijadzie Podróż sentymentalna z Marysią do Libii podczas arabskiej wiosny Tragedia w rodzinie Binladenów, wyjazd Marysi z KAS Wyjazd Nowickich do Indonezji na ślub Marysi Rozwód z Łukaszem Nowickim Życie na Bali – kochankowie: Balijczyk Ari, Australijczyk Brendan Pobyt w więzieniu Kerobokan na Bali; uniewinnienie Odniesienie ran podczas zamachu terrorystycznego w resorcie Meila na Bali

Ahmed Salimi	Mąż Doroty Libijczyk, urodzony w Trypolisie w bogatej, wpływowej rodzinie; zabity przez Dorotę podczas arabskiej wiosny Miriam – najstarsza siostra; asystentka pułkownika Kaddafiego, pracownica libijskiego MSZ, dyplomatka, zabita przez syna swojego narzeczonego Muaid – syn Miriam z nieślubnego łoża z pułkownikiem Muammarem Kaddafim; samobójca zamachowiec, który targnął się na życie własnego ojca Chadidża – siostra, popełniła samobójstwo po utracie dzieci podczas arabskiej wiosny Miriam – siostra, romans z trenerem aerobiku, domniemane samobójstwo Samira – najmłodsza siostra, jedyna ocalała spośród rodzeństwa Salimich, lekarka, mąż Syryjczyk, również lekarz, Mustafa Szukri, pracują razem w szpitalu w Rakce podczas panowania kalifatu
Łukasz Nowicki	Mąż Doroty, wysokiej rangi specjalista, wysoko płatny pracownik eksportowy

Marysia Salimi	Urodzona pod Poznaniem, najstarsza córka Doroty i Ahmeda Po utracie matki i wyjeździe ojca wiedzie życie z kobietami z rodziny Salimich na libijskiej placówce dyplomatycznej w Ghanie Mieszka z babcią Nadią w Trypolisie Ucieczka przed ojcem do Jemenu; szkoła brytyjska Ślub z Hamidem Binladenem Śmierć babci w zamachu terrorystycznym w Jemenie Wyjazd Binladenów do Rijadu, rodzinnego miasta Hamida Odnalezienie matki, Doroty Podróż do Libii z matką i romans z kuzynem Raszidem, ojcem jej dziecka Narodziny nieślubnej Nadii jako córki Hamida Porwanie Nadii przez księżniczkę Lamię Rozwód z Hamidem Binladenem Poszukiwanie dziecka w Tajlandii Narodziny Adila, biologicznego syna Hamida Oddanie dziecka ojcu Ślub z Karimem ibn Fajsalem al-Nadżdim, pół Indonezyjczykiem, pół Saudyjczykiem Zamieszkanie w Dżakarcie, Indonezja Pojawienie się Hamida w Dżakarcie i powrót dawnej miłości Wyjazd do KAS Rozwód z Karimem Ponowny ślub z Hamidem Binladenem Wyjazd po Darię do stolicy kalifatu Rakki, w Syrii

Daria Nowicka Darin Salimi/ Darin Alzani/ Darina O'Sullivan/ Darin Arabi Urodzona w Libii, córka Doroty i Ahmeda, siostra Marysi i Adasia	Wychowana w polskiej rodzinie Ojczym Łukasz W okresie nastoletnim wyjazd z rodziną do KAS, międzynarodowa szkoła Studia w Wielkiej Brytanii, w High Wycombe Praca u Pakistańczyka, przyszłego dżihadysty szahida Niepowodzenia w dorosłym, samodzielnym życiu Odwiedziny u Marysi w Indonezji Decyzja o powrocie do KAS z Marysią i Karimem Romans z Brytyjczykiem Johnem Wyjazd z Johnem w podróż po Bliskim Wschodzie i Europie Ślub z Johnem w Hurghadzie Porwanie przez dżihadystę Pobyt w niewoli – w Damaszku, Palmirze i Rakce
Adaś Nowicki	Urodzony w Gdańsku Żyje w KAS, Indonezji, Polsce i znów w KAS

Hamid Binladen	Urodzony w saudyjskiej rodzinie milionerów, ojciec Saudyjczyk, matka wyemancypowana Jemenka Afganistan z Osamą Studia w Stanach Zjednoczonych Upadek WTC i podjęcie decyzji o działalności antyterrorystycznej Ojciec umiera na zawał serca Siostra, Amira, ginie w wypadku samochodowym Matka popełnia samobójstwo Wyjazd do Jemenu i praca w rodzinnej korporacji Binladen Group Ślub z Marysią Rozwód z Marysią, szybki ślub z Zajnab W zamachu terrorystycznym na Bali ginie Zajnab
Karim ibn Fajsal al-Nadżdi	Urodzony w Tugu, w Indonezji, z matki Indonezyjki Wyjazd do KAS z ojcem Saudyjczykiem, *mutawwą* Fajsalem al-Nadżdim. Pobyt rehabilitacyjny w Szpitalu Gwardii Narodowej po przejściu choroby Heinego-Medina Studia medyczne w KAS Stypendium w Polsce; specjalizacja I i II stopnia Powrót do KAS i praca w Szpitalu Gwardii Narodowej i klinice plastycznej Obagy Poszukiwanie tożsamości w Azji i Indonezji Powrót do KAS Zabity w Palmirze przez *dżihadiego* Johna Pierwsza żona – Tajka, druga – Marysia, trzecia – Afra (Saudyjka)

Jasem Alzani/ John Smith/ *dżihadi* John/Sean O'Sullivan/ Muhamad Arabi	Urodzony w Syrii – z matki Syryjki i ojca Brytyjczyka Wyjazd do ojca do Wielkiej Brytanii Studia w Quintin Kynaston Community Academy in St. John's Wood, w Londynie Uniwersytet Westminsterski – dyplom z informatyki Zaangażowanie w działalność fundamentalistycznych grup islamskich w Brytanii Akcje w Jemenie, Afganistanie, Egipcie, Indonezji, Tajlandii, Tunezji i Iraku Paryż – zamach na klub Brasilian Tropical Hurghada – zamach na resort Marhaba Porwanie Darii do rodzinnego Damaszku Wspólne życie z matką Munirą Alzani, słynną syryjską śpiewaczką, i ojczymem, Saudyjczykiem Ibrahimem Elkurdim, profesorem filozofii i historykiem wykładającym na Uniwersytecie Damasceńskim Zatrucie ojczyma arszenikiem Podróż przez Palmirę do Rakki, stolicy kalifatu Życie zwycięzcy w Rakce Zamordowanie matki przez ukamienowanie Wywołanie poronienia u brzemiennej żony, Darii Jasmin Rime – długoletnia kochanka, a na koniec druga żona *dżihadiego* Johna, psycholog i lingwistka, agitatorka do PI, pół-Arabka – matka Belgijka, ojciec Algierczyk; zabita przez Darię w Rakce Zmiana rysów twarzy i tożsamości przed upadkiem pseudo-Państwa Islamskiego Wyjazd w szeroki świat z ciężarną Darią

Bilans ofiar i strat materialnych wojny w Syrii 2011–2017

Syryjski konflikt rozpoczął się w marcu 2011 r. od pokojowych demonstracji przeciwko rządom prezydenta Baszara al-Asada, które wkrótce przerodziły się w wojnę domową, a po zaangażowaniu się światowych mocarstw, w wojnę o międzynarodowym zasięgu.

Syryjskie Obserwatorium Praw Człowieka z siedzibą w Londynie poinformowało, że od wybuchu wojny w Syrii w konflikcie zginęło już ponad 330 tys. osób, w tym ok. 100 tys. cywilów. Wśród ofiar śmiertelnych jest ponad 18 tys. dzieci i ponad 11 tys. kobiet. Ich śmierć została udokumentowana – a ile jest anonimowych mogił i ofiar, których ciał nie odnaleziono? Mówi się, że około pół miliona.

Według organizacji w trwającym ponad siedem lat konflikcie zginęło blisko 117 tys. ludzi walczących po stronie syryjskiego reżimu, w tym prawie 62 tys. syryjskich żołnierzy i prawie 1,5 tys. bojowników libańskiego szyickiego ugrupowania Hezbollah. Kraj nad Eufratem ogarnęły śmierć i zniszczenie, co zaowocowało wysiedleniem ludności.

Wśród ofiar śmiertelnych jest też ok. 57 tys. rebeliantów i członków kurdyjsko-arabskich Demokratycznych Sił Syryjskich (SDF) wspieranych przez USA oraz ok. 58 tys. radykałów, m.in. z tzw. Państwa Islamskiego i grupy Dżabhat Fatah al-Szam, dawniej związanej z Al-Kaidą.

Oprócz ofiar w ludziach wojna spowodowała również ogromne zniszczenia w Syrii, ponad połowę mieszkańców zmuszając do opuszczenia domów. Zniszczyła infrastrukturę tego kraju – wg Banku Światowego straty syryjskiej gospodarki sięgają 226 mld dolarów; to prawie cztery razy tyle, co cały roczny syryjski budżet w 2010 r. Skala zniszczeń w kraju liczącym przed wojną 18,5 mln mieszkańców wykracza poza bilans ofiar i straty materialne. Liczba ofiar jest przerażająca, ale wojna niszczy też instytucje i systemy potrzebne do funkcjonowania społeczeństwa. Ich naprawienie będzie większym wyzwaniem niż odbudowa infrastruktury.

W działaniach zbrojnych zniszczono 27% zasobu mieszkań i niemal połowę placówek służby zdrowia oraz edukacyjnych. W latach 2010–2015 gospodarka straciła ok. 538 tys. miejsc pracy. Ponad trzy czwarte Syryjczyków w wieku produkcyjnym nie pracuje ani się nie uczy.

W raporcie Banku Światowego zaznaczono szkody wyrządzone syryjskiej służbie zdrowia, podkreślając, że więcej osób zmarło na skutek jej upadku niż w działaniach zbrojnych.

Pseudo-Państwo Islamskie runęło – dżihad trwa

W 2017 r. tzw. Państwo Islamskie zniknęło z mapy Bliskiego Wschodu. Dwa lata po spektakularnym triumfie dżihadystów, walczących pod czarnym sztandarem na terenie Iraku i Syrii, po dumnych bojownikach nie ma już śladu; zostały jedynie niedobitki uprawiające partyzantkę na pustyni. Nie oznacza to jednak końca dżihadu. Obecnie tzw. Państwo Islamskie, jako namiastka prawdziwego organizmu państwowego, właściwie nie istnieje. Teoretycznie kontroluje jeszcze syryjskie miasto Hadżin w dolinie rzeki Eufrat, blisko granicy z Irakiem. Przed wybuchem wojny domowej w mieście i jego okolicach żyło niecałe 100 tys. osób. Po ponad pięciu latach konfliktu liczba ta na pewno jest znacznie mniejsza. Dodatkowo PI kontroluje jeszcze kilka wiosek w pobliżu granicy z Izraelem. Tyle zostało z siły, która budziła przerażenie na całym świecie. U szczytu swej potęgi – na początku 2016 r. – tzw. Państwo Islamskie kontrolowało niemal pół Iraku i Syrii; pod rządami dżihadystów mogło żyć nawet do 10 mln ludzi. Fanatycy zarabiali setki milionów dolarów na rabunkach, haraczach i szmuglowaniu ropy do Turcji. Jednocześnie uprawiali intensywną propagandę w sieci i nakłaniali ludzi w państwach Zachodu do zamachów. Wydawali się potężni. Ich gwałtowne wkroczenie na bliskowschodnią scenę wywołało jednak równie gwałtowną reakcję. Państwa i organizacje, które wcześniej były wobec siebie wrogie, nagle zaczęły współpracować. Ze względu na barbarzyńskie działania dżihadyści nie mieli sojuszników; zrazili do siebie nawet organizacje współpracujące z Al-Kaidą. Irak otrzymał znaczne wsparcie ze strony Iranu, USA i Rosji. Do Syrii wkroczyli Rosjanie wspierający reżim Baszara al-Asada i Amerykanie, wspierając Kurdów. Dżihadyści szybko zostali otoczeni przez wrogów, otrzymujących wsparcie od największych potęg regionu oraz świata. Ich upadek był niemal pewny.

Oczyszczenie Iraku

To, co było nieuniknione, dokonało się w 2017 r. W styczniu siły irackie walczyły już na przedmieściach Mosulu, największego miasta kontrolowanego przez dżihadystów w Iraku – i w ogóle ich największego miasta. Walki były trudne i krwawe. Trwały do lipca i kosztowały życie nawet 11 tys. cywilów, choć iracki rząd oficjalnie informował o dziesięć razy mniejszej liczbie. Około miliona mieszkańców miasta uciekło ze swoich domostw. Po upadku Mosulu silny opór dżihadystów w Iraku ustał. Przez następne miesiące irackie wojsko i bojówki oczyszczały kolejne mniejsze miasta z fanatyków. Dopiero w październiku rozpoczęła się ofensywa w kierunku Al-Kaim na granicy z Syrią. To miasto i kilka pobliskich, leżących w dolinie rzeki Eufrat, były ostatnimi istotnymi terenami tzw. Państwa Islamskiego w Iraku. Fanatycy nie stawiali dużego oporu. Pod koniec listopada w Iraku nie kontrolowali już żadnego miasta. Obecnie ich bojówki działają jedynie na rozległej i bezludnej pustyni przy granicy z Syrią. Rząd w Bagdadzie tak naprawdę nie kontrolował tych terenów od upadku dyktatury Saddama Husajna w 2003 r. Od ponad dekady jest to iracki Dziki Zachód. Tak jest też dzisiaj.

Oczyszczenie Syrii

Na początku 2017 r. do bardziej zdecydowanych działań przystąpił syryjski reżim wspierany przez Rosjan. Rok wcześniej sojusznicy wspólnie skupili się na bardziej umiarkowanych bojówkach i ostatecznie, po latach zaciekłych walk, opanowali Aleppo. Na przełomie lutego i marca ponownie odbili starożytną Palmirę, zajętą i już raz utraconą. Potem ruszyli dalej na wschód, w głąb terenów dżihadystów. W tym samym czasie Syryjskie Siły Demokratyczne (SDF), czyli sojusz Kurdów i Arabów pod egidą USA, szybko odbijały kolejne tereny na północy kraju. W kwietniu bojownicy SDF zajęli As-Saurę, ważne miasto i tamę na Eufracie. W czerwcu przystąpili do oblężenia Rakki, samozwańczej stolicy tzw. Państwa Islamskiego. Walki o miasto były ciężkie i trwały do połowy października. Nie wiadomo, ilu cywilów zginęło, ale na pewno tysiące. Ostatnim kilku setkom obrońców pozwolono wyjechać – odeskortowano ich na pustynię przy granicy z Irakiem i zostawiono. W tym samym czasie siły reżimowe odniosły wielki sukces, odblokowując – po trzech latach oblężenia – miasto Dair ez-Zor. Do dziś SDF i reżim zgodnie oczyszczają resztki wschodniej Syrii z nielicznych pozostałych grup dżihadystów. W efekcie kontrolują oni już tylko wspomniany Hadżin i okolice. Poza tym działają na okolicznych bezludnych pustyniach, skąd przypuszczają ataki podjazdowe, oraz w dwóch niewielkich oblężonych ośrodkach na zachodzie kraju.

Przejście do podziemia

Tak zwanego Państwa Islamskiego – namiastki państwa – kontrolującego jakieś terytorium i zamieszkującą je ludność już nie ma. Nie oznacza to jednak, że dżihadyści pod czarnym sztandarem zniknęli. Część z nich zginęła, lecz spora grupa uciekła, głównie przez Turcję, i wróciła do swoich ojczyzn, czyli przede wszystkim państw Zachodu, Rosji, północnej Afryki, w tym Libii, i środkowej Azji. Najbardziej fundamentalistyczny odłam przeszedł jednak do podziemia i działań partyzanckich. Zamachy w Iraku i Syrii są organizowane tak jak wcześniej; jednocześnie przeprowadzane są ataki partyzanckie. Dżihadyści nadal mają dobre warunki do prowadzenia zbrodniczej działalności, Irak i Syria bowiem stale są bardzo niestabilne. Znaczna część ich obywateli żyje w ciężkich warunkach i jest podatna na radykalizację. Dżihadyści mogą wrócić pod inną nazwą i kontynuować swą działalność. Ci, którzy utworzyli tzw. Państwo Islamskie, działali w Iraku od początku amerykańskiej inwazji w 2003 r., stąd wniosek, że funkcjonowanie w podziemiu mają we krwi. Dodatkowo te państwa i organizacje, które dotychczas były zjednoczone w walce z dżihadystami, straciły cel, który je łączył. W listopadzie rząd w Bagdadzie zaatakował Kurdów, zbrojnie przejmując sporne miasto Kirkuk, które wcześniej Kurdowie opanowali, aby bronić je przed ofensywą fanatyków. W Syrii pomiędzy Kurdami, Arabami i reżimem jeszcze utrzymuje się niepewny pokój, jednak nie wiadomo, jak długo on potrwa. Marzenia Kurdów o upragnionej niepodległości wydawały się tak bliskie realizacji po tym, jak opanowali oni znaczną część Syrii, ale reżim w Damaszku jednak nigdy nie dopuści do podziału kraju. Dodatkowo za granicą jest Turcja, która żywi odwieczną i głęboką nienawiść do Kurdów i za żadną cenę nie zaakceptuje ich niepodległości.

Problemy zostają

Rozbicie tzw. Państwa Islamskiego i zorganizowanego terroru dżihadu na Bliskim Wschodzie nie zatrzyma ataków terrorystycznych na Zachodzie. Zamachowcom nie robi wielkiej różnicy sztandar, w którego imię dokonują zbrodni. Chodzi o ideologię, a ta się nie zmieniła. Na Zachodzie nadal mieszkają liczni muzułmanie podatni na radykalizację. Wcześniej miały miejsce zamachy pod egidą Al-Kaidy, potem tzw. Państwa Islamskiego, a teraz może się pojawić coś innego – lub wszystko może pozostać bez zmian. Dodatkowe obawy budzą ci dżihadyści z Iraku i Syrii, którzy uciekli do Turcji, Libanu czy jeszcze dalej. Oficjalnie skala tego zjawiska nie jest znana. Mogą to być setki lub tysiące osób, które po upadku współczesnego kalifatu wróciły tam, skąd przybyły. Do Francji, Niemiec czy Wielkiej Brytanii mogło przyjechać wielu zaprawionych w boju fanatyków, którzy potrafią się posługiwać bronią i np. konstruować bomby pułapki, domowej roboty miny, granaty, kamizelki dla samobójców zamachowców lub pasy szahida (męczennika).

Tak więc choć czarna plama kalifatu zniknęła z mapy Bliskiego Wschodu, stojąca za nią idea – nie. Dżihad się nie skończył. W spaczonych umysłach i sercach zagorzałych fundamentalistów nadal istnieje jako szósty filar islamu.

Na podstawie www.tvn24.pl; Wydarzenia roku 2017. Edycja oraz wkład: Tanya Valko

Uchodźcy
na Bliskim Wschodzie

KRYZYS W LICZBACH

Uchodźcy w regionie

Turcja przyjęła ponad **2 mln** uchodźców z Syrii – więcej niż jakikolwiek inny kraj na świecie – a po zakończeniu konfliktu ich liczba wzrosła do **3 mln**;

Liban przyjął około **1 mln** uchodźców z Syrii, co stanowi około 1/5 populacji całego Libanu;

Jordania przyjęła około **656 tys.** uchodźców z Syrii, co stanowi około 10% populacji tego kraju;

Irak, gdzie obecnie **3,1 mln** ludzi jest wewnętrznie przesiedlonych, przyjął ok. **224 tys.** uchodźców;

Egipt przyjął ok. **115 tys.** uchodźców.

Do końca 2016 r. sfinansowano apele o pomoc humanitarną dla syryjskich uchodźców w zaledwie **56%.**

93% syryjskich uchodźców żyjących w miastach w Jordanii egzystuje poniżej granicy ubóstwa, podobnie jak 70% syryjskich uchodźców w Libanie, 65% w Egipcie oraz 37% w Iraku.

Konflikt w Syrii

Liczba osób wewnętrznie przesiedlonych w Syrii wynosi ok. 9 mln osób. Zgodnie z danymi ONZ ok. 13,5 mln ludzi w Syrii pilnie potrzebuje pomocy humanitarnej.

Pięć państw graniczących z Syrią (Irak, Izrael, Jordania, Liban i Turcja) w 2016 r. zamknęło lub uszczelniło swoje granice dla ludzi uciekających przed konfliktem. Z tego powodu ponad **75 tys.** Syryjczyków żyło w straszliwych warunkach na granicy syryjsko-jordańskiej.

W 2016 r. Syryjczycy najliczniej przekraczali Morze Śródziemne, aby dotrzeć do Europy (**26,2%**).

Przesiedlenia

Od początku kryzysu w Syrii na całym świecie zadeklarowano **ok. 300 tys.** miejsc poprzez przesiedlenia oraz inne drogi przyjmowania uchodźców, co stanowi zaledwie 5% całej populacji syryjskich uchodźców w Libanie, Jordanii, Iraku, Egipcie oraz Turcji.

Według informacji Wysokiego Komisarza Narodów Zjednoczonych ds. Uchodźców (UNHCR) przynajmniej **500 tys.** ludzi w 5 krajach, które głównie przyjmują uchodźców (10%), potrzebuje przesiedlenia.

Kluczowe fakty

Kraje Zatoki, w tym Katar, Zjednoczone Emiraty Arabskie, Arabia Saudyjska, Kuwejt i Bahrajn, nie zaoferowały miejsc dla syryjskich uchodźców i nie zorganizowały na swoim terenie żadnego obozu, lecz Arabia Saudyjska zwiększyła liczbę zatrudnionych czasowo Syryjczyków do 2,5 mln.

Niemcy zadeklarowały ok. 50 tys. miejsc poprzez przesiedlenia oraz inne drogi przyjmowania uchodźców, ok. 46% wszystkich zadeklarowanych miejsc w całej UE.

Wyłączając Niemcy, pozostałe 27 państw UE zadeklarowało ponad 51 tys. miejsc poprzez przesiedlenia albo inne drogi przyjmowania uchodźców, co stanowi 1% uchodźców z Syrii przyjętych przez 5 państw.

Od kwietnia do października 2016 r. w Europie dwa kraje: Niemcy oraz Szwecja, przyjęły 64% wszystkich wniosków o azyl od Syryjczyków[1].

LIBAN[2]

Ogólne dane

Sytuacja ekonomiczna w Libanie bardzo się pogorszyła od czasu pojawienia się migracji z Syrii, która trwa w porywach od 2012 r. Półtora miliona Libańczyków z 4 mln obywateli tego kraju żyje poniżej granicy ubóstwa, a 336 tys. wymaga pomocy humanitarnej. PKB wynosi poniżej 2,9%. W niektórych regionach – w Akkar (północ) albo w dolinie Bekaa (wschód) – liczba Syryjczyków jest wyższa niż Libańczyków. Publiczne

[1] Źródło: UN Refugee Agency (UNHCR), Office for the Coordination of Humanitarian Affairs (OCHA), International Organization of Migration (IOM).

[2] Na podstawie: http://caritas.pl/blog/2016/04/20/wsrod-uchodzcow-syryjskich-w-libanie

usługi oraz zasoby nie potrafią sprostać takiej liczbie mieszkańców (woda, nieczystości, elektryczność).

Obecnie 3,3 mln osób potrzebuje więcej niż tylko humanitarnej interwencji. Najwięcej uchodźców jest w dolinie Bekaa (35%), następnie w Bejrucie i Mount Lebanon (29%), północnym Libanie (24%), południowym Libanie (12%). Uchodźcy przybywają do Bejrutu szukać pracy, mieszkania i warunków, by przeżyć zimę. Warunki życia stają się coraz gorsze. Syryjczyk jest w stanie pracować za 10–20 dolarów na dzień średnio trzy razy w tygodniu.

Wynajem i jedzenie podrożało. Z powodu napływu tak dużej liczby uchodźców wodę i elektryczność zaczęli dostarczać prywatni dostawcy, co jest o 5–10% droższe niż dostawy państwowe. Czteroosobowa rodzina potrzebuje przynajmniej 1 tys. dolarów na miesiąc w Bejrucie (i niewiele mniej poza), by pokryć minimalne koszty utrzymania. W 2015 r. agendy ONZ ds. pomocy uchodźcom ograniczyły wszystkie rodzaje pomocy: usługi medyczne, wynajem mieszkań oraz wyżywienie.

Uchodźcy żyją w warunkach quasi-slumsów. W starych mieszkaniach, z niewyposażonymi kuchnią i łazienką. Zdarza się, że piętnaście osób korzysta z jednej toalety. Infrastruktura mieszkań jest stara, w wielu przypadkach urządzenia sanitarne czy kuchenne, wykorzystywane przez tak dużą liczbę użytkowników, ulegają uszkodzeniu.

Nieformalne obozowiska

Uchodźcy często wynajmują małą część ziemi za niewielką opłatą i stawiają namiot. Takie obozowiska są narażone na zmiany pogodowe, często brakuje w nich kuchni czy łazienki. Libański rząd oraz UNHCR pozwoliły na utworzenie na terenie Libanu 1903 nieformalnych obozowisk dla uchodźców w rolniczych regionach Akkar oraz w dolinie Bekaa.

W miastach zdesperowani uchodźcy żyją w niewykończonych domach albo w miejscach pozbawionych statusu (garaże, przestrzenie sklepowe itp.).

Dane statystyczne

W 2015 r. na terenie Libanu znajdowało się 1,5 mln uchodźców z Syrii (w tym 1,07 mln zarejestrowanych jako uchodźcy przez UNHCR), 42 tys. Palestyńczyków z Syrii oraz 270 tys. Palestyńczyków żyjących tam od 1948 r. 57% uchodźców mieszkało w mieszkaniach albo w domach, 15% w nieformalnych obozowiskach, 13% w niewykończonych domach lub mieszkaniach, 6% w nieużywanych garażach, a 9% w innych miejscach.

Liczba mieszkańców Libanu wzrosła o 37% w stosunku do początku kryzysu w 2011 r. Obecnie 1 na 3 osoby żyjące w Libanie to uchodźca z Syrii albo uchodźca palestyński.

Prawie połowa społeczeństwa dotkniętego przez kryzys syryjski to dzieci. Przynajmniej 1,4 mln potrzebujących pomocy na terenie Libanu to dzieci w wieku do 17 lat, w tym biedni Libańczycy, Syryjczycy i Palestyńczycy. Żyją oni w zagrożeniu, pozbawieni podstawowych potrzeb i ochrony. Ponad 221 tys. dzieci syryjskich w wieku 6–14 lat nie chodzi do szkoły.

1 na 3 młodych Libańczyków jest bezrobotny. O 110% wzrosła liczba osób biednych w Libanie. Obecnie jest ich 2,7 mln (w tym biedni Libańczycy, syryjscy uchodźcy oraz Palestyńczycy).

89% gospodarstw uchodźców syryjskich ma długi w wysokości ponad 842 dolarów.

52% uchodźców syryjskich i 10% Libańczyków żyje w skrajnej nędzy (dochód poniżej 2,4 dolara/dzień).

Od 2011 r. miejskie wydatki na wywóz śmieci wzrosły o 40%.

Największy obóz dla uchodźców w Libanie

Zahle w dolinie Bekaa to jeden z kilkuset nielegalnych obozów na terenie Libanu. Działa tam Centrum Caritas, w którym pracuje 12 osób, w tym 5 asystentów socjalnych oraz kilkoro Polaków.

Z powodu bliskości granicy syryjskiej w dolinie Bekaa znajduje się najwięcej syryjskich uchodźców. Ich liczbę szacuje się na ok. 1 mln. Do tej pory ludzie nie mieli problemu z przekraczaniem granicy, bo granica jako taka nie istniała. Obecnie Liban wpuszcza na swoje terytorium jedynie osoby, które wymagają pomocy medycznej bądź mają wszystkie formalne zaświadczenia.

Osoba z Syrii, chcąc przebywać w Libanie, musi mieć zagwarantowane utrzymanie albo miejsce w hotelu. Ok. 60% Syryjczyków żyje w nieformalnych obozach, pozostałe 40% – w wynajętych mieszkaniach. Organizacje zajmujące się uchodźcami zgodnie podkreślają, że kwestiami najpilniejszymi do rozwiązania pozostają edukacja i opieka medyczna.

W Zahle działa Centrum Socjalne Caritas, które jako pierwsze w regionie zaczęło pomagać uchodźcom. Obecnie w swojej bazie ma zarejestrowanych 20 tys. rodzin, którym udzieliło pomocy. Na chwilę obecną w regionie funkcjonują cztery Centra Pomocy Caritas. W centrum w Zahle udzielana jest pomoc prawna, psychospołeczna oraz medyczna.

Pomoc prawna

Uchodźcy otrzymują wizy libańskie na 6 miesięcy – po tym czasie muszą je odnowić. Wiza roczna jest darmowa, ale potem trzeba zapłacić za nią 200 dolarów, na co praktycznie nikogo nie stać. Dlatego uchodźcy przebywają tu nielegalnie. Pomaga się tym, którzy naprawdę potrzebują pomocy, oraz głowom rodziny; dzieci nie otrzymują wiz. Wsparcie dotyczy też dzieci urodzonych w Libanie, które nie otrzymują obywatelstwa i nie są nigdzie rejestrowane. Według nieoficjalnych statystyk co godzinę rodzi się jedno dziecko syryjskie – średnio na 10 urodzeń 6 jest syryjskich; nie ma wiarygodnych statystyk, bo kwestia demografii to wrażliwy temat. Uważa się, że każda syryjska rodzina składa się z co najmniej 5 członków, ale jest to zaniżona liczba. Syryjczycy chcą mieć jak najwięcej dzieci, pomimo warunków, w jakich się rodzą. Twierdzą, że chodzi im o wyrównanie bilansu ofiar. Dzieci jednak są traktowane jak tania siła robocza. Wykorzystywanie nieletnich to kolejne wyzwanie dla wspólnoty międzynarodowej. Syryjscy uchodźcy uważają, że pięćdziesięciolatkowi należy się zasłużony odpoczynek, a młodzi, w tym dzieci, mają na niego pracować.

Pomoc medyczna

Dużym problemem wśród uchodźców są choroby genetyczne oraz niepełnosprawność, spowodowane małżeństwami w bliskich więzach pokrewieństwa (kuzynostwo I stopnia). Wynika to z tradycji i jest to kwestia kulturowa, dlatego panuje wobec tego bezradność. Prowadzone są pogadanki edukacyjne na ten temat, ale niewiele one dają. Częsta choroba, z którą borykają się uchodźcy, spowodowana właśnie kwestiami genetycznymi, to nuszmania – choroba skóry. Do jej leczenia potrzebne są drogie antybiotyki, dostępne tylko w Syrii, gdyż schorzenie to jest regionalne. Choroby skóry powoduje również brak higieny.

Kolejnym wyzwaniem dla sektora medycznego jest sam system opieki medycznej. W Syrii był darmowy – np. szkoła brała odpowiedzialność za szczepienie dzieci – dlatego Syryjczycy nie są nauczeni odpowiedzialności za profilaktykę zdrowotną. Dodatkowo usługi medyczne w Libanie są płatne. Nie ma tu profilaktyki chorób chronicznych, np. cukrzycy czy nadciśnienia. W ramach serwisu medycznego do Zahle dwa razy w tygodniu przyjeżdża klinika mobilna, w skład której wchodzą lekarz i pielęgniarka. Wszystkie lekarstwa oraz porady są darmowe. Ciężkie przypadki kierowane są do szpitala, gdzie UNHCR, o ile chory jest zarejestrowany, pokrywa 75%

kosztów leczenia, a 25% płaci Caritas, jednak tylko do kwoty 1 tys. dolarów. Warto dodać, że 80% uchodźców w Libanie nie jest zarejestrowanych.

Edukacja

Kolejna kwestia, która po 6 latach wojny stała się priorytetową, to edukacja. Tutaj sytuacja jest podobna jak w przypadku usług medycznych. Szkoła była w Syrii darmowa; nauka odbywała się tylko po arabsku, dlatego uchodźcy nie mówią w żadnym języku oprócz arabskiego, dodatkowo większość to analfabeci. Sytuację tę ugruntowuje fakt, że dzieci nie uczęszczają do szkół ani w Jordanii, ani w Libanie.

Pomoc socjalna

Zadaniem pracownika socjalnego są wizyty domowe, podczas których przeprowadza się ankiety i identyfikuje potrzeby ludności. Uchodźcy mogą otrzymać pomoc finansową czy skierowanie do szpitala, a także wsparcie w opłacie czynszu w wysokości 150 dolarów – dwa razy w ramach danego projektu. Wizyty realizowane są w nieformalnych obozach, w niewykończonych domach czy mieszkaniach. W ciągu jednego dnia można odbyć do 30 wizyt w obozach oraz w domach oddalonych od siebie o 10–12 km.

Instytucja UNHCR przeznacza 20 dolarów na 1 członka rodziny na opłatę czynszu, z tym że tylko dla 5 członków rodziny. Daje to kwotę 100 dolarów, co stanowi połowę sumy, jaką trzeba zapłacić w Bekaa. Pozostają koszty wyżywienia, transportu, leczenia. Żeby obniżyć koszty wynajmu, w 4-pokojowym domu mieszkają 4 rodziny; jedno mieszkanie potrafią zajmować nawet 24 osoby. Dlatego zauważa się, że rodziny przeprowadzają się do obozów, gdzie namiot kosztuje 100 dolarów – razem z elektrycznością i opłatą dla właściciela ziemi. W takich warunkach pojawia się przemoc fizyczna, psychiczna i seksualna.

Życie w obozie

Nazwy podobozów zawsze pochodzą od imienia osoby, która nimi zarządza. Obozowisko składa się np. z 60 namiotów, ale mieszka w nich przeważnie 90–100 rodzin. Z przyczyn ekonomicznych w jednym namiocie żyją 2–3 rodziny. Bywa, że rodziny mają po 15 dzieci, a dorośli nie mają żadnego wykształcenia, bo np. byli rolnikami czy robotnikami. Dzieci nie chodzą do szkoły.

Tacy ludzie potrzebują wszystkiego: rzeczy do spania, sprzętu do ogrzewania, pomocy medycznej. Są szczęśliwi, że pomagają im Libańczycy – swoi, Arabowie – ale skarżą się na życie, które tu jest dużo droższe niż w Syrii.

Żyją w trudnych warunkach, ale na razie, choć bardzo tego pragną, nie mają zamiaru wracać do Syrii; na pewno w bliskiej perspektywie nie widzą szans na powrót. Twierdzą, że żeby życie wróciło do normy, potrzeba ok. 15 lat. Egzystują w warunkach, w których człowiek z Zachodu nie przeżyłby tygodnia, ale są szczęśliwi, że uniknęli śmierci.

Wszystkie namioty wyglądają tak samo. Jest w nich zimno, nieprzyjemnie, wilgotno. Materace na dzień odkładane są w jeden kąt; na ziemi stoi telewizor i leżą dywany, co jest tu tradycją. Kiedy pada ulewny deszcz, wszędzie pojawia się błoto. Dzieci nie mają miejsca do zabawy; w czasie deszczu skazane są na przebywanie w ciemnych namiotach, pełnych papierosowego dymu, płaczących niemowląt i bezradnych, ale uśmiechniętych kobiet.

Małych obozów rozsianych przy granicy z Syrią jest w rejonie 600–700. Nikt tego nie kontroluje, nikt nie koordynuje.

PROJEKT POMOCY CARITAS POLSKA: „BEZPIECZEŃSTWO ŻYWNOŚCIOWE I POMOC HUMANITARNA DLA UCHODŹCÓW SYRYJSKICH W LIBANIE", współfinansowany w ramach programu polskiej współpracy rozwojowej Ministerstwa Spraw Zagranicznych RP i zrealizowany wspólnie z Caritas Liban w 2016 r.

Projekt ten miał na celu zaspokojenie dwóch podstawowych potrzeb najsłabszych grup poprzez zapewnienie bonów/voucherów żywnościowych dla 345 syryjskich i libańskich rodzin (10% rodzin libańskich) oraz bonów/voucherów na zestawy higieny osobistej dla 345 syryjskich i libańskich rodzin (10% rodzin libańskich) na terenie doliny Bekaa oraz w rejonie Trypolisu.

Dzięki projektowi ponad 17 tys. Syryjczyków, w tym ok. 173 Libańczyków, otrzymało bony żywnościowe i bony na produkty higieniczno-przemysłowe[1].

JORDANIA

Politycznie Jordania jest wciąż taka sama – z królem Abdullahem II, proamerykańska, będąca obiektem niechęci, a czasem wręcz zawiści ze strony innych arabskich – czy szerzej: muzułmańskich – krajów. Jednakże przybycie i osiedlenie się na jej terytorium setek tysięcy syryjskich uchodźców odmieniło ten kraj.

Zawikłane dzieje Jordanii

Pierwsze państwa semickich plemion (Semitami są i Żydzi, i Arabowie) pojawiły się tam trzydzieści cztery wieki temu. Tereny te były pod panowaniem Królestwa Izraelskiego, Asyryjczyków, Babilończyków i Persów. Były pod butem Rzymian, ale też chrześcijańskich Arabów Ghassanidów, sprzymierzeńców Bizancjum. Co prawda w VII w. Jordanię podbili muzułmanie, ale pod koniec XI w. stała się częścią Królestwa Jerozolimy, by przejść pod panowanie egipskich mameluków. Przez cztery wieki rządzili nią Turcy, a po I wojnie światowej było to terytorium zależne od Wielkiej Brytanii. Niepodległość Królestwa Transjordanii ogłoszono w 1946 r. Dzisiaj, gdy na terytorium

[1] Źródło: http://caritas.pl/blog/2016/04/20/wsrod-uchodzcow-syryjskich-w-libanie/

państwa jordańskiego przebywa ponad 2 mln uchodźców z Palestyny, warto wiedzieć, że krótko po wojnie jordański król Abdullah I zajął Zachodni Brzeg, a nawet Stare Miasto w Jerozolimie; w tamtym czasie totalnie dyskryminował właśnie Palestyńczyków. Skądinąd w pewnym momencie Palestyńczycy stanowili blisko 70% ludności całego państwa. Jednakże to już przeszłość. Palestyńczycy mozolnie wybijają się na niepodległość przy „strajku włoskim" ze strony Izraela, a haszymidzkie królestwo Jordanii jest sojusznikiem Zachodu. Kieruje się dewizą: „Allah, al-Wattan, al-Malik", co oznacza: „Bóg, Ojczyzna, Król", choć znawcy tematu doskonale wiedzą, że kolejność jest odwrotna.

Pomoc Unii Europejskiej dla dynastii Haszymidów wynosi prawie 300 mln euro. Niektórzy twierdzą, że całe państwo funkcjonuje tylko dzięki amerykańskiej i unijnej pomocy.

Mnogość uchodźców

Jordanię zasiedlają zarówno przybysze z dawnych lat, jak i ci z czasów wojny w Syrii. Najwięcej – bo ponad 2 mln – jest Palestyńczyków, którzy przybyli tu po utworzeniu państwa Izrael. Syryjczyków „starych" i „nowych", tych, którzy uciekli od Baszara al-Asada, jest mnóstwo. Większość stanowią jednak ci, którzy są tu od dawna. Jest też niespełna 60 tys. Irakijczyków. Te wartości porażają, bo liczba mieszkańców królestwa Jordanii wynosi 6,4 mln (z tego sam Amman ma 1,9 mln, czyli prawie 30% całej populacji). Jeżeli zliczymy wszystkich uchodźców, jest ich ok. 3 mln. Rzecz jednak nie w liczbach, ale w kontrastach cywilizacyjno-kulturowych między gospodarzami a gośćmi, nie zawsze chcianymi.

Syryjscy uchodźcy – kłopot czy dochód dla Jordanii?

Dla Jordanii uchodźcy to nie tylko kłopot, ale też źródło pieniędzy na ich utrzymanie, płynących z organizacji humanitarnych, międzynarodowych oraz innych państw. Według danych UNICEF-u Jordania to kraj o najmniejszej ilości wody per capita na świecie. Jordańskie królestwo króla Abdullaha II ma też niebywały, bo wynoszący aż 95%, dług publiczny.

Z kolei, gdyby dodać wszystkie środki, jakie Amman dostaje od Unii i krajów partnerskich UE, imponująca suma wyniesie ponad 1 mld euro, przy czym kraje członkowskie Unii dają z tego trzy czwarte.

Oczywiście uchodźcy to również problem sąsiedniego Libanu i bardziej odległej Turcji, ale jednocześnie „kran finansowy" z Unii. Na samych uchodźców z Syrii Unia Europejska i kraje członkowskie UE przeznaczyły 5,5 mld euro. Oprócz Jordanii i Libanu pieniądze te trafiły do Turcji i Iraku.

Jednakże w wyniku arabskiej wiosny i szaleńczej fali przemocy w całym regionie, a także wojen domowych i zamrożenia gospodarki Jordania straciła najlepsze szlaki handlowe do Syrii i Iraku. Od upadku prezydenta Egiptu Hosniego Mubaraka w lutym 2011 r. gazociąg biegnący przez półwysep Synaj do Izraela i Jordanii był kilkakrotnie wysadzany lub ostrzeliwany. Ataki były dziełem islamskich radykałów bądź beduińskich gangów, korzystających z osłabienia władz centralnych w Kairze.

Struktura demograficzna uchodźców

Ciekawa jest struktura demograficzna syryjskich uchodźców w królestwie Jordanii. Najwięcej osób, bo 23%, uciekło z okręgu Daraa, 25% – ze zniszczonego niemal całkowicie Aleppo, 13% z Homs, wreszcie co ósma z okolic Damaszku. Co piąty syryjski uchodźca w tym kraju to dziecko poniżej piątego roku życia. Uruchomiono nawet specjalny program dla matek w ciąży i karmiących; skorzystało z niego ponad 43 tys. kobiet.

Azraq – obóz na odludziu

Obóz uchodźców w Azraq składa się z sześciu wiosek i ponad 10 tys. domostw. Mieszka tu jakieś 100 tys. uchodźców, choć pojemność obozu jest dwukrotnie mniejsza. Obóz ma długą historię: zbudowano go w okresie wojny w Zatoce Perskiej – jako obóz tranzytowy dla Irakijczyków i Kuwejtczyków pozbawionych domów w wyniku działań wojennych. Z obozu uchodźców w Azraq bliżej jest do Syrii niż do jordańskiej stolicy. Zresztą stąd wszędzie jest blisko: do Arabii Saudyjskiej zaledwie 65 km, do Syrii – 90 km, a do Iraku nieco ponad 250 km.

Na terenie obozu znajduje się szkoła, w której dziewczynki przygotowują się do studiów i do zawodu lekarki, pielęgniarki lub nauczycielki. Wszystkie pochodzą z uchodźczych rodzin. Stanowczo nie chcą, by je fotografować. Klasy nie są koedukacyjne. Czyżby ortodoksyjne zachowania już na stałe miały się zagnieździć w tym rejonie świata?

W Azraq jest też szpital. Lekarze pochodzą głównie z Jordanii, jest zaledwie kilka syryjskich pielęgniarek. W tej okolicy są trudne warunki klimatyczne i dlatego jordańskie lekarki nie chcą tu przyjeżdżać i pracować. Szpital jest duży, udziela aż 50 tys. konsultacji rocznie. Rodzi się tu wiele dzieci z uchodźczych rodzin – średnio ok. 100 dzieci na miesiąc, czyli 3,3 na dobę. Liczba ta sukcesywnie wzrasta. Niektórzy tłumaczą to brakami w dostawie prądu, chęcią odrodzenia populacji, tradycją czy raczej brakiem uświadomienia. Wokół obozu, gdziekolwiek spojrzeć, nie widać żywego ducha, co nie zachęca do oddalania się z jego terenu.

W obozie Baqa'a syryjscy uchodźcy mają wielką przewagę nad tymi z Azraq – nie są odcięci od świata zewnętrznego i mogą się integrować z miejscową społecznością; korzystają z tego jednak niechętnie, a i Jordańczycy się od nich izolują.

Zaatari – największy oficjalny obóz dla syryjskich uchodźców

W obozie Zaatari przebywa 79 tys. osób, choć mówi się o dużo większej liczbie, sięgającej nawet 150 tys. Obóz powstał w 2012 r., rok po wybuchu konfliktu syryjskiego. W tamtejszej klinice od 2013 r. przyszło na świat 5 tys. dzieci. Szpital oferuje doradztwo w zakresie planowania rodziny, jednak liczba porodów utrzymuje się na stałym poziomie. Wielu uchodźców, którzy znaleźli schronienie w Zaatari, pochodzi z regionów wiejskich, gdzie rodziny są tradycyjnie duże. Uchodźcy mieszkają w przyczepach kempingowych, namiotach, kontenerach i otrzymują pomoc żywnościową i finansową. Większość z nich nie ma w Jordanii prawa do legalnego zatrudnienia. Fundusz Ludnościowy ONZ pomaga krajom rozwijającym się m.in. w zakresie planowania rodziny, ochrony zdrowia kobiet oraz świadomego macierzyństwa. W Zaatari jest to jednak bardzo utrudnione, bo wszystko tłumaczy się wiekową tradycją i zwyczajami.

Zamach w obozie dla uchodźców w Jordanii

W samobójczym zamachu w obozie dla uchodźców na granicy jordańsko-syryjskiej zginęły 3 osoby, a co najmniej 20 zostało rannych. Do zamachu doszło na znajdującym się pod kontrolą syryjskich rebeliantów posterunku, prowadzącym do obozu Rakban Camp. Prawdopodobnie zamachowiec był powiązany z tzw. Państwem Islamskim.

UDZIAŁ POLSKI W POMOCY SYRYJSKIM UCHODŹCOM W JORDANII

Dzięki społecznej zbiórce Towarzystwa św. Brata Alberta w Gdańsku udało się kupić kontener, który od lutego 2017 r. służy jako szkoła dla ok. 35 dzieci syryjskich uchodźców w Jordanii. Szkoła stoi w obozie pod Ammanem. Na jej uruchomienie składali się również mieszkańcy wielu innych polskich miast: Gdyni, Sopotu, Warszawy, Szczecina... Uzbierali w sumie 9600 złotych. Pieniądze zostały przekazane na konto pozarządowej organizacji URI Mena działającej na Bliskim Wschodzie i w Afryce Północnej. To wolontariusze z URI Mena kupili na miejscu kontener i pomoce szkolne.

Kontener został oznaczony nalepkami Towarzystwa św. Brata Alberta i Fundacji Społecznie Bezpieczni. Zbiórka pieniędzy na szkołę rozpoczęła się w kwietniu 2016 r.; była nagłośniona na portalu www.gdansk.pl i w innych mediach. Nie dość, że udało się kupić kontener, który służy jako szkoła, to jeszcze wyposażono go w stoły, tablicę, plecaki, zeszyty, długopisy i kredki.

Wbrew temu, co powszechnie się myśli, miliony uchodźców nie kierują się w stronę Europy – zostają w Jordanii, Libanie czy Turcji. W samej Jordanii mogą ich być nawet 2 mln, jednak nikt nie zna konkretnych liczb. Jordania nie jest specjalnie zamożnym krajem, więc uchodźcy żyją w ciężkich, nieraz wręcz dramatycznych warunkach. Sytuacja ta trwa już od lat. Obóz z polską szkołą to obóz dziki, czyli nieprowadzony przez żadną organizację. Po prostu w szczerym polu pod Ammanem wyrósł las namiotów. Często są to pałatki uszyte z worków po kawie czy saletrze.

Dzieci chodzą ubrane w stare rzeczy, czasem brakuje dla nich okryć, jest im zimno. Kiedy spadnie deszcz, po kolana brodzą w błocie. Szkoła to dla nich namiastka normalności. Nauczycielkami i nauczycielami w obozie są rodzice i wolontariusze.

W tym konkretnym obozie dla uchodźców na obrzeżach Ammanu jest ok. 35 dzieci w różnym wieku – od maluchów do czternastolatków. Mieszkańcami obozu są rolnicy i ich rodziny, którzy uciekli przed wojną z Syrii. Wcześniej zajmowali się uprawą warzyw w mieście Hama. Uchodźcy są zmuszeni żyć, uczyć się, jeść i spać w takim miejscu miesiącami, a czasem latami. Ich sytuacja jest beznadziejna.

Przypomnijmy, że polski rząd odmówił przyjęcia jakichkolwiek uchodźców z Syrii, w tym sierot z ogarniętego wojną i bombardowanego przez Rosjan Aleppo. Tymczasem rosyjskie lotnictwo bombardowało w Aleppo nawet szpitale. O przyjęcie sierot starają się Sopot i Gdańsk. Dzieci z Aleppo mogłyby tam przejść leczenie i rehabilitację.

Bez nadziei, bez pomocy

Warunki życia uchodźców w Libanie i Jordanii są coraz gorsze. Ci, których jeszcze na to stać, ryzykują podróż do Europy, inni wracają do zrujnowanej Syrii, w której nie jest jeszcze bezpiecznie i długo nie będzie. Początkowo uchodźcy byli pewni, że wrócą do swych domów za kilka tygodni, góra miesięcy. Dzisiaj nie mają już tej nadziei.

Uchodźcy, jeśli mieszkają poza zorganizowanym obozem, sami muszą kupować jedzenie i mleko dla dzieci, opłacić lekarza, a także czynsz. Jadą do Europy, kiedy po raz kolejny zmniejszono im zasiłek. Często np. dziewięcioosobowa rodzina ma do dyspozycji jednego dolara dziennie na głowę (czyli poniżej granicy nędzy – według standardów międzynarodowych, jak i lokalnych, bo Jordania wcale nie jest tania). Po opłaceniu czynszu nie zostaje nawet tyle.

Blisko połowę z nich pomaga utrzymać Światowy Program Żywnościowy ONZ (WFP), ale z braku funduszy pomoc raz po raz jest ograniczana. W sierpniu 2017 r. WFP przestał wypłacać zasiłek dla 360 tys. uchodźców, a kolejnym 211 tys. zmniejszył świadczenia o połowę. Zawartość pakietów żywnościowych – dla tych, którzy dostawali pomoc w naturze – odchudzono o jedną czwartą. We wrześniu zaprzestano pomocy dla Syryjczyków spoza obozów. Zasiłek „w pełnym wymiarze" (czyli 1 dolar na głowę dziennie) wciąż dostaje 95 tys. najbardziej potrzebujących mieszkańców obozów, ale to też może się skończyć.

Kraje zachodnie coraz mniej chętnie łożą na żywienie Syryjczyków na Bliskim Wschodzie, bo coraz więcej mają ich u siebie. To błędne koło: niedożywieni uchodźcy nie mają wyjścia i ruszają do Europy. Gdyby dostali na miejscu pomoc pozwalającą na stabilne życie, nie ryzykowaliby niebezpiecznej podróży.

To jednak wciąż nie jest pełny obraz sytuacji. Większości uciekinierów nie stać bowiem nawet na kupno posiłku, nie mówiąc o opłaceniu podróży do Europy. Najbardziej zdesperowani zaczęli więc wracać do Syrii, jeszcze kiedy była ona objęta wojną. Z Zaatari, największego obozu dla uchodźców w Jordanii, jednego dnia wyjechało do Syrii autobusami aż 190 osób.

Coraz więcej niechęci

Ruch uchodźców do i z obozów łatwo monitorować, najtrudniej jednak mają ci spoza obozów, zwłaszcza odkąd ONZ przestał im pomagać.

Liban w ogóle nie pozwala na zakładanie obozów – ma dość tych palestyńskich, istniejących od pół wieku. Przybysze są zwykle sunnitami, co grozi naruszeniem delikatnej równowagi politycznej zbudowanej po wojnie domowej na bazie demografii wyznaniowej. Dlatego w Libanie obozowiska są nieformalne, do wielu nie docierają organizacje pomocowe. Liczba zarejestrowanych Syryjczyków w Libanie i Jordanii spada, natomiast gwałtowny przyrost odnotowała Turcja. Głównie dlatego, że tam najłatwiej znaleźć transport przez Morze Śródziemne, ale i ponieważ pozostałe kraje coraz mniej chętnie przyjmują uciekinierów. Liban zaczął wpuszczać tylko tych mających bilet lotniczy do innego kraju, Jordania też robi trudności.

Początkowo Syryjczyków witano z otwartymi ramionami, teraz niektóre libańskie miasteczka wprowadzają dla nich godzinę policyjną. Trudno się dziwić rosnącej niechęci – w Jordanii już co dziesiąty mieszkaniec jest Syryjczykiem, w Libanie co czwarty.

Uchodźcy nie mogą tam legalnie pracować, a zatrudnieni na czarno zarabiają mało. Są coraz bardziej zadłużeni; niektórzy zdesperowani sprzedają kupony żywnościowe i kradną jedzenie w sklepach albo zbierają resztki po śmietnikach. Wielu posyła dzieci do pracy, ograniczając im dostęp do edukacji. Na ulicach Bejrutu mali Syryjczycy sprzedają kwiaty, czyszczą buty, żebrzą. Dzieci często są wykorzystywane seksualnie; wzrasta liczba małżeństw nieletnich – bo lepiej wydać córkę za byle kogo i mieć jedną mniej do wykarmienia[1].

[1] Źródła: http://niezalezna.pl/87739-jordania-czyli-wielki-oboz-uchodzcow; http://wyborcza.pl/1,75399,18823760,syryjczycy-gloduja-w-obozach-uchodzcow-zdesperowani-wracaja.html; http://www.tvn24.pl.

TURCJA

Turcja a problem uchodźców syryjskich w liczbach

W Turcji zarejestrowana jest największa liczba syryjskich uchodźców na świecie, bo ponad 2 mln (w Arabii Saudyjskiej nie określa się Syryjczyków jako uchodźców), kolejne kraje to Liban, Jordania, Irak i Egipt.

Podobnie jak w innych państwach może tam przebywać dodatkowo ok. pół miliona lub więcej niezarejestrowanych uchodźców, przede wszystkim syryjskich, ale też afgańskich, irackich i innych, którzy traktują Turcję jako kraj tranzytowy. Tylko ok. 250 tys. ze wszystkich uchodźców syryjskich w Turcji przebywa w 22 obozach dla uchodźców, położonych w południowej części kraju – reszta samodzielnie znajduje schronienie na terytorium tego kraju. Szacuje się, że w samym Stambule liczba syryjskich uchodźców sięga ok. 330 tys., w Gaziantep – 220 tys., w Hatay 190 tys.

Od 2015 r. Turcja stała się najważniejszym ogniwem dynamicznie rozwijającego się szlaku migracyjnego biegnącego przez Grecję i Bałkany do Europy Zachodniej i Centralnej. Według danych Obserwatorium Obrońców Praw Człowieka liczba uchodźców i migrantów przybywających do Europy przez wyspy greckie w samym 2015 r. wyniosła prawie 290 tys. Turcja stała się zatem głównym państwem spoza UE, z którego na kontynent europejski trafiają uchodźcy i migranci. Zastąpiła w tej roli Afrykę Północną (głównie Libię), liczba osób przybywających z tego kierunku wyniosła bowiem w tym samym czasie ok. 120 tys. Dane UNHCR pokazują, że z Turcji do Grecji napływają głównie obywatele Syrii (70%), w mniejszym stopniu Afganistanu (19%) i Iraku (4%). Mężczyźni stanowią 66% przybyłych, kobiety – 13%, a dzieci 21%.

Dynamika wzrostu popularności trasy z Turcji do Grecji jest olbrzymia. Liczba osób, które w ten sposób znalazły się na terenie UE, w sierpniu 2015 r. wzrosła do 107 tys. z niecałych 7 tys. rok wcześniej. Dlaczego? Turcja bowiem pozostaje najkrótszą trasą do Europy dla fal migrantów, a tym samym najtańszą.

Turcja uwikłana w problem syryjski

Uwikłanie Turcji w problem uchodźców, a szerzej – w wojnę w Syrii, jest długotrwałe i wielowątkowe. Wynika z uwarunkowań geograficznych (sąsiedztwo, długa granica, najkrótsza droga lądowa do Europy) i politycznych – zarówno zewnętrznych, jak i wewnętrznych. Jest to konsekwencja trwającej w sąsiadującej Syrii wojny domowej, w którą Turcja była mocno zaangażowana, zwłaszcza jeśli chodzi o konflikt z nienawidzonymi, od lat tępionymi przez rząd Kurdami, pragnącymi uzyskać niepodległość jako najliczniejsza nacja bezpaństwowców na świecie.

Pomimo że konflikt się zakończył, liczba uchodźców wewnętrznych w Syrii, sięgająca ok. 8 mln, tworzy potencjał dla nowych fal uchodźczych właśnie w tym kierunku, pozostałe kraje, tj. Liban i Jordania, nie są już bowiem w stanie przyjąć i pomóc większej liczbie uchodźców, a nawet tej, którą posiadają. Uciekinierzy, którzy znajdują się w obozach na Bliskim Wschodzie, w niewielkim stopniu wracają do swoich domów lub planują to zrobić. Zdają sobie sprawę, że na razie nie mają do czego ani po co wracać.

Dlaczego Syryjczycy migrowali do Turcji?

Na skalę i charakter migracji do Turcji miały wpływ zarówno zewnętrzne czynniki obiektywne, jak i specyfika polityki prowadzonej przez Turcję.

Po pierwsze, Turcja sąsiaduje z Syrią, ogarniętą od 2011 r. wojną (ok. 900 km wspólnej, trudnej do kontrolowania granicy). Ponadto istnieją historyczne i kulturowe (m.in. etniczne i religijne), a w konsekwencji rodzinne związki między Turcją i Syrią, a także tradycje migracji (m.in. Kurdów tureckich do Syrii w XX w.). Wreszcie oba kraje w przededniu wojny syryjskiej połączone były prężnie rozwijającymi się kontaktami międzyludzkimi (m.in. ruch bezwizowy). Turecki kierunek uchodźstwa był zatem dość oczywisty.

Po drugie, niemal od początku wojny w Syrii Turcja prowadziła szeroko propagowaną politykę otwartych drzwi dla uchodźców, co było związane z jej politycznymi kalkulacjami. Przede wszystkim Turcja spodziewała się szybkiego zakończenia konfliktu, tj. zwycięstwa opozycji syryjskiej, ustabilizowania sytuacji i powrotu uchodźców do Syrii. Działania tureckie wobec uchodźców wynikały z szerszej polityki państwa: z przekonania o atrakcyjności politycznego modelu tureckiego dla Bliskiego Wschodu oraz tureckiej aspiracji do nieformalnego przywództwa, w tym również w Syrii. Stawiano na mobilizację społeczeństwa wokół idei tureckiej misji cywilizacyjnej na

Bliskim Wschodzie, bliskości i odpowiedzialności Turcji za muzułmanów zamieszkujących ziemie dawnego Imperium Osmańskiego oraz wyższości polityki tureckiej nad Zachodem.

Ponadto na arenie międzynarodowej Turcja konsekwentnie nawoływała do interwencji militarnej przeciwko reżimowi w Damaszku, wielokrotnie wyrażała gotowość do udziału w takiej koalicji, a nawet do podjęcia działań jednostronnych; w ograniczonej wersji domagała się utworzenia strefy bezpieczeństwa w Syrii, przy własnej granicy, zarówno jako miejsca schronienia i koncentracji uchodźców, jak też zaplecza dla działań opozycji syryjskiej.

Dlatego też w 2014 r. liczba syryjskich uchodźców wzrosła do ok. 760 tys., z czego część została ulokowana w obozach dla uchodźców, jednak większość rozjechała się po całym kraju, żyjąc ze środków własnych. W obu przypadkach spotykali się z faktycznym wsparciem ze strony władz. Status prawny uchodźców został uregulowany w oparciu o prawodawstwo tureckie – przyznano im kategorię gościa i objęto czasową ochroną, uprawniającą m.in. do bezpłatnej opieki zdrowotnej, edukacji i pracy w określonych sektorach[1]. Rezydenci obozów zostali

[1] Turcja jest sygnatariuszem konwencji ONZ dotyczącej statusu uchodźców z 1951 r., ale ograniczyła terytorialny zakres jej obowiązywania. Oznacza to, że przyznaje status uchodźcy wyłącznie obywatelom państw europejskich. Status obywateli z innych państw określa ustawodawstwo tureckie. Polityka Ankary utrudnia uchodźcom uzyskiwanie stałego pobytu (w myśl definicji UNHCR), pośrednio stymulując ich do poszukiwania innych miejsc azylu.

objęci pełną opieką, łącznie ze szkołami z wykładowym językiem arabskim i tureckim. Jednocześnie jednak koszty utrzymania uchodźców rosły, pogłębiały też napięcia na tle ekonomicznym i społecznym pomiędzy nimi a miejscową ludnością (rosnące ceny nieruchomości, spadające płace, brak miejsc w szpitalach, rosnące koszty usług komunalnych w przygranicznych miastach), pogarszała się sytuacja w sferze bezpieczeństwa (np. w 2013 r. w przygranicznym Reyhanli w zamachu bombowym zginęły 52 osoby), rosło też napięcie między sunnickimi przybyszami z Syrii i zamieszkującymi przygraniczne regiony alawitami, popierającymi reżim w Damaszku.

Zmiana nastawienia Turcji wobec Syrii

Problemy kluczowe dla kryzysu migracyjnego, a także dla tureckiej polityki związanej z Syrią i migrantami pojawiły się w 2014 r. i pogłębiły w roku następnym. Najważniejszym ich powodem okazało się powstanie i ekspansja pseudo-Państwa Islamskiego w Syrii i Iraku w 2014 r. W efekcie ofensywy PI kryzys humanitarny znacząco się zaostrzył, a liczba uchodźców wzrosła z ok. 760 tys. w połowie 2014 r. do ok. 2 mln zarejestrowanych w końcu 2015 r. Spowodowało to rewizję polityki wobec uchodźców; zaczęto nieformalnie ograniczać dotychczas uprawianą politykę otwartych drzwi, uzależniając wpuszczanie uchodźców do miejsc dostępnych w obozach, a także zachęcając Syryjczyków do pozostania na terytorium ogarniętym wojną. Turcja zwiększyła też wsparcie dla organizacji pozarządowych świadczących pomoc w samej

Syrii, licząc, że zahamuje w ten sposób kolejne fale migracji. W praktyce spowodowało to załamanie dotychczasowej polityki migracyjnej, ignorowanie uchodźców nadal napływających przez nieszczelną granicę i milczące przyzwolenie na ich tranzyt przez Turcję do Europy w celu doraźnego rozładowania problemu.

Wszystko to doprowadziło do dalszego pogłębienia się kryzysu w tym regionie. Zaostrzyły się relacje Turcji z jej odwiecznym wrogiem – Kurdami – szczególnie po blokowaniu wsparcia dla sił kurdyjskich podczas oblężenia przez Państwo Islamskie kurdyjskiej miejscowości Kobane, znajdującej się na pograniczu turecko-syryjskim. W związku z tym wzajemne stosunki uległy całkowitemu załamaniu, a turecko-kurdyjski konflikt został wznowiony na szeroką skalę. Krążyły pogłoski, że Turcja wspierała PI w celu eksterminacji Kurdów. Jednakże nieformalne relacje Turcji z Państwem Islamskim załamały się po przypisywanym PI zamachu bombowym na południu Turcji, w którym zginęły 33 osoby. To wtedy podjęto działania zbrojne bezpośrednio wymierzone w PI; Turcja w pełni udostępniła bazy wojskowe siłom powietrznym USA, Rosji oraz dokonywała samodzielnych nalotów i aresztowała członków i sympatyków PI w Turcji.

Eskalacja problemu syryjskiego

Problem konfliktu w Syrii i związana z nim kwestia uchodźców były i są poważnym obciążeniem dla Turcji. Wiążą się z nimi ogromne koszty finansowe (mówi się o prawie 8 mld dolarów), społeczne (wpływ na rynek pracy, koszty utrzymania, zachwianie struktury demograficznej w wielu miastach południowej Turcji), zachwianie poczucia bezpieczeństwa (zamachy, kryminalizacja społeczeństwa, pośrednio – konflikt z Kurdami) przy braku realnych możliwości pozytywnego rozwiązania sprawy. W tym kontekście zaniżanie liczby uchodźców przez brak ich rejestracji, umożliwianie, a nawet ułatwianie wyjazdów uchodźców z Turcji jest tylko doraźnym załagodzeniem bolączki.

Perspektywy dla tureckiego wkładu w rozwiązywanie problemu migracyjnego w UE

Z perspektywy Turcji kwestia uchodźców syryjskich to przede wszystkim palący problem wewnętrzny. W obecnych warunkach oznacza to, że kraj ten wykorzysta każdą możliwość, by ograniczyć liczbę przybyszów z Syrii.

Dialog między Turcją a UE utrudniała atmosfera narastającej nieufności i wzajemnych oskarżeń. W przypadku UE było to poszukiwanie odpowiedzialnych – winnych – za kryzys migracyjny na różnych poziomach, zarówno w samej Unii, jak i poza nią. W tym kontekście Turcja przedstawiana była jako państwo, które przerzuca na UE swój problem z uchodźcami (z medialnymi oskarżeniami o organizację i wsparcie nielegalnych wyjazdów do UE włącznie) i konsekwencje błędnych kalkulacji politycznych.

Po zakończeniu konfliktu zbrojnego w Syrii

Liczba uchodźców z Syrii w krajach z nią sąsiadujących w 2017 r. przekroczyła 5 mln, z czego większość znajduje się w obozach dla uchodźców. Blisko 3 mln znalazły schronienie w Turcji, pozostali przebywają w Libanie, Jordanii, Iraku i Egipcie. Urząd UNHCR wezwał wspólnotę międzynarodową, by uczyniła więcej w kwestii pomocy uchodźcom. Kryzys migracyjny na Bliskim Wschodzie może wpłynąć negatywnie na cały świat, tak jak dotychczasowa wojna w Syrii, kraje w regionie nie są bowiem w stanie same rozwiązać problemu i poradzić sobie z milionową rzeszą uchodźców[1].

ARABIA SAUDYJSKA

Syryjczycy w Arabii Saudyjskiej i pomoc humanitarna

W pierwszej reakcji na licznie pojawiające się głosy, że bogate monarchie znad Zatoki Perskiej są obojętne wobec fali uchodźców z Syrii, państwowe media Królestwa Arabii Saudyjskiej poinformowały, że od początku konfliktu w Syrii do chwili obecnej przyjęto ok. 2,5 mln obywateli tego kraju. Przedstawiciel Ministerstwa Spraw Zagranicznych KAS oświadczył, że królestwo nie traktuje przybyłych jako uchodźców i aby „zapewnić im godność i bezpieczeństwo", nie umieszcza ich w obozach; Syryjczycy

[1] Źródła:http://ec.europa.eu/echo/files/aid/countries/factsheets/syria; http://www.usnews.com/news/articles/2015/09/15/syrias-new-capital-istanbul; http://data.unhcr.org/mediterranean/regional; http://www.migrationpolicy.org/research/syrian-refugees-turkey-long-road-ahead; https://www.osw.waw.pl/pl/publikacje/komentarze-osw/2015-10-01/turcja-a-problem-uchodzcow-syryjskich; https://www.tvn24.pl/raporty/goraca-granica-syrii-i-turcji

mogą się swobodnie poruszać po kraju. Kilkaset tysięcy postanowiło na stałe zamieszkać w Arabii Saudyjskiej i otrzymało status rezydenta, dzięki czemu mają dostęp do rynku pracy, szkolnictwa i darmowej opieki lekarskiej. Saudyjskie władze twierdzą też, że do szkół publicznych przyjęto ponad 100 tys. syryjskich uczniów. Rijad przeznaczył 700 mln dolarów na pomoc humanitarną, żywność, leki i namioty dla syryjskich uchodźców, którzy przebywają w Jordanii czy Libanie. Ponadto Arabia Saudyjska zbudowała klinikę w jordańskim obozie Zaatari, a także przekazała syryjskim rodzinom mieszkającym w Libanie i Syrii pieniądze na pokrycie podstawowych potrzeb. W ten sposób urzędnik bronił polityki królestwa. Arabię Saudyjską krytykowały m.in. organizacje broniące praw człowieka – Amnesty International i Human Rights Watch.

Gotowość Arabii Saudyjskiej do niesienia pomocy sięga czasów jej ojca założyciela – Ibn Sauda (1880–1953). To on powołał do życia w młodym państwie pierwsze inicjatywy humanitarne: tzw. nieustające dzieło islamskiej pomocy, oparte na Koranie. Miały one służyć pomocą islamowi i muzułmanom. Fundacja, zgodnie ze swym religijnym charakterem, działa też w wielkie muzułmańskie święta. Podczas ramadanu wysłała syryjskim uchodźcom w libańskim mieście Sydon posiłki o wartości 3 mln dolarów.

KAS to jedno z największych muzułmańskich państw dobroczyńców. Arabia Saudyjska podobnymi akcjami bardzo hojnie wspiera uchodźców, np. w 2013 r. na konferencji pomocowej państw Zatoki Perskiej w Kuwejcie królestwo przekazało ogromną część pakietu pomocowego, dokładając 213 mln dolarów do ogólnej sumy 910 mln (Kuwejt przekazał 325 mln). Na kolejnej konferencji Arabia przekazała 18 mln.

Dlaczego bogate państwa Zatoki Perskiej nie przyjmują uchodźców?

Państwa Zatoki Perskiej mają bardzo duży odsetek cudzoziemców. Z 29 mln mieszkańców Królestwa Arabii 6 mln to przebywający tam legalnie cudzoziemcy, co stanowi 21% całej populacji. W większości są to imigranci ekonomiczni z Azji i innych państw islamskich. W Kuwejcie odsetek cudzoziemców sięga 60%, w Katarze – 90%, w Zjednoczonych Emiratach Arabskich – 80%; przyjęcie uchodźców znacznie podniosłoby te statystyki. Obawa przed tym krokiem jest o wiele większa niż gotowość zagwarantowania schronienia uciekinierom z Syrii lub Iraku.

Pomysł na obóz dla uchodźców w Arabii Saudyjskiej

W Arabii Saudyjskiej, w miejscowości Mina, jest miejsce dla prawie 3 mln uchodźców – na 20 km^2 umieszczono 100 tys. namiotów o podwyższonym standardzie. Miasteczko może pomieścić miliony osób, a zamieszkane jest jedynie przez pięć dni w roku podczas pielgrzymek do Mekki. Mina jest zlokalizowana zaledwie osiem kilometrów od Mekki, świętego miasta muzułmanów. Namioty, o których mowa, rozstawiono na ogromnej przestrzeni w dolinie. Na zdjęciach z lotu ptaka trochę przypominają obóz dla uchodźców, ale jeden rzut oka wystarczy, by się przekonać, że to bardziej namiotowe hotele niż obozowe baraki. Wszystkie namioty są klimatyzowane i wykonane z włókna szklanego pokrytego teflonem, co czyni je odpornymi na ogień.

Pierwotnie pielgrzymi przywozili na pielgrzymkę własne namioty, które rozstawiali na płaskiej przestrzeni w Minie. Po hadżu namioty rozbierano i zabierano ze sobą. Dopiero w latach 90. saudyjskie władze zbudowały stały namiotowy kompleks, który przyniósł ulgę pielgrzymom, zapewniając im wygodę i bezpieczeństwo. Pierwsze namioty rozstawione w obozie były bawełniane. Zamieniono je na ognioodporne dopiero po pożarze w 1997 r., w którym śmierć poniosło prawie 350 osób. Dzisiaj miasteczko to nie tylko miejsca do spania – kompleks podzielono na obozy, gdzie są też aneksy kuchenne i łazienki.

Chociaż trudno poważnie traktować postulaty, by Saudyjczycy zakwaterowali w Minie syryjskich uchodźców, informacja o istnieniu pustego obozu na 3 mln miejsc to swoista ciekawostka i pożywka dla wszystkich, którzy krytycznie podchodzą do wahabickiego królestwa. Posługują się tym argumentem w krytyce KAS oraz jej obywateli, nie biorąc pod uwagę faktu, że zakwaterowanie tam syryjskich uchodźców nie byłoby sytuacją przejściową czy krótkoterminową. Co zrobiono by z mieszkańcami obozu podczas pielgrzymki milionów wiernych do Mekki, którzy zatrzymują się w tym miejscu? To tak, jakbyśmy w Polsce zakwaterowali uchodźców w kompleksie na Jasnej Górze, uniemożliwiając wiernym udział w modlitwie w tak ważnym miejscu.

Obiektywne głosy

Inne źródła, znające realia Arabii Saudyjskiej, podają, że już w 2013 r. w KAS było 100 tys. obywateli syryjskich, którzy pracowali tam na kontraktach – mieli wizę pracy i pobytową, czyli byli rezydentami. Wraz z pogorszeniem się sytuacji w Syrii do 2015 r. liczba ta wzrosła do 500 tys., jednak nadal nie byli to uchodźcy, ale rodziny osób mających status rezydenta, które dołączyły do swoich krewnych. We wrześniu 2016 r. liczba ta osiągnęła 2,5 mln osób, które są tymczasowymi pracownikami w tym bogatym kraju[1].

Cała niechęć skierowana przeciwko roponośnej Arabii Saudyjskiej opiera się zatem bardziej na zawiści i krytykanctwie niż na faktach. Kraj ten może nie jest sygnatariuszem konwencji ONZ dotyczącej statusu uchodźców z 1951 r., lecz ma swoje typowo muzułmańskie metody pomagania potrzebującym.

[1] Źródła: http://www.tvn24.pl; http://www.dw.com/pl/pomoc-dla-uchodźców-według-arabii-saudyjskiej/a-18709710; http://natemat.pl/154341,w-arabii-jest-miejsce-dla-uchodzcow-oto-miasto-ze-100-tys-klimatyzowanych-namiotow-ktore-stoi-puste-przez-caly-rok; https://en.wikipedia.org/wiki/Syrians_in_Saudi_Arabia

Spis treści